FISCHLAND-LÜGEN

Corinna Kastner wurde 1965 in Hameln geboren. Sie arbeitet am Institut für Journalistik und Kommunikationsforschung in Hannover und fühlt sich an der Ostsee am wohlsten. Besonders das Fischland inspiriert sie sowohl schriftstellerisch als auch fotografisch. Seit 2005 veröffentlicht sie schauplatzorientierte Spannungsromane und seit acht Jahren ihre Küsten Krimis »Fischland-Mord« (2012), »Fischland-Rache« (2013), »Fischland-Feuer« (2015), »Fischland-Verrat« (2016), »Bodden-Tod« (2017), »Fischland-Angst« (2018) und »Bodden-Nebel« (2019).
www.corinna-kastner.de

Dieses Buch ist ein Roman. Handlungen und Personen sind frei erfunden. Es tauchen viele Namen auf, die so oder ähnlich auf dem Fischland gebräuchlich sind. Ähnlichkeiten mit lebenden oder toten Personen sind nicht beabsichtigt und wären rein zufällig.

Ha,

CORINNA KASTNER

FISCHLAND-LÜGEN

DER SECHSTE FALL FÜR KASSANDRA VOSS

Küsten Krimi

emons:

Lust auf mehr? Laden Sie sich die »LChoice«-App runter, scannen Sie den QR-Code und bestellen Sie weitere Bücher direkt in Ihrer Buchhandlung.

Bibliografische Information der Deutschen Nationalbibliothek
Die Deutsche Nationalbibliothek verzeichnet diese Publikation in der Deutschen Nationalbibliografie; detaillierte bibliografische Daten sind im Internet über http://dnb.d-nb.de abrufbar.

FSC www.fsc.org
MIX
Papier aus verantwortungsvollen Quellen
FSC® C083411

Umschlagmotiv: Corinna Kastner
Umschlaggestaltung: Nina Schäfer, nach einem Konzept von Leonardo Magrelli und Nina Schäfer
Umsetzung: Tobias Doetsch
Gestaltung Innenteil: César Satz & Grafik GmbH, Köln
Lektorat: Dr. Marion Heister
Druck und Bindung: CPI – Clausen & Bosse, Leck
Printed in Germany 2020
ISBN 978-3-7408-0915-7
Küsten Krimi
Originalausgabe

Dieses Werk wurde vermittelt durch die AVA international GmbH, Autoren- und Verlagsagentur. www.ava-international.de

Für meine Mutter,
für die es in vierundsechzig Jahren Ehe
immer nur einen Mann gab.

Und zur Erinnerung an meinen Vater.
Danke, dass du da warst –
und für alles, was du mir mitgegeben hast.

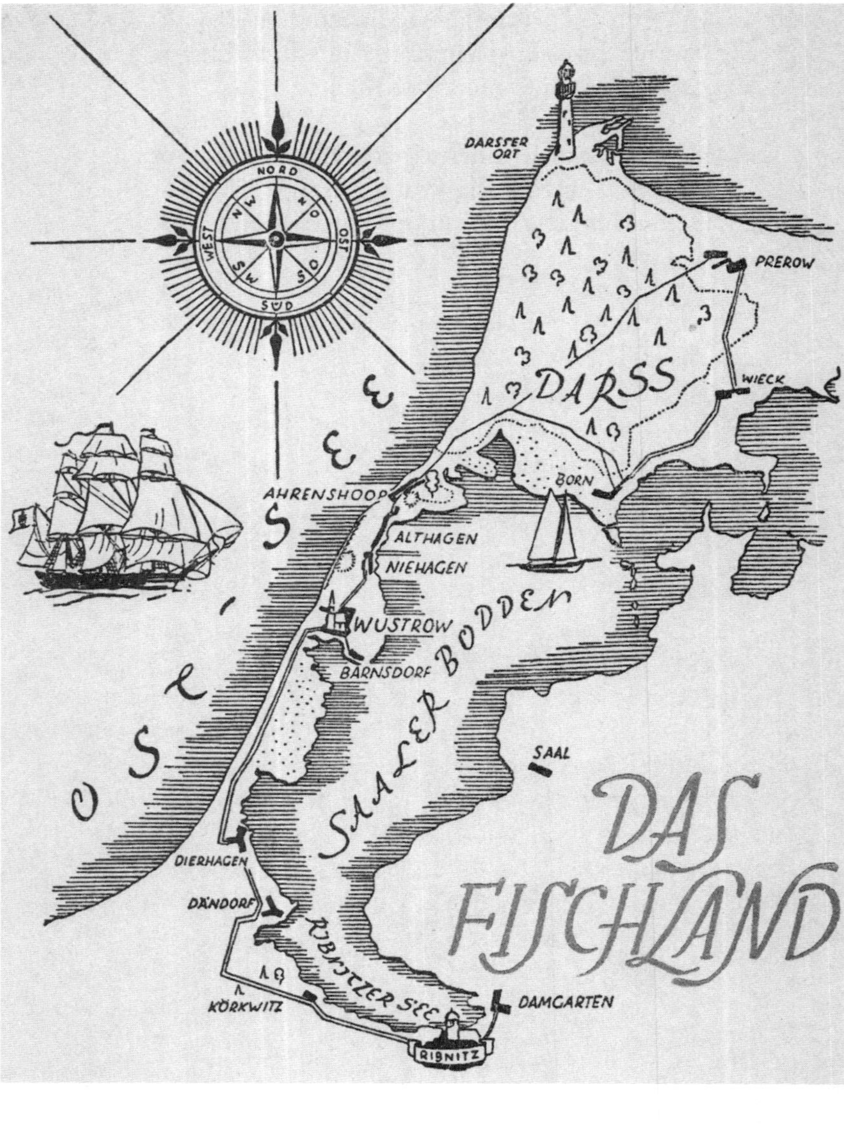
NORD
NW
NO
WEST
OST
SW
SO
SÜD
DARSSER ORT
PREROW
DARSS
WIECK
BORN
AHRENSHOOP
ALTHAGEN
NIEHAGEN
WUSTROW
BARNSDORF
SAALER BODDEN
OSTSEE
SAAL
DIERHAGEN
DÄNDORF
RIBNITZER SEE
KÖRKWITZ
DAMGARTEN
RIBNITZ
DAS FISCHLAND

Prolog

In ihr tobte es. Wut, Trauer, Unglauben, Sehnsucht. Liebe. Angst. Nacheinander und alles zugleich und alles seinetwegen. Es schmerzte so sehr.

Viele Meter unter ihr rauschte die See, die Wellen trugen kleine weiße Schaumkronen und rollten an den Strand, unberührt von ihrem Kummer. Sie trat näher an die Abbruchkante, ihren Blick nach unten gerichtet. Da waren Steine. Große Steine. Wenn sie darauffiel … Vielleicht wäre das am einfachsten. Sie machte noch einen Schritt und geriet aus dem Gleichgewicht.

Erschrocken wedelte sie mit den Armen, fing sich, trat wieder zurück. Nein. Deshalb war sie nicht hier. Ihre Hände zitterten. Sie streckte sie aus und betrachtete sie, wollte sie zwingen, damit aufzuhören. Sie musste sich zusammenzureißen, sich konzentrieren, ruhiger werden. Sie hob den Blick, ließ ihn über die See schweifen, und langsam, ganz langsam, spürte sie, wie sie sich ein klein wenig entspannte, wie sie tatsächlich aufnahm, was vor ihr lag.

In der Ferne erkannte sie auf dem tiefblauen Wasser ein Segelboot und weit dahinter einen großen Frachter. Beide bewegten sich entlang des Horizonts auf die Seebrücke zu, und im Stillen schloss sie eine Wette mit sich selbst ab, wer das Rennen gewinnen, wer zuerst auf Höhe des Brückenkopfes ankommen würde. Trotz seiner Wendigkeit und Schnelligkeit wurde das Segelboot von dem großen, schweren Frachter überholt. So war das im Leben. Die Stärkeren gewannen. Immer.

Sie zog die Brauen zusammen, spürte wieder die Wut in sich. Die Stärkeren mussten nicht immer gewinnen. Das Segelboot war bestimmt absichtlich zurückgeblieben, um den schwerfälligen Frachter zu täuschen, ihn in Sicherheit zu wiegen und ihn später umso leichter einzuholen. Ja. So war das. Sie würde das Segelboot sein. Sie würde ihn finden.

Dabei gab es kaum Anhaltspunkte. Nur ein einziges Mal,

in einem schwachen Moment, nachdem sie sich geliebt hatten, hatte er seine Familie erwähnt. Dass sie vom Fischland stammte, das er nie gesehen hatte. Sein Lächeln dabei war traurig gewesen. Dann hatte er gesagt, dass er eines Tages hinfahren, seine Wurzeln suchen würde. Bevor sie weitere Fragen stellen konnte, hatte er ihren Mund mit einem Kuss verschlossen, und sie hatte um die Endgültigkeit dieser Geste gewusst.

Sie hatte nicht viel, aber das Fischland war ein Anfang. Entschlossen kehrte sie dem Steilufer und der See den Rücken, um endlich mit der Suche zu beginnen.

Viele Stunden, viele Fragen, viele ratlose Gesichter und viel Kopfschütteln später drohte die resignierte Stimme wieder die Oberhand zu gewinnen. Sie hatte alle Hotels, Ferienwohnungsvermittlungen, Restaurants, Imbisse und Geschäfte abgeklappert und keinen Blick mehr gehabt für die bunten Kapitänshäuser, die mächtigen Bäume, die Villen, die Gehöfte des Fischlands. All das hatte sie nur am Rande registriert. Vielleicht war er gar nicht hier gewesen. Vielleicht hatte er doch nichts über seine Wurzeln wissen wollen, sondern war in ein Flugzeug gestiegen, das ihn ans andere Ende der Welt brachte, weit weg von ihr. Garantiert konnte er seine Spuren verwischen, falls er nicht wollte, dass sie ihn fand. Das Schreckliche war nur, dass sie nicht wusste, ob es so war.

Müde lehnte sie sich an eine Litfaßsäule, an der mehrere Schichten von Plakaten klebten und die aussah, als hätte sie schon zu Kaisers Zeiten hier gestanden. Vielleicht sollte sie sein Foto dort aufhängen, statt den Leuten ihr Handy unter die Nase zu halten. Vor ihrem inneren Auge entstand ungewollt ein *Wanted dead or alive*-Plakat aus einem dieser alten Western, die ihr Vater mit Leidenschaft sah. In ihr kämpfte sich ein hysterisches Kichern empor, wurde jedoch erstickt von den ebenfalls aufkommenden Tränen. Sie schluckte sie herunter und stieß sich von der Litfaßsäule ab. Mit den Pensionen und privaten Vermietern war sie nicht mal ansatzweise durch.

Flüchtig sah sie auf das blaue Schild mit dem weißen Schriftzug am Abzweig vor ihr: Lindenstraße. Links und rechts erstreckten sich zwei scheinbar endlose Häuserreihen, und nach wenigen Schritten wusste sie, dass man sich in fast jedem der Häuser mit den grünen, blauen, weißen, gelben, braunen Türen und Fensterläden einmieten konnte. Irgendwann hörte sie auf zu zählen und sagte auf das Kopfschütteln nicht mal mehr Danke und Auf Wiedersehen, sondern drehte sich nur noch um, sodass sie fast nicht gehört hätte, was die letzte Vermieterin hinter ihr herrief.

»Oh, einen Moment! Es kann sein, dass ich …«

Sie fuhr herum. »Was?«

»Ich glaube, ich habe neulich drüben einen Mann gesehen, der dem auf Ihrem Foto zumindest sehr ähnlich sah.« Die ältere Dame deutete auf ein Haus schräg gegenüber, aus dem gerade eine zierliche Frau trat. »Fragen Sie doch mal bei …«

Den Rest bekam sie nicht mehr mit, sie sprintete auf die Frau zu, die dabei war, in ihren Wagen zu steigen. »Warten Sie bitte«, rief sie.

Die Frau drehte sich um und sah ihr entgegen. »Suchen Sie ein Zimmer?«, fragte sie. »Sie haben Glück, ich …«

»Nein, ich suche diesen Mann.« Sie hielt ihr das Telefon hin. »Ihre Nachbarin sagte, es könnte einer Ihrer Gäste sein.«

Die Frau musterte sie mit einem seltsamen Blick – prüfend, als würde sie jede Einzelheit ihres Gegenübers in sich aufnehmen, bevor sie endlich aufs Telefon sah. Anders als die meisten schaute sie nicht sofort wieder hoch und sagte »Nein, tut mir leid«, sondern vertiefte sich in das Foto. Sie war vielleicht Ende dreißig, trug eine hellblaue Sommerbluse zu einer weißen weiten Leinenhose und die Haare zu einem Pferdeschwanz gebunden. Wieso brauchte sie so lange? Konnte das bedeuten, dass …

»Nein, tut mir leid«, sagte sie schließlich. »Frau Dahm hat sich geirrt, das ist keiner meiner Gäste, und er war auch noch nie vorher bei mir.«

Kurz schien sie den Boden unter ihren Füßen zu verlieren, doch sie erholte sich schnell wieder. Die Frau musterte sie beinah so gründlich wie eben, nur nicht mehr prüfend, eher besorgt. »Ist alles in Ordnung mit Ihnen? Brauchen Sie ein Glas Wasser?«

»Ich … nein. Danke. Das … Es ist nur, dass ich schon ziemlich lange auf den Beinen bin. Geht gleich wieder.«

»Sind Sie sicher?«

Sie nickte.

Trotzdem zögerte die Frau, in ihr Auto zu steigen. »Wenn Sie diesen Mann vermissen – waren Sie schon bei der Polizei?«

»Nein!« Das war lauter und erschrockener herausgekommen, als es sollte. Sie wusste das auch ohne den überraschten Blick der Frau. Liebe Zeit. War sie etwa Polizistin? Hatte sie das Foto – und sie – deshalb so intensiv betrachtet? Was hatte sie bei dem Anblick der Fremden gedacht, die da in zerschlissenen Jeans, mit kurzem rotem Top, verstrubbelten blonden Haaren, einem blassen Gesicht und dunklen Ringen unter den Augen vor ihr stand? »Das ist nur …«, stammelte sie und setzte neu an. »Wir haben gestritten, ich habe eine Dummheit gemacht, und er ist abgehauen. Nichts, weswegen man sich beunruhigen müsste. Ich versuche bloß …«

»… ihn zu finden und es wiedergutzumachen?«

Erleichtert nickte sie. »Genau.«

»Dann wünsche ich Ihnen viel Glück.« Die Frau nickte ihr freundlich zu, bevor sie endgültig in ihren Wagen stieg und davonfuhr.

Sie selbst blieb zurück, das bisschen Hoffnung, das sich noch vor drei Minuten in ihr eingenistet hatte, war verschwunden. Das Segelboot würde den großen Frachter niemals einholen.

1

»Glauben Sie mir, Frau Voß, ich sage das nicht nur so: Ihre Fotos sind phantastisch, sie passen wunderbar in meine Galerie.« Nils Brenner unterstrich die Worte mit einer Handbewegung. »Besonders Ihren Blick vom Hohen Ufer auf die blau vereiste Ostsee. Den sehe ich genau dort.« Er neigte sich näher zu ihr und deutete auf eine sogar jetzt am späten Nachmittag noch lichtdurchflutete Wand. Dann richtete er sich plötzlich wieder auf, als sei ihm bewusst geworden, dass er ihr zu nahe gekommen war. Auf seinem Gesicht zeigte sich jedoch nur ein einnehmendes Lächeln. »Sie nicht auch?«

»Unbedingt.« Kassandra war um keinen Millimeter zurückgewichen. Wenn sein aufdringlicher Charme alles blieb, was er sich leistete, damit würde sie fertigwerden. Vor einigen Wochen hatte er sich mit ihr in Verbindung gesetzt und gefragt, ob sie an einer Ausstellung bei ihm interessiert sei, und um eine Auswahl ihrer Fotos per Mail gebeten. Sie hatte viel Mühe und viele Stunden darauf verwendet, einige der schönsten herauszufischen. Brenner gehörte nicht nur diese Galerie in Wieck auf dem Darß, wo er speziell einheimische Künstler ausstellte, er besaß eine weitere in Hamburg und eine in Berlin. Letzteres war ein Ziel, von dem Kassandra sich noch weit entfernt sah, aber es konnte nicht schaden, schon mal einen Fuß in der Tür zu haben. Heute hatte Brenner sie zu sich gebeten, um weitere Einzelheiten zu besprechen, und sie war gespannt gewesen, ihn persönlich zu treffen. Sie wusste schon einiges über ihn, unter anderem, dass ihm ein gewisser Ruf vorauseilte, aber sie hätte nicht erwartet, dass sie noch in das Beuteschema des Endvierzigers mit der hellbraunen Künstlermähne fiel. Eher schon die unglückliche Frau, die sie vorhin in Wustrow angesprochen hatte und die höchstens fünfundzwanzig gewesen war. Auf der Fahrt hierher war sie Kassandra nicht aus dem Kopf gegangen, es tat ihr noch immer leid, dass sie ihr nicht hatte helfen können. Außerdem war da noch etwas gewesen, etwas, das sie irritiert hatte, auch wenn sie nicht genau sagen konnte, was.

»Oder würde es Ihnen dort«, Brenner zeigte auf die gegenüberliegende Wand und brachte sie damit in die Gegenwart zurück, »besser gefallen?«

»Nein, Ihr erster Vorschlag war perfekt. Es wäre ganz großartig, wenn …« Ein dezentes Glöckchen über der Tür veranlasste sie, zum Eingang zu sehen. Ihr Herz machte einen Satz, während sie automatisch weitersprach. »… wenn wir mit meinen Fotos zusammenkämen.«

»Da hege ich überhaupt keinen Zweifel, Frau Voß«, sagte Brenner. Was er sonst noch sagte, ging im Strudel ihrer Gefühle unter.

Kays Blick hatte ihren nur kurz getroffen, bevor er sich abwandte, um ein großes, aus rostigen Metallstücken gefertigtes Zeesboot zu betrachten. Er sah aus wie immer und doch fremd nach der Zeit, in der sie einander nicht gesehen hatten. Ihre letzte Begegnung hatte unter den denkbar schlechtesten Umständen stattgefunden. Beinah schien es, als spüre Kassandra wieder die Träne, die sich damals ihre Wange hinuntergemogelt hatte – und die Berührung seines Daumens, mit dem er sie sanft weggewischt hatte. All dem war ein Streit um die Entführung von Greta Röwer vorausgegangen, bei der sie und ihr Freund Paul gemeinsam mit Kay ermittelt hatten. Pauls eigenmächtiges Handeln und die Konsequenzen daraus waren für Kay untragbar gewesen, sodass er jeglichen Kontakt zum Fischland abgebrochen hatte. Ein Dreivierteljahr lang hatte Kassandra sich bemüht, den Verlust ihrer Freundschaft, die ihr so viel bedeutete, zuerst zu akzeptieren, dann zu verdrängen und schließlich wieder zu akzeptieren. Sie hatte sogar geglaubt, dass ihr das einigermaßen gelungen war, doch der Aufruhr in ihrem Inneren belehrte sie gerade eines Besseren.

Nur mit viel Willenskraft gelang es ihr, zu Brenner zurückzuschauen, aber sie hörte ihm nach wie vor nicht zu.

»Das sehen Sie doch sicher ebenso?«, drang wie aus weiter Ferne seine Stimme zu ihr durch.

Kassandra nickte. »Unbedingt.«

»Sehr gut«, sagte Brenner. »Bitte entschuldigen Sie mich, ich möchte nur eben den Herrn fragen, ob ich behilflich sein kann. Meine Mitarbeiterin hat leider schon Feierabend. Gehen Sie nicht weg, wir reden gleich weiter.« Er zwinkerte ihr zu.

Sie konnte weder verstehen, was Kay sagte, noch seinen Gesichtsausdruck erkennen, weil er ihr nach wie vor den Rücken zukehrte. Während er redete, veränderte sich Brenners Lächeln von souverän zu leicht angespannt, was den Schluss nahelegte, dass Kay nicht zu seinem Vergnügen hier war, sondern in seiner Eigenschaft als Kriminalhauptkommissar. Schließlich nickte Brenner und kam wieder zu ihr herüber.

»Es tut mir leid, ich fürchte, wir müssen unser Gespräch doch verschieben. Wie wäre es morgen gegen elf?« Er klang gelassen wie immer, aber Kassandra vermochte nicht zu beurteilen, ob das echt oder gespielt war.

»Kein Problem«, sagte sie, »gerne.«

»Wunderbar.« Brenner brachte sie zur Tür.

Die Galerie befand sich neben der Darßer Arche, dem Nationalparkzentrum, mitten in Wieck. Auf diesem Platz liefen einige Straßen zusammen, es gab ein Café, ein Restaurant und Bänke, auf denen man sich niederlassen und das Treiben beobachten konnte. Kassandra ging ein paar Schritte auf die Bänke zu, stockte, ging weiter. Überlegte, was sie tun sollte. Das Zusammentreffen ignorieren und nach Hause fahren? Auf Kay warten? Mit ihm reden? Würde er das wollen? Wieder ging sie ein paar Schritte, noch langsamer als eben. Sie drehte sich um. Von hier hatte sie die Galerie gut im Blick. Gegen einen Baum gelehnt ließ sie die Tür nicht aus den Augen, fragte sich jedoch, was sie tun würde, wenn Kay auf die Straße trat.

Knapp zehn Minuten später bildete Kassandra sich ein, das dezente Glöckchen sogar aus der Entfernung klingeln zu hören. Kay holte sein Handy aus der Jackentasche und telefonierte im Gehen. Nur noch wenige Meter trennten sie. Sie suchte seinen Blick. Er fing ihn nicht auf. Es war unmöglich, sie zu übersehen – aber er übersah sie und ging an ihr vorüber. Auf der anderen Straßenseite piepten die Türen seines Wagens, er entledigte sich seines Jacketts, während er weitertelefonierte, warf es auf die Rückbank, stieg ein und fuhr kurz darauf los.

Kassandra lehnte noch immer an ihrem Baum und sah Kays Lexus hinterher. Das war deutlich gewesen. Es dauerte, bis wieder Leben in sie kam und sie langsam zu ihrem Wagen ging, der nahe der Stelle parkte, an der Kays Auto gestanden hatte. Nach drei Anläufen hatte sie den Schlüssel ins Zündschloss gesteckt. Sie drehte ihn nicht, erst musste sie sich beruhigen, sonst würde sie einen Unfall bauen.

Als ihr Telefon einen Ton von sich gab, schrak sie zusammen. Sie wühlte danach in ihrer Handtasche, als hinge ihr Leben davon ab. Alles, was Ablenkung versprach, war gut. Als sie es endlich hatte, wischte sie über den Sperrbildschirm und sah, dass jemand ihr eine Nachricht geschickt hatte – über einen Messengerdienst, der sicherer war als viele andere. Kay hatte ihr eine Nachricht geschickt. Sie öffnete sie und las: *La Taverna del Mare, Prerow.*

Kurz nach sechs betrat sie das italienische Restaurant in der Bergstraße, das früher einmal das heimelige »Klönsnack« gewesen war. Suchend schaute sie über die Tische. Kay saß am Fenster, ein Glas und eine Flasche Wasser vor sich, vertieft in die Speisekarte. Im etwas schummrigen Licht passte er mit seinen dunklen, von Silberstreifen durchzogenen Haaren und dem scharf geschnittenen Gesicht ausgezeichnet in die mediterrane Umgebung.

Ein Kellner fragte, ob sie einen Platz suche, in diesem Moment hob Kay den Kopf. Er nickte ihr zu, und als hätte sie nur auf diese Bestätigung gewartet, setzte sie sich in Bewegung. Sie nahm ihm gegenüber Platz, einen Augenblick lang sahen sie einander wortlos an, ohne dass sie ahnen konnte, was er dachte. Wie so häufig in der Vergangenheit. Schließlich schob Kay ihr die Karte hin.

»Hier ist alles gut, besonders die Pasta.«

Kassandra verspürte nicht den geringsten Hunger, schlug

jedoch die Karte auf – etwas Unverfängliches, ganz Normales zu tun, half vielleicht. So weit zum Plan. Der nicht funktionierte. Sie sah die Buchstaben, aber sie ergaben keinen Sinn. Sie legte die Karte zur Seite.

Gerade als sie den Anfang machen wollte, sagte Kay: »Du solltest dich nicht auf Nils Brenner einlassen. Egal, ob er deine Fotos kaufen, in Kommission nehmen oder sie ausstellen will. Lass die Finger von dem.«

Also saßen sie bloß wegen Brenner hier. Kassandra schluckte. »Was hat er getan?«, fragte sie, obwohl es so viel Wichtigeres zu klären gab als Nils Brenner.

»Er benutzt unter anderem seine Galerien als Geldwaschanlagen für Geschäfte, die …« Kay unterbrach sich. »Unwichtig. Hör einfach auf mich und lass die Finger von dem Mann.«

Kassandra legte den Kopf schief. »Ist das eine offizielle oder eine inoffizielle Ermittlung?«

Auf Kays Stirn bildete sich eine steile Falte, aber er kam nicht dazu, etwas zu erwidern, weil der Kellner am Tisch auftauchte und sie auf Italienisch ansprach. Kassandra konnte nur raten, dass er nach ihren Wünschen fragte, und sah ihn etwas hilflos an, während sein Blick lächelnd zwischen ihr und Kay hin- und herpendelte. Da antwortete Kay mit einem Schwall italienischer Worte, von denen das einzige, das sie identifizieren konnte, *Signorina* war.

Das Lächeln des Kellners wurde breiter. »Lassen Sie sich Zeit, Signorina, ein Mahl muss gut gewählt und anschließend zelebriert werden.« Er verbeugte sich leicht und verschwand wieder.

Irritiert schaute Kassandra ihm hinterher, um dann Kay ebenso irritiert zu mustern, dessen Miene nach wie vor reglos war. »Du sprichst Italienisch? Fließend?«

»Meine Großmutter stammt aus einem kleinen Dorf in der Nähe von Neapel. Lange Geschichte.« Die er keineswegs vorhatte, jetzt vor ihr auszubreiten. Das teilte ihr sein Gesichtsausdruck mit, und das bewies auch seine eigene Frage: »Wie geht es deinem Onkel?«

Heinz. Er fragte nach Heinz. Nicht nach Paul. Das konnte sie ihm nicht verübeln. Paul hatte damals nicht nur Kays Ideale verraten, sondern ihn gleichzeitig gezwungen, zwischen diesen Idealen und Pauls Zukunft zu entscheiden, und ihn damit zweifellos in eine schwere Zwickmühle gebracht. Kassandra mutmaßte, dass Kay das noch schwerer verzeihen konnte als die Sache mit den Röwers an sich. Nach denen er ebenfalls nicht fragte. Dabei hätte es dazu so viel zu berichten gegeben. Aber wahrscheinlich, dachte sie, weiß er ohnehin über die meisten Entwicklungen Bescheid. Ganz sicher weiß er auch, wie unglaublich dankbar ich ihm bin, dass er geschwiegen und nichts in die Wege geleitet hat. Und ebenso sicher will er das nicht hören.

Sie rang sich ein kleines Lächeln ab, das echter wurde, als sie mit ihren Gedanken bei Heinz ankam. »Es gab da im Juni eine Verehrerin. Sie wohnte in meiner Pension und muss sofort beschlossen haben, Heinz zu erobern, kaum dass sie einen Blick auf ihn geworfen hatte.«

Kays Brauen rutschten beinah so hoch wie bei Heinz. »Dein Onkel scheint mir nicht der Typ zu sein, der die Frauen scharenweise anzieht.«

»Nein, kaum. Wenn eine Frau allerdings aufmerksam hinsieht, erkennt sie das gewisse Etwas, das Karin vor vierzig Jahren schon in ihm gesehen hat.«

»Das glaube ich sofort. Trotzdem kann ich offenbar nicht zur Hochzeit gratulieren. Hatte dein Onkel kein Interesse? Es wäre doch schön, wenn er wieder jemanden fände.«

»Richtig«, bestätigte Kassandra. »Aber nicht dieses Weib. Großstadtpflanze, hätte eher ins ›The Grand‹ nach Ahrenshoop gepasst, nur konnte sie sich das nicht leisten.«

»Verstehe. Sie hat nicht Heinz Jung gesehen, sondern ein Grundstück und ein Haus auf dem Fischland. Was für ein Pech für sie, dass sie an den Falschen, noch dazu an einen Polizeihauptmeister a. D. mit ausgezeichneter Beobachtungsgabe und Menschenkenntnis geriet.«

Kassandra griente. »Für Heinz war es ein bisschen nervig. Ich dagegen fand ihre Bemühungen eher amüsant, und ich glaube, obwohl er es nie zugeben würde, ihm hat es zu guter Letzt Spaß gemacht, sie abzuservieren.«

Als hätte er aufs Stichwort gewartet und »servieren« verstanden, erschien der Kellner wieder auf der Bildfläche.

»Entschuldige«, sagte Kay, »ich hatte heute noch nichts Vernünftiges zu essen.«

»Bestell was für mich mit. Gerne Pasta.«

Die darauffolgende Unterhaltung wurde auf Italienisch geführt. Als Kay sich ihr wieder zuwandte, war plötzlich die Spannung zwischen ihnen zurück.

Ich muss was sagen, dachte Kassandra, irgendwas. »Wie dicht seid ihr schon dran an Nils Brenner?«, fragte sie und hätte sich am liebsten auf die Zunge gebissen, kaum dass die Worte heraus waren. Falsche Frage. Kays Blick verdunkelte sich. Sie konnte nichts zurücknehmen, aber auch nicht übergangslos etwas völlig anderes anschneiden. Sie beschloss, seine Abweisung anders zu auszulegen. »Noch nicht dicht genug also«, sagte sie. »Woran liegt's?«

Kay starrte sie an. »Könnten wir das Thema wechseln? Alles, was ich zu Nils Brenner zu sagen habe, habe ich gesagt.«

Ungewollt ging Kassandra etwas im Kopf herum, und schon wieder sprach sie es aus, ehe sie sich fragen konnte, ob das klug war. »Man sagt über ihn, er sei gut organisiert, weit vernetzt und ein geschickter Verhandlungspartner – und er wähle überaus sorgsam aus, mit wem er zusammenarbeitet. Nach allem, was du sagst, würde ich es definitiv übervorsichtig nennen.« Sie wartete, doch Kay reagierte nicht, außer dass er nach einem Stück Weißbrot griff, es in zwei Teile zerriss und die Falte auf seiner Stirn noch steiler wurde als vorhin. Es kostete ihn Mühe, sie nicht zum Teufel zu jagen. Was tat sie hier eigentlich?

»Nils Brenner«, fuhr sie dessen ungeachtet fort, »hat auf gewisse Weise Ähnlichkeit mit der Urlauberin, die sich Heinz krallen wollte. Er hält sich für unwiderstehlich, und oft genug hat er Erfolg. Schließlich sieht er nicht schlecht aus. Er flirtet ungeniert, mit Kundinnen, aber genauso mit Künstlerinnen. Versucht er bei mir auch. Erfolglos. Bisher.«

Ganz langsam hob Kay den Kopf, Unglauben im Blick.

Kassandra ignorierte das, während sie weitersprach. »Du brauchst jemanden, bei dem er nicht vorsichtig oder zumindest nicht vorsichtig genug ist. Brenner ist erst seit einem halben Jahr hier, er hat keine Ahnung und vor allem überhaupt keinen Grund zu vermuten, dass ich je mit der Polizei zu tun hatte, er hält mich für eine harmlose Pensionsinhaberin, die ganz passable Fotos macht.« Der Unglauben war aus Kays Blick gewichen, sein Ausdruck wurde undurchdringlich. »Innerhalb der Grenzen – lass es mich versuchen«, bat sie.

Nach wie vor war es ihr unmöglich zu erkennen, was Kay dachte, und sie hatte nur noch eine Karte auszuspielen. Eine sehr gewagte Karte. »Du hattest meine Bewerbung für deine Truppe schon angenommen«, erinnerte sie ihn leise.

Schweigend fixierte er sie, die Geräusche um sie herum verschwammen zu einem undeutlichen Gemurmel. Sie sah ihm an, dass er sich an jenen Augenblick und an seine eigenen Worte erinnerte, nachdem er einen Fehler seiner inoffiziellen privaten – und in Teilen äußerst illegalen – Ermittlertruppe auf seine Kappe genommen hatte.

Ein lautes Klirren und ein italienischer Fluch aus der Küche brachen den Bann.

Kay beugte sich ein Stück vor. »Die Truppe gibt es nicht mehr.«

Kassandra benötigte zwei, drei Wimpernschläge, um die Bedeutung dessen zu erfassen, und noch länger, um darauf zu reagieren. »Warum nicht?«, fragte sie schließlich, obwohl sie sich ganz und gar nicht sicher war, die Antwort hören zu wollen.

»Es gab Differenzen«, sagte Kay neutral.

»Wegen …« Kassandra beugte sich ebenfalls vor und setzte neu an. »Wegen Gretas Entführung?«

»Es spielt keine Rolle, weswegen.«

»Doch, tut es. Waren Pauls Vorschlag und Gretas und Mathias' Entscheidung der Grund für den Bruch?« Kassandra konnte nicht eindeutig sagen, ob Kays kaum hörbarer Seufzer der Tatsache galt, dass sie nicht aufgeben würde, oder dem Gedanken an die Truppe.

»Nicht der endgültige.«

»Aber das alles hat zu einem Riss geführt, der immer breiter und dann unüberwindbar wurde«, interpretierte sie seine Worte. Traurigkeit erfüllte sie und ein Gefühl von Schuld, was er bemerkte. Er hatte schon immer in ihr lesen können wie in einem Buch.

»Für das, was wir taten, war unbedingter Zusammenhalt erforderlich, auch bei noch so unterschiedlichen Auffassungen.« Er hielt kurz inne. »Wenn uns die auseinandergebracht haben – was war es dann wert?«

Sie starrte in seine dunklen Augen. Was war dann unsere Freundschaft wert?, lag ihr auf der Zunge, doch sie sprach es nicht aus. Wenn Kay bereit gewesen war, seine Truppe aufzugeben, war das seine Angelegenheit. Sie dagegen hatte schon viel zu viel Zeit mit dem Versuch verschwendet, ihre Freundschaft aufzugeben. Schluss damit. Sie würde nicht aufgeben, sie würde dafür kämpfen, auf ihre Weise, ob es ihm gefiel oder nicht. Sie nickte, als respektiere sie seine Worte, und lehnte sich wieder zurück.

»Also ist Brenner eine offizielle Ermittlung«, stellte sie fest, »und wenn es deine Truppe nicht mehr gibt, kann es erst recht nicht schaden, jemanden Inoffizielles im Spiel zu haben. Mich.« Als Kay nichts erwiderte, fügte sie hinzu: »Oder mischt doch noch einer von früher mit?«

»Nein.«

»Dann lass mich das übernehmen. Ich kann mich zwar nicht in virtuelle Welten hacken, aber dafür in reale ganz gut.«

Kay schüttelte den Kopf. »Nach dem Aus der Truppe habe ich einen … nennen wir es: IT-Intensivkurs besucht. Ich komme ganz gut zurecht. Genauso wie in der realen Welt. Du wirst dich nicht einmischen. Klar?«

Das klang endgültig.

Egal.

»Sag mir einen triftigen Grund, warum nicht. Dein Polizeioberrat Geldorf wird nichts erfahren. Das hat früher schon geklappt, noch bevor es deine Truppe gab, es wird wieder funktionieren.«

»Es geht nicht um Geldorf, der ist nicht mehr ...« Er unterbrach sich.

»Was ist er nicht mehr?«, hakte sie nach.

»Mein Vorgesetzter.«

Etwas in seinem Tonfall ließ Kassandra aufhorchen. Kay und Geldorf waren nie sonderlich gut miteinander ausgekommen, im Gegenteil. Sie hätte verstanden, wenn Kay froh gewesen wäre, den Mann los zu sein. Aber das war es nicht, was in seiner Stimme gelegen hatte. »Wer ist es dann? Hast du dich versetzen lassen?«

Kay schwieg. Anscheinend hatte er den Kellner kommen sehen, der jetzt zwei Teller mit Pasta vor sie hinstellte und gut gelaunt »Buon appetito« wünschte. Kay hatte für sie beide Ravioli al tartufo bestellt – Trüffel in einer feinen Sahnesoße, wie Kassandra feststellte, als sie auf die Nudeln sah. Sie verspürte immer noch keinen Hunger, doch Kay nahm das Besteck und begann zu essen.

Kassandra geduldete sich eine Weile und aß ebenfalls, doch als Kay nach seinem Glas griff, wiederholte sie ihre Frage. »Wer ist dein neuer Vorgesetzter?«

Kay trank einen Schluck. »Hast du nicht gehört, was Donato vorhin gesagt hat? Ein Mahl soll man zelebrieren.« Er stellte das Glas wieder hin und aß weiter.

»Ich hab nicht den Eindruck, dass du was zelebrierst, sondern dass du mir ausweichst. Hast du die Dienststelle gewechselt?«

Er sah hoch, dann wieder auf seinen Teller. »Nicht direkt.«

»Was meinst du damit – nicht direkt? Was sollte ...« Sie unterbrach sich selbst, starrte ihn an wie vorhin. Und als sie endlich begriff, was geschehen sein musste, war der Schock darüber noch größer als über die Auflösung seiner Truppe. »Du hast den Dienst quittiert.«

Wortlos begegnete Kay ihrem Blick.

Weshalb konnte sie nicht in ihm lesen, so wie er in ihr? Das

Einzige, was sie aus seinem Blick las, war, dass er darüber nicht reden würde. Auf keinen Fall jetzt. Aber wenn sie den Kampf um ihre Freundschaft gewann, dann vielleicht irgendwann mal.

»Das heißt, du bist ganz auf dich allein gestellt«, sagte sie, um Sachlichkeit bemüht.

»Und das werde ich auch bleiben«, stellte Kay klar. »Versuch es gar nicht erst ein zweites Mal.« Dabei erschien auf seinem Gesicht die winzigste Andeutung eines Lächelns, die jedoch gleich wieder verschwand. »Nils Brenner ist geschickt, aber nicht so geschickt, wie er glaubt. Ihn wegen Gott weiß was zu überführen, ist nicht weiter schwer.«

Verblüfft richtete Kassandra sich auf. »Warum tust du es dann nicht?«

»Weil Brenner der kleine Fisch ist, über den ich hoffe, den großen zu schnappen. Den Mann, für den er das Geld wäscht. Der dir draufkäme, wenn du dich bei Brenner einschleichst, weil er über alles informiert ist, was seine ... Mitarbeiter tun oder lassen. Deshalb will ich nicht, dass du in diesem Spiel mitspielst. Dieser Mann ist wirklich gefährlich.«

»Wer ist er?«

Kay gab sich keinerlei Mühe zu verbergen, was er dachte. Die Frage amüsierte ihn. »Du glaubst nicht im Ernst, dass ich dir das sage.«

Natürlich nicht, dachte sie und überlegte trotzdem fieberhaft, ob es ein Argument dafür gab.

Mitten in ihre Grübeleien klingelte Kays Handy. Er sah aufs Display und erhob sich beinah gleichzeitig. »Entschuldige mich, ich muss da rangehen.«

Kassandra sah ihm nach, wie er das Restaurant verließ. Hatte der Anruf mit seinen Ermittlungen zu tun? Telefonierte er gerade mit seinem Auftraggeber? Sie konnte ihn sich zwar nur schwer als Privatdetektiv vorstellen, andererseits musste er ja seinen Lebensunterhalt verdienen, und vielleicht tat er das auf diese Weise. Aber speziell in diesem Fall?

Je länger sie darüber nachdachte, desto mehr gelangte sie zu der Überzeugung, dass der sehr viel besser zu den Maximen seiner einstigen Truppe passte: die drankriegen, die durchs Netz schlüpfen. Es sollte sie nicht wundern, wenn Kay einfach weitermachte wie zuvor, bloß ohne jegliche Unterstützung.

Sie schaute zurück auf ihren Teller, pikte zwei Ravioli auf die Gabel und schob sie in den Mund. Kalt. Seufzend legte sie die Gabel wieder auf die Serviette. Kay würde ihr nichts sagen. Nichts darüber, wie er arbeitete, und erst recht nichts über den großen Fisch, den er zu fangen hoffte. Was sie bisher erfahren hatte, reichte ja auch schon für ein paar schlaflose Nächte. Kays Truppe zerschlagen, und – noch unfassbarer – er war kein Polizist mehr. Obwohl er vor einigen Jahren schon mal darüber nachgedacht hatte, den Dienst zu quittieren, hätte sie nicht für möglich gehalten, dass er es tatsächlich tat. Was mochte der Auslöser dafür gewesen sein?

Sie schreckte hoch, als ihr eigenes Telefon ein Pling von sich gab. Eine Nachricht von Paul: *Wo steckst Du? Hat Brenner Dich in sein Schlafzimmer entführt? ;-) Eis Dich los von ihm, damit Du pünktlich bei Bruno bist.*

Himmel, sie hätte Paul Bescheid sagen müssen, dass sie sich verspätete. Außerdem hatte sie das Abendessen bei Bruno durch all das, was in der letzten Stunde auf sie eingestürmt war, vollkommen vergessen. Eilig tippte sie: *Bin Brenners Schlafzimmer entkommen ;-), aber anderweitig aufgehalten worden.* Dabei schoss ihr die Frage durch den Kopf, weshalb sie nicht schrieb, wovon. Sie tippte weiter. *Ich weiß nicht, ob ich es pünktlich schaffe – fangt ruhig ohne mich an, bevor's kalt wird.*

Kaum hatte sie die Nachricht abgeschickt, gab ihr Handy erneut einen Ton von sich, diesmal von der »Ostsee-Zeitung«, die sie auf die neuesten Nachrichten aufmerksam machte. Suchend blickte sie zum Restauranteingang, von Kay war noch nichts zu sehen. Sie wandte sich wieder ihrem Telefon zu und überflog die OZ-Nachrichten, obwohl sie ahnte, dass sie sich sowieso nicht darauf konzentrieren konnte. Da stolperte sie über eine Schlagzeile:

Neues Bauprojekt von Falk Clasen in Wustrow? Kassandra las diesen Satz zweimal. Die ehemalige Seefahrtschule war derzeit das einzige größere Bauvorhaben. Sie konnte davon ausgehen, dass sowohl Paul als auch ihr Vater Harald, der in derselben Branche wie Clasen tätig war, gewusst hätten, falls das anders wäre und …

»Ist was nicht in Ordnung?«, fragte Kay.

Kassandra zuckte zusammen, sie hatte ihn gar nicht zurückkommen hören.

Jetzt setzte er sich und deutete auf ihr Telefon. »Schlechte Nachrichten? Du siehst beunruhigt aus.«

»Eher verwundert«, gab sie zurück. »Hier steht was von einem neuen Bauvorhaben in Wustrow, von dem sich bis zu uns noch nichts rumgesprochen hat.«

»Es dürfte nichts Außergewöhnliches sein, wenn da abseits der Seefahrtschule noch ein, zwei weitere Ferienimmobilien entstehen.«

»Stimmt. Allerdings hat hiermit anscheinend Falk Clasen zu tun. Das wird dir nichts sagen, aber Clasen gibt sich für gewöhnlich nicht mit Kleinig…« Sie stockte mitten im Wort. Kays Gesichtsausdruck hatte sich verändert, nur für den Bruchteil einer Sekunde, doch das genügte. »Liebe Güte! Du bist hinter Falk Clasen her.«

Kay war offensichtlich bewusst, dass es keinen Sinn hatte, das abzustreiten. Trotzdem zog er es vor, es nicht zu kommentieren, also sprach Kassandra weiter.

»Ich hätte nicht gedacht, dass Clasen Dreck am Stecken hat, erst recht nicht so viel, wie du sagst. Vor gut anderthalb Jahren bin ich ihm mal begegnet. Mein Vater war damals an einem seiner Projekte beteiligt, in Potsdam, glaub ich, und sie hatten hier ein Arbeitswochenende.« Kassandra machte eine Pause. »Du hast recht«, fuhr sie dann fort. »Du brauchst meine Hilfe nicht. Du brauchst Haralds Hilfe.«

Ohne auch nur den Hauch eines Zögerns schüttelte Kay den Kopf. »Ich kann deinen Vater nicht um Hilfe bitten.«

Sie wusste, was er meinte. Ihr Vater hatte Kays Truppe finanziell unterstützt, und obwohl es zwischen den beiden Männern nie Streit gegeben hatte, hatte Kay nach dem Bruch mit Paul und ihr auch diese Verbindung sofort gekappt. Es war ihm wohl wichtig gewesen, von diesem Zeitpunkt an völlig unabhängig von allen Fischländern zu sein.

»Das ist doch jetzt vollkommen egal«, sagte Kassandra. »Du kannst dir den Umweg über Brenner sparen, wenn Harald seine Fühler ausstreckt. Falls Clasen was in Wustrow plant, umso leichter!« Sie griff nach ihrem Telefon, um endlich den Artikel zu lesen, doch Kay nahm es ihr aus der Hand und legte es zur Seite.

»Selbst wenn die Dinge anders lägen, kann ich das nicht machen.«

»Warum nicht?« Dann ging ihr ein Licht auf. »Du verdächtigst meinen Vater ...«

»Selbstverständlich nicht!«, unterbrach er sie ungeduldig. »Harald Barthel ist ein einflussreicher, vermögender Mann mit einer sehr gut gehenden Baufirma. Aber verglichen mit Clasen ist er genauso ein kleiner Fisch wie Brenner. Wenn Clasen herausfände, dass dein Vater daran beteiligt ist, ihm in die Suppe zu spucken, kostet es ihn zwei Anrufe, und Barthel Ostsee Bau kann dichtmachen.«

Kassandra schluckte. Das war hart, aber ... »Grund genug, ihm das Handwerk zu legen.«

Sehr leise und sehr eindringlich sagte Kay: »Kassandra. Du bist mir nichts schuldig. Und dein Vater erst recht nicht.«

Seine Worte berührten sie und machten sie gleichzeitig wütend. »Mein Vater nicht. Ich dagegen schulde dir sehr viel, unter anderem verdanke ich dir mein Leben. Aber du weißt hoffentlich, dass das hier nichts damit zu tun hat. Ich bin sicher, Harald sähe das genauso wie ich: Wenn Falk Clasen hinter Gitter gehört, wird es Zeit, dass ihn jemand da hinbringt.«

»Ich bin dabei, das zu tun.«

»Aber du könntest Hilfe brauchen.«

Jetzt wurde auch Kay wütend. »Wir drehen uns im Kreis. Würdest du bitte ein Nein akzeptieren?« Fraglos fing er an, sich selbst zu verwünschen, weil er sich mit ihr getroffen hatte.

Innerlich seufzte Kassandra. Ihre Hartnäckigkeit war eindeutig der falsche Weg, um seine Freundschaft zu kämpfen. Sie hätte das wissen müssen. »Ja. Tut mir leid. Ich …«

Mit einer Handbewegung schnitt Kay ihr das Wort ab. »Schon gut. Vergiss einfach, was du heute gehört hast – abgesehen von meiner Warnung vor Nils Brenner.« Ein kleines Lächeln huschte über seine Züge, er deutete auf ihre Teller. »Die Pasta ist sicher schon kalt. Lass uns zahlen und gehen.«

Das war's also. Sie hatte ihre Chance verspielt.

Der Kellner namens Donato machte ein ziemliches Gewese um ihre halb vollen Teller, bevor er ins Italienische wechselte. Während Kay zahlte, antwortete er, Donato nickte einigermaßen zufrieden, und kurz darauf standen sie auf der Straße.

»Was hat er gesagt?«, fragte Kassandra.

»Dass wir wiederkommen sollen, wenn wir mehr Appetit haben.«

»Was hast du geantwortet?«

»Was er hören wollte: dass wir das gern tun werden.«

Sie waren auf dem Parkplatz angekommen, ihre Wagen standen nebeneinander.

»War das nur, was er hören wollte? Oder werden wir das?«, wagte sich Kassandra vor. »Wiederkommen?«

Kay schaute die Straße hinauf und hinunter, bevor er zurück zu ihr sah. Da war etwas Undefinierbares in seinem Blick, dann lächelte er wieder. »Komm mit Paul her, das wird Donato ebenso recht sein.«

2

Kay Dietrich lenkte den Wagen ganz automatisch an Zingst vorbei, über die Meiningenbrücke, durch Barth und weiter bis Löbnitz, wo er auf die B105 Richtung Stralsund und weiter nach Hause fuhr. Er nahm nichts von dem wahr, was sich links und rechts der Straße abspielte. Stattdessen sah er Kassandra in der Galerie stehen, eine Sekunde lang erschrocken, als sie ihn erkannt hatte. Er hoffte, dass Brenner das nicht aufgefallen war. Dietrich hatte sich dankbar diesem verrosteten Zeesboot zugewandt. Bevor er nach Wieck aufgebrochen war, hatte er an die Möglichkeit gedacht, Kassandra und Paul zu begegnen, es aber dann als höchst unwahrscheinlich abgetan. Er hatte wohl verdrängt, wie klein die Welt auf der Halbinsel war. Wie er überhaupt während des letzten Dreivierteljahres versucht hatte, jegliche Gedanken ans Fischland zu verdrängen.

Unmittelbar nach Greta Röwers Entführung hatte es die erste ernsthafte Auseinandersetzung innerhalb der Truppe gegeben. Dann war Rieka, mittlerweile fast eine Profi-Hackerin, plötzlich von der Bildfläche verschwunden. Sie hatte einem Kumpel helfen wollen, war dadurch selbst in Gefahr geraten, und Tobias, Bengt und er hatten zwei Monate nach ihr gesucht, bis sie plötzlich ein Lebenszeichen erhielten. Rieka hatte es so aussehen lassen, als käme es vom anderen Ende der Welt, falls jemand es abfing, für den es nicht bestimmt war. Tatsächlich hatte sie die Nachricht aus Hamburg geschickt, und es gelang ihnen, sie aus der Sache herauszuholen. Kurzzeitig hatte es daraufhin so ausgesehen, als würde wieder alles ins Lot kommen. Aber Rieka hatte sich verändert, und Tobias, dem sie viel bedeutete, musste ständig vermitteln, was letztlich zu noch mehr Spannungen führte, bis sie mehr Zeit damit verbracht hatten zu diskutieren, als zu handeln. Das Ende der Truppe war seit Langem wieder eine einstimmige Entscheidung gewesen. Zu Tobias, nach wie vor beim KDD in Stralsund, und zu Bengt, dem pensionierten Kriminalhauptkommissar, war der Kontakt anfangs nicht gänzlich abgebrochen, bis Dietrich selbst einen Schlussstrich gezogen hatte – von Bengt erst spät akzeptiert. Es war besser so.

Genauso wie es besser gewesen wäre, Kassandra nicht nach Prerow zu bestellen. Besser für ihn aus vielerlei Hinsicht. Und besser für sie. Sie hatte zwar sein Nein akzeptiert, und normalerweise tat sie, was sie sagte, und stellte sich dem Unvermeidlichen. Aber seine innere Stimme sagte ihm, dass er sich diesmal nicht uneingeschränkt darauf verlassen konnte.

»Kassandra«, murmelte er, »mach bloß keine Dummheiten.«

3

Es kostete Kassandra viel, Kays Wagen nicht hinterherzusehen, sondern in ihren eigenen zu steigen. Statt gleich loszufahren, holte sie ihr Handy hervor, um zu lesen, was die OZ über das Bauprojekt in Wustrow schrieb. Der Artikel behandelte allerdings vorwiegend Falk Clasens beeindruckenden Werdegang. Anfang der Neunziger hatte er seine Firma Clasen Constructions in Berlin gegründet und sich zunächst auf Eigenheime und Mehrfamilienhäuser spezialisiert. Schließlich wandte er sich größeren, auch internationalen Projekten zu, Hotels, Museen, Konzerngebäuden, expandierte weiter und weiter und verlegte überraschenderweise seinen Hauptfirmensitz von Berlin nach Stralsund. In dem Artikel wurde er mit dem Satz zitiert: »Es reicht mir, wenn meine Projekte groß sind – meine Umgebung habe ich gern weniger überdimensioniert.« Dessen ungeachtet beschäftigte Clasen rund vierhundertfünfzig Mitarbeiter in Deutschland, Italien, den Niederlanden und Südafrika und plante eine weitere Dependance in Polen. Was er in Wustrow vorhatte, blieb trotz der Artikelüberschrift unklar, weil Clasen »schmunzelnd, aber bestimmt« ablehnte, über etwas zu reden, das noch lange nicht spruchreif sei.

Nicht schlauer als vorher fuhr Kassandra endlich los. Während der Fahrt merkte sie, dass Clasens Bauprojekt in ihren Gedanken zunehmend in den Hintergrund geriet und die Gefühle, die das Wiedersehen mit Kay in ihr auslöste, die Oberhand gewannen. Sie zwang sich, sich wieder auf Clasen zu konzentrieren. Egal, was sie vorhin gesagt hatte, sie würde diesen Artikel als Aufhänger nutzen, Harald über den Mann auszufragen. Nicht mehr heute allerdings, nicht bei Bruno, wo sie auch die Begegnung mit Kay unerwähnt lassen würde.

In Wustrow nahm Kassandra sich nicht die Zeit, noch etwas Bequemeres anzuziehen, sie war schon zu spät dran. Stattdessen fuhr sie bis zum Ende der Thälmann-Straße, bog an der Kirche in die Hafenstraße ein und stellte kurz darauf ihren Wagen auf dem Parkplatz ab. Den beiden Zeesbooten, die im Hafenbecken vertäut lagen, wollte sie nur einen Blick gönnen und hinüber zu Brunos Haus im Grünen Weg laufen. Doch dann blieb sie stehen und betrachtete die »Tante Mine«, das Zeesboot ihres Nachbarn Jonas Zepplin, das sachte auf den winzigen Wellen schaukelte. Die rotbraunen Segel waren eingeholt, die Masten ragten in den mittlerweile dämmrigen Abendhimmel. Vor einigen Jahren hatte Jonas auf seinem Boot mitten in der Nacht eine Leiche gefunden. Sie, Paul, ihr Onkel Heinz und Kay hatten das Verbrechen aufgeklärt. Sie waren ein Team gewesen. Trotzdem hatte es eine winzige Unstimmigkeit zwischen Paul und Kay gegeben, kaum der Rede wert. Der Streit hatte beiden leidgetan und war schnell vergessen gewesen. Warum fiel ihr das jetzt wieder ein?

Wie aus dem Nichts schoss ihr mit einem Mal die Frage durch den Kopf, ob sie ihre Begegnung mit Kay überhaupt erwähnen sollte. Sie und Paul hatten seit ewig vermieden, über ihn zu sprechen. Kassandra spürte, dass es Paul lieber so war. Sie verstand ihn, und doch fiel es ihr manchmal schwer zu schweigen. Kurz überlegte sie, wenigstens mit Heinz … Aber das war unmöglich. Sie konnte nicht hinter Pauls Rücken Heinz ins Vertrauen ziehen. Wozu auch? Im Grunde hatte sich ja gar nichts sich verändert, Kays Abschiedsworte hatten das deutlich gemacht. Sie setzte sich wieder in Bewegung. Ja. Sie würde einfach schweigen.

Das vertraute Quietschen von Brunos Vorgartentor zauberte ein Lächeln auf Kassandras Lippen. Die nächsten Stunden konnte sie abschalten und nur das Zusammensein mit Freunden genießen. Gestern hatte Bruno mit seiner Angel an der Seebrücke den Fang seines Lebens gemacht. Trotz seiner Fischverteilaktion quer durch Wustrow war noch eine Menge übrig geblieben und seine Gefriertruhe nicht mehr aufnahmefähig. Also hatten er und Paul den heutigen Tag in der Küche zugebracht und für abends alle eingeladen.

Bruno öffnete ihr gut gelaunt die Tür. »Schön, dass du da

bist, Lütting.« Sein zerfurchtes Gesicht hellte sich mit einem kleinen Lachen auf.

Aus dem Wohnzimmer drang nicht nur köstlicher Duft, sondern auch eine äußerst lebhafte, fast hitzige Unterhaltung in die Diele.

»Was ist denn da los?«, fragte Kassandra.

Amüsiert zuckte Bruno mit den Schultern. »Die Diskussion darüber, ob Wustrow einen Golfplatz braucht, schlägt hohe Wellen.«

»Einen Golfplatz? Ist nicht dein Ernst!«

Bruno lachte wieder. »Irgendwas sagt mir, dass du zur Kontra-Fraktion gehörst.«

»Worauf du Gift nehmen kannst. Golf ist bestimmt ein schöner Sport, aber es gibt schon eine Anlage in Neuhof, die reicht ja wohl für die Gegend.« Mit dem letzten Satz betrat sie das Wohnzimmer, wo der Tisch reichlich gedeckt war mit Salaten, Rosmarinkartoffeln, gegrilltem und gedünstetem Fisch. »Entschuldigt meine Verspätung, ich wollte euch nicht unterbrechen. Aber wer kann denn hier einen Golfplatz wollen?«

»Der anspruchsvolle Urlauber, der keine zwanzig Kilometer fahren, sondern bequem vom Bett in Loch 4 fallen möchte«, ließ sich Paul schmunzelnd vernehmen und deutete auf den freien Sofaplatz neben sich. Sein Blick sagte dabei das Gleiche wie Brunos Worte vorhin: Er freute sich, dass sie da war, und für den Moment, in dem sie einander ansehen, vergaß Kassandra alles andere.

»Du brauchst das gar nicht so spöttisch zu sagen, Paul.« Jonas spießte ein Stück Kartoffel auf seine Gabel. »Ich für meinen Teil freu mich über jeden Urlauber, der kommt, auch wenn er wegen des Golfplatzes käme. Er kann ja nicht dauernd auf dem Rasen zugange sein, also wird er möglicherweise eine Fahrt auf meiner ›Tante Mine‹ buchen und anschließend meinen ›Fischländereien‹ einen Besuch abstatten und da auch noch mal Geld für das eine oder andere Souvenir lassen.« Jonas' Lächeln entschärfte den leicht verärgerten Tonfall. »Ich liebe Sophie und Ben sehr, aber du glaubst gar nicht, wie viele Haare einem zwei Kinder vom Kopf fressen.«

»Vom dritten gar nicht zu reden«, sagte Marlene rechts von ihm.

Jonas fuhr herum. »Was?«

»War ein Scherz, Schatz.« Marlene grinste und wandte sich an Harald. »Was meinen Sie denn dazu, Herr Barthel? Sie haben sich ja bisher rausgehalten.«

Harald wiegte den Kopf. »Kann ich ehrlich erst sagen, nachdem ich die Pläne gesehen habe. Wenn ich richtig verstanden habe, was du vorhin sagtest, Paul, reden wir uns hier ohnehin für nichts die Köpfe heiß, weil es überhaupt noch keine Pläne gibt, sondern allerhöchstens eine Absichtserklärung.«

Paul nickte.

Gleichzeitig stellte Heinz fest: »Dabei bleibt es auch hoffentlich.« Er guckte grimmig und säbelte an seinem Fisch herum.

»Heinz«, sagte Bruno, der auf Pauls anderer Seite Platz genommen und nach einer Flasche Rostocker gegriffen hatte, »die Meerforelle zergeht auf der Zunge. Ich wäre dir dankbar, wenn du mein Porzellan heile ließest.«

Heinz' meckerndes Lachen erfüllte den Raum, bis er einen Happen von seiner Gabel nahm und genüsslich nickte. »Wirklich hervorragend.«

»Um auf die Frage von Frau Zepplin zurückzukommen«, unterbrach Barbara die kulinarischen Betrachtungen, »du wirst doch wohl eine Meinung haben, Harald, auch ganz ohne Pläne.«

Kassandra fand es nach drei Monaten immer noch ungewohnt, an der Seite ihres Vaters die attraktive honigblonde Frau zu sehen, der er sich jetzt etwas nachsichtig zuwandte.

»Ich bilde mir meine Meinung nicht ohne vernünftige Faktenlage.«

»Die gibt es doch«, widersprach Barbara. »Vielleicht keine, die aus Bauplänen besteht, aber Herr Zepplin hat ganz recht. Wenn so ein Golfplatz mehr Leute herbringt, umso besser. Wustrow lebt schließlich vom Tourismus.«

»Wustrow hat es jetzt schon schwer genug, für die Urlauber, die derzeit kommen, ausreichend Service und Gastronomie zur Verfügung zu stellen«, sagte Paul, gänzlich ohne Spott und

Schmunzeln. Das Thema war zu ernst dafür und ein ständiges Problem, von dem er als Gemeindevertreter ein Lied singen konnte. »Das funktioniert nur mit entsprechendem Personal, für das wir wiederum das Umfeld schaffen müssen. Wohnraum vor allem. Ein weiteres Hotel dürfte da kontraproduktiv sein.«

»Wieso Hotel?«, fragte Kassandra, hellhörig geworden. »Könntet ihr mich mal aufklären, worum genau es hier geht?«

Paul vertilgte einen Bissen seines Fischsalats, dann lehnte er sich zurück. »Auf dem Weg hierher bin ich Heiko Jordan am Norderfeld begegnet. Er stand da mitten auf der Straße und guckte über sein Land hin zu seinem Gehöft, als würde er zwischen Himmel und Hölle abwägen. Also blieb ich stehen und fragte ihn, was los sei. Er sagte, er überlege nach dem Tod seines Vaters, ob er die Landwirtschaft wirklich übernehmen oder lieber woanders was Neues aufbauen soll. Er träumt von einem Gut in Südfrankreich, und es gibt offenbar für seinen Grund und Boden einen Kaufinteressenten, der gern ein kleines exklusives Hotel da hinstellen und aus dem Norderfeld einen Golfplatz machen würde. Leider hab ich nicht aus ihm rausgekriegt, wer dieser Interessent sein könnte.«

»Falk Clasen«, sagte Kassandra. Ihre Stimme kam ihr ein wenig zittrig vor, doch niemand sonst schien das zu bemerken.

»Clasen?«, wiederholte Harald überrascht. »Wie kommst du auf den?«

Kassandra holte den OZ-Artikel auf ihr Handy und reichte es ihm. Auf Bitten der anderen las er den Beitrag vor, weil die meisten mit dem Namen Falk Clasen nichts anfangen konnten.

»Reicht dir das als Faktenlage?«, fragte Barbara, nachdem er geendet hatte. »Wenn du den Mann kennst, kannst du dir ja vielleicht ein Bild von dem machen, was er plant.«

Nachdenklich neigte Harald den Kopf. »Was kleines Exklusives ist eigentlich nicht Clasens Kragenweite, eher was großes Exklusives. Sollte er etwas in der Art hier hochziehen wollen, wie er es andernorts tut – das passt weder vom Stil noch von der Größe nach Wustrow. Aber natürlich kenne ich nach wie vor keinerlei konkrete Pläne.«

»Könntest du was darüber rausfinden?«, fragte Kassandra.

»Mit extrem viel Fingerspitzengefühl vielleicht. Anscheinend hat Jordan ja noch nicht mal entschieden, ob er überhaupt verkaufen will, da wird Clasen kaum großzügig die Katze aus dem Sack lassen. Wäre ich in seiner Lage, hätte ich in diesem Stadium nicht mal den Hauch einer Anspielung fallen lassen.«

»Hättest du dich überhaupt für Jordans Land interessiert?«, schaltete Heinz sich ein. »Es ist doch bestimmt kompliziert, eine landwirtschaftlich genutzte Fläche als Bauland für Hotel und Golfplatz umwidmen zu lassen.«

»Aber nicht unmöglich«, sagte Harald. »Clasen wird ausgelotet haben, was geht, bevor er auch nur einen Cent geboten hat.«

Beinah hätte Kassandra gesagt, dass lästiger Behördenkram für Clasen garantiert kein Hindernis darstellte. Nach allem, was Kay angedeutet hatte, fand der seine eigenen Mittel und Wege. Doch sie hielt sich zurück und verfolgte stattdessen schweigend die weitere Diskussion über das Norderfeld, Bauherren, Investoren, Golfplätze und Hotels, von denen Gerd Jordan, Heikos vor zwei Monaten bei einem Verkehrsunfall verstorbener Vater, ähnlich wenig gehalten hätte wie Paul.

Auch als sich die Gespräche anderen Themen zuwandten, blieb Kassandra die meiste Zeit stumm. Nach dem Essen half sie den Tisch ab- und den Geschirrspüler einzuräumen, verteilte Getränke und Knabberzeug, tat aber alles so gut wie automatisch, mit den Gedanken immer wieder bei Kay und der Frage, wie er gedachte, Clasen beizukommen.

Jonas und Marlene hatten sich längst verabschiedet, weil der Babysitter zu Hause wartete, und bald stellte Paul nach einem Blick auf Bruno fest, dass es auch für sie Zeit wurde. Bruno war für seine über achtzig noch sehr fit, aber es war doch anstrengender für ihn gewesen, den ganzen Tag in der Küche und im Haus auf den Beinen zu sein, als mit seiner Angel auf der Seebrücke zu stehen.

Als sie auf die Straße traten, leuchteten die Sterne von einem klaren Himmel. Nach der Wärme drinnen tat die frische Nachtluft besonders gut, sodass Kassandra beschloss, ihren Wagen auf dem Parkplatz stehen zu lassen und sich mit den anderen zu Fuß auf den Heimweg zu machen. Paul ging mit Harald und Barbara voran, Kassandra hörte, wie Barbara nach dem Rezept seiner Zitronenmayonnaise fragte, die er zu der gegrillten Meerforelle zubereitet hatte. Heinz hatte sich Kassandra angeschlossen und schwieg ebenso wie sie. Erst als die drei vor ihnen die Thälmann-Straße überquerten und sie selbst wegen eines mit aufgeblendeten Scheinwerfern heranbrausenden Autos warten mussten, ergriff er das Wort.

»Ist alles in Ordnung mit dir?«

Kassandra blinzelte. Sie fand keine richtige Antwort auf Heinz' Frage.

»Ich weiß es nicht«, sagte sie schließlich und setzte sich in Bewegung, nachdem das Auto vorübergefahren war.

Heinz folgte ihr, bis sie in der Parkstraße zwischen dem Kapitänshaus und der Kurverwaltung an einer Laterne vorbeikamen. Dort blieb er stehen und legte seine Hand auf ihren Arm. Rechts von ihnen ragte der hohe Giebel des ehemaligen Kaiserlichen Postamtes in den Himmel, kunstvoll verziert mit dem Reichsadler und der Jahreszahl 1895. Das Licht der Lampe schien direkt auf Heinz' Gesicht, Kassandra konnte jedes Fältchen sehen und den besorgten Ausdruck in seinen Augen, deren Farbe zwischen Blau, Grün und Grau changierte.

»Du weißt, dass du immer zu mir kommen kannst«, sagte er. »Egal, womit.«

Kassandra spürte, wie die Worte aus ihr heraussprudeln wollten – ihre Sorge um Kay, aber auch, was er ihr über Clasen erzählt hatte, und dass es falsch wäre, wenn so jemand Wustrow beschmutzen würde, ganz gleich, wie naiv sich das anhörte. Sie öffnete den Mund.

»Ja. Das weiß ich, Heinz.« Ihre Hand berührte seine. »Und ich werd's tun, wenn …« Sie stockte. Wenn was?

»Wenn es so weit ist«, beendete Heinz den Satz für sie. »Das ist gut.« Er wandte sich zum Gehen und deutete auf die drei Gestalten vor ihnen, die schon die Karl-Marx-Straße kreuzten. »Holen wir sie ein, bevor sie eine Vermisstenanzeige aufgeben.«

Dankbar legte auch Kassandra einen Schritt zu. »Apropos Vermisstenanzeige«, begann sie ein unverfänglicheres Thema und berichtete ihm von der Frau, die am Nachmittag in der Lindenstraße nach ihrem Freund gesucht hatte.

Heinz nickte. »Wir standen zusammen an der Kasse vom Frischemarkt, sie hat mich auch gefragt.«

»Kanntest du den Mann?«

»Nein. Mir fiel nur auf, dass er so gar nicht zu ihr zu passen schien.«

»Du meinst, er ist zu alt für sie?« Kassandra lächelte, weil sie an den Altersunterschied zwischen sich und Paul denken musste.

»Ich glaube nicht, dass er so alt ist, wie er in Schlips und Kragen wirkte. Zehn, zwölf Jahre älter als sie vielleicht, mehr nicht«, stellte Heinz fest.

»Dann meinst du sein geschniegeltes Äußeres, während sie so abgerissen aussah.«

»Stimmt. Andererseits heißt es ja: Gegensätze ziehen sich an.« Er lachte leise. »Hoffen wir, dass sie ihn findet und dabei nicht vom Regen in die Traufe kommt, falls er sich absichtlich abgesetzt hat.«

»Wer hat sich abgesetzt?«, erkundigte sich Paul.

Kassandra hatte gar nicht bemerkt, dass Paul, Harald und Barbara immer langsamer geworden waren und auf sie gewartet hatten. Bis sie vor ihrem Haus angekommen waren, kannten alle die Geschichte, doch niemand hatte eine Idee, wer der Vermisste sein mochte. Harald und Barbara mussten noch weiter bis zu Haralds Villa am Deich und wünschten gute Nacht, ebenso wie Heinz, der kurz darauf im Nachbarhaus verschwand.

Zwischen Kassandra und Paul breitete sich Schweigen aus, als sie die Diele betraten. Im Gegensatz zu dem zwischen ihr und Heinz empfand sie dieses als angespannt. Vielleicht bildete sie sich das aber auch nur ein, weil ihr bewusst wurde, dass sich ihre Begegnung mit Kay nicht verschweigen ließ. Sie wartete darauf, dass Paul nach ihrem Treffen mit Brenner fragte und was sie so lange aufgehalten hatte, dass sie zu spät zu Bruno kam. Aber er fragte nicht, sondern schien seinerseits darauf zu warten, dass sie den Anfang machte.

Heute nicht mehr, entschied sie. In der Küche schenkte sie sich ein Glas Wasser ein und schrak zusammen, als Paul hinter ihr auftauchte.

»Wie war's bei Brenner?«

»Können wir morgen darüber reden? War ein anstrengender Tag, ich bin müde und vor allem zu satt, um noch mehr zu tun, als mich ins Bett zu legen. Kein Wunder nach dem guten Essen. Deine Zitronenmayonnaise war wieder göttlich. Hast du Barbara das Rezept verraten?«

Pauls leicht erhobene Brauen blieben für ein, zwei Sekunden die einzige Reaktion. »Sicher«, sagte er dann, was sie als Antwort auf beide Fragen auslegte. »Geh ruhig zuerst ins Bad.«

Zehn Minuten später schlüpfte sie unter die Decke, überzeugt davon, nicht einschlafen zu können. Als sie das nächste Mal die Augen aufschlug, war sie erstaunt, dass zwei Stunden vergangen waren. Neben ihr atmete Paul tief und regelmäßig, beste Voraussetzungen, selbst gleich wieder in den Schlaf zu gleiten, doch jetzt trat ein, was sie vorhin befürchtet hatte. Sie war hellwach, die Gedanken rotierten noch weit schneller in ihrem Kopf, als sie sich von einer Seite auf die andere drehte, immer bemüht, Paul nicht zu stören. Irgendwann gab sie auf. Vorsichtig erhob sie sich, zog sich etwas über und ging ins Wohnzimmer, wo sie sich in die Sofaecke kuschelte und aus dem Fenster starrte. Die Baumkrone ihres Apfelbaums hinten im Garten wiegte sich. Es musste Wind aufgekommen sein, sie konnte sogar das Rauschen hören und im Haus das Knacken des Gebälks. Nach einer Weile spürte sie, dass sie nicht länger allein war.

Paul stand in der Tür, sie hätte gern gewusst, wie lange schon. Schließlich kam er herein, ohne jedoch das Licht anzuschalten. Er setzte sich zu ihr, hielt aber mehr Abstand, als er das für gewöhnlich tat. Er streckte auch nicht die Hand nach ihr aus, er suchte nur ihren Blick und hielt ihn fest.

»Was ist los?«, fragte er.

Kassandra erwiderte nichts.

Jetzt rückte Paul doch näher. »Ich gehe davon aus, dass nicht Brenner der Grund für deine Einsilbigkeit den ganzen Abend über war, sondern das, was dich ›anderweitig aufgehalten‹ hat«, zitierte er sie. »Also: Was ist passiert?«

»Falk Clasen«, begann sie zaudernd.

Was immer Paul erwartet hatte, das nicht. Die Überraschung zeichnete sich deutlich auf seinem Gesicht ab.

Sie räusperte sich. »Wenn Heiko unbedingt sein Land verkaufen will, soll er das tun. Aber besser nicht an Clasen. Der Mann hat Dreck am Stecken, richtig viel Dreck.«

»Wenn überhaupt jemand von uns das wissen kann, dann Harald«, stellte Paul fest. »Hat er mal mit dir darüber gesprochen? Wieso hat er vorhin nichts gesagt?«

»Harald hat keine Ahnung davon, sonst hätte er vorletztes Jahr nicht mit ihm zusammengearbeitet.« Sie holte tief Luft. »Kay ist an Clasen dran.«

Einen Augenblick lang kam es Kassandra so vor, als gäbe es auf dieser Welt kein einziges Geräusch mehr, sogar das Rauschen des Windes war verstummt.

»Kay«, sagte Paul in die Stille hinein.

Wie kühl eine einzige Silbe klingen konnte. Noch dazu diese. Noch dazu von Paul, der der warmherzigste Mensch war, den Kassandra kannte.

»Wie lange hast du schon wieder Kontakt zu ihm?«

Jetzt begriff sie. Die Kühle galt nicht Kay, sie galt ihr. »Seit ein paar Stunden.«

Kassandra wusste, dass sie verärgert klang, und sie gab sich auch keine Mühe, das zu verbergen. Dann wurde ihr klar, dass Paul so grundsätzlich falsch nicht lag mit seinem Verdacht, sie hätte ihm Dinge verschwiegen. Schließlich *hatte* sie mit dem Gedanken gespielt, die Begegnung mit Kay für sich zu behalten. Sie seufzte. »Er kam in Brenners Galerie, als der gerade seine Charmeoffensive startete. Du kannst mir glauben, dass mir fast das Herz stehen blieb, und ganz sicher nicht wegen der Charmeoffensive.«

Paul beugte sich vor und berührte sanft ihr Gesicht. »Kassandra. Liebes. Verzeih.«

Sie schloss die Augen, ihre Lippen streiften die Innenfläche seiner Hand. »Ich hab dir nichts zu verzeihen«, murmelte sie. Dann setzte sie sich aufrecht hin und begann zu erzählen.

Paul unterbrach sie nicht, obwohl sie das eine oder andere Mal den Eindruck hatte, dass er kurz davor war, besonders bei jenem Teil, der Kays Truppe und seinen Austritt aus dem Polizeidienst betraf. »Das ist heftig«, sagte Paul am Ende ihres Berichts. »Das eine so sehr wie das andere. Hat er erwähnt, weshalb er den Dienst quittiert hat?«

»Ich hatte das Gefühl, er wollte nicht darüber reden, also habe ich nicht gefragt. Es scheint unfassbar, aber immerhin war das seine eigene Entscheidung. Dass die Truppe sich aufgelöst hat, schien ihn schwerer getroffen zu haben. Wie typisch für Kay, dass er trotzdem einfach weitermacht und nicht mal Hilfe annehmen will.«

»Dafür hatte er durchaus einsichtige Gründe«, fand Paul.

»Schon. Aber …«

»Aber was?«

»Wir täten uns ja auch selbst einen Gefallen, wenn wir ihm helfen.«

»Weil das den Verlust der Truppe zumindest ein bisschen ausgleichen würde?« Pauls Stimme war mit einem Mal wieder kühler geworden.

»Du kannst nicht abstreiten, dass wir ihm was schuldig sind«, sagte Kassandra. »Aber …«

»Du meinst, *ich* bin ihm was schuldig«, unterbrach er sie. »Ohne meine Einmischung bei Gretas Entführung wäre einiges anders gelaufen.«

»Ich meinte, was ich sagte: *Wir* sind ihm was schuldig«, wiederholte Kassandra leicht gereizt. »Aber ich dachte eigentlich eher daran, dass wir zwei Fliegen mit einer Klappe schlagen könnten: Wir helfen Kay, Clasen dingfest zu machen, und verhindern damit gleichzeitig Golfplatz und Hotel.«

Paul ließ das sacken, und Kassandra glaubte schon, er würde

zustimmen, doch sie irrte sich. »Kein guter Plan. Kann sein, dass er tatsächlich bloß an die Gefahr denkt, die eine Einmischung für uns, speziell für Harald, bedeutet. Kann aber auch sein, er will nicht, dass wir ihm schon wieder einen Strich durch die Rechnung machen.«

Spontan schüttelte Kassandra den Kopf. »Ich glaube nicht, dass er daran dachte, und ich halte es nach wie vor für eine gute Idee.«

»Du meinst also nicht, dass Kay in der Lage ist, Clasen selbst in den Griff zu kriegen?«

»Doch, natürlich kann er das. Nach allem, was er gesagt hat, ist Clasen ohnehin eine Nummer zu groß für uns. Aber wir könnten Kay den Weg bereiten, es ihm leichter machen mit ein paar Informationen, an die er sonst erst mühsam durch Brenner oder sonst wen kommen würde. Und es wäre …« Sie hielt inne.

»Und es wäre wieder alles so wie früher?«

Zögernd nickte Kassandra.

Paul sah sie nicht an, als er leise sagte: »Es wird nicht wieder wie früher. Du weißt das.« Dann gab er sich einen Ruck und schaute ihr in die Augen. »Wir würden es nur schlimmer machen, wenn wir jetzt genau das täten, was er nicht will. Halten wir uns raus.«

4

Kassandras Pension »Woll tau seihn« war jetzt im August voll besetzt. Sie konnte sich nicht erlauben, länger liegen zu bleiben und den mangelnden Schlaf nachzuholen. Dass Paul längst auf war und seine Runden lief, machte es nicht leichter, die Beine endlich aus dem Bett zu schwingen.

Bis zum Mittag war sie damit beschäftigt, sich um das Frühstück und die Zimmer ihrer Gäste zu kümmern. Ihre Gedanken schwirrten dabei immer noch um Clasen und vor allem um Kay. Rein objektiv betrachtet hatte Paul recht. Subjektiv betrachtet jedoch … Als sie mit allem fertig war, schaute sie aus dem Wohnzimmerfenster. Ihr Garten strahlte farbenfroh im Sonnenschein, ebenso wie der von Heinz. Eigentlich könnte sie jetzt mit ihm über alles reden. Das Dumme war nur: Sie ahnte plötzlich, dass Heinz so ziemlich das Gleiche sagen würde wie Paul. Sie brauchte eine unabhängige Meinung. Unabhängiger jedenfalls, was ihr Gefühlsleben betraf.

Entschlossen verließ sie das Haus, stieg in ihren Wagen, fuhr die Lindenstraße hoch bis zur Bäderstraße und dann weiter Richtung Ribnitz.

»Moin, Frau Voß.« Jessica Herzogs leicht hanseatische Aussprache deutete die Überraschung nur gerade so eben an. Ihre nächsten Worte waren dagegen direkter. »Haben Sie einen Termin bei Ihrem Vater? Es steht gar nichts in seinem Kalender.«

Kassandra lächelte – mehr in sich hinein als nach außen. Haralds Assistentin war äußerst effizient, wahrscheinlich kannte sie seinen Terminkalender auf Monate hinaus auswendig. »Nein, hab ich nicht. Ich war in der Gegend und hab mich gefragt, ob er Zeit für ein gemeinsames Mittagessen hat. Hat er?«

Selbstverständlich musste Jessica Herzog nicht nachsehen. »Wenn er bei seinem derzeitigen Telefonat nichts Gegenteiliges vereinbart, hat er Zeit für Sie. Setzen Sie sich doch, bis er frei ist.« Sie deutete auf den chromglänzenden Besucherstuhl. Daneben stand ein kleines Tischchen mit einer Vase, in der eine einzelne weiße Lilie blühte. Die Blume lockerte die ansonsten nüchterne Einrichtung des Vorzimmers auf, eine Neuerung, die Jessica Herzog eingeführt hatte.

Während Kassandra wartete, dachte sie daran, wie sie vor der Fassade des hübschen Fachwerkhauses in der Neuen Klosterstraße gestanden und erneut gezögert hatte. Am Haus rankte ein Rosenstrauch empor, und sie hatte allen Ernstes anhand der Blüten abgezählt, ob sie wieder nach Wustrow zurückfahren oder ihr Vorhaben in die Tat umsetzen sollte.

»Kassandra!«

Sie war so in Gedanken gewesen, dass sie Harald gar nicht hatte kommen hören, der nun in einer Mischung aus Freude und Besorgnis auf sie hinuntersah. Ihr Lächeln beruhigte ihn sofort.

»Schöne Idee, das mit dem Mittagessen. Gehen wir doch rüber ins ›De Zees‹, einverstanden?«

Das Restaurant in dem dunkelblauen Fachwerkgebäude, das von zwei Türmen gekrönt wurde, lag exponiert am Ribnitzer Hafen. Der Parkplatz war voll und der Gastraum ebenfalls, doch es war warm und sonnig, sodass sie auf der Terrasse Platz nehmen und den Blick auf den Bodden genießen konnten. In der Ferne erkannte Kassandra ein Fahrgastschiff, das von Wustrow über Dierhagen gekommen war und nun auf den Anlegesteg zusteuerte.

»Was hast du auf dem Herzen, das nicht bis heute Abend warten kann?«, fragte Harald, nachdem sie ihre Bestellungen aufgegeben hatten.

War sie so leicht zu durchschauen? Oder lag es daran, dass sie sich viel zu selten mit ihrem Vater traf und er deshalb die richtige Schlussfolgerung zog? Kassandra schob das schlechte Gewissen zur Seite.

»Es hätte schon warten können«, begann sie. »Aber ich wollte mit dir allein reden.«

Harald runzelte die Stirn. Bestimmt vermutete er ganz richtig, dass sie eigentlich sagen wollte »ohne Barbara«, die am Abend in Wustrow dabei sein würde.

»Es betrifft Kay Dietrich«, schob sie schnell hinterher und bemerkte, dass er sich für eine Sekunde entspannte, sie dann aber wieder hoch konzentriert betrachtete. Sie begann von Anfang an. Während sie erzählte, versuchte sie, aus dem Mienenspiel ihres Vaters etwas abzulesen, aber ähnlich wie bei Kay konnte sie nicht sagen, was er dachte. »Ich weiß, dass Paul recht hat, aber ich wünschte trotzdem, wir könnten etwas tun«, endete sie.

Harald drehte seine Weißweinschorle auf dem Tisch hin und her. »Ich könnte Clasen anrufen und sagen, ich hätte eins und eins zusammengezählt, nämlich den OZ-Bericht und das, was ich von einem Bekannten von Heiko Jordan gehört hätte. Und dass ich interessiert an einer Zusammenarbeit wäre, falls die Gerüchte zuträfen und aus dem Deal mit Jordan etwas wird.«

»Das würdest du tun?« Fast ging Kassandra das zu schnell.

»Das *könnte* ich tun«, schränkte Harald ein. »Aber dir muss klar sein, was es bedeutet, sollte er darauf einsteigen.«

»Es bedeutet, dass du deine Firma riskierst. Du könntest die BOB verlieren und damit all das, was du dir aufgebaut hast.«

Bedächtig nickte Harald. »Ja, die Möglichkeit besteht, wenn Clasen so mächtig ist. Ich hätte das zwar nicht gedacht und ihm auch keine schmutzigen Geschäfte zugetraut, aber ich bezweifele nicht, was Kay Dietrich sagt. Er war immer ein gründlicher Mensch, was unabhängig von seinem Status ganz sicher so geblieben ist. Natürlich ist mir daran gelegen, Leuten wie Clasen das Handwerk zu legen, damit unsere Branche sauber bleibt.« Er verzog den Mund. »Sauberer wird, sollte ich wohl sagen. Entsprechend wäre ich bereit, das Risiko einzugehen.« Obwohl er mit Nachdruck sprach und offensichtlich jede Silbe ernst meinte, gab es da anscheinend etwas, das ihn zögern ließ.

»Aber?«

»Wir wissen nicht, welche Auswirkungen unsere Einmischung auf Dietrichs Arbeit hat. Sie könnte helfen, sie könnte unter den ungünstigsten Umständen aber auch zum Gegenteil führen. Außerdem …« Er holte tief Luft. »Außerdem würde ich es ungern tun, wenn wir Paul nicht mit im Boot hätten.«

Damit fasste er in Worte, was Kassandra bisher weitgehend verdrängt hatte.

»Falls du nämlich Paul nicht umstimmen kannst und wir das ohne ihn durchziehen«, sagte Harald, »gehst du ein ähnlich hohes Risiko ein wie ich.«

»Paul und ich müssen doch nicht immer einer Meinung sein«, begehrte Kassandra auf. »Glaubst du ernsthaft, so was könnte uns auseinanderbringen?«

Einen Augenblick lang betrachtete Harald sie schweigend. »Das hier wäre keine einfache Meinungsverschiedenheit, sondern etwas sehr Grundlegendes. Etwas, das zwischen euch steht seit Greta Röwers Entführung.«

Kassandra wollte protestieren, doch tief im Inneren wusste sie, dass das stimmte. Warum sonst hatten sie und Paul vermieden, über Kay zu reden? Sie räusperte sich. »Dann wird es Zeit, dass wir das beiseite räumen. Vielleicht ist der Fall Clasen ja gleichzeitig unsere Chance, das zu tun.«

»Ja, vielleicht.« Harald war sichtlich nicht überzeugt. »Ich bin kein typischer Vater, dazu habe ich dich viel zu spät im Leben kennengelernt. Ich habe auch kein Recht, dir Ratschläge zu erteilen, aber ich liebe dich wirklich sehr, und deshalb rate ich dir: Überleg dir gut, was dir wichtig ist und was du tust.«

Kassandra war dankbar, dass die Kellnerin mit ihren Tellern kam. Nicht nur, weil ihr das eine sofortige Antwort ersparte, sondern auch, weil es sie berührte, was Harald gesagt hatte. Sie liebte ihren Vater ebenfalls, und doch fehlte in ihrer Beziehung die besondere Art von Vertrautheit, die sie Heinz gegenüber empfand, der nur ihr Onkel und nicht mal blutsverwandt mit ihr war.

»Das werde ich«, sagte sie, nachdem sie wieder allein waren. »Versprochen.«

Haralds Nicken wurde von einem kleinen Lächeln begleitet. Schließlich begannen sie schweigend zu essen, und als er wieder das Wort ergriff, erzählte er von der Fahrt nach Usedom, die er am letzten Wochenende mit Barbara unternommen hatte.

Eine Stunde später standen sie vor Kassandras Wagen, den sie auf dem Marktplatz zwischen der Marienkirche und dem gelben Ribnitzer Rathaus geparkt hatte. Sie verabschiedeten sich, Kassandra war schon dabei einzusteigen, als Harald sie an der Schulter berührte.

»Danke«, sagte er.

»Wofür?«

Harald richtete seinen Blick auf die Marienkirche, bevor er Kassandra wieder fixierte. »Dafür, dass du zu mir gekommen bist.«

Er wartete nicht auf ihre Erwiderung, sondern drehte sich um und überquerte die Lange Straße.

Auf der Rückfahrt nach Wustrow gingen ihr Haralds Argumente ständig im Kopf herum. Sie wog das Für und Wider ab, mal gewann die eine Seite, mal die andere, und sie war immer noch nicht klüger, als sie zu Hause ankam. Vielleicht half ein Gang an die See. Die Sonne schien unverändert von einem blauen Himmel, deshalb war der Strand besonders voll. Sogar die Boote in den Dünen, Pauls Lieblingsplatz, waren sämtlich von Urlaubern gekapert worden. Erst weiter hinten, unterhalb des Hohen Ufers, wo sie über Steine laufen musste, wurde es ruhiger. Sie passierte die mit Graffiti besprühten Bunker, die heute im flachen Wasser standen, statt wie so häufig von hohen Wellen umspült zu werden, dann die Saisontreppe, die hinauf aufs Steilufer führte, lief weiter und weiter und kam doch bis Ahrenshoop zu keinem Schluss.

Am Grenzweg, dort, wo mitten im Ort Mecklenburg endet und Vorpommern beginnt, verließ sie den Strand und machte sich oberhalb der See auf den Rückweg, wobei sie immer wieder aufs Wasser schaute, das in einem intensiven Blautürkis leuchtete und mehr an die Karibik als an die Ostsee erinnerte. Trotz des traumhaften Anblicks drehten sich ihre Gedanken im Kreis. Daran änderte sich auch nichts, als schließlich in

Wustrow das »Haus am Deich« in Sicht kam. Zögernd bog sie in den Hooghass ein und ging geradeaus weiter und weiter, durchquerte ein kleines Wäldchen – und stand am Norderfeld. Es wurde nach Westen begrenzt von dem Wäldchen und dem Weg auf dem Hohen Ufer, nach Norden von »Datschenhagen«, wie die Ferienhaussiedlung, die schon zu Ahrenshoop gehörte, liebevoll genannt wurde, im Osten von der Bäderstraße und im Süden von der Straße »Am Norderfeld«, auf der Kassandra stand. Etwa in der Mitte der riesigen Landfläche stand Heiko Jordans Gehöft friedlich und unberührt von allem, was sich darum rankte.

Als am Himmel langsam Wolken heraufzogen, drehte Kassandra sich um und ging zurück. Vor der hellblauen Tür von Pauls Haus blieb sie stehen. Was würde sie ihm sagen? Sie schloss auf und spürte sofort, dass er gar nicht da war. Nachdem sie ihre leichte Jacke an die Garderobe gehängt hatte, öffnete sie die Terrassentür und setzte sich in einen der Stühle. Trotz der Wolken und des frisch aufkommenden Windes war es warm, aus der Ferne hörte sie die Wellen rauschen. Sie liebte diesen Ort, dieses Haus, sie liebte Paul. Und doch …

»Worüber denkst du nach?«

Kassandra fuhr herum und sah Paul in der Terrassentür lehnen, fast so wie gestern Abend in ihrer Wohnzimmertür. Plötzlich fiel ihr das Atmen schwer.

»Ich war bei Harald.«

Paul kam näher, nahm ihr gegenüber Platz und fragte neutral: »Was hat er gesagt?«

»Dass er bei Clasen anrufen und vorgeben könnte, an einer Zusammenarbeit beim Golfplatzprojekt interessiert zu sein.« Was er noch gesagt hatte, zog sie vor, zunächst wegzulassen. »Ich denke, er sollte das tun.« Jetzt hatte sie ihre Entscheidung getroffen. Bis zu dieser Sekunde war sie sich nicht völlig im Klaren darüber gewesen, wie sie ausfallen würde.

Paul lehnte sich zurück und betrachtete das Wolkenspiel über ihnen. Mehr und mehr Dunkelgrau mischte sich darunter, auch der Wind hatte weiter zugenommen. Alle Zeichen standen auf

Sturm. Langsam wandte Paul sich ihr zu, seine Miene undurchdringlich.

»Ich war bei Heiko.«

Sie brauchte eine Sekunde, um zu reagieren. »Weshalb?«

Paul lächelte schief. »Muss wohl geahnt haben, dass meine mahnenden Worte letzte Nacht nichts fruchten.«

»Du hast …«, begann Kassandra, wagte jedoch nicht, den Satz zu beenden.

»… noch ein paar Erkundigungen eingezogen. Sehr diskret natürlich. Offiziell war ich da, weil Heiko letztens erwähnte, dass sein Vater ein paar Sachen hinterlassen hat, die für mein Fischland-Archiv interessant sind. Ich hab sie mitgebracht – Wanderkarten von 1929 und 1934, Fotos aus den Fünfzigern und ein paar Ausgaben vom ›Wustrower Klüterkram‹, darunter eine, die mir damals durch die Lappen gegangen ist.«

Das war bestimmt alles großartig, Kassandra hatte schon mit viel Vergnügen die alten Informationshefte gelesen. Bloß war es nicht das, was sie jetzt wissen wollte.

»Das heißt, du bist einverstanden?«

Pauls Lächeln verflüchtigte sich. »Macht das denn einen Unterschied?«

»Das musst du nicht fragen – das weißt du.«

»Und du weißt, dass ich nicht glücklich damit bin. Aber wenn du schon mitmischst, dann lieber mit mir als ohne mich.« Er wischte sich einen ersten Regentropfen vom Gesicht und schaute wieder in den Himmel. »Das gibt noch ordentlich was.«

Als er sich erhob und ihr die Hand reichte, um sie zu sich heranzuziehen und mit ihr ins Haus zu gehen, fragte sie sich, ob ihm bewusst war, wie doppeldeutig seine Worte klangen.

Drinnen holte er aus dem Kühlschrank Brunos letzte Meerforelle und begann, den Fisch zuzubereiten.

»Als Heikos Vater plötzlich starb«, erzählte er dabei, »und Heiko langsam begriff, dass er jetzt allein für all das verantwortlich war, was er nie wirklich machen wollte, hat er sich in Wustrow und drüben in Ahrenshoop umgehört, zu welchen Preisen Land gehandelt wird. In Ahrenshoop war wohl jemand indiskret. Auf diese Weise hat Clasen davon erfahren und ist auf ihn zugekommen. Sein erstes Angebot lag bei vier Komma sieben Millionen.«

»Vier …« Kassandra blieb nur im ersten Moment die Spucke weg. Sie wusste schließlich, wie viel Geld manche auf den Tisch legten, wenn sie sich genügend Gewinn versprachen. Diesen profitorientierten Unternehmern war alles andere vollkommen egal, auch ob das, was sie da hochzogen, in die Gegend passte oder sie verschandelte. »Sein *erstes* Angebot?«, wiederholte sie.

»Das augenblickliche liegt bei fünf Komma zwei. Tendenz steigend. Heiko ist das etwas unheimlich, aber er pokert weiter. Es jagt ihn ja auch keiner. Die Belastungen, die auf dem Hof liegen, sind angesichts der Verkaufsmöglichkeiten nicht der Rede wert. Wenn du mich fragst, knackt er noch die Sechs-Millionen-Grenze, und Clasen packt sogar noch was hinters Komma.«

»Hat der tatsächlich noch nichts Genaueres über seine Pläne verlauten lassen außer Golfplatz und exklusives Hotel?«

Paul schüttelte den Kopf. »Harald hat sicher größere Chancen, darüber etwas zu erfahren. Gesetzt den Fall, dass Clasen sich überhaupt auf eine Zusammenarbeit einließe.«

»Harald ist zwar kein Fischländer, aber er ist schon ein paar Jahre hier, und dadurch, dass du quasi sein Schwiegersohn bist, wird er noch mal mehr akzeptiert und respektiert. Das könnte auch Clasen einiges erleichtern.«

Mittlerweile hatte Paul die Meerforelle in eine hauchdünne Panade gehüllt und sie vorsichtig in die Pfanne gelegt. Es zischte, Dampf stieg auf.

»Darauf ist er kaum angewiesen.«

»Nein«, gab Kassandra zu. »Es kann aber auch nicht schaden, wenn man zumindest um ein paar Ecken … dazugehört. Harald sollte das einfließen lassen, wenn er mit ihm spricht.«

Paul betrachtete nachdenklich den Fisch. »Es wird genügend Fischländer geben, die den Golfplatz in die Hölle wünschen und Harald gleich mit, wenn sie hören, dass er sich an dem Projekt beteiligt. Dass ich sein Quasi-Schwiegersohn bin, hat höchstens zur Folge, dass mir nahegelegt werden wird, mit ihm zu reden, damit er Vernunft annimmt.« Er wendete die Forelle, ihr Duft breitete sich im Raum aus. »Harald geht in vielerlei Hinsicht ein Risiko ein.«

»Wenn alles so läuft wie geplant, …«

»… wird Harald Held des Tages?«, flachste Paul, bevor er wieder ernst wurde. »Vielleicht. Ich würde mich aber nicht darauf verlassen.«

5

Kassandra stand mit einem Glas Wasser auf Haralds Terrasse und legte den Kopf in den Nacken. Die Wolken hatten sich rotorange-rosa gefärbt, durchbrochen vom blaugrauen Himmel, ein phantastisches Schauspiel. Auch ohne es zu sehen, wusste sie, dass sich die Sonne langsam der See näherte, um schließlich spektakulär am Horizont zu verschwinden. Kurz wünschte sie, jetzt am Strand zu sein, statt in ihrem einzigen schicken Hosenanzug und Schuhen, die zumindest annähernd als High Heels bezeichnet werden konnten und die sie am liebsten von ihren Füßen geschleudert hätte, auf das Eintreffen der Gäste zu warten. Andererseits war es ihre Idee gewesen, Haralds Geburtstag so groß aufzuziehen – und Falk Clasen dazu einzuladen.

Drei Wochen zuvor hatte Harald Kontakt zu Clasen aufgenommen, sehr viel Takt- und Fingerspitzengefühl bewiesen und dadurch erreicht, dass Clasen einer Zusammenarbeit nicht abgeneigt war. Die beiden Männer hatten sich inzwischen sowohl in Ribnitz als auch in Stralsund getroffen, und Harald bekam allmählich eine Ahnung davon, was Clasen auf dem Norderfeld plante. Wider Erwarten gefiel ihm das sogar recht gut, denn anscheinend hatte Clasen nicht vor zu klotzen, wie er es sonst tat. Aber natürlich, schränkte Harald ein, ließ der ihn nur sehen, was er ihn sehen lassen wollte. Noch war Clasen vorsichtig. Nur eines hatte er ganz klargemacht: Er wollte das Norderfeld. Vielleicht nicht um jeden, aber doch um fast jeden Preis.

Kassandra dauerte das alles viel zu lange. Natürlich war ihr bewusst, dass Harald sich langsam vorantasten musste und das Golfplatzprojekt schließlich nur als Anknüpfungspunkt diente, um tieferen Einblick auch in Clasens andere Geschäfte zu bekommen. Es waren schließlich erst drei Wochen vergangen, sie konnte keine Wunder erwarten. Die Geburtstagsfeier heute sollte dazu dienen, den Kontakt von der ausschließlich geschäftlichen auch auf die privatere, vertrautere Ebene zu heben, ein weiterer Schritt in die erhoffte Richtung also. Trotzdem fragte Kassandra sich, wie gut sie ihren Plan durchdacht hatte und ob Kay nicht längst viel dichter an Clasen war, als sie und Harald je kämen.

»Hier steckst du«, hörte sie Barbara hinter sich sagen.

Sie bemühte sich um ein entspanntes Lächeln und drehte sich um. »Den Himmel wollte ich mir nicht entgehen lassen. Es ist doch noch niemand gekommen, oder?«

»Es gehört sich nicht, zu früh einzutrudeln«, sagte Barbara und erwiderte das Lächeln.

Der Anflug eines schlechten Gewissens machte sich in Kassandra breit. Da Barbara nichts von Kay und erst recht nichts von seiner ehemaligen Truppe und von Haralds finanzieller Unterstützung dafür wusste und auch nichts darüber wissen durfte, war sie in den wesentlichen Teil des Vorhabens nicht eingeweiht. Harald hatte ihr nur gesagt, er versuche, etwas über das Golfplatzprojekt in Erfahrung zu bringen.

Kassandra war froh, als Paul auf der Terrasse erschien und Barbara in ein Gespräch über einen Thriller verwickelte, den sie beide gelesen hatten. Barbara arbeitete als Lektorin für verschiedene Verlage und war ganz begeistert gewesen, als sie erfahren hatte, dass Paul sich hinter dem Pseudonym Alexander Hardenberg verbarg. Sein im Frühjahr erschienener Roman war ebenfalls ein Thriller gewesen. Das Manuskript jedoch, an dem er nun bereits seit fast einem Jahr arbeitete, trug den Titel »Tiefes Meer« und war die Geschichte eines Seemanns, der sich hin- und hergerissen fühlte zwischen der Liebe zur See und der Liebe zu einer Frau, die er fürchtete zu verlieren. Kassandra hatte einige Passagen gelesen und manches Mal den Atem angehalten. Die Poesie in Pauls Sprache, vor allem aber die Zweifel, die Traurigkeit und zuweilen auch der Zorn des Protagonisten berührten sie unendlich, und sie hatte sich kaum gewagt zu fragen, ob etwas davon wohl auch tief in Paul selbst steckte.

Gerade jetzt jedoch war nichts davon zu spüren. Er lachte

über eine Bemerkung Barbaras, die Kassandra nicht mitbekommen hatte, und wie so häufig erhellte sein Lachen alles um ihn herum. Unwillkürlich wurde sie von dem Verlangen erfasst, ihm ganz nah zu sein, aber bevor sie auch nur die Hand ausstrecken konnte, betrat Harald mit den ersten Gästen die Terrasse, unter ihnen Heinz, der ihr zuzwinkerte. Heinz war als Einziger eingeweiht. Wie erwartet teilte er Pauls Skepsis, andererseits war er fassungslos gewesen, als Kassandra ihm von Kay erzählt hatte. Vor einigen Jahren hatte Heinz ihm abgeraten, den Dienst zu quittieren. Dass er es nun getan hatte, bewegte ihn genauso wie sie.

Eine Stunde später sah Kassandra nervös auf die Uhr. Haralds große Villa direkt hinterm Deich hatte sich mit einer Menge Menschen gefüllt, die lachten, redeten, sich am Büfett bedienten und amüsierten. Nur Clasen, für den sie diesen Rummel veranstalteten, war noch immer nicht auf der Bildfläche erschienen. Das Klingeln hätte sie fast überhört, wenn sie sich nicht in der Nähe der Tür aufgehalten hätte. Eine Frau und ein Mann standen vor ihr, im Hintergrund eine dritte Person, die Kassandra nur am Rande wahrnahm, weil ihre Augen sich unwillkürlich auf Falk Clasen richteten.

Kassandras erste und einzige Begegnung mit ihm lag schon einige Zeit zurück, doch er hatte sich kaum verändert. Die hellbraunen Haare waren, seinen neunundfünfzig Jahren geschuldet, vielleicht etwas dünner geworden. Grau fehlte allerdings darin, sein offener Blick aus den blauen Augen nahm die Menschen für ihn ein. Er strahlte eine angenehme, keineswegs arrogante Selbstsicherheit aus, als er Kassandra die Hand zur Begrüßung reichte. Sein Händedruck war fest und kräftig.

»Guten Abend, Frau Voß. Bitte entschuldigen Sie die Verspätung, wir sind leider aufgehalten worden.« Er behielt für sich, wovon.

»Gar kein Problem. Das Büfett ist noch nicht ganz geräubert«, entgegnete Kassandra und hoffte, dass ihr Lächeln echt wirkte

Clasen lachte. »Gut zu wissen. Bitte erlauben Sie mir, Ihnen meine Frau vorzustellen.« Er deutete auf Astrid Clasen, die gut zehn Jahre jünger war als ihr Mann und ihre dunklen Haare in einer kunstvollen Hochsteckfrisur trug. Dass sie dennoch leicht verhuscht wirkte, lag an ihrem Gesichtsausdruck, der deutlich sagte, dass sie lieber woanders wäre. Daran änderte auch das rauchige »Guten Abend« nichts, das von den sorgfältig geschminkten Lippen kam.

Kassandra konnte nicht länger darüber nachdenken, weil Clasen bereits weitersprach.

»Und meine Tochter Miriam. Wir freuen uns über die Einladung Ihres Vaters.«

»Die Freude ist auf unserer Seite, schön, dass Sie kommen konnten«, sagte Kassandra, nachdem die Tochter hoheitsvoll genickt, dann aber sofort wieder den Blick abgewandt hatte. Kassandra kannte sich durch das Leben, das sie vor ihrer Zeit auf dem Fischland geführt hatte, noch genug aus, um sofort zu sehen, dass Miriam Clasen von oben bis unten in Designermode steckte, inklusive der Handtasche von Tommy Hilfiger.

Sie führte die Clasens zu ihrem Vater, der sich mit Barbara und einem Paar, von dem Kassandra nur die Namen kannte, unterhielt. Die gegenseitigen Vorstellungen waren schnell erledigt, die Sprache kam vom gegenwärtigen schönen Wetter auf den Hurricane Harvey, der in den letzten Augusttagen den Süden der USA unsicher gemacht hatte, dann zog das Paar weiter, was Paul nutzte, sich zu ihnen zu gesellen.

»Ah, Sie sind also Paul Freese. Dann habe ich es Ihnen zu verdanken, dass wir heute hier sind«, sagte Clasen schmunzelnd. »Herr Barthel ist ja erst nach einer Weile damit herausgerückt, woher er wusste, dass ich mich für das Norderfeld interessiere.«

Paul verbeugte sich spielerisch. »Als Heiko Jordan mir gegenüber erwähnte, dass er sein Land verkaufen will, hat er wohl nicht geahnt, dass fast zur selben Zeit der Artikel in der ›Ostsee-Zeitung‹ erschienen ist.«

Clasen nickte. »Normalerweise bin ich diskreter, aber das Fischland reizt mich nun mal außerordentlich, da habe ich im Eifer des Gefechts dem Journalisten mehr gesagt, als ich wollte.

Ich hätte wissen müssen, dass er das als Aufhänger nutzt. Was mich zunächst ärgerte, aber«, er sah zu Harald hinüber, »es hat ja was Positives mit sich gebracht.«

»Das hoffe ich sehr«, sagte Harald. »Aber lassen Sie uns an diesem Abend das Geschäftliche vergessen. Das langweilt die Damen nur.«

Solche chauvinistischen Bemerkungen waren alles andere als typisch für Harald, doch er traf damit ins Schwarze bei Astrid Clasen.

»Ganz meine Meinung. Das Büfett sieht köstlich aus. Würdest du mir eine Kleinigkeit bringen, Falk? Und auch gleich etwas für Miriam?«

»Danke, ich bin durchaus in der Lage, mich selbst zu bedienen«, sagte Miriam Clasen, bevor ihr Vater antworten konnte, und ließ die anderen stehen.

Clasen seufzte. »Nehmen Sie's ihr bitte nicht übel. Sie ist sonst nicht so unhöflich.«

»Nicht?«, murmelte Astrid, sicher in der Überzeugung, dass niemand sie hörte, doch Kassandras Ohren waren ausgezeichnet.

»Selbstverständlich nicht«, sagte sie. »Außerdem hat sie doch ganz recht.«

Zuerst guckte Clasen irritiert, doch dann lachte er. »Ja. Vermutlich. Dabei will ich nur galant sein.« Bei seinem nächsten Satz sah er zwischen ihr und Paul hin und her. »Wie wär's, wenn wir alle drei zum Büfett gingen, und Sie, Herr Freese, können mir dabei gleich erzählen, ob Ihnen die Fischländer generell so viel anvertrauen wie Heiko Jordan.«

Während sie hinüber zum offenen Küchenbereich schlenderten, stellte Paul fest: »Heiko hat mir kaum was Nennenswertes anvertraut. Aber falls Sie eigentlich meinen, ob Sie von mir viel übers Fischland erfahren können, lautet die Antwort Ja.«

Es kostete Kassandra Mühe, sich nichts anmerken zu lassen. Die Summen, die Heiko genannt hatte, waren sehr wohl etwas Nennenswertes, aber er hatte Paul eindringlich gebeten, darüber zu schweigen. Entsprechend hatte auch Harald Clasen gegenüber nie etwas darüber verlauten lassen

»Erwischt«, gab Clasen zu. »Ihnen kann man nichts vormachen. Ich muss mich vorsehen – und sollte mich gut mit Ihnen stellen.«

Pauls Mundwinkel zuckten. »Kann nicht schaden.«

»Ja, nach allem, was man so über Sie hört, glaube ich das gern.«

Für einen winzigen Moment war das Nonchalante aus Clasens Stimme verschwunden. Kassandra meinte fast, einen drohenden Unterton wahrzunehmen. Oder war das nur Einbildung?

Clasen sprach schon weiter. »Informationen übers Fischland sind jederzeit willkommen. Informationen über die Fischländer allerdings mindestens genauso.«

Mittlerweile füllten Paul und Clasen ihre Teller, während Kassandra nur am Rande mitbekam, was sie auf ihren eigenen häufte. Ihre Augen und Ohren waren auf die beiden Männer gerichtet.

»Kann ich mir vorstellen«, sagte Paul. »Ob Sie die gern hören, ist eine andere Frage. Golfplatz und Golfhotel sind gerüchteweise schon rum in Wustrow, und die meisten sind nicht begeistert von der Idee. Mich eingeschlossen übrigens.«

Clasen wollte sich gerade ein Lachshäppchen auftun, hielt aber mitten in der Bewegung inne, das Lachshäppchen auf halbem Wege zwischen Servierplatte und seinem Teller. Er musterte Paul scharf. »Das nenne ich mal Ehrlichkeit. Begegnet mir beileibe nicht jeden Tag.«

Paul hob die Schultern und lächelte wieder. »Sie haben sich doch schon über mich erkundigt, wenn ich Ihre Bemerkung eben richtig interpretiere. Es hätte nicht mehr lange gedauert, bis Sie das auch noch erfahren hätten. Falls Sie es nicht sowieso schon wussten.«

Belustigung machte sich auf Clasens Gesicht breit, aber weder bestätigte noch verneinte er es.

»Ich bin kein Freund von starren Ansichten«, fuhr Paul fort. »Vielleicht überzeugen Sie und Harald mich ja vom Gegenteil.«

»Das würde mich freuen. Nicht nur, weil es nicht schaden kann, sich mit Ihnen gutzustellen. Sondern vor allem, weil mir viel an diesem Projekt liegt und es mir wichtig ist, dass, sollte ich es verwirklichen dürfen, alle damit zufrieden sind. Auch die Fischländer. Ganz besonders die skeptischen Fischländer.«

Das klang ein bisschen zu gut, um wahr zu sein, obwohl Clasen ein vollkommen ernsthaftes Gesicht machte. Paul setzte zu einer Antwort an, doch die hörte Kassandra nicht, weil sie leise von der Seite angesprochen wurde.

»Kassandra, sag mal, du hast doch vorhin mit dem Mädchen da zusammengestanden. Wer ist sie?«

Neben ihr war Mirko Peters aufgetaucht. Er leitete eine Galerie in Ahrenshoop, in der Kassandra vor ein paar Jahren zum ersten Mal ihre Fotos ausgestellt hatte. Sie wusste, dass Mirko seit Kurzem wieder Single war, und folgte seiner unauffälligen Kopfbewegung hinüber zu einer ruhigen Ecke der Küche. Miriam Clasen hatte sich dorthin zurückgezogen, auf ihrem Teller ganze drei Oliven und zwei Scheiben gegrilltes Gemüse, doch sie aß nichts davon und ließ auch ihren Chardonnay unangerührt, der neben ihr auf dem Regal vor ein paar Kochbüchern stand.

»Miriam Clasen«, antwortete Kassandra, froh, dass deren Vater und Paul schon weitergegangen waren und sie die Stimme nicht allzu sehr senken musste.

»Die Tochter von Clasen?«, fragte Mirko entgeistert.

»Ja. Ich würd's an deiner Stelle nicht versuchen. Sie ist …« Kassandra stockte, während sie Miriam aus der Entfernung betrachtete.

»Sie ist was?«

Kassandra schüttelte abwesend den Kopf. Ihr war etwas aufgefallen, ohne dass sie wusste, was. »Keine Ahnung«, beantwortete sie sowohl Mirkos Frage als auch die, die sie sich selbst unbewusst gestellt hatte. »Nur so ein Gefühl, dass es besser für dich wäre, dich von ihr fernzuhalten.« Das jedenfalls konnte sie guten Gewissens sagen. Sie mochte Mirko und wünschte ihm nicht, dass er es mit Falk Clasen zu tun bekam.

»Nicht, dass ich deinem Gefühl misstraue«, sagte Mirko, »aber ich werde nicht wissen, ob es dich trügt, wenn ich es nicht ausprobiere. Wünsch mir Glück.«

Unruhig sah Kassandra Mirko nach und beobachtete, wie er Miriam ansprach. Was er sagte, konnte sie nicht verstehen. Was sie sagte, auch nicht, aber ihre Antwort schien eindeutig auszufallen. Mirkos Körper versteifte sich kurz, dann wandte er Miriam abrupt den Rücken zu. Sein Blick traf Kassandras, er rollte mit den Augen, als wolle er sagen: Schon gut, du hattest recht. Offensichtlich nahm er es aber nicht allzu tragisch, er schaute sich suchend um und steuerte schließlich auf ein Grüppchen zu, bei dem auch Bruno stand.

Kassandra besann sich wieder auf ihren halb gefüllten Teller. Was darauf war, reichte ihr, da hatte sie wohl etwas mit Miriam gemeinsam. Clasens Tochter stand immer noch in ihrer dunklen Ecke. Auf den ersten Blick wirkte sie gelangweilt. Auf den zweiten kam es Kassandra so vor, als nähme sie ihre Umgebung überhaupt nicht wahr, sondern schaue in sich hinein.

»Erstaunliche Wandlung, findest du nicht?«, hörte Kassandra plötzlich neben sich Heinz sagen.

»Wandlung?«

Heinz' linke Braue rutschte in die Höhe. »Du hast sie doch wohl erkannt.«

»Wen? Miriam Clasen? Ich bin ihr noch nie vorher begeg…« Da endlich begriff sie. »Ach du liebe Zeit. Das Mädchen, das ihren Freund gesucht hat! Ich hab schon die ganze Zeit überlegt. Damals übrigens auch. Mir war was an ihr aufgefallen, ich konnte bloß nicht den Finger drauflegen.«

»Kannst du's jetzt?«

Kassandra nickte. »Sie hatte eins der teuersten Handymodelle, die es derzeit auf dem Markt gibt. Ich weiß das, weil Violetta mir davon vorgeschwärmt und bedauert hat, dass sie sich das nicht leisten kann. Ich hätte sehen müssen, dass dieses Teil überhaupt nicht zu der völlig abgerissenen Erscheinung des Mädchens passte.«

»Tja, schätze, es fällt den jungen Leuten heute leichter, sich von ihren Designerklamotten zu trennen als von ihrem Telefon«, stellte Heinz fest. »Selbst wenn das nicht zur sonstigen Verkleidung passt.«

»Die Klamotten waren vielleicht Verkleidung, ihre Verzweiflung und die dunklen Augenringe dafür umso echter«, sagte Kassandra. »Auch wenn die jetzt weg sind, sie wirkt alles andere als fröhlich, was nahelegt, dass sie den Mann nicht gefunden hat.«

»Oder sie hat ihn gefunden, und er hat sie zum Teufel geschickt.«

»Ja. Auch möglich.«

»Rede doch mal mit ihr«, schlug Heinz vor. »Vielleicht tut sich dadurch sogar ein weiterer persönlicher Kontakt zu den Clasens auf.«

»Ich bezweifele, dass sie Wert auf einen Schnack mit mir legt.« Kassandra linste in Miriam Clasens Ecke hinüber und musste feststellen, dass sie verschwunden war.

»Sie ist auf die Terrasse raus«, sagte Heinz. »Gute Gelegenheit, ich glaube, da ist sonst niemand mehr. Na los, geh.« Sanft schubste er sie vorwärts.

Aus den Augenwinkeln sah Kassandra, dass Falk Clasen noch immer bei Harald und Paul stand und dass Barbara sich abmühte, Astrid Clasen zu unterhalten. Von einem Gespräch mit Miriam versprach Kassandra sich noch weit weniger, aber Heinz hatte recht. Probieren ging über Studieren.

Draußen war es dunkel geworden, der Mond verbreitete ein silbriges Licht. Kassandras Augen brauchten etwas, um sich daran zu gewöhnen und Miriam auf einem der Teakholzstühle auszumachen, das Glas Wein in der Hand und in die Nacht starrend.

»Darf ich?« Kassandra deutete auf den Stuhl Miriam gegenüber.

Gleichgültig zuckte Miriam mit den Schultern und schwieg.

»Haben Sie ihn gefunden?«, erkundigte sich Kassandra leise.

Das wirkte. Miriams Kopf ruckte in ihre Richtung. »Wen? Ich weiß nicht, was Sie meinen.«

»Ich bin Pensionsinhaberin, da ist es ganz vorteilhaft, wenn man sich Gesichter merken kann. Obwohl ich zugeben muss, dass ich bei Ihrem etwas länger brauchte.«

Miriam sah wieder weg. »Sie verwechseln mich.«

Das klang weniger störrisch als … ängstlich? Wovor hatte sie Angst? Zum ersten Mal fragte sich Kassandra, warum Miriam damals ihre Herkunft verborgen hatte.

»Ihr Vater wird nichts davon erfahren, wenn Sie das nicht wollen«, wagte sie einen Schuss ins Blaue.

Es dauerte, bis eine Antwort kam. »Was wissen Sie schon?«

Diese vier Worte klangen definitiv verzagt, und Kassandra erkannte, dass Miriam weinte.

»Nichts«, gab sie zu. »Es geht mich natürlich auch nichts an. Wenn Sie trotzdem reden möchten oder wenn ich Ihnen helfen kann, bei der Suche oder bei sonst etwas, sagen Sie's.«

Miriams Traurigkeit schlug um in Wut, sie blitzte Kassandra an. »Sie wollen mich doch bloß aushorchen! Das können Sie sich sparen!«

Kassandra widerstand ihrem ersten Impuls, aufzustehen und zu gehen. »Ich will nichts dergleichen. Wie kommen Sie denn auf so eine Idee?«

»Ihr Vater macht Geschäfte mit meinem«, antwortete Miriam ruhiger, aber immer noch aufgebracht.

»Sie glauben, Ihr Vater hat meinen Vater gebeten, mich zu bitten, mit Ihnen zu reden?«

»Mein Vater bittet nicht, er verlangt. Er kleidet seine Befehle bloß in freundliche Worthülsen. Falls Ihr Vater das noch nicht weiß: Dieser Hinweis ist vollkommen gratis.«

Kassandra lächelte. »Mein Vater ist auch nicht erst seit gestern im Geschäft. Er lässt sich nichts befehlen, und ich im Übrigen ebenfalls nicht. Niemand hat mich geschickt.« Das entsprach nicht ganz der Wahrheit, wenn man bedachte, dass Heinz sie geschickt hatte, aber so genau musste Miriam das ja nicht wissen.

»Wer war der große Hagere mit den weißen Haaren, mit dem Sie gesprochen haben?«

Innerlich zog Kassandra den Hut vor Miriam. »Mein Onkel. Sie haben ihn an der Frischemarktkasse ebenfalls nach Ihrem Freund gefragt.«

»Hm. Er sieht Ihrem Vater nicht sehr ähnlich.«

Kassandra legte den Kopf schief. Miriam war eine gute Beobachterin. Sie war sich außerdem mit ihrem Vater nicht grün. Wenn Kassandra es schaffte, ihr Misstrauen zu zerstreuen und sich mit ihr zu verbünden, konnte sie einiges über Falk Clasen erfahren.

»Nein, sie sehen sich nicht ähnlich. Heinz war der Mann der Schwester meiner Mutter«, erklärte Kassandra.

»War? Haben sie sich scheiden lassen?«

»Meine Tante ist ein paar Jahre bevor ich aufs Fischland kam gestorben. Ich habe sie nie kennengelernt.«

»Das tut mir leid. Sicher hat Ihnen Ihre Mutter viel von ihr erzählt.«

»Gar nichts. Ich …« Kassandra schüttelte den Kopf. »Meine Familienverhältnisse sind kompliziert.« Das war noch milde ausgedrückt, aber eine zwanglose Unterhaltung darüber mochte bewirken, dass Miriam sich öffnete. »Ich wusste überhaupt nichts über die Verwandten meiner Mutter. Als ich herzog, war Heinz einfach nur mein Nachbar, noch dazu einer, mit dem ich mich nicht gut verstand. Dass er sich als mein Onkel entpuppte – ich weiß ehrlich nicht, wer von uns überraschter war.«

Miriam antwortete nicht gleich. »Sind alle Fischländer Familien so vertrackt?«, fragte sie schließlich.

Der verunsicherte Tonfall, der damit einherging, ließ Kassandra stutzen. »Ein paar haben es ganz schön in sich, nach allem, was ich mitbekommen habe. Wenn Sie darüber Genaueres wissen wollen, müssen Sie mit meinem Freund reden. Paul ist hier geboren, er weiß alles übers Fischland und kennt so gut wie jeden hier.«

»Ihr Freund ist eine ganze Ecke älter als Sie, oder?«, erkundigte sich Miriam.

»Zwanzig Jahre«, bestätigte Kassandra.

Zweimal öffnete Miriam den Mund und schloss ihn wieder, unschlüssig, ob sie etwas sagen sollte oder nicht. Zunächst hatte Kassandra sich gewundert, welchen Zweck Miriam mit ihren Fragen verfolgte, hielt es aber nun für möglich, dass all das mit dem Mann zusammenhing, den sie suchte. Kassandra drängte sie nicht, sondern wartete geduldig. Schließlich sprudelt es aus Miriam heraus, als ob sie befürchtete, wenn sie einmal innehielte, würde sie der Mut verlassen.

»Meinen Sie, er könnte etwas über eine Familie namens Thurow wissen? Dominiks Eltern kamen vom Fischland, sie müssen aber vor seiner Geburt weggegangen sein. Er hat mal gesagt, dass er nach seinen Wurzeln suchen will. Das war der einzige Anhaltspunkt, den ich hatte, deshalb kam ich her. Natürlich hab ich vorher recherchiert, es gibt niemanden mehr hier mit diesem Namen, nur noch auf dem Friedhof. Vielleicht hätte ich nicht nur nach Dominik, sondern auch nach seinen Eltern fragen sollen, aber ich hab mich nicht getraut, keine Ahnung, wieso. Doch, vielleicht schon, ich glaube, Dominik hätte das nicht gewollt. Andererseits hätte er sicher auch nicht gewollt, dass ich nach ihm suche. Aber ich muss doch wissen, ob er mich einfach verlassen hat oder ob ihm was passiert ist.«

Das waren eine Menge Informationen auf einmal. Kassandra sortierte sie einigermaßen und sagte dann: »Ich weiß nicht, ob Paul die Thurows kannte, aber ich bin sicher, er kann das eine oder andere in Erfahrung bringen.«

In Miriams Gesicht erschien ein Funke Hoffnung. »Könnten Sie ihn fragen, bitte?«

»Natürlich. Ich nehme an, Sie selbst haben schon mit Dominiks Freunden gesprochen, bevor Sie nach Wustrow kamen. Hat denn niemand etwas von ihm gehört? Was ist mit seinen Kollegen? Die werden doch wissen, ob er seinen Job gekündigt hat oder in Urlaub gegangen ist. Falls nichts davon der Fall ist, müsste sich sein Arbeitgeber wundern.« Dass Dominiks Familie, die vor Jahrzehnten das Fischland verlassen hatte, die einzige Spur sein sollte, kam Kassandra seltsam vor.

»Mein Vater hat ihn rausgeschmissen.« Ein einziger Satz nur, es klang verbittert.

Nachdem Kassandra das verdaut hatte, hakte sie nach. »Hat er gesagt, weshalb?«

»Es ist egal, was er sagt oder was die offizielle Begründung ist. Dominik war fünf Jahre lang für die Sicherheit des Firmengebäudes und für die meines Vaters verantwortlich, und er hat vom ersten Tag an erstklassige Arbeit geleistet. Er …«

»Ihr Vater braucht Personenschutz?«, unterbrach Kassandra sie. Kaum waren die Worte heraus, bedauerte sie ihre spontane Frage.

Miriam sah zur Seite, zweifellos bedauerte sie genauso, ihren Mund nicht gehalten zu haben. »Es ist schon vorgekommen.« Dann sah sie Kassandra wieder in die Augen. »Jedenfalls hat mein Vater ihn nicht wegen Unzuverlässigkeit gefeuert. Es hat ihm nicht gepasst, dass Dominik und ich zusammen waren. War uns von Anfang an klar, deshalb wollten wir es ja geheim halten, was uns auch lange gelungen ist. Als es rauskam … Dominik war eben bloß sein Angestellter, und Falk Clasens kleine Mia hat was Besseres verdient.«

Diese Ausführungen passten zu dem, was Kassandra sich über Clasens Geschäftsgebaren und seinen Charakter zusammengereimt hatte. Dennoch fragte sie sich, ob er eventuell in diesem Fall den richtigen Riecher gehabt hatte. Wenn Dominik sang- und klanglos verschwunden war, ohne sich wenigstens zu verabschieden, sprach das jedenfalls deutlich mehr für Clasens gute Menschenkenntnis als für Dominiks Liebe zu Miriam.

»Verstehe«, sagte sie aber nur, doch anscheinend hatte sich in dieses eine Wort genug Zweifel eingeschlichen.

»Ach ja? Warum sagen Sie nicht, was Sie wirklich denken? Dass mein Vater Dominik mit einem Haufen Geld bestochen hat und ihm das wichtiger war als ich.«

»Glauben Sie denn ernsthaft, dass er sich mit Geld hätte abspeisen lassen? Wenn Sie das täten, würden Sie ihn doch nicht so verzweifelt suchen«, stellte Kassandra fest.

»Ich will es nicht glauben. Obwohl mir die Alternative, dass Dominik etwas passiert ist, weit mehr Angst macht.«

Unvermittelt schoss eine sehr unschöne Möglichkeit durch Kassandras Kopf. Vielleicht hatte Clasen selbst dafür gesorgt, dass Dominik etwas passierte, weil der nicht freiwillig gehen wollte. Miriam sah nicht so aus, als hätte sie das bereits in Erwägung gezogen, dazu wirkte sie trotz allem zu gefasst. Und Kassandra würde sie garantiert nicht auf diese Idee bringen. Etwas anderes dagegen konnte sie tun: Kay darüber informieren und ihn fragen, für wie wahrscheinlich er es hielt, dass so etwas geschehen war.

»Bevor wir den Teufel an die Wand malen: Was sagen denn Dominiks Freunde?«, erkundigte sich Kassandra.

Miriam zuckte mit den Schultern. »Es gab keine. Er war der Typ einsamer Wolf, konnte sogar richtig abweisend sein. Mich hat das fasziniert, auch dass er so gut wie nie was über sich erzählte. Jetzt wünschte ich, es wäre anders gewesen.« Ein Zittern lief durch ihren Körper. »Gott, ich rede schon in der Vergangenheit von ihm.« Sie umklammerte ihr Weinglas.

»Nicht zu schwarzsehen«, versuchte Kassandra sie zu beruhigen, obwohl sie selbst nicht allzu optimistisch war. »Was ist mit seinen Kollegen?«

»Da hielt er sich genauso abseits. Nur mit der Kollegin, die für die IT- und Informationssicherheit zuständig ist, konnte er ganz gut. Leider ist die auch mit meiner Mutter befreundet. Wenn ich mit ihr rede, erfährt es mein Vater, und dann haben wir alle Ärger.« Sie trank den letzten Rest Wein und stellte das Glas so unglücklich auf dem Tisch ab, dass es heruntergefallen wäre, wenn Kassandra es nicht aufgefangen hätte. Miriam bekam davon kaum was mit, sie starrte nur vor sich hin. »Am liebsten würde ich weglaufen. Komisch, was? Ich dürfte Dominik nicht böse sein, wenn er das getan haben sollte. Weg. Ich will doch selbst raus aus dem Stress. Mit der Familie, meiner Mutter, der Uni. Ich will nicht BWL studieren, das war für mich von meinem ersten Semester an das grottenlangweiligste Fach aller Zeiten. Aber Papas Mia soll mal die Firma übernehmen. Was interessieren mich Hotels und Golfplätze?« Sie seufzte. »Das Dumme ist nur, dass ich nicht weiß, was mich sonst interessiert. Außer ein Leben mit Dominik.«

Kassandra überlegte nicht lange. »Was halten Sie davon, wenn Sie erst mal für den Rest der Semesterferien ein bisschen Ruhe finden? Das Einzelzimmer in meiner Pension ist frei. Wenn

Sie möchten, kommen Sie her, während Paul alle Hebel in Bewegung setzt, etwas über die Thurows zu erfahren.«

Kurz kehrte das Misstrauen zurück in Miriams Blick, als würde sie mutmaßen, bei Kassandra unter Beobachtung zu stehen. Dann siegten wohl ihr Verlangen, Abstand von ihrer Familie zu bekommen, und vielleicht die Hoffnung auf Pauls Recherchen.

»Das würde ich gern.«

»Dann ist das abgemacht.«

»Danke. Auch dafür, dass Sie mir zugehört haben. Sie müssen sicher wieder reingehen, es ist doch die Feier Ihres Vaters, Sie können sich nicht die ganze Zeit mit mir abgeben.«

Kassandra interpretierte das als Miriams Wunsch, allein zu sein, und erhob sich. Sie war schon an der Terrassentür, als sie hinter sich ihren Namen hörte.

»Frau Voß? Ich muss Sie nicht bitten, mit niemandem außer Ihrem Freund über das zu reden, was ich gesagt habe, oder?«

»Keine Sorge, es wird nichts an die Ohren Ihrer Familie dringen.«

Ein paar Stunden später war es in Haralds Villa wieder ruhig. Unter den Gästen, die zuletzt gegangen waren, waren auch die Clasens gewesen. Miriam hatte ihren Eltern erzählt, Kassandra habe ihr so von Wustrow vorgeschwärmt, dass sie sich eine Zeit lang bei ihr einmieten wolle. Da Clasen darüber erfreut schien, wusste er anscheinend nichts von Dominiks familiären Verwicklungen mit dem Fischland.

»Wenn mich nicht alles täuscht, haben wir heute Abend bei Clasen ein paar Pluspunkte gesammelt«, stellte Harald zufrieden fest. »Dass du dich mit Miriam verstehst, ist das Sahnehäubchen obendrauf.«

»Das haben wir Heinz zu verdanken«, sagte Kassandra.

Heinz' typisch meckerndes Lachen fiel leiser aus als sonst. Er wollte Barbara nicht stören, die sich schon zurückgezogen hatte, weil sie am folgenden Tag ein aufwendiges Manuskript zu Ende lektorieren musste. Das wiederum führte dazu, dass Kassandra,

Paul, Harald und Heinz sich offen austauschen konnten. »Habt ihr außer Wustrow noch andere Gesprächsthemen gehabt?«, fragte er.

»Jede Menge.« Kassandra begann mit Miriams Frage nach den Thurows und wandte sich an Paul. »Hast du Dominiks Familie gekannt?«

»Nur sehr flüchtig. Wenn ich mich richtig erinnere, wohnten sie in der Karl-Marx-Straße gegenüber der heutigen ›Schifferwiege‹ und müssen Ende der Siebziger weggezogen sein. Warum oder wohin, weiß ich nicht.« Er sah zu Heinz. »Du?«

Heinz dachte einen Augenblick nach. »Wohin – ins Brandenburgische, glaube ich. Warum – vielleicht hatte es was mit Eberhard Thurow zu tun. Er war bei der Post beschäftigt, und auch wenn es nie direkte Beschwerden gab, weil er seine Arbeit ordentlich erledigte, war es ein offenes Geheimnis, dass man ihm besser nicht zu nahe kam. Dann roch man seine Fahne. Nach Feierabend saß er fast immer in der ›Reuterschänke‹, er hatte es ja nicht weit dahin. Ich musste ihn häufig da rausholen, weil er nicht freiwillig gehen wollte. Ein-, zweimal hat er randaliert, was seiner Frau Margot ziemlich peinlich gewesen ist.«

»Hatten sie da schon Kinder?«, fragte Kassandra in der Hoffnung, dass Dominik über ältere Geschwister auffindbar sein könnte. Doch Heinz schüttelte den Kopf, sodass sie bei Paul noch einmal nachhakte. »Du kannst doch bestimmt was über die Thurows herausfinden. Irgendwer, den du kennst, wird sie doch besser gekannt haben.«

Paul tauchte aus einer Grübelei auf, er fuhr sich mit der Hand durch seine grauen Haare. »Nicht nur irgendwer. Als du eben die ›Reuterschänke‹ erwähntest, Heinz, ist mir wieder eingefallen, dass Margot Thurows Mutter sich oft über den Alkoholkonsum ihres Schwiegersohns beklagt hat – gegenüber meiner Mutter. Ich frage sie, vielleicht erinnert sie sich an Einzelheiten und weiß sogar, was aus Dominiks Eltern geworden ist.«

»Das wäre großartig.« Kassandra mochte Margarethe Freese sehr. Letztes Weihnachten war sie überraschend da gewesen, weil Bruno sie dazu überredet hatte. Normalerweise besuchten

Paul und Kassandra sie einmal im Monat in Schwerin. Sie ging auf die neunzig zu, aber ihr Gedächtnis funktionierte wie das einer Neunzehnjährigen. »Die Thurows sind die eine Sache«, fuhr Kassandra fort. »Noch spannender an Dominik ist aber, dass er in Falk Clasens Sicherheitsabteilung angestellt war.« Sie gab weiter, was Miriam erzählt hatte.

Harald richtete sich auf. »Das ist ja interessant. Clasen erwähnte vorhin, dass er einen neuen Mitarbeiter in diesem Bereich sucht. Natürlich ahnte ich nicht, weshalb. Jetzt bekomme ich allmählich eine Vorstellung davon, und die eröffnet eine ganz neue Perspektive auf unseren Fall. Möglicherweise hat Thurows Entlassung – oder was immer sonst mit ihm passiert ist – gar nichts mit Clasens Tochter zu tun. Möglicherweise ist er entweder durch seine, wahrscheinlicher aber durch die Arbeit seiner IT-Kollegin, mit der er sich so gut verstand, auf etwas gestoßen, das er nicht sehen sollte. Viele Leute in diesen Positionen kennen manche Firmeninterna beinah so gut wie die Chefs selbst.«

Einen Augenblick lang herrschte Stille.

»Wenn ihr einverstanden seid«, brach Kassandra das Schweigen, »rufe ich morgen Kay an und frage nach seiner Einschätzung der Lage.«

»Das wird kein einfaches Gespräch, das ist dir hoffentlich klar«, sagte Paul.

»Das wäre es zu keinem Zeitpunkt. Jetzt ist nicht besser oder schlechter als sonst wann. Ich …« Sie stockte, in ihrem Kopf wirbelten das eben Gehörte und ihre Gedanken durcheinander. »Harald, hast du eben gesagt, Clasen sucht noch jemanden, der Dominik ersetzt?«

»Ja. Er hat wohl einen Mann eingestellt, ist aber nicht zufrieden. Wieso findest du das wichtig?« Kassandra wollte gerade antworten, da legte er den Kopf schief und kam ihr zuvor. »Meine Güte. Das wäre reichlich gewagt.«

Sie nickte, erfreut, dass ihr Vater begriff, was ihr vorschwebte. »Aber einen Versuch wert.«

6

Kay Dietrich saß in seinem Wagen, den er Ecke Carl-von-Essen-Straße/An den Bleichen geparkt hatte, und beobachtete von Weitem das Kommen und Gehen bei Clasen Constructions. Das dreistöckige Gebäude aus dunkelrotem Backstein mit den großen Fenstern, die in lauter kleine Butzenscheiben unterteilt waren, tanzte in dieser Villengegend aus der Reihe. Es fiel auf, und das sollte es wohl auch. Dies war die Zentralverwaltung, in der alle Fäden von Clasens Unternehmen zusammenliefen. Hier wurde auch am Wochenende gearbeitet. Allenfalls morgen, am Sonntag, würde es ruhiger sein.

Verhalten fluchte Dietrich vor sich hin. Was er hier tat, führte zu nichts und war zudem reichlich riskant. Fast so riskant, wie Clasens Telefon anzuzapfen, weshalb er darauf verzichtet hatte. Der hocheffizienten Sicherheitsabteilung hätte es nur einen Klick gekostet, dem auf die Spur zu kommen. Dietrich wünschte, er käme schneller voran, aber er durfte bei Brenner nichts überstürzen, sonst würde der den Braten riechen. Deshalb hatte er auch darauf verzichtet, sich einen anderen von Clasens Geldwäschern vorzuknöpfen, obwohl der dichter dran war an seinem Boss. Wohl oder übel musste er sich mit den kleinen Schritten bei Brenner begnügen. Er versuchte, sich zu beschwichtigen. Nach all den Jahren, die Clasen jetzt schon seinen unsauberen Geschäften nachging, kam es auf ein paar Monate mehr oder weniger nicht an. Leider war Geduld nicht Dietrichs Stärke. Seufzend startete er den Lexus, bevor er doch noch jemandem auffiel.

Am Ende der Straße setzte er den Blinker und bog in die Friedrich-Engels-Straße, die bald darauf in die Gerhart-Hauptmann-Straße überging. Die wiederum führte direkt zu Clasens Privatvilla am Strelasund. Er würde sich verkneifen hinzufahren. Gerade wollte er erneut den Blinker setzen, als sein Handy klingelte. Ein flüchtiger Blick aufs Display ließ ihn den Blinker vergessen.

Kassandra. Die letzten drei Wochen hatte er öfter an sie gedacht, als gut war. Er sollte nicht rangehen.

Vor ihm wurde die Clasen-Villa immer größer, ein etwas verschachteltes helles Haus mit geschwungenen dunkelgrauen Seitendächern, das hinter grünen Hecken und einem großen Stahltor stand.

Dietrichs Telefon klingelte noch immer.

Kassandra würde nicht anrufen, wenn es nicht wichtig wäre.

Er nahm das Gespräch an. »Ja?«

»Kannst du gerade reden?«, fragte sie ohne Vorrede.

Er fuhr in eine Parklücke kurz vor der Clasen-Villa auf der einen und einem Fußweg zum Strelasund auf der anderen Seite. Das Wasser glitzerte in der Sonne. »Ja.«

»Gut, dann hör mir bitte einfach zu, ohne mich zu unterbrechen.« Sie zögerte eine winzige Sekunde, lange genug für ihn, um zu erfassen, dass ihm wahrscheinlich nicht gefallen würde, was sie zu sagen hatte. Dass sie das wusste und es trotzdem tat. Weil es wichtig war.

»Hast du nicht gefragt, ob ich *reden* könnte?«, antwortete er und legte ein klein wenig Spott in seine Stimme.

»Ja«, sagte sie. »Hab ich wohl.«

Er hörte ihr Lächeln. Gut.

Trotzdem zögerte sie erneut.

»Kassandra«, sagte er. Seine Augen verfolgten ein Boot auf dem Strelasund, das hinüber nach Rügen segelte. »Da du befürchtest, dass ich dich unterbreche, nehme ich an, es geht um Clasen. Was hast du angestellt?«

Während sie zunächst langsam und dann immer flüssiger erzählte, wartete er darauf, dass er ärgerlich wurde, weil sie entgegen seinem ausdrücklichen Wunsch ihren Kopf durchgesetzt hatte. Der Ärger blieb aus, und er unterbrach sie tatsächlich kein einziges Mal. Auch als sie geendet hatte, schwieg er zunächst. Seine Gedanken rotierten.

»Kay?«, fragte sie, wie um sicherzugehen, dass er noch dran war. Oder dass er sie nicht verfluchte.

»Ihr wollt mich als Dominik Thurows Nachfolger bei Clasen

einschleusen«, wiederholte er in einem Satz, was Kassandra ausführlicher dargelegt hatte.

»Wir … ich hielt das für eine gute Gelegenheit. Viel näher kommst du vermutlich nicht an ihn und seine Geschäfte«, sagte Kassandra. »Du bist … warst Polizist, du bringst die besten Voraussetzungen mit. Du kennst dich in Sicherheitsfragen aus, du weißt, wie man Personen schützt. Clasen kann niemand Besseren als dich bekommen.«

»Das dürfte übertrieben sein. Sagen wir lieber, ich kenne mich einigermaßen gut aus. Ich bin weder ausgesprochener Fachmann für Gebäudesicherheit und Überwachungsanlagen noch professioneller Bodyguard.«

Er hörte Kassandra schlucken.

»Du meinst, es war eine idiotische Idee«, sagte sie sehr leise.

Dietrich blinzelte. Auf dem Strelasund segelte wieder ein Boot an der Clasen-Villa vorbei, diesmal Richtung Schwedenschanze. Im Grunde genommen hatte Kassandra recht. Was sie vorschlug, war absurd. Noch dazu überaus waghalsig. Und eine einmalige Chance.

»Nein«, sagte er, »das ist keine idiotische Idee. Absolut nicht.«

7

Hinter Kassandra öffnete sich die Terrassentür. Mit dem Telefon am Ohr drehte sie sich um und sah Paul nach draußen in die Sonne treten. Sie formte mit den Lippen Haralds Namen, Paul nickte, setzte sich ihr gegenüber und wartete.

»Alles klar, mach das so«, sagte Kassandra zu ihrem Vater. »Bin gespannt, was Clasen sagt. Mindestens so gespannt wie Kay. Bis dann.« Sie beendete das Gespräch und legte das Telefon bedächtig auf den Tisch.

»Kay ist also einverstanden?«, leitete Paul aus ihren Worten ab.

Kassandra nickte. Sie war immer noch erleichtert, dass Kay bei ihrer Beichte ruhig geblieben war und ihrem Plan zugestimmt hatte. Das Gegenteil hatte sie mehr befürchtet, als sie je zugeben würde. Stattdessen war da ganz plötzlich – und ebenso kurz – wieder diese besondere Nähe zwischen ihnen gewesen, die alle Zweifel fortwischte und alle Fragen überflüssig machte.

»Er traut sich zu, den Bereich abzudecken, für den Dominik zuständig war. Nicht perfekt allerdings, und natürlich hat er keinerlei bescheinigte Qualifikationen im Securitybereich. Das könnte ein Hinderungsgrund für Clasen sein, sich überhaupt ernsthaft mit dem Gedanken zu befassen, ihn einzustellen. Andererseits wissen Polizisten, wie man effizient Personen schützt. Insgesamt findet Kay, dass es den Versuch wert ist.«

Nachdenklich ließ Paul seinen Blick hinüber zu Heinz' Garten gleiten. »Falls das schiefgeht, wird es für Kay noch schwerer, an Clasen heranzukommen.«

»Er ist bereit, das zu riskieren. Harald will Clasen gleich anrufen und ihm Kay empfehlen. Wir können jetzt bloß abwarten, zumindest an dieser Front. Wie sieht es an deiner aus?«

Kassandra hatte mit Kay telefoniert, während Paul in Wustrow unterwegs gewesen war, um mehr über die Thurows in Erfahrung zu bringen. Leider hatte seine Mutter kaum weiterhelfen können. Sie wusste, dass die Familie vor achtunddreißig Jahren nach Rathenow im Havelland gezogen war, und erinnerte sich, dass ihre Freundin dem ungeliebten Schwiegersohn die Schuld dafür gegeben hatte – ohne sich näher darüber auszulassen allerdings. Der Ort war immerhin ein Ansatz zur Recherche. Das elektronische Telefonbuch gab nichts her, sodass sie gleich am Montag eine Melderegisterauskunft einholen würden. Doch das dauerte seine Zeit. Also war Paul losgezogen, um anderswo an Informationen zu kommen. Seinem Gesichtsausdruck nach zu urteilen, wenig erfolgreich.

Er lehnte sich zurück. »Man munkelte damals offenbar, dass Margot Thurow wegen ihres Mannes unglücklich genug gewesen ist, sich auf eine Affäre einzulassen. Leider war man sich über die Identität des betreffenden Mannes uneins.«

»Gab es denn eine große Auswahl?«

Paul grinste. »Könnte ich mir vorstellen. Sie war eine attraktive Frau. Man verdächtigte einen Seefahrtschüler, einen der Dozenten und einen Mitarbeiter der PGH Technik – den ich ausschließe, weil ich den gut kannte. Und schließlich der große geheimnisvolle Unbekannte. Ein Urlauber aus dem Ausland. Aus dem Westen gar. Kurz: Man hat keine Ahnung.«

Kassandra überlegte. »Genügt eine Affäre, um alle Zelte abzubrechen und woanders neu anzufangen?«

»Kommt drauf an. Der Seefahrtschuldozent, der genannt wurde, war kein ganz kleines Licht und außerdem ebenfalls verheiratet.«

»Kommt mir trotzdem übertrieben vor«, meinte Kassandra. »Es sei denn, die Affäre blieb nicht ohne Folgen.«

»Schwanger? Ja, wer weiß?«

Eine Weile sagte niemand etwas, nur eine Biene summte um Kassandras halb volles Glas Rhabarberschorle. Mitten hinein in diese sommerliche Idylle gab ihr Telefon ein Pling von sich.

»Eine Mail von Kay«, stellte sie erschrocken fest. Hatte er es sich anders überlegt? Im Betreff stand »Info«, einen Mailtext gab es nicht, nur einen PDF-Anhang. Das sah immerhin nach Entwarnung aus. Dennoch schluckte sie einmal trocken, bevor sie das Dokument öffnete. Sie spürte Pauls Blick auf sich und brauchte eine Sekunde, bis sie erfasst hatte, was von Kay gekommen war.

»Informationen zu Dominik.« Sie schaute auf. »Wir haben gar nicht mehr viel über ihn als Person geredet, nur über seine Arbeit. Was sein Verschwinden angeht, hält Kay es zumindest nicht für völlig ausgeschlossen, dass Clasen mehr als eine Entlassung in die Wege geleitet hat.«

»Dachte ich mir.« Paul beugte sich vor. »Was hat er über Thurow?«

Kassandra fasste die wichtigsten Eckdaten zusammen. »Geboren 1979 in Rathenow, Eltern Margot und Eberhard Thurow, 1998 Abitur am Rathenower Jahngymnasium, im Anschluss Zivi in der Kinderklinik der Stadt, 1999 bis 2004 Studium der Elektrotechnik an der TU Berlin, bis 2012 mit befristeten Verträgen in insgesamt drei unterschiedlichen Firmen in Berlin tätig, zuletzt bei SecureOne, anscheinend ein renommierter Sicherheitsdienst. Seit Juli 2012 bei Clasen Constructions. Privates: viele wechselnde Beziehungen, seit drei Jahren Single. Wahrscheinlich Verhältnis ...« Wieder sah Kassandra auf, diesmal mit einem Lächeln. »Hier steht: *Wahrscheinlich Verhältnis mit Miriam Clasen.* Miriam sagte, sie hätten versucht, es geheim zu halten. Für Kays Recherchen offenbar nicht geheim genug. Seine Datei ist bereits drei Monate alt, demnach hat er es eher durchschaut als Clasen.«

»Hm«, machte Paul. »Entscheidender ist was anderes. Dominik wurde 1979 geboren, im Jahr, nachdem die Thurows aus Wustrow weggingen. Das stützt deine Vermutung, dass Margot Thurow zu dem Zeitpunkt schwanger war.« Er rieb sich über den Nasenrücken. »Lass mich mal wild drauflosspekulieren: Was, wenn Margot tatsächlich eine Affäre mit einem Urlauber aus dem Westen gehabt hat – mit Falk Clasen? Was, wenn Clasen gar nicht so versnobt ist, wie Miriam glaubt, sondern alles darangesetzt hat, seine Tochter von seinem Sohn fernzuhalten?«

»Dann hätte Dominiks Entlassung doch mit Miriam und

nicht damit zu tun, dass er über Clasens undurchsichtige Geschäfte gestolpert ist.«

»Das eine muss das andere natürlich nicht ausschließen. Und ich sage ja, es ist nur eine wilde Spekulation. Wir müssen Dominiks Mutter ausfindig machen und so diskret wie möglich mit ihr reden.«

Kassandras Blick war wieder auf Kays Notizen gefallen. »Zu spät. Sie ist letztes Jahr gestorben. Eberhard Thurow ist sogar schon viel länger tot, er hat nicht mal Dominiks Abitur erlebt. Zur Todesursache steht hier nichts, aber das erfordert wohl wenig Phantasie. Geschwister gibt es keine. Die Spur verläuft also im Sande.«

»Eine Option habe ich noch«, widersprach Paul. »Ein Bekannter meines Vaters hat wie Eberhard Thurow bei der Post gearbeitet. Nicht lange nachdem mein Vater starb, ist der Mann weggezogen zu seinen Kindern, das weiß ich noch. Seinen Namen habe ich leider vergessen, aber Bruno weiß ihn bestimmt, sie haben öfter mal was zu dritt unternommen.« Er griff zum Telefon, um den einstmals besten Freund seines Vaters anzurufen.

Gleichzeitig ertönte die Türglocke. Kassandra überließ Paul seinem Gespräch, um öffnen zu gehen.

»Hallo Frau Voß.« Miriam Clasen lächelte unsicher. Heute war sie weder übermäßig aufgetakelt noch so abgerissen wie vor drei Wochen. Offenbar stand jetzt die echte Miriam vor Kassandra, samt einer prall gefüllten Reisetasche. »Ich hoffe, es ist in Ordnung, dass ich heute schon bei Ihnen reinschneie.«

Kassandra erwiderte das Lächeln. »Aber klar. Ich freu mich, dass Sie da sind.«

Im Flur drehte Miriam sich um. »Ehrlich? Ich hatte schon Befürchtungen, dass Sie sich bloß verpflichtet fühlen, mir Asyl zu gewähren und zu helfen.«

»Keine Sorge, alles gut! Paul hat seine Fühler bereits nach den Thurows ausgestreckt, etwas mehr als gestern wissen wir schon. Er telefoniert gerade mit einem alten Freund, der ebenfalls weiterhelfen könnte.«

»Ein Freund?« Ein Anflug von Panik lag in Miriams Stimme. »Sie haben doch nicht …«

Beruhigend legte Kassandra ihre Hand auf Miriams Arm. »Wenn wir etwas erfahren wollen, müssen wir mit Leuten reden. Paul ist sehr diskret, er wird nicht raushängen lassen, weshalb er auf der Suche nach den Thurows ist. Abgesehen davon: Wenn er sich über alte Fischländer Familien erkundigt, nimmt jeder an, er tut das, weil er sein Fischland-Archiv vervollständigen will.«

»Ja. Ja, natürlich. Entschuldigung. Ich will nur nicht, dass …«

»Sie müssen sich nicht entschuldigen. Ich kann nichts versprechen, aber wir tun unser Bestes, auch dafür, dass niemand erfährt, weshalb Sie wirklich hier sind.«

»Danke.«

Im Hintergrund hörte Kassandra ein Dudeln, das langsam lauter wurde. Da erschien Paul mit ihrem Telefon auf dem Flur. »Hallo Frau Clasen, willkommen in Wustrow«, sagte er und drückte gleichzeitig Kassandra das Telefon in die Hand. »Dein Vater. Ich kümmere mich um Frau Clasen und zeige ihr das Zimmer.«

Schon wieder machten sich Zweifel auf Miriams Gesicht breit. Haralds Geschäftsbeziehung zu ihrem eigenen Vater war ihr nach wie vor nicht geheuer, doch Paul ließ ihr keine Zeit, länger darüber nachzudenken, sondern schob sie vorwärts.

»Hast du mit Clasen reden können?«, fragte Kassandra, sobald die beiden außer Hörweite waren.

»Ja. Er hat sich zuerst interessiert gezeigt. Allerdings hatte ich den Eindruck, dass sein Enthusiasmus etwas nachließ, als er hörte, dass Dietrich Ex-Polizist ist. Er tat so, als mache ihm hauptsächlich das *Ex* daran Sorgen. Ich habe ihm erzählt, was wir vereinbart haben: zu viel eigener Kopf, deshalb ständiger Clinch mit Vorgesetzten, bis auf Ausnahmen nicht sonderlich beliebt bei Kollegen.«

»Entspricht ja der Wahrheit.« Kassandra saß wieder auf der Terrasse und blinzelte in die Sonne. »Wie hat er darauf reagiert?«

»Zurückhaltend. Er sagt, er braucht Bedenkzeit und dass er

sich meldet, wenn er entschieden hat, ob er sich Dietrich ansieht oder nicht.«

»Wenn er ihn hat überprüfen lassen.«

Harald lachte trocken. »Ja. Ich habe mir übrigens erlaubt, Dietrich darüber zu informieren. Er lässt grüßen. Ist Paul schon weitergekommen?«

Während Kassandra ihm berichtete, hatte sie immer ein Auge und ein Ohr im Haus, für den Fall, dass Paul mit Miriam im Schlepptau in den Garten kam. Als sie sich schließlich blicken ließen, hatte sie ihr Gespräch längst beendet und Paul Miriam bereits über seine Recherchen informiert. Da sie unaufgeregt wirkte, musste er seine These bezüglich einer Verwandtschaft zwischen ihr und Dominik weggelassen haben. Dafür erzählte er jetzt auch Kassandra, dass Bruno tatsächlich noch Kontakt zu dem Bekannten von früher hatte. Er hieß Werner Joerk, lebte sogar seit Kurzem wieder in Wustrow, war aber zurzeit auf einer Urlaubsreise in Österreich und besaß kein Handy. Sie mussten also warten, bis er in ein paar Tagen zurückkam.

Paul schlug vor, Miriam ein paar besonders schöne Ecken von Wustrow zu zeigen, die ihr bei ihrem ersten Besuch kaum aufgefallen sein durften. Dankbar für jede Form von Ablenkung nahm sie das gern an. Seine Führung durch die Seeseite des Dorfes, seine Erläuterung zu so mancher Kapitänsfamilie und zu den jetzigen und ehemaligen Besitzern der Villen auf der Strandstraße nahm nicht nur Miriam gefangen, sondern auch Kassandra, obwohl sie die meisten Geschichten schon kannte. Sie hätte ihm ewig zuhören können und entdeckte auch beim x-ten Mal noch etwas Neues. Als ihr Spaziergang sich dem Ende neigte, blieb Paul vor einem Haus in der Karl-Marx-Straße stehen.

Ein wenig erinnerte es an Kassandras Kapitänshaus. Es war aus rotem Backstein gebaut, und auch hier war die Fischländer Tür in Grün-Weiß gehalten. Diese hatte allerdings mit kunstvollen Ziersprossen versehene Fenster und als Sichtschutz innen einen weißen Fensterladen. Die Fensterläden außen waren wie die Tür grün-weiß gestrichen, mit einer roten Umrahmung dazwischen. Der Vorgarten war schlicht gehalten, der Zaun hätte ein bisschen Farbe vertragen können, und das Törchen darin hing ein wenig schief in den Angeln. Alles in allem ein uriges Haus, das gleichzeitig Fischländer Gelassenheit ausstrahlte.

»Wer wohnt hier?«, fragte Miriam.

»Es kommt eher darauf an, wer hier mal gewohnt hat«, antwortete Paul. »Dominiks Eltern.«

Miriam trat einen Schritt näher und legte zögernd die Hand auf das grüne Törchen. »Ob die Leute, die jetzt da leben, etwas über sie wissen? Haben Sie die schon gefragt?«

»Ja, habe ich. Es kam nicht viel dabei raus, aber sie haben mir etwas gegeben, das sie bei ihrem Einzug in der Diele auf dem Fußboden fanden.« Aus seiner Jackentasche holte er ein Foto hervor und reichte es ihr. »Margot und Eberhard Thurow.«

Überrascht, weil Paul ihr das bisher vorenthalten hatte, trat Kassandra etwas näher zu Miriam, um es ebenfalls zu betrachten. Dabei bemerkte sie, dass deren Hände zitterten.

Paul hatte recht gehabt: Margot Thurow war eine hübsche Frau gewesen. Blonde Haare umspielten ein fröhlich lächelndes Gesicht, um ihren linken Mundwinkel hatte sich ein Grübchen gebildet, helle Augen strahlten den Betrachter an. Eberhard Thurow hatte seinen Arm um ihre Schultern gelegt, nicht locker, eher besitzergreifend. Seine Haare waren dunkler, sein Ausdruck ernster, ein bisschen, als würde er sich fragen, was die Welt noch mit ihm vorhatte.

»Sie wirken glücklich«, sagte Miriam.

Sah sie nur, was sie sehen wollte? Als sie Paul das Bild zurückgeben wollte, schüttelte er den Kopf.

»Behalten Sie es ruhig. Sieht Dominik seiner Mutter oder seinem Vater ähnlicher?«

Noch einmal vertiefte Miriam sich in das Foto und schreckte hoch, als ein Auto kam und auf den Parkplatz des Restaurants »Schifferwiege« fuhr.

»Ich weiß nicht. Er hat die dunklen Haare seines Vaters, aber die hellen Augen seiner Mutter. Warten Sie.« Sie holte ihr Handy hervor und zeigte ihm das Foto, das Kassandra schon kannte: ein attraktiver Mann mit braunen Haaren und weit auseinanderstehenden grauen Augen. »Er mochte nicht gern fotografiert werden«, erklärte Miriam. »Deshalb guckt er so ungnädig. Aber er hatte ein wunderbares Lächeln, wie das von seiner Mutter. – Oh Gott, ich meine natürlich, er *hat* ein wunderbares Lächeln. Ich darf nicht immer … Ich muss einfach positiver denken.«

»Das sollten Sie«, sagte Kassandra. »Und wir sollten weitergehen, wenn wir keine Aufmerksamkeit auf uns lenken wollen.« Aus den Augenwinkeln hatte sie die Bewegung einer Gardine im Haus gesehen.

Zaudernd setzte Miriam sich in Bewegung. »Es ist schwer, optimistisch zu sein. Dominiks Wohnung sieht super aufgeräumt aus – das ist untypisch für ihn. Er ist extrem präzise in seinem Job, aber zu Hause lässt er gern mal fünfe gerade sein.«

»Sie glauben, jemand anders hat aufgeräumt?«, vergewisserte sich Paul. »Wenn Dominik vorhatte, für länger weg zu sein, wollte er vielleicht seine Wohnung nicht im Chaos zurücklassen. Konnten Sie feststellen, ob etwas fehlt?«

»Ein kleiner Koffer und ein paar Sachen aus dem Kleiderschrank. Sein Rasierapparat. Sein Laptop. Und ja, ich weiß, dass das aussieht, als wäre er in Urlaub gefahren. Ich klammere mich an diesen Gedanken, aber warum ist er komplett offline? Jedenfalls für mich?«

»Das könnte in sich schon eine Begründung sein«, sagte Paul vorsichtig.

»Sie meinen, er will nichts mehr mit mir zu tun haben.« Ihre Stimme klang resigniert und wütend zugleich.

»Ich meine, dass er das unter Umständen für besser hält. Für Sie beide.« Ob er damit private oder andere Gründe meinte, ließ Paul offen, was zweifellos auch Miriam registrierte.

»Wenn das so ist, ist es falsch, dass ich nach ihm suche«, sagte sie. Abrupt blieb sie stehen, ihr Blick irrte die Strandstraße, die sie mittlerweile erreicht hatten, hinauf und hinunter und schließlich zwischen Kassandra und Paul hin und her. »Was soll ich denn jetzt bloß machen?«

»Die Entscheidung kann Ihnen niemand abnehmen«, sagte Paul. »Überlegen Sie sich in Ruhe, was Sie für das Beste halten. Im Moment gibt es ohnehin nicht viel mehr zu tun als das, was wir schon getan haben.«

Hier zumindest nicht, dachte Kassandra. Kay hatte höchstwahrscheinlich Ressourcen zur Verfügung, die noch längst nicht ausgeschöpft waren, unabhängig davon, ob er Dominiks Job bei Clasen übernahm oder nicht. Im ersteren Fall stiegen seine Chancen, etwas über dessen Verbleib zu erfahren, natürlich enorm, auch wenn das nicht ganz oben auf seiner Agenda stand. All das behielt sie wohlweislich für sich, sah aber Paul an, dass ihm die gleichen Gedanken im Kopf herumgeisterten.

»Nicht viel mehr?«, wiederholte Miriam. »Das heißt, Sie haben noch was in der Hinterhand, außer den alten Bekannten Ihres Vaters zu fragen, wenn er wieder da ist?«

Bevor Paul antworten konnte, baute sich ein Schrank von einem Mann vor ihnen auf, seine muskelbepackten Arme drohten fast die Ärmel seines T-Shirts zu sprengen. Als Physiotherapeut und Masseur kam Thomas Hartmann seine Statur zugute, und normalerweise wirkte er damit eher wie ein großer Teddybär. Nicht so heute.

»Sag mal, Paul, stimmt das?«, fragte er ebenso laut wie empört.

Paul zog irritiert die Brauen zusammen. »Stimmt was?«

»Na, dass du für den Golfplatz samt Nobelhotel von diesem Baulöwen bist.« Ruckartig wandte er sich an Kassandra. »Und dein Vater mischt natürlich mit. War ja nur eine Frage der Zeit, dass er seine wahren Interessen und sein wahres Gesicht zeigt. Wir Wustrower werden das nicht einfach so hinnehmen, verlasst euch drauf!«

Er wollte sich an ihnen vorbeischieben, doch Paul stellte sich ihm in den Weg.

»Jetzt mal langsam, Thomas. Willst du nicht die Antwort auf deine Frage hören?«

»Welche Frage?«, bellte Thomas.

»Du hast gefragt, ob es stimmt, dass ich für den Golfplatz

bin«, erinnerte ihn Paul. »War das nur pro forma, weil du meinst, sowieso schon zu wissen, auf welcher Seite ich stehe?«

»Stehst du etwa nicht auf der von Falk Clasen und Harald Barthel? Man erzählt sich, dass ihr euch alle hervorragend verstanden habt auf der Feier von Kassandras Vater.«

»So, erzählt man sich das. Ich habe Kassandras Vater nicht vorzuschreiben, mit wem er zusammenarbeitet, und sehe vor allem keinen Grund, mich auf seiner Geburtstagsfeier mit seinem Geschäftsfreund anzulegen, auch wenn der noch so andere Ansichten davon haben sollte als ich, was zu Wustrow passt und was nicht.«

Thomas wollte etwas sagen, doch Paul ließ ihn nicht zu Wort kommen. »Ich mache meine Arbeit als Gemeindevertreter, und wenn du oder sonst jemand daran was zu kritisieren hat, tut das gern auf der nächsten Sitzung. Was ich privat mache, geht niemanden etwas an.«

Eben noch hatte Thomas ausgesehen, als wolle er sich entschuldigen, jetzt überzog Zornesröte sein Gesicht. »Ach nein? Wenn du dich privat gemein machst mit Leuten, die Wustrow verschandeln, wie sollen wir da noch glauben, dass du vertrauenswürdige Gemeindearbeit leistest? Fehlt nur noch, dass du öffentlich verkündest: Niemand hat die Absicht, ein Hotel und einen Golfplatz zu bauen.«

Ohne Pauls Erwiderung abzuwarten, stapfte er in Richtung Thälmann-Straße davon.

Paul hatte sich ihm nicht erneut in den Weg gestellt, er schaute ihm auch nicht nach, sondern wandte sich ostentativ ab.

Kassandra schauderte. Es fing also an. Früher als gedacht. Sie hatte damit gerechnet, dass man sich auf Harald einschoss. Dass Paul so heftig in Mitleidenschaft gezogen werden würde, hatte sie dagegen nicht erwartet.

»Tut mir leid«, sagte Miriam. Sie schien geknickt, obwohl sie nichts dafür konnte. Genau genommen konnte nicht mal Clasen was dafür. »Warum haben Sie ihm denn nicht klipp und klar gesagt, dass Sie gegen die Pläne meines Vaters sind?«

Paul blieb stehen und drehte sich nun doch noch um, gerade

rechtzeitig, um zu sehen, wie Thomas auf der anderen Seite der Thälmann-Straße die Sparkasse betrat. »Weil ich so blauäugig war anzunehmen, dass die Wustrower von allein wissen, wie ich ticke.«

»Die meisten wissen das auch«, sagte Kassandra, obwohl sie zugeben musste, dass sie das genauso von Thomas geglaubt hatte.

»Ja. Sicher.« Paul fuhr sich mit den Händen übers Gesicht, wie um die unangenehme Begegnung fortzuwischen. »Zurück zum Wesentlichen. Was ich in der Hinterhand habe, ist ein Experiment. Ich möchte, dass Sie uns alles erzählen, was Sie über Dominik wissen, und damit meine ich *alles*. Selbst was Sie nur glauben zu wissen. Was ging in ihm vor, was hat er gesagt und getan in den letzten Wochen vor seinem Verschwinden? Mir ist klar, dass Sie das schon selbst hundertmal gedanklich hin und her gewälzt haben, aber Sie sind sehr wahrscheinlich nicht objektiv genug oder könnten wichtige Kleinigkeiten übersehen haben, die Sie für unwichtig halten. Wenn wir darüber sprechen, fällt Ihnen vielleicht das eine oder andere Detail wieder ein. Das ist wie ein Puzzle, verstehen Sie? Wir müssen alle Teile zu einem Bild zusammensetzen. Sogar fehlende Teile können eine Bedeutung haben.« Er hielt inne. »Ich habe vorhin gesagt, dass Sie sich in Ruhe überlegen sollen, was Sie für das Beste halten. Wenn Sie so weit sind, sagen Sie einfach Bescheid.«

Miriam biss sich auf die Lippen und starrte zu Boden, wo neben einer mächtigen Linde ein kleiner Löwenzahn seinen leuchtend gelben Kopf in die Höhe reckte.

»Vielleicht kann das Segelboot den Frachter doch einholen«, murmelte sie. Was auch immer sie damit meinte, es half ihr offenbar, zu einer Entscheidung zu kommen. »Finden wir Dominik«, sagte sie entschlossen. »Ich will wissen, was hinter seinem Verschwinden steckt. Was auch immer es ist, es wird mir auf die eine oder andere Weise nicht gefallen. Aber ich will es wissen.«

8

Am selben Abend noch hatten sie sich hingesetzt und alles über Dominik Thurow aufgeschrieben, was Miriam einfiel. Gemessen an den fast anderthalb Jahren, die sie mit ihm zusammen gewesen war, ließ das Ergebnis zu wünschen übrig. Offenbar hatte er nicht nur im Umgang mit anderen den einsamen Wolf gegeben, ähnlich zurückhaltend war er auch bei Miriam mit Auskünften über sich selbst geblieben. Am meisten hatte er noch von seiner Studienzeit erzählt und drei Namen von Kommilitonen genannt, mit denen er häufiger etwas unternommen hatte. Ebenso war der Name eines Kollegen bei seinem Ex-Arbeitgeber SecureOne gefallen, und schließlich kannte Miriam noch das Fitnessstudio, in dem Dominik regelmäßig trainierte. Nach seinem Bekunden grundsätzlich allein, weil er Gequatsche während des Trainings nicht ausstehen konnte.

Am Sonntag hatten sie damit begonnen, die Leute ausfindig zu machen. Einer der ehemaligen Kommilitonen war verschollen, die anderen beiden und den Ex-Kollegen kontaktierte Miriam und formulierte nach Pauls Anweisung vorsichtige Nachfragen. Das Fitnessstudio würde auf eine ähnliche Anfrage aus Datenschutzgründen jegliche Auskunft verweigern, weshalb Kassandra vorschlug, es dort telefonisch und mit Tränendrüse zu probieren. Paul war skeptisch, aber es funktionierte. Allerdings nicht mit dem gewünschten Erfolg, denn es stellte sich heraus, dass Dominik dort schon vor einem halben Jahr seine Mitgliedschaft gekündigt hatte.

Die Antworten, die Montag schließlich auf die Mails hereinkamen, lasen sich ebenso niederschmetternd. Die Kommilitonen hatten seit einem Jahrgangstreffen vorletzten Herbst nichts mehr von Dominik gehört, und der Ex-Kollege hielt Miriam für eine Stalkerin und drohte, sie bei einem weiteren Kontaktversuch anzuzeigen.

Wütend ließ Miriam ihre Faust auf Kassandras Küchentisch niedersausen. »Was denkt der sich? *Ich* zeige *ihn* wegen Verleumdung an!« Dann riss sie sich zusammen. »Entschuldigung. Sie haben schon so viel für mich getan, und ich brülle hier rum.«

»Ich versteh Sie gut«, sagte Kassandra. »Es ist frustrierend, wenn alles, was man tut, zu nichts führt und man nur noch warten kann. Vielleicht weiß ja der alte Bekannte von Pauls Vater tatsächlich was.«

»Ja.« Miriam sah aus, als würde sie nicht mehr daran glauben. »Ich wollte, er wäre endlich wieder hier.«

Kassandra lächelte. »Geduld war auch noch nie meine Stärke. Manchmal lohnt sie sich aber.«

»Du hast gut reden. Wenn ich ...« Sie unterbrach sich. »Verzeihung. Sie haben gut reden. Ich bin ein bisschen durcheinander, ist wohl besser, ich geh mal an die frische Luft und reagiere mich da ab.«

»Das Du ist schon in Ordnung. Und ja, mach das. Die See hilft oft, einen klaren Kopf zu bekommen.« Sie selbst hätte das auch gut brauchen können. Den ganzen Tag über wartete sie schon nervös darauf, dass Harald anrief, um zu berichten, wie Clasen sich wegen Kay entschieden hatte. Andererseits dauerte eine gründliche Überprüfung wohl ihre Zeit. Sie war genauso ungeduldig wie Miriam.

Als ihr Telefon dann klingelte und sie Haralds Namen auf dem Display las, stockte ihr der Atem.

»Hat Clasen sich gemeldet?«, fragte sie.

»Ja. Allerdings weiß ich nicht recht, was ich davon halten soll.«

»Wieso? Was hat er gesagt?«

»Dass es das eine oder andere zu besprechen gäbe, wozu er aber im Augenblick keine Zeit hätte, weswegen ich es bitte einrichten möge, heute Abend um sieben erreichbar zu sein. Ich kann normalerweise Stimmlagen und Worte interpretieren, aber hier bin ich überfragt, ob er verwundert war oder wütend – und warum. Ob es um unsere Zusammenarbeit geht, um Heiko Jordan oder um Kay Dietrich. Können wir uns nachher bei

Paul treffen? Ihr solltet dabei sein, wenn ich mit Clasen rede. Oder er mit mir, wie's sich anhörte.«

Drei Stunden später saßen sie zu viert in Pauls Sitzecke vor der Terrassentür und warteten, während der Himmel draußen sich langsam lila färbte. Kassandra hatte Heinz dazugebeten und Miriam gefragt, ob es ihr was ausmachen würde, den Abend allein zu verbringen, ohne Gründe dafür zu nennen. Dabei war ihr durch den Kopf gegangen, dass sie ihr irgendwann reinen Wein einschenken mussten. Zumindest so weit, dass sie mit Kay befreundet waren, falls Clasen ihn einstellte. Sie hatte keine Vorstellung davon, wie Miriam das aufnehmen würde.

Punkt sieben schlug Haralds Handy an. Er schaltete es auf Lautsprecher und legte es auf den Tisch.

»Guten Abend, Herr Clasen«, meldete er sich. »Sie haben es ja spannend gemacht. Sagen Sie bloß, Heiko Jordan und Sie haben den Kaufvertrag unterschrieben.«

»Wäre schön, wenn es schon so weit wäre, aber darum geht's nicht.« Clasen ließ eine Sekunde verstreichen. »Ich habe ein paar Erkundigungen über Kay Dietrich eingezogen und muss sagen, ich bin überrascht. So überrascht, dass ich nicht mal weiß, was mich am meisten erstaunt und in welcher Reihenfolge ich meinem Erstaunen Ausdruck verleihen soll.«

Kassandras Blick hatte zuerst am Telefon geklebt, jetzt schaute sie entsetzt nacheinander Harald, Paul und Heinz an. Da war etwas ganz gewaltig schiefgegangen. Clasen musste von Kays Truppe erfahren haben. Wie auch immer.

»Ich fürchte, ich kann Ihnen nicht ganz folgen«, sagte Harald, obwohl ihm offensichtlich die gleichen Gedanken gekommen waren wie Kassandra. »Was stimmt denn Ihrer Meinung nach nicht mit Herrn Dietrich?«

»Es geht hier nicht um meine Meinung, es geht um Fakten. Mir ist vollkommen schleierhaft, wie Sie glauben konnten, dass ich die nicht erfahre. Ich reagiere äußerst allergisch darauf, wenn man mich belügt.« Clasen klang aufgebracht.

Harald ballte die Hand zur Faust. Es kostete ihn Mühe, aber

er blieb ruhig. »Verständlich. Allerdings weiß ich nicht, was das mit mir zu tun hat. Ich habe Sie nicht belogen, sondern Herrn Dietrich nach bestem Wissen und Gewissen empfohlen. Er ist als Mensch vielleicht manchmal schwierig, aber er war ein erstklassiger Polizist mit einer sehr guten Aufklärungsquote, bevor er seinen Dienst vor vier Monaten aus den genannten Gründen quittierte.«

Sie alle hörten Clasen am anderen Ende Luft holen. »Wie lange hatten Sie keinen Kontakt zu Kay Dietrich?«

»Wie bitte?«, fragte Harald, mehr oder weniger, um Zeit zu gewinnen. Natürlich hatte er nichts von dem Bruch mit Kay erzählt, doch jetzt schien es, als sei Clasen der nicht verborgen geblieben.

»Sie haben mich schon verstanden. Wie lange?«

Es blieb Harald nichts übrig, als die Wahrheit zu sagen. »Ein Dreivierteljahr etwa. Kassandra ist ihm vor einigen Wochen zufällig wieder über den Weg gelaufen. Sie haben sich länger unterhalten, und er hat ihr erzählt, dass er nicht mehr bei der Polizei ist. Selbstverständlich habe ich auch noch mal mit ihm geredet, bevor ich ihn für den Job vorschlug. Ich verstehe wirklich nicht …«

»Darf ich nach dem Grund für die zwischenzeitliche Funkstille fragen?«, unterbrach er Harald. »Wenn Sie Herrn Dietrich so gut kennen und so eng befreundet waren, muss ja wohl etwas vorgefallen sein, das dazu geführt hat.«

Es gehörte viel dazu, Harald zum Schwitzen zu bringen, Clasen hatte es geschafft. Kassandra sah ihrem Vater an, dass er fieberhaft nach einer glaubwürdigen Erklärung suchte, die absolut gar nichts mit der Wahrheit zu tun hatte. Sie warf einen Seitenblick zu Paul, den er sicher spürte, aber nicht erwiderte. Harald hatte ihren Blick jedoch verfolgt.

»Herr Barthel«, drang Clasens ungeduldige Stimme aus dem Telefon. »Beantworten Sie meine Frage noch? Sie können selbstverständlich sagen, dass mich das nichts angeht, aber dann betrachten Sie bitte dieses Gespräch als beendet und unsere potenzielle Zusammenarbeit als Geschichte.«

Mit einer Handbewegung deutete Kassandra an, dass Harald genau das tun sollte. Sogar Heinz guckte alarmiert und nickte zustimmend. Harald sah zu Paul, der kaum merklich mit den Schultern zuckte. Das konnte doch nicht sein Ernst sein! Kassandra wedelte wild mit den Armen, doch Harald ignorierte sie.

»Ich … Es fällt mir nicht leicht, darüber zu reden, Herr Clasen. Der Grund ist sehr privat«, sagte er. Bei seinen nächsten Worten schaute er so angestrengt auf den Tisch, als läge Clasen persönlich dort und nicht nur das Telefon. »Es gab eine … unschöne Auseinandersetzung zwischen Paul und Herrn Dietrich wegen …«

Kassandra wollte das Telefon vom Tisch fegen.

Harald schnappte es rechtzeitig und redete weiter. »… wegen Kassandra. Ich liebe meine Tochter sehr, aber dass sie sich mit Kay Dietrich eingelassen hat, ging mir genauso gegen den Strich wie Paul.«

Entgeistert starrte Kassandra ihren Vater an.

Der ließ sich nicht beirren. »Glücklicherweise war das Ganze nur ein Strohfeuer, eine einmalige Angelegenheit, die von beiden Seiten beendet wurde, bevor alles in Scherben lag. Dennoch hat diese Angelegenheit logischerweise zu einem Bruch geführt, und ich war wenig begeistert, als Kassandra mir von ihrer neuerlichen Begegnung erzählte. Auf der anderen Seite glaube ich ihr uneingeschränkt, dass sie ihren Fehler nach wie vor bereut und ihn rückgängig machen würde, wenn sie könnte. Was nun Kay Dietrich betrifft, bin ich aus persönlichen Gründen von ihm enttäuscht. Das ändert aber nichts an meiner Überzeugung von seinen beruflichen Qualitäten. Andernfalls hätte ich ihn nicht empfohlen.«

»Ah«, machte Clasen. »Das erklärt einiges.«

In der Tat, dachte Kassandra und wusste nicht, was sie von Haralds rettendem Einfall halten sollte. Wieder schaute sie zu Paul hinüber. Sie erwartete, ihn amüsiert zu sehen, tatsächlich aber war sein Gesicht merkwürdig reglos. Sie streckte die Hand aus, um ihn zu berühren, wurde dann jedoch von Clasen abgelenkt, der nach einer kleinen Pause fortfuhr.

»Es freut mich, dass Ihre Tochter zur Vernunft gekommen ist. Ich wünschte, ich könnte das auch von meiner sagen, aber das ist eine andere Geschichte. Bleiben wir bei Kay Dietrich und seinem Versäumnis, Ihnen ein paar wesentliche Fakten mitzuteilen. Zum Beispiel, dass er keineswegs seinen Dienst quittiert hat.«

Harald runzelte die Stirn. »Er ist noch Polizist?«

»Nein, das nicht.«

»Ich fürchte, ich kann Ihnen schon wieder nicht folgen.«

Kassandra konnte das genauso wenig, und auch Heinz' linke Braue hob sich ein Stück.

»Dann will ich Ihnen auf die Sprünge helfen«, sagte Clasen. »Aussageerpressung in mehreren Fällen, einmal versuchte, einmal tatsächliche Körperverletzung im Amt. Kay Dietrich hat definitiv seinen Arbeitsauftrag als Polizist anders ausgelegt, als das Gesetz es tut. Sie sagten vorhin, Herr Barthel, seine Aufklärungsquote sei sehr gut gewesen. Kein Wunder, falls er solche Mittel häufiger angewandt hat.«

Schockiert starrte Kassandra auf das Telefon, das wieder auf dem Tisch lag. Sie schüttelte den Kopf, mehrmals. Was Clasen da sagte, ergab keinen Sinn. Er log. Er musste lügen.

Harald räusperte sich. »Ich erwähnte ja, dass Kay Dietrich manchmal ein schwieriger Mensch ist, aber diese schweren Anschuldigungen … Wenn das zuträfe, hätte man ihn nicht nur entlassen, man hätte ihn angeklagt. Läuft ein Strafverfahren gegen ihn?«

»Nein. Was das betrifft, hat er mehr Glück als Verstand gehabt.« Clasen schwieg kurz. »Sie haben mir Ihr Vertrauen geschenkt, ich schenke Ihnen meins. Ich weiß von diesen Dingen nur, weil ich ein paar Beziehungen spielen ließ, aber intern ist diese Geschichte natürlich nicht nur bei der Kriminalpolizeiinspektion Anklam rum, sondern auch in einigen anderen Dienststellen. Viele der ehemaligen Kollegen von Herrn Dietrich wurmt es, dass seine Vergehen nicht geahndet werden. Aber nach dem Skandal um die beiden korrupten Beamten beim Polizeipräsidium Rostock, der vor einigen Monaten so hohe

Wellen schlug, legte man keinen Wert auf weitere schlechte Publicity der Polizei. Also hat man sich mit einem Rausschmiss begnügt – bürokratisch ausgedrückt: mit der Entfernung aus dem Beamtenverhältnis, offiziell wegen wiederholten Fernbleibens vom Dienst.«

Kassandra kam es vor, als könne sie gar nicht mehr aufhören, den Kopf zu schütteln. Das war doch alles kompletter Bockmist! Wie zur Bestätigung sah sie zu Heinz hinüber, der allerdings weniger empört wirkte, sondern eher nachdenklich. Etwas Ähnliches spiegelte sich auf Pauls Gesicht wider, gepaart mit mildem Erstaunen.

»Ich weiß nicht, was ich sagen soll«, stellte Harald inzwischen ratlos fest. »Hätte ich das alles auch nur ansatzweise geahnt, ich hätte nie … Wer auf so tief greifende Art und Weise mit dem Gesetz in Konflikt kommt, zählt normalerweise nicht zu meinem Bekannten- und erst recht nicht zu meinem Freundeskreis.«

Dass sie alle schon Dinge getan hatten, die keinesfalls mit dem Gesetz in Einklang waren, ließ er diskret unter den Tisch fallen.

»Selbstverständlich nicht«, sagte Clasen. »Es ist ja auch schon ein paar Jahrzehnte her, dass Sie selbst vermeiden konnten, mit dem Gesetz in Konflikt zu geraten.«

»Wie bitte?«, fragte Harald heiser.

Clasen lachte leise. »Na, kommen Sie, Herr … Barthel. Nur keine falsche Bescheidenheit. Ich habe natürlich auch Sie überprüfen lassen, schon als wir zum ersten Mal zusammenarbeiteten.«

Harald holte tief Luft. »Sie sind außerordentlich gründlich.«

»Aber sicher. Ich weiß immer gern, mit wem ich es zu tun habe.«

Das war das zweite Mal, seit Kassandra Clasen kannte, dass sie meinte, eine Drohung in seinen Worten auszumachen. Wieso hatte sie sich eingemischt? Wieso hatte sie nicht auf Kay gehört oder auf Paul? Wieso hatte sie keine Ruhe geben können?

Harald war blass geworden, trotzdem sah er so aus, als würde er am liebsten »Geht mir ganz genauso« sagen. Er verkniff es sich. »Was Sie erfahren haben, hat Sie offensichtlich nicht davon abgehalten, mit mir Geschäfte zu machen.«

»Warum sollte es? Ich mag Menschen mit kreativen Ideen.« Clasen lachte erneut. »An der richtigen Stelle schätze ich auch Menschen mit Durchsetzungsvermögen, die keine Probleme haben, auf Samthandschuhe zu verzichten, wenn es nötig ist. Sagen Sie Herrn Dietrich, ich erwarte ihn morgen um elf zu einem Gespräch in meinem Büro.«

Mit dieser Wendung hatte niemand gerechnet. »Das werde ich gern tun«, sagte Harald nach einer kurzen Pause.

»Schön. Dann hören wir voneinander, und grüßen Sie Ihre Tochter und Paul Freese. Es hat mich gefreut, ihn neulich kennenzulernen. Ich mag nämlich auch Menschen, die rundheraus sagen, was sie denken.«

»Richte ich ihm aus. Wiedersehen, Herr Clasen.« Harald wischte über den roten Hörer und ließ sich in seinem Sessel zurückfallen. »Tja, Paul, du hast ihn gehört. Er mag dich.«

»Zweifelhaftes Kompliment aus seinem Mund«, murmelte Paul.

»Ich finde das, was er über Kay gesagt hat, weit zweifelhafter«, sagte Kassandra lauter als beabsichtigt. »Er kann doch nicht ernsthaft annehmen, dass wir das glauben. Auch wenn du sehr überzeugend warst, Harald.«

Er musterte sie einen Augenblick lang. »Das lag daran, dass Clasens Ausführungen Sinn ergeben.«

»Sinn?«, wiederholte Kassandra perplex.

»Das erklärte Ziel von Herrn Dietrich, sowohl im Polizeidienst als auch mit seiner Truppe, war immer, Verbrechen nachzuweisen und die Täter zur Verantwortung zu ziehen. Wenn er überzeugt ist, den Richtigen vor sich zu haben, und ihn dazu bringen will, die Wahrheit zu sagen – meinst du nicht, dass er da auch mal zu drastischen Mitteln greift, die genauso gegen das Gesetz verstoßen wie das Hacken von Mailservern und Bankkonten?«

»Warum sollte er, wenn er die Wahrheit genauso gut dadurch

erfahren kann, noch dazu, ohne aufzufallen oder Zeugen zu haben – die Täter selbst, Kollegen, Anwälte, was weiß ich, wen noch?«

»Hat er diese Möglichkeiten ohne die Truppe genauso wie vorher?«, schaltete Paul sich ein. »Er konnte nicht länger auf sie zurückgreifen, wenn er mit seinen regulären Ermittlungen oder seinen eigenen Kenntnissen nicht weiterkam. Entsprechend stand er unter Druck, einem sehr persönlichen Druck, und mehr vielleicht, als ihm bewusst war. Denk dran, wie er war, als er dich wegen des Toten in deiner Pension verdächtigt hat. Er war aufbrausend, wurde laut und sarkastisch.«

»Das war doch bloß Masche«, sagte Kassandra, »um mich aus der Reserve zu locken.«

»Wie weit entfernt ist das von Drohungen?«

»Er hat mir nur damit gedroht herauszufinden, dass ich mit dem Mord zu tun habe. Das ist meilenweit entfernt von Aussageerpressung und Körperverletzung im Amt! Das einzige Mal, wo ich erlebt habe, dass Kay handgreiflich wurde, war damals bei Sven, und das war privat und nicht im Dienst.« Sie wandte sich an Heinz. »Was ist mir dir? Glaubst du auch, was Clasen sagt?«

Heinz zögerte. »Fällt mir schwer. Leider fällt mir aber auch kein Grund ein, weshalb Clasen das erfinden sollte. Was hätte er davon?«

Sie wollte schon den Mund öffnen, doch sie konnte nur auf ihre Fingerspitzen starren und vergeblich nach einer Antwort suchen. »Kay würde mich nicht belügen«, sagte sie schließlich, ohne zu wissen, woher sie diese Gewissheit nahm.

»Was genau hat er denn gesagt?«, fragte Heinz.

»Na, dass …«, begann Kassandra und stockte, als sie begriff. »*Ich* hab's gesagt. Ich habe gesagt: ›Du hast den Dienst quittiert‹, weil das für mich die einzige Erklärung für das war, was er vorher erzählt hatte.«

»Was hat er darauf geantwortet?«

Kassandra wurde ein bisschen schwindelig. »Nichts.« Er hatte nicht gelogen, er hatte ihr nur nicht widersprochen. In den Gesichtern der anderen las sie, dass sie das Gleiche dachten. Trotzig stand sie auf.

»Wo willst du hin?«, fragte Paul.

»Nach Stralsund. Ich muss mit Kay reden.«

»Das solltest du lassen. Was er getan hat und warum, ist allein seine Angelegenheit. Hätte er mit dir darüber reden wollen, hätte er es schon in Prerow getan.«

Das stimmte. Dennoch konnte sie nicht anders. Egal, wie logisch alle Argumente waren – sie weigerte sich, das zu glauben. Es sei denn, er würde es ihr selbst sagen.

Eine Viertelstunde später war sie unterwegs. Sie fühlte sich alles andere als gut dabei, vor allem, weil sie Pauls Blick noch immer auf sich spürte. Er war nicht einverstanden mit ihrer Aktion, und sie ahnte, dass Harald und Heinz seine Meinung teilten. Mit allergrößter Wahrscheinlichkeit sah auch Kay das so. Warum nahm sie also nicht Vernunft an und kehrte um? Stattdessen fuhr sie weiter und weiter, ihre Gedanken und Gefühle veranstalteten Purzelbäume, je näher sie Stralsund kam. Als sie schließlich in der Altstadt auf dem Fährwall war, hatte sie gefühlt hundertmal ihre Frage an Kay formuliert. Vor dem Abzweig zur Fährstraße, wo er wohnte, überlegte sie sich gerade die hundertunderste Version, da lief plötzlich eine schwarze Gestalt direkt vor ihr auf die Straße.

Kassandra stieg in die Bremsen, sie hörte das Quietschen der Reifen, hörte, wie der Motor lautstark zu protestieren schien, hörte einen Schrei.

»Ey, hast du keine Augen im Kopf? Pass doch auf, wo du hinfährst!«

Die Fratze, die sie durch die Windschutzscheibe anfunkelte, verwandelte sich erst allmählich in ein wütendes Gesicht, das sich schließlich ein Stück entfernte, sodass die ganze Gestalt von ihren Scheinwerfern erfasst wurde. Der Mann zeigte ihr den Mittelfinger und sagte noch etwas, aber das verstand sie schon nicht mehr. Er drehte sich um und lief weiter auf die andere Straßenseite.

Kassandras Hände zitterten, ihr ganzer Körper zitterte. Sie

umklammerte das Lenkrad und ließ ihren Kopf darauf sinken. Er hatte recht gehabt, sie war unaufmerksam gewesen, sie hätte ihn sehen müssen.

Ein Klopfen an ihr Fenster ließ sie hochschrecken. Ein besorgt wirkender Mann schaute zu ihr herein. Kay! Sie öffnete die Fahrertür, brachte aber kein Wort heraus.

»Ist alles in Ordnung?«, fragte er. »Ich hab von Weitem gesehen, was passiert ist, nur nicht, dass du das bist.«

»Ich … ja, ich bin in Ordnung. Es war meine Schuld.« Ihre Hände zitterten nach wie vor. Dass sie sich jetzt unerwartet mit Kay konfrontiert sah, machte es nicht besser, und nun hupte hinter ihr auch noch jemand.

»Rutsch rüber, ist besser, ich fahre«, sagte Kay. Kurz darauf legte er den Gang rein. »Wohin wolltest du?«

»Zu dir.«

Glücklicherweise fragte er nicht sofort nach dem Grund, sondern ließ ihr Zeit, sich zu beruhigen. Mehrmals holte sie tief Luft, dabei erschienen die Bilder des Beinaheunfalls in schneller Abfolge wieder vor ihrem inneren Auge. Und ein zweites Mal. Etwas war merkwürdig. Dann begriff sie.

»Unglaublich«, wisperte sie.

»Was ist unglaublich?«, fragte Kay.

»Erklär mich für verrückt, aber der Mann, den ich um ein Haar umgenietet hätte, sah aus wie Dominik Thurow.«

Kay hielt ein paar Meter vor seinem Haus in der Fährstraße, parkte aber nicht ein, obwohl die Lücke neben ihm groß genug gewesen wäre. »Sicher?«

»Dass er so aussah, ja. Dass er es war, nein«, musste sie zugeben. »Ich bin ihm ja nie begegnet, sondern kenne bloß sein Foto, das Miriam uns gezeigt hat. Natürlich war das gerade ein Schreckmoment, und das Scheinwerferlicht hat sein Gesicht nur flüchtig erfasst.« Je länger sie redete, desto mehr Zweifel kamen ihr. »Vielleicht irre ich mich auch völlig.«

Kay drehte den Zündschlüssel, bog am »Scheelehof« rechts ab und fuhr am Johanniskloster vorbei, dessen Ruinen dunkel in die Nacht ragten.

»Was hast du vor?«, fragte Kassandra.

»Dominik Thurow wohnt am Frankenwall, vorn beim Heilgeistkloster. Der Mann ist in die Richtung gegangen, nachdem er dich und halb Stralsund zusammengebrüllt hatte. Wenn es Thurow war, wollte er vielleicht nach Hause.« In Stralsunds Altstadt gab es fast nur Einbahnstraßen, es würde noch etwas dauern, bis sie am Ziel waren. »Weshalb wolltest du zu mir?«, fragte er nun doch.

Kassandra verspürte nicht den geringsten Wunsch, das im Auto zu diskutieren. »Clasen hat angerufen. Er will dich morgen um elf in seinem Büro sehen.«

Eine Weile sagte Kay nichts, und sie hätte viel darum gegeben zu wissen, was er dachte. Ob er das Ganze nach wie vor für eine gute Idee hielt oder wünschte, sie hätte sich zurückgehalten.

»Um mir das zu sagen, kommst du extra nach Stralsund?«, erkundigte er sich schließlich, nachdem sie zuerst am Knieper- und dann am Frankenteich entlanggefahren waren.

Sie hätte sich denken können, dass er ihre Hinhaltetaktik nicht akzeptieren würde. »Nicht direkt«, antwortete sie und erinnerte sich daran, dass das genau seine Worte gewesen waren auf ihre Frage hin, ob er die Dienststelle gewechselt hätte.

Kay fuhr in eine Parklücke und deutete auf ein mehrstöckiges Mietshaus. »Du könntest recht haben. Da oben im zweiten Stock links – das ist Thurows Wohnung.«

»Es brennt Licht!«

»Eben. Ich geh mir das mal ansehen.«

»Warte! Falls Clasen erfährt, dass du mit Thurow geredet hast, könnte er sich fragen, warum.«

Kay zuckte mit den Schultern. »Es ist legitim, dass ich mich bei meinem Vorgänger erkundige, wie es so ist bei Clasen Constructions.« Er öffnete die Tür.

»Stimmt.« Kassandra schnallte sich ab. »Ich komme mit.«

»Das hingegen ist unklug«, widersprach Kay. »Falls Clasen *das* erfährt, wird er sich wirklich wundern.«

»Ach was. Er wird höchstens denken, dass wir unser Verhältnis doch noch nicht beendet oder dass wir es aufleben lassen haben.«

Kay schloss seine Tür wieder. Viel zu laut. »Wie bitte?«

Zu spät fiel Kassandra ein, dass Kay davon gar nichts wusste. Während sie ihm Haralds Notlüge erklärte, wandelte sich sein Ausdruck von Fassungslosigkeit zu Verstehen und schließlich zu etwas Undefinierbarem. Belustigung? Spott?

»Also schön, dann komm mit«, sagte er jedoch nur, »und erzähl Thurow, dass seine Freundin gerade durch die Hölle geht. Aus seiner spontanen Reaktion lässt sich wahrscheinlich am besten ableiten, weshalb er sich tot stellt.« Schon im Aussteigen fügte er hinzu: »Falls er es nicht tatsächlich ist und das da oben jemand anders.«

Sie standen kaum im Hauseingang, da wurde die Tür von innen geöffnet. Die Frau, die heraustrat, achtete nicht mal auf sie, sodass sie ungehindert bis in die zweite Etage kamen. Kassandra wollte auf die Klingel drücken, doch Kay fing ihre Hand ab und zeigte wortlos auf das Türschloss. Es war aufgebrochen.

Kay griff unter sein Jackett, zog eine Pistole hervor und bedeutete Kassandra zurückzubleiben. Vorsichtig schob er die Tür ein Stück auf und lauschte ins Innere. Obwohl sie hinter ihm stand, konnte Kassandra hören, dass jemand in der Wohnung offenbar Schubladen aufzog. Leise betrat Kay den Flur, von dem vier Türen abgingen. Die auf der rechten Seite waren geschlossen, die erste auf der linken Seite stand halb offen, Kassandra konnte einen Schrank und den unteren Teil eines Bettes erkennen. Kein Geräusch drang aus diesem Raum. Derjenige, der sich bei Dominik Thurow zu schaffen machte, hielt sich hinten im Wohnzimmer auf – und hatte offenbar gerade etwas zu Bruch gehen lassen. Es polterte und klirrte, jemand stieß einen Fluch aus. Langsam und lautlos bewegte Kay sich weiter voran.

Kassandra zögerte. Seine Anweisungen waren klar gewesen: Sie sollte draußen warten. Als Kay frontal zum Wohnzimmer stand, in dem nach wie vor geräumt wurde, richtete er die Waffe ins Innere. »Wenn Sie mir sagen, was Sie suchen, kann ich vielleicht behilflich sein.«

Wieder polterte ein Gegenstand zu Boden.

»Wer … zur Hölle, wer sind Sie?«, hörte Kassandra eine Männerstimme. »Was machen Sie in meiner Wohnung?«

»In Ihrer Wohnung? Ich wusste gar nichts von Dominiks Mitbewohner. Haben Sie Ihren Schlüssel verloren?« Im Gegensatz zu dem Mann klang Kay vollkommen gelassen. Er bekam keine Antwort. Bei seinen nächsten Worten wurde sein Tonfall schärfer. »Was suchen Sie hier?«

»Nehmen …« Der Mann räusperte sich. »Nehmen Sie die Waffe runter, Mann. Ich werde ganz einfach gehen, und wir tun so, als wäre ich nie hier gewesen, ja?«

»Nein. Sie bleiben genau da stehen und sagen mir, was Sie hier suchen.«

»Warum sollte ich?«, fragte der Mann etwas selbstsicherer. »Sie sind doch kein Bulle, sonst hätten Sie mich schon in Handschellen abgeführt. Wahrscheinlich haben Sie genauso wenig das Recht, hier zu sein, wie ich. Sie verpfeifen mich nicht, ich verpfeife Sie nicht. Deal?«

Kay trat in den Raum, sodass Kassandra ihn nur noch hörte. »Ich mache keine Deals.«

»Hey, hey, hey, stopp! Ist ja schon gut! Ich … bleiben Sie weg mit dem Ding!«

Kassandra hielt es jetzt nicht mehr im Hausflur. Sie war dankbar für ihre Turnschuhe, die es ihr erlaubten, sich schnell und trotzdem ebenso lautlos wie Kay vorwärtszubewegen. Unauffällig lugte sie ins Zimmer. Der Mann, der abwehrend in Brusthöhe die Hände gehoben hatte, war um die vierzig, rothaarig und trug einen Dreitagebart. Er stand neben einer Anrichte, deren Schubladen sämtlich herausgezogen waren. Auf dem Boden lagen ein Bilderrahmen und Glasscherben sowie zwei in Kunstleder gebundene Jahresplaner, einer dunkelblau, der andere braun.

Kassandra hatte erwartet, dass Kay sich in drohender Haltung mit der Waffe vor dem Mann aufgebaut hatte. Tatsächlich war an seiner Körpersprache nichts Drohendes, er hielt sogar die Pistole scheinbar lässig.

»Je schneller Sie meine Frage beantworten, desto schneller bin ich weg«, sagte er. »Zum letzten Mal: Was suchen Sie hier?«

»Wen. Thurow«, antwortete der Mann. »Nachdem Sie ihn vorhin so vertraut beim Vornamen nannten, sind Sie vermutlich ein Freund von ihm und wissen, dass er verschwunden ist.« Und dann, beinah lauernd: »Oder sogar, wo er steckt?«

Wieder ignorierte Kay die Frage. »Warum suchen Sie Dominik?«

»Ist mein Job, ich …« Er wollte in seine Jacke greifen.

»Hände lassen, wo sie sind«, befahl Kay. »Dahinten zur Wand, umdrehen. Hände an die Wand, Beine auseinander!« Während er in der Rechten weiterhin die Waffe hielt, tastete er den Mann mit der Linken gründlich ab. Dann trat er drei Schritte zurück, in der Hand eine Brieftasche, die er aufklappen ließ. Nach einem Blick hinein sagte er: »Gut, drehen Sie sich wieder um. Wer ist Ihr Auftraggeber?«

»Ich komme in Teufelsküche, wenn ich Ihnen das sage. Und würden Sie bitte endlich Ihre Waffe runternehmen?«

»Sobald Sie mir Ihren Auftraggeber verraten haben und aus dieser Wohnung verschwunden sind.«

Der Mann schluckte. »Frau Clasen.«

Miriam? Beinah hätte Kassandra vor Überraschung einen Laut von sich gegeben.

»Welche?«, fragte Kay.

»Na, die alte. Die junge rennt doch bloß rum wie ein aufgescheuchtes Huhn.«

»Hat Ihre Suche schon was ergeben – hier oder anderswo?«

»Nein.« Das klang so missmutig, dass es vermutlich der Wahrheit entsprach. »Die Clasen wird langsam ungeduldig, also bin ich noch ein zweites Mal hergekommen, um sicherzugehen, dass ich nichts übersehen hatte. Hören Sie, Ihr Freund hat sich in Luft aufgelöst. Ich suche seit zwei Wochen nach ihm und habe nicht mal den Hauch einer Spur gefunden.« Sein Gesicht nahm einen nachdenklichen Ausdruck an. »Mit Ausnahme von Ihnen vielleicht. Je länger ich darüber nachdenke, desto mehr neige ich zu der Ansicht, dass Sie gar kein Freund, sondern genauso hinter ihm her sind wie ich. Bisher deutete nämlich nichts darauf hin, dass Thurow außerhalb seines Jobs mit Leuten zu tun hat, die Waffen tragen, und einer seiner Kollegen sind Sie nicht. Die habe ich alle überprüft. Wer sind Sie?«

»Ich rate Ihnen dringend davon ab, *das* zu überprüfen, Herr Dräger, und auch davon, Frau Clasen etwas über meine Anwesenheit hier zu sagen. Kommen Sie mir nicht wieder in die Quere, und alles ist gut.« Kay warf Drägers Brieftasche aufs Sofa in der hinteren Ecke des Raumes und machte eine Bewegung mit der Pistole. »Abmarsch.«

Während Dräger sich anschickte, seine Brieftasche zu holen, huschte Kassandra in Windeseile zurück und schlüpfte in Dominik Thurows Schlafzimmer. Durch den Türspalt beobachtete sie, wie Dräger eilig die Wohnung verließ. Da betrat auch schon Kay den Raum.

»Hatte ich dich nicht gebeten, draußen zu warten?« Er schaltete das Licht aus und trat ans Fenster. »Seien wir froh, dass Dräger mehr auf mich geachtet hat, statt seinen Blick auf die Wohnzimmertür hinter mir zu richten.«

»Wieso hast du mich bemerkt?«

»Ich hab hinten Augen.« Er trat vom Fenster zurück. »Dräger ist weggefahren. Gehen wir.«

»Wenn wir schon mal hier sind, sollten wir uns nicht auch ein bisschen umsehen?«

Kays Mundwinkel zuckten. »Das habe ich letzte Nacht schon erledigt. Leider hat Dräger recht, hier liefert absolut nichts einen Hinweis auf Thurows Verbleib. Spannender ist die Frage, warum Astrid Clasen einen Privatdetektiv engagiert. Aus eigenem Interesse oder für ihre Tochter? So wie ich das verstanden habe, scheinen sie und Miriam nicht gerade die besten Freundinnen zu sein.«

»Hat bei Haralds Feier zumindest nicht den Eindruck gemacht. Ich würde Miriam fragen, aber dann müsste ich erklären, woher ich von Astrids Aktivitäten weiß.«

»Wir finden eine andere Lösung. Jetzt verschwinden wir besser.«

Kay ging zurück ins Wohnzimmer, um auch da das Licht zu löschen, dann verließen sie Dominik Thurows Wohnung.

»Ob der Mann, den ich fast angefahren hätte, Dominik war, wissen wir immer noch nicht«, stellte Kassandra fest.

»Nein. Wird sich auch nur schwer nachprüfen lassen. Es spricht aber einiges dagegen. Offen in Stralsund herumzulaufen, wenn man sich verbergen will, und das noch in unmittelbarer Nähe der eigenen Wohnung, wäre gewagt.« Er blieb vor Kassandras Auto stehen, machte jedoch keine Anstalten, einzusteigen oder ihr ihren Schlüssel zu geben. »Gehen wir ein Stück und reden?«

Kassandra wäre es lieber gewesen, das in Ruhe bei ihm zu Hause zu tun, aber das schien keine Option zu sein. Also nickte sie.

Kay wandte sich um und betrat kurz darauf einen schmalen Weg, der zum Ufer des Frankenteichs führte. Von dort aus hatte Kassandra schon das eine oder andere gelungene Foto von der Marienkirche mit Teich, Schilf und Schwänen im Vordergrund gemacht. Dass sie mal nachts mit Kay hier entlangspazieren würde, hätte sie nicht gedacht. Das Wasser gluckerte leise, von Schwänen war nichts zu sehen, nur die angestrahlte Kirche war in der Ferne auszumachen.

»Wieso trägst du eine Waffe?«, fragte sie das Erste, was ihr in den Sinn kam.

»Weil das hin und wieder nützlich bei meiner Arbeit ist. Dräger hat sich als harmlos erwiesen, das hätte aber auch ganz anders ausgehen können.«

Daran ließ sich nicht rütteln. Dennoch … »Ich kenne mich nicht mit dem Waffengesetz aus, aber ich glaube nicht, dass das für Privatpersonen erlaubt ist.«

Kay blieb stehen. »Ist wohl kaum das erste Mal, dass ich Verbotenes tue. Warum fragst du nicht, was du eigentlich fragen willst? Zweifellos hat Clasen von meinem unrühmlichen Rausschmiss berichtet, und du willst wissen, warum ich dir das in Prerow nicht erzählt habe.«

Sie wollte widersprechen, sagen, dass sie diese Anschuldigungen für kompletten Müll hielt, doch er unterband jede Antwort mit einer Handbewegung und wandte sich dem Wasser zu. »Ich lege wenig Wert auf deine Verachtung.«

Ein Teil von ihr weigerte sich, die Bedeutung dessen zu verstehen. Ein anderer Teil verstand jede Silbe und reagierte ganz spontan. »Aber ich verachte dich doch nicht!«

»Nein?« Kay drehte sich wieder zu ihr um. Es war zu dunkel, um seinen Gesichtsausdruck erkennen zu können, und allmählich begann Kassandra zu ahnen, weshalb er unbedingt hier draußen mit ihr hatte reden wollen. Da fuhr er schon fort. »Bist du nicht in Stralsund, weil du von mir zu hören hofftest, dass Clasen gelogen hat?«

»Doch. Nein. Ja. Aber …« Schon wieder dieses Gefühlskarussell in ihr.

»Aber was?«

»Ich weiß nicht mehr, warum das so wichtig für mich war. Es ist mir egal, ob es stimmt oder nicht.« Erstaunt bemerkte sie, dass sie keine bloße Floskel von sich gab. »Ich werde dich niemals verachten.«

Kay sah sie eine Weile schweigend an. »Du solltest nicht so viele Vorschusslorbeeren an mich verschwenden.«

Unsicher, wie ernst er das meinte, sagte sie weit lockerer, als sie es empfand: »So was verdient man sich selbst, also gib nicht mir die Schuld, dass ich an dich glaube.«

Im ersten Moment fürchtete sie, damit das ganze Gegenteil von dem erreicht zu haben, was sie erreichen wollte. Kay schien zu erstarren und sich zurückhalten zu müssen, was auch immer zu sagen oder zu tun. Doch das währte nur einen Atemzug, dann umspielte ein kleines Lächeln seine Lippen. »Wenn Clasen bloß halb so sehr an mich glaubt, habe ich womöglich eine reelle Chance auf den Job.«

»Die hast du sicher, nach allem, was er sonst noch gesagt hat.« Auf dem Rückweg erzählte sie ihm ausführlich von dem Gespräch mit Clasen.

Kay hörte aufmerksam zu, bis sie bei ihrem Wagen angekommen waren. »Dann wünsch mir Glück«, sagte er. »Ich melde mich, sobald ich weiß, ob's geklappt hat.« Sein Blick glitt noch einmal prüfend über die Fassade von Dominik Thurows Haus. Im zweiten Stock brannte nirgends Licht. Schließlich reichte er ihr den Autoschlüssel. »Gute Nacht, Kassandra. Es war gut, dass du hier warst.«

Während sie zurück nach Wustrow fuhr, grübelte sie über seinen letzten Satz nach, der verschiedene Interpretationsmöglichkeiten zuließ. Sie kam zu keinem Ergebnis, aber sie fühlte sich wesentlich besser als vor ein paar Stunden.

9

»Herr Dietrich, schön, dass Sie kommen konnten.« Falk Clasen kam mit ausgestreckter Hand auf ihn zu.

Dietrich ergriff sie. »Schön, dass Sie mich eingeladen haben.« Mit einem Blick erfasste er das großzügige Büro, das ganz oben im Verwaltungsgebäude von Clasen Constructions lag. Da alle anderen Häuser und Villen in dieser Gegend niedriger waren, schaute Clasen von seinem Schreibtisch aus ins Grüne. Die rechte Wand pflasterte ein Aktenregal, an der linken hing Picassos berühmtes Bild von Don Quijote und Sancho Pansa. Die Botschaft war klar: Wer gegen Clasen ankämpfte, kämpfte gegen Windmühlen. Das wollen wir doch mal sehen, dachte Dietrich.

Clasen deutete auf eine Sitzgruppe unter dem Fenster. »Ich muss zugeben, dass ich ausgesprochen neugierig war, Sie kennenzulernen.«

Dietrich setzte sich unters Fenster, sodass das Licht auf Clasen fallen würde. Dessen etwas spöttischer Blick sagte ihm, dass er so etwas erwartet hatte. »Die Neugier beruht auf Gegenseitigkeit«, sagte Dietrich.

Clasen lächelte. »Da lässt sich hoffentlich Abhilfe schaffen. Ich sehe, Sie haben keine Bewerbungsmappe mitgebracht?«

Kaum merklich hob Dietrich die Brauen. Spott konnte er auch. »Nachdem Sie schon so viel über mich wissen, hielt ich das für überflüssig, und auf ein polizeiliches Führungszeugnis können wir wohl verzichten.«

Jetzt lachte Clasen. »Na, dann schießen Sie mal los und erzählen Sie mir, warum Sie der richtige Mann für meine Sicherheitsabteilung sind.«

Dietrich verzichtete auf jegliches Brimborium und jede Lobhudelei über Clasens Unternehmen, sondern zählte knapp und präzise seine Kenntnisse und Fähigkeiten auf, verschwieg auch nicht, was er sich erst noch aneignen müsste, und fügte am Schluss hinzu: »Ihnen ist bekannt, was ich getan habe. Ich möchte hinzufügen, dass ich diese Vorfälle im Großen und Ganzen nicht bedauere. Vor vielen Jahren hatte ich einen korrupten Kollegen, dafür fehlt mir jedes Verständnis. Wenn ich mir einen Jaguar vor die Tür stellen will, ist Polizist der falsche Beruf. Ich wollte für die Sicherheit der Menschen in diesem Land sorgen. Dass ich auch dafür den falschen Beruf wählte, wurde mir erst im Laufe der Jahre klar, als ich mehr und mehr beobachten musste, dass einige Gesetze und einige Gesetzeshüter diesem Ziel entgegenstehen. Ich bin nicht freiwillig aus dem Polizeidienst ausgeschieden, aber im Nachhinein betrachtet war es wohl nur eine Frage der Zeit, bis man mich zwingen würde. Mir ist klar, dass es überall Gesetze und Regeln geben muss und dass Clasen Constructions da keine Ausnahme macht. Wenn Sie jemanden suchen, der sich strikt nach diesen Regeln richtet und Anweisungen befolgt, ohne Fragen zu stellen, können wir unser Gespräch an dieser Stelle beenden. Das war nie meine Art zu arbeiten und wird es auch nie werden.«

Clasen legte den Kopf schief und betrachtete Dietrich schweigend. Wenn er damit Anspannung bei seinem Gegenüber auslösen wollte, machte er das nicht schlecht. Glücklicherweise beherrschte Dietrich es selbst ganz gut, ein Pokerface aufzusetzen. Und er *hatte* hoch gepokert. Einem Mann wie Clasen zu sagen, dass er dessen Wort möglicherweise nicht immer als oberstes Gesetz akzeptieren würde, war riskant. Andererseits wusste Clasen, wen er vor sich hatte. Ein bescheidenes oder gar unterwürfiges Auftreten hätte unglaubwürdig gewirkt.

»Ich schätze Offenheit«, sagte Clasen endlich, »ebenso wie ein gewisses Maß an Eigeninitiative und, wenn nötig, Phantasie. Ich erwarte aber auch, dass ich über alles informiert werde, und zwar in der Regel«, hier verzog er mokant den Mund, »bevor Eigeninitiative ergriffen wird. Ich bin immer, und damit meine ich immer, zu erreichen. Die Ausrede, dass ich gerade nicht greifbar gewesen sei, können Sie sich gleich abschminken. Verstehen wir uns so weit?«

»Natürlich. Für den Bereich der Gebäudesicherheit stimme

ich generell zu. Wenn es um Ihre persönliche Sicherheit geht, nicht. Es gibt Situationen, die sehr schnelle Entscheidungen erfordern. In denen verzichte ich lieber auf Nachfragen, bevor ich wieder ohne Arbeitgeber dastehe.« Dietrichs Miene war dabei undurchdringlich geblieben, und er sah Clasen an, dass er sich zum ersten Mal fragte, was er von ihm halten sollte – ob er Ironie hörte oder schlicht Fakten. Oder beides.

Clasen erhob sich, trat ans zweite Fenster und winkte Dietrich zu sich. »Was sehen Sie da draußen, Herr Dietrich?«

Dazu wäre ihm viel eingefallen, Tatsächliches und Philosophisches. Er konzentrierte sich auf das Wesentliche. »Den Innenhof eines Unternehmens mit derzeit vierhundertachtundvierzig dauerhaft Beschäftigten in vier Ländern und einem Gewinn von einundzwanzig Komma acht Millionen Euro im letzten Jahr, Tendenz steigend, sowohl was die Beschäftigtenzahlen als auch den Gewinn angeht.«

»Sie haben Ihre Hausaufgaben gemacht. Wenn Sie wollen, tragen Sie zur steigenden Tendenz bei und werden mein vierhundertneunundvierzigster Mitarbeiter. Ich biete Ihnen sechsfünf bei vierzehn Monatsgehältern und selbstverständlich Nacht-, Wochenend- und Feiertagszuschlag.«

Dietrich runzelte die Stirn.

»Ist das zu wenig?«, fragte Clasen irritiert.

Innerlich schüttelte Dietrich den Kopf. Das war mehr, als er je zuvor verdient hatte, was Clasen zweifellos wusste. »Keineswegs. Aber müsste es nicht bei vierhundertachtundvierzig Mitarbeitern bleiben? Soweit ich informiert bin, sind Sie nicht zufrieden mit dem Mann, der die Stelle derzeit innehat.«

»Das stimmt. Aber er hat auf anderen Gebieten seine Qualitäten, und ich entlasse meine Leute nur, wenn es sich gar nicht umgehen lässt.«

»Ein ausgesprochen sozialer Gedanke«, stellte Dietrich fest und dachte an Dominik Thurow, den Clasen möglicherweise auch nicht entlassen hatte, sondern sonst wie losgeworden war.

Clasen grinste. »Ich bin kein Wohltätigkeitsverein, aber falls meine Einstellung hilft, eines Tages Unternehmer des Jahres zu werden, würde ich nicht Nein sagen. Also, Herr Dietrich, kann ich Sie bei Clasen Constructions willkommen heißen?«

Dietrich erwiderte das Grinsen und musste aufpassen, dass es ihm nicht zu breit geriet. »Sehr gerne.«

»Großartig.« Clasen streckte ihm wie bei der Begrüßung die Hand hin. »Haben Sie noch berufliche Verpflichtungen, oder könnten Sie gleich morgen anfangen?«

»Kein Problem.«

»Dann führe ich Sie jetzt herum, während meine Assistentin den Arbeitsvertrag unterschriftsreif macht.«

Im Vorzimmer stand eine Frau mit dunklen hochgesteckten Haaren und redete auf die Assistentin ein. Ihr enges hellgraues Kostüm saß so formvollendet, als wäre sie darin eingenäht worden.

»Astrid?«, sprach Clasen sie an. »Habe ich eine Verabredung vergessen, oder was treibt dich her?«

Sein Tonfall war schwer zu deuten, am ehesten hörte Dietrich noch Ungeduld heraus.

Astrid Clasen drehte sich um. Dietrich wusste, dass sie achtundvierzig war. Er hatte Fotos von ihr gesehen, auf denen sie wesentlich jünger wirkte, momentan jedoch sah sie trotz oder vielleicht sogar wegen ihres sorgfältig geschminkten Gesichts älter aus. Die dunklen Ringe um ihre Augen konnte das Make-up nicht vollständig verbergen, den müden Blick darin schon gar nicht.

»Ich war unten bei Julia«, sagte sie leicht schleppend, »und hoffte, du hättest Zeit für ein Mittagessen in der Stadt.«

»Tut mir leid, das geht nicht. Du hättest vorher anrufen sollen, dann wärst du nicht umsonst hochgekommen.« Er wandte sich an Dietrich. »Erlauben Sie mir, Ihnen meine Frau vorzustellen. Astrid, das ist Herr Dietrich, er wird Dominik Thurow ersetzen. Ich war gerade im Begriff, ihm unsere Burg zu zeigen.«

»Freut mich, Frau Clasen.« Instinktiv nickte Dietrich ihr nur zu, während sie ihn eine Sekunde lang ansah, ohne etwas zu erwidern. Dann erwachte sie aus ihrer Erstarrung.

»Haben Sie sich das gut überlegt?«, fragte sie. »Falls Sie eine

Familie oder Hobbys haben – vergessen Sie sie. Falk Clasen ist ein fordernder Arbeitgeber, da kann ein Mitarbeiter schon mal unversehens im schwarzen Loch verschwinden.« In ihre Stimme schlich sich Verbitterung ein.

»Astrid, bitte«, sagte Clasen leise. Er warf Dietrich einen entschuldigenden Blick zu und schob seine Frau ein Stück zur Seite.

Dietrich konnte nicht hören, was er zu ihr sagte. Stattdessen dachte er darüber nach, ob sie angesichts der Tatsache, dass sie wegen Thurow einen Privatdetektiv engagiert hatte, das mit dem »schwarzen Loch« doppeldeutig meinte. Er beobachtete, wie Clasen seine Frau am Ellbogen berührte und sie sich von ihm zur Tür führen ließ. Bevor sie ging, warf sie Dietrich noch einen letzten, ungewöhnlich scharfen Blick zu.

»Verzeihung«, sagte Clasen. »Meine Frau hat zurzeit ein bisschen Sorge wegen unserer Tochter. Ich denke ja, das wächst sich aus, und bin nicht weiter beunruhigt, aber Mütter haben ja immer ein besonderes Verhältnis zu Töchtern. Haben Sie Kinder?«

Dietrichs Mundwinkel zuckten. »Nicht, dass ich wüsste. Aber vielleicht wissen Sie ja mehr?«

Clasen war nur kurz verblüfft, bevor er auflachte. »Ich glaube, wir werden uns gut verstehen.«

Eine Stunde lang führte er Dietrich durch sämtliche Abteilungen der »Burg«, wie er seine Zentrale nannte, obwohl sie weder über Türme noch Zinnen verfügte. Dafür allerdings über jede Menge versteckte und offene 2-D-Laserscanner, mit denen nicht nur Fenster, sondern auch Decken und Wände überwacht wurden. Dazu waren neben allen Türen RFID-Lesegeräte für die Ausweise der jeweils berechtigten Mitarbeiter angebracht. Der Außenbereich war zusätzlich zu einer mit einem Wachmann besetzten Pforte ähnlich gesichert. Das hatte Dietrich schon vorher gewusst, doch erst beim Betreten des Gebäudes Einzelheiten erkennen können. Er zweifelte nicht daran, dass seine zukünftigen Kollegen bereits jeden seiner Schritte verfolgt und aufgezeichnet hatten.

»Jetzt haben Sie alles gesehen«, sagte Clasen, als er im ersten Stock vor einer altmodisch anmutenden Tür anhielt, die nur scheinbar aus Milchglas, tatsächlich aber aus Panzerglas bestand. »Bis auf das Wichtigste: die Sicherheitsabteilung. Ihr Reich sozusagen.« Als er seinen Ausweis auf das RFID-Gerät legte, wurde darüber ein Fingerabdruckscanner aktiviert, und erst nachdem er seinen Daumen draufgelegt hatte, öffnete sich die Glastür selbsttätig. So eine doppelte Vorrichtung hatte Dietrich bisher nur vor Clasens eigenem Büro gesehen, das zusätzlich noch von der Innenseite gesichert war.

Clasen bedeutete Dietrich voranzugehen, doch der blieb stehen und sagte: »Einen Moment bitte noch.«

»Sie haben es sich doch nicht plötzlich anders überlegt?«, fragte Clasen.

Dietrich schüttelte den Kopf. »Mich interessiert, ob die Kollegen ebenso viel über mich wissen wie Sie.«

»Nein«, sagte Clasen nach einem Augenblick. »Ich habe nur mit Julia Seidlitz über Sie gesprochen, die für die IT- und Informationssicherheit zuständig und einer der intelligentesten Menschen ist, die mir je begegnet sind. Ich halte große Stücke auf sie, ihre Meinung ist mir wichtig. Trotzdem hat sie von mir nur die offizielle Version Ihres Werdegangs erfahren – dass Sie Polizist waren und in welchen Bereichen Sie tätig gewesen sind, bis Sie den Dienst quittiert haben. Aber wie ich schon sagte: Sie ist eine intelligente Frau. Was sie auf anderen Wegen über Sie in Erfahrung gebracht hat, kann ich Ihnen nicht sagen.«

»Verstehe«, sagte Dietrich. »Das werde ich dann wohl selbst herausfinden müssen.«

»Wird Ihnen nicht schwerfallen. Julia Seidlitz ist außerdem geradeheraus. Falls sie etwas Prekäres über Sie weiß, wird sie Sie bestimmt drauf ansprechen.«

Während Clasen nun doch selbst vorging, rekapitulierte Dietrich, was er über die hochgelobte Julia Seidlitz wusste. Sie hatte Informatik studiert, nach ihrem Abschluss kurze Zeit in einem kleineren Unternehmen gearbeitet, war aber nun bereits seit zwanzig Jahren bei Clasen Constructions beschäftigt. An den Job war sie durch Astrid Clasen gekommen, mit der sie eine noch längere Freundschaft pflegte, weshalb Dietrich davon ausging, dass sie jene Julia war, die Clasens Frau vorhin besucht hatte. Julia Seidlitz' Privatleben gestaltete sich zumindest etwas abwechslungsreicher als ihr berufliches. Sie war schon zweimal verheiratet gewesen, genoss allerdings seit sieben Jahren wieder ihre Freiheit. All das stand natürlich nur auf dem Papier, und Dietrich war gespannt, was er persönlich von ihr halten würde.

Clasen deutete derweil in einen Raum linker Hand, in dem zwei Männer vor sechs Monitoren saßen und Gänge, Räume und die Außenbereiche kontrollierten. »Der Überwachungsraum.«

Als die Männer Clasens Stimme hörten, sahen sie auf, grüßten ihn und beäugten Dietrich neugierig, bevor sie ihre Aufmerksamkeit gleich wieder den Monitoren zuwandten.

Schräg gegenüber dem Überwachungsraum stand die Tür zu einem Büro offen. Auf einem Schreibtisch waren drei Laptops aufgebaut, die Displays vom Flur aus uneinsehbar. Auf einem zweiten Schreibtisch stand ein größerer Bildschirm, auf dem sich das Firmenlogo, zwei ineinandergreifende Cs mit einem Dach darüber, spiralförmig hin- und herbewegte.

»Sie teilen Ihr Büro mit Frau Seidlitz, die Ihnen hier unten gleich alles Weitere erklären wird, das über meinen Horizont geht. Offenbar ist sie gerade in der Technik.« Clasen ging auf einen geschlossenen Raum zu, der – anders als die übrigen in dieser Abteilung – nur mit Karte zu betreten war.

Nachdem die Tür aufschwang, konnte Dietrich einen ersten Blick in das Herz der Sicherheitsabteilung werfen und auf eine attraktive Frau Mitte vierzig mit brünetten schulterlangen Haaren, die beim Eintreten der beiden Männer ihre hellen Augen sofort auf sie richtete, obwohl ein Mann mit grauen Locken, die er zu einem Pferdeschwanz gebändigt hatte, gerade auf sie einsprach.

»Tag, Julia, Herr Hellmann. Gibt's Probleme?«, erkundigte sich Clasen.

Erst da drehte der Mann sich um. Dietrichs Dossier über

Gregor Hellmann war relativ mager, aus dem einfachen Grund, dass es nicht viel über ihn zu wissen gab. Hellmann war genau wie Clasen neunundfünfzig, dennoch trennten sie Welten. Von Hellmann ging keinerlei Energie aus, was in gesundheitlichen Problemen begründet liegen mochte – die Liste seiner Ärzte war lang. Seine Augen allerdings blickten durchaus wachsam.

Die Antwort auf Clasens Frage kam von Julia Seidlitz. »Keins, das wir nicht lösen können.« Sie klang ein klein wenig frostig, was Dietrich angesichts Clasens überaus anerkennender Worte über sie erstaunte.

»Daran habe ich keine Zweifel.« Clasens Tonfall war schwerer zu interpretieren. Milde, verärgert, ungeduldig und dennoch so weich, wie Dietrich ihn bisher nicht gehört hatte. »Du machst das schon.«

»*Wir* machen das schon«, korrigierte sie ihn. »Und es ginge schneller, wenn wir hier in Ruhe arbeiten könnten. Ohne Besucher.« Da endlich schaute sie Dietrich an, obwohl er sicher war, dass sie ihn längst gescannt hatte und sehr genau wusste, wer er war.

Ungeachtet ihrer umwölkten Stirn lächelte er. »Tut mir leid, wenn ich störe, Frau Seidlitz. Kommt hoffentlich in Zukunft nicht allzu häufig vor, obwohl ich bestimmt die eine oder andere Frage haben werde. Ich stelle sie nur im Notfall. Versprochen.«

Offenbar hatte er irgendwas richtig gemacht. Von jetzt auf gleich hellte sich Julia Seidlitz' Gesicht auf, als sie ebenfalls lächelte. »Ich erinnere Sie dran, Herr Dietrich.«

»Jederzeit.«

»Da kann ich mir wohl eine offizielle Vorstellung sparen«, schaltete Clasen sich wieder ein. »Julia, es ist vielleicht besser, wenn …«

»Ich hab's, glaub ich!«, wurde er von Hellmann unterbrochen. »Kannst du kurz gucken, Julia?«

Julia Seidlitz beugte sich zu ihm hinunter und sagte gleichzeitig: »Wenn das die Lösung ist, und es sieht ganz danach aus … ja! Großartig gemacht.« Sie klopfte Hellmann auf die Schulter.

»Weil du den richtigen Tipp gegeben hast«, murmelte er.

Sie schien das nicht zu hören. »Ich habe jetzt also massig Zeit, du kannst Herrn Dietrich ruhig bei mir parken, Falk.«

Ohne direkt etwas darauf zu erwidern, sagte Clasen zu Dietrich: »Dann lassen Sie sich mal alles zeigen, und wenn Sie fertig sind, kommen Sie hoch, um den Arbeitsvertrag zu unterschreiben.« Er warf Julia Seidlitz noch einen Blick zu, nickte in Hellmanns Richtung und war verschwunden.

Dietrichs eigener Blick wanderte zurück zu Julia Seidlitz, die noch auf die Tür starrte, aber gleich darauf wieder lächelte. Er konnte es nicht beschwören, aber es schien möglich, dass da mehr war zwischen Falk Clasen und seiner hochgeschätzten Mitarbeiterin.

»Willkommen im Sec-Team«, sagte sie. »Ich bin Julia, und das«, sie deutete auf Hellmann, »ist Gregor. Du hast doch nichts gegen das Du? Soweit ich weiß, ist das bei deinem früheren Verein auch üblich so.«

»Meistens, ja.« Dietrich nickte. »Kay. Aber das hat sich vermutlich schon rumgesprochen. Was du machst«, er sah zu Julia, »weiß ich. Clasen war voll des Lobes.« Er schaute zu Hellmann und fragte pro forma: »Was ist dein Gebiet?«

Gregor Hellmann zuckte leicht zusammen. »Ich bin dein Vorgänger. Sobald du hier eingearbeitet bist, bin ich weg. Wie Dominik Thurow vor ein paar Wochen. Das war *mein* Vorgänger.«

»Donnerwetter. Geht der Wechsel hier immer so schnell? Bist du der Ansicht, ich sollte mir noch mal überlegen, ob ich meine Unterschrift unter den Arbeitsvertrag setze?«

Gregors Blick huschte zu Julia, die ihn in einer Mischung aus Belustigung und Sorge erwiderte. Allerdings war Dietrich sich nicht sicher, weshalb sie besorgt war – wegen Thurow oder wegen Gregor, der offenbar gerade verwünschte, dass er so viel gesagt hatte.

»Nein, nein«, beeilte er sich zu erwidern. »Das hat nichts mit Clasen Constructions zu tun.« Nur sehr leise fügte er hinzu: »Bei mir jedenfalls nicht.«

Julia blitzte ihn an, als wolle sie sagen: Halt den Mund!

»Im Übrigen«, lenkte Gregor ab, »bin ich weniger gut über dich informiert als Julia. Bei welchem ›Verein‹ warst du denn vorher?«

»Polizei.«

»Oh. Das … Tja. Weshalb bist du da weg?«

Dietrich zog eine Grimasse. »Zu viele Vorgesetzte, die nie wollten, was ich wollte.«

Gregor griente. »Na, davon hast du hier bloß einen.«

»Das reicht jetzt«, sagte Julia. »Es ist nicht Falk Clasens Schuld, dass du festgestellt hast, hier am falschen Platz zu sein. Sei froh, dass er dich nicht entlässt, sondern dich anderswo einsetzt.«

»Ja.«

Dietrich fand nicht, dass sich das besonders dankbar anhörte, sondern so, als hätte er noch hinzufügen wollen: Klar, dass du das so siehst. Möglicherweise war da wirklich ein wohlgehütetes Geheimnis zwischen Clasen und Julia, das sogar Dietrich bei seinen Recherchen nicht entdeckt hatte.

»Kommen wir zum Wesentlichen«, sagte Julia und machte eine umfassende Armbewegung. »Was du hier siehst, Kay, ist das zentrale Gebäudetechnik-Managementsystem, gleichzeitiges Überwachen von …«

»… Türschließern an Feuer- und Rauchschutztüren«, fiel Hellmann ein, als wolle er sie daran erinnern, dass dieser Teil sein Bereich war, »Fensterantrieben zum Rauchabzug und zur Lüftung, vom Rettungswegsystem und von Panikschlössern. Außerdem die komplette Zutrittskontrollanlage, die Zutrittsrechte können wir sowohl online als auch offline verwalten.«

Hellmann erklärte noch mehrere Einzelheiten, von denen Dietrich die meisten bekannt waren, einige nicht. Glückerweise verfügte er über eine schnelle Auffassungsgabe, zumindest in diesem Bereich. Als Julia begann, die IT- und Informationssicherheit zu erläutern, war er dankbar, dass er darin nicht ebenso fit sein musste. Früher hatte er manches Mal Rieka über die Schulter gesehen, die ihm bereitwillig ein paar essenzielle Dinge gezeigt hatte. Hauptsächlich allerdings hatte er sich erst nach der

Auflösung der Truppe mit diesem Thema befasst. Sehr intensiv zwar, sodass er Julias Erläuterungen folgen konnte und sich zutraute, sich früher oder später Zugriff auf die Daten im System zu verschaffen, die ihm mehr über Clasens Geschäfte verrieten. Ausgesprochener Fachmann war er jedoch bei Weitem nicht.

Am Spätnachmittag stand Dietrich wieder in der Sonne auf der Straße und schaute am Gebäude von Clasen Constructions empor, für dessen Sicherheit er ab morgen verantwortlich sein würde. Wie paradox, wenn man bedachte, dass er genau diese Sicherheit zu unterwandern gedachte.

Er schob die Hände in die Hosentaschen, lief zu Fuß Richtung Altstadt und ließ den Tag und die Menschen, die er kennengelernt hatte, dabei Revue passieren. Clasen. Astrid, seine Frau. Julia, möglicherweise seine Affäre. Gregor Hellmann. Und sogar der auf seltsame Weise allgegenwärtige Dominik Thurow, der immer noch über allem schwebte. Über Gregor, der in seinem Schatten stand, sowieso. Aber auch über Julia, deren Gesicht sich jedes Mal verschloss, wenn sein Name erwähnt wurde. Als ob er ein Verhältnis mit ihr gehabt hätte und nicht mit Miriam Clasen. War Thurow zweigleisig gefahren oder sogar dreigleisig? Vielleicht hatte Astrids Interesse an ihm eigennützige Gründe. Was Julia betraf: Hatte die tatsächlich mehr für Dominik empfunden als Kollegialität und Freundschaft? Und war das überhaupt wichtig?

Dietrich blieb auf der Friedrich-Engels-Straße stehen. Er hatte sich für einen Umweg entschieden, das Laufen und die frische Luft taten ihm gut. Hinter sich wusste er den Moorteich, vor ihm lag der Knieperteich. Von hier aus konnte er übers Wasser auf die Altstadt sehen, auf die alles überragenden Türme der Nicolaikirche, von denen nur einer eine Spitze trug. Völlig irrationalerweise hatte sich Dietrich schon manchmal gefragt, ob wohl der Turm ohne Spitze auf den mit Spitze neidisch war, weil der so viel mehr hermachte.

Ja, dachte er jetzt, das Zwischenmenschliche ist immer wichtig, wenn nicht sogar das Wichtigste bei der Aufklärung von

Verbrechen. Dabei wäre es Dietrich am liebsten gewesen, es gäbe hier gar kein Verbrechen und er und Kassandra hätten Thurow gestern wohlbehalten in der Wohnung angetroffen. Stattdessen konnte er nur hoffen, dass der Mann entweder verschwunden blieb oder er ihn wenigstens selbst fand. Dann wäre er in der Lage, je nach den Umständen über Konsequenzen und Zeitplan allein zu entscheiden. Fatal dagegen wäre, wenn unverhofft Thurows Leiche auftauchte. Die offiziellen Ermittlungen könnten seine eigenen empfindlich stören und im schlimmsten Fall sogar gefährden, falls Clasen mit Thurows Tod zu tun haben sollte.

»Na, alles unter Dach und Fach gebracht bei Clasen?«, hörte er plötzlich jemanden fragen und sah sich Gregor gegenüber.

»Ja, habe ich. Wenn du mich jetzt, wo Julia nicht dabei ist, doch noch warnen willst, ist es zu spät.« Er gab seiner Antwort einen leicht spöttischen Klang. »*Wolltest* du mich vorhin warnen?«

Gregor sah unentschlossen aus. »Keine Ahnung. Vielleicht. Ich habe Dominik Thurow nicht persönlich gekannt, aber mal zufällig ein Gespräch zwischen Tim und Pero mitangehört.«

Tim Stolz und Pero Vuković waren die beiden Männer, die an den Überwachungsmonitoren saßen. »Was haben sie gesagt?«

»Dass Thurow Clasen in die Quere gekommen sein soll. Tim murmelte was von Erpressung und dass er lieber die Klappe hielte, als sich mit dem Boss anzulegen.«

Dietrich feuerte einen Schuss ins Blaue. »Du meinst, Thurow ist hinter die Affäre zwischen Clasen und Julia gekommen? Die haben doch was miteinander, oder?«

Sofort machte Gregor eine abwehrende Handbewegung. »Wie kommst du auf die Idee? Julia ist ganz dicke mit Frau Clasen, die würde doch nie …« Er schien sich etwas zu vergegenwärtigen. »Meinst du? Na, du warst Bulle, du kannst wahrscheinlich gut beobachten und kennst dich mit menschlichen Abgründen aus.«

Dietrich grinste. »Eine Affäre ist nicht gerade ein menschlicher Abgrund.«

»Kommt auf die Perspektive an. Für diejenigen, die betrügen, vielleicht nicht. Für die, die betrogen werden, kann es das schon sein«, sagte Gregor.

Die zweite Perspektive kannte Dietrich selbst ganz gut, er wusste, dass Gregor recht hatte. Dessen Tonfall entnahm er aber noch etwas anderes. »Du magst Astrid Clasen, hast aber nichts für Falk Clasen übrig. Warum suchst du dir keinen anderen Job?«, fragte er, als wisse er nichts von Gregors Krankengeschichte und wie schwer das für ihn sein würde.

»In meinem Alter? Ich reiß die letzten Jahre runter und halte mich zurück und bedeckt, und nach mir die Sintflut. Soll Clasen machen, was er will.«

Etwas sagte Dietrich, dass Gregor hier nicht oder zumindest nicht nur die Affäre mit Julia im Auge hatte. »Was meinst du damit?«

»Ach, gar nichts. Vergiss es. Wir sehen uns morgen.« Er hob die Hand, drehte sich um und ging mit schnellen Schritten davon.

Nachdenklich sah Dietrich ihm nach. Gregor Hellmann hatte die letzten dreiunddreißig Jahre für eine Firma gearbeitet, die vor sechs Monaten in Konkurs gegangen war. Ein unauffälliger stiller Mensch ohne Familie und mit nur wenigen Freunden. Wer konnte schon sagen, was Gregor ahnte, wusste oder beobachtet hatte? Nicht umsonst sagte man ja: Stille Wasser sind tief.

10

»Stille Wasser sind tief«, murmelte Paul.

»Was?«, fragte Kassandra, nicht sicher, ob sie richtig gehört hatte.

Paul war in den letzten Tagen wenig kommunikativ gewesen. Meist hatte er hinter seinem Laptop an seinem Manuskript gesessen, auch bis spätabends, wenn sie nicht mehr mit Miriam unterwegs war, um sie vom Warten auf Werner Joerks Rückkehr abzulenken. Als sie ihm über die Schulter geschaut hatte, hatte sie festgestellt, dass er nicht allzu gut vorankam. Das Schreiben ging ihm insgesamt diesmal schwerer von der Hand als sonst, doch seit sie in Stralsund gewesen war, schien es geradezu zu stagnieren. Sie hatte ihn schon darauf ansprechen wollen, es dann aber doch gelassen, weil sie sich an den Moment erinnerte, als sie in jener Nacht nach Hause gekommen war.

Fühlst du dich jetzt besser?, hatte Paul gefragt. Dabei waren es weniger die Worte als die Art gewesen, wie er sie aussprach. Sie war sich nicht im Klaren darüber, ob ihm der resignierte Klang bewusst war. Noch schlimmer: Sie war sich nicht im Klaren darüber, was er bedeutete. Alles zusammengenommen trug wiederum dazu bei, dass sie sich nicht mehr besser fühlte, im Gegenteil. Auf jeden Fall hatte sie ihr Gespräch mit Kay nur gestreift und stattdessen ausführlich von den Ereignissen in Dominik Thurows Wohnung erzählt. Das war die richtige Taktik gewesen, denn Paul hatte aufmerksam zugehört und war danach wieder wie immer. Abgesehen davon, dass er mit dem Schreiben nicht weiterkam.

»Stille Wasser sind tief«, wiederholte er jetzt deutlicher. »Werner Joerk ist so jemand, sagt Bruno. Sieht viel und sagt wenig. Mein Vater hat das sehr an ihm geschätzt, was ich gut nachvollziehen kann.«

Sie waren unterwegs zu Joerk, der seit gestern wieder in Wustrow war und sich auf Brunos Vermittlung hin gern bereitgefunden hatte, mit Paul zu reden. Endlich konnten sie nach vier langen Tagen, in denen sie nur von Kays Gespräch mit Clasen und seinem ersten Eindruck von seinen zukünftigen Kollegen gehört hatten, selbst etwas tun. Vielleicht ergab sich daraus eine neue Perspektive, denn natürlich konnte man nicht erwarten, dass Kay sofort an bahnbrechende Informationen kam, weder für seine eigenen Zwecke noch in Bezug auf Dominik.

Werner Joerk wohnte in dem schmalen Weg, der die Ernst-Thälmann- mit der Karl-Marx-Straße verband. Um diese Jahreszeit war es hier besonders lauschig, man fühlte sich wie unter einem grünen Blätterdach, rechts und links standen Bäume, die ihre Zweige weit über ihnen ausstreckten, dazu säumten Hecken die niedrigen Zäune. Auf halber Höhe des Weges stand das aus rotem Backstein gemauerte Fachwerkhaus, das einst Joerks Schwester gehört hatte und in das er nach deren Tod eingezogen war, weil ihn nach so vielen Jahren der Abwesenheit das Heimweh nach dem Fischland gepackt hatte.

Kassandra und Paul betraten den Vorgarten, den eine dekorative uralte Wasserpumpe umrahmt von einem Rosenstrauch zierte. Bewundernd ließ Kassandra ihren Blick über die beiden Flügel der grünblauen Haustür schweifen. In jedem war ein langes schmales Fenster eingelassen, auf denen je ein weißes fein ziseliertes und beinah klassizistisch anmutendes Dreieck thronte. Paul schien für so etwas heute keinen Blick zu haben, zielstrebig drückte er auf die Klingel.

Der Mann, der so schnell die Tür öffnete, als habe er dahintergestanden, war etwa in Brunos Alter, hatte aber nicht mehr halb so viele Haare auf dem Kopf. Der freundliche Blick aus dunklen Augen und das Lächeln aus einem braun gebrannten faltigen, aber lebendigen Gesicht nahmen Kassandra gleich für ihn ein. Er bat sie durch in den Garten, in dem auf einem Tisch ein Krug mit Zitronen-Minze-Wasser und Gläser standen.

»Setzen Sie sich doch.« Er deutete auf die Stühle und schenkte ihnen ein. »Herr Freese, ich wollte schon das eine oder andere Mal bei Ihnen vorbeikommen, seit ich wieder hier bin, aber dann dachte ich, Sie würden sich ohnehin nicht an mich erinnern. Sie können sich also meine Überraschung vorstellen, als Bruno mich gestern anrief und sagte, Sie würden mich gern wegen Eberhard Thurow sprechen. Kann mir gar nicht vorstellen, was Sie nach so langer Zeit an ihm interessiert.«

»Hauptsächlich«, begann Paul, »geht es um seinen Sohn Dominik. Seine Freundin versucht ihn zu finden, und alles, was sie über ihn weiß, ist, dass seine Eltern vom Fischland stammten.«

»Dominik? Ich fürchte, das sagt mir gar nichts. Eberhard Thurow und ich waren nicht befreundet, nur Kollegen, und der Kontakt endete, nachdem er mit seiner Frau aus Wustrow wegzog. Da gab es noch keinen Sohn.«

Die kleine Pause vor dem letzten Satz ließ Kassandra aufhorchen. An einem winzigen Zucken in Pauls Gesicht erkannte sie, dass es ihm genauso ging.

»Da Sie Thurows Frau erwähnen – kannten Sie sie näher?«

Joerk schüttelte den Kopf. »Man grüßte sich, wenn man sich sah, ab und zu wechselte man ein paar Worte, und häufig habe ich beobachten müssen, wie sie Eberhard aus der Reuterschänke holte. Sie tat mir leid, ich machte mir so meine Gedanken, wie lange sie das noch mitmachen will. Mehr hatte ich aber nicht mit ihr zu tun.«

»Dann wissen Sie wahrscheinlich auch nicht, ob sie schon schwanger war, als die Thurows Wustrow verließen.«

Joerk schürzte die Lippen. »Wie gesagt, ich kannte die beiden nicht wirklich gut.«

»Das ist nicht direkt eine Antwort«, meinte Paul lächelnd. »Ich weiß Ihre Diskretion zu schätzen, Herr Joerk. Bruno hat mich vorgewarnt, dass Sie nicht zu Klatsch und Tratsch neigen. Mir sind selbst schon ein paar Gerüchte zu Ohren gekommen, die uns aber nicht weitergebracht haben.« In wenigen Sätzen berichtete er, was er gehört hatte. »Das alles endete in einer Sackgasse, weshalb wir hoffen, dass Sie noch etwas hinzufügen können.«

Joerk nippte an seinem Wasser, stellte das Glas sorgfältig wieder auf den Tisch und beobachtete, wie die Sonnenstrahlen auf den Krug fielen und die Zitronenscheiben und die Minzeblätter noch frischer aussehen ließen. Kassandra musste sich zwingen, nicht ungeduldig mit den Füßen zu wippen, Paul war dagegen nichts anzumerken. Er wartete ruhig.

Werner Joerk öffnete den Mund, schloss ihn wieder. Öffnete ihn wieder und sagte nur zwei Worte. »Gerd Jordan.«

Kassandra und Paul starrten ihn fassungslos an.

»Sie haben gefragt, warum sehen Sie jetzt so geschockt aus?« Joerks Tonfall war fast entschuldigend. »Wohlgemerkt, ich weiß nicht, ob Margot Thurow schwanger war, aber ... Ich bin ihr und Gerd Jordan mal in Warnemünde am Alten Strom begegnet. Sie wirkten sehr vertraut miteinander, waren sichtlich erschrocken, als sie mich erkannten, und brachten mehr Abstand zwischen sich, obwohl sie weder Händchen gehalten noch sonst etwas Kompromittierendes getan hatten.« Er hielt kurz inne. »Dass sie unglücklich war, war kein Geheimnis. Gerd Jordans Ehe dagegen galt als vorbildlich. Zufällig weiß ich aber, dass seine Frau schwierig und vor allem sehr fordernd sein konnte. Margot Thurow war das ganze Gegenteil, sanft und freundlich. Ich wiederhole mich: Ich kannte sie nicht gut. Aber ich glaube nicht, dass sie sich mit einem Urlauber oder mit einem Seefahrtschuldozenten eingelassen hätte. Mit Gerd Jordan vielleicht schon.«

Paul räusperte sich. »Danke. Wär möglich, dass uns das weiterbringt.«

»Meinen Sie? Gerd Jordan ist tot. Falls Dominik Thurow sein Sohn sein sollte, falls er das wusste und falls er kürzlich hier war, um mit seinem Vater zu reden, wäre er zu spät gekommen. Wohin sollte seine Freundin das bei ihrer Suche führen?«

»Eventuell hat er statt mit Gerd mit Heike Jordan gesprochen«, schaltete Kassandra sich zum ersten Mal ein. Etwas an dieser Möglichkeit gefiel ihr nicht, auch wenn sie nicht sofort den Finger drauflegen konnte.

»Stimmt«, meinte Joerk, »daran habe ich nicht gedacht.« Er seufzte. »Aber bedenken Sie, das alles beruht nur auf dieser einen Episode, die ich beobachtet habe. Vielleicht war alles vollkommen anders.«

»Vielleicht«, sagte Paul. »Trotzdem kann es nicht schaden, wenn wir Heiko fragen. Er wird es hoffentlich nicht krummnehmen, es wäre schließlich schon fast vierzig Jahre her.«

Joerk wiegte den Kopf. »Ah, mit Familienangelegenheiten ist das oft so eine Sache, da reagieren manche Menschen komisch. Aber wenn es für Dominik Thurows Freundin so wichtig ist, müssen Sie es wohl probieren.«

Eine halbe Stunde plauderten sie mit Werner Joerk noch über frühere Zeiten und seine Freude, wieder in Wustrow zu sein, dann verabschiedeten sich Paul und Kassandra und bedankten sich noch einmal.

»Dafür nicht. Wenn es die Diskretion erlaubt, lassen Sie mich gern wissen, wie Ihre Nachforschungen ausgegangen sind. Wenn nicht, dann nicht.« Er zwinkerte ihnen zu.

»Und jetzt?«, fragte Kassandra, als sie wieder auf dem schmalen Weg standen und weiter zur Karl-Marx-Straße gingen. »Reden wir gleich mit Heiko? Wir können doch nicht einfach so mit der Tür ins Haus fallen.«

»Nein, vor allem, wenn man die möglichen Konsequenzen dessen bedenkt, was Joerk gesagt hat.«

Da war es wieder, das unangenehme Gefühl, das Kassandra vorhin beschlichen hatte, und plötzlich fielen alle Puzzlestücke zu einem erschreckenden Bild zusammen. »Damit meinst du den Fall, dass Dominik tatsächlich Gerd Jordans Sohn ist und bei Heiko auftauchte, um sein Erbe einzufordern, entweder weil Jordan ihn in seinem Testament bedachte oder auf gut Glück – nachdem er durch seinen Job bei Clasen erfahren hatte, wie unglaublich viel Geld das Norderfeld bringen kann. Und das hat Heiko nicht gefallen.«

»Es würde niemandem gefallen, wenn aus heiterem Himmel ein Halbbruder, wie illegitim auch immer, auf der Matte steht und man seinetwegen den Traum von einem Leben unter südfranzösischer Sonne aufgeben oder zumindest ein ganzes Stück runterschrauben muss.«

»Würde man deshalb gleich für das womöglich endgültige

Verschwinden des Halbbruders sorgen?«, fragte Kassandra bedrückt.

»Kommt drauf an, wie dringend man von hier wegwill und welche Forderungen der Halbbruder stellt, nehme ich an. Ich schätze Heiko nicht so ein, aber mich hat es auch überrascht, dass er Wustrow überhaupt den Rücken kehren und sein Land verkaufen will.«

Eine Weile gingen sie schweigend nebeneinander her. Auf der Strandstraße blieb Paul stehen, dann überquerte er sie und bog in die Norderstraße ein, die direkt zum Norderfeld führte.

»Willst du doch mit der Tür ins Haus fallen?«, erkundigte sich Kassandra.

Paul schüttelte den Kopf. »Ich versuche es mit ein paar Zwischentüren, mal sehen, was sich anbietet. Kommst du mit, oder willst du inzwischen Kay über die neuesten Entwicklungen informieren?«

Kassandra fragte sich, ob es in seiner Frage einen Zwischenton gab. Nein, beschloss sie, das bildete sie sich ein, sie hörte schon Gras unter Beton wachsen. »Lohnt noch nicht«, sagte sie. »Lass uns erst deine Zwischentüren ausprobieren, danach können wir Kay mehr bieten.«

Heiko war damit beschäftigt, an seinem Traktor zu basteln. Als sie den Hof betraten und grüßten, wischte er sich mit dem Handrücken den Schweiß von der staubigen Stirn. Sein Lächeln wirkte gequält. »Mein Vater hätte das Ding im Nullkommanichts repariert«, sagte er. »Ich fange gerade mal an zu ahnen, warum es muckt, und muss doch einen Fachmann kommen lassen. Kostet wahrscheinlich ein Vermögen.«

Paul griente. »Clasen erhöht sein Angebot bestimmt noch mal, davon könntest du dir eine ganze Traktorarmada kaufen – die du dann gar nicht mehr brauchst.«

»Da sagst du was. Ich frag mich sowieso, weshalb ich mich damit noch rumärgere. Könnte doch einfach alles so lassen, wie es ist. Bloß ist das nicht meine Art. Muss ich wohl von meinem

Vater geerbt haben, der legte immer viel Wert darauf, dass hier alles in Ordnung ist.«

»Das kenne ich von meinem«, sagte Paul. »Er war nur in einem nachlässig, und das war verzeihlich, auch wenn es uns vor ein paar Schwierigkeiten stellte.«

»Dein Vater?« Heiko putzte sich die Hände an einem ölverschmierten Tuch ab. »Was hat er denn so sträflich versäumt?«

»Sein Testament zu machen.«

Heiko hielt mitten in der Bewegung inne, dann ließ er das Tuch auf sein Werkzeug fallen. »Wieso hat euch das Schwierigkeiten bereitet? Es gab doch nur deine Mutter, deinen Bruder und dich. Klarer Erbfall, würde ich sagen.«

»Nicht ganz, leider. Mein Vater hatte außer dem Haus ja kaum was zu vererben, aber er hatte noch eine Schwester. Zig Jahre älter als er und seit den frühen Fünfzigern im Westen verschollen. Es hat lange gedauert, sie zu finden oder besser ihr Grab, sie war seit ewig tot. Nachkommen hatte sie keine, also war am Ende doch alles einfach. Aber bis es erst mal so weit war … War besonders schlimm für meine Mutter. Sie hatte schon genug damit zu tun, den Tod meines Vaters zu verkraften, er starb ja genauso unerwartet wie deiner. Der hat aber doch bestimmt ein Testament gemacht, wenn er so auf Ordnung bedacht war.«

Heiko verneinte. »Mit Papierkram hatte er es nicht so wie mit der Landwirtschaft. Mein Vater sagte immer, mit einem Testament redet man den Tod bloß herbei und so was wäre sowieso unnötig, ich sei schließlich sein einziges Kind. In unserer Familie gibt's keine verschollene Verwandtschaft.« Er bückte sich nach dem ölverschmierten Tuch und nahm es hoch, betrachtete es aber, als wisse er nicht, wozu. Schließlich sah er auf. »Ich bin der letzte Jordan«, sagte er fast herausfordernd, und wie um die Aussage zu unterstreichen, warf er das Tuch zurück. »Aber wer weiß, vielleicht lache ich mir eine hübsche Französin an und ändere das.«

»Klingt nach einem perfekten Plan«, fand Paul.

»Nur kein Neid.« Heikos Grinsen geriet schief. Er warf Kassandra einen Blick zu, dann wieder Paul. »Aber warum solltest du neidisch sein? Du hast ja in dieser Hinsicht alles.«

»Ja«, sagte Paul, um dann nach einer kaum wahrnehmbaren Pause hinzuzufügen: »Obwohl – so eine hübsche Französin …«

»Hey!« Kassandra knuffte ihn in die Seite.

Er lachte, sein Gesicht hellte sich auf, mit einem Mal wirkte er unbeschwert wie früher. »Hättest du was dagegen?«

»Entschieden.«

»Wie schön.« Er wandte sich wieder an Heiko. »Sieht so aus, als müsste ich auf eine Zweitfrau verzichten. Macht ja alles auch nur unnötig kompliziert. Heimlichtuerei, Doppelleben, womöglich noch ungeplante Kinder. Bin ich zu alt für.«

Heikos Lachen fiel angestrengt aus. »Warum auch in die Ferne schweifen?«

»Ja, warum?«, wiederholte Paul. »Das frage ich mich auch manchmal, aber bei dir spricht ja nichts dagegen. Schick gern ein Foto von der hübschen Französin.«

»Wenn's denn erst mal so weit wäre. Ich weiß selbst nicht, weshalb ich Clasen immer weiter ausreize. Take the money and run, das sollte meine Devise sein.«

»Es ist nicht einfach, mit dem gewohnten Leben abzuschließen«, stellte Kassandra fest. »Mach's erst, wenn du dir sicher bist, dass es das ist, was du willst.«

»Ich bin mir sicher. Ich meine, ich habe doch nicht all das …« Er brach ab. »Aber wieso sollte ich vorschnell ein Geschäft abschließen, bei dem ich noch mehr rausholen kann? Eine hübsche Französin ist gut. Ein Gärtner, ein Koch und ein hübsches Kindermädchen dazu sind besser.« Er verzog das Gesicht. »Aber ihr seid nicht hergekommen, um über meine Zukunft zu plaudern. Oder doch?« Er nahm Kassandra ins Visier. »Hab gehört, ihr habt euch bei deinem Vater mit Clasen getroffen. Schickt er euch zum Spionieren?«

»Das meinst du hoffentlich nicht ernst.« Aus Pauls Stimme waren Leichtigkeit und Humor verschwunden. Zweifellos erinnerte er sich an die Auseinandersetzung mit Thomas Hartmann auf der Strandstraße.

»Weshalb seid ihr dann hier?«, fragte Heiko.

»Weil ich mich noch mal bedanken wollte«, sagte Paul. »Die Wanderkarten, die du mir neulich gegeben hast, sind extrem rar und eine Bereicherung für mein Archiv. Gut, dass dein Vater sie aufgehoben hat, auch wenn er sonst nicht so für Papierkram zu haben war.«

»Tut mir leid.« Heiko sah zerknirscht aus. »Ich hätte das nicht sagen sollen.«

»Wenn du es wirklich denkst, schon. Aber mir wäre lieber, es wäre nicht so.«

Heiko seufzte. »Natürlich denke ich das nicht. Ich weiß nicht, was in mich gefahren ist. Ist alles ein bisschen viel für mich in letzter Zeit. Dauernd kommt irgendwer und will was von mir, und ich möchte mich einfach bloß vergraben, statt so einen dämlichen Traktor reparieren zu müssen.« Er gab dem linken Reifen einen Tritt.

»Wer will denn was von dir?«, fragte Kassandra.

Heiko schluckte. »Ach, mehrere. Unwichtig.«

Nicht, wenn »mehrere« Dominik Thurow einschloss. Da Kassandra das schlecht direkt fragen konnte, versuchte sie es über einen Umweg. »Ist noch wer anders als Clasen am Norderfeld interessiert?«

Wieder hüpfte Heikos Adamsapfel auf und ab. »Ja. Aber nicht mit mir.« Er musste nicht konkreter werden. Kassandra und Paul ahnten, wen er meinte. Es gab nicht viele Leute, die auf der Halbinsel so gut wie jeden Grashalm aufkauften.

»Kluge Entscheidung«, fand Paul. Er machte noch einen geschickteren Versuch als Kassandra, Heiko etwas über die weiteren ungebetenen Besucher zu entlocken, doch auch der scheiterte. Heiko bemühte sich sehr, um den heißen Brei herumzureden, sodass sie sich bald verabschiedeten.

»Dein Vater hatte eine Schwester?«, fragte Kassandra, als Heiko sie garantiert nicht mehr hören konnte.

»Das war eine kleine Notlüge«, gab Paul zu, »um das Thema Testament anzusprechen.«

»Dachte ich mir fast.« Sie drehte sich noch einmal zum Hof

um. »Alles in allem wirkte Heiko angespannt und außerdem froh, uns loszuwerden, was ganz sicher nicht daran lag, dass er unbedingt seinen Traktor weiter reparieren wollte. Einige seiner Reaktionen deuten für mich ganz klar darauf hin, dass wir unsere Vermutungen nicht ins Reich der Phantasie verbannen sollten.«

»Sehe ich auch so.«

»Vielleicht kann Kay seine Fühler bei Clasen Constructions ausstrecken und herausfinden, ob Dominik seinen Kollegen gegenüber Andeutungen wegen einer möglichen Erbschaft fallen ließ. Miriam erwähnte eine Frau, mit der er gut konnte. Ich denke, das könnte Julia Seidlitz sein, Dominiks zweite Sicherheitshälfte, von der Kay sprach.«

»Das heißt«, sagte Paul, »sie ist jetzt Kays zweite Hälfte. Beste Voraussetzungen, was aus ihr herauszubekommen. Du solltest ihm das vorschlagen.«

11

Vor einer Woche hatte Dietrich zum ersten Mal seinen Fuß in Falk Clasens Sicherheitsabteilung gesetzt. Seitdem hatte er so gut wie pausenlos Stunde um Stunde, Wochenende inklusive, damit zugebracht, technische Handbücher und die Anlagen selbst zu studieren, er kannte sie mittlerweile beinah im Schlaf. Gregor war beeindruckt gewesen und gleichzeitig dankbar, denn es bedeutete, dass er in die Controlling-Abteilung hatte wechseln können. Leider hatte sich für Dietrich keine Gelegenheit mehr ergeben, noch einmal ungestört auf ihr außerdienstliches Gespräch zurückzukommen. Die zwei Versuche, die er gestartet hatte, hatte Gregor komplett abgeblockt, und er bezweifelte, dass er bei einem gemeinsamen Mittagessen in der Kantine mehr Glück haben würde. Stattdessen hatte er es sich zur Angewohnheit gemacht, ab und zu mit Tim und Pero im Überwachungsraum zu plaudern. Das schaffte hoffentlich das notwendige Vertrauen, um früher oder später aus Tim herauszubekommen, womit Thurow Clasen – angeblich – erpresst hatte.

Auch Julia schien beeindruckt von Dietrichs schneller Auffassungsgabe. Wahrscheinlich wäre sie weit weniger erfreut gewesen, wenn sie geahnt hätte, dass er sich in ihrem Bereich und an ihrem Arbeitsplatz ebenfalls schon zu schaffen gemacht hatte. Er wusste längst, wann sie morgens kam und wann sie Mittagspause machte. Wann sie ging, richtete sich nach dem Arbeitsaufkommen, meist wurde es spät. Er ging nie vor ihr. Aber seit dem zweiten Tag begann er vor ihr. Dennoch musste er extrem vorsichtig sein, durfte keinerlei Spuren hinterlassen oder auffällig viel Interesse an Dingen zeigen, die ihn nur am Rande betrafen. Entsprechend hatte er noch nichts von echtem Belang entdeckt und Julia auch noch nicht auf Dominik Thurow angesprochen, obwohl ihm das seit Kassandras Anruf regelrecht im Nacken saß.

Die Neuigkeiten über Thurows mutmaßliche Eltern waren

erstaunlich gewesen, und er fragte sich, ob Heiko Jordan und Falk Clasen ihre Interessen gebündelt hatten und gemeinsam für Thurows Verschwinden verantwortlich sein mochten. Eine weitere Möglichkeit bestand darin, dass Jordan nicht mit drinhing, aber etwas darüber wusste und dass deshalb Clasens Angebot für das Norderfeld stetig stieg.

Falls ihn seine Instinkte nicht trogen und Clasen etwas mit Julia laufen hatte, konnte auch sie das eine oder andere wissen. Er musste einfach den richtigen Moment abpassen, um ihr, richtig verpackt, die richtigen Fragen zu stellen.

Als er an diesem Dienstagmorgen um halb sieben die Sicherheitsabteilung betrat, bemerkte er sofort, dass Julia bereits da war. Die Tür zu ihrem gemeinsamen Büro war einen Spalt offen, er konnte sie an ihrem Schreibtisch sitzen sehen. Es war nicht nur ungewöhnlich, dass sie so früh hier erschien, sondern auch, dass kein Kaffee vor ihr stand. Normalweise führte sie ihr erster Weg in die kleine Teeküche. Statt des Kaffeebechers hielt sie heute nachdenklich ihr Smartphone in der Hand, als wolle sie entweder gleich telefonieren oder hätte gerade ein Gespräch beendet. Da gab es plötzlich eine Melodie von sich, recht leise zwar, trotzdem zuckte Julia zusammen. Sie starrte aufs Display, als überlege sie, ob sie den Anruf annehmen solle, dann wischte sie darüber.

»Ja?« Das klang sehr neutral, vielleicht zu neutral, um echt zu sein. Sie hörte zu, dann seufzte sie. »Du musst selbst zusehen, wie du damit fertigwirst.« Pause. »Nein. Ich sammle nicht die Scherben hinter dir auf, nachdem du dich aus dem Staub gemacht hast.« Pause. »Ich war nicht diejenige, die … Hallo?«

Offenbar hatte der- oder diejenige am anderen Ende mitten in Julias Satz aufgelegt. Diesmal starrte sie eindeutig wütend aufs Display, bis sie das Telefon unsanft auf den Schreibtisch legte. Dann senkte sie den Kopf, stützte ihn in ihre Hände und blieb still sitzen.

In Dietrich hallten die Worte *nachdem du dich aus dem Staub gemacht hast* nach. Natürlich konnten die sonst was bedeuten und sonst wem gegolten haben, aber die Frage, ob Julia gerade mit Dominik Thurow telefoniert hatte und alle Sorge um ihn gegenstandslos gewesen war, drängte sich geradezu auf. Leise trat er ein paar Schritte auf den Flur zurück, bewegte sich hörbar wieder vorwärts und betrat das Büro.

»Morgen, Julia«, grüßte er vermeintlich überrascht. »Bist du aus dem Bett gefallen?«

»Was? Ja. Nein. Ich …«

So neben der Spur hatte Dietrich sie bisher noch nie erlebt. »Ist alles in Ordnung mit dir?«, fragte er.

»Nein. Doch, ja, natürlich. Ich habe bloß schlecht geschlafen. Deshalb bin ich auch schon so früh hier. Was soll ich mich im Bett hin und her wälzen, wenn ich was Sinnvolleres tun kann? Weswegen kommst du eigentlich immer vorm Aufstehen?«, lenkte sie geschickt von sich ab. »Leidest du unter permanenter Schlaflosigkeit?«

»Als ich noch Polizist war, habe ich unter permanentem Schlaf*mangel* gelitten. Man gewöhnt sich dran und nimmt sich den Schlaf, wenn man gerade Zeit hat. Die habe ich nicht, solange ich hier noch nicht alles aus dem Effeff beherrsche.«

»Streber!«, sagte Julia, lächelte aber dabei und sah schon etwas besser aus.

»War das ein Kompliment?«

»Durchaus. Ich schätze Männer, die Einsatz zeigen, wenn sie etwas wollen. In jeder Beziehung.«

Dietrich hob die Brauen.

»Oh«, machte Julia und verzog das Gesicht. »Vergiss das mit der Beziehung. Ich meine mit ›in jeder Beziehung‹ außer der beruflichen. Privaten. Ich meine … Ach, du weißt, was ich meine, oder?«

Er lachte. »Denke schon. Ich weiß nur nicht, ob ich beleidigt sein soll, dass du die Beziehung in dieser Beziehung wieder zurücknimmst.«

Julia erwiderte das Lachen eher halbherzig. »Beleidigt sein macht schlechte Laune und einen mürrischen Gesichtsausdruck, also lass es lieber.«

»Guter Rat. Und damit du richtig gute Laune kriegst, hol ich jetzt mal für uns beide Kaffee, einverstanden?«

»Sehr.«

Julias Stimmung hob sich kaum im Laufe des Tages, sie wirkte nach wie vor bedrückt. Leider lenkte sie, was immer sie beschäftigte, nicht genug ab, um ihr Handy unbeaufsichtigt liegen zu lassen. Sie hatte es ständig in Reichweite, sodass Dietrich keine Chance bekommen hatte, ihre Anrufliste einzusehen, bis sie sich abends verabschiedete. Als sie schon halb aus der Tür war, stand er auf und rief ihr hinterher.

»Julia?«

Sie drehte sich um, sichtlich erstaunt, dass er fast vor ihr stand. »Ist noch was?«

»Sag du's mir.«

Julia krauste die Stirn. »Wie bitte?«

Dietrich schloss kurz die Augen. »Entschuldige, ich hab's falsch angefasst. Es ist nur: Ich sehe, dass es dir nicht gut geht, und ich weiß aus eigener Erfahrung, dass es alles noch verschlimmert, wenn man dann allein die eigenen vier Wände anstarrt.«

»Wer sagt, dass ich das allein täte?«, fragte Julia.

»Meine Menschenkenntnis, die täuscht mich selten. Ich wollte nur vorschlagen, dass wir noch was zusammen essen oder trinken, nichts weiter. Wir müssen auch nicht reden, sondern können uns gern anschweigen, wenn dir das lieber ist.« Er sah ihr an, wie sehr sie mit sich kämpfte, das Für und Wider abwägte, eigentlich nach Hause wollte, aber eigentlich auch wieder nicht.

»Also gut«, sagte sie schließlich, »beuge ich mich deiner Erfahrung.«

Eine halbe Stunde später hielt Dietrich Julia die Tür der »Brasserie« am Neuen Markt auf und ließ sie vor ihm eintreten. Sie waren zu Fuß gekommen und hatten tatsächlich kaum geredet. Dennoch hatte Dietrich den Eindruck, dass Julia sich etwas entspannt hatte, als sie an einem der dunklen Holztische unter einer Wand mit unzähligen gerahmten alten Werbeplakaten Platz nahmen. Zuerst eher lustlos, dann aber doch mit wachsendem Interesse studierte sie die Speisekarte und bestellte schließlich Spaghettini mediterran. Dietrich schloss sich an, wobei er sich unvermittelt an den Italiener in Prerow erinnerte, bei dem er mit Kassandra ebenfalls Pasta gegessen hatte. Mehr oder weniger gegessen hatte. Es kam ihm ewig her vor und gleichzeitig wie gestern.

Wie versprochen drängte er Julia nicht zu einem Gespräch, doch nach dem ersten Glas Valpolicella taute sie von selbst auf. Zwar erzählte sie nichts von sich, stellte aber Dietrich vor allem zu seinem Polizeidienst viele Fragen, die er bereitwillig so beantwortete, dass ihm nichts davon zum Verhängnis werden konnte.

Zwischen den Spaghettini und dem Espresso wollte er die Sprache vorsichtig auf Dominik Thurow bringen, doch bevor er dazu kam, entschuldigte sie sich kurz. Er sah ihrer schlanken Gestalt hinterher, die sich mit leicht wiegendem Gang von ihm entfernte, bis er einigermaßen sicher sein konnte, dass sie nicht plötzlich umkehrte. Auf diese Gelegenheit hatte er seit anderthalb Stunden gewartet und gehofft, dass sie ihr Telefon nicht mit auf die Toilette nehmen würde. Jetzt zog er es zu sich herüber. Er wusste, dass es nicht mit einem Fingerabdruck, sondern mit einem Passwort gesichert war, das er noch dazu kannte, weil er Julia neulich unauffällig beim Entsperren beobachtet und die Buchstabenfolge erkannt hatte.

Die Anrufliste für diesen Tag zeigte elf Telefonate, die jüngsten acht dienstlich, das neunte mit einem Osteopathen. Das zehnte war das, auf das es ihm ankam, geführt von sechs Uhr dreiunddreißig bis sechs Uhr vierunddreißig. Der Name, der dazu auf der Liste stand, lautete schlicht »Falk«.

Was genau hatte sie gesagt? *Du musst selbst zusehen, wie du damit fertigwirst* und *Ich sammele nicht die Scherben hinter dir auf, nachdem du dich aus dem Staub gemacht hast.* Dass ihr Gesprächspartner Clasen gewesen war, verlieh diesen Sätzen eine andere Bedeutung, nämlich, dass es tatsächlich ein Verhältnis zwischen Julia und Clasen gegeben hatte, das offenbar von Letzterem vor noch nicht allzu langer Zeit beendet worden war. Aber vielleicht irrte Dietrich sich ja zum zweiten Mal, und es hieß ganz etwas anderes. Schließlich musste Clasen laut Julia mit etwas fertigwerden, nicht sie selbst. Und um welche Scherben ging es? Private? Geschäftliche?

Auf die Schnelle ließen sich die Fragen nicht klären. Außerdem konnte Julia jeden Augenblick zurückkommen, sodass Dietrich nur noch einen Blick auf ihr allererstes Telefonat an diesem Morgen warf, das sie unmittelbar vor dem mit Clasen geführt hatte. Es war das einzige Gespräch mit einem Teilnehmer, von dem nur eine Mobilnummer, aber kein Name auf der Liste stand. Dietrich prägte sich die Nummer ein, schaltete das Handy wieder auf den Startbildschirm und legte es an exakt die Position, auf der Julia es zurückgelassen hatte.

Keinen Moment zu früh, denn gleichzeitig mit dem Espresso, den die Bedienung brachte, kam auch Julia zurück und setzte sich wieder auf ihren Platz. Sie drehte die kleine Tasse nach links und nach rechts, bevor sie aufsah.

»Danke.«

»Wofür?«, fragte Dietrich.

»Dass du mit mir hier bist. Es tut gut, wieder mit jemandem reden zu können, außerhalb der Arbeit und nicht von der Arbeit.« Sie lächelte. »Obwohl du ja viel von deinem früheren Job erzählt hast. Vermisst du den?«

Dietrich zuckte mit den Schultern. »Manchmal. Immerhin war ich über fünfundzwanzig Jahre dabei, das kann ich nicht abschütteln, als hätte es die Zeit nie gegeben. Aber es ist richtig so, wie es jetzt ist.« Er nahm einen Schluck Espresso. »Du hast eben gesagt *wieder* mit jemandem reden. Selbst auf die Gefahr hin, indiskret zu sein: Hast du eine Trennung hinter dir? Ist es das, was dir so schaffen macht?«

Julia blinzelte. »Anscheinend drücke ich mich heute dauernd falsch aus. Ich meinte einfach jemanden, mit dem man quatschen kann, einen Freund. Nicht *den* Freund.«

»Und so ein Freund ist dir abhandengekommen?«

»Doch noch Bulle, was? Du gibst nicht auf.« Ihr Tonfall entschärfte die Worte etwas. »Du hast recht, so ein Freund ist mir abhandengekommen: Dominik.«

Angemessen verständnislos sah Dietrich sie an. »Dominik Thurow ist bloß entlassen worden, das ist doch kein Grund, den Kontakt zu verlieren. Oder steckt ein so krasses Fehlverhalten hinter seiner Entlassung, dass du selbst keinen Wert mehr auf eure Freundschaft legst?«

»Dominiks Fehlverhalten war einzig, dass er sich Falks Tochter ins Bett geholt hat«, sagte Julia. »Ich bin mit Falks Frau befreundet. Manchmal lassen sich Job und Privatleben eben doch nicht vernünftig trennen, deshalb hat er einen konsequenten Schlussstrich gezogen.«

»Also ein neues Leben ganz woanders? Hoffentlich mit einer hohen Abfindung, wenn das Verhältnis mit Clasens Tochter alles war, was er sich hat zuschulden kommen lassen.«

Julia schnaubte. »Falk ist ein guter Chef. Wer ihm allerdings querkommt, wird dafür nicht auch noch belohnt. Garantiert rackert sich Dominik anderswo für jemand anders ab. Wenn er Glück hat, mit einem ähnlich hohen Gehalt.«

»Wenn er *wirklich* Glück hat, hat er im Lotto gewonnen und lässt sich gerade südliche Sonne auf den Bauch scheinen«, sagte Dietrich lachend. »Oder er hat eine Erbschaft gemacht. Ich hab keine reichen Verwandten, aber vielleicht gibt es bei Dominik ja die berühmt-berüchtigte Erbtante aus Amerika oder wenigstens aus München-Schwabing oder Zingst.« Verborgen unter seinem breiten Grinsen musterte Dietrich Julia besonders gründlich.

»Das muss dann sein bestgehütetes Geheimnis überhaupt gewesen sein«, sagte Julia. Es klang echt, dennoch war Dietrich sich nicht sicher, ob sie den Gedanken tatsächlich so abwegig fand. »Er hatte keine Familie mehr«, fuhr sie fort. »Was mich drauf bringt: Da du so betont hast, keine reichen Verwandten zu haben, hast du ja wohl noch andere. Jemand Bemerkenswertes darunter?« Wie schon am Morgen hatte sie wie nebenbei das Thema gewechselt.

Dietrich zog eine Grimasse. »Mich schert der noch lebende Teil meiner Familie wenig.«

»Das ist ja ausgesprochen mager«, fand Julia. »Dann lass es mich anders formulieren: Du trägst keinen Ring, also bist du nicht verheiratet. Warst du's mal? Hast du Kinder? Eine Beziehung?«

»Das ist ja ausgesprochen neugierig.« Diesmal kostete es Dietrich Mühe, Belustigung in seine Stimme zu legen. »Ja. Nein. Nein.«

»Das letzte Nein kam etwas zögerlich«, stellte Julia fest.

Sie hatte gut aufgepasst. Oder er war zu nachlässig gewesen.

»Es gab da jemanden. Nichts Festes allerdings, und wir haben es vor einiger Zeit beendet«, sagte er. Falls Julia durch Clasen von seiner angeblichen Affäre mit Kassandra wusste, konnte sie das darauf beziehen. Auf der anderen Seite hatte er nicht mal gelogen. Manchmal bedauerte er, dass er und Sabrina sich nicht mehr sahen, aber auf lange Sicht war es besser so. Herausfordernd fixierte er Julia. »Interessiert dich das aus einem bestimmten Grund?«

Sie schmunzelte. »Ich bin ein neugieriger Mensch.«

»Das trifft sich ja. Ich auch. Also: Du bist dran.«

»Nein. Nein. Nein.«

»Das letzte Nein kam sehr bestimmt.«

»Weil ich Wert darauf lege, dass es so bleibt.«

»Das trifft sich ja schon wieder.«

Sie lachten beide, und Julia war immer noch gut gelaunt, als sie schließlich die »Brasserie« verließen. Julia wohnte in der Sarnowstraße, weder weit entfernt von Clasens Villa noch von der Firma. Bis zum Alten Markt gingen sie gemeinsam, dort mussten sie in entgegengesetzte Richtungen.

»Dann gute Nacht«, verabschiedete er sich. »Schlaf morgen ruhig aus. Clasen Constructions wird's überleben, wenn du mal zwei Stunden später kommst.«

»Wenn du mich nicht beim Boss verpfeifst, tu ich das.«

»Ich manipuliere sogar die Zeiterfassung für dich. Julia Seidlitz wird sich morgen früh um sechs Uhr dreißig einstempeln.«

»Das kannst du gar nicht, so was fällt in meinen und in den Bereich der Personalabteilung.«

»Wetten, dass ich das kann?« Kaum war das raus, hätte er es gern zurückgenommen. Er sollte besser nicht zu viel von dem preisgeben, was er konnte, obwohl die Zeiterfassung nun wirklich ein Klacks war. Doch Julia lachte nur wieder.

»Na schön, mein Prinz, dann mach mal. Ich werde ja sehen, ob du's schaffst. Gute Nacht.«

Die Zeiterfassung mochte ein Klacks sein. Herauszufinden, wer zu der Mobilnummer gehörte, mit der Julia telefoniert hatte, war schwieriger. Es dauerte geraume Zeit, bis Dietrich wusste, dass es sich um eine Prepaidkarte handelte. Seit Kurzem mussten sich Käufer dieser Karten auf die eine oder andere Art ausweisen und registrieren lassen, womit Kriminellen und Terroristen das Leben schwerer, es der Polizei und den Geheimdiensten dagegen leichter gemacht werden sollte. Dietrich verfügte über die Möglichkeiten, an die Informationen zu kommen, die er brauchte, doch leider musste er feststellen, dass speziell dieser Prepaidkartenbesitzer seine offensichtlich vor der Gesetzesänderung gekauft hatte.

Das Gespräch hatte etwa drei Minuten gedauert, und vielleicht war es völlig belanglos gewesen. Vielleicht aber auch nicht. Dietrich tendierte zur zweiten Variante, insbesondere wenn er sich Julias nachdenklichen Blick vergegenwärtigte. Aber es half alles nichts, er kam auf diesem Weg nicht weiter.

Als er im Bett lag und schon halb eingeschlafen war, ging ihm noch das Wort Zeiterfassung im Kopf herum, dann glitt er in einen konfusen Traum.

Die Zeiterfassung hatte sich in den nächsten Tag hinübergerettet, es war das Erste, woran Dietrich dachte, als er gegen halb sechs erwachte. Er hatte nur drei Stunden geschlafen, aber das war mehr als in so manch anderer Nacht in den letzten Jahren. Er gönnte sich eine lange Dusche, und während das heiße Wasser auf seine Schultern prasselte, begriff er, was ihn unterschwellig an der Zeiterfassung faszinierte.

Pünktlich um sechs Uhr dreißig betrat er die Sicherheitsabteilung. Im Überwachungsraum saß noch die Nachtschicht. Tim und Pero traten ihren Dienst erst um sieben an, waren allerdings immer eine Viertelstunde vorher da, damit die Übergabe klappte und um sich mit Kaffee aus der Teeküche zu versorgen. Dietrich schob die Tür seines Büros hinter sich so weit zu, dass von draußen so gut wie nichts zu sehen war, er aber von drinnen immer noch hören konnte, wenn sich auf dem Flur etwas tat. Zuallererst hackte er sich in die Zeiterfassung und tat, was er versprochen hatte. Julia Seidlitz hatte sich nun kurz nach ihm, um sechs Uhr fünfunddreißig, eingestempelt. Entsprechend ließ er ihre drei Laptops hochfahren, sodass es aussah, als hätte sie sofort mit der Arbeit begonnen. Anschließend bearbeitete er die wichtigsten Mails, die sich seit gestern in seinem eigenen Postfach angesammelt hatten. Dann setzte er sich an Julias Schreibtisch und konnte nur hoffen, dass sie so spät kommen würde wie angekündigt und dass ihn auch sonst niemand störte.

Alles, was er jetzt tat, würde so aussehen, als täte es Julia, und die hatte beinah unbegrenzten Zugriff auf sämtliches Material, das Clasen Constructions betraf. Sie hatte ihm zu Beginn einen Überblick über das System verschafft, war aber logischerweise nicht in die Tiefen gegangen. Weil es nicht zu Dietrichs Bereich gehörte und weil Clasen ganz bewusst die Sicherheit solcher sensiblen Daten nur in ein einziges Paar Hände gelegt hatte. Entsprechend brauchte Dietrich etwas, bis er das System vollständig begriff, das noch dazu auf diversen Ebenen mit einer ganzen Reihe Passwörter geschützt war. Er knackte zwei davon, doch wo er wirklich hinwollte, kam er nicht hin. Noch nicht zumindest, und so musste er sich vorerst mit dem begnügen, was er bekam, auch wenn das nicht allzu spannend zu werden versprach: Unterlagen zu den ersten Geschäften, die Falk Clasen Anfang bis Mitte der Neunziger getätigt hatte. Dietrich speicherte die umfangreichen Dateien auf einen Stick, das war sicherer, als sie von hier in eine Cloud zu ziehen, die gehackt werden konnte.

Mittlerweile war es fast halb zehn geworden. Er wagte nicht, noch länger an Julias Platz zu sitzen und ein paar weitere Finessen auszuprobieren. Ohnehin hatte er schon ständig die Uhr im

Blick gehabt. Er schloss alle Fenster, sodass die Laptops genau wie Julias Handy gestern Abend wieder ihre Desktops zeigten, und hatte sich gerade zurück an seinen Platz gesetzt, da summte sein Telefon. Julias Name stand auf dem Display.

»Guten Morgen«, grüßte Dietrich. »Wie schön, dass du dir meinen Ratschlag zu Herzen genommen hast.« Wie wörtlich er das meinte, ahnte sie Gott sei Dank nicht.

»Hab ich das? Ich dachte, ich bin schon längst da.«

Dietrich lachte. »Bist du.«

»Sehr gut. Dann schmuggele ich mich durch den Hintereingang rein und wäre dankbar, wenn du das im Zutrittskontrollprotokoll regelst.«

»Kein Problem.« Das Protokoll musste dieselbe Zeit wie die Zeiterfassung anzeigen, minus ein paar Sekunden, die man vom Zutritt bis zur »Stempeluhr« benötigte. Das war etwas komplizierter, aber machbar. Allein die Videoaufnahmen stellten ein Risiko dar. Etwas zu löschen, war auffälliger, als etwas zu manipulieren, deshalb war es sicherer, darauf zu vertrauen, dass an diesem Tag nichts aus dem Rahmen Fallendes passierte und die Aufnahmen im Nachhinein nicht kontrolliert wurden. Trotzdem gab es noch eine Sache, die er regeln musste, bevor Julia ins Haus kam.

»Warte eine Minute«, bat er sie. »Ich geh nach vorn und quatsche ein bisschen mit Tim und Pero, um sie abzulenken.« Die Nachtschicht hatte es garantiert nicht ungewöhnlich gefunden, dass Julia nicht vor sieben eingetroffen war, und wenn wie erhofft heute nichts weiter geschah, spielte es ohnehin keine Rolle, was die Kollegen gesehen oder besser nicht gesehen hatten.

Als Julia schließlich das Büro betrat, warf sie ihm einen etwas zu verschwörerischen Blick zu, den Dietrich mit einem nonchalanten Lächeln erwiderte. Julia vertiefte sich sofort in ihre Laptops, und er kam endlich dazu, sich an seine zu begeben.

Am Abend blieb Julia lange, um ihr Arbeitspensum zu schaffen. Es gab keine Ausrede für Dietrich, noch länger als sie zu bleiben, weshalb sie auch heute wieder gemeinsam Dienstschluss machten. Das Wetter war bis zum frühen Abend unverändert schön geblieben, sie schlenderten im sanften Sonnenlicht die Straße entlang, in der all die hochherrschaftlichen Villen mit ihren blühenden Vorgärten standen. Dietrich beschloss, die Idylle zu stören und das einvernehmliche Schweigen zwischen ihnen zu brechen.

»Habe ich den Test bestanden?«

Abrupt blieb Julia stehen. »Was für einen Test?«

»Ach komm schon, Julia, die ganze Aktion war doch ein Test, oder? Du wolltest wissen, ob ich Dominik das Wasser reichen kann.«

Sie wandte den Blick ab. »Bin ich so leicht zu durchschauen?«

»Hat etwas gedauert, bis ich drauf gekommen bin. Allerdings bin ich mir noch im Unklaren, wie viel davon zum Test gehörte. Der gestrige Abend auch?«

»Nein! Mir ist das überhaupt erst eingefallen, als du vorschlugst, die Zeiterfassung zu manipulieren, weil Dominik …« Sie stockte.

»Weil er das auch öfter getan hat? Für dich oder für sich selbst?«

»Sowohl als auch«, gab Julia zu. »Er manchmal für sich, wenn er sich mit Miriam traf, das ist Falks Tochter. So hatte er das perfekte Alibi. Und manchmal für mich, wenn …« Wieder stockte sie.

»Wenn du dich mit Clasen getroffen hast«, beendete Dietrich den Satz für sie.

Sie stritt es nicht ab, sondern setzte sich wieder in Bewegung. Nach ein paar Schritten fragte sie: »Woher weißt du das?«

»Ich hab euch an meinem ersten Tag zusammen erlebt, das genügte. Klang dein Nein beim Thema Beziehung deshalb so bestimmt, weil Clasen weder eine echte Beziehung ist noch Platz für einen anderen lässt?«

»Er hat Platz gemacht.« Sie seufzte. »Du hattest recht, ich habe eine Trennung hinter mir.«

Es brannte Dietrich auf der Zunge zu fragen, welche Scherben sie nicht bereit war, für Clasen aufzusammeln, aber er bezwang sich. Stattdessen fragte er: »Du bist mit Astrid Clasen befreundet. War das nicht schwierig?« Er bemühte sich, jedweden Vorwurf aus seiner Stimme herauszuhalten, dennoch zuckte Julia zusammen.

»Manchmal war es die Hölle.«

»Weniger für Clasen als für dich, nehme ich an.«

»Für uns beide, genau genommen. Ich mag Astrid sehr, und Falk liebt sie auf seine Weise. Aber sie macht es einem nicht leicht.«

»Hat Clasen sich von dir getrennt, weil er zu seiner Frau zurückfinden will?«

Julia holte tief Luft, schien etwas sagen zu wollen, und ihrem Gesichtsausdruck nach zu urteilen, war das nichts rundum Positives. Dann stieß sie die Luft langsam wieder aus. »Können wir von was anderem reden?«

»Natürlich. Geht mich auch alles gar nichts an.« Er hob entschuldigend die Arme. »Vergiss, dass ich gefragt habe.« Wenn er ihr Vertrauen noch ein Stück mehr gewonnen hatte, würde er wieder versuchen, sie auf ihr Verhältnis zu Clasen anzusprechen. Julia war so nah an ihm dran gewesen, dass sie eine unschätzbare Informationsquelle für alle möglichen Details sein mochte.

Jetzt allerdings nickte sie nur und schwieg, bis sie die Sarnowstraße erreichten. »Wir sehen uns morgen. Zur gewohnten Zeit.« Den letzten Satz begleitete ein schmales Lächeln, dann bog sie nach links ab, ohne sich noch einmal nach Dietrich umzudrehen.

Auf dem Weg nach Hause holte er sich schnell was zu essen, das er in den Ofen schob, während er im Wohnzimmer das einzige Laptop hochfahren ließ, das nicht im Netz hing. Er schob den Stick hinein und vertiefte sich in die ersten Dateien. Beinah hätte er die Küchenuhr nicht klingeln hören, denn was er las, war entgegen seinen Befürchtungen sehr wohl hochgradig spannend.

Unter Umständen warf es ein ganz neues Licht auf Clasens Interesse am Norderfeld in Wustrow.

12

Kassandra saß auf der Rundbank um die Alte Eiche, ohne das rot verputzte Fachwerkhaus mit dem Wintergarten gegenüber wahrzunehmen, das einmal eine so wichtige Rolle in ihrem zweiten Fall gespielt hatte. Sie sah auch nicht die alte Feuerwehr mit dem hohen Turm, der in den schon blauen frühmorgendlichen Himmel ragte. Erst eine Schar zwitschernder Stare, die sich wie auf Kommando aus der Eiche gen Himmel hoben, brachte sie in die Gegenwart zurück und erinnerte sie daran, dass sie unterwegs zum Bäcker gewesen war, um die Frühstücksbrötchen für ihre Gäste zu besorgen, als Kay anrief. Ein paar Schritte war sie noch gegangen, dann hatte sie sich setzen müssen. Jetzt riss sie sich zusammen, stand auf und betrat die Bäckerei, wo sie fast die Hälfte vergessen hätte, weil ihre Gedanken immer noch um Clasen und das Norderfeld kreisten und was das für Wustrow bedeuten konnte. Eine Katastrophe.

Sie versuchte, sich damit zu beruhigen, dass das alles bisher nur eine Mutmaßung war, was auch Kay betont hatte. Dennoch kam sie nicht zur Ruhe, ließ in der Küche ein Ei platzen und das Kaffeewasser durchlaufen, ohne vorher Kaffeepulver in den Filter gefüllt zu haben. Wieso wollten die Bergers ausgerechnet heute wieder so zeitig frühstücken? Andererseits war es gut, sonst hätte Kay sie mit der Hiobsbotschaft aus dem Schlaf geklingelt.

Als endlich doch alles bereitstand und sie auch für die anderen Gäste schon so viel wie möglich vorbereitet hatte, machte Kassandra sich auf den Weg zu Paul. Ihn herzubitten oder anzurufen, war unmöglich, Miriam durfte unter keinen Umständen Wind davon bekommen. Weniger von den Machenschaften ihres Vaters als von Kays, von dem sie bisher nur wusste, dass er auf Haralds Empfehlung bei ihrem Vater begonnen hatte.

Wie üblich, hatte Paul seine Runde auf dem Hohen Ufer gedreht und sich danach unter die Dusche gestellt. Seine grauen Haare waren noch feucht, und er duftete so vertraut nach der Mischung aus Zitrusfrüchten und Sandelholz, dass Kassandra sich einen Augenblick der Illusion hingab, den ganzen Rest bloß geträumt zu haben.

»Was ist passiert?« Paul musterte Kassandra besorgt.

»Kay hat angerufen.« Sie schaffte es nicht, mehr zu sagen.

Alarmiert fragte Paul: »So früh am Morgen schon? Ist er aufgeflogen?«

»Nein. Er hat was entdeckt.«

»Dominik Thurow ist tot«, vermutete Paul mit belegter Stimme. »Ich mach uns erst mal einen Kaffee, ja? Du siehst aus, als könntest du einen brauchen.«

»Nein«, wehrte Kassandra ab. »Setz dich besser. Es geht nicht um Dominik, es geht um Wustrow. Vielleicht.«

»Ich soll mich setzen, weil es vielleicht um Wustrow geht?« Paul schüttelte den Kopf, setzte sich allerdings tatsächlich. »Schieß los.«

»Kay hat Daten über die ersten größeren Geschäfte von Clasen Constructions gefunden«, begann Kassandra. »Anfang bis Mitte der Neunziger hat Clasen überall im Osten Deutschlands, besonders aber in Mecklenburg-Vorpommern, für einen Appel und ein Ei Grundstücke aufgekauft. Das Besondere daran war, dass sich auf diesen Grundstücken fast ausnahmslos marode und schadstoffhaltige Bausubstanz befand, Asbest und ähnliches Zeug. Clasen ließ die Gebäude abreißen und errichtete moderne Apartmenthäuser und Eigenheime.«

»Die er garantiert mit sehr hohem Gewinn verkaufte«, vervollständigte Paul. »Aber ebenso garantiert nicht in Wustrow, das wüsste ich. Clasen hat hier noch nie etwas gebaut.«

»Was er gebaut hat, ist nicht das Problem«, sagte Kassandra. »Wohl aber, was er abriss. Kay fand absolut nichts darüber, wie und wo Clasen die gift- und schadstoffhaltigen Altlasten entsorgt hat, obwohl sonst alles akribisch dokumentiert wurde. Stattdessen fand er Hinweise auf von Strohmännern getätigte Käufe von brachliegendem Land, das bald darauf wieder verkauft und danach entweder landwirtschaftlich genutzt oder bebaut wurde. Allerdings nie von ihm.«

»Verstehe. Kay vermutet, dass Clasen auf diesen Flächen illegale Mülldeponien angelegt hat.« Paul strich mit dem Zeigefinger über seinen Nasenrücken, und Kassandra wollte schon die naheliegende Frage beantworten, doch er kam ihr zuvor. »Trifft das auch auf Grundstücke in Wustrow zu?«

»Soweit Kay das beurteilen kann, nicht. Allerdings ist er auf einen großen Hof in der Nähe von Demmin gestoßen, wo hohe Zahlungen an den Landbesitzer flossen, ohne dass der überhaupt etwas Nennenswertes verkauft hätte.«

»Der Mann hat sich schmieren lassen, damit Clasen seinen Abfall da verbuddeln durfte?«, fragte Paul ungläubig.

»Sieht ganz so aus. Natürlich gibt es dafür keine Beweise, genauso wenig wie für den Rest der Spekulationen. Auf einer dieser Landflächen auf bloßen Verdacht hin graben zu lassen, würde Kays komplette Mission gefährden. Er will Clasen schließlich noch weitaus mehr nachweisen.«

»Hm«, machte Paul.

Kassandra sah ihm an, dass die Rädchen in seinem Kopf sich wie wild drehten, und erzählte weiter. »Kay sagt, der Fall in Demmin hat vor allen anderen stattgefunden. Clasen ist danach wohl bewusst geworden, dass dieses Vorgehen zu viele Risiken birgt, weshalb er sich auf die Käufe durch die Strohmänner verlegt hat. Oder weitere ähnliche Transaktionen sind auf andere Weise erfolgt – mit Bargeld oder teuren Gerätschaften. Da das alles schon ewig her ist, ist es schwer, das zurückzuver…« Kassandra hielt erschrocken inne, weil Paul immer blasser wurde. »Was ist denn?«

»Erinnerst du dich an den Traktor, den Heiko reparieren wollte?«

»Ja, sicher. Was ist damit?«

»Man sieht es ihm nicht mehr an nach all den Jahren, aber 1994 war das Ding das technisch Modernste vom Modernen. Viele haben sich damals gefragt, wie Gerd sich das leisten konnte. Er sagte, er hätte sich gut bezahlen lassen für die Grabungen auf seinem Land.« Pauls Stimme war rau. »Irgendwelche Hobbyarchäologen mit einem vermögenden Geldgeber in der Hinterhand hatten sich in den Kopf gesetzt, dass ein Teil des Störtebeker-Schatzes auf dem Fischland und nicht drüben auf der Hertesburg bei Barth zu finden sei. Die veranstalteten ein ziemliches Tamtam, bis sie plötzlich beinah von einem auf den anderen Tag wieder weg waren. Nachdem Teile des Norderfelds zeitweise ausgesehen hatten, als sollte da ein zweites Troja ausgebuddelt werden, war von dem Chaos am Ende nichts mehr übrig und alles wie zuvor.«

Stille senkte sich über Pauls gemütlichen Wohnraum, in dem es trotz der Sonne draußen auf einmal düster wirkte.

»Kannst du dich noch an die Namen der Leute oder des Geldgebers erinnern?«, fragte Kassandra schließlich.

»Letzteres wusste niemand, nicht mal Gerd. Die haben sich da sehr bedeckt gehalten. Der federführende ›Archäologe‹«, Paul malte Gänsefüßchen in die Luft, »hatte einen Allerweltsnamen, Meier, Müller, Schmidt. Die OZ hat damals darüber berichtet. Den Artikel hab ich in meinem Archiv.« Etwas schwerfällig stand er auf, um in den Keller zu steigen. Als er zurückkam, hatte er den Zeitungsbericht in der Hand und reichte ihn Kassandra.

Der Artikel, dessen Ton man anmerkte, dass der Journalist das ganze Unternehmen für Unfug hielt, war nur recht kurz. Es stand auch nichts von Belang darin, außer dem Namen des Archäologen.

»Ach du liebe Zeit«, sagte Kassandra. »Bernd Schmidt aus Berlin. Von der Sorte gibt's da bestimmt nicht nur einen. Trotzdem ganz interessant, wenn man bedenkt, dass Clasen Constructions zu der Zeit ihren Sitz in Berlin hatte.«

»Allerdings. Ich recherchiere mal ein bisschen. Du musst zurück in die Lindenstraße, sonst verhungern deine Gäste heute Morgen.«

Obwohl es Kassandra weitaus lieber gewesen wäre, ihm bei der Recherche zuzusehen, gab sie Paul recht. Zumindest in Gedanken war sie aber die ganze Zeit bei ihm, während sie den Tisch der Bergers abräumte und Kaffee und Eier für die anderen Gäste kochte. Nach dem Frühstück gesellte sich Miriam zu Kassandra in die Küche und plauderte unbefangen. Das Fischland schien ihr gutzutun. Sie dachte nicht mehr in jeder Sekunde an ihre Sorgen wegen Dominik, sondern hatte bei ausgedehnten Spaziergängen eine Urlauberin in ihrem Alter kennengelernt, mit der sie häufig unterwegs war. Auch heute wollte sie sich wieder mit ihr am Strand treffen und war bald verschwunden, sodass Kassandra nichts mehr aufhielt und sie zurück zu Paul lief.

Als sie das Haus betrat, beendete er gerade ein Telefonat und sah unzufrieden aus.

»Du hast Bernd Schmidt nicht gefunden«, stellte Kassandra fest. »Es wäre sicher einfacher, wenn der Mann die Archäologie nicht nur als Hobby betriebe. Andererseits kann es auch sein, dass es einen Hobbyarchäologen mit diesem Namen nie gab. Und wir sind so schlau wie vorher.«

»Doch, es gab einen. Leider ist er vor vier Jahren verstorben, wir können ihn also nicht mehr fragen, ob er wirklich auf Störtebekers Schatz aus war oder ob er seinem Patienten einen Gefallen der besonderen Art getan hat.«

»Ich glaub nicht, dass ich dir folgen kann«, sagte Kassandra verwirrt.

»Im wahren Leben war Bernd Schmidt Zahnarzt«, erklärte Paul. »Ich habe gerade mit seiner Witwe gesprochen, die zwar nicht viel von der Freizeitbeschäftigung ihres verstorbenen Gatten hielt und keine Ahnung hatte, was er in den Neunzigern möglicherweise auf dem Fischland getrieben hat. Dafür wollte sie mich mit einer Liste seiner Promipatienten beeindrucken. Bis zu Schmidts Tod gehörte Falk Clasen auch dazu.« Er pfefferte das Telefon, das er noch in der Hand gehalten hatte, auf seinen Schreibtisch. »Wir müssen wissen, was unter dem Norderfeld liegt!«

Kassandra legte ihre Hand auf Pauls Arm. »Werden wir auch, aber lass uns nichts überstürzen. Was Kay gefunden hat, sind bloß Indizien. Bisher ist die Beweislage gegen Clasen in allen

Fällen so dünn, dass er nichts gegen ihn unternehmen könnte. Wegen einer möglichen Verwicklung in die Norderfeld-Sache schon mal gar nicht, auch wenn der Vorfall damals Clasens Interesse daran heute gut erklären könnte.«

»Ja klar«, sagte Paul wütend. »Jeder andere potenzielle Käufer würde Bodenproben nehmen, wenn er vorhätte, weiter Landwirtschaft zu betreiben. Falls jemand Häuser hochziehen will, wird zwangsweise genauso gegraben. So oder so käme raus, was da verbuddelt wurde, und im Zuge einer offiziellen Untersuchung höchstwahrscheinlich auch, von wem.« Er starrte vor sich hin, und Kassandra sah ihm an, dass er vor lauter Zorn am liebsten wieder etwas in eine Ecke gepfeffert hätte.

»Ob Gerd Jordan gewusst hat, was vor sich ging?«, fragte sie.

Paul zuckte mit den Schultern, nach wie vor wütend. Dann dachte er nach und wurde ruhiger. »Er war bei der freiwilligen Feuerwehr, er war im Tonnenbund, das Fischland bedeutete ihm was. Ich kann mir nur schwer vorstellen, dass er sehenden Auges etwas getan hätte, das seiner Heimat schadet.« Er hielt kurz inne. »Dagegen kann ich mir gut vorstellen, dass Dominik Thurow ebenfalls auf diese alten Dateien gestoßen ist, möglicherweise sogar auf Beweise, er hatte schließlich viel mehr Zeit als Kay.«

»Damit hat er dann Clasen erpresst, unabhängig davon, ob er Gerd Jordans Sohn ist oder nicht«, ergänzte Kassandra, »wobei Ersteres die Angelegenheit besonders persönlich und pikant gemacht hätte.«

»In der Tat. Viel persönlicher geht wohl nicht.« Paul stand auf. »Ich brauch frische Luft. Falls«, fügte er bitter hinzu, »die hier so frisch ist, wie ich bis heute früh dachte.«

Der leichte Wind, der von der Ostsee über das Fischland blies, tat gut. Trotzdem schwieg Paul, während sie auf dem Hohen Ufer entlangliefen, ab und zu stehen blieben, um aufs Wasser zu schauen, das an diesem Tag wieder wunderschön blautürkis in der Sonne schimmerte. Als sie am Nachmittag zurückkehrten, wirkte Paul ausgeglichener. Schon häufig hatte Kassandra die Erfahrung gemacht, dass die See zwar nicht von Sorgen befreite, sie aber lindern und die Seele beruhigen konnte.

Was sie bei Miriam zumindest heute offenbar nicht bewerkstelligt hatte. Nervös tigerte sie vor Pauls Tür auf und ab und kam ihnen entgegen, kaum dass sie sie entdeckt hatte.

»Ich habe Dominik gesehen!«, sagte sie atemlos. »Er war es, ganz sicher! Ich bin ihm hinterher, bis ich ihn aus den Augen verlor. Aber er war es«, wiederholte sie. »Wir müssen was tun, jetzt gleich, ihn suchen, vielleicht haben wir zu dritt mehr Erfolg, auf jeden Fall …«

»Stopp, Miriam«, unterbrach Paul sie. »Langsam und von vorn. Wo hast du Dominik gesehen und wann?«

»Vorhin. Bei diesen Ferienhäusern.« Vage deutete sie mit der Hand hinter sich. »Wir müssen …«

Paul hob die Hand und brachte sie damit erneut zum Verstummen. »Wann ist ›vorhin‹? Und welche Ferienhäuser? Die Strandperlen?«

Kassandra konnte sich nicht vorstellen, dass Dominik sich im ehemaligen Urlauberdorf neben der Kurklinik eingemietet hatte. Anonym war was anderes. Miriam musste sich irren, oder Dominik legte keinen Wert – mehr? – auf Anonymität. Doch egal, wo er steckte: Dass er überhaupt am Leben war, kam einer kleinen Sensation gleich und hieß, dass sie Clasen fälschlicherweise verdächtigt hatten, Dominik auf dem Gewissen zu haben.

»Vor anderthalb Stunden ungefähr«, antwortete Miriam. »Er war ein ganzes Stück vor mir und lief zu diesen kleinen Häuschen im Wald, Richtung Ahrenshoop.«

Datschenhagen, dachte Kassandra, das passt schon eher. Anonym war das zwar auch nicht, aber weit abgeschiedener, und die Häuser wurden nicht so zentral wie bei den Strandperlen, sondern häufig privat vermietet.

»Gut, dann los. Zeig uns, wo du ihn gesehen hast«, forderte Paul Miriam auf, die auf dem Absatz kehrtmachte und in Riesenschritten zurück Richtung Hohes Ufer lief, wo sie sich beim ersten Strandübergang nach rechts in den kleinen Waldweg wandte.

Kassandras Schritte wurden langsamer. Zwar kannte sie die genaue Stelle nicht, an der vor einigen Jahren Pauls Bruder Sascha erschossen aufgefunden worden war, trotzdem brachte sie es nicht über sich, zwischen die Bäume ins Gehölz zu schauen. Mit Sicherheit dachte auch Paul daran, doch er ließ sich nichts anmerken, sondern folgte Miriam ohne jegliche äußere Regung. Als sich das kleine Waldstück öffnete, lag rechts von ihnen das Norderfeld, das sich entlang der Siedlung erstreckte. Im Winter konnte man von hier die Häuser an der Norderstraße und von dort die von Datschenhagen erkennen. Zurzeit allerdings wurde die Sicht durch das dichte grüne Laub der Bäume am Rand des Norderfelds geschützt.

»Wohin jetzt?«, fragte Paul, weil sich der Weg vor ihnen gabelte.

»Da lang.« Miriam deutete nach links in den Hauptweg, von dem immer wieder kleinere Wege abgingen, die wiederum zurück zum Norderfeld führten. Die verwinkelte Siedlung erstreckte sich fast bis zur Bäderstraße, und überall standen Datschen in ihren kleinen Vorgärten – manche wie Finnhütten gebaut, manche wie Bungalows, manche sehr modern hergerichtet, einige wenige brandneu, einige renovierungsbedürftig.

»Bis wohin konntest du ihm folgen?«, erkundigte sich Kassandra.

»Nicht sehr weit. Ich hab ihn gerufen. Er muss mich gehört haben, aber er hat sich nicht umgedreht, er lief bloß schneller. Dann ist er in einen dieser Wege abgebogen, gleichzeitig kam mir eine Familie mit Kinderwagen, Buggy und zwei Hunden entgegen. Die Hunde wollten mit mir spielen, ich bin fast über sie gestolpert, und als sie mich endlich durchließen und ich in den Weg abbog, war Dominik verschwunden. Ich weiß nicht, ob er in eins der Häuser ist. Ich hab überall geklopft und geklingelt, aber es machte nur einmal jemand auf, eine alte Dame, die Dominik nicht gesehen hatte. Vielleicht hat er ja auch nur einen Bogen geschlagen, um mich auf eine falsche Spur zu lenken. Jedenfalls habe ich danach jeden einzelnen Weg der Siedlung abgegrast. Umsonst.« Sie ließ die Schultern hängen. »Was mache ich hier eigentlich? Wieso hab ich euch auch noch in Aufruhr versetzt? Es ist offensichtlich, dass er nicht mit mir reden will, ich muss mich damit abfinden. Immerhin weiß ich jetzt, dass ihm nichts passiert ist.« Sie wandte sich um. »Gehen wir.«

Kassandra wechselte einen Blick mit Paul. Aus seinem las sie, dass er es genauso erstaunlich fand wie sie, dass Dominik ausgerechnet am Norderfeld aufgetaucht war und sich versteckte. Letzteres konnte dafür sprechen, dass er Clasen wie vermutet erpresste, möglicherweise gemeinsam mit Heiko, und Miriam nur nicht mit hineinziehen wollte. Kassandra glaubte nicht, dass Miriam die Angelegenheit wirklich für sich als abgeschlossen betrachtete. Vor allem aber war es wichtig für das Fischland, Dominik zu finden, falls er wusste, was es mit dem Norderfeld auf sich hatte.

»Bist du sicher?«, fragte sie Miriam deshalb. »Ich finde, er schuldet dir eine Erklärung.«

Unschlüssig sah Miriam zwischen ihr und Paul hin und her. »Meint ihr?«

»Natürlich«, bestätigte Paul. »Es ist rücksichtslos, ohne ein Wort unterzutauchen, während du vor Sorgen kaum noch schläfst.«

Anscheinend erinnerte sich Miriam überdeutlich an all ihre unruhigen Nächte, zumindest gaben Pauls Worte den Ausschlag. Sie teilten sich auf und hatten bis zum Abend an jede Tür geklopft. Wo geöffnet wurde, wurde ihnen mal freundlich, mal weniger freundlich begegnet, aber wie der Ton auch ausfiel, am Ende behauptete jeder, Dominik weder zu kennen noch ihm begegnet zu sein.

»Machen wir morgen weiter«, entschied Paul. »Bei einem Drittel der Datschen haben wir niemanden angetroffen, eine Chance besteht also noch.« Er lotste Kassandra und Miriam durch das Wäldchen zurück und schließlich hinunter ans Wasser, wo sie langsam Richtung Seebrücke liefen.

»Warum tut ihr das alles für mich?«, fragte Miriam. »Mir ist noch nie so viel Hilfsbereitschaft von völlig Fremden entgegengebracht worden wie hier.«

»Das ist typisch fischländisch«, schmunzelte Paul.

In dem Moment klingelte Miriams Handy, ihre neue Freundin fragte an, ob sie gemeinsam essen wollten, und Miriam sagte eher lustlos zu. Nachdem sie fort war, ließen sich Paul und Kassandra bei den Booten unterhalb der Dünen nieder und warteten auf den Sonnenuntergang. Sie redeten nicht viel, als der zuerst hell-, dann dunkelrote Ball nach und nach in der See versank und den wolkenlosen Himmel in sanftes Rosa tauchte. Kassandra griff nach Pauls Hand. Beim Druck seiner Finger rückte alles, was sie belastete, von ihr ab. Ihre Blicke trafen sich, sie bekam plötzlich Herzklopfen, und als Paul sich zu ihr herüberbeugte und sie ungewohnt vorsichtig küsste, wünschte sie, gerade nicht an einem öffentlichen Strand zu sein.

13

»Guten Morgen, Frau Voß«, grüßte jemand direkt vor ihr.

Kassandra schaute von ihrem Shopper auf, in den sie vor der Bäckerei gerade Brötchentüte und Kuchenpaket so verstaute, dass sie sie besser tragen konnte. »Guten Morgen, Herr Joerk! Holen Sie hier auch Ihre Schrippen? Bemerkenswert, dass wir uns vorher noch nie begegnet sind.«

Werner Joerk lächelte. »Ich bin mehr für kräftiges Schwarzbrot. Im Übrigen komme ich gerade von der Tabakbörse.« Er wedelte mit der Zeitung. »Steht leider kaum was Erfreuliches drin. Waren Sie wenigstens schon in Sachen Dominik Thurow erfolgreich?«

Bereits gestern Abend hatte Kassandra Kay über die neuesten Entwicklungen informiert, und das Gleiche erzählte sie nun auch Joerk.

»Datschenhagen? Das ist ja interessant, insbesondere weil eine der Datschen Gerd Jordan gehörte.«

Kassandra riss die Augen auf. »Ehrlich? Wissen Sie zufällig, welche?«

»Fragen Sie mich nicht nach einer Hausnummer, ist ewig her, und ich war nur zwei-, dreimal da. Irgendwo am Hauptweg, rechts wenn man vom Strand kommt, glaub ich. Ein kleines weißes Haus mit einem Windfang aus gelbem Glas. Jedenfalls sah es früher so aus, und ich habe keine Ahnung, ob es zwischenzeitlich verkauft wurde.«

Kassandra hatte gestern vor so vielen Häusern gestanden und konnte nicht beschwören, ob eines dabei gewesen war, auf das diese Beschreibung passte. Aber wie Joerk betont hatte, mochte es sich komplett verändert haben. »Trotzdem vielen Dank«, sagte sie, »das hilft bestimmt weiter.«

»Teilen wir uns wieder auf?«, fragte Kassandra zwei Stunden später. Sie stand allein mit Paul vor der Weggabelung von Datschenhagen. Miriam war am Morgen mit erneuten Zweifeln aufgewacht, ob sie Dominik nicht besser in Ruhe lassen sollte. Da sie Kassandra jedoch nicht gebeten hatte, die Suche einzustellen, machten sie auf eigene Faust weiter.

»Unnötig«, entschied Paul. »Sehen wir uns zusammen genau um. Falls das alte Haus abgerissen und durch einen Neubau ersetzt wurde, können wir ohnehin nur raten, ob es wenigstens das richtige Grundstück ist.«

Langsam schritten sie den Hauptweg entlang und musterten die Bungalows, was ihnen so manchen misstrauischen Urlauberblick einbrachte. Dann, kurz nach dem ersten Seitenweg, blieben sie beide stehen und starrten auf das kleine unscheinbare Häuschen, dessen einstmals weiße Mauern besonders an der schmalen Seite mit der Tür und dem Windfang aus gelbem Glas schmuddelig grüngrau geworden waren. Aus dem moosbewachsenen Ziegeldach ragte ein großer Kaminschornstein hervor, das Kaminholz war im Garten ordentlich aufgestapelt. Mehr jedoch fielen Kassandra die mit Außenjalousien verrammelten Fenster ins Auge.

»Sieht nicht sehr bewohnt aus«, fand sie.

»Das ist vielleicht der Zweck der Übung«, murmelte Paul. Er öffnete das kleine Jägerzauntor, ging zur Haustür und drückte auf die Klingel, die sie von außen hören konnten. Das blieb jedoch alles. Drinnen rührte sich nichts, weder Schritte noch sonstige Geräusche drangen zu ihnen, auch nicht, nachdem Paul laut und vernehmlich an die dunkle Holztür geklopft hatte.

»Muss nicht heißen, dass keiner da ist.« Unwillkürlich flüsterte Kassandra und hob erst, als sie wieder zurück auf dem Hauptweg waren, ihre Stimme. »Wie finden wir heraus, ob die Datsche überhaupt noch Heiko gehört?«

»Versuchen wir es gegenüber.« Paul deutete auf die schicke in Rot und Schwarz gehaltene Finnhütte mit der riesigen Satellitenschüssel unter dem Spitzdach. Der halbe Palisadenzaun, der einen Teil der Terrasse vor neugierigen Blicken und Wind schützte, war außen mit allerlei maritimem Schmuck behängt, was sich an den Bäumen im Garten fortsetzte. Durch die großen Fenster sah Kassandra jemanden hin- und hergehen.

»Woher sollen Urlauber was über die Eigentumsverhältnisse wissen?«, fragte Kassandra.

»Urlauber nicht. Aber wenn mich nicht alles täuscht, ist da gerade Urs Lamberti zugange.«

»Der Lamberti, dem das ›Möwenzahn‹ in Niehagen gehört?« Lamberti kam aus der Schweiz, hatte sich letztes Jahr hier niedergelassen und ein kleines Restaurant eröffnet. »Ich wusste gar nicht, dass du den kennst«, sagte Kassandra, während Paul das Törchen zum Garten aufstieß.

»Tu ich nicht, jedenfalls nicht persönlich, und das ist auch ganz gut so. Wir sollten nicht an die große Glocke hängen, dass wir wieder mal rumschnüffeln.«

Urs Lamberti war ein ungewöhnlich weißblonder Mann, dessen Haare ihm etwas wild vom Kopf abstanden. Mit einem charmanten Schweizer Akzent wünschte er ihnen guten Tag. »Tut mir leid, dass ich noch nicht verschwunden bin, meine Reinigungskraft hat mich leider im Stich gelassen, aber Sie können gern schon reinkommen.«

»Nein, vielen Dank, wir sind gar nicht Ihre Feriengäste«, sagte Paul und seufzte. »Obwohl ich wünschte, wir wären es. Tatsächlich haben wir das Haus gegenüber gemietet, aber der Schlüssel ist nicht da, wo er sein sollte, und wir können den Eigentümer nicht erreichen. Leider haben wir nur eine Festnetznummer von Herrn …« Er stockte und wandte sich an Kassandra, »wie heißt der noch mal?«

Kassandra begann in ihrer Tasche nach einem imaginären Zettel zu wühlen.

»Sie meinen Heiko Jordan«, mischte Urs Lamberti sich ein. »Erstaunlich, Sie sind schon die Zweiten. Ich hatte keine Ahnung, dass er sein Haus vermietet.«

»Die Zweiten? Er hat es doch wohl nicht doppelt belegt?« Pauls Stimme nahm einen verärgerten Ton an.

»Ist schon etwas her, dass ich den anderen Mann gesehen habe, er wird wohl wieder ausgezogen sein.«

»Wie hat er denn ausgesehen?«, fragte Kassandra und wusste sofort, dass das ein Fehler gewesen war.

Zum ersten Mal zeichnete sich Misstrauen auf Lambertis Gesicht ab. »Warum wollen Sie das wissen? Kann ich mal Ihren Mietvertrag sehen?«

»Wir haben das alles bloß mündlich vereinbart und …«

»Aha«, unterbrach Lamberti sie. »Hören Sie, vielleicht stimmt es ja, was Sie erzählen. In dem Fall versuchen Sie einfach weiter, Herrn Jordan übers Festnetz zu erreichen. Falls Sie hier Schmierentheater aufführen, rate ich Ihnen, schnellstens die Biege zu machen, bevor ich die Polizei rufe.« Er schlug ihnen die Tür vor der Nase zu.

»Wie unhöflich.« Kassandra lachte leise.

»Ich würde eher sagen, wie aufmerksam«, fand Paul. »Was ich sonst begrüße, heißt leider, dass wir uns hier nicht postieren und aufpassen können, ob und wann Dominik aufkreuzt. Lass uns noch mal wiederkommen, wenn alle wachsamen Eigentümer und Urlauber im Bett liegen.«

»Das ist vielleicht zu spät.«

»Fällt dir was Besseres ein?«

Kassandra musste passen.

Datschenhagen lag im Dunkeln. Was den Anwohnern sicher ein Dorn im Auge war, nämlich dass es keine Straßenlaternen gab, kam Kassandra, Paul und Heinz sehr gelegen. Miriam war auch jetzt nicht mit von der Partie, Kassandra hatte ihr nicht einmal anvertraut, dass sie noch einmal in der Siedlung gewesen waren. Stattdessen hatten sie Heinz gebeten, ihnen wenn nötig seine speziellen Kenntnisse im Schlösserknacken zur Verfügung zu stellen. Diesmal hatte es einiges mehr an Überredungskunst gekostet als im Jahr zuvor bei ihrem letzten Fall, weil jetzt niemand in Lebensgefahr schwebte.

»Woher willst du das wissen?«, hatte Kassandra gefragt. »Sollte Dominik Thurow Clasen erpressen, könnte sein Leben durchaus an einem seidenen Faden hängen.«

Das war schlecht von der Hand zu weisen, und am Ende hatte

Heinz sich einverstanden erklärt, auch wenn er grummelte, dass Erpresser nicht ganz unschuldig am eigenen Schicksal seien.

Aus Heikos Datsche drang genauso wenig Licht wie aus den umliegenden Häusern, die Jalousien waren nach wie vor unten. Alles sah unverändert aus, als Paul auf die Klingel drückte und danach klopfte, beides vergeblich. Geräuschlos umrundeten sie das Haus einmal, lauschten an Fenstern und der Tür, doch auch das führte zu nichts.

Paul stupste Heinz an und deutete auf das Türschloss.

Heinz zog eine kleine Taschenlampe hervor, richtete den Strahl aber nicht auf das Schloss, sondern nach unten auf den Abtreter. Er bückte sich, um ihn anzuheben.

»Das ist nicht dein Ernst«, flüsterte Kassandra.

»Wieso nicht?« Heinz schob die Matte zur Seite, nahm das Gitter, auf dem sie gelegen hatte, aus der Halterung und hielt bald danach einen Schlüssel in der Hand. Sein Blick sagte: Ich breche nirgends ein, wo ich nicht einbrechen muss.

Leise schob er den Schlüssel ins Schloss und drehte ihn vorsichtig nach rechts. Dann schwang die Tür auf. Bevor sie eintraten, lauschten sie noch einmal ins Innere, doch nichts war zu hören. Die zwei Türen, die vom Flur abgingen, hatten Glaseinsätze. Weder in der winzigen Küche noch im genauso winzigen Bad war Licht eingeschaltet. Heinz leuchtete hinein, beide Räume waren leer. Die Tür zum Wohnzimmer stand offen, Heinz' Taschenlampe erfasste etwas auf dem Fußboden, das Kassandra nicht klar erkennen konnte. Während sie noch versuchte, es zu fokussieren, blieb Heinz so abrupt stehen, dass sie auf ihn prallte. Sie gab einen erschrockenen Ton von sich, was Paul dazu veranlasste, warnend den Finger auf den Mund zu legen, auch wenn es dazu längst zu spät war. Falls sich jemand im Haus aufhielt, hatte er bemerkt, dass er Besuch bekam.

»Das hat uns gerade noch gefehlt«, sagte Heinz in normaler Lautstärke.

»Was?«, fragte Kassandra, nach wie vor wispernd.

»Dass wir über einen Toten stolpern.« Heinz' Taschenlampenstrahl traf auf einen lang ausgestreckten Körper, der mit dem Rücken auf einem dünnen zerschlissenen Teppich lag. Der Mann trug verwaschene Jeans und ein hellgraues Kapuzenshirt mit einer geschwungenen Aufschrift. Den letzten Buchstaben des Wortes konnte Kassandra nicht entziffern, weil sich ein dunkler Fleck darauf ausgebreitet hatte. Dafür war sein Gesicht umso deutlicher zu erkennen.

»Dominik«, hauchte sie und war dankbar, Heinz vor sich zu wissen und Pauls beruhigende Hand auf ihrer Schulter zu spüren. Zu dritt starrten sie auf die Leiche des Mannes, den Miriam so lange gesucht und gestern noch quicklebendig hier in der Siedlung gesehen hatte. Falls ihre Geschichte der Wahrheit entsprach, schoss es Kassandra durch den Kopf. Andererseits: Warum hätte sie das erfinden und sie dann auch noch nach Datschenhagen führen sollen? Damit sie die Leiche entdeckten?

»Wie lange ist er schon tot?«, fragte sie. »Hätten wir was für ihn tun können, wenn wir gestern Abend weitergesucht hätten? Oder heute Morgen ins Haus eingedrungen wären?«

»Das zu bestimmen, ist Sache der Kollegen von der Rechtsmedizin.« Heinz zückte sein Handy und rief die Polizei.

Kassandra hörte, wie er Angaben zum Fundort, zu Dominik und zum Einschussloch in dessen Brust machte, und musste sich zwingen wegzusehen. Leider war es im Haus viel zu dunkel, um ihren Blick auf etwas anderes zu heften und sich abzulenken. Das führte dazu, dass ihr siedend heiß einfiel, in welchen Schwierigkeiten sie steckten.

»Wir sollen hier warten, bis die Kollegen kommen«, sagte Heinz, nachdem er das Gespräch beendet hatte.

»Was sagen wir denen, was wir hier tun?«, fragte Kassandra heiser. »Was sagen wir denen überhaupt?«

»Die Wahrheit«, schlug Paul vor.

Unwillkürlich dachte Kassandra daran, was das unter Umständen für Kay bedeutete. Nicht nur für Kay, sondern auch für Harald und genau genommen für alle, die mit in dieser Undercoversache steckten.

»Das geht nicht«, sagte sie.

»Das muss gehen«, stellte Heinz ruhig fest. »Wir haben Hausfriedensbruch begangen, wir sollten nicht auch noch die Polizei belügen. Sollte Heiko Jordan sich entschließen, Strafantrag zu stellen, würde das kaum zu unseren Gunsten ausgelegt. Wenn wir weitgehend bei der Wahrheit bleiben, kommen wir sicher mit einer Geldstrafe davon.«

»Was meinst du mit weitgehend?«, fragte Kassandra.

»Dass wir nicht alles haarklein erzählen müssen, sondern es bei Miriam Clasens Suche nach Dominik Thurow und euren entsprechenden Recherchen belassen, die natürlich auch die Jordans einschließen. Falk Clasen und sein Interesse am Norderfeld dagegen haben mit euren Nachforschungen gar nichts zu tun. Ihr wolltet nur seiner Tochter helfen, Thurow zu finden. Wenn die Kollegen bei ihren Ermittlungen darauf stoßen, dass Clasen das da«, er deutete auf Dominiks Leiche, »zu verantworten haben könnte, ist das nicht unser Problem. Auch nicht das von Kay Dietrich, der Thurow nicht kannte und ihm nie begegnet ist – was sich nachweisen lassen sollte.« Heinz sah Kassandra an. »Daraus, dass dein Vater ihm den Job vermittelt hat, lässt sich für niemanden ein Strick drehen.«

Langsam nickte Kassandra. »Gut. Dann die Wahrheit. Weitgehend.« Sie zog ihr Handy aus der Jackentasche. »Aber bevor die Polizei hier aufläuft, informieren wir Kay.«

Er war beinah sofort dran und unterbrach ihren hastigen Bericht nicht. Auch nachdem sie geendet hatte, antwortete er nicht sofort, als überdächte er, was er gehört hatte.

»War Falk Clasen heute in der Firma? Falls ja, hat er sich auffällig benommen?«, erkundigte sich Kassandra.

»Die Frage habe ich mir auch gerade gestellt. Ich habe ihn nicht gesehen. Das ist normal, er lässt sich nur selten bei uns blicken, und mich hat er bisher nur ein Mal zu sich bestellt. Ich checke morgen, wann er während der letzten zwei Tage im Büro war. Damit das aussagekräftig ist, müssten wir wissen, wann Thurow ermordet wurde. Ihr werdet von den Beamten nichts direkt erfahren, aber wenn ihr zufällig was mitbekommt, melde dich. Du kannst mich die ganze Nacht über erreichen.«

Kassandra ließ das Telefon in ihre Tasche zurückgleiten. »Versuchen wir also unser Bestes.«

»Es wird wieder der KDD anrücken«, sagte Heinz. »Ich weiß nicht, ob ich mir wünschen soll, dass wir das Vergnügen mit Kriminalhauptkommissar Tobias Harms bekommen. Er hat zwar letztes Jahr in Barnstorf bis zu einem gewissen Grad mit sich reden lassen, war aber nicht übermäßig begeistert über Gretas und Matthias' Einmischung. Wenn er schon wieder aufs Fischland gerufen wird und noch dazu ausgerechnet auf dich trifft, Paul … Ihr wart ja nicht gerade die besten Freunde, als er mit Kay Dietrich den Mord an deinem Bruder untersucht hat.«

Paul verzog das Gesicht. »Ich überlasse gern dir das Feld.«

Bevor allerdings der Kriminaldauerdienst erschien, kamen zwei Uniformierte, die zunächst die Datsche sicherten und sich erklären ließen, wie der Tote gefunden worden war. Am Ende baten sie sie, auf den KDD zu warten.

Schließlich rollte die komplette Maschinerie an, es wurde eng auf dem Weg, der bald von Polizeifahrzeugen jeglicher Couleur gesäumt war. In den Häusern ringsum gingen immer mehr Lichter an, was den massigen blonden Mann, der aus einem silbernen BMW stieg und direkt auf Kassandra, Paul und Heinz zustiefelte, jedoch nicht beeindruckte. Vor Heinz blieb er stehen.

»Herr Jung. Hat Ihnen eigentlich schon mal jemand die Bedeutung des Wortes Pensionierung erklärt?«

»Herr Harms. Nicht meine Schuld, wenn mir jemand einen Mord anhängen will, ich mit Leuten befreundet bin, die Skelette finden, oder mir ein Toter vor die Füße fällt.«

»Vor die Füße gefallen ist Ihnen Dominik Thurow wohl kaum«, stellte Harms grimmig fest. »Nicht weggehen, ich will gleich noch mit Ihnen reden.« Jetzt schloss sein Blick auch Paul und Kassandra ein. »Mit Ihnen allen.« Dann drehte er sich um, zog sich den Schutzanzug über, den ihm jemand gereicht hatte, und betrat Heikos Datsche.

»Wie schön, er hat uns nicht den Kopf abgerissen«, stellte Paul ironisch fest.

»Das kommt noch, wenn er erfährt, unter welchen Umständen wir auf Dominik gestoßen sind«, sagte Kassandra und sah nachdenklich zum Haus hinüber, das jetzt in einem fast taghell erleuchteten Garten stand. »Bilde ich mir das ein, oder sieht er schlecht aus? Außerdem hat er zwar immer noch reichlich auf den Rippen, aber ein paar Kilo fehlen, und nach seinem zu großen Sakko zu urteilen, noch nicht allzu lange.«

»Erstaunlich, worauf Frauen achten«, frotzelte Paul, um dann ernster fortzufahren: »Andererseits kann es durchaus von Bedeutung für uns sein, wie er drauf ist.«

»Ja«, sagte Kassandra abwesend. Sie dachte daran, dass Harms und Kay ein paar Jahre zusammengearbeitet hatten, bis Harms nach Stralsund zum KDD ging. Was er wohl von Kays Ausscheiden aus dem Polizeidienst hielt?

Nach einer gefühlten Ewigkeit, in der sie vom Weg aus die Geschehnisse auf dem Grundstück beobachtet hatten, stand Harms wieder vor ihnen. Er sah erschöpft aus.

»Jetzt zu Ihnen«, sagte er, allerdings keineswegs müde, sondern äußerst wach. »Ich höre.«

Kassandra begann und berichtete von ihrer ersten Begegnung mit Miriam Clasen. Während sie redete und auch später, als Paul und Heinz an der Reihe waren, ließ sie Harms nicht aus den Augen, versuchte, jede Regung in seinem Gesicht wahrzunehmen. Doch da gab es nicht viel zu sehen. Offenbar hatte er seit ihrer letzten persönlichen Begegnung gelernt zu verbergen, was er dachte. Vielleicht sogar von Kay. Er ließ sich auch nicht aus der Ruhe bringen, als Heinz wahrheitsgemäß erzählte, wie sie in Heikos Haus gelangt waren. Nur bei Heinz' abschließender Frage: »Wissen Sie schon, wann in etwa Thurow starb?«, machte Harms ein unwilliges Gesicht.

»Sobald ich das weiß, werde ich Sie alle fragen, wo Sie zu dem Zeitpunkt waren«, gab er jedoch einigermaßen neutral zurück. »Einstweilen: Haben Sie was angefasst außer der Klingel, der Eingangstür, der Matte, dem Gitter und dem Schlüssel?« Nach einem synchronen Kopfschütteln wandte er sich an Kassandra. »Miriam Clasen wohnt noch in Ihrer Pension, richtig?«

»Ja. Wollen Sie ihr mitteilen, dass ihr Freund tot aufgefunden wurde, oder sollen wir das tun?«

»Das mache ich, und zwar jetzt gleich. Und Sie«, wieder schloss sein Blick alle ein, »begleiten mich bitte, dann stehen Sie hier nicht länger im Weg.«

»Tot?« Miriams Stimme war nur ein Kieksen. Blind suchte sie nach Halt, fand Kassandras Hand und machte ein paar Schritte rückwärts in ihr Zimmer, als wolle sie vor Harms fliehen.

Kassandra war froh, dass er ihr gestattet hatte, dabei zu sein. Sie hatte geahnt, was die Nachricht bei Miriam auslösen würde.

»Ja«, sagte Harms, »es tut mir leid.« So sanft hatte Kassandra ihn bisher noch nicht erlebt. Ob das echt war oder ob er Miriam verdächtigte, konnte sie nicht abschätzen. »Sind Sie in der Lage, ein paar Fragen zu beantworten?«

Miriam starrte ins Leere.

»Frau Clasen?«

»Ja? Ja. Ja, natürlich. Ich ... weiß nur nicht, ob ich ... Ich meine ... Ja. Fragen Sie.«

Harms behielt während der gesamten Befragung den sanften Tonfall bei, er wurde auch nicht ungeduldig, wenn Miriam länger für eine Antwort brauchte oder gar keine geben konnte. Schließlich erhob er sich. »Vielen Dank, Frau Clasen. Ich werde sicher noch mal mit Ihnen reden müssen, aber für den Augenblick war es das.« An der Tür drehte er sich um. »Morgen ist Samstag. Wissen Sie, ob ich Ihren Vater am Wochenende in der Firma oder besser zu Hause erreiche?«

Ob es beabsichtigt war, sie aus dem Konzept zu bringen, oder nicht, Miriam fing an zu zittern. »Meinen Vater?«

»Selbstverständlich. Er war der letzte bekannte Arbeitgeber von Dominik Thurow, er hat ihn entlassen. Möglicherweise weil er nicht damit einverstanden war, dass sein Angestellter ein Verhältnis mit seiner Tochter hatte.«

Was er ausdrücken wollte, ohne es direkt in Worte zu kleiden, war klar. Diese Mutmaßungen mochten nichts Neues für Kassandra oder sogar für Miriam sein. Doch dass sie jetzt vonseiten der Polizei geäußert wurden, verlieh ihnen mehr Gewicht.

»In der Firma«, flüsterte Miriam.

»Danke.« Harms verließ endgültig den Raum.

Und Kassandra wurde mit einem Schlag bewusst, dass er dort nicht nur auf Falk Clasen treffen würde, sondern auch auf Kay.

14

Sorgfältig schloss Dietrich den obersten Hemdknopf und band die dunkelgraue Krawatte um. Auf dem Flur schlüpfte er in Schuhe und Jackett, überprüfte noch einmal, ob es richtig saß, griff schließlich nach seinem Schlüssel und verließ die Wohnung. Schon immer hatte er nicht nur auf gepflegte, sondern auch formelle Kleidung Wert gelegt und sich damit von der Überzahl der Kollegen abgehoben, die in Jeans und Lederjacke zum Dienst erschienen. Vor vielen Jahren hatte ihn einer von ihnen gefragt, ob das ein Spleen sei oder ein Panzer. Dietrich hatte das keiner Antwort für würdig befunden. Obwohl er sich seitdem das eine oder andere Mal gefragt hatte, ob in Letzterem zumindest ein Körnchen Wahrheit lag.

Heute jedenfalls würde er den Panzer brauchen. Jetzt war nämlich eingetreten, was er befürchtet hatte: Dominik Thurows Leiche war aufgetaucht und die Polizei im Spiel. Kassandra hatte ihm letzte Nacht zwar nichts über den genauen Todeszeitpunkt sagen können. Was sie ihm stattdessen mitgeteilt hatte, war aber kaum weniger relevant gewesen. Ausgerechnet Tobias. Die Begegnung mit ihm würde im besten Fall unangenehm, im schlimmsten ausgesprochen unerfreulich werden, und sie ließ sich auch nicht vermeiden. Auf der einen Seite führte kein Weg daran vorbei, dass Tobias Julia befragen und sich entsprechend in der Sicherheitsabteilung blicken lassen würde. Auf der anderen Seite musste Dietrich zwingend in die Firma, weil Clasen wegen seiner geplanten Zweigniederlassung in Danzig eine polnische Delegation erwartete und wichtige Mitglieder der Belegschaft zur Anwesenheit verdonnert hatte. Dass Clasen genauso wenig begeistert sein würde, an diesem Tag die Polizei im Haus zu haben, war das einzig Positive an der Sache.

Wie fast jeden Morgen betrat Dietrich ein noch leeres Büro. Früh aufstehen war definitiv nicht Julias Ding, was sich auch heute wieder als praktisch für ihn erwies. Unbeobachtet klickte er sich ins Zutrittskontrollsystem. Falls Clasen es nicht selbst manipuliert oder jemand das für ihn getan hatte, war er sowohl Freitag- als auch Donnerstagmorgen gegen neun gekommen. Donnerstag hatte er die Firma bis abends um sieben überhaupt nicht verlassen, gestern war er um die Mittagszeit zwei Stunden außer Haus gewesen. Das reichte nicht, um aufs Fischland zu fahren, Thurow zu töten und zurückzukommen. Es sei denn natürlich, Thurow war gar nicht auf dem Fischland getötet, sondern nur anschließend dort deponiert worden. Dietrich ging nicht davon aus, dass er Tobias derlei Informationen aus den Rippen leiern konnte.

Er ging hinüber zur Teeküche, wo er Kaffee schwarz durch den Vollautomaten laufen ließ. Beinah verbrannte er sich die Lippen, weil er den ersten Schluck gar nicht abwarten konnte. Er war nur selten nervös, das konnte er sich gar nicht leisten, aber heute hätte er viel darum gegeben, die Zeiger der Uhr vordrehen zu können. Er wollte die Begegnung mit Tobias hinter sich bringen. An dessen Stelle würde er allerdings zuerst Heiko Jordan befragen. Nach allem, was Kassandra und Paul über die möglichen Verbindungen zwischen dem Mann und Thurow herausgefunden hatten, konnte der durchaus der Täter sein. Es wäre zwar dumm gewesen, die Leiche ausgerechnet in der eigenen Datsche entweder liegen zu lassen oder abzulegen, andererseits vielleicht die vorübergehend praktikabelste Lösung. Jordan ging sicher davon aus, dass dort niemand suchen würde, wenn er nicht wusste, dass Miriam Clasen ihren Freund bis in die Siedlung verfolgt hatte.

»Ach, hier bist du!«

Julias Stimme riss ihn aus seinen Überlegungen. Ihm war gar nicht bewusst gewesen, wie lange er schon grübelnd in der Küche gestanden hatte.

»Mir war nach einem Kaffee.« Er hob die Tasse in ihre Richtung. »Auch einen?«

»Immer.«

Er ließ den Kaffee durchlaufen, tat einen Schuss Milch und ein Stück Süßstoff hinein und reichte ihr den Becher, auf dem

Snoopy erklärte, er könne zwar keine Bäume, aber immerhin Gras ausreißen.

Julia griente und deutete auf den Hund. »Du siehst heute auch aus, als wärst du höchstens dazu in der Lage. Schlechte Nacht gehabt? Oder eine besonders gute?«

»Mittelprächtig. Und selbst?«

»Danke, kann nicht klagen.«

Das klang nicht sonderlich überzeugend. Wie wohl ihre nächste Nacht aussehen würde, wenn sie von Thurows Tod erfahren hatte? Er stieß sich von der Küchentheke ab, an der er gelehnt hatte.

»Packen wir's?«, fragte er. »Die Polen sollen eine Tipptopp-Sicherheitsabteilung vorfinden, wenn der Boss uns mit ihnen beehrt.«

Als es schließlich so weit war, lief wie erwartet alles wie geschmiert. Die Polen waren guter Laune, Clasen ebenso, er scherzte mit seinen Gästen und mit Dietrich und Julia, nur dass bei ihr die Scherze nicht gut ankamen. Sie gab sich Mühe, sich nichts anmerken zu lassen, aber Dietrich spürte, dass sie zweimal am liebsten ausgewichen wäre, als Clasen ihr zu nahe kam. Unklar war ihm allerdings, ob Clasens Annäherungen der Enge im Büro geschuldet waren oder ob er eine Absicht damit verfolgte. Am Ende jedenfalls blieb vom Besuch der Gäste nur ein penetranter Aftershaveduft, den einer der Männer hinter sich hergezogen hatte. Julia öffnete das Fenster, lehnte sich weit hinaus und atmete ein paarmal tief durch. Wegen der frischen Luft oder weil sie Clasen los war?

»Was?«, fragte sie, als sie sich umdrehte und bemerkte, dass Dietrich sie beobachtete.

Er lächelte. »Nichts. Der Wind in deinem Haar – das steht dir.«

Es war ihr deutlich anzusehen, dass sie sich fragte, wie ernst das gemeint war, während sie sich die Haare aus dem Gesicht strich. Sie antwortete nicht darauf, sondern setzte sich wieder an ihren Schreibtisch und vertiefte sich in die Arbeit, von der sie erst nach einer Stunde hochsah.

»Ich mach Wochenende. Alles andere hat Zeit bis Montag. Kommst du mit?«

Bevor Dietrich antworten konnte, klingelte Julias Telefon, was sie mit einem verärgerten Blick quittierte. Trotzdem ging sie ran.

»Ja?« Dann wurde sie blass. »Was? Wieso …?« Sie schwieg und hörte zu, doch die Farbe kehrte nicht in ihr Gesicht zurück, auch nicht, als sie das Gespräch ohne ein weiteres Wort beendete. Ihre Hand zitterte.

»Was ist passiert?«, fragte Dietrich, obwohl er es sehr genau wusste.

»Wir kriegen gleich wieder Besuch. Von der Polizei. Dominik ist tot. Erschossen.« Ihre abgehackte Sprache spiegelte deutlich ihre Empfindungen wider. »Die haben eben mit Falk gesprochen, und jetzt«, sie musste sich räuspern, »wollen sie mit mir reden. Weil ich seine Kollegin bin. War. Und mit Tim und Pero.«

Dietrich war es bisher nicht gelungen, Tim etwas über diese Erpressungsgeschichte zwischen Thurow und Clasen zu entlocken. Vielleicht war er zu diskret gewesen, aber er wollte nicht riskieren, dass Clasen davon Wind bekam. Normalerweise hätte er Tobias entsprechend informiert und ihm geraten, sowohl mit Gregor als auch mit Tim selbst zu reden. Auf diese Weise hätte er ihm einen veritablen Ermittlungsansatz gegen Clasen geliefert. Er zweifelte nicht daran, dass Tim bei der Polizei und unter Druck letztlich den Mund aufmachen würde. Aber Clasen wegen Mordes hinter Gitter zu bringen, war nicht zielführend. Falls er darin verwickelt war, konnte Dietrich nur hoffen, dass Tobias und dessen Kollegen so lange brauchen würden, ihm die Tat nachzuweisen, wie er selbst brauchte, um Clasens Verbindungen zu Behörden und Ämtern, zu Politik, Wirtschaft und Banken nachzuweisen. Damit am Ende neben Clasen auch korrupte Beamte und Politiker und Unternehmensvorstände vor Gericht standen, deren Westen nur in der Öffentlichkeit strahlend weiß, in Wirklichkeit aber wie Clasens schwarz wie die Nacht waren.

»Kay?«

Er fuhr zusammen. »Ja? Entschuldige. Ich war gerade in Gedanken.«

»In Gedanken? Dominik wurde ermordet, und du bist in Gedanken?«

»Falls du es vergessen hast: Ich war mal Polizist. Da geht man etwas anders ran an solche Neuigkeiten.«

Wie aufs Stichwort kündigte ein leiser Klingelton an, dass jemand ohne Zutrittsberechtigung die Sicherheitsabteilung betreten wollte. Tim und Pero waren offensichtlich informiert, ein Summer wurde betätigt, Schritte ertönten, dann Tobias' Stimme.

»Harms, Kriminaldauerdienst. Ich würde gern Frau Seidlitz sprechen.«

Dietrich erhob sich und legte eine Maske auf sein Gesicht.

In seinem Rücken fragte Julia flüsternd: »Kannst du bitte bleiben, Kay?«

»Nicht meine Entscheidung«, konnte er gerade noch sagen, bevor es an die angelehnte Tür klopfte, die sich unmittelbar danach öffnete.

»Guten Tag, Frau Seidlitz, ich …« Abrupt verstummte Tobias und verharrte auf der Stelle, als sein Blick auf Dietrich fiel. Ganz offensichtlich hatte Clasen ihm nicht den Namen von Thurows Nachfolger verraten.

Dietrich musste seine eigene Überraschung nur halb spielen. Unter Tobias' Augen lagen dunkle Ringe, er sah unausgeschlafen aus, kein Wunder nach der letzten Nacht, die er größtenteils auf dem Fischland zugebracht hatte. Aber das war es nicht. Seit sie sich zuletzt gesehen hatten, hatte er abgenommen, außerdem wirkte er abgekämpft und resigniert. Dazu gesellte sich jetzt noch der Schock. Von dem erholte er sich zwar schnell, aber nicht schnell genug.

»Tag, Tobias. Herr Clasen hat bereits angekündigt, dass die Polizei Julia sprechen will.« Er stellte sie einander vor und fügte hinzu: »Falls du dich fragst, was ich hier zu suchen habe: Ich sitze auf Dominik Thurows Stuhl.«

»Seit wann?«

»Seit anderthalb Wochen. Und da du es ohnehin erfahren wirst: auf Vermittlung von Kassandras Vater.« Er sah Tobias an, wie viel sich hinter dessen Stirn abspielte. Zweifellos fragte er sich, weshalb Dietrich wieder Kontakt zum Fischland hatte und vor allem, ob das hier tatsächlich nur ein ganz normaler Job war, den er machte, weil man ihn bei der Polizei rausgeschmissen hatte.

Tobias nickte jedoch nur, ohne etwas davon auszusprechen. »Gut. Dann werde ich jetzt mit Frau Seidlitz sprechen. Allein.« Er deutete unmissverständlich zur Tür. »Anschließend will ich auch mit dir reden.«

Dietrich warf Julia einen entschuldigenden Blick zu, den sie hilflos erwiderte, trat auf den Flur hinaus und versuchte nicht mal zu lauschen. Er kannte Tobias gut genug, um zu wissen, dass er gleich wie nebenbei nachsehen würde, ob jemand hinter der Tür stand. Stattdessen betrat er den Technikraum und führte ein paar unnötige Kontrollen durch.

Als er hörte, dass Tobias nach Julias Befragung aus dem Büro kam, machte er sich bemerkbar, schlug vor, in der Teeküche zu reden, und ging voran. Dort deutete er auf die Stühle um den Tisch, aber da Tobias keine Anstalten machte, sich zu setzen, blieb auch er stehen.

»Was soll das hier?«, fragte Tobias leise. »Du fängst mit Fischländer Hilfestellung bei Clasen Constructions an, während Miriam Clasen nach ihrem verschollenen Freund sucht, der dann prompt erschossen wird. Du erwartest nicht im Ernst von mir, dass ich an Zufall glaube?«

»Nein. Es ist aber einer.« Er erzählte, was er mit Kassandra vereinbart hatte: von ihrem unerwarteten Wiedersehen vor einigen Wochen, das er allerdings an einen anderen Ort verlegte, von ihrem überraschenden Anruf und ihrem Vorschlag, sich bei Clasen Constructions zu bewerben. Nicht im Hinblick auf das Verschwinden von Dominik Thurow, von dem er natürlich wusste, sondern weil er einen Job brauchte. »Nach allem, was vorgefallen ist, fiel es mir schwer genug, jemandem vom

Fischland etwas schuldig zu sein«, sagte er schließlich. »Leider waren meine Rücklagen fast aufgebraucht, und Stralsund lechzt nicht gerade nach Privatermittlern. Der Job hier ist kein Traum, aber er wird gut bezahlt, und das ist nach all der Scheiße, durch die ich gewatet bin, das Einzige, was zählt.«

Tobias' Blick war undurchdringlich. »Die Scheiße hast du dir selbst zuzuschreiben.« Dann verzog er das Gesicht. »Verdammt noch mal, Kay! Du bist doch weiß Gott lange genug dabei gewesen, um zu wissen, dass man die Arschlöcher so nicht drankriegt! Ich versteh dich einfach nicht.«

Dietrich zuckte mit den Schultern. »Wenn man zu lange mit Arschlöchern zu tun hat, kann es passieren, dass man selbst eins wird.«

»Soll das eine Entschuldigung sein?«, fuhr Tobias ihn wütend an.

»Nein, nur eine sehr persönliche Erklärung. Es gibt ja genügend andere Beispiele. Bengt wäre so was nie eingefallen, und dir würde das auch nicht einfallen.« Er richtete sich auf und schlug einen geschäftsmäßigen Ton an. »Ich habe Dominik Thurow nie kennengelernt. Alles, was ich über ihn weiß, weiß ich von Julia und von Kassandra, die es wiederum von Miriam Clasen weiß. Du hast mit allen gesprochen, also werde ich dir kaum was Neues erzählen können.«

»Das zu beurteilen, überlass mir«, sagte Tobias, jetzt ebenso geschäftsmäßig.

Abgesehen von der möglichen Erpressung und der Tatsache, dass er mit Kassandra in Thurows Wohnung gewesen war, ließ er nichts aus. Als Tobias schließlich nach einem recht kühlen Abschied ging, war Dietrich sich nicht sicher, wie viel von der gesamten Geschichte er ihm abnahm.

»Ihr kennt euch?«, war das Erste, was Julia sagte, als Dietrich wieder ihr Büro betrat. Sie wirkte mitgenommen, was wohl eher an Dominiks Tod an sich als an Tobias' Befragung lag. Würde er Julia verdächtigen, hätte er ihr länger auf den Zahn gefühlt.

Dietrich nickte. »Bevor Tobias nach Stralsund ging, haben wir bei der KPI in Anklam zusammengearbeitet.« Auf Julias fragenden Blick hin erklärte er: »Kriminalpolizeiinspektion. Was wollte er wissen?«

»Alles über Dominik. Es war …« Sie schluckte. »Es ist so unwirklich. Ich musste erst mal begreifen, dass er tot ist, und dann steht dieser Mensch da und stellt zig Fragen.«

»Er macht nur seine Arbeit. Du willst doch auch, dass derjenige gefunden wird, der Dominik auf dem Gewissen hat.«

Julia starrte auf ihren Schreibtisch, und dann brach sie in Tränen aus.

Dietrich überlegte nur kurz, was er tun sollte. Er trat zu ihr, nahm sie in die Arme und bemerkte überrascht, dass die sonst so beherrschte Julia nicht nur weinte, sondern ihr ganzer Körper wie Espenlaub zitterte.

»Hey«, sagte er leise. »Schschsch.« Er war nicht eben geübt darin, verzweifelte Frauen zu trösten, aber anscheinend halfen seine beruhigenden Geräusche. Das Zittern wurde weniger, und schließlich befreite Julia sich aus seinen Armen.

»Tut mir leid«, schniefte sie und nahm dankbar das Papiertaschentuch an, das er ihr reichte. »Das war zu viel für mich. Es ist was anderes, sich mit einer verlorenen Freundschaft abzufinden als mit dem Tod des Freundes.«

»Du musst dich nicht entschuldigen. Mach Feierabend und leg dich zu Hause ein bisschen hin.«

»Mir ist eher nach Ablenkung, und ich könnte jemanden brauchen, der mir dabei hilft.« Ihr Blick sprach deutlichere Worte.

Dietrich lächelte ihr zu. »Dann lass uns verschwinden.« Wenn es sich ergab, würde er sie ermutigen, sich ihre Trauer über Dominik von der Seele zu reden. Vielleicht erfuhr er dabei mehr als Tobias.

15

»Ihr habt hinter meinem Rücken in meiner Familie herumgeschnüffelt, ihr seid in meine Datsche eingedrungen, und als Krönung habt ihr mir auch noch die Bullen auf den Hals gehetzt mit dieser abstrusen Geschichte, ich hätte einen Halbbruder, den ich umgebracht habe, weil ich mein Erbe nicht teilen will!« Heikos Stimme überschlug sich vor Empörung. »Das kann doch alles nicht wahr sein! Wie kommt ihr auf so eine bescheuerte Idee? Seid ihr übergeschnappt?«

Kassandra konnte verstehen, dass er vollkommen außer sich an Pauls Tür gehämmert hatte, ins Haus gestürmt war und sie jetzt mit diesen Vorwürfen konfrontierte. Sie konnte es nicht nur verstehen, sie hatte noch dazu ein schlechtes Gewissen. Aber als Harms wissen wollte, weshalb Kassandra, Paul und Heinz auf der Suche nach Dominik ausgerechnet Heikos Datsche ins Visier genommen hatten, war ihnen nichts anderes übrig geblieben, als ihre Rechercheergebnisse über die Familie Thurow und alles, was Werner Joerk gesagt hatte, offenzulegen. Auf die möglichen Schlussfolgerungen waren Harms und seine Kollegen danach von ganz allein gekommen. Was es aber natürlich nicht besser und für Heiko keinen Unterschied machte. Außerdem erinnerte er sich noch genau an Pauls Auftritt neulich auf seinem Hof.

»Ihr habt mich doch zu dem Zeitpunkt schon in Verdacht gehabt«, stellte er verbittert fest, »obwohl der Typ da noch quicklebendig war.«

»Ja«, gab Paul zu.

Kassandra und er hatten die wenigen verbleibenden Stunden der letzten Nacht und den heutigen Tag darüber diskutiert, ob sie einen Fehler gemacht hatten. Paul vertrat die Ansicht, dass es bei allem, was sie im Laufe der Zeit erfahren hatten, unmöglich Zufall sein könne, dass Dominik in Heikos Datsche lag. Auf die eine oder andere Weise müsse er mit der Sache zu tun haben. Die Frage war nur, wie.

»Ja?«, wiederholte Heiko wütend. »Einfach so bloß ja? Ist das alles, was dir dazu einfällt, dass mich die Polizei euretwegen demnächst wegen Mordes verhaftet? Blöderweise habe ich nämlich kein Alibi für die Tatzeit. Falls ihr euch für eure dämliche Einmischung entschuldigen wollt, könnt ihr mir gern eins besorgen!«

»Dass Dominik Thurow in deiner Datsche lag und du kein Alibi hast, reicht nicht für eine Festnahme. Die Polizei braucht Beweise. Solange sie die nicht hat, wäre zumindest ein Motiv für sie äußerst hilfreich. Wenn Dominik Thurow nicht dein Halbbruder war, fehlt aber genau das.« Paul fixierte Heiko. »War er dein Halbbruder?«

Heiko wich seinem scharfen Blick aus. »Woher soll ich das wissen? Mein Vater hat logischerweise nie erwähnt, ob er in anderen Gewässern gefischt hat. Dieser Kommissar bestand auf einem DNS-Test, und es dürfte düster für mich aussehen, falls der positiv ausfällt«, sagte er mit einem Mal nicht mehr wütend, sondern deprimiert. Dann sah er Paul wieder an, sein Zorn war zurückgekehrt. »Ich habe Dominik Thurow nicht getötet! Wenn die Polizei mich verhaftet, werdet ihr denen beweisen, dass ich es nicht war! Das ist der einzige Grund, weshalb ich auf eine Anzeige wegen Hausfriedensbruch verzichte. Ihr werdet das tun, Paul. Das seid ihr mir schuldig!«

Kassandra wälzte sich im Bett hin und her. Immer wieder lief diese Szene vor ihrem inneren Auge ab. Harms musste wegen des DNS-Tests ordentlich Druck gemacht haben. Selten lagen die Ergebnisse innerhalb so kurzer Zeit vor, doch am Abend, zweiundvierzig Stunden nach Auffinden von Dominiks Leiche, war Heiko vorläufig festgenommen worden.

Kassandras Augen brannten, ihre Gedanken drehten sich im Kreis. Weshalb schlief Paul so ruhig neben ihr? Sie setzte sich auf und schaute ihn an. Da erst merkte sie, dass er mit offenen Augen auf dem Rücken lag und an die Decke starrte. Er drehte den Kopf zu ihr, ihre Blicke trafen sich in der Dunkelheit.

»Fangen wir also an«, sagte er. »Am besten wir gehen dabei

davon aus, dass Heiko Dominik nicht getötet hat. Sonst hätte er uns wohl auch nicht um Hilfe gebeten.«

»Er hat nicht gebeten, er hat uns erpresst«, stellte Kassandra fest. »Ich bin nicht mehr so davon überzeugt, dass er unschuldig ist. Ich glaube, dass Heiko ganz genau gewusst hat, dass Dominik sein Halbbruder war. Andernfalls wäre seine Panik nicht so groß gewesen. Wenn er diesbezüglich gelogen hat, warum sollte er dann nicht auch lügen, was die Tat an sich angeht?«

Paul stützte sich auf seine Ellbogen. »Dann erklär mir, weshalb er von uns erwartet, Beweise für seine Unschuld zu finden.«

»Vielleicht erwartet er gar nichts so Umfassendes. Vielleicht will er nur, dass wir was finden, das ihn entlasten könnte. Etwas, das zumindest im Zweifel für ihn und gegen seine Schuld spricht und verhindert, dass er verurteilt wird.«

Paul ließ sich das durch den Kopf gehen. »Möglich wär's.«

»Aber wir werden trotzdem tun, was er will?«, interpretierte Kassandra seinen Tonfall.

»Ja. Heiko hat recht. Wir sind ihm was schuldig, vor allem, wenn er es wirklich nicht getan hat. Wie es war, erfahren wir nur, wenn wir nachforschen.«

»Das tut Harms schon. Inzwischen dürfte selbst er wissen, dass nicht immer alles so ist, wie es auf den ersten Blick aussieht.«

Paul schaute sie nachdenklich an. »Kann es sein, dass du mich gerade zum Aufhören überreden willst, nachdem ich völlig erfolglos versucht habe, dich am Anfangen zu hindern?«

»Nein.« Kassandra seufzte. »Wir machen auf jeden Fall weiter, schon allein wegen Miriam.«

Miriam war völlig neben der Spur, mal in Tränen aufgelöst, mal ganz überdreht vor Tatendrang, etwas zu tun, ganz egal, was. Das Einzige, was sie hundertprozentig wusste, war, dass sie nicht nach Stralsund zurückwollte. Sie hielt ihren Vater für verantwortlich, trotz aller Hinweise, die auf Heiko deuteten, und hatte gesagt, wenn sie ihm jetzt gegenüberstünde, würde sie ihn vermutlich umbringen.

»Ich möchte lieber nicht wissen, wie sie reagiert, wenn wir nur tatenlos abwarten.«

»Vermutlich ähnlich verärgert wie ihr Vater darüber, dass wir vorher das Gegenteil getan haben.«

Falk Clasen hatte überdeutlich sein Missfallen geäußert, dass Paul und Kassandra seiner Tochter mit der Suche nach Dominik »Flausen in den Kopf gesetzt« hatten, noch dazu mit diesem Ergebnis. Er war kurz davor gewesen, die Zusammenarbeit mit Harald aufzukündigen. Das wäre nicht allzu schlimm gewesen, schließlich hatten sie ihr Ziel, Kay einzuschleusen, ja schon erreicht. Das war kurioserweise aber auch einer der Gründe, weshalb Clasen sich wieder abgeregt hatte. Mit Kay und seiner Arbeit war er nämlich hochzufrieden. Außerdem war ihm zweifellos klar, dass Dominik Thurow früher oder später ohnehin gefunden worden wäre.

»Hast du einen Plan, wie wir weitermachen?«, fragte Kassandra.

»Mit einem guten Essen morgen Mittag.«

Das rohrgedeckte Haus mit den blassroten Gefachen und den dunklen Fachwerkbalken lag versteckt an einem der kleinen Wege Niehagens, die direkt zum Bodden führten. Vor ein paar Monaten waren Kassandra und Paul aufgrund eines Tipps zum ersten Mal im »Möwenzahn« gewesen. Bei der hervorragenden Küche würde es sicher nicht mehr lange ein Geheimtipp bleiben, doch noch hatten sie Glück. Im lauschigen Garten fanden sie einen freien Tisch.

Wie so häufig dachte Kassandra, dass die Idylle um sie herum so gar nicht zu dem passte, warum sie hier waren. Vögel zwitscherten in den Bäumen, in der Ferne erkannte sie die braune Segelspitze eines Zeesbootes, das auf dem Wasser vorbeiglitt, am Nebentisch hielt ein Pärchen verliebt Händchen und konnte selbst dann kaum von sich lassen, als das Essen serviert wurde. Paul hatte ebenfalls zu dem Paar gesehen. Jetzt hob er eine Hand, und Kassandra glaubte, er wolle sie auf ihre legen, doch er schien sich anders zu besinnen und öffnete die Karte.

Sie tat es ihm gleich, obwohl sie wenig Hunger hatte. Da fiel ihr Blick auf die große Fischplatte, die das Pärchen am Nebentisch bestellt hatte. Sie schlug die Karte wieder zu. »Ich will genau dasselbe wie die«, sagte sie und deutete hinüber.

Paul schaute zwischen ihr und dem Pärchen hin und her, in seinen Augen eine Frage und schließlich ein kleines Lächeln auf den Lippen.

»Haben Sie schon gewählt?«

Sowohl Paul als auch Kassandra schraken zusammen.

»Ja, wir hätten gern die Fischplatte für zwei, dazu einen Spätburgunder und ein Gespräch mit Herrn Lamberti«, sagte Paul.

Die noch sehr junge Bedienung sah ihn unsicher an. »Ich fürchte, das ist nicht üblich. Wenn Sie mit Herrn Lamberti sprechen möchten, vereinbaren Sie bitte einen Termin.«

»Leider fehlt uns dazu die Zeit. Es ist wirklich wichtig. Würden Sie so freundlich sein und ihn fragen? Mein Name ist Paul Freese.«

Sie guckte zweifelnd, tat aber, worum Paul sie gebeten hatte.

»Du hättest dich als Alexander Hardenberg vorstellen sollen. Wer lässt sich schon entgehen, einen Bestsellerautor kennenzulernen?«, meinte Kassandra.

»Leute, die mit Büchern nichts am Hut haben. Lamberti ist so jemand, hab ich mir sagen lassen. Stattdessen …« Er hielt inne, und Kassandra folgte seinem Blick zum scheunentorgroßen Eingang des Rohrdachhauses. Lamberti stand auf der Schwelle, die Bedienung zeigte in ihre Richtung.

Als er näher kam, sah Kassandra zunächst so etwas wie angenehme Überraschung auf seinem Gesicht, die sich allerdings mehr und mehr in eine verärgerte Miene verwandelte.

Paul erhob sich und wollte etwas sagen, doch Lamberti ließ ihn nicht zu Worte kommen.

»Verlassen Sie augenblicklich mein Restaurant. Ich mache Sie darauf aufmerksam, dass ich die Polizei benachrichtige, der ich im Übrigen schon mitgeteilt habe, dass sich ein verdächtiges Paar in der Bungalowsiedlung herumgetrieben hat. Das fanden die sehr aufschlussreich nach dem Mord. Und den echten Paul Freese wird es sicher auch interessieren, dass sich jemand für ihn ausgibt.«

»Herr Lamberti«, sagte Paul ruhig. »Ich versichere Ihnen, ich bin der echte Paul Freese, und ich bitte Sie um Verzeihung wegen der Komödie, die wir neulich aufgeführt haben.« Er deutete auf Kassandra. »Meine Freundin Kassandra Voß, sie betreibt die Pension ›Woll tau seihn‹ in Wustrow. Wir wollten einer jungen Frau, die zurzeit bei ihr wohnt, dabei behilflich sein, ihren Freund zu finden. Leider hat sich herausgestellt, dass er derjenige war, den man tot in Heiko Jordans Datsche gefunden hat.«

Pauls unaufgeregte Art bewirkte, dass Lamberti sich etwas beruhigte. Dennoch beäugte er Paul misstrauisch. »Warum heißt das Fischland Fischland?«, fragte er scheinbar zusammenhanglos.

Paul lachte leise. »Weil es hier im 13. Jahrhundert angeblich so viele Fische gab, dass die Bauern ihr Land damit düngten.«

Lamberti entspannte sich weiter. »Sie scheinen tatsächlich der echte Paul Freese zu sein, jedenfalls kein Eisenbahner, für den ich Sie gehalten habe.«

»Isenbahner«, korrigierte Paul lächelnd das hiesige Wort für einen Zugereisten. »Nein, ich bin hier geboren, und ich beabsichtige auch, hier zu sterben.«

»Was hoffentlich noch in weiter Ferne liegt. Es freut mich außerordentlich, Sie kennenzulernen. Ich wollte schon lange mal mit Ihnen sprechen, mir schwebt nämlich vor, in meinem Restaurant eine Fischland-Ecke einzurichten, klein, aber doch authentisch. Dazu brauche ich die Beratung von jemandem, der sich auskennt, und Sie sind mir empfohlen worden.«

»Das mach ich sehr gerne«, sagte Paul. »Nur gerade im Moment bin ich derjenige, der Ihre Hilfe braucht.«

Lamberti setzte sich zu ihnen. »Dann erzählen Sie mal genauer.«

Abwechselnd vertrauten Paul und Kassandra ihm im Groben an, was bisher geschehen war, ohne jedoch den Namen Clasen fallen zu lassen. Dann kam Paul zu seinem eigentlichen Anliegen. »Sie haben gesagt, vor uns wäre schon jemand da gewesen, der Heiko Jordans Datsche gemietet hätte. Wann genau war das?«

»Vor knapp einer Woche, letzten Dienstag.«

»Wir haben angenommen, dass das Dominik Thurow war«, fuhr Paul fort, »aber es könnte auch der Mörder gewesen sein, der das Haus nicht gemietet, sondern sich auf andere Weise Zutritt verschafft hat. Wie sah der Mann aus?«

Lamberti schüttelte den Kopf. »Ich habe ihn nur von hinten gesehen. Mittelgroß, er trug eine dunkle Hose und eine dunkle Allwetterjacke. Mir fiel auf, dass er die Kapuze aufhatte, obwohl es gar nicht regnete, habe mir aber weiter nichts dabei gedacht. Jedenfalls betrat er das Haus mit einem Schlüssel.« Er verzog das Gesicht. »Die Polizei hat mir ein Foto des Toten gezeigt, aber ich hatte den noch nie gesehen.«

»War der Mann darauf schon tot?«, fragte Kassandra. »Das kann ja manchmal täuschen.«

»Nein, kein Leichenfoto. Er sah sehr gepflegt aus, akkurater Haarschnitt, Schlips und Kragen, fast schon zu geschniegelt.«

Das musste das Bild gewesen sein, mit dem auch Miriam nach Dominik gesucht hatte. Inzwischen hatte sie Kassandra das einzige andere Foto von ihm überlassen, das sie noch besaß. Sie holte es auf ihr Handydisplay und schob das Telefon zu Lamberti rüber.

Er beugte sich darüber. »Das ist derselbe Mann?«

Die Reaktion wunderte Kassandra nicht. Das Bild war ein Jahr älter, Dominik stand mit windzerzausten Haaren im Stralsunder Hafen, die »Gorch Fock« im Hintergrund. Er trug Jeans und T-Shirt, hielt eine Tüte Fish and Chips in der Hand und lächelte etwas gequält.

»Also, den … habe ich schon mal gesehen«, sagte Lamberti.

Ein Stich durchfuhr Kassandras Körper. »In der Siedlung?«

»Nein. Nein, ich glaube nicht.« Lamberti dachte einen Augenblick nach, dann lehnte er sich zurück. »Hier. Mittwochabend. Er saß an einem Tisch in einer der hinteren Ecken.«

»Sicher?«, fragte Paul.

»Ja. Ich erinnere mich, weil er allein war und oft auf die Uhr sah, als würde er auf jemanden warten.«

»Kam noch jemand?«

»Ich musste an diesem Abend früher weg, weil ich zu Hause einen Wasserrohrbruch hatte. Vielleicht kann Ihnen Frau Schütte mehr sagen, sie hat gegen elf Kasse gemacht und dann hier abgeschlossen. Sie kommt um fünf und löst Frau Köster ab.« Er lächelte der jungen Bedienung zu, die die Fischplatte brachte. Sie lächelte scheu zurück, richtete alles an und wünschte guten Appetit.

»Lassen Sie es sich schmecken«, sagte auch Lamberti und stand auf. »Wenn ich Ihnen noch weiterhelfen kann, sagen Sie Bescheid. Ansonsten sehen wir uns ja sicher später wieder.«

Kassandra und Paul machten sich über Kabeljau, Lachs, Zander und gegrillte Garnelen her, mit mehr Appetit, als Kassandra noch vor einer halben Stunde für möglich gehalten hatte. Es dauerte nicht lange, bis kein Stück Fisch mehr übrig war, genauso wenig wie von dem Weißbrot und der Knoblauchcreme dazu. Während des Essens hatten sie kaum geredet, sondern nur genossen – den Fisch, die Sonnenstrahlen, die durch die Bäume schimmerten, und ihre Zweisamkeit. Anschließend schlug Paul einen Spaziergang am Bodden vor, den sie gründlich ausdehnten, nur unterbrochen von einem Kaffeetrinken am Althäger Hafen, bis es an der Zeit war, sich erneut im »Möwenzahn« einzufinden.

»Wusstest du, dass Lamberti dich kennenlernen wollte?«, fragte Kassandra, während sie auf das große Eingangstor zugingen.

»Ich hatte es gerüchteweise gehört«, schmunzelte er.

Drinnen war es durch die kleinen Fenster ein wenig dunkel, aber gemütlich und urig eingerichtet, auf den Fachwerkbalken standen Schiffsmodelle und Fischland-Keramik. Paul deutete neben einen großen Kamin. »Wenn ich Urs Lamberti wäre, würde ich da die Fischland-Ecke einrichten.«

»Sie nehmen mir das Wort aus dem Mund.« Lamberti war

hinter ihnen aufgetaucht. »Genau das habe ich vor. Und wo wir bei Ecken sind«, er zeigte in die entgegengesetzte Richtung, »da saß der Mann, der wahrscheinlich Dominik Thurow war.«

»Ziemlich versteckt«, fand Kassandra. »Ob das Absicht war?«

»Wer weiß? Wenn so was passiert, macht man sich natürlich seine Gedanken. Möchten Sie sich setzen und dort auf Frau Schütte warten?«

Paul nickte. »Gerne. Dürfen wir Sie auch noch was fragen?«

Lamberti begleitete sie zu dem Tisch, an dem Kassandra mit einem merkwürdigen Gefühl in der Magengegend Platz nahm. Vor ihrem inneren Auge saßen ihr gegenüber nicht Paul und Lamberti, sondern Dominik.

Paul kam gleich zur Sache. »Auch wenn der Unbekannte Heikos Haus mit einem Schlüssel betrat, gehen wir davon aus, dass er den nicht von ihm hatte. Entweder hat der Mann ihn also per Zufall gefunden oder von jemand anderem bekommen. Vielleicht von jemandem aus der Siedlung.«

Lamberti hob die Hände. »Von mir nicht!«

»Schon klar. Aber kennen Sie eventuell die Namen der Eigentümer um Ihre oder Heikos Datsche herum?«

»Von einigen. Sie werden aber verstehen, dass ich Ihnen die nicht sagen kann. Wozu wollen Sie die überhaupt wissen?«

»Falls wir einen Zusammenhang zwischen einem dieser Namen und Dominik Thurow herstellen könnten, wäre das eventuell eine Spur.«

»Die Polizei wird sich bestimmt mit Heiko Jordans Nachbarn befassen«, stellte Lamberti fest. »Wenn ich ehrlich bin, frage ich mich schon seit heute Mittag, weshalb eigentlich *Sie* alle diese Fragen stellen.«

»Weil die Polizei glaubt, dass Heiko der Täter ist. Wir nicht.«

Das ist etwas vereinfacht ausgedrückt, dachte Kassandra, und vor allem übertrieben. Aber für Lamberti genügte diese Erklärung offenbar. Er nickte.

»Sie werden von mir keine Namen hören, aber nennen Sie mir ein paar, und ich nicke, wenn ich einen kenne.«

»Das ist ausgesprochen fair«, sagte Paul lächelnd. »Falk Clasen, Astrid Clasen, Miriam Clasen.«

Lamberti nickte nicht, sah aber überrascht aus. »*Der* Falk Clasen? Der würde sich bestimmt nicht mit einem kleinen Ferienhäuschen begnügen.«

»Für sich selbst nicht, aber vielleicht zum Vermieten«, sagte Kassandra und zählte weiter auf: »Julia Seidlitz, Gregor Hellmann, ein Mann namens Dräger.« Der Privatdetektiv war ihr ganz spontan eingefallen. Da er mit Astrid Clasen zu tun hatte, war das eine Option. »Tim Stolz oder Pero Vuković? Nils Brenner?«, nannte sie die letzten Namen, die ihr einfielen.

Doch Lamberti schüttelte den Kopf. »Tut mir leid.«

»Schade«, sagte Paul. »Aber es war den Versuch wert.«

»Hoffentlich haben Sie mit Uta Schütte mehr Glück, da kommt sie gerade.« Lamberti winkte eine mollige Frau jenseits der sechzig heran und erklärte ihr, worum es ging.

»Ach du liebe Zeit. So was!« Uta Schütte pustete sich eine Haarsträhne aus dem Gesicht und atmete etwas schwer. »Entschuldigung, ich bin das Radfahren nicht mehr gewohnt.«

»Dann setz dich, ich bring dir was zu trinken.« Lamberti machte Uta Schütte Platz, die sich auf seinen Stuhl plumpsen ließ. »Der Mann kam erst gegen halb neun. Ich wollte schon sagen, dass es schwierig wird mit warmer Küche, aber er bestellte nur einen Käseteller und ein alkoholfreies Bier. Wie Urs schon sagte, wartete er anscheinend auf jemanden, er sah auch während des Essens dauernd auf die Uhr. Ich räumte ab, danach saß er noch etwa eine Stunde da, bis er schlecht gelaunt um die Rechnung bat. Da kam eine Frau rein und sah sich suchend um. Er stand auf, machte sich bemerkbar und begrüßte sie mit so was wie ›Dachte schon, du kommst nicht mehr‹. Sie sah ziemlich fertig aus. Vielleicht wäre sie tatsächlich am liebsten nicht gekommen.« Uta Schütte nahm einen großen Schluck von dem Wasser, das Lamberti vorbeigebracht hatte.

»Konnten Sie hören, worüber die beiden sprachen?«

»Die Frau lehnte gleich ab, als ich die Bestellung aufnehmen wollte, danach bin ich nicht mehr in der Nähe des Tisches gewesen. Sie sprachen lange und sind dann gegen Viertel vor elf zusammen weg.«

»Haben sie sich auffällig benommen, vielleicht sogar gestritten?«, fragte Kassandra.

»Falls ja, haben sie das leise getan. Ich habe zumindest nichts bemerkt.«

»Wie sah sie aus?«, erkundigte sich Paul.

Uta Schütte lachte auf. »Ich bin leider ganz schlecht im Gesichtermerken, hat auch gar keinen Sinn, dass Sie mir Fotos zeigen. Das Einzige, was ich Ihnen sagen kann, ist, dass sie dunkle Haare hatte und in den Vierzigern war, älter als er. Das fiel mir auf.«

»Das hilft schon weiter. Vielen Dank, Frau Schütte.«

Nachdem sie gegangen war, sagte Kassandra: »Die vage Beschreibung passt sowohl auf Julia Seidlitz als auch auf Astrid Clasen. Möglich, dass Letztere ihn durch Dräger gefunden hat und sie sich hier verabredet haben, weit weg von Stralsund.«

»Zu schade, dass wir keine Ahnung haben, weshalb sie ihn überhaupt suchen ließ.« Paul legte die Stirn in Falten. »Woher weißt du, wie die Seidlitz aussieht?«

»Von ihrem Foto auf der Clasen-Constructions-Website. Sie ist vierundvierzig und damit jünger als Astrid Clasen, aber älter als Dominik. Trotzdem kann es natürlich genauso gut sein, dass die Frau bei ihm jemand ganz anderes war.« Kassandra hatte kaum ausgesprochen, da bemerkte sie die Gestalt von Urs Lamberti neben dem Tisch.

»Mir ist dieser Name nicht mehr aus dem Kopf gegangen, den sie vorhin nannten: Julia Seidlitz«, sagte er. »Ich denke doch, dass ich der schon mal begegnet bin.«

»In der Bungalowsiedlung? Gehört ihr eine der Datschen?«, fragte Paul.

»Das nicht, aber sie ist gut bekannt mit Erika Braasch. Deren Häuschen steht nicht weit von dem von Heiko Jordan entfernt, es ist hellgelb und hat hübsch umrahmte Fenster, Sie können es gar nicht verfehlen. Letztes Jahr war Frau Braasch noch oft im ›Möwenzahn‹, aber dann hat sie merklich abgebaut. Eines

Tages kam sie mit einer jüngeren Frau, der Tochter einer alten Freundin, die sich um sie, das Haus und die Datsche kümmere, erklärte sie. Ich bin mir recht sicher, dass der Name Seidlitz lautete. Sehr schlank, mittelgroß, dunkle Haare, grüne Augen, volle Lippen. Könnte sie das sein?«

Die Augenfarbe war auf dem Websitefoto nicht zu erkennen gewesen, ebenso wenig die Größe, aber der Rest stimmte. Trotzdem zeigte Kassandra ihm sicherheitshalber das Bild, und Lamberti nickte.

»Was tun wir jetzt?«, fragte Kassandra. Bodden und »Möwenzahn« lagen längst hinter ihnen. Über die Pappelallee und Datschenhagen, wo sie das Haus von Frau Braasch gefunden hatten, waren sie zurück an die See gelaufen. Das Abendlicht tauchte Wasser, Strand und Hohes Ufer in intensive leuchtende Farben. Jetzt standen sie direkt vor einer Buhnenreihe und beobachteten, wie sich kleine Wellen an ihnen brachen. »Miriam gegenüber würde ich lieber erst mal schweigen, bevor wir schlafende Hunde wecken. Erst recht, was ihre Mutter angeht.«

»Ja«, stimmte Paul zu. »Harms sollten wir allerdings informieren, auch wenn er über unsere Einmischung nicht begeistert sein wird.«

Kassandra lachte trocken. »Kaum. Soll ich das übernehmen?«

»Nein, danke, Kassandra, Liebes.« Paul griente sie von der Seite an. »Das schaffe ich schon.« Es gelang ihm nicht, Harms persönlich an die Strippe zu bekommen, also hinterließ er ihm eine Nachricht mit der Bitte um Rückruf.

Kassandra hatte bei Kay mehr Glück. Seinem einsilbigen »Ja?« entnahm sie, dass er zwar gerade nicht offen sprechen, aber zuhören konnte, also fasste sie alles möglichst kurz und präzise zusammen. Mit einem ebenso knappen »Danke«, aus dem sie nicht heraushören konnte, was er von ihren Neuigkeiten hielt, beendete er das Gespräch.

»Und?«, fragte Paul.

Nachdenklich sah Kassandra einer Möwe hinterher, die sich

von den Buhnen in die Lüfte erhoben hatte und in Richtung Bunker davonflog.

»Sollte mich nicht wundern, wenn Julia Seidlitz ihm beim Telefonieren quasi über die Schulter geguckt hat.«

16

»Probleme?«, fragte Julia.

Dietrich schüttelte den Kopf. »Nein.«

Eine glatte Lüge, falls Julia in den Mord an Thurow verwickelt war. Das würde ihn nämlich höchstwahrscheinlich vor ein großes Problem stellen. Aber noch stand das nicht fest, selbst wenn Julia die Frau gewesen sein sollte, mit der Thurow sich getroffen hatte. Trotzdem musste er herausfinden, wo sie Mittwochabend und in der Mordnacht gewesen war. Wenn möglich, vor Tobias.

»Du kannst schlecht lügen«, sagte Julia.

Das hatte Dietrich noch niemand vorgeworfen, er war sogar ziemlich perfekt darin, sich zu verstellen. Beinah hätte er über Julias Versuch, ihn aus der Reserve zu locken, gelacht, stattdessen verzog er nur die Mundwinkel. »Erwischt. Halbwegs jedenfalls. Es gibt keine Probleme, aber ich hatte schon angenehmere Gesprächspartner.«

»Dein Ex-Kollege?«

Jetzt lachte Dietrich wirklich. »Tobias hat keine Freudentänze über unser Wiedersehen aufgeführt, und ich weiß nicht, was passieren müsste, bevor er mich privat anruft. Nein, das war mein Steuerberater, der kostet mich seit einiger Zeit mehr, als er mir einspart.«

»Wechsel zu meiner Beraterin. Die ist so gut, dass ich mir heute Abend einen exklusiven Drink in einer exklusiven Bar leisten kann. Ich könnte sogar zwei bezahlen. Falls du Lust hast mitzukommen.«

Julia schien allmählich Gefallen an seiner Begleitung zu finden, was Dietrich nur recht war. »Wenn ich dich damit nicht in den Ruin treibe, gern.«

Als er kurz vor Mitternacht nach Hause kam, lag ein netter Abend hinter ihm. Er mochte Julia, sie war intelligent und verfügte über einen feinsinnigen Humor und eine gute Beobachtungsgabe. Alle drei Eigenschaften schätzte er an Frauen, obwohl er bei dieser gern auf die Beobachtungsgabe verzichtet hätte.

So nett der Abend gewesen war, als erfolgreich konnte er ihn nicht verbuchen. Es war ihm nicht gelungen, ein weiteres Mal unbeobachtet in Julias Handy zu sehen, dabei hätte ihn ein Blick auf ihre Anruflisten und ihren Terminkalender mehr als gereizt. Hatte sie zum Beispiel noch mal mit dieser Prepaidnummer telefoniert? Hatte die Thurow gehört? Immerhin hatte das Gespräch nur einen Tag vor dem Treffen zwischen ihm und der Unbekannten stattgefunden, die Julia gewesen sein konnte. Bei dem Toten war sicher kein Telefon gefunden worden, oder wenigstens keins, aus dem hervorging, dass er mit Julia gesprochen hatte. Andernfalls hätte Tobias sie sich ganz anders zur Brust genommen.

In den letzten Tagen hatte Dietrich des Öfteren daran gedacht, Spyware auf ihrem Handy zu installieren, einmal hätte sich sogar die Gelegenheit dazu ergeben. Aber das Risiko, dass sie die finden und richtig schlussfolgern würde, wem sie sie verdankte, war ihm zu groß. Er konnte sich ihr Misstrauen nicht leisten.

Er hatte schon viel Zeit damit zugebracht, in die Untiefen der Geschäfte von Clasen Constructions vorzudringen. Außer der Geschichte mit den dubiosen Landkäufen war er noch ein, zwei anderen ebenso verschlungenen Machenschaften auf die Spur gekommen, die er aber ebenso wenig beweisen konnte. Vor allem allerdings war er von dem, worauf es ihm eigentlich ankam, noch weit entfernt, und er begann zu ahnen, dass er es allein möglicherweise nicht schaffen würde, sämtliche Sicherheitsbarrieren zu knacken, zumindest nicht, ohne dass es auffiel. Er brauchte Julias Vertrauen. Dabei war ihm klar, dass das nicht von heute auf morgen geschehen konnte und er sein Interesse an ihr nur dezent signalisieren durfte. Aber immer noch besser, er kam langsam voran, als durch übereiltes Handeln in Form von Flirtoffensive oder Spyware sämtliche Chancen zu verspielen.

Nicht zum ersten Mal hoffte er, dass sich Tobias' Ermittlungen lange genug hinzogen – egal, ob nun Julia oder doch Falk Clasen für Thurows Tod verantwortlich war. Oder dass am Ende keiner von ihnen damit zu tun hatte, sondern Heiko Jordan. Andernfalls wären das Risiko, das Harald Barthel eingegangen war, und die Zeit und die ganze Arbeit, die er selbst in den Fall Clasen investiert hatte, völlig umsonst gewesen.

Am nächsten Morgen begann Dietrich wie üblich seinen Dienst früh genug, um eine Stunde auf Arbeiten zu verwenden, bei denen Julias Anwesenheit gestört hätte. Irgendwann jedoch war es neun und sie längst überfällig. Vermutlich hatte Tobias sie zu Hause abgefangen und auf diese Weise elegant ein neuerliches Zusammentreffen mit ihm vermieden. Auch wenn er selbst keinen gesteigerten Wert darauf legte, hätte er es vorgezogen, bei Julias Befragung wenigstens in der Nähe zu sein. Dietrich stand auf, holte sich einen Kaffee und stellte sich mit dem Becher ans Fenster. Da sah er Tobias' BMW auf den Hof fahren und beobachtete, wie er ausstieg, auf die Uhr sah und schließlich das Gebäude betrat. Anscheinend hatte Dietrich sich doch geirrt. Mit einem Mal machte er sich Sorgen. Was, wenn Tobias versucht hatte, Julia zu Hause zu sprechen, sie aber da nicht angetroffen hatte? Da sie auch noch nicht hier war – wo war sie?

Er holte sein Handy hervor, doch dann zögerte er. Wenn kein zwingender Grund vorlag, sollte er Julia lieber nicht hinterhertelefonieren wie ein zu dienstbeflissener Kollege. Stattdessen setzte er sich an sein Laptop und wartete auf Tobias. Doch der ließ sich nicht blicken. War er bei Clasen, um ihn zu fragen, wo seine Frau Mittwochabend gewesen war, als sich Thurow mit der Unbekannten getroffen hatte, die sowohl Julia als auch Astrid Clasen ähnlich sah?

»Morgen, Kay«, hörte er in diesem Moment hinter sich Julias abgekämpfte Stimme, »tut mir leid, ich habe so was von verschlafen. Wahrscheinlich hätte ich gestern doch lieber auf den letzten Cocktail verzichten sollen. Und dann seh ich auch noch, dass die Polizei wieder da ist. Das ist doch der Wagen von deinem Ex-Kollegen, oder? Was wollte er?«, fragte sie, während sie ihre Jacke in den Schrank hängte.

»Ja, ist er. Keine Ahnung, was er will, er war noch nicht hier.«

Plötzlich sah Julia alarmiert aus. »Ist er bei Falk?«

Dietrich zuckte mit den Schultern. »Es wäre zwar für die Sicherheit von Clasen Constructions vorteilhaft, wenn ich durch Wände gucken könnte, aber ich bin leider noch nicht perfekt.«

Es dauerte etwas, bis Julia auf den humorvollen Tonfall reagierte und sich ein Lächeln abrang. »Das kommt schon noch.«

»Danke für deine Zuversicht.« Er musterte sie. Sie sah reichlich fertig aus. »Du brauchst einen Kaffee.«

»Und du liest meine Gedanken.«

Er erhob sich. »Kommt sofort.«

Drüben in der Küche stellte Dietrich fest, dass *sofort* übertrieben war. Im Vollautomaten befand sich nur noch ein Bodensatz Kaffeebohnen, der Wassertank war leer, und Tim hatte außerdem inzwischen die letzte Milch verbraucht. Als der Automat endlich tat, was er sollte, kam es Dietrich so vor, als höre er durch das laute Mahlwerk jemanden die Sicherheitsabteilung betreten. Er warf einen Blick auf den Flur und sah gerade noch, wie Tobias in Julias Büro verschwand. Mit dem Kaffeebecher ging er hinüber, blieb jedoch vor der Tür stehen, als er Julias laute Stimme hörte.

»Ich habe mich ganz sicher nicht mit Dominik getroffen, seit er das letzte Mal in der Firma war. Weder auf dem Fischland noch sonst wo. Wenn jemand was anderes behauptet, lügt er.«

»Niemand hat etwas behauptet, Frau Seidlitz«, stellte Tobias richtig. »Herr Thurow wurde mit einer Frau gesehen, auf die Ihre Beschreibung passt, das ist alles. Stimmt es im Übrigen, dass Sie die Ferienhaussiedlung, in der er tot aufgefunden wurde, recht gut kennen, weil Sie sich um eine alte Dame kümmern, der dort ein Haus gehört? Eine Frau … Moment …«

Dietrich war klar, dass Tobias den Namen genau kannte und

das vermeintliche Nachschlagen dazu nutzte, Julia aus den Augenwinkeln unbemerkt zu beobachten.

»Ah, hier: Frau Braasch. Stimmt das also?«

»Ja«, sagte Julia, leiser als zuvor.

»Interessant, dass Sie das bei unserem letzten Gespräch unerwähnt ließen.«

»Ich fand nicht, dass das wichtig ist.«

Tobias schwieg eine Sekunde lang beredt, um dann wie nebenbei fortzufahren: »Darf ich Sie fragen, wo Sie Mittwochabend waren?«

»Zu Hause. Astrid Clasen kam vorbei, das wird sie Ihnen sicher bestätigen.«

»Wie lange blieb sie?«, wollte Tobias wissen.

»Bis neun ungefähr.« Winzige Pause. »Den Rest des Abends war ich bedauerlicherweise allein«, schloss sie schnippisch.

Also sind Julia und Astrid nach wie vor im Rennen, dachte Dietrich. Sie hätten es bis zu dem Zeitpunkt, zu dem die Unbekannte bei Thurow ankam, aufs Fischland geschafft.

»Kommen wir zur Mordnacht«, sagte Tobias, »der Nacht von Donnerstag auf Freitag. Verraten Sie mir, was Sie da getan haben?«

Diesmal antwortete Julia nicht sofort – bis es aus ihr herausbrach: »Was soll das heißen? Sie wollen doch wohl damit nicht andeuten, dass ich unter Verdacht stehe! Dominik war mehr als mein Kollege, er war ein guter Freund! Glauben Sie im Ernst, ich würde …«

Tobias unterbrach ihre Tirade. »Ich gehe nur den Indizien nach: Sie waren, wie Sie selbst gerade betonen, mit Dominik Thurow befreundet. Eine Frau, die Ihnen ähnlich sieht, hat sich gut vierundzwanzig Stunden vor seinem Tod mit ihm in einem Restaurant auf dem Fischland getroffen. Sie gehen in der Siedlung, die nur einen Katzensprung von diesem Restaurant entfernt ist und in der er später ermordet aufgefunden wurde, quasi ein und aus. Würden Sie das nicht auch für auffällig halten?«

»Nein! Das ist doch bloß Zufall!« Julias Stimme überschlug

sich, bevor sie ruhiger hinzufügte: »Ich war zu Hause im Bett, wo soll ich denn sonst nachts sein?«

»Kann das jemand bezeugen?«

Julia schwieg.

»Ich frage Sie noch mal: Kann das jemand bezeugen?« Tobias' Ton war schärfer geworden, doch Julia schwieg weiterhin beharrlich.

Dietrich stieß die Tür auf. »Ja. Ich.«

Zwei Paar Augen starrten ihn verblüfft an. Er stellte den Kaffee auf Julias Schreibtisch und trat dicht zu ihr. »Entschuldige, dass ich deine Befragung störe, Tobias, aber wir können das hier abkürzen. Ich weiß nicht, wann genau Dominik Thurow erschossen wurde, aber falls es in der Zeit zwischen etwa neun am Abend und halb sechs am nächsten Morgen war, kannst du Julia von deiner Liste streichen.«

So gewagt es war, Julia mit einem falschen Alibi zu versorgen, so spontan folgte Dietrich einer Eingebung. Für sie zu lügen, noch dazu in solch einer Situation, war der beste und sicherste Weg zu ihrem Vertrauen.

Tobias musterte ihn unterkühlt, zweifellos glaubte er ihm kein Wort. »Ich wäre dir sehr verbunden, wenn du mir überlässt, wen ich von irgendwelchen Listen streiche.«

»Natürlich.«

»Verbindlichsten Dank. Um unserer alten Freundschaft willen: Überleg dir deine Aussage noch mal. Ich brauche dir kaum was über Strafvereitelung erzählen.«

Das musste Tobias ihm erst mal nachweisen. Dietrich war zu Hause gewesen, sein Handy ebenfalls, und das bewies höchstens, dass er sein Telefon nicht dabeigehabt hatte, während er bei Julia war.

»Da gibt es nichts zu überlegen.«

Tobias schüttelte den Kopf, beinah sah er resigniert aus, als würde er sich fragen, was aus Dietrich geworden war, doch das ließ sich nicht ändern. Dietrich hatte diesen Weg eingeschlagen, er musste ihn zu Ende gehen.

»Wie du willst«, sagte Tobias. Er wandte sich an Julia. »Für heute war es das, Frau Seidlitz, aber ich bin mir sicher, wir sehen uns wieder.« Damit drehte er sich um und verließ das Büro.

Stille legte sich über den Raum. Als wäre nichts geschehen, umrundete Dietrich Julias Schreibtisch, setzte sich an seinen und begann, eine Mail zu beantworten. Julia rührte sich nicht. War sein spontaner Einfall doch nicht so genial gewesen?

Schließlich räusperte sie sich. »Du denkst also, ich hätte Dominik getötet.« Sie klang weit kälter als Tobias.

Schadensbegrenzung, dachte Dietrich, und zwar sofort. Er sah auf, direkt in ihre Augen und wich ihrem Blick nicht aus, obwohl sie ihn damit regelrecht aufspießte. »Nein, das denke ich keineswegs.«

»Wieso meinst du dann, dass ich ein falsches Alibi brauche?« Nach wie vor klang ihre Stimme kalt.

»Weil du dein echtes offenbar lieber geheim hältst.«

»Vielleicht habe ich ja gar kein echtes.«

Täuschte er sich, oder wurde ihre Stimme ein halbes Grad wärmer? »Ich war lange genug Polizist, um in Stimmen und in Gesichtern lesen zu können. Sogar in Schweigen wie in deinem. Jemand könnte bezeugen, wo du warst.«

»Ach? Und weiß Ex-Kommissar Oberschlau auch noch, wer das sein könnte und wo ich war?«

»Ich weiß überhaupt nichts. Mein Tipp wäre Falk Clasen. Aber das geht mich nichts an, und ich erwarte auch nicht, dass du was dazu sagst. Von mir aus können wir das Thema beenden.« Er sah zurück auf sein Laptopdisplay und schrieb die begonnene Mail weiter. Was er da zusammenzimmerte, war größtenteils unbrauchbar, zu sehr konzentrierte er alle seine Sinne auf Julia.

Sie ließ sich endlich auf ihren Stuhl fallen und begann ebenfalls, auf ihre Tastatur einzuhacken. Normalerweise war ihr Anschlag leiser. Auf diese Weise verstrichen die Minuten. Quälend langsam. Bis sie aufstand und den Raum verließ. Sie war kaum draußen, da klingelte ihr Telefon. Nach einiger Zeit hörte es auf, und ihr Handy, das unter einem kleinen Papierstapel vergraben lag, begann zu dudeln. Nachdem auch das verstummt war, überlegte Dietrich, ob er riskieren konnte, einen Blick darauf zu werfen, doch da läutete sein eigener Apparat. Auf dem Display erkannte er Clasens Nummer.

»Guten Morgen, Herr Clasen, was kann ich für Sie tun?«

»Morgen, Herr Dietrich. Ich suche Frau Seidlitz. Ist sie noch nicht da?«

»Doch, nur gerade eben raus.«

»Bitte sagen Sie ihr, sie möge mich zurückrufen.« Clasen legte auf.

Einen Moment später kam Julia wieder, immer noch mit undurchdringlicher Miene und immer noch schweigend.

»Du sollst Clasen anrufen«, sagte Dietrich.

Julia nickte, machte jedoch keinerlei Anstalten, es zu tun, ebenso wenig wie in der nächsten Stunde. Als ihr Telefon erneut klingelte, sah sie hoch, ging aber nicht ran.

Dietrich enthielt sich jeden Kommentars. Sie musste den Anfang machen und wieder mit ihm reden. Nicht lange danach betrat Clasen die Sicherheitsabteilung. Julia richtete sich auf und schien sich zu wappnen. Keinen Augenblick zu früh.

»Herr Dietrich, haben Sie Frau Seidlitz nicht ausgerichtet, dass ich sie sprechen möchte?«, herrschte Clasen ihn an.

Bevor Dietrich antworten konnte, ging Julia dazwischen.

»Doch, hat er. Ich bin noch nicht dazu gekommen.«

Ohne darauf einzugehen, wandte Clasen sich wieder an Dietrich: »Würden Sie uns bitte allein lassen?«

Er wollte aufstehen, doch Julias Handbewegung ließ ihn innehalten.

»Ich möchte, dass er bleibt, Falk. Er weiß es sowieso.«

Clasen erstarrte kurz, sein Gesichtsausdruck zwischen Fassungslosigkeit und Wut.

Wie bemerkenswert, dachte Dietrich. Zum ersten Mal zeigt er ein nennenswertes Gefühl. Gleichzeitig kostete es ihn selbst Mühe, keines zu zeigen.

»Kay war so freundlich zu behaupten, er wäre mit mir zusammen gewesen, als Dominik ermordet wurde«, erklärte Julia. »Damit hat er mich und dich vor der Peinlichkeit bewahrt, der

Polizei gegenüber unser Verhältnis zu offenbaren. Entschuldige, ich wollte natürlich sagen unser nunmehr *endgültig* beendetes Verhältnis. Für den unwahrscheinlichen Fall, dass die Polizei dich je fragen sollte, wo du warst, kannst du also sagen, du warst zu Hause. Astrid wird dir bestimmt nicht widersprechen. Um diese Uhrzeit bekommt sie ja für gewöhnlich ohnehin nicht mehr viel mit.«

Während Julias Rede hatte Clasen sich wieder weitgehend im Griff gehabt, doch der letzte Satz war zu viel. »Julia! Pass auf, was du sagst!«

Julia zuckte mit den Schultern. »Astrid ist meine Freundin. Dass ich die Wahrheit über sie sage, ist weit weniger schlimm, als dass wir sie betrogen haben, indem wir miteinander ins Bett gingen.«

Dietrich erhob sich nun doch. »Ich bin hier definitiv fehl am Platz.«

Er ging hinaus, weil das der Anstand gebot und er Wert darauf legte, weiterhin glaubwürdig zu wirken. Immerhin schloss er die Tür nicht ganz hinter sich, doch leider war Clasen aufmerksam genug, das für ihn zu tun. Nur noch undeutliches Gemurmel drang auf den Flur.

Dietrich betrat den Technikraum, ließ wiederum die Tür auf und wartete. Es dauerte nicht allzu lange, bis er Clasen aus dem Büro treten und über den Flur kommen hörte.

»Herr Dietrich. Ich bin normalerweise kein Mann, dem etwas unangenehm ist. Dass Sie das eben mitangehört haben, ist mir unangenehm, und ich möchte Sie bitten, es für sich zu behalten.« Das klang nicht nach einer Bitte.

Dietrich fixierte ihn. So lange, dass sich Clasens Augen verengten. Bevor er jedoch seinen Wunsch nachdrücklicher wiederholen konnte, ergriff Dietrich das Wort.

»Hier geht das Gerücht um, dass Sie Dominik Thurow entlassen hätten, weil er Sie erpresst hat.« Sorgsam achtete er auf Clasens Reaktion, und tatsächlich entdeckte er ein winziges Zucken des rechten Augenlids. »Ich habe keine Ahnung, ob das stimmt, und es ist mir auch egal«, fuhr Dietrich fort. »Allerdings möchte ich Ihnen versichern, dass ich Ihnen keinerlei Grund für eine Entlassung geben werde. Absolut keinen.«

Clasen entspannte sich, er deutete sogar ein Lächeln an. »Ich wusste doch, dass wir uns gut verstehen würden.« Er machte auf dem Absatz kehrt, drehte sich aber dann doch noch einmal um. »Wer streut denn überhaupt dieses unsinnige Gerücht?«

»Ich hab's in der Kantine aufgeschnappt von jemandem, der hinter mir in der Schlange stand. Leider weiß ich nicht, wer das war.«

Clasen nickte sehr langsam. »Sollten Sie demjenigen noch mal begegnen, sagen Sie mir bitte Bescheid.« Auch das klang nicht wie eine Bitte, doch diesmal wartete er nicht auf eine Antwort, sondern verließ endgültig die Sicherheitsabteilung.

Dietrich blieb zurück und dachte darüber nach, wer hier eigentlich wem ein Alibi gegeben hatte. Er Julia. Julia Clasen. Clasen Julia. Er wusste, dass er gelogen hatte. Aber inwieweit hatten auch Clasen und Julia gelogen? Und wer für wen?

Er seufzte. Rieka, dachte er. Wie viel einfacher wäre es jetzt mit ihr und ihren Fähigkeiten. Andererseits würde auch sie Spuren hinterlassen, vielleicht keine so deutlichen wie er. Aber selbst die wären in diesem Fall zu riskant. Es musste alles wasserdicht sein.

»Hat er dir gedroht?«

Julia lehnte im Türrahmen, als Dietrich aufsah.

»Nein. Natürlich nicht.« Er verzog die Mundwinkel. »Aber wenn du mich das nächste Mal als Prellbock benutzt, wäre ich dankbar für eine Vorwarnung.«

»Ist notiert.«

»Danke.«

»Nichts zu danken. Ich …« Sie stockte. »Ich muss dir danken. Ich weiß nicht, warum du das getan hast, warum du für mich gelogen hast, und ich glaube, es ist besser, wenn ich nicht frage, aber … danke.«

Dietrich lächelte. »Vergessen wir's einfach und machen uns wieder an die Arbeit.«

Als er auf sie zuging, hatte er den Eindruck, sie wolle sich ihm in den Weg stellen, doch sie ließ ihn vorbei und folgte ihm ins Büro.

Wiederholt schaute Dietrich auf die Uhr an seinem Laptopdisplay. Es war bereits nach sieben und Julia immer noch hier. Anscheinend wollte sie die versäumten Morgenstunden nachholen und mehr.

»Bleibst du immer noch jeden Abend so lange?«, fragte sie, als hätte sie seine Gedanken gelesen.

»Oft«, sagte er, unterließ aber wohlweislich zu erwähnen, was genau er dann tat. Dass sie es ahnte oder gar wusste, hielt er für ausgeschlossen. Innerhalb des Clasen-Constructions-Sicherheitssystems konnte er sich – zumindest in den ihm leider gesetzten Grenzen – unauffällig bewegen. Ihre Frage musste also einen anderen Hintergrund haben. »Findest du, dass ich zu viel arbeite?« Er grinste.

»Wenn es nach Falk geht, kann man gar nicht zu viel arbeiten. Du bist ein Mitarbeiter ganz nach seinem Geschmack.«

»Na, das kann ja nicht schaden. Ich brauche den Job.«

»Hm«, machte sie. Es sah aus, als wolle sie noch etwas hinzufügen, doch sie entschied sich dagegen, räumte ihren Schreibtisch auf und holte ihre Tasche. »Ich geh jetzt.«

Nach einem Tag wie heute war es wohl nicht angeraten, ihr einen schönen Feierabend zu wünschen, also nickte Dietrich und sagte nur: »Bis morgen.«

Nachdem sie fort war, wartete er eine Zeit lang, um sicherzugehen, dass sie nicht zurückkam, dann legte er los.

Die Hände in den Hosentaschen vergraben lief Dietrich die Friedrich-Engels-Straße entlang. Auf der Brücke, auf der er sich vor einer Ewigkeit mit Gregor unterhalten hatte, blieb er stehen und sah wie damals über den Knieperteich zur Altstadt hinüber. In letzter Konsequenz war seine Arbeit vorhin leider ebenso erfolglos gewesen wie die Abende zuvor – es ging nicht ohne Julia.

Er hörte Schritte näher kommen, und als sie einen Meter

hinter ihm innehielten, fragte er sich irrationalerweise, ob das Gregor war. Stattdessen stand da Julia und wirkte auf seltsame Weise verloren.

»Sag nicht, dass du bis jetzt in der Firma warst«, forderte sie ihn dennoch heraus.

Offiziell hatte Dietrich bereits seit zwei Stunden den Griffel fallen lassen. »Nein. Ich war noch bei einem Freund.«

»Du hast Freunde, Einzelgänger?« Sie lächelte.

»Einen. Das genügt.«

»Wie man's nimmt. Seitdem Dominik … nicht mehr da ist, ist meine einzige Freundin Astrid. Das ist gerade … schwierig.«

Trotz der Dunkelheit erkannte Dietrich Tränen in ihren Augen. Ein Teil von ihm wollte sarkastisch anmerken, dass sie sich das selbst zuzuschreiben hatte. Einem anderen Teil tat sie leid. Und einem dritten Teil kam ihre Stimmung wie gerufen.

»Es lohnt nicht, über verschütteten Wein nachzudenken«, sagte er. »Man macht nun mal Fehler, sogar welche, die man nicht wieder ausbügeln kann. Mit denen muss man leben, auch wenn's schwerfällt.« Er trat näher, berührte sie aber nicht.

»Das weiß ich«, sagte sie. »Davon habe ich schon einen oder zwei gemacht. Eigentlich sollte es doch mit der Zeit leichter werden.«

»Nur wenn man ein anderer Mensch wird. Du bist zu sehr du, und das solltest du dir bewahren. Es ist nicht schön, wenn man feststellen muss, wie abgebrüht man geworden ist.«

»Aber heißt das nicht, dass man noch nicht abgebrüht genug ist?«

Dietrich lachte leise. »Möglich.«

Sie setzte sich in Bewegung und ging offenbar davon aus, dass er ihr folgte. Bis zu Julias Haus in der Sarnowstraße wechselten sie kein Wort.

»Gute Nacht, Julia«, sagte Dietrich.

»Nacht, Kay. Und danke.«

Er schüttelte den Kopf. »Wollten wir das nicht vergessen?« Noch während er es sagte, fragte er sich, ob er wirklich gehen sollte. Das hier war die Gelegenheit. Bedrückt und traurig würde sie leichter zu manipulieren sein, erst recht, wenn sie bei ihm eine Schulter zum Anlehnen fand. Aber nein. Dafür war Julia zu klug, er durfte sich nicht selbst anbieten. »Schlaf gut.«

Er war schon ein paar Schritte gegangen, als er seinen Namen hörte. Nur langsam drehte er sich wieder um.

Julia hatte sich nicht vom Fleck bewegt, aber ihr Gesicht wirkte entschlossener. »Ich will nicht, dass du gehst.«

Er kam zurück zu ihr. »Und ich will nicht gehen. Aber ich will auch nicht der Ersatz für Clasen sein.« Was zum Teufel tat er da? Sie bot sich *ihm* an, und er redete es ihr aus?

Sie streckte die Hand aus und legte sie an seine Wange. »Bist du nicht. Im Gegenteil. Ich habe …« Sie stockte und setzte neu an. »Es klingt entsetzlich albern, aber bei dir habe ich seit Langem wieder das Gefühl, dass es ein Mann ehrlich mit mir meint.«

Der Widerspruch zwischen ihrer Wahrnehmung und der Wahrheit – was für eine Ironie. Doch noch während er die Wärme ihrer Finger auf seiner Haut spürte und sein Körper ungewollt auf die Berührung reagierte, fragte er sich zum ersten Mal, ob sie versuchte, *ihn* zu manipulieren. Vielleicht sogar mit Clasen zusammen. Vielleicht hatten sie sich füreinander *und* für ihn ein Alibi gegeben. Gut, dachte er, spielen wir das Spiel.

»Weil ich für dich gelogen habe?«

»Weil du für mich da bist.« Sie zog ihn zu sich heran.

Einen Augenblick lang waren sie sich so nah, dass er jedes Fältchen um ihre Augen- und Mundwinkel herum erkennen konnte. Er beugte sich noch näher vor, seine Lippen fanden ihre, streiften sie jedoch nur mit einem Kuss. Als er sich von ihr löste, hörte er sie schwerer atmen. Sie suchte nach ihrem Schlüssel, schloss die Haustür auf, nahm seine Hand und zog ihn in den Flur. Es war kühl und viel dunkler als auf der Straße, gerade noch so erkannte er ihre Silhouette. Jetzt führte sie ihn weiter die Treppe hoch. In ihrer Wohnung machte sie kein Licht, er drückte sie gegen die nächstbeste Wand und küsste sie richtig. Ihre Hände wanderten unter sein Jackett und strichen seine Wirbelsäule hinauf und hinunter, und er spürte wieder, wie sein

Körper reagierte. Umso besser, wenn ich funktioniere, dachte er. Aber dann schob sich das Bild einer anderen Frau vor sein inneres Auge. Er drängte es zur Seite und konzentrierte sich ganz auf Julia.

Sie war hemmungslos im Bett, und sie wollte keine Nullachtfünfzehn-Nummer, sondern verlangte ihm sein Letztes ab und gab ihr Letztes. Vollkommen erschöpft und schweißgebadet lagen sie schließlich nebeneinander und kamen nur langsam wieder in die Gegenwart.

»Wie tolerant sind deine Nachbarn?«, fragte Dietrich rau. Ihr Schrei, als sie gekommen war, tönte noch immer in seinen Ohren.

»Die Mauern sind dick.« Sie kicherte ein bisschen. »Bisher jedenfalls waren sie immer dick genug. Diesmal – ich weiß nicht. Soll ich die Nachbarn fragen?«

»Nicht jetzt«, murmelte er. Er sollte einen unauffälligen Übergang zu Clasen finden, sie in diesem schwachen Moment erwischen und … aber er war zu müde. Tief im Innern wusste er außerdem, dass dies der falsche Zeitpunkt wäre, damit anzufangen.

»Kay?«

»Ja?«

»Warum?«

»Warum was?«

»Warum hast du für mich gelogen?«

Er drehte sich zu ihr. »Hast du nicht gesagt, du wolltest das nicht fragen?«

»Ich hab's mir anders überlegt. Ich glaube, ich finde es wichtig. Warum hast du für mich gelogen?«, wiederholte sie. »Warum wolltest du mich beschützen?«

»Ich bin kein Ritter in schimmernder Rüstung«, stellte Dietrich fest. »Für gewöhnlich eigne ich mich jedenfalls nicht dazu.«

»Das ist keine Antwort auf meine Frage.« Sie strich ihm eine feuchte Haarsträhne aus der Stirn.

»Schätze, ich wollte mal rausfinden, wie sich das anfühlt.«

»Und wie fühlt es sich an?«

Er nahm ihre Hand und küsste ihre Fingerspitzen. »Gut so weit. Es hat sich durchaus gelohnt.« Er grinste.

»Scheusal!« Ihre Augen blitzten.

»Erwartest du, dass ich mich entschuldige?«

»In angemessener Form.«

»Gerne. Ich fürchte allerdings, diese Nacht schaffe ich das nicht mehr.«

Sie lachte, kuschelte sich an ihn und zog die Decke über sie beide. Der Schweiß auf ihren Körpern war getrocknet, es war kühl geworden. »Dann werde ich mich bis morgen gedulden.«

Als er aufwachte, dämmerte es bereits. Er sah auf die Uhr. Halb sieben, normalerweise wäre er schon auf dem Weg zur Arbeit. Julia schlief noch neben ihm, rührte sich jetzt jedoch auch. Vielleicht hatte sie seine Bewegung gespürt. Vorsichtig setzte er sich auf und schwang die Beine aus dem Bett. Er stöhnte verhalten. Verflucht noch mal, er hatte Muskelkater! Und wo war eigentlich das Bad?

»Zweite Tür links«, sagte Julia verschlafen, »Handtücher im Schrank hinter der Tür.«

Er ließ sich noch einmal zurück ins Bett fallen und küsste ihre nackte Schulter. »Guten Morgen.«

Sie blinzelte und lächelte müde. »Morgen. Stehst du immer so früh auf? Ist doch bestimmt noch keine fünf.«

»Halb sieben, ich bin spät dran.«

»Nur für deine Verhältnisse.« Allmählich wurde sie munterer. »Bleib im Bett und manipulier die Zeiterfassung.«

Dietrich lachte. »Sehr verführerisch, aber ich sollte das nicht überstrapazieren.« Damit stand er endgültig auf.

Zwanzig Minuten später kam er mit einem Handtuch um die Lenden gewickelt aus dem Bad und stellte zu seiner Überraschung fest, dass es in der Wohnung nach frischem Kaffee duftete. Er folgte dem Duft bis zu einer winzigen Küche, gerade groß genug für eine Kochzeile, eine Arbeitsplatte, einen Kühlschrank und einen Tisch, an dem zwei Personen höchstens einen Kaffee und ein Croissant frühstücken konnten. Damit jedenfalls war der Tisch gedeckt. Julia saß auf einem der Stühle und war in ihr Handy vertieft, ohne Dietrich zu bemerken. Im Gegensatz zu eben im Bett wirkte sie wieder angespannt.

»Schlechte Nachrichten?«

Sie schrak hoch. »Ja. Nein. Weiß nicht. Falk will mich sehen.«

Dietrich hätte schwören können, dass sie den letzten Satz bereute. »Wann?«

»Um neun.« Sie verzog das Gesicht. »Er weiß, dass ich keine Frühaufsteherin bin.«

»Was immer er will, es kann höchstens unangenehm werden, wahrscheinlich für euch beide, aber nicht wirklich schlimm, oder? Im Zweifelsfall ist es dienstlich, immerhin habt ihr euch ja wohl ausgesprochen.« Er zog das Handtuch etwas höher und enger, es war kühl in der Küche.

»Wer sagt, dass dienstlich nicht schlimm wäre?« Da merkte sie, dass er fror. »Zieh dir was an, dann können wir reden, falls du noch Zeit hast.«

Dietrich hätte das Gespräch lieber nicht unterbrochen, andererseits konnte er ohne Gänsehaut sicher besser denken. Er beeilte sich und nahm kurz darauf bei Julia am Tisch Platz.

Sie schenkte ihm Kaffee ein. »Du hast gestern so betont, dass du den Job brauchst. Ich brauch meinen auch.«

Gerade hatte er einen Schluck Kaffee nehmen wollen, setzte aber nun den Becher wieder ab. »Sekunde. Willst du damit sagen, du glaubst, er kündigt dir mit eurer Beziehung auch den Job?« Das hätte gerade noch gefehlt.

»Ich befürchte, dass das früher oder später kommt«, sagte Julia. »Ich hätte Falk nicht provozieren sollen. Das war so unglaublich dumm von mir.«

»Du kennst Clasen natürlich besser als ich, aber mir scheint er jemand zu sein, der nicht lange fackelt. Wenn er dir kündigen wollte, weil du dir zu viel herausgenommen hast, hätte er es schon gestern getan.« Dietrich fragte sich, ob er damit sie oder sich selbst beruhigen wollte. Andererseits war das wirklich sein Eindruck. »Außerdem bräuchte er eine gute Erklärung für seine

Frau, und er könnte sich nie sicher sein, dass du ihr nicht doch mal die Wahrheit sagst. Oder liegt ihm gar nichts mehr an seiner Ehe?«

»Oh doch, an seiner Ehe liegt ihm.«

»Am schönen Schein also? Nicht an Astrid?«

Nachdenklich rührte Julia in ihrem Kaffee. Ihr Croissant lag unangetastet auf dem Teller. »Ich habe das in all den Jahren nie mit letzter Gewissheit herausgefunden. Sie ist ihm nicht gleichgültig, und ich glaube, ein Teil von ihm liebt sie noch. Tatsache ist aber auch, dass Astrid nicht leicht zu lieben und zuweilen sehr schwierig ist. Ich bin ihre beste Freundin und weiß oft nicht, was in ihrem Kopf vor sich geht, und Männer wissen häufig noch viel weniger, was in Frauenköpfen vor sich geht.«

»Wie wahr«, seufzte Dietrich.

Das zauberte ein kleines Lächeln auf Julias Gesicht, doch sie wurde gleich wieder ernst. »Es gab Momente, in denen ich seine Verunsicherung spürte, wo er im Zweifel war, ob das, was sie sagt, auch das ist, was sie denkt, Momente, in denen er ihre Handlungen nicht verstand. Das ist vermutlich schwer vorstellbar bei einem Mann wie Falk, der immer alles im Griff hat. Astrid hat er nicht immer im Griff, sie kann unberechenbar sein, und das macht ihm zu schaffen.«

Dietrich lehnte sich zurück. Bisher war er mehr oder weniger davon ausgegangen, dass Julia sich mit Thurow getroffen hatte. Was sie jetzt sagte, rückte Astrid wieder in den Vordergrund. Er erinnerte sich allerdings auch an seinen gestrigen Gedanken, ob Julia ihn manipulieren wollte, und beschloss, das weiterhin im Auge zu behalten. Er würde sich das Spiel nicht aus der Hand nehmen lassen.

»Komplizierte Beziehung. Aber wenn er sie noch liebt, auf welche Art auch immer, wird er nicht riskieren, dass du ihr erzählst, was sich zwischen euch abgespielt hat. Falls«, und dieser Gedanke kam ihm tatsächlich erst jetzt, »sie es nicht schon weiß.«

Der Löffel in Julias Becher klirrte an den Rand. »Ich hoffe

nicht. Und«, sie schluckte, »ich würde es ihr auch nie sagen. Sie ist, selbst wenn das verrückt und in deinen Ohren falsch klingt, nun mal meine Freundin. Falk weiß das. Das hat es ihm auch so einfach gemacht.«

»Einfach?«, wiederholte Dietrich. »Mit dir ins Bett zu gehen oder damit aufzuhören?«

»Beides, nehme ich an«, sagte sie verbittert. »Falk ist ein charismatischer Mann, das hatte ich schon immer gefunden und nicht kapiert, weshalb Astrid nicht zufrieden im siebten Himmel mit ihm war. Aber das ist nicht Astrids Art, sie kann gar nicht glücklich sein, fürchte ich. Jedenfalls kam Falk ab und an zu mir, um sich über sie auszusprechen, wir kamen uns dadurch näher, und irgendwann ist es dann passiert. Erst nachdem er mich wegen dieses weiblichen Grünschnabels Kirchhoff aus den Liegenschaften«, sie zog eine Grimasse, »abserviert hat, habe ich zumindest einen Grund gesehen, aus dem Astrid nicht mit ihm glücklich sein kann.« Sie seufzte.

»Diese Ehe scheint ein Teufelskreis zu sein. Man weiß nicht so recht, was Ursache und was Wirkung ist«, stellte Dietrich fest. »Dass Clasen dich so behandelt hat, spricht allerdings deutlich gegen ihn.« Seine Meinung dazu, wie sie ihre beste Freundin behandelt hatte, behielt er für sich.

»Dieser Mistkerl«, zischte sie in ihren Kaffee.

Dietrich zögerte, aber er musste diese Frage stellen. »Liebst du ihn trotzdem noch?«

Sie sah auf, verwundert. »Bist du eifersüchtig?«

Er hob die Achseln. »Ich sagte doch, ich will kein Ersatz für Clasen sein. Für eine Nacht habe ich damit keine Probleme, aber wenn wir das fortsetzen wollen, wüsste ich gern, ob dir was an mir liegt oder ob du dich nur an Clasen rächen willst.«

»Ich weiß, was du gesagt hast. Du hast aber auch mal gesagt, dass du an was Festem nicht interessiert wärst.«

»Manchmal verschieben sich Prioritäten.« Er hoffte, sein mattes Lächeln sah nach Kapitulation aus.

»Da ist was dran.« Auch sie lächelte. Immer noch verwundert. Dann wurde ihr Ausdruck hart. »Ich hätte nichts dagegen, mich an Falk zu rächen. Aber nicht so, im Gegenteil. Mir wär's lieber, er würde nichts von uns erfahren.«

»Warum? Es kann ihm doch egal sein, wenn er auch jemand anders hat.«

»Falk macht es nichts aus, Dinge und Menschen auszutauschen, das heißt aber nicht, dass er anderen dasselbe zugesteht. Er erhebt Anspruch auf das, was ihm gehört oder ihm mal gehört hat. Sein Augenstern Miriam kann ein Lied davon singen. Sie tut nämlich nicht immer, was er will. Deshalb musste Dominik seinen Hut nehmen. Wär schön, wenn dir das nicht passiert.«

»Ich halte nicht viel von Versteckspielen«, sagte Dietrich, obwohl ihm diese Vorgehensweise ganz entgegenkam.

»Lass es uns trotzdem langsam angehen, ja?«

»Nur öffentlich? Oder auch nicht öffentlich?« Er ließ einen anzüglichen Blick über Julias nur in einem dünnen Morgenmantel steckenden Körper gleiten.

Sie lachte. »Nur öffentlich.« Nach einem letzten Schluck Kaffee stand sie auf. »Ich geh duschen und lass mir einfallen, wie ich mich auf andere Weise an Falk rächen kann.« Damit verschwand sie im Flur und ließ Dietrich nachdenklich zurück.

Sie hatte ihm da gerade etwas auf dem Silbertablett serviert, wo er ansetzen konnte. Die Frage war nur, ob Absicht dahintersteckte. Da fiel sein Blick auf Julias Handy neben ihrem Teller mit dem unangetasteten Croissant. Er lauschte. Julia hatte gerade die Dusche angestellt. Er griff nach dem Telefon und klickte sich zuerst in die Anrufliste. Die unbekannte Prepaidnummer tauchte kein weiteres Mal mehr auf. Dafür hatte sie einige Male mit Clasen telefoniert, allerdings nie zu ungewöhnlichen Zeiten. In ihrem Kalender standen bis auf zwei Treffen mit Astrid Clasen nur dienstliche Termine. Er schloss die Apps, die er geöffnet hatte, und legte das Handy zurück auf seinen Platz. Dann suchte er mit seinem auf der Clasen-Constructions-Website nach einer Frau namens Kirchhoff.

»Weiblicher Grünschnabel« traf es, zumindest rein äußerlich. Sie sah aus wie eine zwanzig Jahre jüngere Version von Astrid oder Julia, je nachdem. Es schien so, als bliebe Clasen seinem Typ treu. Falls Julia die Wahrheit gesagt hatte. Er googelte Lana Kirchhoff und wurde schnell fündig: Facebook, Instagram, Twitter. Auf Facebook hatte sie am ersten September einen neuen Beziehungsstatus ausführlich mit Herzchen dokumentiert. Ein Name wurde nicht erwähnt, aber zeitlich passte das. Als Dietrich Julia und Clasen einige Tage später das erste Mal zusammen erlebt hatte, war Julias Verhalten Clasen gegenüber frostig gewesen.

Er stand auf und trat ans Fenster. Die Küche ging nach hintenraus, wo es grün und ruhig war. Möglich, dass Julia ein Spiel mit ihm trieb, aber allmählich bezweifelte er, dass sie es gemeinsam mit Clasen spielte. Natürlich konnte das alles von beiden sorgsam geplant sein. Aber wozu der Aufwand? Wenn Clasen misstrauisch geworden sein sollte, könnte er ihn einfach rausschmeißen.

»Du bist noch hier?« Julia erschien fertig angezogen in der Küche.

»Ich dachte, es wäre nett, wenn wir wenigstens zusammen das Haus verließen. Danach sollte ich allerdings bei mir vorbeigehen und mich rasieren.«

Julia lachte und strich über seine kräftigen Bartstoppeln. »Stimmt, aber es würde mindestens genauso auffallen, dass du zwei Tage hintereinander dasselbe trägst. Das hast du mit Dominik …« Das Lachen verließ ihr Gesicht.

»Das habe ich mit ihm gemeinsam?«, fragte Dietrich sachte. »War er so eitel wie ich?«

Sie schluckte, lächelte aber wieder. »Nicht eitel. Achtsam, was Kleidung betrifft. Dominik musste man sogar in Jeans reinzwingen. Dagegen könnte ich mir vorstellen, dass du in deiner Freizeit gelegentlich welche trägst.«

»Gelegentlich«, stimmte Dietrich schmunzelnd zu.

Fünf Minuten später öffnete Julia die Haustür – und blieb so abrupt stehen, dass Dietrich fast in sie hineingelaufen wäre.

»Herr Harms«, sagte sie gepresst. »Ich dachte nicht, dass wir uns so schnell wiedersehen.«

»Ich hatte Sie ja …« Er hielt fassungslos inne, als sein Blick auf Dietrich fiel.

»Morgen, Tobias«, grüßte Dietrich. Beinah tat Tobias ihm leid, beinah wünschte er, er könnte ihm sagen, dass es zwar so war, wie es aussah, aber eigentlich doch nicht. Gleichzeitig hätte nichts Besseres passieren können.

Tobias hatte sich schnell wieder im Griff. »Morgen. Ich habe noch ein paar Fragen an Frau Seidlitz. Die würde ich ihr gern allein stellen, wenn du gestattest«, sagte er mit mehr als einer Prise Ironie.

»Sicher.« Dietrich sah zu Julia und berührte ihre Wange. »Wir sehen uns nachher.« Dann nickte er Tobias zu und wandte sich nach rechts.

Als er schließlich umgezogen und frisch rasiert im Büro eintraf, war Julia schon da. Sie wirkte nervös, aber er konnte nicht sagen, ob das an Tobias' neuerlicher Befragung lag oder an dem unmittelbar bevorstehenden Gespräch mit Clasen.

»Was wollte Tobias?«, fragte Dietrich.

»Weiß ich nicht. Er hat überhaupt nichts Neues gefragt.«

Tobias' Methoden überraschten ihn nicht. Offenbar hatte er sich auf Julia eingeschossen und versuchte nun, sie zu verunsichern. Gute Taktik. Seine eigene musste dagegen sein, sie zu beruhigen. »Mach dir keine Sorgen. Er will dich bloß nervös machen.«

»Bin schon nervös genug wegen Falk«, murmelte sie und sah auf die Uhr. »Ich muss jetzt.«

»Wegen dem mach dir auch keine Sorgen. Er wird dich nicht feuern, er hat überhaupt keinen Grund dazu.«

»Aber er macht es sonst nicht so offiziell, er hätte mich einfach hier anrufen können.«

»Nachdem du ihn gestern so penetrant ignoriert hast, hielt er das vermutlich für keine gute Idee«, meinte Dietrich.

Ihr Lächeln war schwach, aber sie zeigte immerhin eins.

Nach einer halben Stunde begann Dietrich sich zu fragen, ob Julias Sorgen wirklich unbegründet gewesen waren. Er ertappte sich dabei, alle paar Minuten auf die Uhr zu sehen, und war erleichtert, als sie nach einer Stunde endlich auftauchte.

Wortlos ließ sie sich auf ihren Stuhl fallen. Sie war ein bisschen blass, aber nicht bleich, und sie hatte Notizen dabei, die sie auf den Schreibtisch legte. Sorgsam richtete sie die Blätter auf Kante aus.

Dietrich stand auf, stellte sich hinter sie und warf einen Blick auf die Notizen. Da standen hauptsächlich ihm unbekannte Namen, einige mit Fragezeichen versehen.

»Falk hat eine Geburtstagsparty für Astrid organisiert«, sagte Julia. »Die Gästeliste steht seit Langem fest, handverlesen, nur wichtige Leute. Wichtig für ihn. Gestern Nacht hat Astrid ihm eine Szene gemacht. Es sei ihr Geburtstag, sie sei es leid, dass sich immer alles um ihn drehe, und dass sie sich so eine Feier wünsche wie die, auf der sie neulich selbst zu Gast war. Harald Barthel. Kennst du ja wohl.« Sie lächelte ein klein wenig mokant. »Falk war überrascht, weil er nicht den Eindruck hatte, dass sie sich da sonderlich wohlgefühlt hat, aber ihr ging es um das Informelle, dass die unterschiedlichsten Leute da waren, vor allem nicht nur Geschäftspartner von Barthel, sondern auch Familie und Freunde.«

Dietrich hatte sich an den Schreibtisch gelehnt, während sie erzählte. »Aha«, sagte er. »Und was hat das mit dir zu tun?«

Julias Blick lag zwischen Belustigung und Ärger. »Abgesehen von zwei Ausnahmen hat Falk keine Ahnung von Astrids Freunden.« Sie tippte mit dem Kugelschreiber auf die ersten beiden Namen auf dem Blatt und deutete dann auf die restlichen. »Ich habe ihm weitere genannt, und er hat bestimmt, welche davon eingeladen werden.«

»Astrid Clasen hat imposant viele Freunde«, bemerkte Dietrich.

»Ich habe mir erlaubt, den Begriff etwas auszudehnen. Das sind alles flüchtige Bekannte – Yachtclub, Förderverein des Meeresmuseums, Naturschutzbund, jemand von ihren Yogafrauen, so was eben.«

»Die kennst du alle?«

»Bloß vom Hörensagen. Astrid erzählt viel von denen, weil es dann zumindest so klingt, als hätte sie Freunde. Ich soll die alle ausfindig machen und per Mail einladen.«

»Wäre das nicht eher eine Aufgabe für seine Assistentin?«

Jetzt brach sich Julias Ärger Bahn. »Dafür ist deren Arbeitszeit zu kostbar und meine natürlich auch. Er will, dass ich das als Astrids Freundin in meiner Freizeit mache. Mistkerl.« Das letzte Wort zischte sie genauso wie am Morgen über ihrem Kaffee. Dann sah sie auf. »Es sind nur noch drei Tage bis Sonnabend, und wenn ich mich mit einem auskenne, dann mit Datenschutz. Falls diese Leute nicht im Telefonbuch oder mit ihrer E-Mail-Adresse auf Websites stehen oder sich nicht in den sozialen Netzwerken tummeln, wird es schwer, sie zu finden, weil ich nirgends Auskunft bekomme. Falk will jemandem die Schuld geben können, wenn Astrids Feier nicht so wird, wie sie sich das wünscht. Mistkerl.« Diesmal sagte sie es zwar leiser, aber mit gesteigertem Zorn. »Er hat mich benutzt, und jetzt demütigt er mich sogar noch.«

Dietrich legte seine Hand auf ihre. Julias Reaktion kam ihm übertrieben vor, aber möglicherweise war das hier nur der Tropfen, der das Fass zum Überlaufen brachte. Oder bringen konnte. »Lass uns die Liste aufteilen. Mir hat Clasen ja nicht untersagt, das während der Arbeitszeit zu machen.«

»Du könntest mir tatsächlich helfen, allerdings weniger mit der Liste«, sagte sie.

»Womit sonst?«

Sie zögerte kaum merklich. »Du kennst dich doch mit kriminellen Machenschaften aus«, stellte sie dann fest. »Ich meine, du würdest sie erkennen, wenn du sie siehst, selbst dann, wenn sie nicht auf den ersten Blick als solche erkennbar wären.«

Dietrich musste sich zwingen, sich nichts anmerken zu lassen. Meinte sie, was er dachte, das sie meinte? Sollte das ihre Rache an Clasen werden? »Kommt drauf an, wie gut die Machenschaften getarnt sind«, sagte er. »Aber ja: Ich denke schon, dass ich das kann. Wieso?«

»Weil ich mich damit nicht auskenne, wohl aber mit dem Weg dahin.«

Ihre Worte hingen schwer wie Blei zwischen ihnen. Dietrich war am Ziel. Schneller als gedacht. Nur weil er ein bisschen nett zu einer unglücklichen Frau gewesen war. Er kam sich fast schlecht vor. Aber nur fast. Julia war auch kein Engel, und es würde ihn nicht wundern, wenn dies das Spiel war, das sie mit ihm trieb und von Anfang an geplant hatte. Ihm sollte es recht sein. Dann bremste er seinen Enthusiasmus. Die Chancen standen gut, dass sie ihn ans Ziel brachte, aber noch war er nicht da.

»Ist dir klar, was du da sagst?«, fragte er.

»Mit jeder Silbe«, bestätigte sie. »Aber wenn du es unbedingt ausgesprochen haben willst: Ich weiß, dass Falk Dreck am Stecken hat, und ich will wissen, welchen.«

»Weißt du auch, welches Risiko du damit eingehst?«

»Wir«, korrigierte sie ihn, »falls du mit im Boot bist.«

Dietrich nickte ungeduldig. »Gut, wir. Aber ich werde nicht derjenige sein, der Clasen mit dem, was wir finden, erpresst.«

Julias Blick verdüsterte sich. »Ja, du brauchst den Job.«

»Sei nicht albern. Wenn es mir darum ginge, würde ich gar nicht weiter mit dir darüber reden.« Er schüttelte den Kopf und sagte wie zu sich selbst: »Ich muss verrückt sein, dass ich das tue.« Dann sah er sie wieder an. »Niemand sollte Falk Clasen erpressen, auch du nicht. Er wird sich das nicht so ohne Weiteres gefallen lassen.«

»Du machst dir Sorgen um mich?«

»Wenn Clasen in kriminelle Machenschaften verstrickt sein sollte, würde ich mir um jeden Sorgen machen, der so was Idiotisches vorhat.«

Sie lächelte. »Du machst dir Sorgen um mich!«

»Ja. Was denkst du denn?«

»Dass ich das wunderbar finde. Aber unnötig. Ich habe nicht vor, ihn zu erpressen. Ich will es nur können.«

Erneut schüttelte Dietrich den Kopf, diesmal meinte er es sogar ernst. Doch dann verstand er sie plötzlich. Etwas über

Clasen zu wissen, gab ihr ein Gefühl von Macht, von Überlegenheit, umso mehr, als dass er sich in vollkommener Sicherheit wähnte.

»Beruhigt dich das?«, fragte sie.

»Weiß ich noch nicht. Ich kenne dich zu wenig.« Er entschärfte die Worte mit einem lockeren Tonfall, der Wirkung zeigte.

Sie lachte leise. »Lern mich besser kennen. Bis dahin komme ich doch noch auf dein ursprüngliches Hilfsangebot zurück.« Sie legte das oberste Blatt Papier mit Astrids Bekannten zur Seite und reichte ihm das darunterliegende. »Diese Leute will Falk auch einladen. Die Kontaktdaten kennst du bestimmt auswendig.«

Dietrich ahnte, welche Namen darauf standen, bevor er sie las: Harald Barthel, Barbara Michaelis, Kassandra Voß, Paul Freese. Hinter Barthels Name stand bereits eine E-Mail-Adresse, und es wäre ein Leichtes gewesen, in die Einladung an ihn die anderen einzubeziehen. Offenbar aber wollte Clasen alles hochoffiziell machen.

»Wieso will Clasen die Fischländer einladen?«, fragte er. »Es soll doch Astrids Feier werden, nicht seine.«

»Astrid und Falk waren sich ausnahmsweise mal darüber einig, dass dieser Freese ein interessanter Mann ist. Falk wollte sich selbst und ihr eine Freude machen und in einem Aufwasch dessen Freundin und deren Vater mit einladen. Damit hat er dann doch wieder einen seiner Geschäftspartner dabei. Ist das übrigens so?«

»Ist was wie?«

»Ist Paul Freese ein interessanter Mann?« Julia sah Dietrich durchdringend an.

Also wusste sie Bescheid über sein angebliches Verhältnis mit Kassandra. »Zweifellos«, sagte er knapp.

»Entschuldige.« Sie hörte sich ehrlich zerknirscht an. »Das hätte ich nicht fragen sollen.«

»Kein Problem. Dann müssen wir zukünftig nicht mehr darüber reden. Ganz davon abgesehen kannst du dir ja bald deine eigene Meinung über Paul bilden. Du bist doch wohl auch zur Feier eingeladen.«

»Ja.« Nur kurz mied sie seinen Blick. »Du auch. Tut mir leid.«

Dietrichs Kiefer mahlten. »Du hast recht, Julia. Falk Clasen ist ein Dreckskerl.«

17

Kassandra stand auf Pauls Terrasse und ließ sich von den letzten Strahlen der Abendsonne wärmen. Trotzdem schauderte sie plötzlich. Das ist nur die Nervosität, dachte sie und fragte sich gleichzeitig, weshalb sie nervös war. Sie waren doch bloß zu einer Geburtstagsfeier eingeladen. Andererseits wusste sie aus eigener Erfahrung, dass eine Geburtstagsfeier eine gute Tarnung sein konnte. Traf das auf die für Astrid Clasen auch zu? Und wenn ja, was sollte sie tarnen?

Trotz dieser Ungewissheit war Kassandra in vielerlei Hinsicht neugierig darauf, die Clasens in ihrem häuslichen Umfeld zu erleben. Kay dagegen, den Clasen perfiderweise ebenfalls eingeladen hatte, hatte unmissverständlich erklärt, dass er für einen fingierten Zwischenfall mit der Sicherheitstechnik in der Firma sorgen würde. So brauchte er nicht zu erscheinen und hatte vor allem Zeit für das Wesentliche. Dank Julia Seidlitz lagen weite Teile von Clasens Geschäften wie ein offenes Buch vor ihm. Über die Seidlitz hatte sich Kay insgesamt eher zurückhaltend ausgelassen. Kassandras Vermutung war, dass er ihre Rolle in dem Spiel tatsächlich nicht recht einschätzen konnte. Ungewöhnlich genug, aber die Seidlitz schien eine Frau mit vielen Facetten zu sein. Tobias Harms zumindest zog offenbar ernsthaft in Betracht, dass sie mit dem Mord an Dominik zu tun hatte.

Mochte Harms auch den einen oder anderen Verdacht hegen – Heiko befand sich seit mittlerweile einer Woche in Untersuchungshaft. Als Einziger hatte er kein Alibi, dafür aber ein umso klareres Motiv, und der Fundort der Leiche sprach ebenfalls für seine Schuld. Harms hatte sich darüber ausgeschwiegen, ob der Fundort auch der Tatort war, aber das spielte für Heikos Situation kaum eine Rolle. Paul und Kassandra war es bisher nicht gelungen, ihn zu entlasten. Sie hatten sein Leben der letzten Wochen quasi auf den Kopf gestellt, jeden Stein umgedreht, mit jeder Menge Leute geredet, um zu erfahren, mit wem er in dieser Zeit zu tun gehabt hatte, um dann wiederum mit diesen Leuten zu reden. Ohne Ergebnis. Es sei denn, man betrachtete es als Ergebnis, dass niemandem etwas über einen Halbbruder, der bei Heiko sein Erbe eingefordert haben soll, zu Ohren gekommen war. Falls Heiko unschuldig war, ließ sich das also nur auf einem Weg beweisen: indem sie den wahren Schuldigen entlarvten.

Es mochte höchst unwahrscheinlich sein, aber vielleicht fanden sie heute Abend einen Fingerzeig in die entscheidende Richtung. Alle würden da sein, auch Julia Seidlitz.

»Bist du so weit?« Paul war hinter sie getreten, seine Hände strichen an ihren nackten Armen entlang. »Ist dir kalt? Du hast eine Gänsehaut.«

»Ein bisschen. Innerlich friere ich mehr.« Sie drehte sich um und sah, dass seine graublauen Augen sie besorgt musterten. »Ich fühle mich seltsam, weil ich einerseits unbedingt dahin will. Und andererseits gar nicht, wie Miriam.«

Miriam weigerte sich rundheraus, an der Feier teilzunehmen, wie sie sich überhaupt seit Dominiks Tod meist in ihrem Zimmer verkroch und nichts und niemanden hören und sehen wollte. Als sie erfuhr, dass auch Kassandra und Paul eingeladen waren, hatte es so ausgesehen, als würde sie es sich überlegen, aber am Ende blieb es bei ihrer Verweigerung.

»Ich versteh sie«, sagte Paul. »Machen wir wenigstens das Beste draus.«

Kassandra nickte und zwängte sich in ihre Partyschuhe. Dabei spürte sie Pauls Blick und sah auf.

»Du siehst toll aus«, stellte er fest. »Ich mag dich in Jeans und lässigen Shirts, aber dieses Kleid steht dir phantastisch. Weißt du noch, wie wir es gekauft haben?«

Das würde sie kaum vergessen. Sie hatten damals die Inhaberin der Boutique befragen wollen, und nur der Glaubwürdigkeit halber hatte Kassandra das dunkelblaue Seidenkleid mit dem raffinierten Kragen überhaupt anprobiert.

Sie hakte sich bei Paul unter, öffnete die Haustür und blieb überrascht stehen, weil Harald davorstand.

»Nehmt ihr mich mit? Barbara fand ein Verlagstreffen spannender, und es wäre Unsinn, dass ich allein mit dem Auto fahre.«

Etwas in Haralds Stimme verbot Kassandra, weiter nachzufragen. »Klar, steig vorn zu Paul ein, ich lass mich bequem hinten chauffieren.«

Während sie die Strandstraße hinauffuhren, vorbei an den mächtigen Linden, denen man den beginnenden Herbst noch kaum ansah, dachte Kassandra, dass Barbaras Abwesenheit sogar Vorteile hatte, falls sich auf der Feier ein Ermittlungshinweis fand und sie dem nachgehen mussten. Daran schien Harald nicht zu denken, er brütete weiterhin schweigend vor sich hin, als sie auf der Bäderstraße das Windrad passierten, und sagte auch auf der restlichen Fahrt bis Stralsund nur etwas, wenn er angesprochen wurde.

Das stahlgraue von Hecken umgebene Eingangstor der Clasen-Villa glitt zur Seite und ließ den Blick frei auf das hell erleuchtete Gebäude und das Grundstück dahinter. Vorhin hatte Kassandra noch den im Dämmerlicht schimmernden Strelasund sehen können, doch auch nach hinten war das Grundstück von hohen Hecken umgeben, sodass sie sich ein wenig wie in Dornröschens Schloss vorkam. Nur dass über dessen Tor wohl nie eine Überwachungskamera gethront hatte.

Dass sich die schneeweiße Tür der Villa wie von selbst öffnete, erinnerte sie ebenfalls an ein Märchen. Eine dunkelhaarige Mittvierzigerin, die Kassandra sofort als Julia Seidlitz identifizierte und die in der Realität noch weit attraktiver wirkte als auf dem Foto, schenkte ihnen ein herzliches Willkommenslächeln. Nichts ließ ahnen, was Kay erzählt hatte: dass sie nur ungern die Empfangsdame spielte.

»Sie müssen die Fischländer sein. Es freut mich, Sie kennenzulernen – Frau Voß, Herr Barthel, Herr Freese. Ich bin Julia Seidlitz. Bitte kommen Sie doch näher.«

Der weiträumige Wohnbereich, an den sich ein Wintergarten, eine Terrasse und schließlich der mit brennenden Fackeln bestückte Garten anschlossen, war schon gut besucht. Unwillkürlich beobachtete Kassandra, wie Julia Seidlitz auf ihren High Heels locker zwischen den Gästen hindurchging, hier und da ein Lächeln verteilte und doch ihr Ziel – Falk und Astrid Clasen – nie aus den Augen verlor. Der zweite Vorname der Frau war vermutlich Perfektion. Wie hatte Kay es geschafft, so schnell ihr Vertrauen zu gewinnen?

Julia Seidlitz berührte Astrid am Arm, um sie auf die neuen Gäste hinzuweisen, dann lächelte sie noch einmal in die Runde und war schon wieder verschwunden.

»Die Fischländer!«, sagte Falk Clasen. »Wie schön! Willkommen in Stralsund.«

»Vielen Dank für die Einladung«, sagte Kassandra und reichte Astrid die Hand. »Und natürlich herzlichen Glückwunsch zum Geburtstag, Frau Clasen.« Sie überreichte ihr einen Strauß weißlila Lisianthus, danach folgte Paul mit einem Päckchen.

»Sie sagten letztens, Sie lesen gern, also haben wir Ihnen ein bisschen Lektüre mitgebracht.«

»Von mir gibt es nur noch einen Händedruck«, sagte Harald verschmitzt.

Astrid Clasen nahm alles in Empfang, dankte und stand etwas ratlos da, bis aus dem Nichts wieder Julia Seidlitz auftauchte und ihr die Geschenke abnahm. Alles in allem wirkte Astrid auf ihrer eigenen Feier noch abwesender als auf Haralds. Den folgenden Small Talk jedenfalls bestritt Falk Clasen, und Kassandra überlegte, ob Astrid was eingenommen hatte. Schließlich traten Neuankömmlinge hinzu, offenbar vom Yachtclub, denn nachdem die allgemeine Vorstellung rundum erledigt war, lenkte die Dame mit den viel zu auberginerot gefärbten Haaren das Gespräch darauf. Kassandra kannte sich mit Yachten nicht aus, im Gegensatz zu Paul, der zumindest theoretisch was vom Thema verstand und mitredete. Sie ließ ihren Blick über die anderen Gäste schweifen in der widersinnigen Hoffnung, ein bekanntes Gesicht zu sehen. Natürlich war hier niemand, den sie kannte. Außer vielleicht … Gute Güte – Nils Brenner! Was, wenn der hier auftauchte? Sie atmete tief durch. Das würde nicht geschehen. Sie kannte hier niemanden. Punkt.

»Kassandra?«, sagte Paul leise neben ihr. »Ist alles in Ordnung?«

Sie nickte und ließ trotzdem ihren Blick weiterschweifen. »Ich dachte nur gerade …« Sie blinzelte.

»Was? Du hast …« Paul brach ab, wie sie.

Er hatte Kay also auch gesehen. Offenbar war er gerade gekommen, er stand in einem dunklen Abendanzug neben Julia Seidlitz nahe dem Entree. Die beiden wirkten eng miteinander, so eng, dass Kassandra erneut die Frage durch den Kopf schoss, auf welche Weise genau Kay Julias Vertrauen gewonnen hatte. Dennoch schien Julia ebenso irritiert von seiner Anwesenheit wie Kassandra. Sie sagte etwas, Kays Antwort bestand aus höchstens zwei Sätzen, dann war der Moment vorüber, sie brachten bewusst Abstand zwischen sich. Julia Seidlitz zog sich zurück, während Kay sich suchend umschaute und dabei auf Kassandras Blick traf. Er hielt ihn nur eine Sekunde fest, dann wanderte er weiter zu Paul. Da blieb er länger haften, aber es war Kay nicht anzumerken, was er dachte. Kassandra drehte sich zu Paul um, der den Blick über all die Leute hinweg, über das Stimmgewirr und die dezente Musik, das Gläserklirren und das Lachen ebenso reglos erwiderte.

Seit ihrer Auseinandersetzung hatten sie einander weder gesehen noch gesprochen. In den letzten Wochen war Kassandra das Bindeglied zwischen ihnen gewesen, sie hatte mit Kay geredet, niemals Paul, und immer gespürt, dass beide das begrüßten. Sie hatte sogar angenommen, dass Kay heute Abend vor allem deshalb nicht hatte kommen wollen, weil er hier auf Paul treffen würde, und dass das umgekehrt auch Paul ganz recht war.

Jetzt standen sie sich gegenüber, beinah erstarrt, und Kassandra fühlte sich hilflos, wie zwischen zwei Stühlen. Wie schon einmal. Zwischen Paul und Kay.

Da wurde ein Tablett Orange-Martinis, von denen Kassandra vorhin einen abgelehnt hatte, an Kay vorbeigetragen. Er griff nach einem Glas und kam langsam zu ihnen herübergeschlendert, seine Aufmerksamkeit jetzt jedoch nicht mehr auf Paul oder sie, sondern auf Falk und Astrid Clasen gerichtet.

»Herr Dietrich!«, sagte Falk Clasen. »Das ist ja eine angenehme Überraschung. Konnten Sie das Softwareproblem doch noch lösen?«

»Glücklicherweise ja«, sagte Kay. Er ignorierte Kassandra, Paul und Harald komplett, während er einen Schritt auf Astrid Clasen zu machte, in seine Jacketttasche griff und ein kleines Päckchen hervorholte. »Frau Clasen, erlauben Sie mir, Ihnen alles Gute zu wünschen.«

Sie zögerte ein wenig, als wisse sie nicht genau, was sie tun sollte.

»Astrid, meine Liebe«, sagte Clasen, »du erinnerst dich sicher an Herrn Dietrich. Ihr seid euch in meinem Büro begegnet, er ist …«

»Dominik Thurows Nachfolger, ja, ich weiß«, sagte sie. »Sie müssen entschuldigen, Herr Dietrich, ich hatte keine Ahnung, dass ich Sie eingeladen habe, aber ich danke Ihnen natürlich für Ihr Kommen und das Präsent.« Ihr Lächeln fiel kühl aus, und Kassandra war überrascht, wie scharf und wach sie klang.

Kay war weniger erstaunt, ihre Unhöflichkeit ließ er an sich abprallen. »Sehr gerne. Ich hoffe, es gefällt Ihnen.«

Astrid Clasen schaute das Päckchen zweifelnd an, fühlte sich aber genötigt, es zu öffnen. Als sie einen Briefbeschwerer in Form einer gläsernen Yacht zutage förderte, weiteten sich ihre Augen. Es war offensichtlich, dass Kay das Richtige ausgewählt hatte.

»Frau Seidlitz hat mich beraten«, sagte Kay lächelnd.

Astrid Clasen schaute auf, fixierte ihn wieder. »So. Sie meinen, sie hat es Ihnen besorgt.« Einen Wimpernschlag lang herrschte atemloses Schweigen, selbst Falk Clasen hatte es die Sprache verschlagen. »Das Geschenk«, fügte sie im Plauderton hinzu.

»Ich habe sie nicht darum gebeten, ich weiß ja, wie viel beschäftigt sie ist«, antwortete Kay im gleichen Ton. »Außerdem kaufe ich Geschenke grundsätzlich selbst, das macht es persönlicher.«

»Und das ist Herrn Dietrich hervorragend gelungen, nicht

wahr, Astrid?«, sagte Clasen scheinbar aufgekratzt, aber jeder hörte seinen Zorn heraus und las ihn in seinen Augen.

Ein, zwei Sekunden lang schaffte es Astrid Clasen, dem standzuhalten, dann schaute sie zur Seite.

»Natürlich.«

Clasen wandte sich an Kay. »Selbstverständlich ist meine Frau heute Abend die Hauptperson, aber nicht die einzige interessante.« Er deutete auf Kassandra, Paul und Harald. »Diese Herrschaften brauche ich Ihnen nicht vorstellen.«

Wortlos nickte Kay ihnen zu, bevor er sagte: »Ich weiß Ihr Taktgefühl zu schätzen, Herr Clasen.«

Er lachte. »Und ich Ihre Offenheit.« Dann wurde er auf einen Schlag ernst. »Sofern sie angemessen ist. Aber kommen Sie, ich möchte Sie gerne mit jemandem bekannt machen, der …« Clasen schob Kay vorwärts und außer Hörweite.

»Woher kennen Sie Herrn Dietrich?«, fragte Astrid Clasen in das betretene Schweigen hinein, als wäre überhaupt nichts geschehen.

»Als er noch Polizist war, hat er mich verdächtigt, einen Mord begangen zu haben«, sagte Kassandra geradeheraus.

Astrid Clasen wurde blass und richtete ihre nächsten Worte an ihre Yacht-Freundin. Dabei kehrte sie Kassandra, Paul und Harald demonstrativ den Rücken zu und entließ sie aus der Pflicht, sich weiter mit ihr zu unterhalten.

Kassandra fand das ausgesprochen interessant. Wenn Dominik nur ein x-beliebiger Angestellter ihres Mannes gewesen wäre, hätte sie auf das Wort »Mord« vermutlich weniger erschüttert reagiert.

»Vielleicht denkt sie an ihre Tochter«, meinte Harald. »Trotzdem hält sich mein Mitgefühl für sie in Grenzen. Sensibel war sie ja eben nicht mit ihrer Bemerkung, wenn man bedenkt, dass Julia Seidlitz ihre Freundin ist.«

»Falls sie weiß, dass die Seidlitz was mit Clasen hatte, verstehe ich, dass sie ihren Mann provozieren wollte«, sagte Paul.

»Auch wieder wahr. Manche Beziehungen sind einfach zu kompliziert«, murmelte Harald.

Kassandra sah ihren Vater prüfend an. Dachte er an die Clasens oder vielmehr an sich selbst und Barbara? Wären sie allein gewesen, hätte sie jetzt doch nachgehakt. Stattdessen mischten sie sich unter die Leute, um möglichst viel aufzuschnappen.

Zumindest Kassandra konnte nach zweieinhalb Stunden nicht behaupten, etwas Brauchbares erfahren zu haben. Ihre Hoffnung ruhte auf Harald, der seit einiger Zeit mit einem von Clasens Geschäftsfreunden sprach. Sie selbst hatte nur diverse Lästereien über Astrid Clasen gehört. Eine sogenannte *Freundin* hatte erwähnt, dass Astrid sich zu sehr für einen Mitarbeiter ihres Mannes interessierte hätte, der viel zu jung für sie sei. Kassandra hütete sich, nach dem Namen zu fragen, hielt es aber für wahrscheinlich, dass es sich um Dominik handelte. Leider wurde das Thema nicht vertieft, die Unterhaltung wandte sich einer Fernsehsendung zu, bei der Dachbodenfunde für möglichst viel Geld unter die Leute gebracht wurden. Kassandra rauschte der Kopf vor lauter verstaubten Ölgemälden, Meißner Porzellanfiguren, Art-déco-Schmuck und vergessenen Designerstühlen. Sie entschuldigte sich und suchte nach Paul. Da sah sie, wie Julia Seidlitz mit schleppendem Schritt einen Flur betrat, der in einen anderen Teil des Hauses führte. War es zu gewagt, ihr zu folgen? Andererseits vertat Kassandra mit dem endlosen Partygequassel bloß ihre Zeit. Kurz entschlossen betrat sie ebenfalls den Flur.

Vom entgegengesetzten Ende des Raumes beobachtete Dietrich, wie Kassandra Julia hinterherging. Nach ihrer unvermeidbaren Begegnung vorhin hatte er strengstens darauf geachtet, ihr, ihrem Vater und Paul fernzubleiben. Zwar behielt ihn Clasen nicht übermäßig im Auge, was bisher schon ausgesprochen nützlich für seine Zwecke gewesen war. Dennoch ging er lieber auf Nummer sicher und richtete sich nach der Geschichte, die Barthel Clasen aufgetischt hatte.

»Sind Sie nicht auch dieser Ansicht?«, fragte Ingmar Poley, der Ehemann einer der NABU-Freundinnen Astrid Clasens.

Dietrich hatte nur mit halbem Ohr zugehört. »Absolut«,

sagte er trotzdem. Der Mann redete seit fünf Minuten ununterbrochen.

»Was ich immer sage«, fuhr Poley fort. »Polizei und Zoll müssen stärker gegen diese Schwarz- und schlecht bezahlten Leiharbeiter auf Großbaustellen durchgreifen. Es kann mir doch niemand erzählen, dass die Investoren überhaupt keine Ahnung haben, was ihre Subunternehmen treiben.«

»Interessantes Thema«, antwortete Dietrich. »Haben Sie schon mal mit Falk Clasen darüber gesprochen?«

»Ähm. Nein.« Poley schluckte. »Ich meine, selbstverständlich beschäftigt er solche Leute nicht.« Es folgte ein Loblied auf Falk Clasen und Astrid Clasens Engagement im Naturschutzbund.

Dem schenkte Dietrich erneut nicht die volle Aufmerksamkeit. Weder Julia noch Kassandra waren wiederaufgetaucht. Was trieb Kassandra da?

Der weiche Teppich verschluckte Kassandras Schritte. Am Ende des Ganges stand die Tür zu einer Küche weit offen. Entweder war Julia Seidlitz dort verschwunden oder hinter der einzigen anderen auf diesem Flur. Bevor Kassandra die öffnete und unbefugt in Gott weiß welche heiligen Hallen eindrang, versuchte sie es lieber mit der Küche.

Julia Seidlitz lehnte an einem hohen dunkelblauen Kühlschrank und starrte ins Nichts. Trotzdem bemerkte sie sofort, dass sie nicht länger allein war. »Kann ich Ihnen helfen?«

Kassandra war sich nicht sicher, ob das wirklich hilfsbereit klang. »Tja, eigentlich suche ich …«

»Die Toilette?«, fragte Julia Seidlitz mit einem gewissen Spott.

»Nein. Ruhe. Mir ist es gerade etwas zu trubelig da drüben.«

»Sie sollten erleben, wenn hier Silvester gefeiert wird.« Julia Seidlitz stieß sich vom Kühlschrank ab, nahm eine so gut wie abgeräumte Sushiplatte vom Tisch und hielt sie ihr entgegen. »Möchten Sie? Landet sonst im Müll.« Sie nahm ein Stück und schob es sich in den Mund.

»Dazu ist es zu schade.« Kassandra trat näher und langte ebenfalls nach einem Röllchen. Es schmeckte hervorragend, der zarte Lachs machte das Kauen fast unnötig.

»Ich muss zugeben«, sagte Julia Seidlitz, »dass ich neugierig auf Sie war.«

»Auf mich? Weshalb?« Kassandra konnte sich das zwar vorstellen, fragte sich aber, welche Erklärung Julia Seidlitz geben würde.

»Weil Miriam zu Ihnen Vertrauen gefasst hat.«

Mit dieser Antwort hatte Kassandra nicht gerechnet. »Ich war nur zufällig da, als sie jemanden zum Reden brauchte, und wir haben einfach einen Draht zueinander gefunden. Dominik Thurows Verschwinden war schwer für sie, von seinem Tod ganz zu schweigen.« Sie schaute zur Seite und räusperte sich. »Verzeihung. Miriam hat erzählt, dass Sie selbst gut mit ihm befreundet waren, also ist es für Sie ebenso schwer.«

Julias Seidlitz' Gesicht verschloss sich. »Auf eine andere Art, aber ja.« Mehr sagte sie nicht.

»Haben Sie gewusst, dass er auf dem Fischland war oder was er dort gewollt haben könnte?«

»Nein.«

Kassandra ignorierte den abweisenden Ton und hoffte, dass Harms nichts darüber hatte verlauten lassen, wie weit sie und Paul involviert waren. »Die Polizei sagt uns natürlich überhaupt nichts dazu, stattdessen hat sie einen Bekannten verhaftet. Gerüchteweise soll es um eine Erbschaftsangelegenheit gehen, aber …«

»Erbschaft? So ein Blödsinn«, unterbrach Julia Seidlitz sie schroff. »Dominik hatte keine Verwandten mehr, weder auf dem Fischland noch anderswo. Er hätte mir das gesagt. Er hat mir immer alles gesagt. Mehr als Miriam.« Dann stellte sie übergangslos fest, dass sie wieder in den Trubel müsse, und verließ die Küche.

Das ist ja gründlich in die Hose gegangen, dachte Kassandra, ich bin eindeutig aus der Übung. Julia Seidlitz allerdings auch, oder die war in Gedanken noch bei Dominik gewesen. Unter normalen Umständen hätte sie bestimmt niemanden allein in der Küche zurückgelassen, die die Gäste überhaupt nichts anging. Kassandras Blick fiel auf eine Glastür, hinter der sich Dunkelheit ausbreitete. Dieser Teil des Gartens war privat und nicht mit Fackeln beleuchtet. Sie trat hinaus in die kühle Luft und fühlte sich wie in einer anderen Welt mit nichts als den Umrissen von Hecken, Sträuchern und zwei Bäumen um sie herum und dem Sternenhimmel über ihr.

Ihre Gedanken wanderten, bis sie nach kurzer Zeit bei Kay anlangten. Weshalb hatte er seine Meinung geändert und war hier aufgekreuzt? Hatte das mit Julia Seidlitz zu tun? Von der anfänglichen Vertrautheit zwischen ihnen war zwar später am Abend nichts mehr zu spüren gewesen, aber Kassandra irrte sich nicht. Bei Kays Ankunft *hatten* die beiden vertraut gewirkt. Zu vertraut für Arbeitskollegen, und für diese Annahme sprach schließlich auch Astrid Clasens geschmacklose Bemerkung.

In der Vergangenheit hatte sich Kassandra hin und wieder Gedanken darüber gemacht, welche Art Frau zu Kay passte. Passte Julia Seidlitz zu ihm? Wollte er, dass sie zu ihm passte? Kassandra seufzte. Das ging sie nichts an. Dann wurde ihr erneut bewusst, dass die Seidlitz immerhin mit dem Mord an Dominik zu tun haben konnte. Sie war sicher, dass Kay das im Auge hatte und dass er sehr gut in der Lage war, auf sich aufzupassen. Dass er außerdem Clasen drankriegen wollte und sich ganz sicher nicht von Julia Seidlitz dazwischenfunken und erst recht nicht von einer Mörderin einwickeln ließ. Und dennoch … Sie ballte ihre Hand zur Faust. Und dennoch hoffte sie, dass Kay nicht mit Gefühlen zu kämpfen haben würde.

Ein Geräusch hinter ihr riss sie aus ihren viel zu emotionalen Grübeleien. Da war jemand. Sie fuhr herum.

Dietrich nickte und gab ab und an ein »Hm« von sich, das genügte für Poley. Dabei hatte er ständig den Flur im Blick. Da endlich kam Julia zurück. Inzwischen kannte er sie gut genug, um aus ihrer Körperhaltung Anspannung herauszulesen. Die

Zeit verstrich, Julia machte hier und da Small Talk und entspannte sich allmählich.

Wo blieb Kassandra?

Auch Clasen war nirgends zu sehen. In einer von Poleys seltenen winzigen Pausen entschuldigte Dietrich sich, stellte achtlos sein halb volles Glas zu einer Batterie anderer Gläser und schlenderte scheinbar ziellos durch den Raum. Julia stand jetzt bei Astrid, Falk Clasen blieb nach wie vor unsichtbar. Dietrich huschte in den Flur und lauschte.

Nichts. Von seinem ersten Streifzug durchs Erdgeschoss, den er vorhin unternommen hatte, wusste er, dass sich hinter der Tür links von ihm ein Abstellraum befand. Noch immer war nichts weiter drin als Putzmittel, Leitern, Werkzeug. Weiter geradeaus ging es in die hell erleuchtete Küche – auch hier war niemand. Wo steckte Kassandra? Schließlich bemerkte er die nur angelehnte Glastür nach draußen. Er löschte das Licht und schob die Tür ein Stück auf. Nachdem seine Augen sich ans Dunkel gewöhnt hatten, sah er Kassandra allein unter einem der Bäume stehen. Erleichterung durchflutete ihn.

Da fuhr sie herum, und sein Blick flog in die Richtung, in die sie schaute. Eine Gestalt kam auf sie zu. Falk Clasen.

»Tut mir leid«, drang dessen Stimme zu ihm herüber. »Ich wollte Sie nicht erschrecken, aber ich mache mir Sorgen um Sie.«

»Sorgen?«, wiederholte Kassandra. »Warum?«

»Es muss schwierig sein für Sie heute Abend. Deshalb haben Sie sich doch bestimmt in die Stille des Gartens zurückgezogen, wo Sie nicht ständig zwischen Herrn Freese und Herrn Dietrich stehen.«

Selbst auf die Entfernung hin erkannte Dietrich, dass Kassandra zusammenzuckte. Beinah hätte er applaudiert, sie machte das großartig.

»Dass Sie sich Sorgen machen, ist überaus freundlich«, sagte sie gepresst, »wenn es auch reichlich spät kommt.«

Clasen legte den Kopf schief. »Leider versäume ich es manchmal, gründlich nachzudenken, bevor ich etwas tue. In diesem

Fall: bevor ich die Einladungen verschicken ließ. Kann ich das irgendwie wiedergutmachen?«

»Sie müssen nichts wiedergutmachen, jedenfalls nichts, was mich, Paul und Kay betrifft. Wir wissen, wo wir stehen, und wir kommen klar. Ihre Tochter dagegen kommt leider nicht klar. Als Sie sich Dominik Thurows entledigten, haben Sie offenbar auch nicht richtig nachgedacht.«

Diesmal zuckte Clasen zusammen, und Dietrich ging es genauso. Er hätte Kassandra schütteln können. Was glaubte sie, mit so etwas zu gewinnen?

»Entledigt?«, wiederholte Clasen so leise, dass Dietrich Mühe hatte, ihn zu verstehen.

»Das ist es doch wohl, was Sie getan haben«, sagte Kassandra. »Sie schmeißen ihn raus und sind ihn los und denken, für Miriam ist die Angelegenheit damit genauso erledigt wie für Sie. Aus den Augen, aus dem Sinn. So einfach ist das aber nicht mit der Liebe. Die kann man nicht einfach entlassen.« Kassandra hielt inne.

Lautlos stieß Dietrich die angehaltene Luft aus. Kassandra war sehr geschickt vorgegangen. Sie bekam Clasens Reaktion auf ihren Verdacht hautnah mit und verwandelte ihn fast zeitgleich in einen bloßen Vorwurf.

»Wenn Ihnen was an Miriam liegt«, fuhr sie fort, »ist es höchste Zeit, ihr das zu zeigen. Das wird nicht einfach, aber es ist die Mühe bestimmt wert.«

Clasen schwieg zunächst, dann nickte er langsam. »Sie haben recht. Ich muss mich entschuldigen.« Er ließ offen, wofür, aber es war klar, was er meinte. Ob er es ehrlich meinte, war schwerer zu sagen. »Wenn Sie die Stille hier noch genießen möchten, bleiben Sie ruhig. Auf mich wartet wieder die Pflicht.« Er nickte ihr zu und wandte sich zum Gehen.

Kassandra schaute ihm hinterher, dann hob sie den Kopf und betrachtete den Sternenhimmel.

Woran dachte sie? Es kam Dietrich so vor, als läge ihr etwas auf der Seele. Oder dachte sie an Clasen? Er trat aus der Küche, um sie zu fragen, welchen Eindruck sie von ihm hatte.

Instinktiv warf er dabei einen Blick in die Richtung, in die Clasen verschwunden war. Statt Clasen sah er Paul herankommen und verharrte auf dem Fleck. Er würde die Unterhaltung mit Kassandra auf später verschieben müssen.

Da machte es klick in Dietrichs Kopf. Was hatte Clasen gerade zu ihr gesagt? *Wo Sie nicht ständig zwischen Herrn Freese und Herrn Dietrich stehen.* Genau das konnte die Lösung sein für das Problem, das er wälzte, seit er sich entschlossen hatte, doch an dieser Feier teilzunehmen. Was ihm gerade in den Sinn gekommen war, barg ein Risiko und hieß außerdem, dass er und Paul sich nicht länger aus dem Weg gehen konnten. Aber sie hatten keine Zeit für Befindlichkeiten, weder für seine noch für Pauls.

Er setzte sich in Bewegung. Kassandra und Paul hörten ihn kommen und sahen ihm erstaunt entgegen.

»Ich brauche eure Hilfe«, sagte er ohne Vorrede. Er rechnete damit, dass Paul vorsichtig »Wobei?« fragen würde, doch er täuschte sich.

»Was können wir tun?«, fragte er stattdessen.

»Du und Kassandras Vater müsst dafür sorgen, dass Clasen für mindestens die nächsten anderthalb Stunden beschäftigt ist und sich nicht von der Feier wegbewegt. Schafft ihr das, ohne dass es auffällt?«

»Kriegen wir hoffentlich hin. Willst du dich im Haus umsehen?«

Dietrich nickte. »Durch Julia bin ich bei Clasen Constructions weit gekommen. Ausgedruckt würden die Daten zwei dicke Ordner füllen und Clasen und mindestens drei seiner Geschäftspartner ein paar Jahre hinter Gitter wandern. Das ist allerdings nur die halbe Miete. Bei einigen Bauprojekten muss man sich fragen, wie die ohne korrupte Leute in öffentlichen Ämtern zustande gekommen sein sollen.«

»Aber es reicht nicht, wenn man sich das nur fragt«, stellte Kassandra fest.

»Bedauerlicherweise nicht«, stimmte Dietrich zu. »Auf die Beweise dafür hatte ich es von Anfang an abgesehen. Wenn sie in der Firma nicht zu finden sind, müssen sie anderswo sein. Nicht notwendigerweise hier, aber ich muss die Villa überprüfen, und ich weiß nicht, wann ich das nächste Mal die Möglichkeit dazu haben werde.«

»Kann Julia Seidlitz dir dabei nicht helfen?«, fragte Paul. »Sie ist doch sicher häufig hier.«

»Julia verfolgt ihre eigenen Interessen. Sie will was gegen Clasen in der Hand haben, aus rein persönlichen Gründen, weil er sie abserviert hat. Sagt sie. Vielleicht will sie sich auch absichern, weil Clasen wiederum was gegen sie in der Hand hat.«

»Den Mord an Dominik?«, fragte Kassandra.

»Zum Beispiel. Das lässt sich nicht ausschließen, obwohl mein Eindruck ist, dass ihr wirklich viel an Thurow lag. Außerdem kann im Laufe ihrer zwanzig Jahre bei Clasen Constructions viel passiert sein. Auf jeden Fall glaubt sie, dass ich ihr bei dieser speziellen Zusammenarbeit einen Gefallen getan habe, nicht umgekehrt, und das soll so bleiben. Was alles Weitere angeht, ist sie raus.«

»Ich aber nicht«, sagte Kassandra. »Du hast eben gesagt, du brauchst *unsere* Hilfe. Was soll ich machen?«

»Bei mir sein, während ich die Räumlichkeiten oben durchsuche.«

»Ich weiß nicht, ob ich erkennen würde, dass ich was gefunden habe«, sagte sie zweifelnd. »Er wird ja keine Dankesbriefkopien an Baudezernenten in seiner Schublade liegen haben.«

»Du sollst nicht suchen, du sollst nur dabei sein.« Was er vorschlagen wollte, war haarig, aber es half nichts, er musste …

»Du willst Kassandra als Alibi«, sagte Paul, bevor er es tun konnte.

Ihre Blicke trafen sich, und trotz der Dunkelheit las Dietrich in Pauls Augen, dass er begriffen hatte und dass er von der Idee wenig begeistert war. Wegen des Risikos? Paul war nicht der Typ, der Risiken scheute. Warum also? Zum ersten Mal fragte Dietrich sich, ob er sich möglicherweise doch nicht immer hundertprozentig unter Kontrolle gehabt hatte. Ob Paul wusste oder zumindest ahnte, was in ihm vorging.

Keine Zeit für Befindlichkeiten, dachte er. Laut sagte er: »Falls man uns oben in einem Schlafzimmer erwischt, ist die Geschichte, die Harald Barthel erzählt hat, genau das, was wir brauchen, um aus der Sache heil herauszukommen.«

»Nicht, wenn Clasen sieht, wie du sein Laptop durchforstest«, gab Paul zu bedenken, die Stimme bar jeder Emotion.

»Wird er nicht, wenn du und Harald Barthel dafür sorgen, dass er auf der Party bleibt. Falls das nicht gelingt oder sonst jemand kommt: Kassandra wird an der angelehnten Tür stehen und Bescheid geben, und wir haben dann hoffentlich genug Zeit, so zu tun, als seien wir mit einer anderen Art von Durchsuchung beschäftigt.« Er hatte ruhig gesprochen und war Pauls Blick nicht ausgewichen, trotzdem konnte er nicht beurteilen, was er dachte. Selten zuvor hatte er erlebt, dass Paul sich dermaßen abschottete. Am Ende kam es aber ohnehin darauf an, was Kassandra dazu sagte. Er wandte sich ihr zu. »Würdest du das tun?«

Sie sah zwischen ihm und Paul hin und her, sie hatte die Veränderung in Paul auch bemerkt. Dann nickte sie entschlossen.

»Gut«, sagte er, als ob es das Selbstverständlichste der Welt wäre, was es in mehrerlei Hinsicht ganz und gar nicht war. »Geht zur Party zurück. Sobald ihr sicher seid, dass Clasen abgelenkt ist, kommst du«, er schaute Kassandra an, »wieder her. Ich wechsle in der Zwischenzeit ein paar Worte mit Julia, damit sie keine Vermisstenanzeige aufgibt, wenn ich mich so lange nicht blicken lasse. Alles klar?«

Erneut nickte Kassandra, Paul ebenfalls, dann wandten sie sich gemeinsam um. Sie wirkten dabei wie eine Einheit. Zweifellos war Paul das bewusst. Selbst wenn er etwas von Dietrichs Gefühlen ahnte, konnten ihn die völlig kaltlassen.

Als Dietrich schon fast wieder in der Küche war, hörte er seinen Namen. Kassandra war nicht mehr zu sehen, dafür kam Paul auf ihn zu. Direkt vor ihm blieb er stehen und fixierte ihn.

»Pass auf sie auf, Kay«, sagte er leise, dafür umso nachdrücklicher. »Ich weiß, dass sie das selbst kann. Aber falls es doch nötig wird – pass auf sie auf!«

»Du kannst dich drauf verlassen.«

Selten hatte Dietrich etwas so wahrhaftig gemeint. Doch er wusste genauso gut wie Paul, dass es keine Garantie gab. Für nichts.

Ungeduldig stand Kassandra neben einer Gartenfackel und wartete, dass Paul wiederauftauchte. Er hatte sie ohne ein Wort einfach stehen lassen und war zu Kay zurückgegangen. Hatte er es sich anders überlegt? Zwar war Kays Vorschlag für ihn anscheinend weniger überraschend gekommen als für sie, aber glücklich hatte er nicht gewirkt. Dabei war der Plan genial. Risikoreich. Aber genial.

»Wo bleibst du denn?«, fragte sie, als Paul zurückkam.

»Hatte noch was zu regeln.«

»Mit Kay? Wolltest du …?«

»Unwichtig«, unterbrach er sie und zog sie ins Haus hinein. »Ich hänge mich schon mal an Clasen.« Mit dem Kinn deutete er zu einer Gruppe Männer in der Sitzecke. »Sieht nicht sonderlich geschäftsmäßig aus, also stehen die Chancen gut, dass ich was zum Gespräch beitragen kann. Versuch du, Harald von dem Typ dahinten loszueisen, und erklär ihm, worum es geht, damit er mich nötigenfalls ablösen kann.«

»Mach ich. Viel Glück.«

»Das braucht ihr mehr als Harald und ich. Würdest du mir einen Gefallen tun?«

»Auf mich aufpassen?«, fragte Kassandra lächelnd, obwohl sie sich nicht ganz so locker fühlte, wie sie sich anhörte.

»Du liest meine Gedanken. Ich würde dich jetzt gern küssen, Kassandra, Liebes, aber wenn es zum Äußersten käme und ihr da oben von Clasen erwischt würdet, wäre das kontraproduktiv.«

Kassandra linste in Clasens Richtung. Er schien vertieft in die Unterhaltung mit den anderen drei Männern, dennoch kam es ihr so vor, als würde er mit einem halben Auge zu ihnen herüberschauen.

»Kommt drauf an. Küss mich«, forderte sie Paul auf. »Los schon!«

Paul beugte sich zu ihr hinunter, sie drehte den Kopf zur Seite, und er verstand augenblicklich, was sie vorhatte. Er umfasste ihr Kinn und zwang sie, ihn anzusehen. Dann küsste er sie. Sie schmeckte seine Lippen, schmeckte ihn, wollte seinen Kuss erwidern und musste sich zwingen, Paul zurückzustoßen und sich abzuwenden, ohne ihm noch einen Blick zu gönnen. Da sie auch nicht in Clasens Richtung sehen durfte, wusste sie nicht, ob er die kleine Szene mitbekommen hatte, aber sie glaubte zumindest, seinen Blick zu spüren, während sie auf Harald zuging. Harald dagegen hatte eindeutig gesehen, was vorgefallen war. Sie musste ihn nirgends loseisen, er fiel dem Mann, der ihm gerade etwas von einem Projekt im Baltikum erzählte, ins Wort, entschuldigte sich und schob Kassandra mit sanfter Gewalt zurück zum Wintergarten, wo sie einigermaßen ungestört waren.

»Was sollte das?«, fragte er. »Wenn ihr unbedingt streiten müsst, macht das zu Hause. Wir haben hier Wichtigeres zu tun.«

Kassandra drehte dem Raum den Rücken zu und griente. »Sehr schön, wir waren offenbar überzeugend.« Während sie ihm erklärte, was sie vereinbart hatten, wechselte Haralds Ausdruck von Überraschung zu etwas, das sie nicht recht definieren konnte, dann zu Besorgnis und schließlich zu Einverständnis.

»Geh an die Luft, Kassandra«, sagte er laut genug, dass ein näher kommendes Pärchen irritiert aufschaute. »Vielleicht hilft dir das, zur Vernunft zu kommen.« Zielstrebig bewegte sich Harald wieder auf seinen Gesprächspartner zu und platzierte sich so, dass er Clasen und Paul, der sich zu der Gruppe gesellt hatte, gut beobachten konnte.

Bei einem letzten Blick zurück entdeckte Kassandra weiter hinten Kay mit Julia Seidlitz. Gerade wurde sie von Astrid Clasens Yachtclub-Freundin angesprochen, was Kay nutzte, um sich unauffällig abzusetzen und den Flur zur Küche zu betreten.

Dietrich hatte Julia fragen wollen, ob sie Astrid Clasen von ihrer Beziehung erzählt hatte. Für seinen Plan war es nicht ganz unwichtig zu wissen, ob Astrids doppeldeutige Bemerkung nur ein Schuss ins Blaue oder mehr gewesen war und was wiederum Clasen wusste. Aber er hielt es für besser, Julia nicht in Panik zu versetzen, falls nicht sie dafür verantwortlich war. Tobias hatte sie gemeinsam aus dem Haus kommen sehen. Entweder er hatte später gegenüber Astrid eine entsprechende Bemerkung fallen lassen. Oder ein Dritter hatte dasselbe gesehen und es Astrid zugetragen. Es war ohnehin zu spät, sich Gedanken darüber zu machen. Falls jemand Dietrich und Kassandra in die Quere kam, würde er behaupten, dass die Leidenschaft für Kassandra über die Beziehung zu Julia gesiegt habe. Das würde seine Arbeit mit ihr in Zukunft unangenehm gestalten. Aber immer noch besser, als wenn die Wahrheit ans Licht käme.

Kassandra wartete schon im Garten. Sorgfältig ließ sie ihren Blick über die Fassade der Villa gleiten, als suche sie etwas.

»Bereit?«, fragte er.

»Mir ist vorhin diese Kamera gar nicht aufgefallen«, sagte sie statt einer Antwort und deutete über die Glastür zur Küche. »Auch wenn wir noch so überzeugend das Liebespaar spielen, wird Clasen sich seinen Teil denken, falls er die Überwachungsaufzeichnungen ansieht. Das ist abgesehen von der Kamera am Tor zum Grundstück doch bestimmt nicht die einzige.«

»Nein«, stimmte Dietrich zu. »Der Eingangsbereich der Villa, alle Fenster und weiteren Türen und sogar einige der Innenräume sind mit einem der besten Überwachungssysteme gesichert, die der Markt derzeit zu bieten hat. Ich würde niemandem raten, seine Nase hier reinzustecken. Normalerweise jedenfalls nicht. Heute Abend wäre allerdings ein guter Zeitpunkt.«

»Du hast die Anlage außer Funktion gesetzt?«

»Nicht ganz, dann ginge ein Alarm los. Ich habe in ein, zwei unbeobachteten Augenblicken an ein paar Schaltern gedreht, die ich nachher wieder zurückdrehen muss.« Das war etwas untertrieben, angefangen damit, dass er zunächst den Standort der Anlage hatte finden müssen, und die *paar Schalter* beinhalteten sowohl die für die stationären Aufzeichnungen als auch die auf dem Server und in der Cloud, die ihn bei dieser Suche zeigten und weiter gezeigt hätten, was er noch tat. Obwohl er all das nicht aussprach, schluckte Kassandra. Er sah ihr an, dass ihre Gedanken rotierten, und wollte die Hand ausstrecken. Doch er ließ es bleiben.

»Kassandra«, sagte er stattdessen. »Du …«

»Wag nicht, mir zu sagen, dass ich das hier nicht zu machen brauche!«, unterbrach sie ihn.

Dietrich lächelte. »Das wäre mir nie eingefallen.« Dann wurde er ernst. »Falls etwas schiefgehen und ich es nicht mehr schaffen sollte, mich um das Überwachungssystem zu kümmern, werde ich sagen, dass ich mich schon im Haus umgesehen habe, bevor die Leidenschaft uns beide übermannte, und dass du, dein Vater und Paul absolut gar nichts damit zu tun habt. Ich kann nicht garantieren, dass Clasen das glaubt, also kann ich auch nicht behaupten, dass du keinerlei Risiko eingehst. Aber ich werde alles tun dafür tun, was in meiner Macht steht. Versprochen.«

Kassandra setzte zweimal an, etwas zu sagen, und verrückterweise hatte er den Eindruck, dass sie … wütend war?

»Versprich mir was anderes«, bat sie schließlich.

»Was?«, fragte er vorsichtig.

»Dass du dich nicht meinetwegen um Kopf und Kragen redest. Ich hab nichts davon, wenn ich davonkomme, aber dich dafür im Krankenhaus besuchen muss. Oder …«, erneut schluckte sie, »oder Schlimmeres.«

Dietrich musste sich abschotten wie Paul vorhin. Kühl, überlegt, professionell sein. »Darauf bin ich auch nicht wild«, sagte er knapp. »Die Zeit läuft uns davon, gehen wir.«

Eine Treppenlänge später stand Kassandra reglos neben Kay im Obergeschoss. Die Halogenstrahler in der Decke waren gedimmt und verliehen den in sattem Terrakotta gestrichenen Wänden zusätzliche Wärme. Von der Feier drangen gedämpfte Geräusche herauf, aber hinter den sechs Türen, die von einem Flur abgingen, war alles still. Vielleicht lag in den Räumen genauso dicker Teppich wie unter ihren Füßen, dennoch war Kassandra überzeugt, dass niemand sich hier oben aufhielt. Es fühlte sich so an, ohne dass sie genauer bestimmen konnte, warum.

»Wohin zuerst?«, flüsterte sie.

»Ich habe keinen Gebäudeplan, also der Reihe nach«, gab Kay ebenso leise zurück.

Nach Miriams Zimmer, das relativ unpersönlich wirkte, als wolle sie bei ihren Eltern möglichst wenig von sich preisgeben, und einem Bad, in dem man Walzer tanzen konnte, waren sie am Ziel. Kay leuchtete mit seiner Taschenlampe über Wände, die mit Regalen gepflastert waren, weiter zu einer Verbindungstür zum nächsten Raum und schließlich zu einem übereck stehenden Schreibtisch, auf dem ein Laptop und ein Drucker standen und diverse Akten und Papierstapel lagen.

»Lehn die Tür so dicht an, wie es geht«, sagte er, während er nachsah, was sich hinter der zweiten Tür verbarg. »Schlafzimmer«, stellte er fest, schloss sie wieder und ging zum Schreibtisch.

Kassandra positionierte sich vor dem schmalen Spalt der Tür zum Flur. »Ich kann bis zum Treppenaufgang alles überblicken und sage Bescheid, sobald ich was sehe oder höre. Viel Erfolg.«

»Danke«, murmelte Kay.

Kurz schaute sie über ihre Schulter. Kay hatte das Laptop aufgeklappt, das Licht des Displays ließ sein Gesicht geisterhaft erscheinen. Sie drehte sich wieder um, konzentrierte sich auf den Flur und hörte hinter sich, wie Kay auf Clasens Schreibtischstuhl Platz nahm. Das nächste Geräusch klang, als würde er einen USB-Stick ins Laptop stecken. Eine Weile gurgelte es leise, dann begann Kay, abwechselnd zu tippen und mit der Maus zu klicken.

Auf dem Flur tat sich nichts, dennoch wurde Kassandra nervös. Kay arbeitete bereits seit einer halben Stunde am Notebook. Für eine Sekunde ließ sie den Flur aus den Augen, sah jedoch nur seine dunklen Haare über dem Display. »Kommst du voran?«, wisperte sie.

»Wie man's nimmt«, antwortete Kay. »Ich habe Zugriff auf sämtliche Programme und Dateien und lasse sie durchsuchen, aber ich finde nichts von Bedeutung.«

»Wenn hier nicht ist, was du suchst, kannst du die Villa wenigstens abhaken«, sagte Kassandra.

»Sieht so aus, aber ich werde nichts abbrechen, bevor meine Software mit allem durch ist.«

Wieder blieb es still zwischen ihnen. Kassandra dachte an Clasen und wie er sie vorhin wütend angeblitzt hatte, als sie ihn beschuldigt hatte, sich Dominiks entledigt zu haben. Ihr war schon mulmig geworden, doch dann hatte sie noch etwas in seinen Augen gelesen. Überlegenheit. Als ob er nichts fürchtete. Das konnte daran gelegen haben, dass er – zumindest was Dominik betraf – tatsächlich nichts zu fürchten hatte. Aber auch daran, dass er sich nach allen Seiten absicherte. Was er ganz bestimmt auch mit den höchst brisanten Daten tat, hinter denen Kay her war.

»Wenn ich Clasen wäre«, sagte sie und drehte sich nun doch wieder von der Tür weg zu Kay hin, »würde ich sensible Unterlagen nicht auf ein Laptop abspeichern, das von extern gehackt werden könnte.«

Kay sah hoch. »Sondern in althergebrachten Aktenordnern?« Er ließ seinen Blick über die Regale schweifen. »Da ist was dran.« Er stand auf, um mit Hilfe seiner Taschenlampe die Beschriftungen zu lesen. »Die durchzuackern, würde Tage in Anspruch nehmen.«

Seine Taschenlampe wanderte weiter, doch erst als ihr Strahl das nächste Regal abtastete, wurde Kassandra bewusst, dass sie gerade etwas gesehen hatte.

»Geh noch mal zurück, da unten, weiter links«, dirigierte sie. »Ist das eine Laptoptasche?«

Kay zog sie aus dem Regal und gleich darauf ein Laptop hervor. »Was für ein Uraltmodell.« Er wollte es wieder zurückschieben. Da hielt er inne.

Kassandras und sein Blick trafen sich. »Ein Notebook«, sagte sie, und er nickte.

»Ein Notizbuch im eigentlichen Sinne, eins, das nicht wie selbstverständlich am Netz hängt.« Er klappte es auf. Es ließ sich mit Akkubetrieb nicht hochfahren, sodass Kay das andere Laptop, das nach wie vor von seiner Software durchsucht wurde, vom Strom nahm und das Notebook anschloss.

Ein Geräusch auf dem Flur alarmierte Kassandra. Blitzschnell wandte sie sich wieder dem Türspalt zu und sah gerade noch, wie eine Frauengestalt das Bad gegenüber betrat. Sie bedeutete Kay, keinen Laut von sich zu geben, und erschrak von Neuem, als dennoch vom Schreibtisch die Windows-Willkommensmelodie erklang, die Kay nicht mehr hatte aufhalten können. Ihr brach der Schweiß aus, aber glücklicherweise öffnete sich drüben nicht sofort die Tür. Und warum auch? Es war ja nur ihr so laut vorgekommen. Sie hörte, wie Kay erneut zu tippen begann, gleichzeitig kam Astrid aus dem Bad und ging wieder die Treppe hinunter, ohne einen Blick in Richtung Arbeitszimmer zu verschwenden.

Langsam normalisierte sich Kassandras Puls, Kays leise Tipp- und Klickgeräusche hatten eine beruhigende Wirkung auf sie. Als sie plötzlich stoppten, kam es ihr unnatürlich still vor.

»Hast du was gefunden?«, wisperte sie.

Kay antwortete nicht.

Obwohl sie sich geschworen hatte, den Flur nicht noch mal aus den Augen zu lassen, drehte sie sich wieder zu ihm um. Er hatte den USB-Stick in das alte Notebook gesteckt, das nun neben dem neuen stand. Kassandra konnte nur seine rechte Gesichtshälfte sehen, aber sie erkannte, wie ungläubig er auf das Display starrte. Dann kam plötzlich Leben in ihn. Er begann zu tippen, so schnell, wie sie Paul noch niemals hatte schreiben sehen, und Paul war schnell. Dabei murmelte er etwas vor sich hin, das Kassandra nicht verstand, aber offensichtlich Ausdruck seiner Fassungslosigkeit war. Schließlich zog er konzentriert – oder wütend? – die Brauen zusammen, hackte ein letztes Mal auf die Tastatur ein und ließ sich auf den Schreibtischstuhl zurückfallen. An der Seite des Notebooks blinkte ab und zu das kleine rote Lämpchen des USB-Sticks auf – ein Zeichen, dass der Stick arbeitete und wahrscheinlich Daten vom Notebook zog. Obwohl Kay nun nur noch warten konnte, nahm er nicht den Blick vom Display.

»Was hast du gefunden?«, formulierte Kassandra ihre Frage anders.

Kay wischte sich mit der Rechten über die Augen, wie um sich zu vergewissern, dass das, was er vor sich sah, wirklich da war. »Ich wusste, dass Leute aus Bau- und Finanzämtern und Regierungsbeamte in Landes- und Bundesministerien auf Clasens Gehaltsliste stehen. Entsprechend hätte ich damit rechnen müssen, dass er genauso gute Kontakte zur Polizei hat.«

Es war unschwer zu erkennen, dass ihn diese Tatsache weit mehr beschäftigte als korrupte Minister. Egal, was er machte, tief im Innern war Kay noch Polizist und würde es immer bleiben. »Jemand, den du kennst?«, fragte Kassandra leise.

»Weiß ich nicht. Clasen hat nur Dienstnummern notiert. Ich …«

»Schscht!«, unterbrach ihn Kassandra und legte den Finger auf die Lippen. Sie hatte wieder etwas vom Flur gehört, diesmal nicht nur ein diffuses Geräusch, sondern eine Stimme. Sie starrte durch den Türspalt und sah Astrid Clasen die Treppe hochkommen, gefolgt von Julia Seidlitz. Es war Astrid, die sprach, und je näher sie kam, desto besser konnte Kassandra sie verstehen.

»Ich hab's satt, so zu tun, als wären wir noch Freundinnen«, fauchte sie. »Du hast hier oben nichts zu suchen, verschwinde!«

»Hör zu, Astrid, du …« Julia berührte ihren Arm.

Astrid schüttelte sie ab, als wäre sie ihr widerwärtig. »Fass mich nicht an! Ich sagte, du sollst hier oben verschwinden.«

»Falk hat mich gebeten, aus seinem Arbeitszimmer …«

Gleichzeitig mit Astrids Ausbruch »Es ist mir scheißegal, was Falk sagt!« zuckte Kassandra zusammen. Sie war sich nicht sicher, wie viel Kay am Schreibtisch von dem mitbekam, was die beiden Frauen sagten. Sie wedelte mit den Armen und bedeutete ihm, das Kopieren vom Notebook zu stoppen und die Geräte zusammenzupacken.

Kay nickte, schaltete aber nur das Laptop aus, das ursprünglich auf dem Schreibtisch gestanden hatte, während die Daten vom alten Notebook immer noch auf den Stick kopiert wurden.

Glücklicherweise hatte der Streit Astrid und Julia so weit im Griff, dass sie sich nicht von der Stelle bewegten. Aber wie lange noch?

»Es tut mir leid, Astrid. Ich weiß nicht, wie oft ich das noch sagen soll. Glaub mir, ich würde alles rückgängig machen, wenn ich es könnte.«

»Was willst du? Dass ich dir verzeihe? Mach dich nicht lächerlich! Du hast unsere Freundschaft verraten, und du würdest es wieder tun. Weiß dein attraktiver Ex-Bulle, dass er bloß ein billiger Ersatz für Falk und deine Rache an ihm ist? Aber bilde dir nichts ein, Falk ist vollkommen gleichgültig, mit wem du ins Bett springst, er hat sich längst eine Jüngere dafür geholt. Jünger als du und ich. Ich hab dich immer für eine intelligente Frau gehalten, aber du bist bloß genauso dämlich wie alle anderen.« Sie wandte sich ab und kam aufs Arbeitszimmer zu.

Kassandra wurde gleichzeitig heiß und kalt. Es war zu spät und alles umsonst gewesen. Ihr Blick flog zurück zu Kay, der vom Notebookdisplay aufgesehen hatte, aber nach wie vor keine Anstalten machte, es zusammenzupacken. Er zeigte nur auf die Verbindungstür zum Schlafzimmer und formte mit den Lippen die Worte: »Da rein!« Sie sollte sich in Sicherheit bringen. Ohne ihn. Sie schüttelte den Kopf.

Wieso tat Kassandra nicht, was er ihr sagte, verdammt? Diese Verbindungstür war das Beste, was ihnen passieren konnte. Stattdessen stand sie plötzlich neben ihm. Er packte sie an den Schultern und wollte sie rüber ins andere Zimmer verfrachten, dann wäre wenigstens sie aus der Schusslinie. Aber nein, diese sture Frau kämpfte gegen ihn an und legte die Arme um seinen Nacken. Da öffnete sich auch schon die Tür, er erkannte Astrid Clasens halbe Gestalt und hörte gleichzeitig Julias Stimme.

»Falk kann Kay nicht das Wasser reichen.«

Die Tür schloss sich wieder ein Stück.

»Wem willst du das einreden?«, fragte Astrid. »Wenn Falk will, kann er deinen Lover zwischen den Fingern zerquetschen. Wie er es mit Dominik gemacht hat. Weißt du, Julia, ich liebe meine Tochter, mehr als sonst jemanden auf dieser Welt, und Dominik war ein guter Mensch. Ich hatte einen Privatdetektiv auf ihn angesetzt und gehofft, er würde Dominik vor Falk finden, damit wenigstens Miriam glücklich wird mit dem richtigen Mann an ihrer Seite.« Sie seufzte. »Natürlich hätte ich wissen müssen, wer den Wettlauf gewinnt.«

Dietrich achtete nicht mehr darauf, was Julia antwortete. Das rote Lämpchen des Sticks leuchtete nicht länger, der Kopiervorgang war abgeschlossen. Anscheinend hatte auch Kassandra das bemerkt. Sie gab ihn frei. In Windeseile steckte er den Stick ein, schaltete das Notebook aus, packte es in die Tasche, stellte sie an ihren Platz, gab dem neuen Laptop wieder Strom, griff nach Kassandras Hand, zog sie zur Verbindungstür, schob sie ins Schlafzimmer und schloss die Tür hinter ihnen. Sie lehnten sich mit dem Rücken dagegen und atmeten tief durch.

Inzwischen hatte Astrid das Arbeitszimmer betreten, Julia war ihr gefolgt, sie stritten nach wie vor. Was, wenn sie nicht in Clasens Büro blieben, sondern ins Schlafzimmer kamen? Kassandra schien das Gleiche im Kopf herumzugeistern. Wortlos zog sie ihn hinüber zum Bett, wobei er registrierte, dass sie einander nach wie vor an der Hand hielten. Sie ließ ihn los, streifte die Schuhe von ihren Füßen und begann, ihr dunkelblaues Seidenkleid aufzuknöpfen, sodass der weich fallende Kragen ihre linke Schulter hinabrutschte und ein ebenso dunkelblauer BH mit glänzend seidiger Spitze zum Vorschein kam. Dietrich wandte seinen Blick ab und schluckte trocken. Da stupste Kassandra ihn an und deutete auf sein Jackett und sein Hemd. Er entledigte sich des Jacketts und seiner Krawatte und ließ beides vor dem Bett zu Boden gleiten. Seine Finger fanden den ersten Hemdknopf, bekamen ihn aber nicht auf.

Drüben wurde Astrids und Julias Streit lauter, ohne dass er verstand, was gesagt wurde. Stattdessen spürte er Kassandras Blick auf seinen Fingern, die immer noch mit dem Knopf kämpften. Plötzlich lagen ihre Hände auf seinen und brachten ihn mit sanftem Druck dazu, ihr die Knöpfe zu überlassen. Flüchtig wurde ihm bewusst, dass dieser Anblick für Astrid und Julia sicher sehr überzeugend sein würde, wenn sie jetzt hereinplatzten. Hauptsächlich aber kostete es ihn unendlich viel Mühe, gleichmäßig und ruhig zu atmen, während er mit allen Sinnen Kassandras Nähe wahrnahm, den Duft ihres Haares und ihrer Haut einatmete und ihre nackte Schulter betrachtete und das, was der BH nur zum Teil verbarg. Er schaute weg und starrte auf die Wand hinter ihr. Da hing ein Gemälde. Was Bekanntes. Was von … er kam nicht drauf. Kassandra hatte alle Knöpfe gelöst und hob den Kopf. Ihre Blicke fanden sich, hielten sich fest.

Er sah, wie sie anfing, sich eine Frage zu stellen, eine Frage, die sie nie zu Ende denken und die er erst recht nie beantworten durfte. Mit einem Kraftakt brachte er sich dazu zu tun, was er sonst aus dem Effeff beherrschte: Er legte eine Maske über sein Gesicht und sein Innenleben. Keine Zeit für Befindlichkeiten. Er hatte einen Job zu erledigen.

Da polterte etwas gegen die Verbindungstür hinter ihnen. Ohne dass es eines weiteren Blickes bedurfte, ließen sie sich auf das weiche Bett fallen, und im selben Moment, in dem die Tür aufschwang, strich Dietrichs Hand über Kassandras warme Haut und fand den Weg zu der dunkelblauen Spitze.

In Kassandra tobte ein Orkan – Kays Hand auf ihrem Körper, das Kribbeln auf ihrer Haut und vor allem sein Blick, der die seltene, aber so besondere Nähe zwischen ihnen ganz plötzlich ohne jede Vorwarnung greifbarer denn je machte. Für einen Sekundenbruchteil versprach er in ihrer Einbildung sogar mehr als das. Die Vorstellung von diesem Mehr war völlig neu, erschreckend und doch faszinierend und schien so richtig und war doch so falsch, dass sie nicht verstand, wie sie das überhaupt, und sei es nur für jenen Sekundenbruchteil, denken und empfinden konnte.

Durch dieses Gefühlschaos brach sich ein einziger rationaler Gedanke bahn: keine Zeit, sich darin zu verlieren. Nicht jetzt, nicht hier, wo sie sich neben Kay auf dem Bett aufrichtete und ihre Rolle spielen musste. Auch ohne Spiegel, nur aufgrund

Astrids gleichermaßen überraschten wie belustigten und Julias entsetzten Gesichtsausdruck ahnte sie, dass wenigstens ihr Äußeres überzeugend rüberkam. Sie öffnete den Mund, doch Astrid war schneller.

»Na so was!«, sagte sie und wandte sich an Julia. »Falk kann deinem Ex-Bullen also nicht das Wasser reichen? Ich würde sagen, zumindest in dieser Beziehung«, sie deutete aufs Bett, »sind sie sich doch sehr ähnlich.«

Julia war bleich geworden. Sie schnappte nach Luft und versuchte vergeblich, etwas zu sagen.

»Ich kann …«, begann Kay.

»Sie können das erklären, Herr Dietrich?«, unterbrach ihn Astrid. »Davon bin ich überzeugt. Erklären Sie's aber nicht mir, sondern Julia.«

»Du … du … Wie konntest du …?«, stammelte Julia.

Kay erhob sich und machte einen Schritt auf sie zu. »Es tut mir leid. Ich …«

»Geh weg von mir! Du hast mich ausgenutzt, genau wie Falk. Wie konnte ich so blöd sein, das nicht zu sehen? Ihr Männer seid alle gleich!«

»Keine allzu neue Erkenntnis«, ließ sich Astrid vernehmen. Sie hatte die Arme vor der Brust verschränkt und schien sich prächtig zu amüsieren.

»Du verstehst überhaupt nichts!«, fuhr Julia sie an.

»Was gibt es da nicht zu verstehen?«, gab sie zurück, bevor sie zu Kassandra sagte: »Ich hoffe, es war bequem auf unserem Bett, aber jetzt sollten Sie sich doch …«

Der Rest ging in Julias Vorwürfen gegen Kay unter, der sich erfolglos bemühte, sie zu beruhigen, was dazu führte, dass beide durcheinandersprachen und niemand mehr etwas verstand. Nervös zuppelte Kassandra an ihrem BH herum, der während ihrer Aktion auf dem Bett verrutscht war, und schob ihr Kleid notdürftig zurück über ihre Schulter. Dabei schaute sie zerknirscht zwischen Kay und Julia und Astrid hin und her. Das hätte sie sich sparen können, keine der Frauen achtete auf sie, nur ein einziges Mal nahm sie wahr, dass Kay zu ihr herübersah.

Wollte er, dass sie ging? Solange sie das nicht eindeutig wusste, würde sie bleiben.

»Julia!«, übertönte er sie schließlich, sodass sie tatsächlich verstummte. »Du hast jedes Recht, wütend auf mich zu sein, und ich keins, mich zu entschuldigen. Trotzdem musst du wissen, dass ich nicht mit dir ins Bett gegangen wäre, wenn ich nicht was für dich übrighätte.«

»Was für mich übrig?«, wiederholte Julia zornig. »Du hast was für mich übrig?« Ihre Stimme überschlug sich.

»Ja«, sagte Kay ganz ruhig. »Ich mag dich sehr, aber mehr kann ich dir nicht geben. Ich dachte, das zwischen Kassandra und mir wäre vorbei, aber es wird nie vorbei sein, nicht von meiner Seite jedenfalls.«

»Wie rührend. Und da hast du dir gedacht, wenn du sie nicht haben kannst, nimmst du in der Zwischenzeit eben mich. Passt ja hervorragend – Falks alte Geliebte und Falks alte Firmengeheimnisse, was?«

Während Kassandra diesen unerwarteten Schlag in die Magengrube verdauen musste, fuhr Julia schon zu ihr herum. »Was wollte er denn von *Ihnen*? Ein paar Informationen über Ihren Vater? Glauben Sie bloß nicht, dass dieser Mann fähig ist zu echten Gefühlen!«

Sie kam nicht dazu zu antworten.

»Rede keinen Unsinn, Julia«, sagte Kay.

»Unsinn? Hast du dich etwa nicht in Falks Datenbanken gehackt, um ihn anschließend zu erpressen?«

Bisher war Astrid Clasen der Diskussion mehr oder weniger belustigt gefolgt, jetzt mischte sie sich erstmals wieder ein. »Stopp mal. Würdest du das bitte wiederholen?«

»Gerne und jederzeit: Kay Dietrich hat deinen Mann ausspioniert.«

Astrid wandte sich an Kay. »Stimmt das?«

Er starrte stattdessen Julia an. »Julia, was soll das? Ist das nicht ein bisschen billig und durchschaubar?«

»Vielleicht, aber es ändert nichts an der Wahrheit.«

»Stimmt das?«, wollte Astrid erneut wissen.

Kay fixierte Julia unverändert, als wolle er ihr damit etwas übermitteln. Eine Drohung? Eine Bitte? Es war Kassandra unmöglich, es genau zu sagen. Und Julia reagierte nicht.

»Ich wollte niemanden erpressen«, sagte Kay schließlich.

»Aber Sie haben sich in Falks Daten gehackt?«, fragte Astrid, sehr wohl in der Lage, die Feinheiten aus Kays Worten herauszuhören.

Wieder sah Kay zu Julia, doch wieder begegnete ihm nur der blanke Hass. Er schwieg.

»Sogar ich weiß«, sagte Astrid wieder, »dass man nachvollziehen kann, wer wann Zugriff auf welche Daten hatte. Also? Ich bin neugierig auf Ihre Antwort.«

Kay seufzte. »Es war nicht ganz so, wie Julia behauptet. Wir haben das zusammen gemacht. Sie hat sich in die Datenbanken eingeloggt, und ich habe ihr gesagt, wonach sie suchen soll. Mich interessieren diese Dinge nicht. Julia wollte etwas gegen Ihren Mann in der Hand haben, weil er sie sitzen gelassen hat.«

Julia lachte auf. »Was für ein Schwachsinn! Ich bin seit zwanzig Jahren bei Clasen Constructions. Wer soll dir denn abkaufen, dass ich nicht selbst erkennen würde, wonach ich suchen muss, vorausgesetzt, ich hätte überhaupt je suchen wollen? Du hast mein Vertrauen ausgenutzt und meine System-Log-ins und meine Passwörter verwendet. Du bist nicht nur ein mieser Betrüger und betreibst miese Firmenspionage, du bist auch noch ein schlechter Verlierer.«

Kassandra wurde kalt, und das hatte nichts damit zu tun, dass sie ihr Kleid immer noch nicht zugeknöpft hatte. Unwillkürlich schauderte sie und schob halb unbewusst wieder ihren zwackenden BH zurecht, während sie hilflos beobachtete, wie Astrid zwischen Julia und Kay hin- und hersah und ihn schließlich ausgiebig unter zusammengekniffenen Lidern musterte. Kassandra kam sich vor wie in einem dramatischen Stummfilm, in dem gleich aus dem Hinterhalt etwas Schreckliches passieren würde. Dabei war es schon längst passiert, trotz all ihrer Planungen.

»Sie zittern ja, Frau Voß«, sagte Astrid beinah sanft. »Ist nicht angenehm für Sie, was? Ehrlich gesagt, versteh ich Sie auch nicht. Ihr Freund ist ein großartiger Mensch, das merkt man gleich. Er hat es nicht verdient, zweimal betrogen zu werden und …«

»Was ist denn hier los? Volksversamm…«

Kassandra sah einen verdutzten Clasen in der Tür stehen. Dann erfasste er die Situation.

»Frau Voß, Frau Voß. Sie enttäuschen mich.«

»Hören Sie auf mit Ihrer Scheinheiligkeit«, fuhr Kay ihn an. »Sie wollten doch, dass das passiert, sonst hätten Sie es nicht provoziert.«

»Ich fürchte fast, da haben Sie recht«, sagte Astrid. »Aber wenn ich Sie wäre, würde ich mir um das andere Problem weit mehr Sorgen machen.«

»Welches andere Problem?«, fragte Clasen. »Oh, ich verstehe. Julia.«

»In der Tat«, stimmte Astrid zu. »Allerdings in anderer Hinsicht, als du denkst. Julia war offenbar so eingenommen von ihrem neuen Kollegen, dass sie mehr mit ihm geteilt hat als das Bett: sensible Zugangsdaten.«

»Wie bitte?« Clasens Gesichtsausdruck verriet seine Fassungslosigkeit, die Astrid jedoch ignorierte, indem sie einfach weitersprach.

»Nach allem, was Julia behauptet, hat Herr Dietrich das für seine Zwecke missbraucht. Herr Dietrich behauptet verständlicherweise was anderes.«

Clasens Augen verengten sich zu Schlitzen.

»Tja, liebe Zuschauer, jetzt wird's spannend«, sagte Astrid. »Schalten Sie auch nächste Woche wieder ein, wenn der allseits gefürchtete Falk Clasen sich fragen muss, ob er seiner Ex-Geliebten oder seinem Sicherheitschef glauben soll.«

»Halt die Klappe, Astrid«, ließ Clasen wie nebenbei fallen und trat auf Kay zu. »Haben Sie mir was zu sagen?«

»Was immer ich Ihnen zu sagen habe, hat nichts mit Kassandra zu tun«, antwortete er. »Sie hatten Ihren Spaß, lassen Sie sie gehen.«

Clasen zuckte mit den Schultern. »Ich habe nicht vor, sie

daran zu hindern.« Er drehte sich zu ihr um. »Viele Grüße an Herrn Freese. Falls Sie ihm nicht sagen, was er versäumt hat, werde ich das gern für Sie tun. Und falls Ihr Vater auf die Idee kommen sollte, deshalb unsere Geschäftsbeziehungen abzubrechen, erinnern Sie ihn an Leipzig. Er weiß dann schon, was ich meine. Gute Nacht.« Er richtete seine Aufmerksamkeit wieder auf Kay. »Fangen Sie an.«

In Kassandra kroch die Panik hoch, ihr Blick huschte zu Kay. Alles in ihr weigerte sich, ihn jetzt alleinzulassen, auch wenn sie überhaupt nichts für ihn tun konnte. Er nickte ihr zu – ein kaum wahrnehmbares Lächeln um seine Mundwinkel, als wolle er sagen, sie solle sich keine Sorgen machen. Und es lag noch eine Botschaft in seinen Augen, doch es gelang ihr nicht, den Inhalt zu erfassen.

»Ich wiederhole mich ungern, Frau Voß, aber für Sie mache ich eine Ausnahme: gute Nacht«, sagte Clasen scharf und mit dem Rücken zu ihr.

Nach einem allerletzten Blick auf Kay, der ihr wieder zunickte, wie um ihr zu versichern, dass sie das Richtige tat, verließ sie das Zimmer.

Halb blind, einen Tränenschleier vor ihren Augen und ohne wirklich die Stufen zu sehen, hastete Kassandra die Treppe hinunter. Auf der Hälfte blieb sie stehen, als ihr klar wurde, dass sie noch immer nicht richtig angezogen war. Zitternd knöpfte sie ihr Kleid zu, blinzelte die Tränen zurück, wischte sich über die Augen und bewältigte die letzten Stufen. Die Feier war unverändert in Gang, Gelächter erklang, Musik, Gläserklirren. Eine andere Welt. Sie tauchte ein in die Menge.

»Was hat so lange gedauert?«, sagte plötzlich jemand neben ihr. Paul.

Sie starrte ihn an und brachte kein Wort heraus, sah, wie sich seine Lippen bewegten, konnte aber plötzlich die Worte nicht mehr verstehen. Sagte er ihren Namen?

»Kassandra! Was ist passiert? Wo ist Kay?«

Halt mich fest, hätte sie am liebsten gesagt. Aber sie hatte kein Recht, das zu sagen. »Oben bei Clasen. Es ist schiefgegangen.«

Pauls Augen verengten sich, von jetzt auf gleich stand er unter Strom. »Aber dich hat Clasen gehen lassen? Er schöpft keinen Verdacht?«

Sie schüttelte den Kopf.

»Dann müssen wir sehen, dass wir Kay raushauen. Ich suche Harald.«

Natürlich. Wieso hatte sie nicht selbst daran gedacht? Sie waren zu dritt, oben waren bloß Clasen und Julia gegen Kay. Astrid verhielt sich wie eine Zuschauerin. Niemand wusste, auf wessen Seite sie sich schlagen würde, aber sie verabscheute ihren Mann. Nicht zuletzt, weil er Dominik getötet hatte. Es durchfuhr Kassandra wie ein Schlag. Genau das hatte Astrid behauptet! Nicht wortwörtlich, aber gemeint hatte sie es. Wenn sie bloß beweisen könnten, was Clasen getan hatte! Wieso war dieser Mann so aalglatt, dass er mit allem, was er tat, durchkam?

Und zum Teufel noch mal, weshalb zwackte ihr BH so? Fahrig rieb sie ihre rechte Seite. Da war was. Zwischen dem Stoff des BHs und ihrer Haut ertastete sie einen kleinen schmalen Gegenstand. Großer Gott! Kay hatte ihr auf dem Bett den USB-Stick zugesteckt. Das war seine Botschaft an sie gewesen, bevor sie ging: *Bring den Stick in Sicherheit.*

»Wo war Kay, als du ihn zuletzt gesehen hast?«

Sie erschrak, hatte Paul und Harald gar nicht kommen hören. »Im Schlafzimmer, zweite Tür rechts. Aber wir dürfen uns da nicht einmischen, das ist zu gefährlich.«

»Zu gefährlich? Das hätten wir uns überlegen müssen, bevor wir mit diesem Spiel angefangen haben«, sagte Paul ungeduldig. »Gehen wir.«

»Nein! Das ist nicht, was Kay will«, widersprach Kassandra. »Clasen weiß nur, dass Kay in der Firma spioniert hat, er weiß dagegen nicht, was da oben wirklich passiert ist. Kay hat gefunden, was er gesucht hat, und mir den Datenstick gegeben, damit wir die Beweise aus dem Haus schaffen.«

Ungläubig sahen Paul und Harald sie an, sie konnte an ihren Mienen ablesen, was sie dachten und was Paul schließlich aussprach. »Du stellst diese Daten über Kays Leben?«

Kassandra musste den Kloß in ihrem Hals herunterschlucken. »Ich tue, was Kay von mir erwartet. Vielleicht könnten wir Clasen, Julia und Astrid überwältigen. Vielleicht aber auch nicht. Falls Clasen eine Waffe hat zum Beispiel. Dann wäre unsere Tarnung aufgeflogen, wir alle verloren und die Beweise gegen ihn gleich mit.«

»Nicht wenn wir uns aufteilen. Du verschwindest mit dem Stick«, sagte Paul. »Harald und ich tun, was wir können, um Kay zu …« Er hielt inne und starrte über Kassandras Schulter.

Sie drehte sich um und entdeckte Clasen und einen Hünen von Mann, den sie bisher nicht auf der Feier gesehen hatte, mit Kay im Eingangsbereich. Kays leicht gebeugte Haltung verhieß nichts Gutes. Der Unbekannte schien etwas in der Rechten zu halten, Clasens Hand lag auf Kays Schulter. Ein wenig wirkte es wie vor einigen Stunden, als er Kay ein paar interessanten Leuten vorstellen wollte. Das beabsichtigte er jetzt garantiert nicht mehr.

»Mir doch egal!«, brüllte Kassandra los. »Von mir aus kannst du …«

»Nicht hier!«, unterbrach Paul sie ebenso laut. »Entweder du steigst ins Auto und kommst mit nach Wustrow oder du siehst zu, wie du nach Hause kommst!« Er marschierte auf Clasen zu, der wie alle anderen das Schauspiel beobachtete, Kay dicht zwischen sich und dem Unbekannten.

Kassandra und Harald folgten. Sie schaute zu Boden, als wären ihr die Blicke der anderen peinlich. Erst als sie Clasen erreicht hatten, Paul ein »Besten Dank für die Einladung« hervorpresste und die Tür aufriss, um das Haus zu verlassen, hob sie den Kopf. Clasen sah zufrieden aus, der Hüne dagegen, dessen rechte Hand hinter Kay im Verborgenen lag, wirkte, als ginge ihn das alles nichts an. Und Kay mied jeden Blickkontakt.

18

Erst nachdem sie das große stählerne Tor von Clasens Grundstück hinter sich gelassen hatten, bekam Kassandra wieder richtig Luft. Trotzdem sah sie noch immer dieses Bild vor sich: Kay zwischen Clasen und dem Muskelpaket. Ein Bodyguard war das nicht, das wäre schließlich in Kays Aufgabenbereich gefallen, also war der Mann wohl für die gröberen Tätigkeiten zuständig. Ein Schaudern lief durch ihren Körper. Automatisch setzte sie einen Fuß vor den anderen, ihre Umgebung nahm sie gar nicht wahr, nur Paul, der neben ihr ging und so die Richtung wies. Als er stehen blieb, blieb auch sie stehen, ohne so recht zu wissen, warum. Erst als Paul Harald bat zu fahren, begriff sie, dass sie am Wagen angekommen waren.

Harald nahm den Schlüssel entgegen, Paul hielt ihr die hintere Tür auf und setzte sich dann neben sie. Niemand sagte etwas, das Schweigen breitete sich selbst dann noch weiter aus, als die Villa längst außer Sichtweite war. Kassandra bemerkte, dass Paul sie von der Seite ansah, starrte aber weiter geradeaus. Sie dachte an seine Frage vorhin, ob sie die Daten auf dem Stick über Kays Leben stellte. Er musste doch wissen, dass sie das nicht tat und dass sie Angst um Kay hatte. Jetzt spürte sie, wie Paul nach ihrer Hand greifen wollte. Sie zog sie zurück, bevor er sie berühren konnte, und griff in ihren Ausschnitt. Selbst im Dunkeln erkannte sie Pauls verblüfften Blick, als sie ihm den USB-Stick hinhielt.

Er nahm ihn nicht sofort, und für eine Sekunde dachte Kassandra, er frage sich, wie der Stick in ihren BH gekommen war. Aber nein, was für ein Unsinn. Und doch – seine nächsten Worte konnte man so oder so auslegen. Wie so einiges in der letzten Zeit.

»Was ist da oben alles passiert?«

Kassandra begann zu erzählen, leise, aber flüssig. Die Szene im Schlafzimmer, bevor Astrid und Julia auf der Bildfläche erschienen waren, hakte sie mit einem Satz ab und endete schließlich mit Clasens deutlicher Aufforderung an sie, zu gehen.

»Wir hätten etwas tun sollen«, sagte Paul schließlich.

Kassandra hörte ihm an, dass er sich nicht weniger Sorgen um Kay machte als sie. Zweifellos verwünschte er ebenso, zur Untätigkeit verdammt zu sein, obwohl ihnen allen klar war, dass sie gegen den bewaffneten Muskelprotz nichts hätten ausrichten können.

»Was hätte das wohl sein sollen?«, fragte dann auch Harald. »Lasst uns lieber überlegen, was wir *jetzt* tun können.«

»Da gibt es nichts zu überlegen«, gab Paul zurück. »Wir müssen die Polizei einschalten. Tobias Harms am besten. Er kennt Kay gut, und wenn Astrid Clasen sagt, dass ihr Mann für Dominiks Tod verantwortlich ist, sollte er erst recht informiert werden.«

»Vernünftiger Plan«, stimmte Harald ihm zu. »Falls du seine Nummer hast, ruf ihn gleich an.«

»Heinz hat sie, soweit ich weiß. Ich frage ihn.« Paul holte sein Telefon hervor.

Instinktiv streckte Kassandra die Hand aus und berührte seine. Sie fühlte sich warm an und sicher und vertraut, und sie nahm Pauls intensiven Blick wahr. Sie musste sich räuspern.

»Warte«, bat sie.

Jetzt wirkte Pauls Blick erstaunt. »Du willst Heinz nicht einweihen?«

»Heinz schon«, sagte sie. »Bei Harms bin ich mir weniger sicher. Es stimmt, dass er Kay gut kennt, und Kay hat auch mal gesagt, dass sie gut miteinander auskommen. Aber das hat er vor vielen Jahren auch von einem anderen Kollegen geglaubt, mit dem er sehr viel länger zusammengearbeitet hat.«

»Ich weiß, aber wir können doch nicht sämtliche Polizisten per se verdächtigen, nur weil damals einer korrupt gewesen ist«, wandte Paul ein.

»Das ist ja das Problem. Es war damals vielleicht nur einer. Heute sind es mehrere. Auf diesem Stick«, sie hielt ihn wieder in die Höhe, »sind Dienstnummern von Polizisten, die auf Clasens

Gehaltsliste stehen. Keine Namen, weshalb weder Kay noch vor allem wir wissen können, wer sich kaufen lässt. Harms ist beim Stralsunder KDD, in Clasens Heimatstadt also. Das muss nichts heißen, vielleicht aber gerade doch.«

»Heilige Scheiße«, ließ sich Harald vernehmen. Das passte so gar nicht zu ihrem Vater, der sonst niemals Kraftausdrücke in den Mund nahm. Dafür passte es wie die Faust aufs Auge zur Situation.

»Du sagst es«, stellte Kassandra fest. »Trotzdem hast du recht, Paul. Wir müssen was tun. Ich weiß bloß nicht, was.« Ihre Hand lag noch immer auf Pauls, sie wollte sie nicht wieder zurückziehen. Es war Paul, der seine wegnahm und sein Telefon fixierte, das er noch immer hielt.

»Wir sollten versuchen, Kay anzurufen. Womöglich hat er seinen Kopf aus der Schlinge ziehen können«, sagte er, »und Clasen hat ihm mehr geglaubt als Julia Seidlitz.«

»Wem er mehr glaubt, spielt für Dietrich keine große Rolle«, sagte Harald. »Für Clasen bleibt die Tatsache bestehen, dass Dietrich zumindest mitspioniert hat. Das dürfte ausreichen, um bei ihm in Ungnade zu fallen.«

Bei Pauls Worten hatte Kassandra Hoffnung geschöpft, bei Haralds war sie wieder erloschen. »Wir sollten es trotzdem versuchen. Oder besser ich, das ist glaubwürdiger«, sagte sie. Sie stellte ihr Handy auf Lautsprecher und tippte Kays Nummer an. Am anderen Ende klingelte es fünfmal, bis sich die Mailbox einschaltete. »Kay Dietrich. Hinterlassen Sie Ihren Namen und Ihre Rufnummer, ich rufe zurück.«

Schon wieder musste Kassandra sich räuspern. »Bitte ruf an, wenn du kannst.« Sie wischte über den roten Hörer und ließ das Telefon sinken. Einen Moment später spürte sie Pauls Finger sanft über ihren Handrücken streichen.

»Wir werden eine Lösung finden, Kay zu helfen«, sagte er.

Sie kannte ihn gut genug, um zu wissen, dass er weit optimistischer klang, als er sich fühlte, und behielt ihre eigenen düsteren Überlegungen für sich. Nur in ihrem Kopf hörte sie in Endlosschleife: *Wenn es nicht schon zu spät ist.*

Draußen flog die nächtliche Landschaft rechts und links der B105 an ihnen vorbei. Harald fuhr schneller als erlaubt und drosselte das Tempo nur, wenn ein Blitzer kam. Wo die standen, wusste jeder, der diese Strecke öfter fuhr. Auch das entsprach normalerweise nicht Haralds Verhalten, er raste nicht und übertrat auch sonst keine Gesetze – wenn man von dem einen Mal absah, das Clasen nun schon wiederholt erwähnt hatte. Kassandra glaubte allerdings nicht, dass Harald sich *deswegen* Sorgen machte. Er war ein Problemlöser, sehr wahrscheinlich dachte er über die nächsten Schritte nach.

Als hätte er ihre Gedanken gelesen, fragte Harald in die Stille hinein: »Was macht ihr mit Miriam? Spielt ihr vor ihr ebenfalls das zerstrittene Paar? Sie mag ja wegen Thurow schlecht auf ihren Vater zu sprechen und auch nicht die beste Freundin ihrer Mutter sein, aber vielleicht redet sie doch mal mit ihr und es rutscht ihr was raus. Astrid Clasens Rolle kann ich einfach nicht richtig einschätzen.«

»Da ist was dran«, stimmte Paul zu. »Also sollten wir uns zumindest heute und morgen aus dem Weg gehen. Danach kann ich mich ja wieder abgeregt haben.«

»Du bist äußerst großzügig«, stellte Harald fest.

War der merkwürdige Unterton in seiner Stimme nur Kassandras Einbildung?

»Das ist nun mal meine Natur«, gab Paul zurück. »Und deine, Kassandra, Liebes, ist es, zum zweiten Mal vernünftig zu werden.«

Für einen Wimpernschlag versteinerte sie, dann versuchte sie zu lächeln. »Ich bin doch immer vernünftig.«

Vorn schnaubte Harald, was immerhin dazu beitrug, dass Kassandras Lächeln sich echter anfühlte. Ein bisschen wenigstens.

In Wustrow klingelten sie trotz der späten Stunde bei Heinz, der auf sie gewartet hatte und ruhig zuhörte, was sie zu berichten hatten. Am Ende seufzte er. »Ich wünschte, mir würde jetzt spontan Plan B einfallen. Stattdessen kann ich nur sagen, dass ich persönlich Harms zwar für integer halte und mich meine

Menschenkenntnis nur selten trügt – aber ich kann für nichts garantieren.«

Kassandra nickte traurig und enttäuscht. Heinz war ihre letzte Hoffnung gewesen. Was er als Nächstes sagte, senkte ihre Stimmung auf unter den Nullpunkt.

»Betrachten wir die Möglichkeiten realistisch. Erstens: Wenn Clasen Kay Dietrich loswerden wollte, hat er das nun wohl erledigen lassen. Die Gefahr besteht leider, denn wenn er den legalen Weg ginge und ihn wegen Betriebsspionage anzeigte, könnten dabei Dinge zutage treten, die nicht in seinem Sinne sind. Wenn also der schlimmste Fall eingetreten ist, wäre jede Hilfe, die wir von nun an auf die Beine stellen, sowieso hinfällig.« Heinz machte eine Pause.

Kassandra brachte es nicht fertig, nach dem Zweitens zu fragen. Paul tat es für sie.

»Clasen könnte versuchen, Kay Dietrich zu kaufen«, sagte Heinz.

»Quatsch!«, begehrte Kassandra auf. »Clasen muss doch wissen, dass Kay sich nicht kaufen lässt. Wenn ihm Gerechtigkeit so egal wäre, hätte er sich kaum zu Aussageerpressungen und Körperverletzung im Amt hinreißen lassen.«

Heinz' linke Braue rutschte in die Höhe. »Du glaubst doch nicht an diese Anschuldigungen. Oder hast du deine Meinung geändert?«

»Clasen glaubt dran«, stellte Kassandra richtig. »Nur darauf kommt es an.« Was sie selbst glaubte, wusste sie nicht. Nur dass ihr das alles immer noch absurd vorkam.

»Du vergisst, dass man Menschen auch anders kaufen kann«, sagte Heinz. »Nicht mit Geld, sondern mit Drohungen und Erpressungen. Wie würde Kay Dietrich reagieren, wenn Clasen droht, dir oder Paul oder Harald zu Leibe zu rücken, sollte er jemals das öffentlich machen, was er bei Clasen Constructions gefunden hat?« Heinz wartete nicht auf eine Antwort, sondern gab sie indirekt gleich selbst. »Die Chancen stehen also nicht schlecht, dass er damit Erfolg hätte, und wir können nur hoffen, dass er sich für diese Variante entschieden hat.«

»Ja«, murmelte Kassandra. »Ich glaub's aber nicht. Kay hätte sich schon gemeldet, wenn er gekonnt hätte.« Zur Sicherheit überprüfte sie, ob sie einen Anruf verpasst hatte. Wie erwartet war das nicht der Fall. Dennoch versetzte ihr das einen Stich.

»Es gibt noch eine dritte Möglichkeit«, fuhr Heinz fort. »Die ist unschöner als Version zwei, aber immerhin besser als Version eins: Clasen schlägt zwei Fliegen mit einer Klappe. Er erpresst Dietrich mit euch, aber nicht nur, damit der die Firmengeheimnisse für sich behält. Clasen will außerdem von dem profitieren, was Dietrich über Kollegen, Verdächtige und Ermittlungsstände bei der Kriminalpolizeiinspektion in Anklam weiß. Die beschäftigt sich immerhin unter anderem mit organisierter und mit Wirtschaftskriminalität. Beides könnte für Clasen von Interesse sein, und vielleicht fehlt ihm trotz eigener Kontakte zur Polizei gerade jemand mit diesen Informationen.«

Auf den ersten Blick ergab das Sinn, doch Kassandra fand ein Haar in der Suppe. »Ich bezweifele nicht, dass Kay seine Augen und Ohren überall hatte und ein bisschen was wusste über die Ermittlungen der Kollegen auch in Bereichen, mit denen er sonst wenig zu tun hatte. Aber er ist seit ein paar Monaten draußen und hat keine Ahnung von aktuellen Ermittlungsständen.«

»Vielleicht lässt Clasen es auf einen Versuch ankommen«, schaltete Paul sich ein. »Ein bisschen ist schließlich mehr wert als gar nichts.« Er holte tief Luft. »Mir wäre Version zwei auch am liebsten, ich fürchte nur, so einfach wird es nicht ablaufen. Bevor wir allerdings ganz schwarzsehen und annehmen, dass Kay inzwischen tot ist, klammern wir uns an Heinz' letzte Version, die uns immerhin eins bringt: Zeit. Dieser Schlägertyp, der Kay vorhin in Schach hielt, spräche dafür, dass eine Erpressung mit uns nicht das Einzige ist, was Clasen vorschwebt. Er verfügt zweifellos über Mittel, jemanden zum Reden zu bringen. Welche er auch immer anwendet, er wird kaum erwarten, dass Kay binnen ein, zwei Tagen alles erzählt oder sogar erzählen kann. Also nutzen wir die Zeit, die uns hoffentlich bleibt. Da uns jetzt und hier keine Lösung einfällt, weil wir alle zu erschlagen sind, sollten wir eine Nacht drüber schlafen und morgen früh wieder zusammenkommen. Einverstanden?«

Heinz und Harald nickten. Kassandra wollte sich gerade schweren Herzens anschließen, als ihr etwas einfiel. Sie spürte, wie ihr das Blut aus dem Gesicht wich.

»Was?«, fragte Paul.

»Kay hat das Überwachungssystem der Villa manipuliert und keine Zeit mehr gehabt, alles auf Anfang zu stellen, nachdem wir erwischt wurden. Wenn wir Pech haben, weiß Clasen mittlerweile, dass Kay nicht nur in der Firma spioniert hat. Er wollte zwar sagen, dass er das Haus schon durchsucht hat, bevor er und ich …« Sie stockte, ließ den Rest des Satzes in der Luft hängen und redete schnell weiter. »Ob Clasen das glaubt, bleibt dahingestellt, genauso, ob er herausfindet, dass Kay mit seiner Suche erfolgreich war. Aber falls ja, wird er sich fragen, was mit den Daten passiert ist. Vielleicht zählt er eins und eins dann richtig zusammen.«

»Aber das ist doch großartig«, sagte Harald.

Fassungslos versuchte Kassandra, den Sinn dahinter zu begreifen. »Was ist daran bitte großartig?«

Es war Paul, der die Antwort gab. »Wir könnten den Spieß umdrehen und Clasen drohen.«

Harald nickte. »Ganz genau. Wirklich nur im allergrößten Notfall allerdings. Der Stick«, er deutete auf den Tisch, auf dem der schmale grüne Datenträger lag, »könnte sich als unser aller Rettungsanker erweisen, und wie ich Kay Dietrich kenne, ist das zumindest einer der Gründe, weshalb er ihn dir anvertraut hat, Kassandra.«

Was Harald gesagt hatte, stimmte, und der Stick lag jetzt sicher verwahrt in Heinz' Waffenschrank. Dennoch half der Gedanke daran exakt gar nichts. Kassandra wälzte sich schlaflos im Bett hin und her. Einerseits war sie froh, dass Paul, wie sie es verabredet hatten, die Nacht bei sich verbrachte und nicht neben ihr lag. So war sie wenigstens allein mit ihren verqueren Gefühlen, über die sie mit niemandem, nicht mal mit Heinz, reden durfte. Und die im Augenblick auch vollkommen zweitrangig waren. Vielmehr musste sie sich darauf konzentrieren, was sie tun konnten, um Kay zu helfen.

Sie warf sich auf die andere Seite. Was nur? Was? Was? Was? Ihr fiel einfach nichts ein. Stattdessen spulten sich vor ihrem inneren Auge ungefragt tausend Bilder ab. Sie sah Kay vor sich, nach dem Streit mit Paul, wo sie einander zufällig an der Seefahrtschule begegnet waren und er ihre Träne fortgewischt hatte. Sie beide hatten gewusst, dass es ein Abschied war, wenn auch nicht geahnt, dass der Fall, der sie auseinandergebracht hatte, gleichzeitig den Anfang vom Ende von Kays Truppe einläutete.

Mit einem Ruck setzte Kassandra sich auf. Die Truppe.

Kay wäre niemals in den Sinn gekommen, Namen zu nennen, deshalb wussten sie nicht, wer dazugehört hatte. Aufgrund einer Beschreibung hatte Kassandra letztes Jahr gemutmaßt, dass einer der Männer der pensionierte Kriminalhauptkommissar Bengt Johannsen war, den sie vor vielen Jahren einmal kennengelernt hatten. Aber dabei handelte es sich eben nur um eine Mutmaßung – und um einen ehemaligen Polizisten, der möglicherweise auch auf Clasens Liste stand.

Nicht im Polizeidienst dagegen war Rieka Stahl, die Kay ohne Kassandra und Paul nie kennengelernt hätte und die er so gut wie sicher für seine Truppe als IT-Expertin und mehr noch als geschickte Hackerin angeheuert hatte.

Was im Einzelnen innerhalb der Truppe vorgefallen war, wer welche Meinungen vertreten, sich weswegen zerstritten hatte und wie tief die Risse waren – auch das wusste Kassandra nicht. Aber wenn es um etwas wirklich Wichtiges ging, ließen sich die meisten Risse kitten.

Die Truppe würde Kay helfen. Musste ihm einfach helfen.

Kassandra schwang die Beine aus dem Bett, zog sich an und verließ das Haus. Unvermittelt verfiel sie in einen Laufschritt und bedauerte einmal mehr, dass sie so unsportlich war. Als sie vor Pauls Haus ankam, war sie völlig außer Atem und musste an einen lange zurückliegenden Tag denken, an dem sie das allererste Mal vor seiner Tür gestanden hatte, ebenso aus der Puste und noch dazu verdreckt vom Herumklettern in der Ruine der alten Seefahrtschule. Sie hatte geklingelt, Paul hatte geöffnet – und sie vor Sorge in die Arme genommen, obwohl sie einander kaum gekannt hatten.

Jetzt zog sie den Schlüssel aus ihrer Tasche und schloss leise auf. Sie erwartete, im Dunkeln zu stehen, doch auf dem Schreibtisch brannte Licht. Paul saß vor seinem Laptop und schrieb. Wie schaffte er das? Wie konnte er so ruhig sein? Gerade in dieser Nacht? Still beobachtete sie ihn und spürte plötzlich, wie sie selbst immer ruhiger wurde.

»Paul?«, sagte sie leise.

Er fuhr herum. Und sie merkte, dass sie sich getäuscht hatte. Paul war nicht ruhig, sein Gesicht, seine Haltung waren angespannt, seine Augen müde. Er hatte genauso wenig schlafen können wie sie und nur die Zeit sinnvoller verbringen wollen, als sich im Bett hin und her zu wälzen.

»Du solltest nicht hier sein«, sagte er.

Kassandra erstarrte. Er wusste es. Er wusste von dem Chaos in ihr. Natürlich. Paul kannte sie in- und auswendig und hatte all das schon längst geahnt. Daher sein Unwillen, über Kay zu reden, daher seine mehrdeutigen Bemerkungen, daher seine Blicke. Er wusste es.

»Hoffen wir, dass Miriam einen festen Schlaf hat«, fuhr er fort, »und dich nicht hat weggehen hören.«

Kassandra öffnete den Mund, aber nichts kam heraus. Miriam. Er meinte Miriam und die Absprache, dass sie diese Nacht getrennt verbringen sollten. Sie sah, wie Paul schließlich aufstand und auf sie zukam. Vor ihr blieb er stehen und strich mit seinem Zeigefinger über ihre Wange, eine Geste, die sie immer geliebt hatte. Die sie liebte. Sie schloss die Augen.

Er nahm die Hand fort. »Was ist los, Kassandra?« Sein Blick war nicht mehr müde, sondern ganz wach.

Sie riss sich zusammen. »Kays Truppe«, brach es aus ihr heraus.

Paul verstand sofort. »Du hast recht. Hoffen wir, dass Rieka noch unter ihrer alten Nummer zu erreichen ist.« Er sah Kassandra zuerst erwartungsvoll, dann ungeduldig an, als sie keine

Anstalten machte, ihr Handy hervorzuholen. »Worauf wartest du?«

»Ruf du sie an. Du konntest besser mit ihr.«

»Keine gute Idee. Wahrscheinlich weiß sie, dass mein Vorschlag nach Gretas Entführung alles ins Rollen brachte. Wenn das mitursächlich für das Auseinanderbrechen der Truppe war, ist sie auf mich noch schlechter zu sprechen als auf sonst jemanden.«

Zögernd nahm Kassandra ihr Telefon zur Hand. Würde Rieka überhaupt abnehmen um halb drei in der Frühe?

»Ja?«, fragte eine verschlafene Stimme.

»Rieka, hier ist Kassandra Voß. Entschuldige die späte Störung, aber ich brauche dringend deine ...«

»Kassandra?« Dieses eine Wort klang scharf, jeder Schlaf war daraus verschwunden. »Ist nicht dein Ernst, oder? Was immer du brauchst, von mir wirst du es nicht bekommen. Ruf mich nie wieder an!«

Resigniert ließ Kassandra ihr Handy sinken. »Das war deutlich. Offenbar ist es ihr egal, wer welchen Vorschlag gemacht hat.«

»Sieht so aus.« Paul fuhr sein Laptop runter. »Lass uns nach Stralsund fahren und persönlich an ihre Tür hämmern. Dann hört sie uns hoffentlich zu.«

Unvermutet kroch Wut in Kassandra hoch. »Dauert mir zu lange. Das wollen wir doch mal sehen! Und ob ich dich noch mal anrufe, und zwar gleich.« Sie stiefelte zur Tür. »Kommst du mit? Wir telefonieren von Harald aus. Seine Nummer kennt sie ja wohl nicht.«

Auch Harald hatte noch nicht geschlafen, sondern mit einem Glas Wein im Wohnzimmer gesessen und anscheinend relativ erfolglos versucht zu lesen. Das Buch lag aufgeschlagen auf Seite zwölf. Jetzt holte er sofort sein Smartphone.

»Besser als Festnetz, da sieht sie die Vorwahl. Überleg dir deine Worte gut«, riet er. »Ein drittes Mal wird sie diese Nacht nicht den Hörer abnehmen.«

»Hab ich schon«, sagte Kassandra unwirsch. Obwohl sie

Riekas Reaktion verstehen konnte, war sie immer noch wütend auf sie – und nervös.

Paul sah sie von der Seite an. »Tief Luft holen. Runterkommen.«

Sie versuchte ihr Bestes, dann schaute sie auf sein iPhone mit Riekas Nummer, um sie dort abzulesen.

Es klingelte ewig, und Kassandra wollte schon frustriert aufgeben, da meldete sich Rieka doch noch.

»Für wie blöd hältst du …«

»Kay ist in Lebensgefahr«, unterbrach Kassandra sie. »Würdest du mir also bitte zuhören?«

Einen winzigen Augenblick blieb es still am anderen Ende. »Habt ihr ihn da reinmanövriert?« Rieka klang, als müsse sie sich sehr zurücknehmen und hätte am liebsten ganz was anderes gesagt.

»Ja«, gab Kassandra zu. »Ich fürchte, das haben wir. Ich im Besonderen.« Am Rande bekam sie mit, dass Paul die Stirn runzelte. Er war nicht einverstanden mit dem, was sie sagte, doch ohne ihre Einmischung wäre das alles nicht passiert. »Ich würde dich nicht um Hilfe bitten, wenn es eine andere Möglichkeit gäbe. Aber wir können die Polizei nicht einschalten, weil wir nicht wissen, wem wir trauen können.«

Wieder schwieg Rieka. »Also schön«, sagte sie schließlich. »Von Anfang an bitte und nichts auslassen.«

Im selben Augenblick, in dem Rieka das forderte, setzte sich der Gedanke in Kassandra fest, dass sie sehr wohl ein Detail auslassen würde: den Stick. Sie würde Rieka nur erzählen, dass Kay das Notebook mit all den Informationen und Daten gefunden hatte. Wahrscheinlich war sie zu misstrauisch, aber Kay hatte für diesen Stick sein Leben riskiert, und sie würde ihn hüten und seine Existenz geheim halten, solange es ging – solange noch die Möglichkeit bestand, dass Kay selbst entscheiden konnte, was damit geschah.

Während sie erzählte, hörte Kassandra ab und zu Tippgeräusche, vielleicht notierte Rieka Namen und Orte, aber sie ließ sie zu Ende reden, ohne sie zu unterbrechen.

»Okay, so weit hab ich das«, sagte Rieka. »Ich brauche heute Nacht noch Folgendes: einen genauen Zeitplan, wann sich nach eurer Kenntnis was ereignet hat, Kays Dossier über Thurow und alle Details, die er über sämtliche Beteiligten hat verlauten lassen. Speziell von deinem Vater jede Information über Falk Clasen und sein Unternehmen. Meine E-Mail-Adresse hat sich nicht geändert.«

»Kriegst du«, sagte Kassandra. »Danke, Rieka, für alles, was du tust.«

»Unnötig, ich mach das nicht für euch, ist dir ja wohl klar. Ruf mich an, wenn sich bei euch was Neues ergibt. Wenn nicht, warte, bis ich mich melde.« Ohne sich zu verabschieden, beendete sie das Gespräch.

»Sie hasst uns«, stellte Kassandra fest.

»Unwichtig«, sagte Paul im selben Tonfall wie Riekas *unnötig*. »Hauptsache, sie kann Kay helfen.« Er öffnete den Kalender seines Telefons. »Fangen wir mit dem Zeitplan an.«

19

Ihm war übel. Sein Kopf dröhnte. Alles drehte sich. Die Schwärze drehte sich. Dietrich konnte nichts sehen, sich nicht bewegen. Ruhig, befahl er sich. Gleichmäßig atmen. Die Situation analysieren. Was ist das Letzte, woran du dich erinnerst?

Diffus erschien vor seinem inneren Auge ein Bild: Paul, der wütend Clasens Tür aufreißt. Kassandra, die beschämt zu Boden blickt und erst aufsieht, als sie an ihm vorübergeht. Beides bekommt er nur aus den Augenwinkeln mit, er will unbeteiligt wirken, aber ein Gefühl der Erleichterung durchströmt ihn, dass Clasen sie gehen lässt. Dann … nichts. Doch. Eine Waffe in seinem Rücken. Der Hüne hinter ihm, Clasen neben ihm. Der Hüne stößt ihn in den Laderaum eines Vans. Dietrich will sich aufrappeln, doch da tritt der Hüne nach und trifft sein linkes Bein. Das, in dem seit dem Unfall vor vielen Jahren immer noch die Schrauben stecken, um es zusammenzuhalten. Der Schmerz ist heftig. Gleichzeitig sieht er in die Mündung der Heckler & Koch, die jetzt Clasen hält, während der Hüne Dietrichs Arme nach hinten reißt und ihn mit Schließen fesselt. Der Hüne übernimmt die Pistole wieder und lässt den Griff auf Dietrichs Kopf sausen. Dunkelheit.

Die Schwärze, die jetzt um ihn herum herrschte, war bei genauerer Betrachtung nicht absolut. Dietrich erkannte unscharfe Umrisse von Möbelstücken, ohne sie zuordnen zu können. Seine Hände waren nach wie vor hinter dem Rücken gefesselt, wider Erwarten konnte er jedoch seine Beine bewegen, das linke nur mit zusammengebissenen Zähnen. Mühsam und unter Stöhnen setzte Dietrich sich auf dem harten Boden auf. Holz, dachte er, Parkett. Er wollte sich ganz erheben, doch sein malträtiertes Bein machte Schwierigkeiten, und seine Benommenheit trug ihren Teil dazu bei. Da hörte er ein Geräusch und verharrte in der Bewegung. Ein Schlüssel, der in einem Schloss gedreht wurde. Eine Tür öffnete sich, der Schemen einer Gestalt zeichnete sich vor hellerem Hintergrund ab und kam näher. Ein Mann. Es war zu dunkel, um allzu viel ausmachen zu können, aber es war weder Clasen noch der Hüne. Der Mann beugte sich zu ihm herunter. Dietrich blinzelte überrascht.

»So sieht man sich wieder«, sagte Gregor und ging neben ihm in die Hocke. »Erinnerst du dich noch, wie Julia sagte, ich solle froh sein, dass Clasen mich nicht entlässt, sondern anderswo einsetzt? Er hat mich unter anderem beauftragt, dich auf die Probe zu stellen. Ich sollte dir weismachen, ich hätte von Tim gehört, dass Thurow Clasen erpresst hat. Er wollte wissen, wie du darauf reagierst.«

Dietrich erinnerte sich nur zu gut an seine diskreten vergeblichen Versuche, von Tim mehr darüber zu erfahren.

»Clasen war außerordentlich erfreut«, fuhr Gregor fort, »dass du ihm davon erzählt hast, statt deine Nase tiefer in die Angelegenheit zu stecken. Er dachte, du hättest den Test bestanden. Hätte er das Gegenteil angenommen, hättest du dich schon viel früher in dieser Situation wiedergefunden.« Gregor verzog das Gesicht. »Umso ungehaltener ist er nun, dass er sich geirrt hat. Er wollte dir glauben, weil er dich mochte. Schätze, gegen dich als Schwiegersohn hätte er zumindest vor vierundzwanzig Stunden noch nichts einzuwenden gehabt, obwohl es ihm nicht gefiel, dass du dich mit Julia eingelassen hast.«

Gregor richtete sich wieder auf und zog etwas aus seiner Jackentasche. »Ich tu das hier nicht gern, Kay. Aber ich brauche diesen Job. Ich kriege in meinem Alter nichts Vernünftiges mehr, und ich will weder fünf Aushilfsjobs noch Flaschen sammeln noch zur Tafel rennen, bis ich ins Gras beiße.« Er seufzte und ging wieder in die Hocke, sodass Dietrich sehen konnte, was er in der Hand hielt. Eine Spritze.

»Warte.« Dietrich musste sich zwingen, ruhig zu sprechen. »Das hat Clasen dir eingeredet. Du hast Jahrzehnte einen guten Job in deiner alten Firma gemacht, du kriegst wieder einen. Möglicherweise nicht ganz so gut bezahlt, aber es wird reichen. Für jetzt und für später. Du musst das nicht tun, du musst nicht nach Clasens Pfeife tanzen.«

Gregor legte den Kopf schief. »Du hast dich über mich kundig gemacht? Hätte ich mir denken können. Aber es gibt kein Später für mich. Mein Körper hat mir einen Strich durch die Rechnung gemacht, ich hab nur noch ein, höchstens zwei Jahre. Damit sieht die Jobsuche schlecht aus, und ich will die Zeit, die mir bleibt, gut leben. Verstehst du das, Kay?«

Die Hand mit der Spritze kam näher.

Dietrich spannte seinen Körper an, ignorierte die Schmerzen in seinem Bein und das Schwindelgefühl und warf sich mit aller verbleibenden Kraft gegen Gregor. Der hatte mit dem Angriff nicht gerechnet, geriet ins Taumeln und fiel auf den Rücken, rappelte sich jedoch schnell wieder hoch. Viel zu schnell für Dietrich, der ebenfalls am Boden lag. Gregor hockte sich auf ihn und umfasste zusätzlich Dietrichs Hals, um ihn auf dem Parkett zu fixieren. Dietrich wollte ihn abschütteln, versuchte, sich aufzubäumen, und unter normalen Umständen hätte Gregor nicht den Hauch einer Chance gehabt. Doch die gefesselten Hände, der Schmerz in seinem Bein, der durch den Kampf immer heftiger wurde, das Schwindelgefühl und der Druck auf seine Luftröhre schwächten Dietrichs Gegenwehr. Wie durch Nebel sah er die spitze Nadel auf sich zukommen, spürte schließlich den Stich in seinem Oberarm und merkte beinah sofort, wie ihn die Benommenheit übermannte.

»Tut mir leid«, hörte er Gregor sagen, dessen Schatten vor seinen Augen zuerst tanzte und dann verblasste.

Dietrich wollte noch einen letzten Gedanken fassen. Aber da war nichts mehr.

20

»Geht es dir nicht gut?«, fragte Miriam.

Überrascht sah Kassandra von ihren Geschirrstapeln auf. Anscheinend hatte Miriam schon eine ganze Weile in der Küchentür gestanden, sie beobachtet und richtig interpretiert, was sie sah. Die Zeit, in der sie sich ausschließlich mit ihrer Trauer um Dominik und ihrer Wut auf ihren Vater beschäftigt hatte, schien vorbei. Paul hatte also mit der Vorsichtsmaßnahme, besser nicht unter einem Dach zu übernachten, Weitblick bewiesen. Dennoch beschloss Kassandra, vage zu bleiben und Miriam nichts von dem zu erzählen, was angeblich zwischen ihr, Kay und entsprechend Paul vorgefallen war.

»Ich habe nur schlecht geschlafen«, sagte sie, während sie den Geschirrspüler füllte. Heute reisten alle Gäste auf einen Schlag ab. Auf ihrem Anrufbeantworter hatte sie außerdem vorhin die sehr kurzfristige Stornierung des Ehepaars vorgefunden, das morgen anreisen wollte. Wie die Dinge standen, war sie froh, dass sie sich um nichts kümmern musste.

Miriam legte den Kopf schief, als bezweifele sie, dass Kassandras unruhige Nacht der einzige Grund für ihr schlechtes Aussehen war. »Das hat nicht zufällig was mit der Geburtstagsfeier meiner Mutter zu tun?«

Kassandra blieb dabei. Wenn Miriam Genaueres erfahren wollte, dann nicht von ihr. »Du hättest kommen sollen. Deine Mutter kennt ja eine Menge wichtiger Leute.«

»Meine Mutter? Du meinst, mein Vater.«

»Nein, soweit ich das mitbekommen habe, waren die meisten Freunde deiner Mutter.« Sie zählte auf, was sie wusste, und registrierte Miriams Gesichtsausdruck, der sich zwischen Belustigung und Mitleid einpendelte. Kassandra hatte gehört, wie Astrid Clasen gesagt hatte, wie sehr sie ihre Tochter liebte. Sie würde es wenig schätzen, wenn sie nun sähe, was ihre Tochter von ihr hielt. Falls ihr das nicht ohnehin klar war.

Miriam verzichtete darauf, die Gästeliste anderweitig zu kommentieren, also stellte Kassandra die nächste Frage. »Hast du sie angerufen und gratuliert?«

»Musste ich nicht. Sie hat mich angerufen, gleich gestern früh, wie jeden Morgen übrigens. Dass mein Telefon heute schweigt, wundert mich direkt. Vielleicht ja ein gutes Zeichen, dass ihr die Feier doch gefallen hat und es spät geworden ist.« Wie aufs Stichwort klingelte Miriams Handy. Sie verzog das Gesicht, ging aber ran.

Kassandra drehte sich wieder um und machte mit ihrer Arbeit weiter. Aus dem, was Miriam sagte, ließ sich nicht allzu viel ableiten. Bis sie plötzlich ausrief: »Echt? Bist du sicher? Das ist ja ein Ding.«

Es gehörte nicht viel Phantasie dazu, sich auszumalen, was Astrid ihr gerade offenbart hatte.

»Na ja. Vielleicht. Nicht auf den ersten Blick, aber …« Sie brach ab. »Warte, bin gleich wieder da.« Damit verließ sie die Küche.

Deutlicher ging es nicht. Kassandra seufzte und schmiss den Geschirrspüler an. Miriam blieb verschwunden, was ihr ebenso recht war, dann musste sie ihr wenigstens nicht Rede und Antwort stehen. Stattdessen ging sie hinüber zu Heinz, den sie heute früh nur ganz kurz angerufen hatte. Auf seiner Terrasse brachte sie ihn komplett auf den neuesten Stand, während die Sonne seinen und ihren eigenen Garten in ein herrliches Bunt tauchte, als wäre es ein harmloser schöner Herbsttag wie jeder andere.

»Ich nehme an, ihr habt noch nichts wieder von Rieka gehört?«, fragte Heinz.

Sie verneinte. »Ich hab keine Ahnung, was sie macht. Oder die anderen aus der Truppe, falls sie die einschaltet. Nach dem zu urteilen, was sie wissen wollte, hat sie ja nicht nur vor, Kay rauszuhauen. Oder sie will aus all den Informationen schließen, wo er jetzt sein könnte, wie auch immer sie das anzustellen gedenkt. Am einfachsten wäre es, Kays Handy zu orten, aber Clasen wird es nach einer gründlichen Untersuchung sicher inzwischen weggeworfen oder zerstört haben. Und wir können bloß warten.« Beinah hätte sie ihre Faust auf den Gartentisch niedersausen lassen. Sie fühlte sich so hilflos, nichts, aber auch gar nichts für Kay tun zu können. Die Angst saß ihr im Magen wie ein Mühlstein.

»Kassandra«, sagte Heinz. »Ich mache mir genauso Sorgen. Aber auch wenn wir vermuten, dass Falk Clasen für Thurows Tod verantwortlich ist, wissen wir das nicht sicher. Kay Dietrich ist hinter Clasen her, weil der Mann massenweise unsaubere Geschäfte tätigt, nicht weil er jemanden ermordet hätte. Erinnerst du dich, worüber wir letzte Nacht sprachen? Die Varianten, dass Clasen etwas anderes von Kay Dietrich will, als ihn zu töten, sind wahrscheinlicher.«

Kassandra holte tief Luft. »Ja. Weiß ich. Was ich nicht weiß, ist, was er mit ihm tut, falls er bekommt, was er will. Was dann?«, fragte sie herausfordernd. »Er wird wohl kaum sagen: Vielen Dank, Herr Dietrich, war nett, mit Ihnen Geschäfte zu machen, guten Tag und guten Weg. Oder bist du anderer Ansicht?« Sie sah Heinz an, dass er gehofft hatte, sie würde nicht auf diese Frage kommen, und musste lächeln. Sie legte ihre Hand auf seine. »Ich mach so was zwar noch nicht ansatzweise so lange wie du, aber auch schon ein paar Tage. Trotzdem danke.«

Er zuckte ertappt mit den Schultern und gab das Lächeln zurück. »Da ist noch was, worüber ich mir dir reden möchte«, sagte er, als sie Anstalten machte aufzustehen.

Sie lehnte sich wieder zurück. »Wenn es um Miriam geht …«

»Nein«, unterbrach er sie. »Es geht um Kay Dietrich, und damit meine ich nicht seine derzeitige verzweifelte Lage.«

Kassandra blinzelte und versuchte, ein Fragezeichen auf ihr Gesicht zu malen.

Heinz' linke Braue rutschte ein kleines Stück in die Höhe. »Wie du schon sagtest, ich habe meinen Job lange gemacht, dadurch wurde ich zwangsweise ein recht guter Menschenkenner. Bei den Gedanken, die du dir seinetwegen machst, nicht erst seit gestern, sondern schon die ganze Zeit, geht es um mehr als um eure Freundschaft. Dabei spielt es überhaupt keine Rolle, ob er diese Gefühle womöglich erwidert.«

Kassandra schüttelte entschieden den Kopf, trotzdem konnte sie nicht sprechen, weil sie fürchtete, dass ihre Stimme versagte.

Heinz verstand sie auch so. »Es ist unwichtig«, betonte er erneut. »Es kommt auf dich an. Dadrin nämlich«, er zeigte auf ihr Herz, »spielt sich etwas ab, das eine andere Art von Gefahr birgt als die, in der er gerade schwebt.« Er machte eine Pause, wie um ihr Gelegenheit zu geben, etwas zu sagen, doch nach wie vor brachte sie kein Wort über die Lippen. »Du hast mich nicht um Rat gebeten«, fuhr er fort, »also habe ich kein Recht, dir einen zu geben. Was ich sage, ist nur eine Anregung. Basierend auf einer … eigenen Erfahrung.«

Bisher hatte Kassandra Mühe gehabt, seinem Blick standzuhalten, jetzt verschwanden für einen Augenblick sowohl das Bedürfnis, einen Schutzwall aufzubauen, als auch ihr schlechtes Gewissen. An deren Stelle traten Verwunderung und Neugier.

»Eine eigene Erfahrung?«, wiederholte sie.

Heinz stieß ein leises Lachen aus. »Das überrascht dich, hm? Die Situation ist nicht uneingeschränkt vergleichbar, weil ich sie weder so lange noch so gut kannte wie du Kay Dietrich. Aber was Gefühlschaos bedeutet, weiß ich durchaus.«

»Wer war sie?«, fragte Kassandra, bevor sie es verhindern konnte. Dass es in Heinz' Leben jemals eine andere Frau gegeben haben könnte als Karin, die er mehr geliebt hatte als irgendwen sonst, schien unvorstellbar.

»Ihr Name war Vera, sie unterrichtete für ein Jahr Englisch an der Seefahrtschule. Und sie war das bezauberndste Mädchen, das je meinen Weg gekreuzt hat.« Er lächelte ein bisschen wehmütig. »Sie hatte so eine Leichtigkeit, die zu sagen schien, dass das Leben ein Spiel ist, von dem man jede Sekunde genießen muss. Dass man dumm wäre, wenn man es damit verschwendete, sich Sorgen zu machen, oder sich zu viel mit der Frage beschäftigte, ob das, was man tut, richtig ist. Sie war so anders als ich, so anders als Karin, die sich so viele Gedanken machte und das Leben alles andere als leicht nahm. Wie sollte sie auch?

Sie hatte ein Kind verloren, wir würden nie wieder eines bekommen können. Sie kannte die Schattenseiten des Lebens, von denen Vera höchstens mal gehört hatte. Ich wusste all das, ich wusste, dass Karin die wunderbarste Frau der Welt war, dass wir zusammengehörten und dass ich mit ihr alt werden wollte. Und doch …« Er seufzte, während sein Blick sich hinter ihrer Schulter verlor. »Und doch.«

Kassandra wagte nicht zu fragen, was dieses *und doch* bedeutete.

Er sah sie wieder an, dann stand er auf. »Warte einen Moment.«

Beklommen schaute sie ihm nach, wie er im Haus verschwand. Sie begriff, was er ihr sagen wollte: Das Neue mochte faszinierend sein, aufregend, ein Abenteuer, aber es hatte wenig mit dem wahren Leben zu tun. Traf das auf das zu, was sie für Kay fühlte? Es war nicht völlig neu, dazu waren sie einander schon viel zu vertraut. Es war nur plötzlich … anders neu. Dennoch liebte sie Paul, daran bestand überhaupt kein Zweifel. Genauso wie Heinz Karin geliebt hatte. Da kam er schon zurück und reichte ihr ein Foto.

Vera war klein und zierlich, hatte ihre Haare zu einem Pferdeschwanz gebunden, lachte in die Kamera – und war einer jüngeren Kassandra fast wie aus dem Gesicht geschnitten. Schockiert sah sie vom Foto auf. »Aber …«, begann sie.

Heinz hatte sich ihr wieder gegenübergesetzt. »Du hast mich nie gefragt, warum ich so eklig zu dir war, als du aufs Fischland kamst. Das ist die Antwort. Ich hatte Karin an diesen verfluchten Krebs verloren. Sie war meine Liebe gewesen. Mein Alles. Und dann zogst du nebenan ein. Du hast mich jeden Tag an den größten Fehler meines Lebens erinnert, auch wenn der schon so viele Jahre zurücklag. Du warst mein personifiziertes schlechtes Gewissen.« Er verzog das Gesicht. »Es hat etwas gedauert, bis ich begriff, dass du Vera zwar ähnlich siehst, aber ein ganz anderer Mensch bist. Nicht weniger zauberhaft. Aber ganz anders.« Er lächelte breit, bevor er wieder ernst wurde. »Ich habe vorhin gesagt, dass ich Gefühlschaos kenne. Ich weiß, dass es ein Fehler ist, zu lange damit zu kämpfen. Das zermürbt alle, und wenn mich nicht alles täuscht, hat es bei dir und Paul bereits begonnen. Andererseits kannst du wohl zurzeit kaum etwas mit der nötigen Besonnenheit betrachten. Schieb es also fürs Erste zur Seite, wenn du kannst. Wenn das hier vorbei ist, wenn du wieder zur Ruhe kommst, wenn *ihr* wieder zur Ruhe kommt, dann mach reinen Tisch in deinem Herzen.« Wieder hielt er kurz inne. »Manchmal ist es gut, wenn man ausspricht, was in einem vorgeht. Das macht die Dinge für einen selbst klarer. Falls du jemanden brauchst, der zuhört, bin ich da.«

Heinz' Worte hallten noch immer in Kassandra nach, als sie längst nach Hause zurückgekehrt war. Nicht zum ersten Mal war sie dankbar, dass es ihn in ihrem Leben gab. Er hatte sie nicht verteufelt, sondern ihr zu verstehen gegeben, dass das, was ihr gerade passierte, jedem passieren konnte. Und dass es lösbar war.

Mittlerweile saß sie auf ihrer eigenen Terrasse, das Telefon immer in Reichweite für den Fall, dass Rieka sich meldete, und lenkte ihre Gedanken in die momentan wichtigste Richtung, hin zum Fall. Für Kay konnten sie selbst gerade nichts tun, aber es blieb immer noch der Mord an Dominik zu klären. Heinz hatte recht: Auch wenn alles danach aussah, dass Falk Clasen dahintersteckte, wussten sie es nicht sicher, und beweisen konnten sie es schon gar nicht. Mussten sie aber, wenn sie Heiko aus der Untersuchungshaft holen wollten.

Hinter sich hörte sie, wie die Terrassentür aufgeschoben wurde. Sie musste sich nicht umdrehen, um zu wissen, dass Paul gekommen war. Als er sich neben sie setzte und die Sonne auf sein Gesicht schien, erschrak sie über den Ausdruck, der sich darin widerspiegelte. Sie sah Enttäuschung, vor allem aber Zorn. Das hätte in der letzten Nacht begründet sein können, doch Kassandra spürte, dass da noch etwas anderes war.

»Was ist los?«, fragte sie.

Paul holte sein Telefon hervor, öffnete das Mailprogramm und hielt ihr eine von einem Gemeindevertretungsmitglied weitergeleitete Mail hin. »Gemessen an Kay habe ich exakt null Probleme«, sagte er dazu. »Trotzdem trifft es mich.«

Es war eine Einladung zu einer höchst inoffiziellen Gemeindevertretersitzung wegen des Norderfelds, die an alle gegangen war, nur nicht an Paul. Es war nicht zu fassen. Seit ewigen Zeiten machte Paul in der Gemeindevertretung seine Arbeit. Natürlich war er sich dabei nicht immer mit allen einig, dennoch wurde er von allen respektiert und geschätzt. Und jetzt? Kannten die Wustrower ihn wirklich so schlecht, dass sie glaubten, er würde Clasens Golfplatzprojekt unterstützen? Noch während sie nach Worten suchte, machte das Telefon in ihrer Hand dreimal hintereinander »Ring«. Sie reichte es ihm zurück.

Als er wieder hochschaute, funkelten seine Augen, er wirkte fast amüsiert. »Da fanden wohl noch ein paar mehr, dass ich davon wissen sollte.«

Kassandra lächelte. »Wirst du hingehen?«

»Worauf du dich verlassen kannst.« Er legte das iPhone auf den Tisch. »Wenn wir für Kay nichts tun können, sollten wir uns wenigstens um Heiko kümmern.«

»Ich zermartere mir schon das Hirn, wer uns noch weiterhelfen könnte – indem er Heiko ein Alibi verschafft oder sonst wie. Ich habe sogar gestern Abend versucht, Julia Seidlitz wegen Dominik anzuzapfen. Es kam nichts Nennenswertes dabei heraus, außer dass sie der Meinung war, er hätte es ihr erzählt, wenn er Verwandtschaft auf dem Fischland gehabt hätte. Danach hat sie zugemacht wie eine Auster, und ich habe es lieber unterlassen, sie zu fragen, ob sie sich mit ihm in Niehagen getroffen hat. Allerdings …« Kassandra stutzte. Etwas lungerte am Rande ihres Gedächtnisses herum, etwas Wichtiges, das gesagt worden war. Von Julia? Oder von jemand anderem?

»Allerdings was?«, fragte Paul.

Sie schüttelte den Kopf und bedeutete ihm, still zu sein, damit sie sich konzentrieren konnte. Dann hatte sie es.

»Falls es keine völlig Unbekannte war, die mit Dominik im ›Möwenzahn‹ saß, muss es Julia gewesen sein.«

»Warum nicht Astrid?«

»Weil sie Julia von dem Privatdetektiv erzählt und gemeint hat, sie hätte gehofft, dass der Dominik vor Clasen findet, dass aber ihr Mann den Wettlauf gewonnen hat.«

»Wenn es also Julia gewesen ist, weiß sie definitiv mehr über Dominik, als sie behauptet.«

»Das muss nicht heißen, dass sie weiß, wer ihn ermordet hat.«

»Nein, aber es könnte heißen, dass sie Clasen verraten hat, wo Dominik abgetaucht war. Ob beabsichtigt oder nicht – damit könnte sie zumindest eine Mitverantwortung an seinem Tod tragen. Was bedeutet, dass Harms über Umwege oder direkt auf der richtigen Spur sein könnte.«

»Könnte«, stellte Kassandra fest, »reicht aber mal wieder nicht.«

»Ich wusste es!«

Wie auf Kommando fuhren Kassandra und Paul herum. Sie waren so vertieft in ihr Gespräch gewesen, dass sie nicht aufgepasst hatten. Hinter ihnen stand Miriam mit einem triumphierenden Ausdruck in den Augen. »Ich wusste es!«, wiederholte sie.

»Was wusstest du?«, fragte Kassandra möglichst neutral und bemühte sich, so harmlos wie ein Stichling auszusehen, obwohl sie sich fühlte wie eine schlecht getarnte Feuerqualle.

»Dass das, was meine Mutter heute Morgen erzählt hat, Bullshit ist. Ihr habt euch nicht zerstritten. Ihr versucht, meinen Vater dranzukriegen, zusammen mit diesem Ex-Bullen, der Dominiks Nachfolger und gaaanz zufällig euer Freund ist. Ich kenn den nicht, aber du«, sie sah Kassandra an, »hast garantiert nichts mit dem laufen.« Miriam hatte sehr schnell gesprochen und musste Luft holen, doch der triumphierende Ausdruck lag nach wie vor auf ihrem Gesicht.

Kassandra wurde aus unterschiedlichen Gründen etwas schwindelig. Sollte, durfte sie Pauls Blick suchen, oder war das zu verräterisch? Für sie? Für Miriam? Oder war es zu verräterisch, es nicht zu tun? Und mussten sie nicht sofort alles abstreiten? Aber dafür war es ohnehin zu spät. Miriam hatte sie kalt erwischt, weil Paul sich nicht an seinen eigenen Vorschlag gehalten hatte und hergekommen war.

»Hast du diese erstaunliche Theorie deiner Mutter unterbreitet?«, fragte er.

Miriam kreuzte die Arme vor der Brust, wie Astrid es gestern Nacht getan hatte, und wurde mit dieser Geste fast zum Ebenbild ihrer Mutter. »Und wenn das so wäre?«, fragte sie.

Paul lehnte sich zurück. »Es war nicht so.«

»Ach nein? Wer sagt das denn?«

»Ich. Hättest du es getan, hätte sie es deinem Vater erzählt und wir säßen hier nicht mehr so friedlich, egal, ob deine Schlussfolgerung stimmt oder nicht.« Er hielt inne. »Andererseits hat deine Mutter unbestreitbar ein paar Geheimnisse vor deinem Vater.«

Miriam antwortete nicht sofort. »Welche?«, fragte sie schließlich in einem Tonfall, der vermitteln sollte, dass sie Paul nur überprüfte. Aber sie klang nicht überzeugend genug.

»Zum Beispiel, dass sie einen Privatdetektiv engagiert hat, der nach Dominik suchen sollte.«

Offensichtlich hatte Miriam noch nicht so lange hinter ihnen gestanden, dass sie diesen Teil der Unterhaltung mitbekommen hatte. »Sie hat was?«

Paul fand es unnötig, das zu wiederholen. Stattdessen deutete er auf den dritten Stuhl unter Kassandras grün-weiß gestreifter Sonnenmarkise.

Sie setzte sich, ihr Blick huschte unruhig von einem zum anderen. »Woher wisst ihr das?«

»Weil ich gehört habe, wie sie es zu Julia sagte«, erklärte Kassandra. »Sie sagte außerdem, sie hätte das getan in der Hoffnung, dass der Mann Dominik findet und du die Chance auf Glück in deinem Leben hast. Ich glaube, sie mochte Dominik. Kay dagegen kann sie nicht ausstehen, sie war gestern Abend extrem unhöflich zu ihm. Vielleicht, weil er Dominiks Nachfolger ist.«

»Vielleicht eher, weil sie Männer, die betrügen, nicht ausstehen kann«, schoss Miriam zurück.

»Das war, bevor sie Kay und mich erwischte, und im Übrigen

kann ich mir nicht denken, dass sie sonderlich viel Mitleid ausgerechnet mit Julia hat«, sagte Kassandra. »Den Grund dafür kennst du doch wohl.«

»Ihr wisst echt viel über meine Familie«, stellte Miriam fest. Sie richtete sich auf. »Woher wohl, wenn nicht von eurem Freund, dem Ex-Bullen? Es ist doch so, wie ich gesagt habe, oder? Ihr wollt meinen Vater drankriegen. Gar nicht mal hauptsächlich für den …«, sie schluckte, »für den Mord an Dominik. Schließlich habt ihr euren Freund schon bei Clasen Constructions installiert, bevor Dominik gefunden wurde. Was hat mein Vater noch getan?« Das schien eher eine rhetorische Frage, denn sie sprach gleich weiter. »Jedenfalls könnt ihr froh sein, dass er in Liebesdingen so unsensibel ist. Die Geschichte zwischen dem Ex-Bullen und dir, Kassandra, gefällt ihm garantiert, weil sie so genau in sein eigenes Schema von Lüge und Betrug passt, dass er sich nicht mal die Mühe gemacht hat, sie zu überprüfen.«

Stille breitete sich über der Terrasse aus. Ein Schmetterling flatterte umher und setzte sich auf Kassandras Knie, bevor er bemerkte, dass ihre gelbe Sommerhose keine Blume war, und weiterflog.

»*Hast* du deiner Mutter von deiner Vermutung erzählt?«, brach Paul das Schweigen.

»Nein«, sagte Miriam dumpf. »Mir war das heute Morgen auch noch gar nicht so klar – nur dass es mir sehr schwerfiel zu glauben, was sie *mir* erzählte. Erst als ich vorhin hier stand und euch belauschte, machte es plötzlich klick, und ich wurde …« Sie stockte und lächelte. »Ich wurde wütend, weil ihr mich nicht eingeweiht habt. Gleichzeitig wünschte ich mir verzweifelt, ihr hättet Erfolg gehabt. Stattdessen steckt euer Freund jetzt in Schwierigkeiten.«

»Weißt du Näheres darüber?«, griff Kassandra nach dem Strohhalm.

»Nein.« Anscheinend sah sie die Zweifel in Kassandras Augen, denn sie fügte hinzu: »Wenn ich was wüsste, würde ich es sagen, ehrlich. Ich will, dass mein Vater büßen muss für das, was er Dominik angetan hat, ich will, dass er in der Hölle schmort.«

Den letzten Satz stieß sie hasserfüllt hervor. »Ihr habt gesagt, dass Julia mehr über Dominik weiß, vermutlich sogar, wo er die ganze Zeit steckte, und dass sie es meinem Vater verraten haben könnte. Man müsste sie dazu bringen, das zuzugeben, dann könnte die Polizei ihn eher festnageln.«

»Nicht, wenn er ein wasserdichtes Alibi hat«, sagte Paul.

Was wahrscheinlich der Fall ist, dachte Kassandra. Sie wusste von Kay und der wiederum von Julia, dass Clasen behaupten würde, zu Hause gewesen zu sein. Auch wenn Kassandra bezeugen konnte, dass Astrid Dominik gemocht hatte und ihren Mann verabscheute, glaubte sie nicht, dass sie so weit gehen würde, ihn hinter Gitter zu bringen. Und da war noch etwas.

»Er bräuchte nicht mal notwendigerweise ein Alibi, wenn er es nicht selbst getan, sondern es nur veranlasst hat«, sagte sie. »Trotzdem hat Miriam nicht ganz unrecht. Es wäre zumindest ein erster Schritt in die richtige Richtung, wenn Julia zugeben würde, dass sie wusste, wo Dominik war, und es Clasen gesagt hat. Sollte Letzteres der Fall sein, weiß sie vielleicht sogar noch mehr.«

Eine Stimme in ihrem Inneren fragte, weshalb sie dann noch so erpicht darauf gewesen war, mit Kays Hilfe Clasens faulen Geschäften auf die Spur zu kommen. Doch die Antwort war recht einfach: Sie mochte ahnen oder sogar wissen, was Clasen in Sachen Dominik getan hatte, nur beweisen konnte sie es nicht.

»Genau!«, sagte Miriam inzwischen enthusiastisch. »Julia ist möglicherweise der Schlüssel zu allem.«

»Hat deine Mutter heute Morgen was über sie gesagt?«, fragte Paul.

Da erst fiel Kassandra siedend heiß ein, dass Clasen Julia nicht abgekauft haben könnte, völlig unbeteiligt an Kays Spionage gewesen zu sein.

Miriam hob die Schultern. »Nur dass sie wünschte, mein Vater hätte die Version eures Freundes geglaubt und Julia auch in die Wüste geschickt. Nicht, dass sie davon überzeugt wäre, so was traut sie ihr nicht zu, aber die Zeit der besten Freundinnen ist endgültig vorbei.«

»Das heißt, wir könnten versuchen, mit Julia zu reden und sie subtil auszuquetschen, ohne dass sie merkt, worauf wir eigentlich aus sind«, sagte Kassandra, doch da sah sie Pauls Mundwinkel zucken. »Was ist daran falsch?«

»Das Wir. Ich glaube nicht, dass sie ausgerechnet mit dir reden würde.« Das klang humorvoll, doch das Blitzen in seinen Augen war nur von kurzer Dauer. »Ich müsste mit ihr reden, immerhin haben wir was gemeinsam, Julia und ich. Wir wurden beide betrogen. Das verbindet.«

Es kostete Kassandra Mühe, sich nichts anmerken zu lassen, erst recht, als Miriam auflachte. Es war das erste Mal, dass sie wieder lachte, und dann gerade darüber.

»Großartig«, stellte sie fest. »Es gibt nur ein Problem dabei. Du müsstest sie zufällig treffen und also wissen, wo sie so hingeht.«

»Falls sie überhaupt zurzeit in der Stimmung ist, irgendwo hinzugehen«, warf Paul ein.

Miriam nickte, folgte aber noch immer ihrem Gedankengang. »Ich könnte meine Mutter fragen, allerdings wird sie wissen wollen, warum mich das interessiert.«

»Schade, dass wir niemanden sonst kennen, der mit Julias Gewohnheiten vertraut ist.« Kassandra rieb sich müde die Augen.

»Es gibt eine Person, bei der ich möglicherweise Erfolg habe«, sagte Paul. »Erika Braasch.«

»Die alte Dame, um die Julia sich kümmert?«, erinnerte Kassandra sich. »Lamberti hat gesagt, sie hätte abgebaut, und außerdem: Wieso sollte sie mit völlig Fremden über die Tochter einer alten Freundin reden?«

»Erstens hat er nichts davon gesagt, dass sie geistig abgebaut hat. Zweitens bin ich ihr nicht völlig fremd.«

»Ihr kennt euch?«, fragte Kassandra.

»Nur flüchtig. So flüchtig, dass ich keine Ahnung von ihrem Haus in Datschenhagen hatte. Trotzdem wäre es den Versuch wert, und zwar«, er erhob sich, »am besten gleich. Aller Wahrscheinlichkeit nach wird Julia nicht gerade heute Frau Braasch besuchen.«

»Soll ich mitkommen?«, bot Miriam an. »Du könntest mich als Tochter der Freundin von Julia vorstellen, und schon hätten wir das Gespräch auf sie gebracht.«

»Lass mal«, lehnte Paul ab. »Ist sinnvoller, ich mach das allein – so von Fischländer zu Fischländerin.«

Miriam verdrehte die Augen. »Ihr seid ein bemerkenswertes Völkchen.« Dann lächelte sie wehmütig. »Ich glaube, Dominik hätte hier zu seinen Wurzeln zurückfinden können, er wäre aus sich herausgegangen, mehr er selbst geworden.« Sie seufzte und wischte sich übers Gesicht. »Wie auch immer du es anstellen willst, Paul, ich wünsch dir viel Erfolg bei der alten Dame.«

»Danke. Und du solltest deine Nase mal wieder richtig in den Wind halten. Raus mit dir an die See, du hast viel zu lange drinnen gehockt.« Damit verschwand er ins Haus und ließ Miriam und Kassandra zurück.

Miriam sah ihm hinterher. »Er hat recht, oder? Ich kann mich nur so schlecht aufraffen.«

»Geh einfach los«, empfahl Kassandra. »Wenn du erst mal am Strand stehst, die Wellen siehst und hörst, eine leichte Brise auf deiner Haut spürst, die See riechst – dann wirst du gar nicht mehr wegwollen. Es gibt keine bessere Therapie.«

Miriam nickte, stand auf, murmelte: »Zwei solchen Experten wie euch kann ich mich wohl nicht widersetzen«, und verschwand ebenfalls.

Kassandra blieb sitzen und starrte in ihren Garten. Ich sollte mich nach meinem eigenen Rat richten, dachte sie, rührte sich aber nicht von der Stelle. Das Klingeln ihres Telefons riss sie aus ihren Gedanken. Überrascht las sie Pauls Namen auf dem Display. So lange, dass er schon in Niehagen sein konnte, war er noch nicht weg.

»Was ist, kommst du?«, fragte er. »Fischländer zu Fischländerin ist ja ganz schön, aber Frau zu Frau kann auch nicht schaden, und du bist weit erfahrener mit Befragungen als Miriam.«

»Du wolltest sie aus dem Weg haben!«

»Sicher. Hat ja offenbar funktioniert. Also? Ich steh mit dem Wagen vor deiner Tür.«

Unwillkürlich musste Kassandra lachen. Bis ihr das Lachen im Hals stecken blieb, weil ihr mit einem Mal die Krux an der ganzen Aktion auffiel. »Was, wenn Frau Braasch später Julia erzählt, dass wir bei ihr waren?«

»Dann ist es hoffentlich *zu* spät, weil dann bereits alles gelaufen sein wird. Wir müssen dieses Risiko eingehen, wir haben keine andere Wahl und nicht viel Zeit. Falls es klappt und ich mit Frau Braaschs unabsichtlicher Unterstützung Julia treffe, hilft uns das, was sie sagt, möglicherweise sogar dabei, Kay zu finden.«

Als könne Paul das sehen, nickte sie. »Du hast recht. Bin gleich da.« Sie beendete das Gespräch, tippte schon im Aufstehen Haralds Nummer an und sagte ihm, was sie vorhatten. Falls ihre Tarnung durch den Besuch bei Erika Braasch aufflog, war er mindestens genauso betroffen und musste vorgewarnt sein.

»Woher kennst du Frau Braasch?«, erkundigte sich Kassandra, während sie an der flügellosen Mühle am Ortsausgang vorbei in Richtung Niehagen fuhren.

»Von ihrer Töpferei. Sie hat früher wunderschönes Keramikgeschirr hergestellt in den großartigsten, glänzendsten Blau- und Grüntönen, die du dir vorstellen kannst. Ein Tisch damit gedeckt, da hast du nicht mehr drauf geachtet, was auf den Tellern war. Ihre Vasen und Schalen hatten ausgefallene Formen, meine Mutter hält ihre Obstschale immer noch in Ehren.«

»Hast du sie ihr geschenkt?«

»Ich wusste sofort, sie würde ihr gefallen. Dabei wollte ich gar nichts kaufen, sondern mich nur übers Töpfern informieren für den Roman, an dem ich schrieb. Bruno meinte, ich solle Frau Braasch fragen, und das habe ich getan.«

»Und jetzt schreibst du wieder einen Roman, für den du was zum Thema wissen musst?«

Paul streifte sie mit einem Seitenblick. »So was in der Art. Ich muss meine Notizen von damals verlegt haben.«

Kurze Zeit später hielt Paul in Niehagen vor einem rohrgedeckten weißen Haus mit dunkelbraunen Fensterläden und einer tief hängenden hölzernen Traufe über der Tür. Die Hecke hinter dem Zaun wucherte wild in die Höhe, dennoch war ein kleiner Rosenstrauch mit pinkfarbenen Blüten zu erkennen. An der Seite des Hauses führte ein schmaler Weg zu einem kleinen, ebenfalls rohrgedeckten Nebengebäude. Dahinter konnte Kassandra das Blau des Boddens ausmachen.

»Das war früher ihr Atelier«, erklärte Paul.

»Von da muss man einen tollen Blick aufs Wasser haben. Kein Wunder, dass ihre Stücke so herrliche Farben hatten, bestimmt waren die vom Bodden inspiriert.«

Paul nickte. »Genau das hat sie gesagt.« Er drückte auf die Klingel, trat wieder einen Schritt zurück und wartete.

Längere Zeit tat sich nichts, doch gerade als Paul es noch einmal probieren wollte, öffnete sich die Tür und eine dünne weißhaarige Frau mit einem Rollator stand vor ihnen.

»Ja?«, fragte sie und blinzelte.

»Guten Tag, Frau Braasch, bitte entschuldigen Sie die sonntägliche Störung. Ich weiß nicht, ob Sie sich noch an mich erinnern, ich bin …«

»Herr Hardenberg«, unterbrach ihn Erika Braasch. »Ihr Roman, natürlich.« Ihre Stimme war leise und etwas zittrig, aber sie lächelte. »Hat mir sehr gut gefallen. Es tut mir leid, dass ich Sie nicht gleich erkannt habe, meine Augen sind nicht mehr die besten.«

Unsicher sah Kassandra zu Paul. In den meisten Fällen und erst recht hier auf der Halbinsel nannte er seinen wahren Namen, wenn er zu Recherchen unterwegs war. Er schien ihren Blick zu spüren und zuckte leicht mit den Schultern, doch was er sagte, war für Frau Braasch bestimmt. »Das macht doch nichts. Ist ja schon ewig her. Es freut mich, dass Sie mich nicht vergessen haben.«

»Wie könnte ich? Ihr Buch hat einen Ehrenplatz in meinem Regal, und ich bin immer noch stolz auf die Danksagung. Dabei habe ich doch gar nicht viel getan.«

Erika Braasch war wohl so von Pauls Roman angetan gewesen, dass sie den Autorenamen auf dem Buch besser in Erinnerung hatte als den Autor selbst.

Jetzt stokelte sie an ihrem Rollator zwei Schritte zurück. »Ich muss mich schon wieder entschuldigen, ich lasse Sie einfach da stehen. Kommen Sie bitte rein. Wen haben Sie denn da mitgebracht?«

Paul stellte Kassandra nur mit dem Vornamen vor und verschluckte die erste Silbe, dabei hätte er sich diese Mühe gar nicht machen müssen. Gerade in diesem Moment kam Erika Braasch aus dem Gleichgewicht, als sie einen weiteren unsicheren Schritt rückwärts in die schummrige Diele machte.

Instinktiv stürzte Kassandra auf sie zu und stützte sie.

»Vielen Dank. Ich bin heute etwas wackelig auf den Beinen. Na ja. Eigentlich immer in den letzten Monaten.« Dann leuchtete ihr Gesicht auf. »Würden Sie beide mir einen Gefallen tun?«

»Aber sicher«, sagte Paul sofort. »Brauchen Sie etwas aus der Kaufhalle?«

»Nein, nein, ich habe noch alles. Ich würde mich nur bei dem herrlichen Wetter so gern wieder mal in meinen Garten setzen, aber allein mit dem Rollator traue ich mich nicht.«

»Kein Problem. Wo geht's lang?«

Auf den Rollator gestützt und sehr langsam ging sie den Flur entlang und öffnete schließlich eine Hintertür. Kassandras Augen hatten sich bereits an die Dunkelheit in der Diele gewöhnt, sodass die helle Sonne zuerst ihren Augen wehtat, doch dann kam sie aus dem Staunen nicht mehr heraus. Der Garten war ein Traum. Eine weite Rasenfläche fiel leicht nach unten ab, über der niedrigen Hecke am Ende blitzte die Wasseroberfläche des Boddens im Nachmittagslicht. Überall auf dem Rasen verteilt steckten Metallstäbe in der Erde, auf denen Keramikvögel saßen, in Meergrün, Hellblau, Karibiktürkis und Blaugrau. Ein riesiger Apfelbaum, dessen Zweige schwer waren vor lauter Früchten, wurde von einer Bank umrundet, auf der wie gemalt zwei Äpfel lagen.

Auf diese Bank deutete Erika Braasch. »Mein Lieblingsplatz. Würden Sie mich hinbringen?«

Zwar führte ein gepflasterter Weg zum Baum, doch auch die Pflastersteine waren uneben, sodass Kassandra verstand, warum Erika Braasch es nicht allein wagte. Schließlich setzte sich die alte Dame ächzend und sichtlich erleichtert. Sie schloss die Augen und hob ihr Gesicht den Zweigen entgegen.

»Riechen Sie das?«, fragte sie, ihre Stimme kraftlos von der Anstrengung. »Die Äpfel, die Sonne, der Bodden. Und irgendwo hinter uns die See.« Sie seufzte und öffnete die Augen wieder. »Können Sie sich vorstellen, so was aufzugeben? Für fünfzehn Quadratmeter in einem Altersheim mit Blick auf Beton? Ich müsste mein ganzes Leben hier zurücklassen und alle meine Lieben.« Sie breitete die Arme aus, eine Geste, die sämtliche Keramikvögel einschloss. »Julia hat gesagt, ich könnte mir eine Pflegerin ins Haus holen. Sie wollte sich drum kümmern, aber sie war jetzt schon eine Zeit lang nicht mehr hier.« Erneut seufzte sie. »Kann ich auch nicht verlangen, sie ist ja nicht mal mit mir verwandt, sondern nur die Tochter einer guten, viel zu früh verstorbenen Freundin. Trotzdem will sie mir immer helfen, sie hat sogar diesen Weg zum Baum pflastern lassen.« Erika Braasch rieb sich die wässrigen Augen. »Ich sollte ihr dankbar sein, und doch finde ich, diese Steine passen gar nicht hierher. Aber das sage ich Julia wohl besser nicht, was meinen Sie, Herr Hardenberg?«

»Man kann das rückgängig machen, und wenn Sie das möchten, sollten Sie es ihr sagen.

»Wirklich?«

»Julia wollte Ihnen doch sicher was Gutes tun. Wenn sie damit das Gegenteil erreicht hat, ist das ganz bestimmt nicht in ihrem Sinne. Andererseits können Sie ihre Reaktion natürlich besser einschätzen. Was ist sie denn für ein Mensch?«, erkundigte sich Paul.

»Ach, ganz reizend. Aber sie hat es auch nicht leicht, so ganz auf sich allein gestellt. Keine Familie. Ich hatte wenigstens für viele Jahrzehnte meinen geliebten Mann. Julia hat niemanden, nur eine Menge Arbeit. Anscheinend gerade mehr als üblich, sonst hätte sie mich längst wieder besucht.«

»Was macht sie beruflich?«, fragte Kassandra.

Erika Braasch lachte ein klein wenig, daraus wurde ein Hustenfall, und sie bat um ein Glas Wasser, das Kassandra aus der Küche holte. Nach ein paar Schlucken ging es besser. »Was mit Computern«, nahm sie den Faden wieder auf. »Sie sorgt damit für die Sicherheit einer Baufirma. Clasen Konstruktion. Das macht ihr Spaß, sagt sie. Aber ich habe nicht den Eindruck, dass es sie auch ausfüllt. Sie ist manchmal so traurig.« Ein bekümmertes Lächeln umspielte Erika Braaschs Lippen. »Da kann ich ihr doch nicht sagen, dass ich ihre Pflastersteine nicht mag. Damit jage ich sie ja gleich wieder zur Aussicht.«

Ratlos sah Kassandra zu Paul, doch der konnte sich auch keinen Reim darauf machen.

»Zur Aussicht?«, wiederholte er.

»Diese Gaststätte im neuen Kurhaus, ich glaube, die heißt so ähnlich. Julia sagt jedenfalls, man hätte dort einen ganz herrlichen Blick auf die See und den Bodden, und dazu ein paar Cocktails mit diesen phantasievollen Namen, von denen sie manchmal zu viele trinkt.« Erika Braasch zuckte zusammen. »Oje, das hätte ich nicht sagen sollen. Es ist ja nicht so, dass sie … also, Sie wissen schon. Sie geht da nur hin, wenn sie überarbeitet ist oder Aufmunterung braucht. Dafür kommt sie sogar manchmal den ganzen Weg von Stralsund. Sie sagt, schon allein die Fahrt hilft, den Stress abzubauen. Und, na ja, vielleicht auch ihre Traurigkeit, denke ich mir. Deshalb habe ich mir nie anmerken lassen, dass ich selbst ein bisschen traurig war, wenn sie erzählte, dass sie in Ahrenshoop war und mich nicht besucht hat. Aber sie hat ihr eigenes Leben, und das ist wohl voll genug mit Problemen.« Sie nahm einen der Äpfel in die Hand, drehte ihn hin und her und blinzelte hinüber zum Bodden. »Ich kann ihr einfach nicht sagen, dass ich statt der Steine lieber wieder meinen Rasen hätte.«

Ist es das?, fragte Kassandra sich. Konnten sie davon ausgehen, dass Paul eine Chance hatte, Julia im »Weitblick«, wie das Restaurant im »The Grand« tatsächlich hieß, zu begegnen? Falls sie da anzutreffen war, wenn es ihr schlecht ging, gab es kaum einen besseren Tag als heute. Andererseits war das alles ein bisschen zu dünn, um sich darauf zu verlassen.

In der Ferne glitt auf dem Bodden ein Zeesboot vorbei Richtung Wustrow. Vielleicht erkannte Erika Braasch noch die rotbraune Farbe der Segel. Sie schaute dem Boot hinterher, bis ihr wieder bewusst wurde, dass sie nicht allein war. Mit einem Ruck hielt sie Kassandra den Apfel hin. »Probieren Sie! An meinem Baum wachsen die besten Äpfel von Niehagen. Alle meine Nachbarn wollten früher mein Gelee.« Sie lächelte wehmütig.

Kassandra biss in den süß-säuerlichen Apfel, der so saftig war, dass sie einen Tropfen an ihrem Kinn auffangen musste.

»Samt Ihren Keramiktöpfchen, in die Sie es gefüllt haben, wette ich«, sagte Paul. »Sie haben mir damals auch eins mitgegeben. Das Gelee war köstlich und viel zu schnell alle, aber den Topf habe ich noch.«

»Stimmt!«, sagte Kassandra. Das Bild eines hellblauen Keramiktopfs in Pauls Küchenregal erstand vor ihrem inneren Auge. »Du benutzt ihn immer, um Gewürze zu zerkleinern.«

Erika Braaschs Gesicht leuchtete auf. »Wie schön!« Doch unvermittelt verwandelte sich ihr Ausdruck, sie machte ein Gesicht wie sieben Tage Regenwetter. »Du liebe Zeit! Ich rede und rede statt Sie zu fragen, weshalb Sie hier sind, und Sie sind viel zu höflich, um meine Tiraden zu unterbrechen. Was hat Sie denn nun zu mir geführt?«

»Genau genommen die Hoffnung, dass Sie in Ihren Beständen noch eine von diesen Keramikschalen haben, die unten rund und oben eckig sind«, improvisierte Paul. »Jedes Mal, wenn ich bei meiner Mutter bin, bewundere ich die und hätte gern selbst eine.«

Bedauernd schüttelte Erika Braasch den Kopf. »Ich fürchte, davon habe ich keine mehr. Aber kennen Sie Magda Fehning aus der Neuen Straße? Sie hat vor Jahren ein ganzes Konvolut Geschirr bei mir in Auftrag gegeben. Vielleicht können Sie ihr eine Schale abkaufen.«

Paul öffnete schon den Mund zu einer Antwort, die Kassandra gern gehört hätte, doch da sprach Erika Braasch schon weiter.

»Oder Sie nehmen einen meiner Vögel mit. Falls ich doch hier wegmuss, weiß ich wenigstens, dass er in guten Händen ist.«

Pauls Proteste halfen nicht, sie bestand darauf, und schließlich wählte er einen mit einer tiefgrünblauen Glasur, den er in seinen eigenen Garten stellen wollte.

Von den Vögeln kam die Sprache zuerst aufs Fischland und dann auf Literatur. »Leider lassen meine Augen mich mehr und mehr im Stich«, sagte Erika Braasch. »Aber vorlesen lassen kann ich mir. Schon allein deshalb hoffe ich, dass Julia bald wiederkommt. Sie hat letztes Mal mitten in einer ausgesprochen spannenden Stelle von ›Die Tote im Räucherofen‹ von Ivo Pala aufgehört. Spielt hier in der Gegend. Kennen Sie das?«

Paul nickte. »Großartiger Kollege. Ich bereite gern Fisch zu und hab schon das eine oder andere von Muddings Rezepten hinten im Buch ausprobiert.«

Ein paar Minuten plauderten sie noch übers Kochen, doch Kassandra merkte, dass Paul nicht mehr ganz bei der Sache war und ein-, zweimal verstohlen auf die Uhr schaute. Schließlich brachten sie Erika Braasch ins Haus zurück und verabschiedeten sich.

»Willst du es heute Abend im ›Weitblick‹ versuchen?«, fragte Kassandra, sobald sie wieder auf der Straße standen.

»Mir wär's lieber gewesen, sie hätte uns den Namen einer Bar in Stralsund genannt, davon hätte ich mir mehr versprochen. Es hat aber keinen Sinn, aufs Geratewohl da alles abzuklappern, also werde ich mich fürs ›The Grand‹ in Schale schmeißen.«

»Nicht zu sehr«, riet Kassandra. »Denk dran, dass du mindestens so mies drauf bist wie Julia. Da hat man keine Lust, sich stundenlang aufzuhübschen.«

»Oder gerade«, widersprach Paul.

Was er damit meinte, sah Kassandra, als er ein paar Stunden später vor ihr stand. Dagegen war er auf Astrids Geburtstagsfeier in seinem hellgrauen Sommeranzug langweilig bieder gekleidet gewesen. Jetzt trug er eine schwarze Jeans, ein dunkelgraues Hemd, eine schwarze Krawatte und ein schwarzes Sakko. Das düster zu nennen, wäre noch untertrieben gewesen, aber es passte hervorragend zu seinen grauen Haaren und seinen hellen graublauen Augen, und der Schnitt von Jeans und Jackett ließen ihn noch größer erscheinen, als er ohnehin schon war.

Paul war nicht im herkömmlichen Sinne attraktiv. Was ihn anziehend machte, waren seine Persönlichkeit, sein offener Blick, sein Lächeln und vor allem sein Lachen, das einen Raum mit Helligkeit fluten konnte und das Kassandra besonders liebte. Gerade im Moment lachte er nicht. Er sah sie nur an – mit einem ungewöhnlich verschlossenen Blick.

»Sehe ich aus wie ein Mann, der vorhat, sich mit der nächstbesten schönen Frau zu trösten?«, fragte er.

Kassandra brachte es nicht fertig, etwas zu sagen. Sie kannte nicht mal die Antwort. Sie spürte nur einen undefinierbaren Stich.

»Zu übertrieben?«, hakte Paul nach. »Vielleicht sollte ich die Krawatte abnehmen.« Er zog sie ab und öffnete den obersten Hemdknopf. »Besser?«

»Hm«, machte Kassandra, obwohl er auch vorher schon perfekt ausgesehen hatte, und riss sich zusammen. Sie stellte sich auf die Zehenspitzen, beugte sich vor und küsste Pauls Wange. »Viel Glück.«

»Danke, können wir brauchen.« Er wandte sich zum Gehen.

Er hatte schon die Autoschlüssel eingesteckt, da drängte es sie, ihn noch einmal zurückzurufen. »Paul?«

Er drehte sich um, ohne dass sie seinen Ausdruck erkennen konnte. »Ja?«

»Pass auf dich auf. Auch wenn alles darauf hindeutet, dass wir Clasen zu fürchten haben, gibt es keine Garantie dafür, dass das nicht auch für Julia gilt.«

Er nickte, öffnete die Tür, schloss sie von draußen wieder, und Kassandra war allein.

21

Für gewöhnlich fand Paul nicht, dass es sich lohne, darüber nachzudenken, was er anzog. Jeans, T-Shirt, Hemd oder Pullover, fertig. Oder wenn es wie gestern Gelegenheit für einen Anzug gab, dann eben in den schlüpfen und gut. Er wusste, er war kein sonderlich attraktiver Mann, dafür war er sportlich und passte in fast alles.

Heute Abend machte er eine der seltenen Ausnahmen und durchforstete seinen Kleiderschrank nach was Schwarzem. Die Farbe schien ihm passend. Sie wirkte düster, und selbst lässige Teile machten meist was her. Die Zeit, in der er so gut wie ausschließlich Schwarz getragen hatte, lag lange zurück. Damals waren auch seine Haare noch dunkel gewesen, fast so dunkel wie die von Kay. Mit Anfang vierzig hatten sie begonnen, grau zu werden. Es hatte ihm nie etwas ausgemacht, er hatte sich deswegen nicht älter gefühlt, als er war.

Bis er Kassandra über den Weg lief und von der ersten Minute an gespürt hatte, dass er der Frau begegnet war, mit der er den Rest seines Lebens teilen wollte. Mit einer verflucht noch mal zwanzig Jahre jüngeren Frau. Er hatte keine Chance. Als sich herauskristallisierte, dass er sehr wohl eine Chance hatte, dass sie dasselbe wollte wie er, hätte er trotzdem beinah gekniffen. Zwanzig Jahre. Konnte das überhaupt gut gehen? Wenn ja, für wie lange? Am Ende hatte er seinen Gefühlen nachgegeben. Er liebte Kassandra, mehr, als er jemals eine Frau geliebt hatte, mehr sogar noch als Karin, die Einzige, zu der er je die drei magischen Worte gesagt – und die dann später Heinz geheiratet hatte.

Als er Jahrzehnte danach Kassandra begegnet war, hatte er sich nicht nur älter gefühlt, sondern auch reifer. Er wusste, was ihm wichtig war, wusste, was er wollte. Und er wollte Kassandra. Es wäre Wahnsinn gewesen, auf ein paar Jahre Glück zu verzichten, nur weil es irgendwann unweigerlich endete. Er hatte sich nie der Illusion hingegeben, dass es ewig währen würde. Bis dass der Tod uns scheidet und all so was. Obwohl – wenn er ehrlich war – manchmal schon. Manchmal hatte er sich geweigert, dem Schmerz, der kommen würde, ins Gesicht zu sehen. Oft, wenn Kassandra und er sich liebten, wenn sie stundenlang redeten oder schwiegen, waren sie eine perfekte Einheit, die nichts auseinanderbringen konnte. Oft. Waren sie das gewesen.

Paul fuhr sich durch die Haare und betrachtete sein Spiegelbild. Ein alter Mann und … Mit einem Mal und ohne Vorwarnung kochte der Zorn in ihm hoch. Er hatte noch nie zu Selbstmitleid tendiert, und jetzt verlor er sich schon seit Monaten darin. Wie lange sollte das noch so weitergehen? Wütend schnitt er eine Grimasse. Wenn Kassandra sich gegen ihn entschied, hatte das sicher nichts mit seinem Alter zu tun. So gut musste er sie doch wohl kennen. Abgesehen davon war er nicht der Einzige, der älter wurde. Auch in Kays Haare schlichen sich immer mehr Silbersträhnen. Er griff nach seiner Krawatte und band den Knoten. Zu fest. Er lockerte sie wieder und schüttelte den Kopf über sich.

Hör auf mit dem Scheiß, Paul, dachte er. Wahrscheinlich wäre Kay froh, wenn graue Haare sein einziges Problem wären. Und er selbst wünschte sich das für Kay auch. Was immer zwischen ihnen gestanden hatte und noch stand, er würde alles Menschenmögliche tun, um ihm da rauszuhelfen. Weil er ihn mochte. Weil Kay so viel für ihn und Kassandra getan hatte. Weil sie einmal Freunde gewesen waren. Weil sie dieselben Prinzipien teilten, auch wenn sie sie zuweilen anders auslegten. Weil sie einander so ähnlich waren. Selbst wenn sie einander *so* ähnlich waren, dass sie dieselbe Frau liebten. Und, dieser Gedanke kam ihm erst jetzt, weil Kay Kassandra so viel bedeutete. Das war weniger edel, als er sich das gern eingeredet hätte. Vielmehr war er überzeugt, nur dann zumindest eine winzige Aussicht darauf zu haben, Kassandra zurückzugewinnen, wenn Kay diese Sache einigermaßen heil überstand. Wenn nicht, würde Kassandra sich die Schuld geben und Kay würde zu einer Überfigur, gegen die niemand mehr ankam.

Paul nahm das schwarze Sakko vom Bügel, zog es über und ging nach unten.

Kassandra hatte auf dem Sofa gesessen und gelesen. Sie legte das Buch zur Seite, als er auf sie zutrat, und starrte ihn an. Ihren Blick konnte er nicht deuten. Ungläubig? Verwundert? Eigentlich musste er ihr kaum in Erinnerung bringen, welchen Eindruck er bei Julia hinterlassen wollte.

»Sehe ich aus wie ein Mann, der vorhat, sich mit der nächstbesten schönen Frau zu trösten?«, fragte er trotzdem.

Kassandra antwortete nicht, sie starrte ihn nur weiter an. Auch wenn er keinen großen Wert aufs Äußere legte, war er stilsicher, wenn es drauf ankam. Was fand Kassandra falsch?

»Zu übertrieben? Vielleicht sollte ich die Krawatte abnehmen.« Mit zwei Griffen zog er sie ab, öffnete den obersten Hemdknopf und fühlte sich befreit. »Besser?«

Kassandra gab nur ein »Hm« von sich, dann stellte sie sich plötzlich auf die Zehenspitzen und küsste ihn auf die Wange. »Viel Glück.«

Er wollte sie an sich ziehen, doch er widerstand dem Impuls. »Danke, können wir brauchen«, sagte er stattdessen. Er wandte sich zum Gehen, nahm die Autoschlüssel vom Bord neben der Tür und war fast schon draußen, da rief sie ihn zurück. Froh, dass sein Gesicht im Schatten lag, drehte er sich um. »Ja?«

Kassandra stand mitten im Raum und wirkte verloren. »Pass auf dich auf. Auch wenn alles darauf hindeutet, dass wir Clasen zu fürchten haben, gibt es keine Garantie dafür, dass das nicht auch für Julia gilt.«

Dieses Mal war er es, der keine Antwort gab. Was hätte er auch sagen sollen? Dass sie recht hatte? Dass es sein Herz berührte, dass sie sich um ihn sorgte? Also nickte er nur, öffnete die Tür und trat hinaus in die frische Abendluft.

Paul stand auf der gegenüberliegenden Seite vom »The Grand« und schaute an der gläsernen Fassade empor. Die Sonne war noch nicht ganz untergangen, Licht und blauer Himmel spiegelten sich in den großen Fenstern. Das Hotel war schon Anfang des zwanzigsten Jahrhunderts gegründet worden und hatte im Laufe der Zeit viele Veränderungen erlebt. Aus seinen Kindertagen konnte er sich noch an das ganz alte Kurhaus erinnern, einen imposanten Bau mit zwei Dreiecksgiebeln und großem Wintergarten, das Ende der Sechziger abgerissen und durch einen schmucklosen geradlinigen Neubau ersetzt worden war. Allerdings hatte auch der schon eine Glasfront besessen, durch die man einen wunderbaren Blick auf die See gehabt hatte. Bald nach der Wende war das FDGB-Ferienheim dem Verfall preisgegeben worden und teilte damit viele Jahre lang das Schicksal der Wustrower Seefahrtschule. Bis die Ruine abgerissen worden und »The Grand« entstanden war. Nur kurz erlaubte Paul sich die Frage, wie wohl die Seefahrtschule einmal aussehen würde, wenn das Bauprojekt »Zwei Wasser« beendet war. Er schüttelte den Gedanken ab und überquerte entschlossen die Straße.

Allzu oft war er noch nicht im »The Grand« gewesen. Er stieg die geschwungene Treppe empor, linker Hand ein lang herunterhängender Kronleuchter und rechter Hand an der Wand Geschichte und Fotos des alten Hotels. Oben durchquerte er das großzügige Foyer, hinter sich das Café »View«, das seinen Namen zu Recht trug. Schon von hier aus konnte man die Aussicht über die See in bequemen Sesseln genießen, die direkt vor der riesigen Fensterfront standen. Sein Ziel jedoch war der Fahrstuhl, der ihn bis ganz nach oben und zum spektakulären »Weitblick« bringen sollte.

Um die verhältnismäßig kleine Bar in der Mitte standen eine Menge Tische, die meisten davon noch frei. Nirgends jedoch saß Julia. Auf der Terrasse war bei diesem Traumwetter fast jeder Tisch besetzt, aber auch dort fand Paul sie nicht. Er sah auf die Uhr. Fast sieben und noch reichlich Zeit für Julia herzukommen. Falls sie herkam.

Paul stellte sich vorn auf die Terrasse, über ihm der blaue Abendhimmel, vor ihm die spiegelglatte See. Weit hinten am Horizont war die dunkelrote Sonne nicht mehr ganz rund und verschwand weiter Stück für Stück im Wasser, während Paul zusah. Er versuchte, an gar nichts zu denken, nur in den Anblick zu versinken, was ihm zumindest halbwegs gelang. Das Gelächter und Gerede an den Tischen hatte für ein, zwei Minuten fast aufgehört, doch nachdem die Sonne endgültig gute Nacht gesagt hatte, schwoll der Geräuschpegel wieder an, und Paul ging hinüber zur Seitenterrasse, von wo aus er zum Bodden sehen und gerade noch am sich langsam lila färbenden Himmel die Spitze des Wustrower Kirchturms erkennen konnte. Dieser Landstrich war unvergleichlich schön. Sein Zuhause, seine Heimat. Er spürte, wie er ruhiger wurde.

Ein kühler Windhauch strich über sein Gesicht und durch seine Haare, er atmete tief ein und kehrte nach einem erneuten prüfenden Rundblick in die Bar zurück. Ein Tisch direkt am Fenster wurde gerade frei, von dem er sowohl die See als auch den Eingang im Blick hatte. Er setzte sich und bestellte einen Single Malt. Zwar war er einem Cocktail gelegentlich nicht abgeneigt, zumal die phantasievollen Namen, wie Erika Braasch es bezeichnet hatte, einiges versprachen. Aber wenn er hier sitzen und deprimiert aussehen sollte, schien etwas Härteres angemessen.

Relativ zügig trank er den Whisky aus, bestellte noch einen und bat darum, das leere Glas stehen zu lassen. An dem zweiten nippte er nur ab und zu und wartete, während es vor dem Fenster immer dunkler wurde. Die Tische draußen leerten sich, einige Gäste gingen, einige siedelten nach drinnen um, doch immer noch kein Zeichen von Julia. Um kurz nach acht holte Paul sein Telefon hervor, um Kassandra eine Nachricht zu schicken, aber noch bevor er ein Wort getippt hatte, bemerkte er aus den Augenwinkeln, wie eine Frau das »Weitblick« betrat. Er sah auf. Julia. Einer Eingebung folgend schaltete er sein iPhone auf Aufnahme und ließ es in seine Hemdtasche gleiten. Julia stand etwas unentschlossen in der Tür. Offenbar suchte sie vergeblich nach einem freien Platz, gerade trat eine Kellnerin auf sie zu und wollte sie bedauernd wegschicken.

Wenn sie wieder ging, konnte er ihr schlecht hinterherlaufen. Fieberhaft überlegte Paul, was er tun konnte. Da fing Julia seinen Blick auf. Selbst aus der Entfernung konnte er sehen, wie ihre Augen sich weiteten. Sie schob sich an der Kellnerin vorbei und kam auf ihn zu. Vor seinem Tisch blieb sie stehen.

»Frau Seidlitz«, sagte Paul ein wenig schleppend. »Was für ein unerwartetes Vergnügen. Möchten Sie sich nicht setzen?«

Wortlos nahm Julia Platz. »Der Wievielte ist das schon?«, fragte sie und deutete auf Pauls Single Malt.

Er zuckte mit den Schultern. »Spielt das eine Rolle?«

Julia legte den Kopf schief, als überlege sie. »Nein. Sie haben recht. Eigentlich nicht.« Als hätte die Kellnerin den Dialog mitbekommen, stand sie plötzlich da und fragte Julia nach ihren Wünschen. »Bringen Sie mir auch so einen. Doppelt. Ohne Eis und Wasser.«

Paul kippte seinen herunter. »Für mich dasselbe noch mal.« Er bemerkte, wie der Alkohol in seine Blutbahn geriet, und mahnte sich, vorsichtig zu sein. Schließlich musste er voll aufnahmefähig bleiben.

»Sind Sie öfter im ›Weitblick‹?«, fragte Julia. »Ich habe Sie noch nie hier gesehen.«

Klang da ein gewisses Misstrauen heraus?

»Ist nicht gerade meine Stammkneipe«, gab Paul zurück. »Bloß war mir heute Abend nicht danach, Leuten zu begegnen, die ich kenne.« Trocken lachte er auf. »Bitte nicht persönlich nehmen, an Sie hatte ich dabei nicht gedacht.«

»Wie beruhigend. Wenn ich auch davon ausgehe, dass Ihnen mein Anblick nicht die größte Freude bereitet, weil er Sie an gestern Abend erinnert. Wie nobel von Ihnen, dass Sie mir trotzdem einen Platz angeboten haben.«

»Nobel?«, wiederholte Paul. »Ach nein, ich bin nicht nobel. Vielleicht ein bisschen neugierig.«

»Auf mich?«

Paul nickte. »Frau Clasen machte gestern eine denkwürdige Bemerkung, aus der zu schließen war, dass Sie und Kay mehr verbindet als die Arbeit?« Er ließ es wie eine Frage klingen, doch Julia schwieg. »Falls sie recht hat«, fuhr er fort, »sind Sie in einer ähnlichen, was sag ich, in einer absolut identisch beschissenen Lage wie ich. Und ich bin neugierig, wie Sie damit umgehen. Ob Sie eine bessere Idee haben, als sich die Kante zu geben und die Welt zu verfluchen.«

»Ich verfluche die Welt nicht«, sagte Julia. »Ich verfluche Kay. Und mich selbst. Er hat mich ausgenutzt, und ich war dämlich genug, auf ihn reinzufallen.«

»Ausgenutzt? Weil er mit Ihnen ins Bett gegangen ist?«

»Weil er mich – auch damit – so manipuliert hat, dass ich ihm Dinge anvertraut habe, die ich niemandem hätte anvertrauen dürfen. Daraus hat Kay seinen Vorteil gezogen und bei Clasen Constructions für seine Zwecke spioniert.«

Paul nahm einen ersten Schluck von seinem dritten Whisky, der nun vor ihm stand. »Ich habe gestern nicht mehr allzu viele Worte mit Kassandra gewechselt, aber so viel habe ich doch mitbekommen, dass Kay das etwas anders sieht.« Er schüttelte den Kopf und grinste. »Sicher, dass Sie am Ende nicht beide bekommen haben, was Sie wollten? Alles inklusive?«

Ruckartig erhob sich Julia. Der Tisch wackelte dabei so, dass ihr Drink fast überschwappte. »Ich glaube, ich suche mir doch lieber einen anderen Platz.«

Paul hob die Arme in einer allumfassenden Geste. »Ist keiner frei.« Andernfalls hätte er nicht gewagt, sie zu provozieren. »Setzen Sie sich wieder. Wenn Sie wollen, entschuldige ich mich in aller Form. Ich bin heute nicht ganz ich selbst. Nicht so anständig wie sonst. So pflegte mein Bruder mich zu nennen. Ich sei anständig. Dabei schwang immer ein *zu* mit. Na ja. Eben wäre er wahrscheinlich stolz auf mich gewesen. Entschuldigung. Ich rede zu viel.«

Zögernd nahm Julia wieder Platz und griff nach ihrem Glas. »Mit Anständigkeit kommt man nicht weit im Leben.«

»Wie weise«, spottete Paul. »Ist das von Ihnen?«

»Konfuzius.«

Gleichzeitig brachten sie beide ein Lachen zustande. Julia hob ihr Glas, trank einen Schluck, dann noch einen, dann noch einen. Und einen vierten, sehr großen. Sie winkte der Kellnerin und bedeutete ihr, Nachschub zu bringen.

»Schon komisch«, sagte sie.

»Was?«

»Nach einem einzigen Fehler vor ewigen Zeiten war ich auch immer anständig. Bis ich meine beste Freundin mit ihrem Ehemann betrog.«

»Warum haben Sie's getan?«

»Weil Falk Clasen ein faszinierender Mann sein kann. Macht macht sexy. Bitte fragen Sie jetzt nicht, von wem das ist.« Sie verzog ihr Gesicht. »Aber das war's nicht allein. Astrid ist schwierig, und ich hatte ein bisschen Mitleid mit Falk. Und mit mir selbst. Ich konnte ihr Gejammer nicht mehr ertragen. Ich dachte, was hat sie, er ist ein toller Mann, ich wollte, ich hätte so einen an meiner Seite. Dann bot sich mir plötzlich genau diese Möglichkeit – und dann …«

»Mussten Sie herausfinden, dass Astrids Gejammer nicht völlig unberechtigt war?«, fragte Paul. Je länger er Julia betrachtete, deren Blick sich in ihrer Erinnerung zu verlieren schien, desto mehr bekam er ein Gefühl für ihre Persönlichkeit. Erika Braasch hatte recht gehabt mit ihrer Einschätzung. In Julia schlummerte eine tiefe Traurigkeit.

Jetzt biss sie sich auf die Lippen. »Schätze schon. Trotzdem habe ich mich von ihm nie so betrogen und ausgenutzt gefühlt wie von Ihrem Freund.«

»Mein Freund?«, wiederholte Paul mit bitterer Stimme. »Das ist nicht Ihr Ernst. Ich betrachte unsere Freundschaft schon seit Langem als beendet. Ehrlich gesagt weiß ich nicht mal mehr, ob es echte Freundschaft heutzutage überhaupt noch gibt.«

»Man sagt von Ihnen, Sie seien ausgesprochen beliebt auf dem Fischland. Sie müssen doch eine Menge Freunde haben.«

Paul lachte auf. Die Verbitterung, die herausklang, war nicht ausschließlich gespielt. Noch immer musste er daran denken, was man ihm wegen des Norderfeld-Golfplatzprojekts vorgeworfen hatte, und an die ohne ihn anberaumte inoffizielle Gemeindevertretersitzung, auch wenn er mittlerweile von zwei weiteren Vertretern darüber in Kenntnis gesetzt worden war.

»Ich habe nur einen guten Freund – von meinem Vater übernommen.« Das war arg untertrieben, klang aber im richtigen

Maß resigniert. »Wäre Bruno nicht schon über achtzig, würde ich bei ihm meinen Frust loswerden statt in einer Bar.«

»Vielleicht …«, fing Julia an, stockte und drehte ihr neues Glas auf dem Tisch hin und her.

Paul wartete.

Doch Julia starrte nur weiter in die goldene Flüssigkeit, bis sie das Glas abrupt an die Lippen hob und den Inhalt diesmal in einem Zug herunterstürzte.

Wenn sie so weitermachte, würde sie vermutlich schneller betrunken sein, als Paul Informationen aus ihr herausholen konnte. »Sie sollten nicht so schnell so viel trinken.« Er legte seine Hand auf ihre.

Sie zog sie zurück. »Sagen Sie mir nicht, was ich tun soll! Sie klingen wie Kay! Sie klingen wie alle Männer, die meinen, mir gute Ratschläge erteilen zu müssen.«

»Sind das denn viele?«

»Zu viele. Dominik war …« Sie schien vor ihren eigenen Worten zu erschrecken und verstummte.

»Dominik Thurow? War er auch so? Oder die Ausnahme von der Regel?«

Julia zog Pauls noch fast volles Glas zu sich heran. Mit einem trotzigen und zugleich traurigen Ausdruck kippte sie auch diesen Whisky in einem Zug herunter und ließ das Glas auf den Tisch knallen, sodass die Kellnerin herübersah. Julia winkte ihr erneut und blitzte Paul an, als wolle sie sagen: Wag es ja nicht, das zu kommentieren!

»Dominik war der beste Freund, den ich je hatte«, stellte sie stattdessen laut fest. Ihre Aussprache war ein klein wenig undeutlich, Tränen füllten ihre Augen.

»Es tut mir leid«, sagte Paul leise.

»Was?«, fuhr sie ihn an.

»Dass er tot ist.«

»Das hat Ihre teure Freundin gestern auch so ähnlich formuliert, und dann landet sie im Bett mit ihrem Ex-Lover, der mein gegenwärtiger ist. War.« Sie lachte auf. »Wie wär's? Hätten Sie Lust, mit mir im Bett zu landen? Das wäre doch passend, und wir hätten es nicht weit. Ich hab mir für diese Nacht das Loft hier geleistet, ich werde ganz bestimmt nicht zurück nach Stralsund fahren.« Sie nahm den Drink der Kellnerin in Empfang. »Könnte ich auch gar nicht mehr, selbst wenn ich wollte. Was nicht der Fall ist. Gott, ich wiederhole mich.« Sie nahm einen Schluck. Immerhin nur einen. Dann sah sie Paul wieder an. »Hättest du Lust?«

Julia war eine schöne Frau, in ihrem Blick lag weniger Verführung als Sehnsucht – und immer noch Trotz. Früher, vor Kassandra, hätte er das Angebot nicht abgelehnt. Aber früher war ein anderes Leben.

»Ich glaube nicht, dass es dadurch besser wird«, sagte er. »Die Leere in uns. Oder?«

Sie zuckte mit den Schultern. »Vielleicht, vielleicht nicht. Ich erwarte keine Wunderheilung. Nur ein bisschen«, sie lächelte, »Spaß. Wir sind ja noch länger hier, ich jedenfalls hab nichts anderes vor. Überleg es dir.« Sie strich mit ihrem Finger über Pauls Hand und nahm einen weiteren Schluck von ihrem Single Malt, während sie ihn nicht aus den Augen ließ.

Paul spürte das Kitzeln auf seiner Haut, und früher, in jenem anderen Leben, hätte es ihn nicht kaltgelassen. Plötzlich schoss ihm die Frage durch den Kopf, wie weit er gehen würde, um das aus ihr herauszubekommen, was er wissen wollte. Ironie des Schicksals, dass das vermutlich genau dieselbe Frage war, die Kay sich gestellt und für sich beantwortet hatte.

Er räusperte sich und wollte etwas sagen, doch sie nahm den Finger von seiner Hand und legte ihn an seine Lippen. »Nur überlegen.«

Paul nickte, und als Julia ihn freigab, sagte er: »Ich meinte das vorhin übrigens ernst: Es tut mir leid wegen Dominik, auch wenn ich ihn nicht kannte. Er muss ein besonderer Mensch gewesen sein, nach allem, was Miriam von ihm erzählt hat.«

Julia wandte ihren Blick nach rechts zum Fenster, hinter dem nur noch Schwärze lag, die sie jedoch nicht zu sehen schien. Vielmehr hatte Paul den Eindruck, sie betrachte ihr Spiegelbild. Oder vielleicht auch seines. Oder das der Bar. Oder etwas weit jenseits der Gegenwart. Eine ganze Zeit lang saß sie unbeweglich, dann nahm sie wieder ihr Glas und begnügte sich diesmal nicht mit einem Schluck. Als sie es absetzte, schien ihr Körper auf dem Stuhl etwas zu schwanken. Über ihren Augen lag ein Schleier, verursacht vom Alkohol oder von der Erinnerung an Dominik. Sie versuchte, Paul zu fixieren, aber es gelang ihr nicht mehr so richtig.

Innerlich fluchte Paul. Er musste aufpassen, dass sie nicht noch mehr trank.

»Willst du die Wahrheit wissen?«, fragte Julia da.

Einen Moment lang war er irritiert, er hatte sich zu sehr auf ihren Zustand konzentriert, um sofort präsent zu haben, wovon sie zuletzt geredet hatten. »Welche Wahrheit?«

»Über Dom… Dominik.«

Von jetzt auf gleich war Paul wieder stocknüchtern, als hätte er niemals einen einzigen Single Malt angerührt. »Die Wahrheit über Dominiks Tod, meinst du?«

Julia lachte. Ein bisschen zu laut, ein bisschen zu unkontrolliert. »Das klingt ja dramatisch«, sagte sie belustigt. »Die Wahrheit über Dominiks Tod. Toller Romantitel. Hast du eigentlich schon selbst was von diesem Autor gelesen, von dem ihr Astrid gestern ein Buch geschenkt habt? Rührseliges, hochgestochenes Zeugs. Weiß nicht, was die Welt an Alexander Hardenberg findet. Hab aber gehört, er schreibt auch Thriller. Klingt wie einer: Die Wahrheit über Dominiks Tod.« Sie befingerte das leere Glas, sah sich um und winkte der Kellnerin, bevor sie sich erneut Paul zuwandte. »Die Wahrheit über Dominik ist: Er war der beste Freund, den ich je hatte. Es fällt mir so schwer zu glauben, dass von diesem großartigen Menschen nichts, gar nichts geblieben ist. Dass er plötzlich … fort war. Wie weggewischt. Als wäre dieser Mensch eine Illusion gewesen.« Ihre linke Hand ballte sich zur Faust. »Kennst du das auch? Da hast du jemanden so lange gekannt, und dann drehst du dich einmal um, und nichts ist wie zuvor, alles hat sich verändert, und du weißt gar nicht, weshalb und wie das überhaupt passieren konnte.«

Julia schenkte der Kellnerin, die den nächsten Drink servierte, keinerlei Blick, griff nur nach dem Glas. »Willst du die Wahrheit wissen?«, wiederholte sie.

Paul nahm ihr das Glas aus der Hand. »Ja. Aber nicht so. Nicht, wenn du hinterher, wenn du wieder nüchtern bist, bereust, sie mir erzählt zu haben.« Das barg ein großes Risiko. Falls sie sich jetzt zurückzog, hatte er es vermasselt. Aber wenn sie weitertrank, würde es nicht nur schwierig werden, ihren immer schleppenderen Tonfall zu verstehen. Er würde auch nicht mehr wissen, welche Teile ihrer Geschichte der Wahrheit entsprachen und welche ihrem benebelten Zustand zu verdanken waren.

Als Julia die Augen schloss, dachte er, er hätte das Risiko besser nicht eingehen sollen. Doch als sie sie wieder öffnete, lächelte sie. »Dein Bruder hat recht, Paul. Du bist anständig. Kassandra hat dich gar nicht verdient.« Sie holte tief Luft. »Die Wahrheit. Ist kompliziert. Aber ich muss sie endlich loswerden, sonst werde ich die ganze nächste Woche hier sitzen und mich bis zur Besinnungslosigkeit betrinken. Und du bist anständig. Als Einziger in dieser ganzen Geschichte voller Lügen, Betrug, Gier und Tod.«

Wäre er so anständig, wie Julia glaubte, hätte Paul jetzt ein schlechtes Gewissen bekommen und gehen müssen. Aber so anständig war er dann doch nicht. Er blieb, stellte das Glas aus Julias Reichweite und lehnte sich vor. Sascha wäre in der Tat stolz auf mich, dachte er sarkastisch.

»Wenn du es wirklich loswerden willst – ich bin ein guter Zuhörer.«

22

»Dominik war der beste Freund, den ich je hatte«, wiederholte Julia. Es kam ihr wie ein Mantra vor, als müsse sie sich selbst überzeugen, dass es so gewesen war. Zum zweiten Mal an diesem Abend kämpfte sie mit den Tränen. Wegen Dominik. Wegen Falk. Um ihrer selbst willen. Was für ein verschwendetes Leben, dachte sie und fragte sich gleichzeitig, ob sie ihr eigenes meinte oder Dominiks. Oder sogar Astrids. Aber die hatte immerhin eine Tochter. Sie selbst hatte niemanden.

Sie schaute in Pauls Augen. Nicht wie Kays dunkel und geheimnisvoll, sondern hell und offen. Wieso war ihr niemals ein Mann wie Paul begegnet? Diese kleine Schlampe Kassandra hatte so jemanden wahrhaftig nicht verdient.

Julia drohte zu ersticken und lechzte nach dem Drink, den Paul vor ihr in Sicherheit gebracht hatte. Sie wusste, dass der Whisky ihr nur für eine sehr begrenzte Zeit helfen würde. Das Reden vielleicht dauerhafter. Oder doch nicht? Egal. Sie brauchte einfach Luft.

»Dominik war der beste Freund, den ich je hatte«, wiederholte sie noch einmal. »Ich schätze, er würde dasselbe von mir sagen, wenn er das noch könnte. Klar, er hatte Miriam, aber ein Freund ist was anderes als der Mensch, den man liebt. Den will man nicht verletzen, man erspart und verschweigt ihm manches.« Sie hielt inne und dachte an Miriam. Sie hatte sie aufwachsen sehen, und es fiel ihr manchmal schwer zu begreifen, wie schnell die Zeit vergangen und aus dem kleinen Mädchen eine erwachsene Frau geworden war. »Miriam ist klug, sie ahnt sicher, dass ihr Vater die Gesetze zuweilen etwas lax auslegt, um es untertrieben auszudrücken. Trotzdem erzählte Dominik ihr nichts von dem, was er herausgefunden hatte auf der Suche nach was Brauchbarem, mit dem er Falk erpressen konnte. Er wollte kein Geld. Er wollte nur, dass Falk ihn und Miriam in Ruhe ließ und sich nicht in ihre Beziehung mischte. Mir dagegen verriet er ein paar Dinge. Wahrscheinlich, weil er wusste, dass es zwischen mir und Falk nicht mehr so gut lief. Vielleicht dachte Dominik sogar, dass ich seine Informationen auch für mich nutzen könnte, obwohl ihm zu diesem Zeitpunkt noch die Beweise fehlten.«

Julia erwartete, dass Paul fragen würde, was Dominik denn nun herausgefunden hatte, aber er machte keine Anstalten, sie zu unterbrechen, sondern blieb geduldig. »Du hast vorhin gesagt, du wärst neugierig«, stellte sie fest. »Davon merke ich jetzt nichts. Dabei ist Dominik über etwas gestolpert, das durchaus von Interesse für dich ist. Es ging nämlich um Heiko Jordans Norderfeld. Falk hatte für die Verhandlungen mit Jordan mehr Geld veranschlagt als nötig. Weit, weit mehr Geld. Normalerweise bietet Falk aber nicht freiwillig zu viel Geld. Dominik schlussfolgerte, dass außer ihm noch jemand Falk erpresste, und zwar überaus erfolgreich. Er wollte wissen, was dahintersteckte. Einerseits interessierte ihn das, um seine eigene Position zu stärken. Andererseits aber auch, weil seine Familie ursprünglich vom Fischland stammte und bei dem Namen Jordan irgendwas bei ihm klingelte.«

Wieder hielt sie inne, und diesmal hakte Paul nach.

»Ich vermute, er hat sich mit Heiko Jordan in Verbindung gesetzt, um etwas darüber zu erfahren. Was nicht gut ausging. Anders kann ich mir nicht erklären, wie …«

»Wie er am Ende tot in Jordans Datsche landete?«, beendete Julia den Satz für ihn. »Die Polizei glaubt offenbar dasselbe, sonst hätte sie Jordan nicht verhaftet. Nur dieser grässliche Kommissar Harms scheint sich damit nicht zufriedenzugeben. Er hat sogar mich nach meinem Alibi gefragt. Mich. Dass Dominik und ich uns näherstanden als so manche andere in diesem Fall und dass so manche andere, insbesondere Heiko Jordan und Falk, ausreichend Motive hätten, Dominik umzubringen, war ihm anscheinend egal.«

»Immerhin hat er dich nicht festgenommen«, warf Paul ein.

Wut und Verbitterung stiegen wieder in Julia auf. »Natürlich nicht. Weil Kay mir ein falsches Alibi verschafft hat. Wenn's mich nicht selbst in die Bredouille brächte, würde ich diesem Harms das stecken, damit Kay wegen …‹ Wie hatte Harms das genannt? Sie hätte nicht so viel trinken sollen. Dann hatte sie es. »Wegen Strafvereitelung angeklagt wird.«

»Das heißt, du könntest kein echtes Alibi vorweisen?«, fragte Paul. »Selbst wenn, die Polizei kann dich nicht allein deswegen festnehmen.«

»Du meinst, ich sollte Kay Schwierigkeiten machen?« Je länger sie darüber nachdachte, desto mehr gefiel ihr der Gedanke. Und ihr gefiel, dass Paul dieser Gedanke ganz offensichtlich ebenso gefiel. Aber nein, lieber nicht. Ihr ein Alibi zu geben, war das einzig Gute, das Kay getan hatte. Sich in dieser Weise an ihm zu rächen, war außerdem unnötig. »Lohnt nicht«, sagte sie. »Er hat schon mehr als genug Schwierigkeiten durch Falk. Falls der was von ihm übrig lässt, kann ich mir das immer noch überlegen.« Sie schluckte und bemerkte, dass ihr Mund ganz trocken war. »Gibst du mir mein Glas, Paul?« Ihr Tonfall machte deutlich, dass das keine Bitte war, dennoch schob er es nur zögerlich zu ihr hinüber. Sie nahm einen großen Schluck, der wie Feuer ihre Kehle hinunterrann und ihr gleich danach zu Kopf stieg. Es tat gut. Viel zu gut, das wusste sie. Und doch nahm sie gleich den nächsten Schluck hinterher.

»Die Wahrheit über Dominik ist also, dass er Falk Clasen erpresst hat«, sagte Paul da und nahm ihr wie nebenbei das Glas wieder aus der Hand.

Sie ließ es geschehen, weil mit seinen Worten Dominiks Bild vor ihrem inneren Auge erschien. Dominik an seinem letzten Tag bei Clasen Constructions. Als sie morgens gekommen war, hatte sie ihn mit Pero in der Teeküche stehen sehen. Sie war sofort hinübergegangen, weil sie ihm dringend etwas sagen musste. Doch dann hatte sie Dominiks Gesichtsausdruck gesehen, sich dagegen entschieden, in die Küche zu platzen, und stattdessen von draußen zugehört. Offenbar war Pero bei der Überprüfung von Überwachungsvideos aufgefallen, dass Dominik zu merkwürdigen Zeiten in Falks Büro gewesen war, und Pero hatte eins und eins zusammengezählt. *Willst du mich erpressen?*, hatte Dominik gefragt. *Nein*, war Peros Antwort gewesen, *aber ein kleiner Anteil von dem, was du aus Clasen rausschlägst, wäre willkommen*. Dominik hatte sich nicht damit aufgehalten zu erklären, dass es ihm nicht um Geld ging, sondern war wütend aus der Teeküche und in ihr Büro gestapft. Julia war ihm hinterhergegangen, hatte die Tür geschlossen und Dominik geraten, schleunigst die Zelte abzubrechen. Nicht wegen Pero, dem sie nicht zutraute, etwas gegen Dominik zu unternehmen. Allerdings war sie am selben Morgen zufällig und unbeobachtet Zeugin eines Telefonats geworden, das Falk auf ihrem Balkon geführt hatte. Daraus war hervorgegangen, dass er von Dominiks Herumschnüffeln wusste und plante, dagegen vorzugehen. Dominik hatte sich ordnungsgemäß zu einem Dienstgang ausgestempelt – und war in der Versenkung verschwunden.

»Dominik hat Falk nicht erpresst.« Julia hörte ihre eigene Stimme wie durch Watte. »Er musste vorher abhauen, weil Falk ihm auf die Schliche gekommen war. Ich habe nichts mehr von ihm gehört. Bis …« Sie wollte sich nicht daran erinnern, was man ihr angetan, was sie gesehen und gehört und gefühlt hatte. Aber sie musste es jemandem erzählen, sonst würde sie daran ersticken. Noch vorgestern hatte sie gedacht, dass sie es eines Tages Kay erzählen könnte. Doch Kay war Vergangenheit. Eine Lüge. Wie so vieles in ihrem Leben.

Sie wollte sich nicht erinnern, aber plötzlich saß sie nicht mehr im »Weitblick« vor Paul, plötzlich saß sie wieder in ihrem Büro, müde, unausgeschlafen. Obwohl sie nicht an solchen Quatsch wie Vorahnungen glaubte, war sie zu der Überzeugung gelangt, dass ihre Schlaflosigkeit so etwas gewesen sein musste, eine Vorahnung von all dem, was an jenem frühen Morgen seinen Anfang nahm.

23

Zwölf Tage zuvor

Gähnend hängte Julia ihre Jacke über den Stuhl und schaute rüber zu Kays noch leerem Schreibtisch. Sie hätte es nicht für möglich gehalten, sich je wieder auf ihre Arbeit bei Clasen Constructions freuen zu können. Zuerst die Sache mit Dominik. Wegen Miriam hatte sie deshalb ein schlechtes Gewissen, das Mädchen grämte sich zu Tode. Aber es lag an Dominik, sich bei seiner Freundin zu melden oder es zu lassen. Falls, und diesen Gedanken schob Julia sofort wieder von sich, er in der Lage war, das zu tun. Dass Falk ihn längst gefunden hatte, zog sie lieber nicht in Betracht. Zuerst also die Sache mit Dominik, und dann hatte Falk ihr auch noch verkündet, er habe genug von ihr.

In der Firma normal mit ihm umzugehen, ihn sogar neulich noch vor Gregor zu verteidigen und so zu tun, als sei alles in bester Ordnung, war ihr schwergefallen. Tatsächlich hatte sie sich schon ein paar Stellenanzeigen angesehen. Aber dann war dieser Ex-Bulle bei Clasen Constructions aufgetaucht. Falk hatte ihr zuvor einiges über ihn erzählt, Dinge, die sie eher skeptisch machten, was seine berufliche Vergangenheit, seine Qualifikationen und sein zweifelhaftes Privatleben betraf. Falk hatte ihre Argumente zur Kenntnis genommen und ihn trotzdem eingestellt.

Und Kay war ein Glücksgriff: Gewissenhaft und intelligent arbeitete er sich ungeheuer schnell ein. Nicht mehr lange, dann würde er, obwohl nur Quereinsteiger, ein adäquater Ersatz für Dominik sein. Als Mitarbeiter und Kollege auf jeden Fall. Als Freund – vielleicht. Sie wurde noch nicht so ganz schlau aus ihm. Was sie außerordentlich reizvoll fand, ebenso wie die Überlegung, dass er mehr werden könnte als ein Freund. Möglicherweise würde sie ihm dann verraten, was sie alles über ihn wusste.

Aber möglicherweise auch nicht. Es wäre viel besser, wenn er ihr diese Dinge von selbst erzählte.

Sie lächelte noch vor sich hin und wollte gerade in die Küche, um sich mit einem Kaffee zu versorgen, als ihr Handy klingelte. Um diese Uhrzeit hatte nur Falk sie früher angerufen. Was konnte er jetzt wollen? Dann bemerkte sie, dass eine unbekannte Nummer auf dem Display stand.

»Ja?«, meldete sie sich vorsichtig.

»Kannst du gerade reden?«, fragte eine Stimme, die sie erst nach einer Sekunde als Dominiks identifizierte.

Gute Güte! Nach so langer Zeit das erste Lebenszeichen. Erst jetzt wurde ihr richtig bewusst, wie viele Sorgen sie sich gemacht hatte. Ihre Knie wurden ganz weich, sie musste sich setzen.

»Wo bist du?«, fragte sie. »Miriam hat schon halb Deutschland nach dir abgesucht!«

»Ich weiß, und das macht mich auch wahnsinnig, aber ich kann keinen Kontakt zu ihr aufnehmen. Noch nicht. Du bist die Einzige, auf die ich mich zurzeit verlasse. Wir müssen uns sehen. Dringend.«

»Wo bist du denn?«, wiederholte Julia ihre Frage.

»Unwichtig. Sag mir einfach, wo wir uns morgen Abend sehen können. Was Abgeschiedenes, wenn's geht. Ich werde da sein.«

Julias Gedanken rotierten. Nicht in Stralsund. Abgeschieden. Dann kam ihr eine Idee.

»Im ›Möwenzahn‹«, bestimmte sie.

Das war weit vom Schuss und sie nur ein einziges Mal dort gewesen, niemand würde sie wiedererkennen. Als sie ihm die Adresse nannte, hörte sie ihn Luft holen, und ihr ging auf, was sie vorgeschlagen hatte. Ausgerechnet auf dem Fischland. Doch kein guter Plan. Aber Dominik war einverstanden, es schien ihn sogar zu belustigen.

Ansonsten allerdings klang er überhaupt nicht amüsiert, sondern eher, als hätte er einen ganzen Sack voller Probleme, die ihm allmählich über den Kopf wuchsen. Sie wünschte, er hätte ihr gesagt, weshalb er sie so dringend sprechen wollte, damit sie darauf vorbereitet war, aber er hatte am Telefon nicht reden wollen. Kaum hatten sie aufgelegt, als ihr Telefon erneut klingelte. Diesmal war es wirklich Falk. Er hatte Schwierigkeiten mit Astrid, die sich plötzlich auf die Hinterbeine stellte, und er wollte, dass sie kam und die Angelegenheit in Ordnung brachte. Sie dachte gar nicht daran, sollte er die Suppe selbst auslöffeln. Sie konnte dankbar sein, dass Astrid nicht wusste, mit wem Falk sie betrogen hatte. Nach diesem Gespräch war sie noch müder als zuvor und legte ihren Kopf in ihre Hände. Was für ein Morgen!

Als Kay hereinkam, schrak sie hoch und nahm sein Angebot, ihr einen Kaffee zu bringen, dankbar an. Hatte der Tag schon denkwürdig begonnen, ging er noch denkwürdiger weiter. Sie flirtete mit Kay. Wer auch immer damit angefangen hatte. Sie konnte es nicht beschwören. Nur dass er es war, der sie auf einen Drink einlud, weil er fand, dass sie Abwechslung brauchen konnte. Sie hatte ja gewusst, dass er ein intelligenter Mann war. Am Ende dieses Abends wünschte sie sich eine Wiederholung, und sie war außerdem gespannt, ob er der Herausforderung, die Zeiterfassung für sie zu manipulieren, gewachsen war.

Natürlich war er das, und wenn sie gekonnt hätte, hätte sie ihn diesmal auf ein Essen eingeladen. Aber sie musste zu dem Treffen mit Dominik. Gerade als sie sich auf den Weg machen wollte, läutete es an ihrer Tür. Ihr Herz machte einen Satz. Sie öffnete und hatte schon Kays Namen auf den Lippen. Doch vor ihr stand …

»Astrid, das ist eine Überraschung. Ich würde dich reinbitten, aber ich bin verabredet und …«

»Ah«, unterbrach Astrid sie. »Hast du dich so schnell getröstet? Kaum hat Falk dich von der Bettkante gestoßen, rennst du gleich zum Nächsten? Du bist genau wie er!«

Sprachlos starrte Julia ihre Freundin an. Nach deren Ausdruck zu urteilen: ihre Ex-Freundin. Die jetzt zynisch fragte: »Willst du mich wirklich nicht reinbitten? Schätze, dass wir einiges zwischen uns klären, ist wichtiger als deine Verabredung. Mit wem übrigens? Mit Dominiks Nachfolger?«

Die nächste Stunde war eine einzige Katastrophe. Astrid wechselte zwischen Traurigkeit, Wut, Vorwürfen und Tränen, sie wollte Mitleid und wünschte Julia gleichzeitig die Pest an den Hals. Aus alldem hörte Julia nur heraus, dass Falk ihr letztlich die Wahrheit gestanden hatte. Sicher als Rache dafür, dass sie ihm am Tag zuvor nicht aus der Klemme hatte helfen wollen. Als Astrid schließlich wieder abrauschte, wusste keine von ihnen beiden, ob ihre Freundschaft beendet war oder nicht.

Noch völlig konfus verließ Julia die Wohnung und stieg ins Auto, um nach Niehagen zu fahren. Erst als sie schon fast in Ribnitz war, fiel ihr ein, dass sie versäumt hatte, Dominik wegen ihrer Verspätung Bescheid zu geben, und dass er auch nicht angerufen hatte, um sich zu erkundigen, wo sie blieb. War ihm was zugestoßen? Panisch hielt sie am Ribnitzer Hafen, kramte nach ihrem Telefon und stellte fest, dass der Akku leer war. Wie lange schon? *Hatte* er versucht, sie anzurufen? Falls ja: Würde er noch immer im »Möwenzahn« sitzen und auf sie warten?

Nachdem sie aus Ribnitz heraus war, drückte sie das Gaspedal etwas weiter durch, als es die L21 erlaubte, und stand eine Viertelstunde später im »Möwenzahn«, wo sie sich suchend umschaute. In einer hinteren Ecke erhob sich ein Mann. Dominik! Gott sei Dank! Sie war so erleichtert, dass ihr selbst der berechtigte Vorwurf in seiner Begrüßung nichts anhaben konnte.

»Ich dachte schon, du kommst nicht mehr.«

Sie erklärte ihm, was sie aufgehalten hatte und dass der Akku ihres Handys leer war. Auf seinem Gesicht machte sich das Lächeln breit, das sie so gut kannte und mochte.

»Duplizität der Ereignisse.« Er zog sein Handy aus der Tasche. »Mein Akku ist auch leer. Ich wollte hier nicht unnötig auffallen, deshalb hab ich drauf verzichtet zu fragen, ob ich mal telefonieren darf.«

Beim letzten Satz lag wieder Besorgnis in seiner Stimme,

wie er überhaupt bei näherem Hinsehen kaum an den Dominik Thurow erinnerte, den sie kannte. Aus dem Ei gepellt sah anders aus.

»Was ist denn passiert?«, fragte sie, nachdem sie die Kellnerin abgewimmelt hatte. Essen konnte sie jetzt sowieso nichts. »Wo hast du gesteckt?«

»Ganz in der Nähe. In dieser Bungalowsiedlung, in der die alte Dame, um die du dich kümmerst, auch ein Häuschen hat.«

Ungläubig starrte Julia ihn an. »Du hast dir ein Ferienhäuschen in Datschenhagen gemietet?«

»Nicht ganz.« Dominik verzog die Mundwinkel, erläuterte das aber nicht weiter. »In den letzten Wochen ist einiges los gewesen.« Er rückte noch näher zu ihr, um sicherzugehen, dass niemand sie belauschte. »Zuerst muss ich was beichten.«

Julia erschrak. »Was denn?«

»Dass ich dir nicht alles erzählt habe. Kurz bevor du mir empfohlen hast abzuhauen, habe ich Dokumente gefunden, die darauf hindeuten, dass Clasen in der Vergangenheit unentdeckt ein paar Giftmülldeponien angelegt hat. Über vielen davon befinden sich heute Gebäudekomplexe und Wohnsiedlungen.«

Was er ihr dann erzählte, konnte Julia zunächst kaum glauben. Sie hatte schon immer geahnt, dass ein Teil von Falks Geschäften unsauber war, dabei aber eher an Bestechungen von Bauamtsleitern oder Politikern gedacht. Niemals an solche horrenden Szenarien, wie Dominik sie entwarf. Falk hatte Clasen Constructions quasi aus dem Nichts aufgebaut, mit Ehrgeiz, viel Arbeit, Einsatz, logistischen Meisterleistungen, veritablen Partnern – und auf einem Pulverfass, wie es jetzt aussah. Zuerst hatte sie einwenden wollen, dass das überhaupt nicht zu Falk passte. Doch je länger sie darüber nachdachte, desto mehr kam sie zu dem Schluss, dass es sehr wohl passte. Die Umwelt und das Schicksal anderer Menschen waren ihm egal. Für ihn zählten nur er selbst und die Firma. Und Miriam, aber der würde er kaum ein Eigenheim in einer jener Siedlungen kaufen.

»Ich gehe davon aus, dass das Wustrower Norderfeld auch

so eine Deponie ist«, erzählte Dominik weiter. »Deshalb habe ich angenommen, dass Heiko Jordan Bescheid weiß, dass er Clasen unter Druck setzt und so den Preis immer höher treibt. Das ist natürlich eine gefährliche Sache, aber wenn man ein harter Hund ist und Beweise hat, die an einem sicheren Ort liegen, ist das Risiko kalkulierbar.«

»Und? Wo hat Jordan diese Beweise?«

Dominik schnaubte. »Eins nach dem anderen. Bevor ich mit dem Typ redete, wollte ich genau wissen, mit wem ich es zu tun bekäme. Du erinnerst dich doch bestimmt, dass ich erwähnt habe, dass mir der Name Jordan was sagt?« Er wartete Julias Nicken ab. »Hinter diese Geschichte zu kommen, hat mich mehr Zeit und Mühe gekostet, als die dreckigen kleinen und größeren Landgeschäfte deines Ex-Geliebten zu knacken.«

»Woher weißt du das mit dem Ex?«, fragte Julia befremdet.

Dominik zuckte die Achseln. »Von jemandem, der jemanden kennt, der jemanden kennt. Hast du im Ernst angenommen, ich säße hier mit dir, wenn du noch dein Bett mit ihm teilen würdest?«

Nein. Natürlich nicht. Sie verzichtete darauf, näher nachzuhaken. »Was hat es denn nun mit Heiko Jordan auf sich? Gibt es eine Verbindung zwischen ihm und deiner Familie?«

»Kann man wohl sagen. Wir sind Halbbrüder.« Es war nicht zu übersehen, dass ihm ihre verwirrte Miene Genugtuung verschaffte. »Ich habe eine alte Freundin meiner Mutter aus Rathenow aufgetan, die ungefähr hundertmal umgezogen ist und jetzt in einem kleinen Kaff in der Nähe von Weimar wohnt. Der hat sie ihre Geschichte damals in allen Einzelheiten anvertraut. Heiko Jordans Vater Gerd war auch mein Erzeuger. Das war ein Schock, aber auch eine Erleichterung. Ich meine, ich hab dir von meinem angeblichen Vater erzählt – von dem möchte niemand abstammen. Außerdem war ich beeindruckt von dem Gedanken, dass mein harter Knochen von Halbbruder schon dabei war, denselben Mann zu erpressen, dem ich auch ans Leder wollte, und fand die Vorstellung, dass wir das von nun an zusammen durchziehen würden, grandios.«

Instinktiv spürte Julia, dass es einen Haken an dieser grandiosen Vorstellung gab. »Ist Jordan derselben Meinung? Er müsste ja seinen Gewinn aus dem Landverkauf beziehungsweise der Erpressung mit dir teilen. Das wird ihm kaum gefallen.«

»Er muss sowieso mit mir teilen. Ich habe schließlich Erbansprüche, wenn ich nachweisen kann, dass ich bin, wer ich bin. Und ich kann's nachweisen.«

Julia gefiel das nicht. »Davon ist er sicher nicht begeistert. Wenn er so ein harter Hund ist, wäre ich sehr vorsichtig, Dominik.«

Er lachte verächtlich auf. »Tja, da lag ich gründlich daneben. Mein werter Halbbruder ist kein harter Hund. Er ist ein Waschlappen.«

Er war zu Jordan gegangen, hatte ihn mit sämtlichen Fakten konfrontiert und ein Fifty-fifty-Geschäft mit jeder Menge Kohle für beide vorgeschlagen. Aber Jordan hatte ihn nur mit offenem Mund angestarrt und lange gebraucht, um zu begreifen, was Dominik ihm offenbarte. Als er es dann begriffen hatte, war er vollkommen außer sich gewesen und wollte die Giftmülldeponie auf seinem Land sofort melden. Julia konnte das gut nachvollziehen – sehr viel besser als Dominiks Verhalten, das gar nicht zu dem Mann passte, den sie gekannt hatte und der früher nie rücksichtslos gewesen war. Und es gab noch etwas, das sie nicht verstand.

»Wenn Jordan nichts von den Altlasten wusste, wie hat er es geschafft, dass Falk ihm so viel Geld bietet?«

»Das hat er sich und ihn auch gefragt. Clasen hat ihm weisgemacht, er wolle das Norderfeld unbedingt haben, weil er vor x Jahren auf dem Fischland die glücklichste Zeit seines Lebens verbracht hat. Mein naiver Halbbruder hat das geschluckt. Was für ein Idiot. Ich kann kaum fassen, dass wir verwandt sind.«

Julia dagegen konnte kaum fassen, Dominik auf diese Weise reden zu hören. Was hatte ihn so verbittert? Dass er in Falks Augen nicht gut genug war für dessen Tochter? Wollte er ihm, Miriam und sich selbst etwas beweisen? Julia musste sich zusammennehmen, um ruhig zu bleiben. Sie ahnte, dass es sinnlos war, gegen ihn anzureden. »Wie willst du Jordan davon abhalten, die Sache den Behörden zu melden?«, erkundigte sie sich.

Dominik lächelte selbstgefällig. »Ich hab ihm begreiflich gemacht, dass er dann das Land gar nicht an den Mann bringen kann. Wer kauft schon eine Giftmülldeponie? Aus der Traum von einem Gut in Südfrankreich, auf das er spekuliert. Er ist ein Waschlappen, aber er hält zumindest erst mal die Klappe.«

»Hält er auch still in Bezug auf sein Erbe? Wenn ihm das zur Hälfte flöten geht, halbiert sich auch sein Gut in Südfrankreich. Wie willst du überhaupt nachweisen, dass ihr verwandt seid?«

Dominik hatte schnell bemerkt, dass er bei Heiko mit seinen Plänen nicht landen konnte, also hatte er aus dem Bad Heikos Zahnbürste mitgehen lassen und einen DNS-Vergleich veranlasst, dessen Ergebnis mittlerweile vorlag. »Ich kann nur gewinnen«, sagte er. Doch dann erschien eine steile Falte auf seiner Nasenwurzel. »Zur Hälfte zumindest.« Er lehnte sich zurück. »Aber das reicht mir nicht.«

»Die Hälfte von fünf Komma zwei Millionen reicht dir nicht? Bist du übergeschnappt?«

»Schschscht!«, machte Dominik wütend.

Anscheinend war sie laut geworden. Sie sah sich um, doch niemand war auf sie aufmerksam geworden. »Du bist verrückt, Dominik! Das ist mehr, als du je gehofft hast, auf einem Haufen zu sehen. Verklag Jordan auf dein Erbe, wenn er es dir nicht freiwillig gibt, schnapp dir die Kohle und Miriam und verschwinde mit ihr ans Ende der Welt!«

»Nein.« Das kam so kalt heraus, wie sie ihn noch nie gehört hatte. »Das Schicksal hat mir etwas vor die Füße geworfen, und ich werde nicht nur einen Teil davon aufklauben, sondern alles.«

»Wie willst du das bewerkstelligen?«, fragte Julia. »Heiko Jordan umbringen und dich als verschollenen Alleinerben präsentieren?« Sie wartete darauf, dass Dominik lachte.

»So ungefähr«, sagte er, ohne mit der Wimper zu zucken.

Julia starrte ihn an. Da endlich fiel der Groschen. Er nahm

sie hoch! Sie griente. »Meine Güte, Dom, ich hätte das fast geglaubt! Mach so was nicht noch mal mit mir!«

Dominik verzog keine Miene. »Wär besser, du glaubst es. Ich habe nie im Leben was ernster gemeint.«

Na schön, dachte Julia, wenn es ihm Spaß macht, spiele ich das Spiel eben mit. »Aha. Dann erklär mir zwei Dinge. Erstens hast du offenbar vergessen, dass du dich vor Falk versteckst.« Sie stutzte. »Nebenbei: wo eigentlich?«

»In Heikos Datsche. Er war so freundlich, mir Unterschlupf zu gewähren. Kostete mich natürlich etwas ... Überredungskunst, aber immerhin sind wir ja Brüder, da hilft man sich, wenn man in der Klemme steckt, nicht wahr?« Sein Tonfall verriet Häme.

»Natürlich. Aber wenn du jetzt plötzlich wie auf dem Silbertablett serviert auftauchst, wird es Falk keine Mühe kosten, dich auseinanderzunehmen.«

»Das wird er nicht wagen. Sollte mir nämlich was zustoßen, kann er nicht mehr davon ausgehen, sich problemlos das Norderfeld unter den Nagel reißen zu können. Er wird es mir also mit Kusshand abkaufen, damit seine schmutzigen Geschäfte nicht ausgebuddelt werden.« Er zwinkerte ihr zu. »So viel zu erstens. Zweitens?«

»Es wäre schon sehr auffällig, wenn Heiko Jordan zu Tode kommt und du hüpfst wie ein Springteufel aus der Kiste: der Halbbruder, von dem niemand je gehört hat. Die Polizei wird dich als Allerersten auf dem Kieker haben, wenn die auch nur eine winzige Auffälligkeit an Jordans Tod feststellen.«

»Schon möglich. Aber da ich für ein wasserdichtes Alibi sorgen werde, können die ermitteln, so viel sie wollen.«

»Wenn du einen Auftragskiller anheuerst, werden sie sich fragen, wer der Auftraggeber ist, und ebenfalls schnell bei dir auf der Matte stehen.« Hatte sie das wirklich gesagt? Auftragskiller? Ein Kichern arbeitete sich ihre Kehle empor. Sie fand zunehmend Vergnügen an diesem Spiel.

»Wer redet von einem Auftragskiller?«, fragte Dominik. »Ich wüsste ja nicht mal, wo ich so jemanden auftreiben sollte.

Außerdem sind die teuer. Weshalb sollte ich ein Vermögen zum Fenster rauswerfen?«

Also kein Auftragsmord. Julia überlegte, doch sie musste aufgeben. »Ich komm nicht drauf. Wie löst du das Problem?«

»Mit deiner Hilfe.«

»Mit meiner … Soll ich Heiko Jordan für dich umbringen?«, fragte Julia amüsiert. »Klar, ich bin natürlich günstiger als ein Auftragskiller, aber ich hoffe doch, dass wenigstens ein paar Euro für mich abfallen. Fünfzigtausend wären fair.«

Dominik runzelte die Stirn.

»Zu viel?«, fragte Julia. »Okay, ich mach's für fünfundzwanzigtausend. Aber weiter wirst du mich nicht runterhandeln.«

»Sei nicht albern.« Er klang verärgert. »Natürlich sollst du Heiko nicht töten. Du sollst nur dafür sorgen, dass er zum richtigen Zeitpunkt da ist, wo er sein soll. Um den Rest kümmere ich mich selbst.«

»Du … kümmerst dich?« Allmählich machte sich doch ein ungutes Gefühl in Julia breit. Dominik war beunruhigend ernsthaft.

»Frag nicht so viel, sag ihm einfach, Clasen will sich morgen Nacht um elf am Rand des Norderfelds mit ihm treffen. Beim Wäldchen zwischen der Norderstraße und der Pappelallee.«

Julia holte tief Luft. »Hör auf. Das ist nicht mehr lustig.«

Dominik legte den Kopf schief. »Es war auch nie lustig gemeint. Im Gegenteil. Es ist mir todernst.«

Sie blinzelte. In seinen Augen erkannte sie die Wahrheit. Ihr wurde eiskalt. »Es ist mir egal, wie ernst du das meinst. Ich für meinen Teil werde gar nichts tun.«

»Ich denke, doch«, sagte Dominik.

»Nein«, bekräftigte Julia. »Abgesehen davon, dass ich mich nicht der Beihilfe zum Mord schuldig machen werde, betrachte es doch mal realistisch. Selbst wenn ich wollte und selbst wenn Falk und ich zurzeit ein besseres Verhältnis hätten, würde ich ihn zu diesem absurden Treffen mitten in der Wildnis zu nachtschlafender Zeit niemals überreden können.«

Dominik verdrehte die Augen. »Es geht nicht um Clasen,

nur um Heiko. Es reicht, wenn er glaubt, dass Clasen sich mit ihm treffen will. Wie du das bewerkstelligst, ist mir egal. Hauptsache, du kriegst es hin.«

»Damit du ihm was antun kannst?«, wisperte Julia so leise, als wäre es dann weniger real. »Nein. Ich mach das nicht.«

»Überleg dir deine Antwort gut«, sagte Dominik. »Oder willst du, dass Clasen erfährt, unter welchen Voraussetzungen du vor zwanzig Jahren bei ihm angefangen hast?«

Trotz allem, was Dominik in diesem bizarren Gespräch bisher von sich gegeben hatte, traf sie diese Drohung wie ein Schlag. Vor langer Zeit hatte sie ihm leichtsinnigerweise enthüllt, dass sie dank brillanter Referenzen eines Konkurrenzunternehmens zu ihrem Job bei Falk gekommen war. Sie hatte dort nur ein Jahr gearbeitet und dann gekündigt. Allerdings auf Anraten ebenjenes Unternehmens, für das sie anschließend bei Clasen Constructions Informationen zu projektierten Bauvorhaben und Finanzierungspläne beschaffte. Dadurch waren Falk zwei, drei wichtige Aufträge durch die Lappen gegangen, aber da sie Astrids beste Freundin war, hatte er niemals gegen sie Verdacht geschöpft. Heute konnte sie nicht mehr sagen, weshalb sie sich darauf eingelassen hatte. Aus Abenteuerlust vielleicht und weil sie nicht genug nachgedacht hatte. Was immer die Gründe gewesen waren, sie hätte es vor allem Dominik niemals erzählen dürfen.

Julia sah in sein regloses Gesicht, spürte, wie sich ihre Nackenhaare aufrichteten, spürte eine Gänsehaut auf ihren Armen und ihrem Rücken. Was um alles in der Welt war in ihn gefahren? Vielleicht wollte er sich wirklich etwas beweisen, sich und Clasen, wie sie vorhin gemutmaßt hatte. Aber das hier war der reinste Horror. Wo war der Dominik geblieben, den sie kannte? Er schien wie fortgewischt, als hätte es ihn nie gegeben. Als hätte die Aussicht auf ein Vermögen und darauf, Falk Clasen eins auszuwischen, einen unbekannten furchtbaren Teil seiner selbst an die Oberfläche treten lassen.

Zum ersten Mal fragte sie sich, ob Falk von Dominiks verborgenem Charakterzug wusste oder davon zumindest etwas ahnte und deswegen so gegen eine Verbindung mit Miriam war. Wenn das zutraf, hatte sie dafür jedes Verständnis. Doch das änderte nichts an ihrer eigenen desolaten Situation.

»Was ist aus dir geworden?«, fragte sie. Ihr war klar, dass Dominik die Angst aus ihrer Stimme heraushörte. Aber es war nicht nur die Angst, da waren auch Wut und sogar ein gewisses Maß an Traurigkeit.

»Jemand, der sich endlich nimmt, was er haben kann«, gab Dominik kühl zurück. »Guck nicht so aus der Wäsche. Ich verlange nichts Unmögliches von dir, und du kriegst dafür nicht nur mein Schweigen, sondern auch noch einen kleinen Anteil in bar.«

»Das ist widerlich«, sagte sie.

»Ja.« Er lehnte sich zurück. »Natürlich kann ich dich nicht zwingen. Du könntest stattdessen zur Polizei gehen und ein Verbrechen anzeigen, das noch gar nicht begangen wurde. Der Satz ›Wir können nur was tun, wenn schon was passiert ist‹ fällt garantiert bloß in Krimis. Viel Glück. Auch für deine Zukunft. Die Aufträge, die Clasen damals durch dich verloren hat, sind nicht mal mehr ein Fliegenschiss für ihn. Aber dass du ihn zum Narren gehalten hast, wird er dir nie verzeihen. Im besten Fall bist du deinen Job los und wirst nirgendwo mehr einen in vergleichbarer Position finden. Im schlimmsten Fall – Gnade dir Gott.«

Vierundzwanzig Stunden später stand Julia innerlich zitternd mit Heiko Jordan am Rande des Norderfelds. Dominik hatte zu guter Letzt darauf bestanden, dass sie ebenfalls kam. Mitgehangen, mitgefangen, falls etwas schiefging. Ihre Fingernägel gruben sich vor Angst und Nervosität in ihre Handflächen.

Sie warf einen Seitenblick auf den fast genauso nervösen Jordan. Ihr war noch immer schleierhaft, wie sie es – über den Anschluss von Falks Assistentin in deren Mittagspause – geschafft hatte, mit solchen Engelszungen und solcher Überzeugungskraft auf ihn einzureden, dass er diesem Treffen zustimmte. Oder es lag gar nicht an ihr, sondern an dem, was lockte? Jordan musste dieses Gut in Südfrankreich mehr wollen als alles andere. Der Gedanke daran hatte ja offensichtlich sogar über seine Empörung, sein Entsetzen und wohl auch seine Skrupel gesiegt.

»Ich weiß, warum Herr Clasen mich angeblich sprechen will. Hier draußen, mitten in der Nacht«, sagte er plötzlich so dicht neben ihr, dass sie zusammenfuhr. Dabei hatte sie schon angenommen, dass sie in dieser Nacht nichts mehr erschrecken konnte.

»Warum ›angeblich‹?« Nur mit Mühe brachte sie ihre Stimme unter Kontrolle.

»Halten Sie mich nicht für blöd.« Jordans Gesicht wirkte fahl im Mondschein. »Mir ist inzwischen klar, warum er mein Land will. Damit ich es nicht anderweitig verkaufe und seine Machenschaften nicht ans Licht kommen. Vielleicht will er mich einschüchtern, mir drohen. Wahrscheinlich Schlimmeres. Ich weiß nämlich inzwischen auch, was für ein Mensch er ist.« Er trat wieder einen Schritt zurück und sagte erheblich lauter, als wäre er davon überzeugt, dass Falk hier irgendwo war und zuhörte: »Dabei bin gar nicht ich es, vor dem er sich hüten sollte.«

»Da hast du vollkommen recht, Heiko.«

Dominiks Stimme kam so schneidend und ohne Vorwarnung aus dem Dunkel hinter ihnen, dass Julia und Jordan gleichzeitig nach Luft schnappten. Er trat zwischen den Bäumen hervor. In seiner Rechten hielt er etwas, das Julia erst auf den zweiten Blick als eine Pistole mit einem überlangen Lauf identifizierte. Obwohl sie darauf hätte gefasst sein müssen, schockierte sie der Anblick.

Jordans Blick huschte vom Gesicht seines Halbbruders zu dessen Hand und wieder zurück. »Was machst du hier? Hast du mich beobachtet?«

»Musste ich nicht. Ich habe Julia gebeten, dich herzubestellen. Clasen hat keine Ahnung von seiner Verabredung mit dir.«

»Ich …« Jordan stockte. »Ich verstehe nicht … Was …?«

Julia wurde übel und schwindelig, während sie beobachtete,

wie Dominik die Pistole ein Stück hob. Er zielte auf Jordans Brust, Jordans Augen weiteten sich ungläubig. Ohne noch weiter darüber nachzudenken, trat sie zwischen die beiden Männer und zischte Jordan zu: »Verschwinden Sie, los!«

Doch Jordan bewegte sich keinen Millimeter, wie hypnotisiert stand er da, schien durch Julia hindurch- und noch immer zu Dominik zu sehen.

Dominik verzog die Mundwinkel. »Wie heldenhaft«, spöttelte er. Beinah lässig kam er auf Julia zu. Entsetzt bemerkte sie, wie er seine Hand ausstreckte, die Hand mit der Waffe. Plötzlich konnte sie nachvollziehen, warum Jordan sich nicht rührte. Sie selbst fühlte sich wie paralysiert. Sogar noch, als Dominik die Waffe in ihre Hand und ihre Finger um sie herumlegte. Er trug Handschuhe. Sie nicht.

»Laufen Sie!«, brüllte Julia. Tief in ihr fragte sie sich, wie sie das bewerkstelligte und dennoch wie festgefroren an derselben Stelle stand.

Endlich machte Jordan einen Schritt rückwärts, sie hörte es mehr, als dass sie es sah. Widerstandslos ließ sie sich von Dominik in Heikos Richtung drehen, doch da endlich erwachte sie aus ihrer Starre und stieß Dominik von sich. Dominik hatte nicht mehr mit Gegenwehr gerechnet, er taumelte, und auch sie selbst geriet aus dem Gleichgewicht. Die Waffe schien plötzlich in der Luft zu schweben, dann fiel sie dumpf auf die Erde und blieb zwischen ihnen liegen.

»Jetzt laufen Sie endlich!«, wollte Julia wieder brüllen, doch es kam nur ein Flüstern heraus.

Sie wusste nicht, ob Jordan sie gehört hatte, sie spürte nur, dass sich ein Schatten zwischen sie und Dominik drängte. Dominik schubste den Schatten zur Seite und griff blitzschnell nach der Pistole. Aber nicht schnell genug. Jordan trat dagegen, sie landete direkt vor Julias Füßen. Beinah automatisch hob sie sie auf und umfasste sie mit beiden Händen, bereit, sie nie wieder loszulassen. Das war ihre Chance. Die Chance für sie alle – für Jordan, lebend hier herauszukommen, für Dominik, nicht zum Mörder zu werden.

Sie zielte auf den Boden, richtete ihren Blick jedoch auf Dominik. »Verschwinde und komm nie wieder.« Ohne ihn aus den Augen zu lassen, wandte sie sich an Jordan. »Das gilt auch für Sie. Vergessen Sie heute Nacht, vergessen Sie, dass Sie je einen Halbbruder hatten. Vergessen Sie, was unter diesem Land liegt. Verkaufen Sie es an Falk Clasen und dann gehen Sie weit, weit weg.«

Jordan gab keine Antwort, aus den Augenwinkeln sah sie, dass er mit beiden Beinen fest auf der Erde stand, und etwas sagte ihr, dass er eisern entschlossen war, nicht zu weichen. Dominik hatte recht. Heiko Jordan war ein Idiot! Da hörte sie Dominik leise lachen.

»Hast du vergessen, was ich über dich weiß? Du wirst mir jetzt diese Waffe geben.« Er verringerte den Abstand zwischen ihnen, noch drei Schritte trennten sie.

»Nein.« Sie richtete die Waffe auf ihn, obwohl sie wusste, dass sie nicht schießen würde. Hoffentlich wusste er das nicht.

Noch zwei Schritte. Dominik streckte die Hand aus. »Die Waffe. Oder dein Leben ist vorbei.«

Von der Seite hörte sie ein Geräusch. Für eine winzige Sekunde war sie abgelenkt von Jordan, ohne zu erkennen, was er gerade tat. Da spürte sie Dominiks Hand auf ihrer, die die Pistole hielt. Sie schüttelte seine Hand ab, trat zurück, strauchelte, Dominik kam wieder näher, ihr Zeigefinger krümmte sich um den Abzug der Waffe, ein Plop ertönte. Dominik stand stocksteif, grenzenlose Überraschung auf seinem Gesicht. Dann sackte er in sich zusammen und fiel zu Boden.

Die Welt stand still.

»Was haben Sie getan?«

Wie durch Nebel hörte Julia die Frage, ohne dass sie sagen konnte, wer sie gestellt hatte und warum. Jemand berührte ihre Schulter. Sie zuckte zusammen, als wäre sie geschlagen worden. Immerhin half ihr das, in die Gegenwart zurückzufinden. Dominik lag vor ihr auf der Erde. Blicklos starrten seine Augen in den dunklen Nachthimmel.

Was hatte sie getan?

»Sie müssen die Polizei rufen! Sofort! Sie müssen denen sagen, was passiert ist. Dass Sie geschossen haben! Sonst werden die mir das anhängen! Großer Gott, wenn die rausfinden, dass wir Halbbrüder waren, dass Dominik mir mein Erbe … dass … dann werden die mir das anhängen! Sie müssen …«

»Halten Sie den Mund!« Julia war erstaunt, dass sie ihre Stimme fand. Dass sie dazu noch die Kraft hatte, Jordan so anzufahren, doch sonst hätte der Mann gar nicht mehr aufgehört zu reden.

»Aber …«, fing Jordan wieder an.

»Das ist alles Ihre Schuld!«, schnitt Julia ihm das Wort ab. »Ich wollte verhindern, dass Dominik Sie tötet, und deshalb ist er jetzt tot. Nur deshalb!« Zu laut, sie sprach viel zu laut. Wenn sie nun jemand hörte?

»Ach ja?« Nun war Jordan fast so laut wie sie. »Es ist also meine Schuld, dass dieser Dreckskerl mich umbringen wollte, um sich alles unter den Nagel zu reißen, für das meine Familie sich seit Generationen den Arsch aufreißt und was Ihr Boss, ohne mit der Wimper zu zucken, mit seinem Giftmüll in den Untergang gerissen hat? Meine Schuld, ja? Sehen Sie doch mal in den Spiegel! Sie arbeiten für Clasen, Sie haben mich hergelockt, in Dominiks Auftrag. Und Sie haben ihn getötet. Nicht ich. Sie! Wagen Sie nicht, die Verantwortung dafür auf mich abzuwälzen!«

Sie standen einander gegenüber wie zwei wilde Stiere, unsicher, wer sich zuerst auf wen stürzen würde. Zwischen ihnen Dominiks Leiche.

Dominiks Leiche.

Julia holte tief Luft. »Es hat keinen Sinn, dass wir uns streiten, Herr Jordan.«

»Ich streite nicht. Ich will nur, dass Sie der Polizei sagen, dass Sie geschossen haben. Sagen Sie, es war Notwehr.«

Notwehr? Sie hatte die Pistole in der Hand gehabt, nicht Dominik. Julia war keineswegs überzeugt, dass die Polizei auch nur einen Gedanken an Notwehr verschwenden würde. »Ich werde nichts dergleichen tun«, sagte sie.

»Dann werde ich es tun. Ich werde der Polizei sagen, wie es war. Die können nachprüfen, wo Sie gewesen sind, wenn die Ihr Handy orten.«

»Mein Telefon liegt zu Hause«, sagte sie ruhig. Tatsächlich hatte Dominik ihr dringend geraten, es dort zu lassen, und sie hatte sich danach gerichtet. »Was ist mit Ihrem?«, provozierte sie Jordan.

»Hat gestern den Geist aufgegeben«, murmelte er. »Hatte noch keine Zeit, mich um Ersatz zu kümmern.«

»Also war niemand von uns beiden hier«, stellte Julia fest. »Ich schlage vor, Sie gehen jetzt nach Hause. Ich kümmere mich um alles Weitere.«

»Wie?«

Julia seufzte. Es gab nicht überwältigend viele Möglichkeiten. »Das lassen Sie meine Sorge sein. Vertrauen Sie mir.«

»Ihnen vertrauen? Sie arbeiten für Falk Clasen, das Schwein, der das Fischland in eine Mülldeponie verwandelt hat. Sie haben mich hergelockt, damit Dominik mich umbringen kann«, wiederholte er. »Sie können nicht im Ernst annehmen, dass ich *Ihnen* vertraue!«

Sie sah ihm seine Panik an. Sein Leben war aus den Fugen geraten, genau wie ihres. Aber jemand von ihnen musste einen kühlen Kopf bewahren. Jordan war dazu nicht fähig, also blieb es an ihr hängen, und weshalb auch nicht? Er hatte ja recht: Sie hatte ihn hergelockt, sie hatte geschossen. Sie hatte Dominik getötet.

»Ich sag Ihnen was, Herr Jordan: Es bleibt Ihnen nichts anderes übrig. Ich regele das. Sie tun, was ich Ihnen sage, und halten den Ball schön flach. Sobald Ihnen Falk Clasen das nächste Angebot macht, werden Sie das Geld nehmen, ohne auch nur einen einzigen Ton von dem zu erwähnen, was unter Ihrem Land liegt, und der Ostsee den Rücken kehren. Wenn nicht, wenn Sie ein einziges Wort von dem verlauten lassen, was diese Nacht wirklich geschehen ist, verspreche ich Ihnen, dass Falk Sie fertigmacht. Schneller, als Sie ›Fischland‹ sagen können. Dafür sorge ich.« Im fahlen Mondlicht sah Julia Jordans Adamsapfel auf und ab hüpfen, die Panik in seinen Augen. Sie verstand ihn. Ihr war es schließlich genauso gegangen, als Dominik ihr das Gleiche angedroht hatte. »Gehen Sie nach Hause, Herr Jordan, und vergessen Sie meine Worte nicht. Egal, was passiert. Falks Arm reicht weit.«

24

Paul hätte viel darum gegeben, jetzt einen großen Schluck vom Single Malt nehmen zu können. Doch er ließ es bleiben, wollte durch keine noch so kleine Bewegung riskieren, Julia aus ihrer Erinnerung zu reißen.

Schon während sie erzählt hatte, mal mit schleppender, leiser Stimme, dann wieder flüssig und fast schon aggressiv, war er äußerlich vollkommen ruhig geblieben. Nichts verriet, wie es in seinem Inneren aussah. Doch als sie zum Schluss gekommen war und er die so plastisch geschilderte Szene am Rande des Norderfelds wie einen Film vor sich ablaufen sah, hatte es ihm immens viel abverlangt, weiter den unbeteiligten Zuhörer zu spielen. Vor allem in jenem Moment, in dem er geglaubt hatte, Julia würde offenbaren, dass Heiko eingeschritten war und Dominik erschossen hatte.

»Jordan machte blind ein paar Schritte rückwärts«, sagte Julia mit starrem Blick, noch immer in der Vergangenheit, »dann drehte er sich um und rannte wie der Teufel zurück zu seinem Hof. Ich stand da mit Dominiks Leiche. Es kostete mich Überwindung, ihn anzufassen, aber ich musste nach seinem Telefon suchen. Er hatte es ausgeschaltet in der Jackentasche, und ich war froh, dass er immer noch sein Geburtsjahr rückwärts als SIM-Karten- und Sperrcode verwendete. Ich rief Falk auf seinem nicht registrierten Handy an und konnte nur hoffen, dass er es überhaupt eingeschaltet hatte. Zum ersten Mal seit Langem war ich dankbar, seine Stimme zu hören. Ich erklärte ihm, dass Dominik sich bei mir gemeldet und um ein Treffen gebeten hätte. Dass er geheimnisvoll getan und mir beim Norderfeld etwas hätte zeigen wollen. Dass er mir schließlich vor Ort gesagt hätte, dass und womit er ihn erpressen wolle. Dass er mich mit der Waffe bedroht hätte, als ich mich weigerte mitzumachen. Dass ich mich selbst dann noch geweigert und ihn inständig gebeten hätte, das zu lassen. Worauf er sich nicht hätte einlassen wollen, sodass ich es auf andere Weise …« Julia schluckte und setzte neu an. »Auf andere Weise verhindert hätte, weshalb Falk mir schuldig wäre, das Resultat meiner Bemühungen zu …«, noch einmal stockte sie, »zu beseitigen. Heiko Jordan hielt ich aus der Sache raus. Soweit es Falk betraf, hatte Dominik nie mit Jordan über die Mülldeponie gesprochen. Falk befahl mir, auf die Leute zu warten, die er schicken würde, um aufzuräumen. Es wurden die längsten zwei Stunden meines Lebens. Ich hockte neben Dominik, ständig in der Angst, dass ein Nachtwanderer vorbeikam und vor Falks Leuten über uns stolperte. Dann waren sie da. Zwei Hünen, die ich noch nie zuvor gesehen hatte.«

Julia verfiel in brütendes Schweigen. Vielleicht erinnerte sie sich daran, was die Männer mit Dominik getan hatten. Paul hielt es für wahrscheinlich, dass einer davon der gewesen war, der Kay am Vorabend in Schach gehalten hatte. Doch er fragte nicht, sondern wartete, dass Julia weitererzählte. Zunächst allerdings sah es so aus, als wäre sie am Ende angelangt, am Ende der Geschehnisse am Norderfeld und am Ende ihrer Kräfte. Ihr Schweigen dehnte sich aus. Dann griff sie nach ihrem Glas, schob es aber nur abwesend auf dem Tisch hin und her. Als sie wieder sprach, wirkte es immer noch so, als redete sie mit sich selbst.

»Die Männer sagten, ich solle nach Stralsund fahren und diese Nacht aus meinem Gedächtnis streichen. Später fiel ich aus allen Wolken, weil die Dominik ausgerechnet in Jordans Datsche abgelegt hatten, und fragte Falk, was er sich dabei gedacht hätte. Er lachte bloß und meinte, falls Jordan wegen Mordes angeklagt würde, würde er ihm zum dramatischsten und letztmöglichen Zeitpunkt, wenn der arme Mann sich schon für Jahre hinter Gittern wähnte, den besten Anwalt Deutschlands besorgen und notfalls auch noch den Richter bestechen, sodass Jordan ihm aus Dankbarkeit das Norderfeld für ein Butterbrot verkauft.«

Unerwartet ruckte ihr Kopf in die Höhe, sie sah direkt in Pauls Augen, ohne dass er aus ihren etwas herauslesen konnte.

»Nicht dass es Falk darauf ankäme, aber er liebt diese Machtspiele, er lebt geradezu davon. Ich dagegen starb tausend Tode, weil ich felsenfest überzeugt war, dass Jordan doch noch den Mund aufmachen würde. Ich war kurz davor, Falk die Wahrheit zu gestehen und damit, dass es noch einen Mitwisser um seine dreckigen Landgeschäfte gab. Aber dann ließ er durchblicken, dass er mich in der Hand hatte. Seine Leute hatten Dominiks Waffe, sein Telefon, seine Jacke und seine Handschuhe mit meinen Fingerabdrücken und meiner DNS darauf nicht vernichtet, sondern sie ihm übergeben. Ich schwieg also und beschloss, ebenfalls ein Druckmittel gegen Falk in die Hände zu bekommen, eins, das hundertprozentig sicher ist, falls man ihm die Giftmülldeponie nicht nachweisen kann. Ich will für alles gewappnet sein und ihn mit in den Abgrund reißen können, sollte ich auf der Anklagebank landen.«

Das ist es, ging es Paul durch den Kopf. Deshalb wollte sie mit Kays Hilfe an Beweise für Clasens illegale Geschäfte, nicht aus Rache dafür, weil er ihrer überdrüssig geworden war. Kay mochte sein Spiel mit ihr getrieben haben, sie hatte genauso ihres mit ihm getrieben.

»Aber vorerst«, fuhr sie fort, »sieht es nicht so aus, als würde ich auf der Anklagebank landen. Jordan tut genau, was ich ihm gesagt habe. Zugegebenermaßen hätte ich ihm nicht zugetraut, dass er unter diesen Umständen dichthält. Er muss noch mehr Angst vor Falk haben als ich.«

Oder, dachte Paul, er vertraut darauf, dass Kassandra und ich unsere Schuld bei ihm begleichen und herausfinden, wie es wirklich war. Auf diese Weise steht er nicht als Verräter an Clasen da. Kluger und verständlicher Schachzug.

»Da hast du sie nun«, sagte sie, »die Wahrheit über Dominik. Er war der beste Freund, den ich je hatte, und ich trauere um diesen Freund. Ich trauere dagegen nicht um das miese Dreckschwein, zu dem er geworden war und das ich getötet habe.« Wie zur Bekräftigung nahm sie einen Schluck Whisky. »Schockiert?« Auffordernd sah sie Paul an.

Er war weniger schockiert von dem, was er gehört hatte, als über die Härte, die plötzlich in ihrem Blick lag. Instinktiv spürte er jedoch, dass er lieber ihren Erwartungen entsprechen sollte. Er räusperte sich und trank ebenfalls einen Schluck, als wolle er Zeit gewinnen. »Ich bin … ja, doch. Schockiert. Und überrascht. Ich hätte Clasen zugetraut, einen Mord zu begehen. Dir nicht.« Dabei war er nicht mal sicher, ob es rein juristisch gesehen überhaupt Mord war. Körperverletzung mit Todesfolge? Totschlag? Jetzt war nicht die Zeit, sich darüber Gedanken zu machen.

Julia verzog das Gesicht. »Ich mir auch nicht. Schon erstaunlich, wozu man fähig ist, wenn es drauf ankommt. Ich lass mir nichts mehr vorschreiben, und ich lass mich nicht mehr ausnutzen. Von niemandem. Kay war der Letzte, der das getan hat, der mir vorgespielt hat, er würde was für mich empfinden. Genauso ein mieser Dreckskerl wie Falk. Wie Dominik. Nur in einem hatte Dominik recht, auch wenn ich es damals nicht verstanden habe.«

»Worin?«

»Man soll keine halben Sachen machen. Man soll sich nehmen, was man will, falls auch nur die geringste Chance besteht, es zu kriegen. Wenn man sich nur um sich selbst schert, bewahrt einen das davor, verletzt zu werden.«

»Du hast dich aber nicht nur um dich selbst geschert«, sagte Paul. »Du hast versucht, Heiko zu schützen, zuerst vor Dominik und dann vor Clasen.«

Ihr Schulterzucken wirkte gleichgültig. »Das war vorher.« Sie leerte ihr Glas. »Ich dachte, du würdest fragen, was ich derzeit zu kriegen beabsichtige.«

»Mich treibt eher was anderes um«, sagte Paul. Vielleicht sollte er ihre Aufmerksamkeit nicht darauf lenken, aber früher oder später würde sie selbst daran denken. Es war sinnvoller, ihre Reaktion unmittelbar mitzubekommen, um mögliche Gefahren besser abschätzen zu können.

»Das wäre?«, fragte sie.

»Du hast vorhin gesagt, du müsstest die Wahrheit endlich loswerden. Hat es dir geholfen? Oder sollte ich mich ab jetzt lieber immer umsehen, wer hinter mir steht?« Indem er einen ironischen Tonfall anschlug, hoffte er, die bitterernste Frage zu entschärfen.

Einen Augenblick lang sah es so aus, als müsse sich Julia zunächst darüber im Klaren werden, was er meinte. Dann lachte sie auf, fast unbekümmert. Die erste Erleichterung, die sich in Paul breitmachen wollte, ließ schnell nach. Er hatte schließlich keine Ahnung, weshalb sie so unbesorgt war. Falls sie es war und nicht nur so tat.

Ihr Lachen wurde zu einem Lächeln. »Entschuldige«, sagte sie. »Ich weiß, das ist nicht lustig, und eigentlich ist mir auch nicht nach Lachen zumute. Muss der Alkohol sein.« Sie seufzte. »Ich beantworte deine Frage, wenn du vorher die nach dem stellst, was ich will.«

Paul begann zu ahnen, was sich in ihr abspielte. Es gefiel ihm nicht, und er hoffte, dass sein eigenes Lächeln nicht zu verkrampft, sondern echt aussah, obwohl es ihm nur einen kurzen Aufschub verschaffen würde. »Es ist sicher vermessen, aber ich glaube, ich muss das nicht fragen.«

»Nein, natürlich nicht. Selbst ein weniger kluger Mann würde wohl darauf kommen, was ich meine. Ich will dich. Du hattest Zeit genug, dir zu überlegen, ob du mich auch willst. Nicht für immer und ewig, nur für heute Nacht. Ich bin vielleicht betrunken, aber dazu noch nicht betrunken genug. Du wirst es nicht bereuen.« Ihr Zeigefinger tippte auf das Grübchen an seinem Kinn.

Beinah wäre er zusammengezuckt. Zu sehr erinnerte ihn diese Berührung an Kassandra. »Es …«, begann er.

Sie nahm den Finger weg. »Du willst mich nicht.« Jegliche Belustigung war aus ihrer Stimme verschwunden. »Es liegt nicht an dem, was ich getan habe, richtig? Denn du würdest mich wollen, ich sehe es an deinem Blick. Ich sehe, dass du dir vorstellst, wie es mit mir wäre.«

Paul blinzelte. Für einen Sekundenbruchteil hatte er in der Tat daran gedacht.

Sie schürzte die Lippen. »Männer sind leicht zu durchschauen. Du bildest keine Ausnahme in dieser Hinsicht. Aber du bist tatsächlich viel zu anständig, um dich mit mir zu vergnügen, obwohl du deine Freundin liebst, egal, was sie dir angetan hat. Armer Paul. Du weißt nicht, was du versäumst. Soll ich dir mal erzählen, wie leidenschaftlich Kassandra und Kay sich in den Armen lagen? Halb nackt auf dem Bett? Kays Hand dort, wo nur deine sich hinverirren sollte? Ihr …«

»Stopp!«, fiel Paul ihr lauter als beabsichtigt ins Wort.

»Das willst du nicht hören, was?«, gab sie bissig zurück. »Dabei bist du doch alt genug, um zu wissen, dass das Leben kein Wunschkonzert ist. Es spielt keine Rolle, ob ich es dir sage oder nicht, es ist passiert, und du kannst nichts daran ändern. So ist das. Nichts, was geschehen ist, kann man ungeschehen machen. Gar nichts.« Ruckartig stand sie auf und schwankte plötzlich. Ihre linke Hand fuhr an ihre Stirn, mit der rechten hielt sie sich am Tisch fest. »Gar nichts«, murmelte sie und versuchte, Paul zu fixieren. Als es ihr schließlich gelang, richtete sie sich kerzengerade auf. »Ich nehme an, ich bin eingeladen. Falls du doch noch zur Besinnung kommst: Du findest mich im Loft. Tolle Aussicht. Nicht nur auf die Ostsee.« Sie ließ den Tisch los und ging einigermaßen sicher auf den Ausgang zu.

Paul schaute ihr hinterher, seine Gedanken wild umherwirbelnd zwischen Julias Geständnis, dem Bild von Kassandra und Kay auf dem Bett und der Frage, ob sein Telefon alles aufgezeichnet hatte. Da kehrte Julia plötzlich zu ihm zurück und blieb unmittelbar vor ihm stehen.

»Ich hätte fast deine Frage vergessen. Erinnerst du dich? Ob du dich ab jetzt immer umdrehen musst. Betrachte die Antwort ganz unabhängig vom Loft. Ich werde keinen Killer auf dich hetzen.« Sie lächelte schief. »Aber falls du mit jemandem über das redest, was ich dir anvertraut habe, werde ich Falk glaubhaft versichern, dass ihr alle, du, Kassandra und Harald Barthel, Kay einzig und allein aus Spionagegründen bei Clasen Constructions eingeschleust habt. Selbst wenn es hundertmal nicht stimmt – es klingt verdammt logisch, oder? Logisch genug, dass Falk es mir abkaufen wird, denn es gibt wohl keine

Beweise für das Gegenteil. Da du deine Kassandra so liebst, willst du bestimmt nicht den Bankrott von Barthels Firma riskieren. Ganz zu schweigen von einem weiteren Besuch der Hünen in Wustrow.«

Ohne eine Antwort abzuwarten, verließ sie das »Weitblick« und verschwand aus Pauls Sichtweite.

Ein wenig wartete er noch ab, dann holte er sein Telefon hervor. Der Akku war nur noch auf zwölf Prozent, hatte aber immerhin für die Aufnahme gereicht. Sie war vollständig und die Qualität ausreichend, soweit er das bei einer Stichprobe, das iPhone dicht ans Ohr gehalten, feststellen konnte. Er wollte es schon wegstecken und nach der Kellnerin winken, um zu zahlen, da sah er, dass er einen Anruf von Kassandra verpasst hatte, sie ihm auf die Mailbox gesprochen und ihm noch später, mittlerweile vor über einer Stunde, eine Textnachricht geschickt hatte. Er wählte sich in die Mailbox ein und hörte Kassandras gehetzte Stimme: »Wir haben Nils Brenner total vergessen. Vielleicht kennt er Julia und taucht mit ihr zusammen auf. Und vielleicht ist er gefährlich. Riskier nichts!«

Stimmt, dachte Paul konsterniert. An Brenner hatte niemand mehr gedacht, dabei hatte mit dem alles angefangen. Außerdem hatte Kassandra recht, der Mann war möglicherweise gefährlicher, als es den Anschein hatte. Immerhin wusch er Geld für Clasen, und wer wusste schon, was er sonst noch tat. Wenigstens war er hier nicht erschienen. Bevor Paul Kassandra anrief, um sie zu beruhigen, öffnete er noch ihre Textnachricht, die nur aus zwei Sätzen bestand: *Bin nach Wieck zu Brenner. Alles Weitere später.*

Paul wurde kalt. Was um alles in der Welt wollte sie da? Gerade hatte sie ihn noch vor Brenner gewarnt, und dann fuhr sie selbst nach Wieck? Als sein Telefon plötzlich ein Geräusch von sich gab, hätte er es fast fallen lassen, doch es war nur der Akkuhinweis. Noch zehn Prozent. Das reichte, um Kassandra anzurufen. Wenn allerdings ihr Handy im falschen Moment klingelte, wäre das fatal. Aber nein. Falls es brenzlig geworden war, würde sie es ausgeschaltet oder auf stumm gestellt haben.

Er tippte ihre Nummer an und hörte ein Freizeichen. Es klingelte fünfmal, bis ihre Mailbox ansprang. »Ruf mich an, sobald du kannst«, sagte er heiser.

Dann tippte er Heinz' Nummer an. »Weißt du, was Kassandra vorhat?«, fragte er ohne Vorrede. »Sie ist zu Brenner gefahren, und ich kann sie nicht erreichen.«

»Zu Brenner?« Heinz klang alarmiert. »Nein, sie hat nichts gesagt, allerdings war ich vorhin nicht zu Hause, und vielleicht hat sie gedacht, es genügt, wenn sie dir Bescheid gibt, wo sie ist.«

»Kannst du rübergehen und nachsehen, ob Miriam da ist und etwas weiß?«, bat Paul. Vielleicht hatte sie ihr ja mehr erzählt.

»Mach ich. Ruf du in der Zeit Harald an.«

Heinz legte auf, und Paul folgte seinem Rat. Doch es war wie verhext, er erreichte nur Haralds Mailbox, auf der er eine Nachricht hinterließ. Dann suchte er online nach Brenners Privatadresse in Wieck. Die Straße hieß Am Haken und lag am Ende des Ortes, laut Google Maps war es das letzte Haus, zu zwei Seiten nur noch Felder. Kaum hatte er sich die Adresse eingeprägt, klingelte sein Telefon.

»Drüben ist niemand«, vermeldete Heinz. »Hast du Miriams Nummer?«

»Nein, die hat bloß Kassandra.« Paul unterdrückte einen Fluch. »Sie würde so einen Alleingang nur starten, wenn es wirklich wichtig ist. Es muss was mit Kay zu tun haben. Ich rufe Rieka an, vielleicht hat die sich bei Kassandra gemeldet und sie ist deshalb los. Kannst du herkommen, Heinz, und darauf achten, dass Julia Seidlitz das ›The Grand‹ nicht verlässt? Sie hat zwar nicht den Eindruck gemacht, als dächte sie nach ihrem Geständnis an Flucht und Untertauchen, aber man kann nie wissen.« Er hörte, wie Heinz am anderen Ende nach Luft schnappte.

»Die Seidlitz hat den Mord an Thurow zugegeben?«

»Ja. Erklär ich dir später. Kannst du sofort herkommen?«, wiederholte er. »Sie hat sich im Loft eingemietet.«

»Bin quasi unterwegs und bringe dir meine SIG Sauer mit.

Ich hoffe nicht, dass du sie brauchst, aber wie du schon sagtest: Man kann nie wissen.«

»Nein, lass«, wehrte Paul ab. »Ich habe sowieso schon zu viel Zeit verloren, ich kann jetzt nicht noch auf dich warten.«

»Alles klar. Und Paul? Sei vorsichtig!«

»Bin ich.« Paul warf ein paar Scheine auf den Tisch, die für seine und Julias Drinks reichen würden, und stand bald darauf vor dem Fahrstuhl, der länger zu brauchen schien, als die Erde Zeit zum Abkühlen gehabt hatte. Endlich unten im Foyer angekommen erkundigte er sich, ob Julia inzwischen ausgecheckt hatte, was nicht der Fall war. Das Angebot, bei ihr anzurufen, um seinen Besuch anzukündigen, lehnte er ab mit der Begründung, sie überraschen zu wollen. Das hieß, er verlor schon wieder kostbare Zeit, weil er scheinbar zurück in Richtung Fahrstuhl gehen musste. Er nutzte sie, um Riekas Nummer anzuwählen, doch es klingelte nur ein paarmal, dann wurde das Gespräch abgewiesen, ohne dass er die Möglichkeit hatte, ihr eine Nachricht zu hinterlassen. Diesmal unterdrückte er seinen Fluch nicht, was ihm einen irritierten Blick des Mannes einbrachte, der gerade aus dem Fahrstuhl trat.

Paul drehte sich um, hastete die Treppe hinunter, vorbei an dem Kronleuchter und den alten Hotelbildern, verließ das »The Grand«, lief über die Straße auf den Parkplatz und stieg in den Škoda, wo er sein Telefon auf den Beifahrersitz warf. Dabei registrierte er, dass der Akku jetzt nur noch vier Prozent hatte. Er nahm das iPhone, öffnete sein Mailprogramm und schickte die Audiodatei gleichzeitig an Kassandra, Heinz und Harald. Die Mail war kaum draußen, da wurde das Display schwarz. Ende und aus.

Paul ließ den Motor an, scherte in die Straße ein und kümmerte sich nicht um Geschwindigkeitsbegrenzungen. Von Ahrenshoop bis zu Brenners Adresse in Wieck waren es nur knapp vierzehn Kilometer, und doch schien er bereits ewig unterwegs gewesen zu sein, als er endlich, endlich ein letztes Mal abbog. Brenners Haus lag abseits der Straße, Paul fuhr in die Wendeschleife und hatte schon den Wagen verlassen, kaum dass der

Motor aus war. Er orientierte sich, dann lief er los, über die Straße in einen heckengesäumten schmalen Weg hinein, der ihn zu Brenners Haus führen würde. Von Weitem erkannte er eine Garage, er wurde langsamer, ging nur noch im Schritttempo weiter, um keine unnötige Aufmerksamkeit auf sich zu ziehen.

Schließlich stand er am Ende des Pfades, links von ihm die Villa, ihr Rohrdach in den Abendhimmel gereckt. Ein Bewegungsmelder ging an, schnell trat Paul zurück ins Dunkel, von wo aus er sah, dass hinter einem Fenster im Erdgeschoss Licht brannte. Entgegen aller Vernunft hatte Paul gehofft, es würde niemand da sein, er würde draußen auf Kassandra treffen, die ratlos ums Haus strich und überlegte, wie sie hineinkäme.

War sie schon drin? Hatte sie ganz einfach unter dem Vorwand geklingelt, mit Brenner über die Ausstellung reden zu wollen? Oder war sie heimlich durch ein Fenster eingestiegen? Unentdeckt oder entdeckt von Brenner? Falls Letzteres, hatte sie eine Erklärung parat gehabt? Wie sollte man erklären, dass man in ein fremdes Haus eingebrochen war? Falls Brenner sie noch nicht entdeckt hatte, wo steckte sie?

Da. Jemand betrat die Küche. Brenner. Obwohl es draußen wieder dunkel war und Brenner keine Anstalten machte, aus dem Fenster zu gucken, ging Paul noch einen Schritt rückwärts und verschmolz mit der Hecke. Auf diese Weise konnte er nicht mehr sehen, was Brenner tat, und kurz darauf erlosch das Licht. Das Haus lag nun komplett im Dunkeln. Es blieb ihm nichts anderes übrig, als das Aufflammen des Bewegungsmelders zu riskieren und den Pfad weiter bis zur Rückseite der Villa zu gehen.

Er lief so weit im Schutz der Hecke, bis er eine großzügige Terrasse und einen Pool sehen konnte – beides im sanften Schein des Lichts jenseits einer breiten Fensterfront. Was sich hinter den Scheiben im Haus abspielte, konnte er nicht erkennen. Er musste rüber zur Hauswand, sich dicht darangedrückt vorwärts auf die Terrasse zubewegen und versuchen, sich unbemerkt an Fenster und Tür zu schleichen. Ein paar Sekunden später lugte er vorsichtig um die Ecke. Zwei Meter von ihm entfernt stand ein Blumenkübel mit einer weißen Hortensie. Sie wäre ein gutes Versteck für Kassandra gewesen, die klein und zierlich war. Für ihn mit seinen über eins neunzig taugte sie weniger, war aber besser als nichts. Er wagte sich bis zu der Hortensie vor und wollte gerade die Deckung verlassen, um einen Blick ins Haus werfen zu können, als er ein Geräusch hörte. Ein Geräusch, das er kannte, unmittelbar unter ihm, zu seinen Füßen.

Kassandras Telefon gab diesen Ton von sich, wenn sie eine Nachricht bekam. Paul sah zu Boden. Da lag etwas Schwarzes, Rechteckiges. Er bückte sich und hob es auf. Ein Handy. Er aktivierte das Display. Bevor er aufgefordert wurde, den Sicherheitscode einzugeben, sah er das Hintergrundfoto des Sperrbildschirms: eine Möwe, die über der hoch aufschäumenden Gischt des Wustrower Wellenbrechers dahinflog. Kassandras Foto. Kassandras Telefon.

25

Pauls Haus wirkte leer, nachdem er sich auf den Weg gemacht hatte. Nicht einfach nur leer, weil er nicht hier war. Leerer. Kassandra wusste, wie irrational das war, und konnte doch das Gefühl nicht abschütteln. Sie kam sich nutzlos vor. Kay in Clasens Gewalt, Paul kurz davor, aus der Ex-Geliebten und einer der engsten Mitarbeiterinnen des Mannes Informationen herauszuholen, die ihm unter Umständen genauso gefährlich werden konnten wie die, die Kay aus Clasens altem Laptop geholt hatte. Immerhin schien Clasen bisher noch keinerlei Verdacht gegen Kassandra, Paul und Harald zu hegen, sonst hätten sie es längst zu spüren bekommen.

Gab es etwas für Kassandra zu tun außer warten? Warten auf Pauls Rückkehr, warten, dass Rieka sich meldete? Nach einer Viertelstunde fiel ihr die Decke auf den Kopf. Sie schnappte sich ihre Jacke, nahm ihr Telefon und stand bald darauf auf dem Deich und schaute übers Wasser.

Der Himmel hatte sich nach dem Sonnenuntergang lila gefärbt mit einem schmalen pinkfarbenen Streifen am Horizont. Kassandra sah, wie dieser Streifen dünner und dunkler wurde, bevor er mit dem Horizont verschmolz. Sie zog ihre Schuhe aus und lief hinunter an den Strand und weiter Richtung Seebrücke, vorbei an den Möwen, die im flachen Wasser nach Futter suchten, vorbei am Wellenbrecher, auf dem ebenso reglos wie wagemutig ein Angler stand. Ob sie Bruno auf der Seebrücke treffen würde? Paul hatte ihn zumindest im Groben auf dem Laufenden gehalten. Sie erklomm die Treppe, schaute zum Brückenkopf und erkannte ein paar Schemen und Angelruten. Auf dem Weg nach vorn passierte sie das Leuchtfeuer, das unruhiger blinkte als sonst. Natürlich war es nur ihre Einbildung, dass das Blinken sie zu warnen schien, und doch konnte sie auch dieses Gefühl nicht abschütteln.

Bruno lehnte an seinem Stammplatz neben seiner Angel am

Geländer und schaute über die spiegelglatte Wasseroberfläche. Als Kassandra sich neben ihn stellte, drehte er sich nicht zu ihr um. Nur ein Zucken seiner Gesichtsmuskeln ließ erkennen, dass er sie wahrgenommen hatte. Aus irgendeinem Grund zögerte Kassandra, ein Gespräch zu beginnen. Nein, korrigierte sie sich. Nicht aus irgendeinem Grund. Sie wusste genau, weshalb.

»Wo ist Paul?«, fragte Bruno schließlich. Klang er reserviert, oder war das ebenso Einbildung wie das unruhig blinkende Leuchtfeuer? Sie war nicht dabei gewesen, als Paul mit Bruno gesprochen hatte.

»In Ahrenshoop. Er hofft, dass er da Julia Seidlitz trifft und ihr was Maßgebliches entlocken kann.«

»Hm«, machte Bruno und verfiel wieder in Schweigen.

Das war beinah schwerer zu ertragen, als allein in Pauls Haus zu sein. »Was hat Paul dir erzählt?«, fragte sie.

Endlich wandte Bruno sich ihr zu. Sein faltiges, wettergegerbtes Gesicht drückte Sorge aus und noch etwas, das Kassandra nicht genau deuten konnte. »Genug, um zu wissen, wer Julia Seidlitz ist und was sie mit Falk Clasen und Kay Dietrich zu tun hat.«

»Ich hab Angst«, murmelte Kassandra. Sie schaute auf ihre Hände hinunter und bemerkte, dass sie zitterten.

»Um wen?«, fragte Bruno.

Kassandra rang um Worte und war froh, als plötzlich Brunos Angelglöckchen anschlug. Doch er kümmerte sich nicht darum, sondern sah sie unverändert an. Sie würde um eine Antwort nicht herumkommen. »Um beide«, flüsterte sie.

»Hm«, machte Bruno wieder, drehte sich zu seiner Angel um und holte sie ein. An der Schnur zappelte ein ansehnlicher Dorsch. Er nahm ihn vom Haken, legte ihn auf die Holzbohlen und versetzte ihm einen Schlag.

Normalerweise sah Kassandra sich das nicht an, aber diesmal zwang sie etwas dazu hinzuschauen. Bruno griff nach seinem Messer, und während er den Dorsch mit einem Kiemenstich tötete, sagte er: »Dann solltest du hier nicht deine Zeit verplempern. Lass dir was einfallen.«

»Was denn?«, fragte Kassandra verzweifelt. »Glaubst du nicht, dass ich mir schon das Hirn zermartert habe?«

Bruno warf den großen Dorsch in einen weißen Plasteeimer, wo er zwischen ein paar kleineren landete. Ein großer Fisch und viele kleine. In Kassandra hallte ein Satz wider, den Kay gesagt hatte, damals in Prerow: *Weil Brenner der kleine Fisch ist, über den ich hoffe, den großen zu schnappen.*

Nils Brenner. Der einzige kleine Fisch in Clasens Umfeld, von dem Kassandra wusste. Der Dinge für Clasen erledigte. Geldwäsche. Auch anderes? Kannten er und Julia sich? Trafen sie sich vielleicht sogar manchmal im »Weitblick«? Er wirkte im Gegensatz zu diesem Hünen, der Kay in Stralsund in Schach gehalten hatte, äußerst harmlos. Aber man konnte nie wissen. Man konnte nicht wissen, ob er für Paul oder Kay eine Gefahr darstellte oder ob er etwas wusste, das zu Kay führte. Oder, schoss ein neuer Gedanke durch Kassandras Kopf, ob ein anderer kleiner Fisch etwas wusste. Vielleicht kannte Miriam ja ein paar Namen. Sie mochte keine Ahnung haben, ob das kleine oder mittlere oder gar keine Fische waren, aber jeder Hinweis konnte helfen. Kassandra musste Paul warnen und noch mal mit Miriam reden.

»Danke, Bruno«, sagte sie. »Mir *ist* was eingefallen, das einen Versuch wert wäre.«

Sie wartete seine Erwiderung nicht ab, sondern hastete zurück, da hörte sie ihn nach ihr rufen.

Bruno hatte seine Angel im Stich gelassen und war ihr nachgekommen. »Du sollst wissen, dass Paul ausschließlich von eurem Fall gesprochen hat«, sagte er. »Es ist nur … Ich kenne ihn sein ganzes Leben lang.« Er lächelte ein bisschen. »Und jetzt tu, was du tun musst, Lütting.«

Spontan umarmte Kassandra ihn, dann nickte sie und lief am Leuchtfeuer vorbei zum Seebrückenaufgang. Dabei zückte sie ihr Telefon und rief Paul an. Mailbox. Bedeutete das, er war auf Julia getroffen? Sie hinterließ ihm eine Nachricht, dann wählte sie Miriams Nummer. Glücklicherweise war sie zu Hause und versprach, auf Kassandra zu warten.

»Du hast es ja spannend gemacht«, sagte Miriam. »Was ist denn so eilig? Hattet ihr schon Erfolg?«

»Weiß ich nicht, ich kann Paul nicht erreichen und hoffe, das bedeutet was Gutes und nicht …« Kassandra schüttelte den Kopf. »Sagt dir der Name Nils Brenner was?«

»Nils? Klar, der ist seit ewig mit meinem Vater befreundet.« Sie verzog das Gesicht. »Ich glaube, er steht auf mich, seine Blicke waren bei unserem letzten Zusammentreffen ziemlich eindeutig, aber er hat zu viel Respekt vor meinem Vater und hält sich deshalb zurück. Wieso? Was ist mit ihm?«

Kassandra ignorierte die Frage. »Was weißt du über ihn? Jedes Detail könnte wichtig sein.«

»Über Nils? Also, echt jetzt, der ist doch harmlos. Hält sich für einen großen Charmeur und Kunstkenner. Letzteres stimmt wahrscheinlich.« Sie kicherte.

»Nils Brenner arbeitet für deinen Vater, und diese Geschäfte sind alles andere als sauber, auch wenn sie Geldwäsche beinhalten«, sagte Kassandra ungeduldig. »Also: Was weißt du über ihn?«

Erschrocken über Kassandras scharfen Ton riss Miriam sich zusammen. »Er hat zwei in der Kunstszene angesagte Galerien, eine in Hamburg und eine in Berlin. Eine weitere kleine und weniger bekannte hier in der Nähe, in Wieck.«

Kassandra nickte, wiederum ungeduldig, das wusste sie alles schon. »Hat er noch Häuser oder Wohnungen in Berlin und Hamburg?«

»Nein, da ist er nur noch geschäftlich. Auch mal für ein paar Tage, aber dann übernachtet er in Hotels. Ich hab keine Vorstellung, wieso er sich aufs Dorf zurückgezogen hat, allerdings ist sein Anwesen in Wieck ganz hübsch. Wir waren zur Einweihung eingeladen, und mein Vater war begeistert. Nils hat ihm die Villa schon drei-, viermal für Geschäftstreffen übers Wochenende zur Verfügung gestellt, als er selbst nicht da war. Und einmal …« Miriam blickte zu Boden.

»Was?«, hakte Kassandra nach, als sie nicht weitersprach.

»Einmal habe ich einen Streit zwischen meinem Vater und

meiner Mutter mitangehört. Mir fehlte der Anfang, aber es ging offenbar um ein weiteres Wochenende in Nils' Haus. Meine Mutter war wütend und hat meinen Vater angeschrien, dass sie sich die Geschäfte ausmalen könne, um die es da ginge.«

»Meinte sie, dass da Illegales abgekaspert werden sollte? Weit weg vom Schuss? Mit Geschäftspartnern, die sich besser nicht offiziell bei Clasen Constructions sehen lassen?« Was konnte geeigneter sein als ein abgelegenes Anwesen, wenn man Leute aus Wirtschaft, Politik und sonstigen öffentlichen Ämtern durch gewisse Methoden auf seine Seite ziehen wollte? Über welche Summen da wohl verhandelt worden war?

»Ich ging davon aus, dass sie ein Geschäftstreffen ausschließlich unter Männern meinte, zu dem sehr teure Damen eingeladen wurden«, sagte Miriam. »Aber wenn du mich heute unter der Prämisse fragst, dass Nils nicht ganz das ist, was ich geglaubt habe, würde ich sagen: Das eine schließt das andere nicht aus.«

»Nein.« Das Bild, das sich vor Kassandras innerem Auge einstellte, wischte sie angewidert fort. Auf jeden Fall war klar, dass Brenners Haus vielfältigen Zwecken diente. Auch dem, Kay dort festzuhalten? Oder griff sie jetzt nach einem Strohhalm? Kay konnte überall sein, vielleicht hatte er Stralsund nie verlassen. Aber Wieck *war* eine Möglichkeit, und je länger Kassandra darüber nachdachte, desto logischer schien es ihr. Bei Brenner hatte alles angefangen.

Sei vernünftig, Kassandra, dachte sie. Das hat mit Logik überhaupt nichts zu tun, nur mit deinem Gefühl.

»Kennst du sonst noch Kontakte deines Vaters, mit denen er solche langen und guten Bekanntschaften pflegt, geschäftlich und privat?«, fragte sie, obwohl alles in ihr sie dazu drängte, sofort nach Wieck aufzubrechen.

Einen Augenblick lang dachte Miriam nach. »Sergej Malinowski«, sagte sie dann. »Den habe ich schon immer für nicht ganz koscher gehalten. Der Mann ist allerdings jenseits der achtzig und lebt in Dresden.«

»Macht und schmutzige Geschäfte kennen keine Altersgrenze«, stellte Kassandra fest, auch wenn sie Brenner für wahrscheinlicher hielt. Dresden war zu weit weg. »Noch jemand?«

»So eng wie Nils und Malinowski, da fällt mir nur noch Meret Wellbrock ein. Sie leitet die CC-Dependance in Johannesburg und war vor zwei Wochen gerade in Stralsund. Kann sein, dass sie noch in Deutschland ist.«

Kassandra winkte ab. »Ich glaube nicht, dass dein Vater jemanden für ein aktuelles Problem einspannt, der nur zu Besuch ist. Er braucht günstige Verbindungen vor Ort.« Sie holte tief Luft. »Damit bleibt Nils Brenner.«

»Meine Liste erhebt keinen Anspruch auf Vollständigkeit«, wandte Miriam ein.

»Sie ist alles, was wir haben.« Kassandra stand auf. »Ich fahre nach Wieck. Möglich, dass Kay dort ist oder Brenner was weiß. Ich muss das überprüfen.«

»Aber du fährst nicht allein. Ich komme mit.«

»Ganz sicher nicht!«, widersprach Kassandra.

»Ganz sicher doch! Was immer du vorhast – wenn wir erwischt werden, kann ich mir eine glaubhafte Geschichte ausdenken. Schließlich kenne ich Nils schon seit ewig. Was du wohl kaum von dir behaupten kannst.«

»Stimmt. Wir kennen uns erst seit knapp zwei Monaten. Trotzdem ist …«

»Du kennst Nils?«, unterbrach Miriam sie irritiert. »Das musst du mir erklären. Auf dem Weg nach Wieck. Vergeude unsere Zeit nicht mit sinnlosen Protesten, du wirst mich doch nicht los, und wenn ich mich mit meinem eigenen Wagen an dich dranhänge. Kannst du nicht verhindern.«

Miriam hatte recht, Streiten lohnte sich nicht. Außerdem verstand Kassandra sie. Es gab nichts Schlimmeres, als tatenlos herumzusitzen, und Miriam hatte das lange genug getan. Trotzdem hätte Kassandra am liebsten Heinz gebeten mitzukommen. Doch der war genau wie Harald nicht zu erreichen. Ihnen eine Nachricht zu hinterlassen, brachte nichts, sie musste gleich los. Schon auf dem Weg zum Wagen versuchte sie es noch einmal vergeblich bei Paul und schickte ihm zumindest eine Nachricht.

Als sie endlich einsteigen wollte, fiel ihr noch etwas ein. Sie lief zurück ins Haus, holte Heinz' Schlüssel, schnappte sich sein Werkzeug und ließ es in die Tasche gleiten.

Während Kassandra auf der fast leeren Bäderstraße durch den Abend brauste, erzählte sie, wie sie sich vor gefühlt ewigen Zeiten mit Brenner getroffen hatte, nachdem sie Miriam auf der Suche nach Dominik in Wustrow begegnet war.

»Woher wisst ihr eigentlich, dass Nils für meinen Vater Geld wäscht?«, fragte Miriam.

Kassandra seufzte. Sie hatte Kays Anwesenheit bei Brenner verschwiegen, weil Miriam nicht mehr zu wissen brauchte als unbedingt nötig. Warum musste sie ständig so viel fragen?

»Versteh schon«, sagte Miriam, als Kassandra nicht antwortete. »Von dem Ex-Bullen.«

Kassandra sparte sich eine Entgegnung. Inzwischen waren sie von der Bäderstraße nach rechts abgebogen und fuhren durch Wieck – vorbei an dem Platz mit der Darßer Arche und Brenners Galerie, beides unbelebt. Nachdem sie das »Eiscafé Lange« passiert hatten, änderte die Hauptstraße alle naselang ihren Namen, bis Kassandra ein weiteres Mal nach rechts abbog. Vor dem letzten Haus führte ein Weg zu Brenners Grundstück dahinter. Sie hielt am Rand des Feldes hinter einem Busch, sodass niemand ihren Wagen sehen konnte, und stieg mit Miriam aus.

Das Haus vorn an der Straße war umgeben von Hecken, durch die schwacher Lichtschein drang. Der Weg zu Brenners Anwesen war ebenfalls von Hecken gesäumt. Unter ihren Füßen knirschte der Kies, was Kassandra viel lauter vorkam, als es tatsächlich sein konnte. Bald kam eine Garage in Sicht, Brenners rohrgedeckte kleine Villa stand links daneben. Zumindest vorn waren keine Fenster erleuchtet, weder unten noch in der großen Dachgaube, und auch an der Seite zur Garage war alles dunkel. Dazwischen verlief ein schmaler Pfad zur Rückseite des Hauses. Kassandra versuchte, Kameras auszumachen, konnte aber keine entdecken. Vielleicht waren keine hier angebracht, damit sich die hohen Herrschaften, mit denen Clasen Geschäfte machte, unbeobachtet fühlen konnten. Vielleicht aber waren sie auch nur versteckt oder drinnen, wo die wichtigen Dinge geschahen.

»Teilen wir uns auf«, sagte Kassandra leise. »Ich nehme den Pfad neben der Garage, du umrundest das Haus von der anderen Seite.

Als sie beide den ersten Schritt machten, ging ein Bewegungsmelder an. Wie auf Kommando blieben sie stocksteif stehen. Doch nichts rührte sich, also setzten sie ihren Weg fort. Rückwärtig trafen sie auf einer Terrasse mit Pool wieder aufeinander. Auch hier brannte nirgends Licht, nur ein weiterer Bewegungsmelder leuchtete auf und erlosch nach einigen Sekunden wieder.

»Und jetzt?«, flüsterte Miriam.

»Wir müssen ins Haus. Gibt es hier eine Kellertür?« Die Terrassentür war zu riskant, falls Brenner nach Hause kam, in sein Wohnzimmer trat und ihm ein Blick genügte, um sie beide in voller Größe zu erwischen.

Miriam zeigte in die Richtung, aus der sie gekommen war. »Die ist aber bestimmt nicht auf.«

Absichtlich überhörte Kassandra die berechtigte Feststellung. Stattdessen lief sie um die Ecke, stieg, Miriam hinter sich, die Treppe hinunter und kramte nach Heinz' Werkzeug. Sie hatte es noch nie benutzt, nur das eine oder andere Mal zugesehen, wie er damit umging.

Miriams Augen wurden groß. »Du willst einbrechen.«

»Es bleibt mir nichts anderes übrig. Falls ich es hinkriege. Ist eine Premiere für mich.« Sie vergegenwärtigte sich, was Heinz bei solchen Gelegenheiten tat, und ignorierte die Stimme in ihrem Innern, die ihr einen Misserfolg auf ganzer Linie prophezeite. Als sie das Werkzeug ansetzte, hoffte sie nur, dass sie keine Alarmanlage auslösen würde. Das geschah glücklicherweise nicht. Sonst allerdings auch nichts. Die Tür blieb geschlossen, all ihren Bemühungen zum Trotz. Wieso hab ich Heinz nie gebeten, mir das beizubringen?, dachte Kassandra verzweifelt und gab sich gleich selbst die Antwort: weil er nie eingewilligt hätte.

»Vielleicht liegt es nur an diesem blöden Schloss«, flüsterte

Miriam, die ihr mit ihrem Handy leuchtete. »Versuchen wir eine andere Tür, was meinst du?«

Hier kamen sie jedenfalls nicht weiter, also nickte Kassandra widerstrebend und entschied sich nun doch für die Terrasse. Immerhin etwas weniger Risiko, als direkt vor der Haustür auf dem Präsentierteller zu stehen.

Kassandra begann von Neuem, nachdem der Bewegungsmelder sich wieder ausgeschaltet hatte. Zwei Sekunden später flammte im Wohnzimmer jenseits der Fensterscheiben Licht auf. Vor Entsetzen war sie für eine Sekunde wie gelähmt. Diese Sekunde genügte, um Nils Brenner zu erkennen, der mit einem Handy am Ohr durch den großen Raum schritt, seinen Blick glücklicherweise nicht auf die Terrasse gerichtet.

Als hätten sie es verabredet, stoben Kassandra und Miriam auseinander und von der Tür weg, Kassandra nach links, Miriam nach rechts. Das nahm der Bewegungsmelder nicht gut auf. Auf der Terrasse war es jetzt genauso taghell wie drinnen. Kassandra drückte sich so dicht hinter einen Blumenkübel mit einer weißen Hortensie, wie es ging. Sie hörte, wie die Terrassentür aufgeschoben wurde, und dann Brenners Stimme.

»Hallo? Ist da jemand?«

Kassandra rührte sich nicht, wagte nicht mal zu atmen.

Stille breitete sich aus, nur das Wasser im Pool gluckerte leise.

»Nein, nichts«, sagte Brenner. »Ich hab doch gleich gesagt, das ist bloß wieder die dämliche Katze vom Nachbarn.« Er ging jedoch nicht zurück ins Haus, sondern trat hinaus und lauschte offenbar demjenigen, mit dem er telefonierte. Kassandra sah ihn jetzt, er blieb am Rand des Pools stehen. »Ehrlich? Dachte Clasen, die Bullen sind längst durch mit diesem Hof in Wustrow, dass er ihn da hinbringen ließ? Ah, nein, vergiss die Frage. Ich schätze, er wusste es. Hat ja genügend Kontakte. Wirklich eine dolle Geschichte.« Er lachte. Pause. »Wie hieß der Mann?«, fragte er dann alarmiert. »Wiederhol das noch mal.« Pause. »Dietrich mit Vor- oder Nachnamen?« Pause. »Ja. Nein. Kenn ich doch nicht. War jemand anders, der vor ein paar

Monaten in meiner Galerie auftauchte.« Pause. »Ja. Alles klar. Wir hören wieder voneinander.«

Hinter ihrer Hortensie hörte Kassandra das Blut in den Ohren rauschen und beobachtete, wie Brenner sich die Haare raufte.

»Fuck!«, fluchte er laut und kickte ein Steinchen in den Pool.

Ja, dachte Kassandra, kann ich mir denken. Wenn Clasen rauskriegt, dass du Kontakt zu Kay hattest und den Braten nicht gerochen und ihn gewarnt hast, wird er alles andere als begeistert sein. Egal, ob das gerechtfertigt ist oder nicht.

»Bullenschwein, Scheiß auf Ex«, zischte Brenner sehr viel leiser zwischen zusammengebissenen Zähnen. »Geschieht dir recht. Du leimst niemanden mehr.«

Kassandra wurde eiskalt. Was war mit Kay geschehen?

26

Dietrich kam langsam zu sich. Sehr langsam. Zum wievielten Mal? Wie oft war Gregor schon hier gewesen und hatte ihn mit dieser Spritze betäubt? Beim ersten Mal war er überzeugt gewesen, seine letzte Stunde hätte geschlagen. Als er danach wieder das Bewusstsein erlangt hatte, hatte er gedacht, die Menge des Mittels wäre falsch berechnet gewesen. Dann war Gregor mit einer neuen Spritze erschienen, die er ihm diesmal ohne jede Entschuldigung verpasste. Hatte es noch eine weitere Wiederholung gegeben? Dietrich konnte es nicht beschwören. Er lag im Dunkeln und wartete. Mit der Zeit wurden seine Gedanken klarer. Er bemerkte, wie trocken sein Mund war. Er verspürte Durst und erstmals den Wunsch, sich aus dieser verfluchten Lage zu befreien. Er kam sich wie in einer Zeitschleife vor, als er sich mühevoll aufrichtete und schließlich wieder einen Schlüssel im Schloss hörte. Gregor verspätet sich, dachte er sarkastisch.

Doch als die Tür sich öffnete, änderte sich das Prozedere. Licht flutete den Raum, so hell, dass Dietrich nur noch eine vertraute Gestalt ausmachen konnte, bevor er die Augen schließen musste.

»Oh«, machte Clasen. »Ich hätte daran denken sollen, dass Sie das nicht mehr gewohnt sind. So besser?«

Vorsichtig blinzelte Dietrich. Das Licht war gedimmt worden, und er erkannte, dass das Zimmer spärlich mit Möbeln aus längst vergangenen Jahrzehnten eingerichtet war.

Clasen schaute auf ihn hinunter. »Ich muss mich entschuldigen, dass ich Sie so lange warten ließ. Leider wurde ich durch dringende Geschäfte aufgehalten. Sie kennen das ja: Ein freies Wochenende ist Luxus. Aber jetzt habe ich Zeit für Sie, wir können uns also unterhalten.«

Für Dietrich hörte sich Clasen an, als wolle er gelassen, vielleicht sogar amüsiert klingen, obwohl er äußerst angespannt war. Er hielt es nicht für nötig, etwas zu erwidern.

Clasen wandte sich um. »Hilf Herrn Dietrich.«

Hinter Clasen kam der Hüne in Sicht. Er packte Dietrich unter den Achseln und zog ihn hoch. Ein Stechen fuhr durch Dietrichs Bein, er unterdrückte jedoch jeden Laut, auch als der Hüne ihn auf einen Stuhl schubste und sich das Stechen wiederholte. Der Mann hob etwas vom Boden auf, das außerhalb von Dietrichs Sichtweite lag, verbarg es hinter seinem Rücken und positionierte sich links von ihm. Vor zwei Fenstern auf der anderen Seite des Raumes waren Außenjalousien heruntergelassen. War es Tag oder Nacht? Er richtete seinen Blick auf Clasen, der ihm gegenüber auf einem Sessel Platz genommen hatte.

»Fangen wir mit was Einfachem an«, sagte Clasen. »War das Ihre Idee, mich und meine Firma auszuspionieren, oder die von Harald Barthel?«

Dietrich schluckte hart. Er hatte gehofft, dass Clasen sich diese Frage nicht mehr stellte, weil er Barthel genauso hatte gehen lassen wie Kassandra und Paul. Oder hatte sich daran inzwischen etwas geändert?

»Meine«, sagte er krächzend. Nicht nur sein Mund, auch seine Kehle war trocken.

»Wirklich?«, vergewisserte sich Clasen.

Dietrich nickte. »Barthel ist viel zu integer, um an Wirtschaftsspionage zu denken.«

Diese Bemerkung rief echte Heiterkeit bei Clasen hervor. Dann verengten sich seine Augen. »Sie wissen genau wie ich, was Harald Barthel getan hat, als er noch nicht Harald Barthel hieß. Ich frage Sie also noch mal: Hat er Sie angeheuert?«

»Nein.«

Clasen schürzte die Lippen. »Ich kann verstehen, dass Sie den Vater der Frau, die Sie lieben, schützen wollen. Aber ich warne Sie: Strapazieren Sie meine Geduld nicht über. Es ist viel leichter für uns beide, wenn Sie die Wahrheit sagen.«

»Das ist die Wahrheit.«

Clasen musste dem Hünen ein Zeichen gegeben haben. Der Schlag mit einem Metallrohr auf Dietrichs Bein kam so plötzlich, dass er keine Zeit hatte, sich zu wappnen. Der Schmerz jagte wie eine riesige Welle bis hinauf in seinen Kopf. Er hörte jemanden aufschreien und begriff erst eine Sekunde später, dass er selbst das gewesen war. Es kostete ihn sämtliche Kraft, sich auf dem Stuhl zu halten.

»So was«, sagte Clasen. »Macht Ihr Bein Ihnen zu schaffen? Ich dachte, Sie hätten das überwunden. Oder kann ich davon ausgehen, dass es nur der Schreck war? Ich frage Sie ein letztes Mal: Haben Sie in Barthels Auftrag gehandelt?«

Dietrich lief der Schweiß an den Schläfen herunter. »Nein.«

Diesmal ließ Clasen sich Zeit. Er musterte ihn fast besorgt. Dann schüttelte er den Kopf und nickte dem Hünen zu. Der stellte sich vor Dietrich und hob das Rohr.

Dietrich zwang sich, dem Mann ins Gesicht zu sehen. Es war besser zu wissen, wann der Schlag kam. Als er kam, tanzten Sterne vor seinen Augen, er rutschte vom Stuhl zu Boden.

»Nein?«, fragte Clasen ganz nah an Dietrichs Ohr und doch wie durch Watte.

»Nein.« Zumindest hoffte Dietrich, dass er es sagte, er schien die Kontrolle über seine Stimme verloren zu haben.

»Tja«, meinte Clasen wieder von weiter weg. »Ich schätze, ich sollte allmählich in Erwägung ziehen, Ihnen zu glauben.«

Vielleicht hätte Dietrich erleichtert sein sollen, aber trotz des Schmerzes drang Clasens hämischer Tonfall zu ihm durch.

»Wie bedauerlich für Sie«, fuhr er fort. »Wenn Sie auf eigene Rechnung arbeiten, ist meine Fragenliste ungleich länger. Nur an deren Ende steht selbstverständlich dasselbe.« Er machte eine vielsagende Pause. »Aber ich mag nicht zu Ihnen hinuntersehen. Das ist so entwürdigend für uns beide.«

Dietrich wurde hochgerissen. Hölle. Für ein, zwei Sekunden lag sein ganzes Gewicht auf seinen Beinen. Hölle. Das linke knickte unter ihm weg. Hölle. Der Hüne fing ihn auf und stieß ihn zurück auf den Stuhl. Hölle.

27

Kassandra hockte wie auf glühenden Kohlen hinter dem Blumenkübel, starrte unverändert zu Brenners Gestalt hinüber, die unverändert reglos da stand, und verspürte den beinah unwiderstehlichen Drang, ihn mit aller Kraft in den Pool zu stoßen. Da kam auf einmal Bewegung in ihn, er machte auf dem Absatz kehrt und ging wieder ins Haus. Das verschaffte ihr endlich die Gelegenheit, hier zu verschwinden. Sie musste nach Wustrow zurück! Vorsichtig wollte sie sich an der Hauswand entlangdrücken, kam jedoch nur einen Schritt weit, als plötzlich hinter ihr erneut der Bewegungsmelder aufflammte. Kassandra fuhr herum und erkannte Miriam – versteinert, mitten auf der Terrasse vor dem Pool.

Wieso war sie nicht auf ihrer Seite der Villa geblieben und zur Vorderseite gehuscht? Entsetzt hörte Kassandra, wie die Terrassentür wieder aufgeschoben wurde, und sah, wie Brenner heraustrat.

»Miriam?«, fragte er ungläubig.

»Hallo Nils.« Sie machte einen Schritt auf ihn zu, der Schock schien von ihr abgefallen zu sein. »Ich hoffe, ich störe nicht.«

»Nein, natürlich nicht«, sagte Brenner. »Das ist eine durchaus angenehme Überraschung.« Dabei klang er unsicher, als frage er sich, was er davon halten solle. »Warst du eben schon mal hier draußen?«

»Nein, bin gerade erst gekommen. Ich habe geklingelt, und als niemand öffnete, dachte ich, ich probier's mal hinten.«

»Die Klingel funktioniert nicht? Wie seltsam.«

Miriam zuckte mit den Schultern. »Vielleicht ein Wackelkontakt. Oder ich habe nicht richtig draufgedrückt.«

»Ja«, sagte Brenner zögernd. »Möglich. Was führt dich denn überhaupt her, und das noch so spätabends aus Stralsund? Du ...« Er brach ab. »Oh. Oh, Miriam, entschuldige, ich habe für einen Augenblick ganz vergessen ... Es stand in der Zeitung.

Du warst mit Dominik Thurow befreundet, hat dein Vater mal erwähnt. Es tut mir so leid.«

»Danke«, sagte sie verzagt, um dann mit festerer Stimme fortzufahren: »Ich tu gerade alles, um mich abzulenken, deshalb auch mein Besuch bei dir. Du hast wahrscheinlich gehört, dass ich zurzeit gar nicht in Stralsund, sondern in Wustrow bin und, wie es der Zufall so will, in der Pension von Kassandra Voß. Als sie mir erzählte, dass du demnächst ihre Fotos ausstellst, fiel mir ein, dass ich dich schon lange fragen wollte, ob du dir vorstellen kannst, auch mal Specksteinarbeiten zu zeigen. Ich kenne da eine begnadete Künstlerin.«

»Speckstein? Warum nicht, darüber wüsste ich gern mehr. Aber lass uns das doch drinnen besprechen, ja?« Er berührte Miriams Ellbogen, führte sie ins Haus und schloss die Terrassentür bis auf einen kleinen Spalt.

Kassandra konnte nicht mal mehr Gemurmel hören. Im Stillen dankte sie Miriam für ihre Geistesgegenwart und hastete den Pfad zurück zur Straße und zu ihrem Auto. Nur kurz dachte sie daran, dass Miriam später würde behaupten müssen, mit einem Taxi gekommen zu sein. Hoffentlich bot Brenner nicht an, sie aufs Fischland zu bringen.

Dann waren Kassandras Gedanken nur noch bei Kay.

Auf Heikos Hof! Darauf wäre sie nie gekommen. Genau wie Brenner hätte sie es für viel zu riskant gehalten, doch es stimmte natürlich: Clasen musste von jemandem wissen, dass das kein Risiko mehr barg. Und wer leitete die Ermittlungen? Tobias Harms! Es war gut gewesen, dass sie ihm den USB-Stick nicht anvertraut hatten.

Auf der Bäderstraße gab sie Gas und bemühte sich, die Angst, die immer mehr von ihr Besitz ergriff, zu ignorieren. Sie würde nicht zu spät kommen. Kay war noch immer auf Heikos Hof. Lebend. Sie würde nicht zu spät kommen! Es durfte noch nicht zu spät sein!

Während sie dieses Mantra immer wieder vor sich hin betete, schoss plötzlich ein Gedanke quer: Sie musste noch mal versuchen, Paul anzurufen. Und Heinz. Und Harald. Allen

Verkehrsregeln zum Trotz hielt sie am Straßenrand, um ihr Handy hervorzuholen. Es war nicht da. Sie hatte es ganz sicher eingesteckt. In ihre Hosentasche. Da war es nicht mehr. Es lag auch nicht im Auto. Es war weg! Sie musste es bei Brenner verloren haben. Liebe Zeit, wenn es dort klingelte?

Pauls Hand zitterte leicht, er musste den Sperrcode in Kassandras Telefon ein zweites Mal eingeben, nachdem er sich beim ersten Mal vertippt hatte. Endlich erschien die Möwe über dem Wellenbrecher wieder. Direkt darunter zeigte Threema eine neue Nachricht an. Paul hielt die Luft an. Über diesen Dienst verschickte für gewöhnlich nur Kay Mitteilungen. Er öffnete die App, und die Anspannung fiel wieder von ihm ab. Miriam. Das ergab Sinn. Wahrscheinlich hatte Thurow ihr zu Threema geraten. Die Nachricht war kurz, dafür umso aussagekräftiger:

Hier alles OK, ich beschäftige Nils, viel Glück auf Jordans Hof.

Heikos Hof? Es gab nur einen vorstellbaren Grund, weshalb Kassandra dort sein sollte und Glück brauchte: Kay. Auf den ersten Blick viel zu riskant, auf den zweiten wusste Clasen vielleicht, dass das gerade der sicherste Ort der Welt war. Von wem? Von Harms? Eben noch, als Paul Kassandras Telefon gefunden hatte, hatte er ernsthaft in Erwägung gezogen, Harms einzuschalten, doch jetzt ließ er es bleiben. Er war nicht bereit, sich auf ein Vabanquespiel einzulassen, er musste allein klarkommen.

Entschlossen steckte er das Handy ein und lief zu seinem Wagen zurück. Dass Miriam diese Nachricht geschickt hatte, sprach dafür, dass der Fluchtweg für Kassandra zumindest für einen Moment offen gewesen war. In jenem Moment musste sie ihr Telefon verloren haben – und jetzt längst auf dem Weg nach Wustrow sein.

Zum zweiten Mal innerhalb kürzester Zeit drückte Paul das Gaspedal weiter durch als üblich.

Kassandra kümmerte sich nicht um die rote Ampel an der Kreuzung, sie bog in die Strandstraße ein und wurde erst da von den

Schwellen auf der Fahrbahn ausgebremst, die sie zwangen, das Tempo zu drosseln. Sie hatte den Blinker schon nach rechts gesetzt, um in die Norderstraße zu fahren, als ihr erneut bewusst wurde, dass sie allein nicht viel würde ausrichten können. Sie musste Heinz aus dem Haus klingeln, der seine Waffe einstecken und mit ihr zum Norderfeld kommen würde.

In der Lindenstraße nahm sie sich nicht die Zeit, ordentlich einzuparken, sondern ließ ihren Wagen schief am Straßenrand stehen, fuddelte kurz darauf an Heinz' Vorgartentörchen herum, bis sie es endlich offen hatte, hetzte weiter zu seiner Tür und klingelte Sturm. Atemlos wartete sie. Niemand öffnete. Sie trat zurück und bemerkte erst jetzt, dass nirgends Licht brannte. Erneut drückte sie auf die Klingel, nahm ihren Finger nicht runter. Sie konnte das Läuten bis hier draußen hören. Aber niemand kam. Sie ließ die Klingel los und lauschte wider besseres Wissen. Nichts zu hören.

Sie hetzte zurück durch den Vorgarten und jagte den Weg entlang, der ein paar Meter zwischen ihrem und Heinz' Grundstück verlief. Als der Weg endete, kletterte sie über den Zaun in seinen Garten und schaute an seinem Haus empor. Genau wie vorn – keine Fenster erleuchtet.

Verdammt!

Mit zitternden Fingern suchte sie in ihrer Tasche nach ihrem Hausschlüssel, während sie schon wieder zurücklief. Schlüssel ins Schloss, Tür aufstoßen, fast wäre sie über den Läufer in der Diele gestolpert, ins Büro, Telefon! Sie nahm es auf, um Heinz anzurufen, da wurde ihr bewusst, dass sie seine Nummer nicht auswendig wusste und im Festnetztelefon auch nicht eingespeichert hatte. Genauso wenig wie Haralds Nummer. Nur Pauls. Ihre Finger flogen über die Knöpfe. *Der gewünschte Gesprächspartner ist zurzeit nicht erreichbar.*

Was um alles in der Welt war mit Paul? Wieso war sein Telefon tot? Fast hätte sie ihres fallen lassen. Die Panik drohte sie zu überwältigen. Sie wusste nicht, was bei Paul los war, sie wusste nicht, wo er steckte. Ob er Julia getroffen hatte. Ob sie ihm auf die Schliche gekommen war. Ob sie Clasen eingeschaltet hatte.

Kassandra zwang sich, ruhiger zu werden, nachzudenken, zu überlegen. Vielleicht war einfach Pauls Akku leer. Nein. Sein Akku war niemals leer. Das war ihre eigene Spezialität.

Harald. Sie musste Harald anrufen, vielleicht wusste der irgendwas. Wo Paul war. Wo Heinz war. Falls nicht, könnte er sie wenigstens zum Norderfeld begleiten. Sie musste rüber zu Heinz, Heinz war ein organisierter Mann, garantiert hatte er sämtliche Nummern auch in seinem Festnetzapparat gespeichert, nicht nur im Handy.

Schreibtischschublade, Heinz' Ersatzschlüssel. Sie griff danach – ins Leere. Irritiert blinzelte sie, dann sah sie ihn rechts in der Schublade liegen. Lag er nicht sonst immer links? Egal. Schlüssel, zurück auf die Straße, Vorgartenpforte, Tür, Heinz' Schloss klemmte.

Die Zeit rinnt mir zwischen den Fingern davon, dachte sie verzweifelt, was tue ich hier, ich sollte sofort losfahren! Aber wie groß sind meine Chancen allein?

Endlich bewegte sich der Schlüssel. Tür aufstoßen, Arbeitszimmer, Telefon, Verzeichnis suchen. Da – Harald!

Es klingelte. Das zweite Läuten wurde mitten im Ton unterbrochen, als er das Gespräch annahm. Sie wartete nicht, bis er sich meldete. »Harald, weißt du, wo Paul und Heinz sind?«

»Kassandra?«

Das war nicht Harald.

»Barbara, ich muss Harald sprechen, sofort!«

»Tut mir leid«, sagte Barbara. »Er ist nicht da.«

»Wo ist er, kannst du ihn bitte ans Telefon holen? Es ist wirklich dringend.«

»Nein, wie gesagt, er ist nicht hier. Soll ich ihm ausrichten, dass er dich anrufen soll, wenn er …«

Zwecklos, dachte sie und drückte Barbara weg. Nur einen Sekundenbruchteil schoss die Frage durch Kassandras Kopf, wieso Haralds Smartphone bei Barbara lag, da durchforstete sie auch schon ohne große Hoffnung Heinz' Telefon nach dessen eigener Handynummer. Vergeblich.

Paul verschollen, Heinz verschollen, Harald verschollen.

Hieß das, dass sie zusammen unterwegs waren? Aber sie wusste nicht, wo. Sie wusste nur, wo Kay – vermutlich, hoffentlich – war. Und sie hatte schon zu viel kostbare Zeit verloren.

Als Paul mit überhöhter Geschwindigkeit das Ortseingangsschild von Ahrenshoop passierte, kam ihm ein Gedanke. Er musste abwägen, was besser war: so schnell es ging weiterfahren oder fünf Minuten investieren, die sich in Wustrow als lebensrettend erweisen konnten.

Fünf Minuten, entschied er, fuhr auf den Parkplatz schräg gegenüber vom »The Grand«, lief über die Straße und betrat das Hotel zum zweiten Mal an diesem Abend. Er fand Heinz in einem Sessel mit Blick auf die Fahrstühle. Falls Julia sich entschloss, doch nicht über Nacht zu bleiben, musste sie aus einem davon treten, und Heinz würde sie nicht verpassen. So konzentriert schaute er in die Richtung, dass er zusammenzuckte, als Paul ihn leise ansprach.

»Heinz, ich brauche die Kombination zu deinem Waffenschrank.«

Heinz' linke Braue rutschte in die Höhe, seinen Ausdruck erschrocken zu nennen, wäre untertrieben gewesen. Ihnen beiden war klar, dass Heinz sich strafbar machte, wenn er jemandem diese Kombination verriet. In knappen Worten schilderte Paul, was vorgefallen war und was er zu tun beabsichtigte. Als er geendet hatte, sah er Heinz an, was der dachte: dass es sinnvoller wäre, wenn er selbst nach Wustrow führe, weil er weitaus besser mit der Waffe umgehen konnte. Aber Heinz wusste auch, dass Paul das nicht zulassen würde und er außerdem im Falle eines Kampfes ohne Waffe seinerseits weitaus bessere Chancen hätte.

»010710«, sagte Heinz und reichte ihm seinen Hausschlüssel. »Viel Glück.«

»Danke.« Paul hatte sich schon umgedreht. Die Treppe lief er so eilig hinunter, dass er auf den letzten Stufen stolperte, doch er fing sich, saß schließlich wieder in seinem Škoda und raste auf Wustrow zu.

Kassandras hatte fast Heinz' Arbeitszimmer verlassen, da nahm sie aus den Augenwinkeln den Waffenschrank wahr.

Keine Zeit, mich damit aufzuhalten, dachte sie.

Du bist auf dich allein gestellt, brüllte eine innere Stimme, niemand ist bei dir! Du hast keine Ahnung, was oder wer dir auf Heikos Hof in die Quere kommt. Der Hüne womöglich. Gegen den kommst du niemals an mit nichts in der Hand!

Kassandra drehte sich wieder um und starrte auf das Zahlenfeld des Waffenschranks. Vor Jahren war Heinz einmal die Pistole daraus gestohlen worden, weil es für jemanden, der ihn gut kannte, nicht schwer gewesen war, die Kombination zu erraten. Paul hatte sie sogar gewusst – woher auch immer, er hatte sich nie darüber ausgelassen. Natürlich hatte Heinz danach die Kombination geändert und garantiert diesmal eine gewählt, die niemand so schnell erriet. Kein bedeutsames Datum also wie damals. Andererseits war die Zahl sechsstellig, ein Datum bot sich geradezu an, und Heinz hatte zugegeben, er wäre nicht besonders gut darin, sich eine wirklich sichere Kombination auszudenken. Also doch ein Datum? Nur kein offizielles und offensichtliches.

Möglicherweise der Tag, an dem sie nebenan eingezogen war, an dem sie einander zum ersten Mal begegnet waren, an dem er sie hassen gelernt hatte, weil sie ihn an eine verbotene Liebe erinnerte. Aber dann war alles anders geworden, und als Heinz gezwungen gewesen war, die Kombination zu ändern, hatten sie sich bereits sehr nahegestanden.

Du nimmst dich zu wichtig, dachte sie. Aber die Zeit drängte, sie musste es probieren. Wenn diese Zahlenreihe falsch war, würde sie keine weitere Minute verschwenden und ohne Waffe zum Norderfeld fahren. Sie tippte 010710 ein – 1. Juli 2010. Die schwere Stahltür schwang auf, als Kassandra am Griff zog. Sie nahm Waffe und Munition, dankbar, dass Heinz einen Schrank besaß, der es erlaubte, beides darin aufzubewahren, und lud die SIG Sauer, nervös und gleichzeitig froh, dass es ihr gelang. Über die Jahre war sie ein paarmal mit Heinz beim Vereinsschießen gewesen und hatte ihm dabei zugesehen, wie er die

Waffe lud und entsicherte und dann auf die Ziele schoss. Das musste reichen. Sie hatte nie zuvor selbst geschossen. Aber es musste reichen. Es musste. Irgendwie.

Waffenschrank zuwerfen, raus aus dem Haus, zum Wagen, einsteigen, Waffe auf den Beifahrersitz werfen, Zündschlüssel drehen. Nichts. Nichts? Noch mal versuchen. Nichts. Das kann nicht wahr sein!

Pistole nehmen, aussteigen. Passt die Waffe in die Jackentasche? Gerade so. Tief Luft holen.

Sie war lange nicht so gut in Form wie Paul. Eigentlich überhaupt nicht. Aber sie hatte keine Wahl. Losrennen.

Schon von Weitem scannte Paul die Straße. Erleichterung durchflutete ihn, als seine Scheinwerfer Kassandras Wagen erfassten. Gott sei Dank! Er kam noch rechtzeitig. Er sprang aus dem Auto, hastete zu Kassandras Tür, schloss auf – und spürte im selben Augenblick, in dem er die Diele betrat, dass niemand hier war. Das Haus war leer.

Er schlug die Tür wieder hinter sich zu und lief hinüber zu Heinz. In seinem Arbeitszimmer hieb er auf den Lichtschalter, mit zwei Schritten stand er beim Waffenschrank, gab die Zahlenkombination ein, zog ihn auf, griff hinein. Seine Hand blieb in der Luft hängen. Bis auf ein paar Schachteln Munition war der Schrank so leer wie Kassandras Haus.

Für eine Sekunde schloss er die Augen, als ihm aufging, was das bedeutete. Ein Stromstoß schoss durch seinen Körper. Kassandra war nicht völlig wehrlos. Gut. Andererseits mochte sie mit einer Waffe in den Händen eher als Bedrohung empfunden werden als ohne. Schlecht. Auf wen würde sie stoßen? Auf Clasen? Den Hünen? Einen Dritten, der Kay auf Heikos Hof festhielt? Falls er überhaupt noch da war. Falls er noch lebte. Falls sie nicht zu spät kam.

Zum ersten Mal in dieser Nacht ließ er den schrecklichen Gedanken zu, dass das besser so sein könnte. Besser für Kassandra.

Nur einen Hauch später schüttelte er diesen Gedanken ab

und rannte wieder auf die Straße zu seinem Wagen, den er unter krachendem Getriebe wendete und ihn schließlich zurück zur Strandstraße lenkte. An der Einmündung bog er nach rechts ab, ohne die Strandstraße hinauf- und hinunterzusehen, gleich anschließend nach links in die Norderstraße, wo der Škoda über die unebenen Betonplatten holperte, bis er vor dem Norderfeld scharf bremste.

Außer Atem erreichte Kassandra das Norderfeld. Heikos Hof lag im Dunkeln und wirkte verlassen. Natürlich. Heiko saß in U-Haft, niemand würde erwarten, dass Licht brannte. Oder war tatsächlich niemand – mehr – dort? Kam sie zu spät?

Während sich über ihr der Mond langsam durch die Wolken schob, näherte sie sich vorsichtig dem Gebäudekomplex. Das große Wohnhaus war hufeisenförmig gebaut, der vordere Schenkel wies zur Norderstraße, der hintere nach Datschenhagen, und das Verbindungsstück verlief fast parallel zur weit entfernten Bäderstraße. Vor allen von hier erkennbaren Fenstern waren die Außenjalousien heruntergelassen. Zwischen dem Gebäude und den beiden Scheunen stand unverändert der Traktor, an dem Heiko gebastelt hatte.

Vorsichtig setzte Kassandra einen Fuß vor den anderen. Alles blieb ruhig, nichts deutete darauf hin, dass außer ihr jemand hier war. Ihr sechster Sinn sprach jedoch eine deutlich andere Sprache. Auf der Höhe der kleineren der beiden Scheunen blieb sie stehen und lauschte. Da. War das das Klappen der Haustür gewesen? Sie drückte sich in den Schatten des Traktors, dicht an den hohen Reifen, roch das Gummi und die Erde, die sich ins Profil gegraben hatte, und hoffte, dass niemand ums Haus herumkommen würde. Sie hörte sehr leise Schritte und dann ein erneutes Türenklappen, wie das eines Wagens. Dann das Geräusch eines Anlassers. Scheinwerfer trafen die große Scheune, Kassandra drückte sich noch enger an den Traktor, und als der Lichtkegel größer wurde und ein Van um die Hausecke bog, hastete sie mit weichen Knien um den Traktor, um so den Scheinwerfern auszuweichen. Langsam fuhr der Van zwischen dem Traktor und den Scheunen entlang in Richtung Straße. Da blieb der Wagen ein Stück entfernt stehen. Kassandras Herz rutschte in die Hose. Sie fühlte sich wie festgefroren, aber etwas in ihr zwang sie trotzdem, um den Traktor herumzulugen.

Sie sah gerade noch, wie die roten Rücklichter des Vans erloschen, hörte, wie der Motor abgestellt wurde. Doch niemand stieg aus. Saß Clasen am Steuer? Der Hüne neben ihm? Lag Kay hinten im Laderaum? Oder verletzt oder gar tot sonst wo auf Heikos Hof? Kassandra schauderte, sie starrte auf den Van, als könne sie durch Metall und dunkle Scheiben sehen. Dann wurde sie von einem Geräusch aufgeschreckt. Sie spähte in Richtung Haus, wo sich eine Hintertür geöffnet hatte, aus der eine schlanke Gestalt trat. Das war alles, was sie erkannte, bevor sie panikerfüllt fast in den Traktor hineinkroch. Sie wagte nicht mehr, nach links oder rechts um die Ecke zu sehen, weil sie sonst entweder vom Fahrer des Vans oder von dem Mann, der jetzt darauf zuzugehen schien, entdeckt würde. Sie hörte, wie die Fahrzeugtür geöffnet wurde, und dann eine Männerstimme.

»Tut mir leid, dass Sie warten mussten, war nicht meine Idee, dass Sie mich mitnehmen sollen. Herr Clasen sagt, er macht erst mal allein weiter.«

Die Antwort darauf konnte Kassandra nicht verstehen. Den folgenden Geräuschen nach zu urteilen, stieg der Unbekannte ein. Der Motor sprang wieder an, der Van setzte sich in Bewegung und fuhr endgültig vom Hof. Kassandra riskierte nun doch einen Blick, schaute den roten Rücklichtern nach, bis der Wagen auf die Norderstraße abbog.

Herr Clasen sagt, er macht erst mal allein weiter. Was bedeutete das, außer dass Clasen noch hier war? War Kay ebenfalls noch hier? Oder lag er im Van oder … Sie weigerte sich, den Gedanken ein zweites Mal zu Ende zu denken. Das schien außerdem unlogisch, weil es in dem Fall keinen Grund für Clasen gäbe zurückzubleiben. Versuchte sie, sich einzureden. Ein weniger optimistischer Teil ihrer Selbst wusste sehr wohl, dass Clasen zig Gründe haben könnte – erst recht, wenn er vor

Jahrzehnten das Norderfeld mit Gerd Jordans Zustimmung kontaminiert hatte und hoffte, entsprechende Unterlagen zu vernichten, die Heikos Vater vielleicht zurückgelassen hatte und die auf eine Verbindung zwischen ihnen hinwiesen.

Kassandra richtete sich auf. Es brachte nichts, sich weiter hinter dem Traktor zu verstecken und zu spekulieren. Schließlich war sie hergekommen, um Kay zu helfen. Sie trat aus ihrer Deckung, lief hinüber zu der Hintertür, aus der der Unbekannte gekommen war, und drückte vorsichtig die Klinke herunter. Mit einem kaum wahrnehmbaren Quietschen der Scharniere gab die Tür nach. Kassandra öffnete sie gerade weit genug, um hindurchzuschlüpfen.

Sie war noch nicht oft bei Heiko zu Besuch gewesen, daher war sie froh über den Lichtschein, der aus einem offen stehenden Raum schräg hinter ihr drang und die große, ansonsten dunkle Diele wenigstens schwach erleuchtete. Ein paar alte Bauernmöbel waren zu erkennen, ein Schrank, ein Tisch und acht Stühle. Bewegungslos stand sie da und lauschte. Kein Geräusch war zu hören, auch nicht aus dem Zimmer, in dem Licht brannte. Sie schlich hinüber und spähte vorsichtig in ein Büro. Regale voller Aktenordner, ein Schreibtisch mit überquellenden Ablagekörben und einem Monitor, der vor zwanzig Jahren mal modern gewesen war. Über dem Stuhl hing Heikos Jacke, es sah aus, als käme er gleich zurück.

So leise wie möglich huschte Kassandra zu den anderen beiden Türen auf dieser Seite, schaute aber nur in leere Räume. Sie durchquerte die Diele und wiederholte die Prozedur auf der anderen Seite. Kein Laut, niemand hielt sich in den Zimmern auf, auch nicht hinter dem Vorhang gegenüber dem letzten Raum. Der allerdings war zugesperrt. Sie lauschte besonders intensiv, ob etwas zu hören war, doch es blieb alles still.

Es gab keinen Keller, und der Dachboden war nur durch eine Luke über der Diele und mit Hilfe einer Leiter zu erreichen. Die Luke war geschlossen, von der Leiter keine Spur. Clasen konnte unmöglich da oben stecken, er musste anderswo auf dem Grundstück herumstromern. Kay allerdings konnte durchaus auf dem Boden sein, durchzuckte es Kassandra. Als sie fieberhaft nach einer Leiter Ausschau zu halten begann, hörte sie ein Stöhnen hinter der versperrten Tür. Vergessen waren Dachboden und Leiter. Sie drückte ihr Ohr gegen das Holz. Das Stöhnen wiederholte sich, dann polterte etwas, dann war es wieder ruhig.

Kassandra wusste, wie riskant es war, dennoch wisperte sie mit den Lippen dicht am Türspalt: »Kay? Bist du dadrin?«

Keine Antwort.

»Kay?«, versuchte sie es einen Tick lauter. Eine endlose Sekunde verstrich.

»Kassandra?« Kaum zu verstehen, aber Kays Stimme.

»Ja. Ich …«

»Verschwindet von hier«, unterbrach er sie. »Ihr müsst …«

Was er noch sagen wollte, wurde übertönt vom lauten Zuschlagen der Eingangstür. Liebe Zeit, sie stand vor dem letzten Raum in der letzten Ecke des alten Bauernhauses! Es gab keinen Weg nach draußen außer den über die Diele, wo sie Clasen in die Arme laufen würde. Panisch drehte sich Kassandra um ihre eigene Achse, während feste Schritte näher kamen. Da erhaschte ihr Blick wieder den Vorhang. Eilig schob sie sich dahinter, glücklicherweise war der Stoff schwer und bewegte sich kaum im Luftzug. Kassandras Herz klopfte ihr bis zum Hals, so laut, dass sie befürchtete, jeder jenseits des Vorhangs müsse es hören. Die Schritte wurden lauter, dann hielten sie an. Ein Schlüssel wurde im Schloss gedreht, die Tür gegenüber geöffnet.

»Ah, wie ich sehe, haben Sie sich etwas erholt, Herr Dietrich. Sehr schön, dann können wir ja fortfahren. Falls Sie meinen … kraftvollen Mitarbeiter vermissen – keine Sorge, der kommt wieder. Bis dahin müssen Sie mit mir vorliebnehmen. Schließlich gibt es noch anderes als Eisenstangen.«

Eisenstangen? Kassandra durchfuhr es kalt.

»Fahren Sie zur … Hölle, Clasen«, sagte Kay.

Kassandra konnte hören, wie viel Anstrengung ihn die paar Worte kosteten. Clasen ließ sich dadurch nicht beeindrucken, er lachte nur leise.

»Da werden wir uns vermutlich irgendwann begegnen. Schließlich ist das, was ich hier mit Ihnen tue, nicht viel anders als das, was Sie bei Vernehmungen getan haben. Gut, vielleicht bin ich ein bisschen drastischer. Aber insgesamt betrachtet ...«

Er ließ den Satz bedeutungsschwanger in der Luft hängen. Als Kay nichts erwiderte, nahmen seine nächsten Worte einen bedrohlicheren Tonfall an.

»Schluss mit dem Geplauder, kommen wir zur Sache. Sie waren an meinem Laptop. Damit wir uns richtig verstehen: Ich meine nicht das, das auf meinem Schreibtisch steht.«

Hinter dem Vorhang wurde Kassandra schwindelig.

»Zugegebenermaßen bin ich darauf viel zu spät gekommen. Ich benutze dieses ganz spezielle Notebook nur noch selten, und wie das immer so ist bei Dingen, die lange am selben Platz stehen: Sie stauben voll. Nicht dass wir keine gute Putzfee hätten, aber für die ist mein Arbeitszimmer *strictly off-limits*. Wissen Sie, was passiert, wenn man vollgestaubte Dinge bewegt? Die Staubflusen werden aufgewirbelt und setzen sich anderswo wieder ab. Die Laptoptasche war so gut wie staubfrei, der Fußboden vor dem Regal dagegen alles andere als das.« Clasen machte eine Pause, als erwarte er von Kay eine Bemerkung, die jedoch ausblieb. »Kein Lob für meinen Spürsinn, Herr Dietrich?«, fragte er, was wiederum ohne Antwort blieb. Er seufzte theatralisch. »Wie schade. Aber wer weiß, vielleicht entlocke ich Ihnen ja noch eins für meine Schlussfolgerung. Wegen der manipulierten Kameras lässt sich schwer feststellen, wann Sie sich wo aufgehalten haben. Das heißt, ich kann die Zeitspanne, in der Sie sich am Laptop zu schaffen gemacht haben, nicht genau eingrenzen. Möglich, dass es lange vor Ihrem kleinen Intermezzo mit Kassandra Voß war. Das Problem ist nur, dass Sie nichts bei sich trugen, auf das Sie meine sensiblen Daten hätten kopieren können. Auch auf ihrem Telefon: nichts gespeichert, keine Fotos, keine ausgehende Mail, keine ausgehende sonstige Nachricht. Nichts. Fehlanzeige. Einen sehr kurzen Moment habe ich mich der Hoffnung hingegeben, dass Sie mein Laptop erfolglos durchforstet haben. Leider allerdings sind die Daten darauf nicht so gut gesichert gewesen, dass jemand mit Ihren Fähigkeiten sie übersehen hätte. Das bedeutet, Sie haben dafür gesorgt, dass sie aus dem Haus geschafft werden. Ich formuliere das bewusst so. Die Kamera am Tor war nicht manipuliert, daher weiß ich, dass Sie mein Grundstück erst in Valentins Begleitung verlassen haben.«

Valentin, dachte Kassandra mit flauem Gefühl im Magen, das musste der Hüne sein. Clasen machte sich nicht mal die Mühe, den Namen zu verschleiern.

»Wem haben sie den Stick oder was auch immer gegeben, Herr Dietrich?« Clasen schien diesmal keine Antwort zu erwarten, er sprach gleich weiter. »Natürlich dachte ich zuerst an Julia, aber dazu sind Sie zu klug. Sie zu benutzen, ist eine Sache, ihr zu trauen, eine ganz andere, hab ich recht? Es bleiben also am Ende nur drei Personen, die in Frage kommen: Harald Barthel, Paul Freese und Kassandra Voß.«

Kassandras Hände ballten sich zu Fäusten. Der Gedanke, dass Clasen Paul und Harald ebenso wie Kay in seiner Gewalt hatte, ließ sie erneut schaudern.

»Blödsinn«, war das Erste, das Kay seit Längerem von sich gab. »Glauben Sie … im Ernst, ich würde Kassandra da reinziehen? Was Paul betrifft, der rührt garantiert keinen Finger für mich, und … Harald Barthel will in Ihr Fischland-Projekt einsteigen.«

Clasen schwieg, als ließe er sich das im Kopf herumgehen. »Ich hatte die Gelegenheit, Sie und Kassandra Voß einen Abend lang zu beobachten«, stellte er schließlich fest. »Es war so offensichtlich, was Sie füreinander empfinden, selbst wenn Sie sich an entgegengesetzten Enden eines Raumes aufhielten. Aus diesem Grund hatte ich die Szene in unserem Schlafzimmer nicht einen Augenblick in Zweifel gezogen. Ich gebe es nur ungern zu, Herr Dietrich, aber Ehre, wem Ehre gebührt: Sie haben nicht nur die Kameras manipuliert, sondern auch mich. Ich sah genau, was ich sehen sollte.«

Kassandra hörte, dass Clasen ein, zwei Schritte machte. Als er wieder sprach, war seine Stimme leiser, als stünde er nun direkt vor Kay.

»Ich würde Frau Voß gern selbst fragen, was sie mit meinem Eigentum gemacht hat. Leider ist sie zurzeit nicht auffindbar, und eine ebenso sorgsame wie unauffällige Durchsuchung ihres Hauses hat zu keinem Ergebnis geführt.«

Mit einem Schlag fiel Kassandra wieder Heinz' Schlüssel ein, der auf der falschen Seite in ihrer Schublade gelegen hatte. Sie konnte von Glück sagen, dass sie mit Miriam in Wieck unterwegs gewesen war.

»Sagen Sie mir, welche Anweisungen Sie Frau Voß gegeben haben«, forderte Clasen, jetzt wieder lauter und mit hartem Unterton. »Wo sind meine Daten?«

»Sie irren sich«, sagte Kay. »Es ist, wie ich sagte: Kassandra hat keine Ahnung von dem, was ich getan habe.«

»Und Sie hören mir nicht zu!« Clasen wurde noch lauter. Er war offenbar am Ende mit seiner Geduld. »Ich habe Ihnen dargelegt, wie es war, alles andere ergibt keinen Sinn. Entweder Sie sagen mir jetzt, wie ich mein Eigentum zurückbekomme, oder wir werden Frau Voß einen weiteren Besuch abstatten. Irgendwann muss sie ja wiederauftauchen, und Sie möchten nicht wissen, was Valentin mit ihr anstellen wird. Ganz ohne Eisenstange.«

»Aber sie weiß nichts, lassen Sie sie in Ruhe!« Kay klang weniger erschöpft, er musste alle Kräfte gesammelt haben. »Der Stick ist immer noch in Ihrem Haus, ich habe …«

Ein ohrenbetäubender Knall unterbrach seinen Satz, Kassandra erschrak zu Tode. Ein Schuss! Clasen hatte Kay erschossen! Da hörte sie ihn sagen: »Mein Haus und mein Grundstück wurden mindestens so genau abgesucht wie das von Kassandra Voß. Noch so ein Märchen, Herr Dietrich, und ich treffe.«

Kassandra griff nach Heinz' SIG Sauer und entsicherte sie mit schwitzigen Fingern. Dann zog sie den Vorhang ein Stück zur Seite. Sie würde nicht zulassen, dass Clasen seine Drohung wahr machte. Lautlos fiel der Vorhang hinter ihr an seinen Platz zurück, während sie in den Raum hineinschaute, dessen Tür Clasen weit offen gelassen hatte. Kay saß auf einem Stuhl, seine Arme hinter der Lehne gefesselt, sein linkes Hosenbein blutdurchtränkt. Er versuchte, das Bein ausgestreckt zu halten, doch es wirkte verdreht und musste ihm höllische Schmerzen bereiten.

Clasen stand kaum einen Meter vor ihm und zielte mit seiner Waffe auf Kay. Er war so auf ihn fixiert, dass er Kassandra hinter sich gar nicht bemerkte. »Ich frage Sie also noch mal und rate Ihnen, sich Ihre Antwort reiflich zu überlegen«, sagte er. »Sie werden jetzt und hier sterben, und Kassandra Voß wird Ihre Sturheit ausbaden müssen, wenn Sie mir wieder keine zufriedenstellende Auskunft geben. Wo sind meine Daten?«

Kay schloss die Augen. »In einem Schließfach im Stralsunder Bahnhof. Den Schlüssel sollte Astrid mir in den Briefkasten werfen.«

Nach ihrer ersten Verblüffung begriff Kassandra, dass Kay auf Zeit spielte, und es schien zu funktionieren.

»Astrid?«, wiederholte Clasen.

»Ihre Frau hasst Sie, das wissen Sie doch sicher«, sagte Kay. »Unser kleines Schauspiel auf der Feier war ziemlich überzeugend, finden Sie nicht?«

Clasen wechselte das Standbein. Anscheinend überlegte er, ob an dem, was Kay behauptete, etwas dran sein konnte. Gleichzeitig meinte Kassandra ein Geräusch aus der Diele zu wahrzunehmen. Der Hüne! Clasen hatte vorhin dessen Rückkehr angekündigt. Sie kam nicht dazu, nach Valentin zu sehen.

»Guter Versuch«, sagte Clasen. »Aber das passt nicht zu Astrid.« Er hob die Waffe.

»Stopp!«, brüllte Kassandra.

Clasen fuhr herum und starrte sie einen Atemzug lang entgeistert an – eine zierliche Frau, die krampfhaft eine Pistole in zitternden Händen hielt und damit auf ihn zielte. Nur aus den Augenwinkeln sah sie Kays fassungslosen Ausdruck, hörte ihn »Kassandra, nicht!« rufen, während Clasen plötzlich auflachte.

»Lassen Sie das Theater.« Beinah gleichzeitig wandte er sich wieder Kay zu, die Waffe auf dessen Stirn gerichtet. »Ihr Pech, dass Frau Voß es mir so leicht macht. Ich brauch Sie nicht mehr, Herr Dietrich.« Sein Finger am Abzug bewegte sich.

Kassandra schoss.

Der Knall betäubte ihre Ohren, der Rückstoß war so heftig, dass sie aus dem Gleichgewicht geriet. Dennoch sah sie Clasen wie in Zeitlupe zu Boden gehen, sah, dass er noch im Fallen die Mündung seiner Pistole auf sie richtete. Sie hörte den Schuss, den er abfeuerte, wie durch Watte, spürte, wie sie selbst zu Boden gerissen wurde, wie die SIG Sauer ihren Händen entglitt, und sah am Rande ihres Blickfelds, dass Clasen noch einmal auf sie zielte. Sie schloss die Augen, wartete auf den Schuss, der fast sofort kam, wartete auf den Schmerz. Doch der blieb aus.

»Kassandra, Liebes, bist du in Ordnung?«, hörte sie stattdessen dicht an ihrem rechten Ohr.

Paul? Das war unmöglich. Doch die Wärme seiner Arme umfing sie. Als sie die Augen wieder öffnete, schaute sie in seine und las unendliche Erleichterung darin, die ihre eigene spiegelte. Paul war hier, ihm war nichts passiert.

»Zum Teufel noch mal, Freese, was ist so schwer zu verstehen an *Bleiben Sie zurück*?«, schimpfte da jemand.

Über Pauls Schulter sah sie Harms' massige Gestalt, die sich über sie beugte. »Sind Sie beide unverletzt?«

Benommen nickte sie.

»Ja, alles gut«, sagte Paul.

Kassandra wollte sich an ihn lehnen, sich fallen lassen, nicht mal wissen, wieso Paul und Harms überhaupt hier waren, doch da brach sich mit aller Macht eine ganz andere Frage Bahn. War wirklich alles gut? Sie konnte Kay nicht sehen, ein älterer Mann stand mit dem Rücken zu ihr vor dem Stuhl, auf dem er gefesselt gewesen war.

»Kay?«, rief sie, noch während sie mit Pauls Hilfe auf die Beine kam.

Der Mann trat zur Seite. Kay saß noch immer auf dem Stuhl, jetzt allerdings befreit von den Fesseln. Er rieb sich die Handgelenke, sein Blick verfing sich mit Kassandras, seine Augen dunkler als sonst. »Wann hat dein Onkel dir das Schießen beigebracht?«

Sie konnte seine Stimme nicht deuten. Er klang heiser, fast, als müsse er sich zurücknehmen oder als wollte er etwas verbergen.

War er wütend? Fassungslos? Erleichtert? Alles zusammen? Unwichtig. Er lebte, nur das zählte.

»Das hat er nicht«, antwortete sie und merkte, dass kaum mehr als ein Krächzen herauskam. Sie musste sich zwingen, auf den Boden neben Kay zu sehen, dorthin, wo Clasen lag – reglos. »Hab ich …«

Übelkeit stieg in ihr auf. Unwillkürlich griff sie nach Pauls Hand, der sie beruhigend drückte. Die Antwort jedoch musste er ihr schuldig bleiben. Sie beide beobachteten Harms, der sich über Clasen gebeugt hatte und dessen Lebensfunktionen überprüfte. Als er sich wieder aufrichtete, schüttelte er den Kopf, zuerst in Kays Richtung, dann in ihre.

»Clasen ist tot, aber dafür sind nicht Sie verantwortlich, Frau Voß. Sie haben fulminant danebengeschossen.« Er deutete auf ein kleines Loch in der Wand. »Und das ist auch ganz gut so, denn sonst würden nicht nur Sie, sondern auch Ihr Onkel in Schwierigkeiten stecken. Das hier ist doch wohl seine Waffe, oder?« Er hob die SIG Sauer vom Fußboden auf und reichte sie ihr.

Kassandra konnte wieder nur krächzen. »Ja.« Die Pistole lag wie ein Fremdkörper in ihrer Hand. »Wenn ich Clasen nicht mal getroffen habe, wieso ist er dann …?«

»Wahrscheinlich vor lauter Schreck, dass Sie überhaupt geschossen haben. Getroffen habe jedenfalls ausschließlich ich.«

»Du warst schon immer treffsicher«, schaltete sich der ältere Mann ein, der nach wie vor neben Kay stand. Als würde er auf ihn aufpassen, dabei aber die Szenerie in dem kleinen Raum mit seinen wachen grünen Augen jederzeit überblicken.

Kassandra blinzelte. »Herr Johannsen!«, entfuhr es ihr.

»Schuldig im Sinne der Anklage.« Der frühere Kriminalhauptkommissar, den Kassandra seit vielen Jahren nicht mehr gesehen hatte, verbeugte sich in ihre Richtung. »Ebenso wie Sie. Sie mischen sich immer noch in alles ein, was, Frau Voß?«

Er schien keine Antwort zu erwarten, sondern wandte sich wieder an Kay, um leise mit ihm zu reden. Plötzlich erinnerte sich Kassandra wieder an ihren Verdacht gegen Harms. Wie kam der so plötzlich hierher? Waren sie vom Regen in die Traufe geraten? Hatte Harms mit Clasen den Mann ausgeschaltet, der hätte bezeugen können, wie korrupt er war?

Oder hatte Paul sich doch noch mit ihm in Verbindung gesetzt? Andererseits: Woher hätte Paul wissen sollen, wo er sie und Kay suchen musste? War es also umgekehrt gewesen? Wollte Harms sie alle auf einem Haufen haben, um gegen sie vorzugehen? Wie passte dann Johannsen da hinein? Kassandra konnte sich nicht vorstellen, dass der ebenfalls korrupt war. Aber was wusste sie schon?

Kassandra entfuhr ein Seufzer.

»Bist du wirklich in Ordnung?«, fragte Paul leise.

Sie nickte. Allein seine Nähe tat gut. Die vielen Fragen, die auf sie einstürmten, konnte sie schlecht stellen mit Harms direkt neben ihnen. Sie sah zu Kay zurück, der immer noch erschöpft auf dem Stuhl saß und sein verletztes Bein hielt, während er mit Johannsen sprach. Jetzt schien er ihren Blick zu spüren, er schaute auf, lächelte zum ersten Mal, ein bisschen nur, aber sie nahm wieder die alte Verbundenheit zwischen ihnen wahr. Er winkte sie und Paul zu sich herüber. Gleichzeitig kam auch Harms dazu, zwischen Daumen und Zeigefinger die Patrone, die er aus dem Einschussloch gepuhlt hatte. Er ließ sie in Kassandras Hand gleiten.

»Souvenir gefällig?«

Kassandra schluckte. Die Tatsache, dass Harms plötzlich mit einem ehemaligen Kollegen statt mit den Leuten vom KDD aufgetaucht war, stärkte ihr Vertrauen in ihn nicht unbedingt. Gerade wollte sie Kay ein Zeichen geben, als der ihr zuvorkam und Harms selbst ansprach.

»Euer Timing war perfekt.« Er zuckte zusammen und hielt sein Bein. »Aber ich versteh nicht, wieso.«

Harms und Johannsen wechselten einen Blick, der von Johannsen glitt dabei kaum merklich zu Kassandra und Paul, und Kay wirkte plötzlich, als hätte er etwas Unverzeihliches gesagt oder getan.

Es war ein Schock für Kassandra, als sie begriff: »Sie beide … gehören zu Kays Truppe!«

Niemand widersprach, nur Kay schloss die Augen. »Tut …« Erneut verzerrte Schmerz sein Gesicht, »mir leid.«

»Unter dieser Ausnahmesituation muss es das nun wirklich nicht«, sagte Johannsen. »Wir sind hier, weil Rieka herausgefunden hat, wo du steckst«, ergänzte er.

»Rieka?«

»Frau Voß hat sie angerufen, nachdem du von Clasen festgesetzt wurdest«, sagte Harms. »Clasen war zu schlau, um sich durch sein Handy orten zu lassen. Sie hat deshalb alle anderen Mitarbeiter überprüft, mit denen du zu tun hattest. Als sie darauf stieß, dass Gregor Hellmann sich plötzlich in Wustrow rumtrieb, noch dazu auf Heiko Jordans Hof, hat sie mich und Bengt informiert. Das erste Mal seit Monaten, dass wir wieder von ihr gehört haben«, fügte er etwas leiser hinzu.

Kay nickte langsam, ging aber nicht näher auf den letzten Satz ein, sondern zuckte nur wieder krampfhaft zusammen und war nicht mehr fähig, ein Stöhnen zu unterdrücken.

»Zeit, einen Arzt zu rufen«, sagte Johannsen, »und die Kollegen.«

Harms nickte. »Außerdem Zeit, dass du hier verschwindest, Bengt.« Er wandte sich an Kassandra und Paul. »Sie auch. Der Einzige, der hier rein dienstlich was zu suchen hat, bin ich. Sie halten sich vorerst raus, ist das klar?«

»Da wäre noch was, bevor wir uns raushalten«, stellte Paul fest. »Ich muss Ihnen sagen, wer Dominik Thurow getötet hat.«

28

Thurow. Den hatte Dietrich in den letzten Stunden fast vergessen. Umso klarer drängte er sich nach Pauls Worten in sein Gedächtnis zurück.

»Wer?«, brachte er heraus. In seinem Bein wütete das Höllenfeuer.

»Julia Seidlitz.«

Dietrich hatte Julia nie ausgeschlossen, dennoch traf es ihn. Mehr, als er erwartet hätte. Aber das ging niemanden etwas an. Er nickte nur und überließ es Tobias, der Julia von Anfang an ganz oben auf der Liste der Verdächtigen stehen gehabt hatte, die naheliegende Frage zu stellen.

»Woher wissen Sie das?«

»Weil sie es mir erzählt hat, im ›The Grand‹ in Ahrenshoop. Da hält sie sich vermutlich immer noch auf. Falls sie sich doch entschlossen haben sollte zu verschwinden, hat sich Heinz Jung an ihre Fersen geheftet und kann uns sagen, wo sie hin ist.«

»Herr Jung, klar«, sagte Tobias seufzend. »Gut, ich beordere jemanden ins ›The Grand‹. Der Aufwand lässt sich wohl rechtfertigen, nachdem ich den Boss der Seidlitz dabei erwischt habe, wie er einen Kollegen …«, er unterbrach sich und verzog das Gesicht, »einen Ex-Kollegen in seine Gewalt gebracht, bedroht und misshandelt hat.«

Dietrich deutete auf sein Bein. »Das war jemand namens Valentin. Clasen sagte, der kommt wieder zurück. Wenn er ein Polizeiaufgebot hier sieht, wird er sicher rechtzeitig abhauen, aber es sollte mich nicht wundern, wenn ihr das zwei Meter zehn große Muskelpaket in der Kartei habt.«

Tobias nickte. »Wir kümmern uns um ihn, genau wie um Gregor Hellmann.«

»Armes Schwein«, murmelte Dietrich, erstaunt über sich selbst. Wieso hatte er Mitleid mit Gregor?

»Wirst du milde auf deine alten Tage?«, spöttelte Tobias. Dann wandte er sich an die anderen. »Los jetzt, raus hier, alle. Bengt, du passt auf, dass Frau Voß und Herr Freese tatsächlich nach Hause gehen.«

Bengt grinste. »Das krieg ich gerade noch hin.« Beinah schob er Paul und Kassandra aus dem Raum, doch Paul drehte sich noch einmal um.

»Julia Seidlitz' Geschichte ist äußerst interessant«, sagte er. Sein Blick traf auf Dietrichs. »Ohne sie wäre Heiko Jordan höchstwahrscheinlich tot.« Dann wandte er sich an Tobias. »Ich habe das Gespräch aufgezeichnet. Wenn Sie wollen, kann ich Ihnen die Datei schicken.«

Einen Augenblick lang überlegte Tobias. »Ich lasse Sie wissen, falls ich sie brauche.«

»Alles klar.«

Paul verließ den Raum, Kassandra folgte ihm nach einem letzten Blick auf Dietrich, als wolle sie sich noch einmal überzeugen, dass es ihm wirklich so weit gut ging. Das Schlusslicht bildete Bengt, doch dessen Gestalt nahm er nur als Schatten wahr. Er verdankte Kassandra sein Leben. Und Kassandra ihres Paul. Hätte er sie nicht zu Boden gerissen, hätte Clasen getroffen. Dafür würde Dietrich Paul ewig dankbar sein, auch wenn er wusste, dass Paul darauf vermutlich keinen Wert legte.

Der Schmerz in seinem Bein begann ihn zu benebeln, er bekam kaum mit, dass Tobias einen Rettungswagen und sein Team vom KDD anforderte und jemanden ins »The Grand« schickte. Doch plötzlich holte ihn ein Satz zurück in die Gegenwart.

»Du hättest es mir sagen können.« Tobias klang ein bisschen zu neutral.

»Was – sagen?«, fragte Dietrich benommen, aber gleichzeitig hellwach.

»Dass du einfach allein weitermachst und gegen Clasen ermittelst. Natürlich habe ich mir meinen Teil gedacht bei unserem Aufeinandertreffen bei Clasen Constructions, obwohl du alles andere als kooperativ warst. Aber dann hast du der Seidlitz ein Alibi gegeben, und nach dem Morgen, an dem du mit ihr aus ihrem Haus kamst, war ich mir nicht mehr so sicher.«

Dietrich atmete auf. »Das kam mir ganz gelegen.«

»Ja, hab ich bemerkt, dass du deine Freude daran hattest.« Jetzt trat Tobias' Verärgerung deutlich zutage. »Dir ist klar, dass du wegen des falschen Alibis in Schwierigkeiten kommst. Ich kann das schlecht aus dem Protokoll streichen, schließlich bin ich nicht der Einzige, der deine Aussage kennt.« Seine Stimme troff vor Sarkasmus.

»Würdest du's tun, wenn du der Einzige wärest?«, fragte Dietrich.

»Sehr witzig.«

Mehr sagte Tobias nicht. Er drehte sich um und kniete neben Clasens Leiche nieder.

An seinem Ton und seiner Körperhaltung erkannte Dietrich, wie wütend Tobias war und dass es ihn viel Anstrengung kostete, das nicht jetzt und hier rauszulassen. Er verstand ihn und fragte sich, ob es besser wäre zu schweigen, aber je länger sie schwiegen, desto mehr würde sich die Missstimmung zwischen ihnen hochschaukeln. Sie mussten reden. Jetzt. Er drängte die Schmerzen beiseite, so gut es ging.

»Du schützt niemanden, der Mist gebaut hast, was?«, sagte er in die Stille hinein.

Ohne sich aufzurichten, fast, als spräche er zu Clasen, antwortete Tobias: »Du hast gewusst, dass Julia Seidlitz als Täterin zumindest in Frage kommt. Das war dir vollkommen egal. Du hast die Arbeit der Polizei torpediert, zum zweiten Mal nach der Sache mit den Röwers in Barnstorf. Das war inoffiziell und aus einer gewissen Warte noch verständlich. An der Sache mit Julia Seidlitz ist nichts verständlich.«

»Ich brauchte sie bei Clasen Constructions. Hättet ihr sie festgenommen, hätte ich auf dem Trockenen gesessen.«

Tobias erhob sich und drehte sich ganz langsam zu Dietrich um. »Das war also wichtiger als ein Tötungsdelikt?«

»Auf einer anderen Ebene, ja.«

»Du maßt dir an, über solche Dinge zu entscheiden?«

Wie vorhin schoss ein brennender Pfeil durch Dietrichs Bein. Er biss die Zähne zusammen, dann sah er wieder auf. In Tobias' Augen fand er kein Mitgefühl.

»In der Vergangenheit haben wir uns alle vier angemaßt, ähnliche Dinge zu entscheiden«, erinnerte er ihn.

»Vielleicht war das falsch«, murmelte Tobias.

»Nein. Manchmal muss man Entscheidungen treffen, manchmal muss man das kleinste der Übel wählen. Und das habe ich getan.« Tobias erwiderte nichts, also fuhr Dietrich fort. »Ich wollte Beweise, die einer Menge Leute in hohen Positionen das Genick brechen. Auch Leuten in weniger hohen Positionen, die aber dem Staat und ihren Bürgern dienen sollten und nicht dem eigenen Bankkonto. Mit Hilfe all dieser Leute hat Clasen seine Geschäfte gemacht, die, wenn wir tief genug graben, sicher ebenfalls einigen Menschen das Leben gekostet haben.« Er machte eine Pause, doch Tobias schwieg weiterhin. »Den Mord an Dominik Thurow aufzuklären, wäre nicht weggelaufen. Ich musste handeln, solange ich an der Schaltstelle saß, die mir ermöglichte, Clasen und seine Mitarbeiter dingfest zu machen.« Dietrich holte tief Luft.

Die Pause nutzte Tobias. »Dieses Laptop, das du gefunden hast – glaubst du im Ernst, dass das noch da ist?«, fragte er verbittert. »Wenn du das alles nicht im Alleingang durchgezogen hättest, hätten wir vielleicht noch die Chance zu erreichen, was du wolltest. Wie die Dinge liegen, dürfte es dafür jetzt zu spät sein.«

Es dauerte einen Augenblick, bis Dietrich verstand, dass Kassandra niemandem etwas von dem Stick erzählt und ihn erst recht nicht Tobias gegeben hatte, weil sie niemandem völlig trauen wollte. Beinah lächelte er. Gut so. Dann konnte er mit dem Stick genau das tun, was er vorgehabt hatte.

»Wer weiß, was ihr alles findet, wenn ihr die Firma nach Clasens Tod offiziell von oben bis unten durchkämmt«, sagte er. »Ich wette, da liegen noch einige Überraschungen begraben.«

»Vermutlich. Was auf dich zukommen wird, ist dagegen wohl keine große Überraschung.«

Dietrich verzog das Gesicht, diesmal nicht nur vor Schmerzen. »Was ich gesagt habe, sollte keine Entschuldigung sein, Tobias, sondern eine Erklärung. Du musst sie nicht akzeptieren, nicht mal respektieren. Vielleicht akzeptierst du aber was anderes stattdessen.«

»Was sollte das sein?«

»Mein Dank dafür, dass ihr zur Stelle wart, als ich euch brauchte. Du, Bengt und Rieka.«

»Bedank dich bei Kassandra Voß. Es war ihre Idee, die Truppe quasi zu reaktivieren.«

»Ihr hättet ablehnen und mich meinem Schicksal überlassen können«, wandte Dietrich ein. »Insbesondere Rieka mit ihrer Wut auf mich im Bauch.«

»Du weißt genau, dass sie das nie tun würde. Genauso wenig wie der Rest von uns.«

»Nein, wusste ich nicht. Nicht nach allem, was war.« Er betonte das *allem* und achtete auf Tobias' Reaktion, doch der ließ sich nicht in die Karten sehen. Nur der Tonfall, mit dem er von der Truppe und speziell von Rieka gesprochen hatte, vorhin schon, legte nahe, dass ihn das Auseinanderfallen ihrer verschworenen Gemeinschaft seit Langem belastete. Aber darüber konnten sie später einmal reden. Vielleicht. Falls Tobias es wollte. »Akzeptierst du nun meinen Dank?«, fragte Dietrich.

Tobias nickte zögernd, zog sich einen Stuhl heran und setzte sich neben ihn, um auf die Kollegen und den Rettungsdienst zu warten.

29

»Sie können sich darauf verlassen, dass wir nicht mehr aus der Reihe tanzen«, sagte Kassandra.

Zu dritt standen sie vor ihrem Haus in der Lindenstraße. Johannsen hatte Harms' Anweisung wörtlich genommen, Kassandra in sein Auto geladen und war hinter Paul hergefahren, als wolle er sichergehen, dass die beiden nicht doch noch gemeinsam etwas ausheckten.

»Jedenfalls nicht mehr heute Nacht?« Johannsen zwinkerte ihr zu. »Eins sollten sie allerdings tun: Herrn Jung anrufen und ihm Bescheid geben, dass jemand wegen Julia Seidlitz ins ›The Grand‹ kommt.«

Paul nickte. »Das machen wir.«

»Sehr gut.« Johannsen nickte ihnen beiden zu. »Gute Nacht also. Ich verlasse mich auf Sie. In jeder Hinsicht.« Er stieg wieder ins Auto und ließ den Motor an.

Schweigend sahen Kassandra und Paul seinem Wagen nach, bis er in die Strandstraße abbog und aus ihrem Blickfeld verschwand. Kassandra hörte Pauls leises Seufzen und beobachtete, wie er Heinz' Vorgarten betrat und den Hausschlüssel unter die Matte legte. Schließlich kam er zurück und blieb dicht vor ihr stehen.

»Da Harms zu Kays Truppe gehört hat, können wir wohl davon ausgehen, dass er nicht auf Clasens Gehaltsliste steht. Deshalb hast du ihm auch die Datei mit Julia Seidlitz' Geständnis angeboten, richtig?«, fragte Kassandra.

»Stimmt. Ich kann mir nicht vorstellen, dass Kay sich in jemandem dermaßen täuscht.«

Wortlos nickte Kassandra. Diese Frage war auch gar nicht das gewesen, was ihr im Kopf herumgegeistert war. Es gab so viel anderes zu sagen, und doch hielten sie einander jetzt nur mit ihren Blicken fest. Paul streckte die Hand aus, um ihre Wange mit dem Zeigefinger berühren. Sie wollte die Berührung und hatte gleichzeitig Angst davor. Paul hielt mitten in der Bewegung inne. Als hätte er ihre Angst gespürt. Oder als hätte er Zweifel?

Sie versuchte, in seinen Augen zu lesen, doch da sah er plötzlich über ihre Schulter, und sie hörte auch schon, was ihn abgelenkt hatte. Ein Auto. Sie drehte sich um und erkannte ein Taxi, das eben am Bordstein hielt. Die Beifahrertür öffnete sich.

»Wow!«, sagte Miriam im Aussteigen. »Ein Empfangskomitee? Das wäre aber nicht nötig gewesen.«

Über Kassandra brach das schlechte Gewissen herein. Sie hatte sich vorhin um alle gesorgt, nur nicht um Miriam, die sie bei Brenner ihrem Schicksal überlassen hatte. Gott sei Dank schien es ihr gut zu gehen.

»Obwohl«, fuhr Miriam fort, »eigentlich hab ich diesen Empfang doch verdient. Es war nämlich ganz schön anstrengend, Nils' Avancen abzuwehren. Na ja, alles für den guten Zweck.« Sie kicherte.

Schlagartig wurde Kassandra noch etwas weit Schwerwiegenderes klar. Sie mussten Miriam vom Tod ihres Vaters berichten. Mochte sie ihn auch verachtet haben, er blieb ihr Vater, und sie würde ihn nicht mal mehr hassen können, weil er Dominik getötet hatte. Stattdessen würde sie gezwungen sein zuzugeben, dass er letzten Endes recht behalten hatte mit seiner Einschätzung des Mannes, in den sie verliebt gewesen war. Kassandra suchte nach dem richtigen Anfang und schaute zu Paul, was Miriam falsch interpretierte.

»Ihr seht nicht gerade überwältigend glücklich aus. Das heißt wohl, euer Freund war nicht auf Jordans Hof?«

»Doch.« Paul trat auf Miriam zu. »Es ist … einiges passiert. Wir sollten drinnen in Ruhe darüber sprechen.« Er wollte sie sanft ins Haus dirigieren, doch Miriam bewegte sich nicht von der Stelle.

»Was seid ihr dramatisch.« Es sollte wohl cool klingen, klang aber nur ängstlich. Dann brach es aus ihr heraus: »Hat mein Vater euren Freund getötet?«

»Nein«, sagte Paul. »Kay ist verletzt, wir hoffen aber, dass das wieder wird. Es geht nicht um ihn.«

»Warum seht ihr dann aus wie ein ganzer Trauerzug?«

»Miriam, lass uns reingehen.« Pauls Stimme war leise, aber bestimmt.

»Nein! Sagt mir, was los ist. Sofort!«

Kassandra trat einen Schritt näher zu Miriam, berührte sie fast.

»Dein Vater ist tot«, sagte Paul.

Durch diese vier Worte manifestierte sich für Kassandra das, was auf Heikos Hof geschehen war, auf seltsame Weise mehr als durch Harms' Schuss.

Miriam starrte ins Nichts, als hätte sie Pauls Worte gar nicht registriert. Doch dann nickte sie. »Schätze, er hat's verdient.« Sie hob den Kopf. »Verzeiht, dass ich nicht die trauernde Tochter bin. Vielleicht kommt das noch. Aber jetzt … jetzt kann ich nicht trauern. Ich will nur wissen, wie es dazu gekommen ist.« Ein schwaches Lächeln huschte über ihr Gesicht. »Drinnen.«

In der Diele gab Paul Kassandra ihr Handy und bedeutete ihr, dass er den Anfang übernehmen würde, während sie Heinz benachrichtigte. Pauls ruhige Art war ohnehin am besten dazu geeignet, Miriam alles auseinanderzusetzen, was sie wissen musste, und alles zu verschweigen, was sie nicht wissen musste, insbesondere, wieso Harms tatsächlich auf Heikos Hof gewesen war.

Kassandra tippte Heinz' Nummer aus dem Adressverzeichnis an.

»Kassandra?«, fragte er überaus angespannt mitten in das erste Freizeichen hinein.

»Mit mir ist alles in Ordnung«, beruhigte sie ihn. »Was macht Julia Seidlitz?«

Heinz brauchte eine Sekunde, um darauf zu antworten. Als er wieder sprach, konnte sie deutlich seine Erleichterung heraushören. »Die hat das Hotel nicht verlassen.«

»Gut.« Kassandra gab ihm eine Zusammenfassung dessen, was sich ereignet hatte, und informierte ihn, dass demnächst jemand vom KDD vorbeikäme. »Wir können nur hoffen, dass das jemand Zuverlässiges ist.«

»Jeder, der sich jetzt auffällig verhält, würde sich nur selbst reinreiten. Clasen ist tot, also werden sich alle, die auf seiner Gehaltsliste standen, möglichst still verhalten«, sagte Heinz. »Was mich beinah mehr umtreibt: Ich hätte nie damit gerechnet, dass ausgerechnet Harms zu Dietrichs Truppe gehört.«

»Geht mir ganz genauso.« Diese Tatsache, die vor allem ein ganz neues Licht auf Harms und seine Ermittlungen in Barnstorf letztes Jahr warf, musste sie erst noch verdauen. Kassandra schüttelte alle Überlegungen dazu ab und rief, kaum hatte sie das Gespräch mit Heinz beendet, noch einmal bei Harald an. Nach Clasens Verdacht, dass sie selbst und Kay zusammenarbeiteten, glaubte sie Harald nicht mehr ernsthaft in Gefahr, dennoch war ihr mulmig zumute, als er nicht sofort ans Telefon ging.

»Kassandra, was ist passiert?«, fragte Harald endlich nach dem siebten Klingeln gleichermaßen verschlafen wie beunruhigt.

Sie atmete auf. »Geht's dir gut?«, antwortete sie trotzdem mit einer Gegenfrage.

»Ja, sicher. Was ist denn los?«

Kassandra starrte aus dem Fenster auf die schwarzen Umrisse des Apfelbaums in ihrem Garten. Sie war froh, dass Harald wohlbehalten zu Hause war, und plötzlich kamen ihr die letzten Stunden völlig irreal vor.

»Julia Seidlitz hat Thurow erschossen, Clasen ist tot und Kay hoffentlich bald auf dem Weg ins Krankenhaus«, erklärte sie fast tonlos. »So weit die Ultrakurzfassung. Über alles andere können wir morgen reden.«

»Moment mal – würdest du das bitte wiederholen? Und mir erklären, weshalb du dich nicht bei mir gemeldet hast?« Offenbar wusste Harald nicht, was er von ihren Neuigkeiten halten sollte.

Kassandra war ebenfalls irritiert. Hatte er auf seinem Telefon nicht gesehen, dass sie angerufen hatte?

»Ich habe ein paarmal versucht, dich zu erreichen, einmal hatte ich Barbara dran, die sagte, du wärst nicht da. Weshalb ich mir Sorgen machte, weil Paul und Heinz auch verschollen schienen. Weshalb ich wiederum allein zu Heikos Hof bin und auf Clasen geschossen habe und …« Sie stockte, spürte, wie ihr plötzlich Tränen in die Augen stiegen und Panik in ihr hochkroch, obwohl doch längst alles vorbei war.

»Du hast was?«, fragte Harald fassungslos. »Ich bin sofort da. Fünf Minuten.«

»Du musst nicht kommen, Harald, mir fehlt nichts. Ich glaube, ich will nur noch ins Bett und schlafen.«

Harald schwieg für eine Sekunde. »Ist Paul bei dir?«

»Ja.«

»Dann sehen wir uns morgen. Aber wenn was ist, rufst du mich sofort an, ja? Ich lass mein Telefon direkt neben mir liegen. Niemand wird drangehen außer mir.«

Kassandra erkannte den Anflug von Zorn in seiner Stimme und dachte, dass sie jetzt lieber nicht in Barbaras Haut stecken wollte – was auch immer sich da zwischen den beiden abspielte oder noch abspielen würde.

»Mach ich. Gute Nacht.«

»Schlaf gut.«

Geistesabwesend schaute Kassandra auf das Handy. Sie wusste nicht mal genau, was sie vor ihrem inneren Auge sah. Harald? Das Zimmer auf Heikos Hof? Clasen niedergestreckt auf dem Fußboden? Kay blutend auf dem Stuhl gefesselt? Pauls Blick, nachdem er sie aus der Schusslinie gebracht hatte?

Fast behutsam legte Kassandra das Telefon auf den Küchentisch und ging hinüber ins Wohnzimmer. Paul hatte nur die kleine Leselampe eingeschaltet, weder er noch Miriam sagten etwas. Miriam starrte vor sich hin. Anscheinend war Paul mit seiner Geschichte fertig und Miriam dabei, sie zu verarbeiten. Oder zumindest den Versuch zu machen, sie zu verarbeiten. Sie schaute auf und bemerkte Kassandra, die im Türrahmen lehnte.

»Ich weiß gerade nicht, was ich denke oder fühle«, flüsterte sie. »Ich muss eine Weile für mich sein.« Sie stand auf und hielt Paul mit einer abwehrenden Handbewegung davon ab, sich ebenfalls zu erheben. »Ihr müsst euch keine Sorgen machen, ehrlich. Ich komme zurecht. Ich will nur Zeit für mich, bevor mich morgen höchstwahrscheinlich die Polizei durch die Mangel dreht. Genau wie meine Mutter. Wahrscheinlich sollte ich bei ihr sein, sofort hinfahren. Aber ich kann das nicht. Nicht jetzt.«

Kassandra und Paul lauschten auf ihre Schritte und hörten schließlich, wie sie ihre Tür schloss.

»Alles klar bei Heinz?«, fragte Paul.

»Ja. Bei Harald auch.« Sie erklärte, welche Befürchtungen sie gehabt und was Harald gesagt hatte, und stieß sich vom Türrahmen ab. »Ich bringe jetzt besser die Pistole rüber. Dann sollten wir auch ins Bett gehen.«

Paul nickte wortlos.

Vor Heinz' Waffenschrank fühlte Kassandra sich merkwürdig, wie bei einem Déjà-vu. Ihre Finger begannen wieder zu zittern, als sie die Kombination eintippte, und hörten erst auf, nachdem sie die SIG Sauer entladen und Waffe sowie Munition sorgfältig an ihre Plätze zurückgelegt und den Schrank geschlossen hatte.

Als sie und Paul schon nebeneinander im Bett lagen, meldete sich Kassandras Telefon. Heinz berichtete, dass er im »The Grand« Zeuge geworden war, wie zwei Polizeibeamte an der Rezeption nach Julia Seidlitz gefragt hatten. Eine halbe Stunde später hatte er beobachtet, wie die Männer mit einer bleichen und verstört wirkenden Julia das Hotel verließen. Von Heinz' Anwesenheit hatte Harms offenbar niemandem erzählt, zumindest war er nicht behelligt worden.

»Jetzt bin ich zu Hause und hoffe, dass wir alle einigermaßen schlafen«, schloss er. »Wir sehen uns morgen.«

Kassandra löschte das Licht und ließ sich ins Kissen zurückgleiten. Dann richtete sie sich noch einmal halb auf und suchte im Dunkeln Pauls Blick. »Danke.«

»Wofür?«

»Ich verdanke dir mein Leben«, sagte sie sehr leise. Sie streckte die Hand aus und berührte Pauls Grübchen.

Paul fand ihre Finger, umschloss sie zuerst und küsste

schließlich die Fingerspitzen. »Reiner Selbstzweck, Kassandra, Liebes. Mein Leben wäre nichts ohne dich.«

Kassandras Herz schlug Purzelbäume, sie wollte etwas sagen, holte Luft, wollte …

»Schsch«, machte Paul. Sein Zeigefinger strich über ihre Wange, machte auf ihren Lippen halt, wanderte weiter, ihre Halsbeuge hinab, strich über ihre Schulter, ihren Arm hinunter bis zu ihrer Hand, die er sanft drückte, bevor er von ihr abließ. »Gute Nacht.«

Er drehte sich auf die andere Seite und atmete bald darauf ruhig und regelmäßig.

Kassandra war sich nicht sicher, ob er wirklich schlief oder nur so tat, aber darauf kam es auch nicht an. Er hatte gesagt, was er zu sagen hatte, keine Antwort haben, sondern ihr Zeit geben wollen, darüber nachzudenken.

Wieder sah sie das Zimmer auf Heikos Hof vor sich. Kay auf dem Stuhl, Clasen vor ihm mit der Pistole. Spürte wie vorhin, dass sie bereit war, alles zu riskieren, um Kay zu retten, sogar, jemanden zu töten. Sie drehte den Kopf zu Paul, vorsichtig, leise, damit er nicht aufwachte, falls er schlief. Sie hätte das Gleiche für ihn getan. Ganz genau das Gleiche. Dann erinnerte sie sich an seine Wärme, nachdem er sie zu Boden gerissen hatte, daran, wie sicher und geborgen sie sich gefühlt hatte, nur weil er da war. Und da war noch was, etwas, das sie nicht in Worte fassen konnte, das sie gleichzeitig aber gerade jetzt zu überwältigen drohte und das ihr schon wieder die Tränen in die Augen trieb. Sie verstand plötzlich, was es war: Angst. Angst, Paul zu verlieren.

30

Das Telefon riss Kassandra aus dem Schlaf. Sie brauchte einen Augenblick, um sich zu orientieren, registrierte, dass es hell geworden und dass Pauls Seite im Bett leer war. Dasselbe Gefühl wie am Vorabend griff nach ihr, grundlos. Paul war einfach nur auf dem Hohen Ufer zum Laufen, wie jeden Tag. Trotzdem konnte sie das Gefühl nicht endgültig abschütteln, während ihr Handy unablässig dudelte.

Sie tastete danach, immer noch Pauls Bettseite im Blick, und zwang sich, aufs Display zu schauen. *Unbekannte Nummer* stand dort.

»Pension ›Woll tau seihn‹, Sie sprechen mit Kassandra Voß. Was kann ich für Sie tun?«, meldete sie sich, obwohl ihr das fast noch unwirklicher vorkam als die gestrigen Ereignisse.

»Morgen, Kassandra«, sagte Kay. »Ihr hattet hoffentlich eine ungestörte Nacht?«

»Ja«, sagte sie rau. So unvermutet seine Stimme zu hören, brachte sie aus dem Konzept. Sie musste sich auf das Wesentliche konzentrieren. »Wie geht's dir? Von wo rufst du an?«

»Aus dem Krankenhaus. Die schieben mich demnächst in den OP, aber vorher muss ich noch …«

»Den OP?«, unterbrach sie ihn erschrocken. »So schlimm?«

Kay zögerte. »Clasen hat genau gewusst, wie er mich trifft.« Irgendwie kamen Kassandra sowohl die Aussage als auch der Tonfall doppeldeutig vor, doch er ließ ihr keine Zeit, weiter darüber nachzudenken. »Die müssen an mein Bein ran. Nichts Dramatisches, sagt der Chirurg, kann allerdings sein, dass ich danach meinen Stock aus der Abstellkammer holen muss.«

Noch im Nachhinein packte Kassandra ungeheure Wut auf Clasen. Sie bedauerte kein Stück, dass der Mann tot war. Gleichzeitig gab sie sich selbst die Schuld an Kays Verletzungen – ohne sie wäre er höchstwahrscheinlich niemals in diese Lage gekommen.

»Kay, ich …«, begann sie.

»Komm bloß nicht auf die Idee zu sagen, dass das alles deine Schuld ist.« Wieder einmal hatte Kay ihre Gedanken erraten. »Deine Schuld ist höchstens, dass ich überhaupt noch lebe.«

Kassandra schluckte, Worte fehlten ihr.

»Bei Gelegenheit werde ich mich gebührend dafür bedanken«, fuhr er fort, »aber im Augenblick ist was anderes wichtiger.«

»Der Stick«, stellte sie fest. »Er liegt bei Heinz im Waffenschrank.«

»Clever.« Kays Schmunzeln war aus diesen zwei Silben herauszuhören. »Jemand wird kommen und ihn abholen. Der Mann heißt Frank Scheller, er wird sich ausweisen. Für alle Fälle: Er ist sechsundfünfzig, eins dreiundachtzig groß, hat rotblonde Haare, graue Augen und eine dunkelblau gerahmte Brille auf einer breiten Nase.« Er musste nicht extra erwähnen, dass sie den Stick niemandem sonst geben durfte.

Im Hintergrund hörte Kassandra Gemurmel lauter werden. Eine Frauenstimme sagte rigoros: »Das hatten wir ja auch noch nie, dass hier bis zuletzt …«

»Bin schon fertig«, sagte Kay zu ihr, und an Kassandra gewandt: »Die Anästhesistin fordert meine volle Aufmerksamkeit. Grüß Paul, und sag ihm Danke. Schätze, er weiß, was ich meine.« Damit beendete er das Gespräch.

Verwundert legte sie das Handy auf den Nachttisch und schlug die Bettdecke zurück. Dann nahm sie das Telefon doch wieder zur Hand. Tippte Pauls Nummer an. Um zu fragen, was Kay damit gemeint hatte. Und um seine Stimme zu hören.

»Ja?«, meldete er sich atemlos. Sie sah ihn vor sich, wie er stehen geblieben war und über die See schaute – eine große, schlanke Gestalt, ein Fels in der Brandung. Ihr Fels in der Brandung.

»Kay dankt dir«, sagte sie ohne Vorrede. »Er meint, du wüsstest, wofür.«

Am anderen Ende blieb es zunächst still, da war nur leichter Wind und die entfernten vielfachen Stimmen eines Kranichschwarms.

»Deswegen hat er dich angerufen?«, erkundigte sich Paul dann.

Hatte er gerade das *dich* besonders betont?

»Nein, er rief hauptsächlich an, weil er jemanden vorbeischickt, um den Stick abzuholen. Aber es schien ihm genauso wichtig, dir zu danken. Weißt du, wofür?«

Diesmal blieb es bis auf den Wind vollkommen still. Die Kraniche waren vorübergezogen.

»Ja, ich denke schon.« Paul hatte offenbar nicht vor, sie in das Geheimnis einzuweihen, sondern fragte stattdessen, wie es Kay gehe, und erklärte anschließend, bald zurück zu sein. »Hoffentlich früh genug, um diesen Frank Scheller in Augenschein zu nehmen.«

Mit einem Mal schoss Kassandra ein aberwitziger Gedanke durch den Kopf. »Meinst du, Kay hat eine neue Truppe ins Leben gerufen und dieser Scheller gehört dazu?«

»Könnte ich mir vorstellen.«

»Aber er hat in Prerow gesagt, dass es die Truppe nicht mehr gäbe.«

»Das stimmt ja auch. Die alte Truppe gibt es nicht mehr.« Paul legte auf, bevor Kassandra weiter spekulieren oder nachfragen konnte, was genau Kay denn nun mit dem Dank gemeint hatte.

Sie sprang unter die Dusche und ging anschließend in die Küche, um einen Schluck Wasser zu trinken. Auf dem Tisch lag ein Zettel, herausgerissen aus einem Collegeblock. *Konnte nicht schlafen, bin doch nach Stralsund. Hab meine Sachen erst mal hiergelassen. Bis bald. Miriam.*

Natürlich war es viel zu früh dazu, dennoch hoffte Kassandra, dass das, was geschehen war, zumindest Mutter und Tochter einander wieder näherbrachte. Und dass Astrid Clasen von den Geschäften ihres Mannes nicht allzu viel gewusst hatte, damit Miriam am Ende nicht wieder allein dastand.

Schließlich klingelte sie bei Heinz, um den Stick zu holen. Während sie ihm in sein kleines Büro folgte, erzählte sie ihm von Kays Anruf und ihren Vermutungen dazu, die Heinz eher skeptisch kommentierte. Dann stand er vor dem Waffenschrank und gab die Zahlenreihe ein.

»Sieht so aus, als müsste ich mir schon wieder eine neue Kombination überlegen.« Sein Lächeln fiel ein bisschen verlegen aus. »Ich bin anscheinend zu berechenbar.«

»Das war einfach großes Glück.« Kassandra sah ihm dabei in die Augen und las in seinen, dass er verstand.

»Ja«, erwiderte er. »Das war es.«

Er nahm den Stick und legte ihn in Kassandras Hand, schloss den Schrank wieder, brachte sie zur Tür und blieb dort, bis sie vor ihrer eigenen angekommen war. Er hob winkend die Hand, Kassandra winkte zurück und bemerkte dabei, dass Paul die Lindenstraße heraufkam. Neben ihm fuhr fast im Schritttempo ein schwarzer Golf, der gleichzeitig mit Paul vor Kassandras Haus anhielt. Paul machte keine Anstalten, den Vorgarten zu betreten, und auch Heinz musterte den Golf kritisch und kam heran, sodass schließlich alle drei beobachteten, wie sich die Fahrertür des Wagens öffnete.

Die Beschreibung, die Kay gegeben hatte, passte auf den Mann, der sie durch seine Brille ohne erkennbare Regung taxierte. Sein Blick blieb an Kassandra haften, die ebenfalls näher gekommen, jedoch wie Heinz abwartend hinter ihrem Gartentörchen stehen geblieben war.

»Kassandra Voß?« Der Mann zog einen Personalausweis aus seiner Sakkotasche. »Ich bin Frank Scheller. Kay Dietrich hat Sie informiert?«

Kassandra nahm den Ausweis, studierte ihn gründlich. Laut seines Geburtsdatums war Scheller sechsundfünfzig, die Größe stimmte, und auch das Foto zeigte denselben Mann, wenn er auf dem Bild auch grimmiger wirkte als in natura. Wenigstens ein bisschen. Scheller schien grundsätzlich kein Typ zu sein, der oft lachte. Sie gab den Ausweis zurück und öffnete das Gartentor.

»Kommen Sie rein.«

Scheller nickte, bewegte sich jedoch nicht von der Stelle, sondern sah zu Paul und Heinz. »Nach Ihnen, Herr Freese, Herr Jung.«

Kassandra bat die Männer ins Wohnzimmer, froh, dass Paul und Heinz dabei waren. Scheller war ihr nicht geheuer. Nicht, dass sie ihm und damit Kays Urteilsvermögen misstraute. Dennoch konnte sie das unterschwellige Gefühl nicht ignorieren.

»Setzen Sie sich doch. Darf ich Ihnen was anbieten, Herr Scheller?«, fragte sie, um Zeit zu gewinnen.

»Nein, danke, ich möchte weder Sie noch mich selbst unnötig aufhalten. Wenn ich also um den Stick bitten dürfte?«

»Natürlich. Einen Augenblick bitte.« Zwar hatte Kassandra den Stick nach wie vor in ihrer Hand, aber sie hoffte, dass Paul und Heinz etwas aus dem Mann herausbekamen, während sie so tat, als müsse sie ihn erst holen. Ein Blick zu den beiden verriet ihr, dass sie ahnten, was sie bezweckte. Sie verließ den Raum und ging hinüber ins Schlafzimmer. Zu gern hätte sie in der Diele gelauscht, aber Scheller würde sicher merken, wenn sie im Flur blieb. Sie setzte sich aufs Bett, drehte den Stick zwischen ihren Fingern hin und her und zwang sich, drei Minuten zu warten.

Im Wohnzimmer herrschte dieselbe Stille wie zuvor. Es war offensichtlich, dass sich keinerlei Gespräch entsponnen hatte. Frustriert reichte Kassandra Scheller den Stick.

Wortlos steckte er ihn ein und erhob sich. »Dann verabschiede ich mich jetzt. Nein«, wehrte er ab, als Kassandra ihn begleiten wollte, »bemühen Sie sich nicht. Ich finde allein raus.« Auf der Schwelle hielt er kurz inne, als würde er überlegen, sich noch einmal umzudrehen und etwas zu sagen, doch dann ging er weiter in die Diele und ließ schließlich die Haustür hinter sich ins Schloss fallen.

»Hat er was gesagt, während ich weg war?«, fragte Kassandra.

»Keinen Ton«, sagte Paul. »Ich habe sonst nie Schwierigkeiten, mit Leuten ins Gespräch zu kommen, und sei's bloß übers Wetter. Aber Scheller ist auf nichts eingegangen.«

»Er hat ein paarmal auf die Uhr gesehen«, stellte Heinz fest. »Zwischendrin klingelte sein Handy. Er sah nach, wer ihn anrief, ging aber nicht ran, obwohl ich beschwören würde, dass ihm das schwerfiel.« Er runzelte die Stirn. »Ich glaube übrigens auch, dass es ihm schwergefallen ist, uns gegenüber stumm wie ein Fisch zu bleiben. Vielleicht war das aber Kay Dietrichs Anweisung.«

»Wenn Kay es für richtig hält, wird er uns sagen, was es mit Scheller auf sich hat. Wenn nicht, dann eben nicht. Wir werden das akzeptieren müssen.« Paul stand auf. »Ich geh duschen.«

Kassandra sah ihm hinterher und fragte sich, wie sie Pauls Tonfall deuten sollte.

»Er hat die Nase voll von Dietrichs Geheimniskrämerei«, sagte Heinz. »Verständlich. Obwohl …« Er ließ den Satz in der Luft hängen.

Kassandra glaubte zu wissen, dass er meinte, auch Kay verstehen zu können. Bevor sie jedoch dazu kam zu antworten, klingelte ihr Handy.

Haralds Bild erschien auf dem Display, mit der Nummer seiner Firma in Ribnitz.

»Kassandra, wie war deine Nacht?«, fragte er.

»Ich hab schon mal mehr und besser geschlafen, zugegeben.« Aus den Augenwinkeln bekam sie mit, dass Heinz aufgestanden war und die Hand zum Gruß hob. Anscheinend wollte er sie in Ruhe mit Harald reden lassen. Sie nickte und konzentrierte sich wieder auf ihren Vater. »Aber gemessen an dem, was gestern los war, kann ich nicht klagen.«

»Gut.« Das kam mit einem Stoßseufzer, aus dem noch etwas anderes herausklang.

»Ist bei dir alles in Ordnung?«, fragte Kassandra.

»Nicht ganz. Clasens Tod ist schon rum, ein Fest für die Medien. Es war ein offenes Geheimnis, dass ich dabei war, mit ihm ins Geschäft zu kommen, ich habe gerade alle Hände voll zu tun, Erklärungen abzugeben und ›Fakten‹ richtigzustellen.«

»Ach du liebe Zeit.« Kassandra wagte kaum, sich auszumalen, was bei der BOB los war. »Dann kümmere dich darum, um mich musst du dir keine Sorgen machen. Wir reden, wann immer du alles erledigt hast.«

»Das machen wir auf jeden Fall heute Abend. Spätestens. Allerdings hat sich Harms schon angekündigt, sodass es hilfreich wäre, wenn ich ein paar Einzelheiten wüsste.«

Kassandra gab ihm einen Abriss des Geschehens, inklusive der Tatsache, dass Harms zu Kays Truppe gehört hatte. Sie war kaum fertig, da hörte sie, wie Haralds Assistentin Jessica Herzog die Polizei anmeldete.

Kassandra ging in die Küche, um sich einen Tee zu kochen. Nicht, dass ihr danach war, aber sie hatte das dringende Bedürfnis, etwas zu tun. Es war noch nicht lange her, da war sie dankbar dafür gewesen, keine Gäste zu haben. Jetzt wünschte sie, sie hätte welche, um sich mit Arbeit abzulenken. Als gerade die Ziehzeit um war, kam Paul herein, seine Haare noch feucht.

»Ich geh rüber zu mir, arbeiten. Wir können ja im Augenblick sowieso nichts weiter tun.«

Er streifte ihre Wange mit einem flüchtigen Kuss und verschwand ohne ein weiteres Wort zuerst aus der Küche und dann aus dem Haus. Kassandra blieb zurück. Kein Heinz, kein Harald, kein Paul. Besonders kein Paul. Sie wusste nicht, was sie davon halten sollte, dass er sie allein ließ. Letzte Nacht hatte sie geglaubt, er wolle ihr Zeit geben. Jetzt war sie sich nicht mehr so sicher. Im Laufe einer Nacht konnte viel geschehen. Gedanken konnten sich ver- oder entwirren, Gefühle ebenso. Wer wusste das besser als sie? War Paul zu einem Schluss gekommen? Für sich selbst? Und wenn ja, zu welchem? Sie seufzte. Wie sollte sie in seinen Kopf, in sein Herz hineinsehen, wenn ihr sogar der klare Blick für ihren eigenen Kopf, ihr eigenes Herz fehlte?

Fehlt mir dieser Blick wirklich?, fragte sie sich. Wenn das so war, warum verspürte sie dann diese Angst, Paul zu verlieren?

Sie musste raus, an die Luft, an die See, in den Wind. Die See hatte ihr schon so oft geholfen, Antworten zu finden, wenn der Himmel über ihr unendlich und der Horizont weit war.

Die nächsten Stunden verbrachte Kassandra mit einem ausgedehnten Spaziergang am Strand Richtung Dierhagen. Eine kraftvolle Sonne schien auf sie hinab, sodass man beinah meinen konnte, der Sommer kehre zurück. Die See lag ruhig da, glitzerte unter dem Licht, schob sich sanft an den unzähligen Buhnenreihen entlang. Bald schon war die Seebrücke kaum noch auszumachen, aber Kassandra lief weiter und weiter. Ihr Kopf war voll und leer zugleich, ihr Herz krampfte sich bei dem Gedanken an Kay zusammen, und doch wurde ihr plötzlich bewusst, dass sie sich mehr sorgte, wie die OP ausging, als dass sie mit den verstörend intensiven Gefühlen an ihn dachte wie noch vor Kurzem. Diese Gefühle waren nicht verschwunden, aber leiser geworden, als hätten sie sich mit der Lösung des Falles ein Stück zurückgezogen, als wären sie wieder in richtigere Bahnen gelenkt.

Nein, korrigierte sie sich. Nicht nur mit der Lösung des Falles. Diese Gefühle waren ja nicht erst dadurch entstanden. Sie waren schon lange vorher da gewesen, verstärkt durch den Konflikt nach Gretas Entführung und den vermeintlichen Verlust von Kays Freundschaft. Und noch einmal mehr durch sein plötzliches Wiederauftauchen. Die Gefühle, die sie für Kay hegte, waren tief, sehr tief, und würden immer ein Teil von ihr sein, dessen war sie sich sicher. Nur waren es nicht die Art Gefühle, für die sie sie eine Weile gehalten hatte. Nicht ganz jedenfalls.

Sie blieb stehen und betrachtete die Reflexionen der Sonnenstrahlen auf der See. Das Licht war sanfter geworden, die Sonne hatte ihren Zenit längst überschritten und Kassandra gar nicht bemerkt, wie viel Zeit vergangen war. Sie fuhr sich mit den Händen übers Gesicht, dann setzte sie sich in den Sand und schaute aufs Wasser hinaus.

Nach einiger Zeit stellte sie fest, dass sie an gar nichts Bestimmtes dachte. Dass sie ruhiger geworden war. Ihre Finger spielten mit einem kleinen Stein, gruben sich in den Sand. Sie rief sich Kays Bild vor ihr inneres Auge und wusste plötzlich mit eindeutiger Klarheit, dass sie ihn lieben könnte wie Paul. Wenn es Paul nicht in ihrem Leben gäbe. Sie und Paul, das war etwas Besonderes, eine Einheit, die doch aus zwei durchaus unterschiedlichen Menschen bestand. Was es schwerer machte und gleichzeitig spannender. Paul und sie – nichts war wichtiger und wahrer als das.

Sie erhob sich, lief am Strand zurück und hoffte, dass es noch nicht zu spät war.

Paul war nicht zu Hause. Sein Schreibtisch war verwaist, das Laptop ausgeschaltet, der Kaffee in seinem blauen Lieblingsbecher mit Brunos Konterfei, den Kassandra ihm vor Jahren geschenkt hatte, kalt. Sie hätte ihn anrufen können, aber das ging nicht. Sie musste ihn sehen, in seinem Gesicht, in seinen Augen lesen. Aber sie konnte auch nicht hier sitzen und warten, das würde sie verrückt machen.

Langsam machte sie sich auf den Weg zur Lindenstraße. Schon von Weitem sah sie drei Männer vor ihrem Haus stehen: Heinz, Harald – und Paul.

»Was wird das denn hier?«, fragte sie, als sie herankam und sich alle nach ihr umdrehten. »Ein außerplanmäßiges Treffen der Volkssolidarität?«

Heinz griente. »Wir hatten alle zur selben Zeit Sehnsucht nach dir und wollten schon eine Vermisstenanzeige aufgeben.«

Kassandra sah ihm an, dass das sehr dicht an der Wahrheit entlangschrammte. »Ich war bloß spazieren.« Während sie die Tür aufschloss, fragte sie Harald: »Konntest du alles regeln? Ich habe keine Nachrichten gehört und weiß gar nicht, was inzwischen verbreitet wird.«

Harald wartete mit seiner Antwort, bis sie auf der Terrasse saßen, er neben Heinz, Kassandra und Paul ihnen gegenüber. Unter dem Eindruck, dass Paul ihren Blick mied, hatte sie unsicher an seiner Seite Platz genommen. Es kostete sie Anstrengung, sich auf Harald zu konzentrieren.

»Da liegt noch eine Menge Schadensbegrenzung vor mir«, sagte er, »aber das wird schon. Wäre schlimmer, wenn das Geschäft, dass ich vor knapp zwei Jahren mit Clasen gemacht habe, unsauber gewesen wäre. Glücklicherweise hat der Mann nicht immer illegale Methoden angewandt. Harms hat sich eine Stunde mit mir unterhalten, was anstrengend war, weil ich ständig so tun musste, als hätte ich keine Ahnung von der Truppe. Dietrich hat seinen Leuten ja nie gesagt, dass ich ihr Finanzier war. Am Ende schien Harms zufrieden mit meiner Aussage.« Harald lehnte sich zurück und blinzelte in die Abendsonne. »Was für eine Geschichte. Niemand hat wohl damit gerechnet, dass Clasen stirbt, statt vor Gericht gestellt zu werden. Schade eigentlich. Trotzdem bin ich Harms dankbar, wenn er mit seinem Schuss einen zweiten auf Kassandra verhindert hat.« Harald sah zu Paul. »Und dir, dass du rechtzeitig zur Stelle warst.« Paul wollte etwas sagen, doch Harald war schneller. »Was man von mir leider nicht behaupten kann.« Er schaute wieder zu Kassandra. »Tut mir leid, dass du mich nicht erreichen konntest. Deinen ersten Anruf habe ich verpasst, weil ich im Arbeitszimmer auf dem Festnetz telefoniert habe. Als ich ins Wohnzimmer zurückkam, wo mein Handy lag, sagte Barbara, es hätte niemand angerufen, und ich habe das nicht nachgeprüft. Später, als du, Paul, mich angerufen hast …« Harald zögerte. »Wir waren … wir … Herrgott, wir waren im Bett, und ich habe das Telefon nicht gehört.« Entschuldigend hob er die Arme, wartete aber nicht auf eine Erwiderung, sondern fuhr, wieder an Kassandra gewandt, fort: »Als du das zweite Mal anriefst, war ich unter der Dusche. Barbara hat mich verleugnet und die Gelegenheit genutzt, alle eure Anrufe und Nachrichten zu löschen. Dieser Abend hatte eine Versöhnung sein sollen, nachdem wir uns wegen ihrer extrem kurzfristigen Absage zu Astrid Clasens Feier gestritten hatten, und Barbara wollte von nichts und niemandem gestört werden. Deshalb hat sie dich abgewürgt. Wird sie nicht wieder tun.« Harald seufzte und richtete seinen Blick ins Nirgendwo hinter Kassandra. »Sie wird überhaupt nichts mehr tun, was mich betrifft. Ich habe unsere Beziehung beendet.«

Zuerst war Kassandra über Barbaras Verhalten empört gewesen, und sie konnte in Pauls und Heinz' Gesichtern lesen, dass sie diese Empörung teilten. Ob sie Haralds Entscheidung richtig fanden, konnte sie dagegen nicht beurteilen. Sie wusste nur, was sie selbst empfand – und was sie empfand, überraschte sie.

»Harald«, sagte sie leise.

Er sah sie wieder an. »Tut mir …«

»Dir muss nichts leidtun«, unterbrach sie ihn. »Es ist nicht deine Schuld. Es ist genau genommen nicht mal Barbaras Schuld.«

Haralds Blick wurde hart. »Das sehe ich anders.«

»Man kann das aber so oder so sehen«, stellte Kassandra fest. »Natürlich hätte Barbara das nicht tun und mich nicht belügen dürfen, vor allem nicht, weil ich gesagt hatte, dass ich dich wirklich dringend sprechen müsste. Andererseits …«

»Es gibt kein Andererseits«, sagte Harald zornig.

»Doch«, widersprach sie. »Barbara konnte nämlich nicht wissen, *wie* wichtig es war. Wir haben sie bei allem, was wir geplant und getan haben, völlig außen vor gelassen. Wir konnten nicht anders, weil sie bestimmte Dinge nicht wissen durfte. Das ändert aber nichts an den Tatsachen. Wir haben vor ihr dasselbe Schauspiel wie vor Clasen aufgeführt, und damit haben wir sie auf gewisse Weise auch belogen.«

Harald blinzelte.

»Wenn …«, begann Kassandra zaudernd, weil Harald nicht antwortete. »Menschen machen Fehler«, setzte sie neu an und schluckte. »Lass nicht zu, dass euch das auseinanderbringt, nicht, wenn ihr euch liebt. Gib euch eine zweite Chance. Das Leben ist zu kurz und die Liebe zu kostbar, um vorschnell Entscheidungen zu treffen, die man noch schneller bereut, weil man für einen Augenblick vergessen hat, was zählt und was man wirklich fühlt.« Kassandra spürte, wie sich ihr die Kehle zuschnürte.

Haralds Ausdruck war mit jedem ihrer Worte weicher geworden. »Du hast recht«, sagte er schließlich. Abrupt stand er auf. »Ich sollte mit Barbara reden.«

Heinz erhob sich ebenfalls. »Ich muss dann auch mal.«

Zwinkerte er ihr zu, oder bildete sie sich das ein? Sie konnte sich nicht entscheiden, in ihr war ohnehin alles durcheinander. Sie hatte doch nur Harald sagen wollen … und aber eigentlich war das ja auch … Ihr Blick huschte zu Paul, verfing sich mit seinem. Sie sah ein Leuchten in seinen Augen, das sie viel zu lange schon nicht mehr gesehen hatte, das sie wärmte und erfüllte und alles andere um sie herum ausblendete. Es gab nur sie beide.

Paul streckte die Hand nach Kassandra aus, zog sie hoch, ließ ihre Hand nicht los, sondern führte sie weiter hinaus in den Garten, bis zum Apfelbaum, durch deren Zweige die Sonne blinkte, hier und da, dann wieder Schatten warf. Kassandra sah zauberhaft aus in diesem Licht. Unsicher, fragend – und vielleicht gerade deshalb so zauberhaft. Er trat noch näher zu ihr, sah in ihre Augen, spürte ihre Nähe, spürte, dass sie seit langer, langer Zeit wieder bei ihm war. Ganz bei ihm. Dass nichts mehr zwischen ihnen stand. Vielleicht war die Geschichte mit Harald und Barbara der Auslöser gewesen, vielleicht hatte sich schon in jenem Augenblick etwas verändert, als er Kassandra zu Boden gerissen und sie einander angesehen hatten. In diesem Moment schon hatte er etwas wahrgenommen, ein Begreifen in Kassandras Augen wachsen sehen. Er hatte nur noch nicht gewagt, daran zu glauben. Hatte auch nicht gewagt, das zu sagen, was er seit Jahren hätte sagen sollen. Die Worte, die er sich geschworen hatte, nie mehr auszusprechen, weil sie ihm einmal so viel Unglück gebracht hatten. Wie unglaublich dumm von ihm. Er, der er auf dem Papier mit Worten so gut jonglieren konnte, hatte Kassandra auf so vielschichtige Weise gesagt und gezeigt, was er für sie empfand, aber die einfachsten, die wahrsten Worte hatte er nie gesagt.

Er beugte sich zu ihr hinunter, küsste ihre Stirn, ihre Nasenspitze. Seine Lippen berührten beinah ihre, sie schloss die Augen, wartete auf seinen Kuss, und er wollte nichts mehr, als diesen Wunsch zu erfüllen. Gleich.

»Ich liebe dich«, sagte er und ließ sie beide nicht länger warten.

31

Dietrich fuhr an der Fischländer Kirche vorbei die Thälmann-Straße hoch. Er war lange nicht in Wustrow gewesen, wenn man von seinem unfreiwilligen Aufenthalt auf Heiko Jordans Hof absah. Trotzdem kam ihm das Dorf noch genauso vertraut vor wie vor dem Zerwürfnis mit »seinen Fischländern«, wie Rieka sie – nicht sehr wohlmeinend – genannt hatte. An ihrer Einstellung hatte sich wenig geändert, das war schon deutlich geworden, als er sich bei ihr für ihre Hilfe bedankt hatte. Selbst ein persönlicher Besuch, gleich nachdem er aus dem Krankenhaus entlassen worden war, konnte daran nichts ändern. Rieka blieb reserviert. Wegen seiner Entscheidung damals oder weil sie noch immer Gefühle für ihn hegte oder wegen beidem. Dietrich wusste es nicht, konnte und würde sie aber zu nichts drängen. Falls es um Gefühle ging, verstand er sie besser als so mancher andere. Dietrich hatte Kassandra nach der OP nur noch einmal angerufen, um ihr zur sagen, dass alles gut verlaufen war und dass er sich wieder melden würde. Sie hatte das akzeptiert.

Während der letzten Wochen hatte er zum ersten Mal bewusst und intensiv über Kassandra nachgedacht. Dabei war er zu dem Schluss gekommen, dass das, was er empfand, zu tief ging, um je völlig zu verschwinden, wie sehr er sich das auch wünschte. Aber es hatte keinen Sinn, etwas nachzutrauern, das zwischen ihnen nie existiert hatte und nie existieren würde. Er musste lernen, das in sich zu vergraben. Vielleicht, wenn er Glück hatte, würde irgendwann einmal irgendeine Frau seinen Weg kreuzen, die diese Gefühle verblassen ließ. Im Krankenhaus hatte er auch über Julia nachgedacht und erkannt, dass sie unter anderen Voraussetzungen womöglich das Potenzial dazu gehabt hätte, diese Frau zu sein. Er hoffte für sie, dass ein milder Richter in seinem Urteil berücksichtigte, dass sie auf ihre Weise Heiko Jordan davor bewahrt hatte, kaltblütig ermordet zu werden.

Dietrich fand einen Parkplatz in der Strandstraße und stieg mühsam aus dem Wagen. Die permanenten Schmerzen im Bein fühlten sich beinah an wie die Rückkehr eines alten Freundes oder besser eines alten Feindes. Kein Vergleich zum ersten Mal, als die Ärzte ihn nach dem schweren Unfall wieder zusammengeflickt hatten, aber es reichte.

Er holte den Stock von der Rückbank und schlenderte die Straße hinunter, der untergehenden Sonne entgegen. Er wusste, dass er das Wiedersehen mit Kassandra und Paul nur hinauszögerte, und er wusste auch, dass es besser gewesen wäre, sich vorher anzumelden. Er würde zunächst weder bei Kassandra noch bei Paul, sondern bei Heinz Jung klingeln. Feigheit vor dem Feind gehörte sonst nicht zu seinen Charakterzügen, im Gegenteil, und natürlich war Paul nicht sein Feind. Er hatte bloß in manchen Dingen eine andere Auffassung – und leider sensible Antennen.

»Verzeihung«, hörte er plötzlich eine weibliche Stimme sagen.

Er schreckte aus seinen Grübeleien auf und merkte, dass er zwischen einer der mächtigen Linden und einer Bank stehen geblieben war und den schmalen Gehweg blockierte. Die Frau vor ihm lächelte ihn an, sie trug ein Baby in einem fröhlich bunten Wickeltuch vor der Brust. Das Baby schlief, Dietrich konnte nur eine winzige geballte Faust und einen dunklen Haarschopf erkennen. Der Mann neben der Frau war ebenso dunkelhaarig und trug eine Sonnenbrille, doch am auffälligsten war die Narbe, die sich über seine Stirn zog.

»Könnten Sie vielleicht …«, setzte die Frau an.

»Oh ja. Entschuldigung«, murmelte Dietrich und trat zur Seite.

»Danke schön!« Die Frau lächelte wieder. Wie nebenbei berührte sie die Hand des Mannes, der ihm jetzt ebenfalls dankend zunickte und schon im Weitergehen zu seiner Frau sagte: »Bei Arvids Kochkünsten sollten wir längst alle kugelrund sein. Keine Ahnung, wie er das macht, dass …«

Mehr konnte Dietrich nicht verstehen. Trotzdem sah er der

kleinen Familie hinterher, bis Greta und Matthias Röwer nur noch aus zwei entfernten Punkten bestanden. Dietrich gestattete sich die Frage, ob Paul vielleicht doch recht gehabt hatte mit seinen anderen Ansichten bezüglich der Röwers, kam aber zu keinem endgültigen Schluss.

Energisch setzte er sich wieder in Bewegung – nicht mehr Richtung Seebrücke, sondern zurück zur Lindenstraße. Warum etwas Unabwendbares aufschieben?

Vor Kassandras Haus stand Tobias' silberner BMW. Weshalb war er hier? Gab es immer noch Unklarheiten?

Dietrich drückte auf die Klingel. Als Kassandra öffnete, standen sie sich einen Atemzug lang wortlos gegenüber. Er konnte ihren Ausdruck nicht hundertprozentig deuten, dann jedoch breitete sich ein Lächeln voller Wärme auf ihrem Gesicht aus.

»Kay! Komm rein! Wie geht's dir?«

Das war eine gute Frage. Er hatte sich auf diesen Moment vorbereitet, und doch traf ihn Kassandras Anblick trotz aller Vorsätze mitten ins Herz. Er trat in die Diele. »Danke. Der Chirurg hat mir in Aussicht gestellt, dass ich dieses Ding«, er hob den Stock, »vor Ablauf des Jahres zurück in die Rumpelkammer stellen kann. Wenn ich Glück habe. Mit Schmerztabletten komme ich einigermaßen klar.« Dann deutete er mit dem Daumen hinter sich auf die Straße. »Was will Tobias denn noch von dir?«

»Von mir gar nichts. Er redet mit Miriam in ihrem Zimmer – sie ist nach Clasens Beerdigung wieder hergekommen. Anscheinend ist ein Brief von Dominik Thurow an sie aufgetaucht.«

»Hoffentlich nimmt sie nicht zu sehr mit, was drinsteht«, sagte Dietrich. »Hab gehört, Clasen hat ihr das Unternehmen vermacht, aber sie will das Erbe ausschlagen.«

Kassandra nickte. »Was zu einem Streit zwischen ihr und ihrer Mutter geführt hat.«

»Astrid Clasen möchte, dass die Firma in der Familie bleibt?«

»Nein, sie will, dass Miriam Clasen Constructions verkauft oder zumindest das, was noch davon übrig bleiben wird, sobald alle Ermittlungen abgeschlossen sind. Ist sicher immer noch genug, um davon gut leben zu können. Miriam will aber mit dem Geld ihres Vaters nichts zu tun haben.« Kassandra zuckte mit den Schultern. »Noch ist nichts entschieden, aber mich sollte nicht wundern, wenn sie dabei bleibt. Und jetzt komm durch, sonst schlagen wir hier noch Wurzeln.« Sie ging ihm voran in die Küche, wo Heinz Jung und Paul gerade dabei waren, eine angesetzte Bowle in einen großen kristallenen Krug umzufüllen. Die rote leicht schäumende Flüssigkeit spritzte, ein Stück Obst verirrte sich auf den Tisch. Jung hatte offenbar gerade einen Witz gerissen, Paul lachte und schob sich das Stückchen Birne in den Mund.

»Gibt's was zu feiern?«, fragte Dietrich.

Paul und Heinz Jung sahen gleichzeitig auf. Jungs linke Braue rutschte fast bis zu seinem Haaransatz, und auch Paul war sichtlich überrascht. Er musterte ihn prüfend, doch dann wurde sein Blick offen, so wie früher. Er wirkte gelöst und heiter.

»Meine Manuskriptabgabe«, sagte er. »War eine etwas schwerere Geburt und das erste Mal, dass ich einen Abgabetermin überschritten habe.«

»Aber doch bestimmt nicht viel.«

»Eine Woche.«

Dietrich grinste. »Das wird der Verlag überleben. Gratuliere.«

»Danke.« Paul grinste zurück. »Ein Glas Holunder-Birnen-Bowle? Oder lieber nach dem Essen? Wir wollen den warmen Oktoberabend ausnutzen und noch mal den Grill anschmeißen.« Im Gegensatz zu seinen Worten wurde Pauls Blick ernster, die Leichtigkeit war daraus verschwunden. Jetzt lag darin … ein Angebot? Eine Frage? Die Frage, ob sie das, was zwischen ihnen gestanden hatte – Greta Röwers Entführung und sogar mehr noch Kassandra –, überwinden und noch mal von vorn beginnen konnten mit ihrer Freundschaft.

Langsam nickte Dietrich. »Gerne nach dem Essen.«

Paul hielt noch eine Sekunde Dietrichs Blick fest, bis auch er nickte. »Sehr schön. Dann setz dich endlich und …«

Mitten im Satz wurde er von der sehr laut ins Schloss fallenden Haustür unterbrochen. Beinah gleichzeitig erschien Tobias in der Küche.

»Ich fürchte, das war Frau Clasen«, sagte er. Offensichtlich hatte er noch etwas hinzufügen wollen, wurde aber von Dietrichs Anwesenheit abgelenkt. Natürlich hatte Dietrich in der zurückliegenden Zeit häufig mit ihm gesprochen, dienstlich und privat. Mittlerweile wusste Tobias so gut wie alles. Verschwiegen hatte Dietrich ihm nach wie vor den Stick und Frank Scheller. Zugegeben zwei sehr wesentliche Punkte.

»Kay – hatten die Ärzte im Krankenhaus nicht was von Reha gesagt? Du wirst wohl kaum in der Eltern-Kind-Klinik hier im Ort untergekommen sein, oder?«

Dietrich verzog das Gesicht. »Konnte ich gerade so eben verhindern.«

»Im Ernst, du solltest die Reha machen.« Tobias wandte sich an Kassandra, Paul und Heinz Jung. »Auf mich wird er nicht hören, aber wenn Sie mit ihm reden …«

»Mit mir muss niemand reden«, ging Dietrich dazwischen. »Ich weiß schon selbst, was ich zu tun habe.«

»Tatsächlich?«

Das klang mehr als zweifelnd, und Dietrich wusste, es bezog sich nicht auf die Reha.

»Ja. Du kannst beruhigt sein, ich kümmere mich drum. Wenn alles andere erledigt ist.«

»Das dürfte noch dauern. Leider war Clasen vor seinem Tod wirklich so schlau, sein Laptop zu entsorgen.« Da schwang ein leiser Vorwurf mit oder zumindest Resignation, was Dietrich nachvollziehen konnte. »Immerhin stützt Dominik Thurows Brief in weiten Teilen die Aussage von Julia Seidlitz. Er hat wohl gedacht, es ist sicherer, das, was er vorhatte, auf Papier festzuhalten, statt es einer Mail anzuvertrauen.«

»Wo habt ihr den Brief gefunden?«, wollte Dietrich wissen. In Thurows Wohnung konnte er nicht gewesen sein, die hatte er schließlich selbst gründlich durchkämmt.

»Das ist eine verrückte Geschichte. Miriam Clasen hat ein Postfach, aber Thurow hat die falsche Nummer auf den Umschlag geschrieben. Weil er seinen Absender weggelassen hatte, konnte die Post den Brief nicht zurückschicken, hat eine Weile recherchiert und ihn schließlich an Clasens Villa zugestellt. Astrid Clasen hat ihn ungeöffnet in einen anderen Umschlag gesteckt und hierher zu ihrer Tochter geschickt, aber da die beiden zurzeit im Clinch liegen, hat die den Umschlag ihrer Mutter ebenso ungeöffnet wieder zurückgehen lassen. Astrid Clasen hat daraufhin den Brief geöffnet, weil sie meinte, Thurows Handschrift erkannt zu haben, und kam damit zu uns.« Tobias seufzte kaum hörbar. »Ich habe ihn kopiert und Miriam gebracht. War vielleicht ein Fehler.«

»Nein«, widersprach Kassandra. »Hin und wieder hatte ich den Eindruck, dass Miriam die Wahrheit nicht sehen wollte. Es ist ganz gut, dass sie sie nun von Dominik selbst erfährt.«

Tobias wirkte nicht gänzlich überzeugt und zögerte, was Kassandra nutzte, um zu fragen: »Was ist eigentlich mit Astrid Clasen? Wie viel wusste sie von den Geschäften ihres Mannes? Wird sie mit angeklagt?«

In einer um Verständnis bittenden Geste hob Tobias die Arme. »Ich fürchte, ich darf dazu nichts Konkretes sagen. Die Ermittlungen laufen noch.«

»Das bedeutet, es wird schwer, ihr etwas nachzuweisen«, schlussfolgerte Paul.

Tobias zuckte vielsagend die Schultern und war offensichtlich dankbar, dass ihn das Klingeln seines Telefons einer Antwort enthob. Anscheinend war es wichtig, er entschuldigte sich nach einem Blick aufs Display und trat hinaus auf den Flur. Dietrich hörte noch die ersten Sätze.

»Ja, Maik, was gibt's? Wie bitte? Stefan Wegner hat für Clasen …? Woher weißt du das? Das kann doch nicht …«

Dietrich wandte seine Aufmerksamkeit wieder Kassandra, Paul und Heinz Jung zu.

»Das dürfte der Erste Polizeihauptkommissar Maik Gielow sein, der Leiter vom KDD. Stefan Wegner ist einer von Tobias' Kollegen, mit allergrößter Wahrscheinlichkeit derjenige, der Clasen grünes Licht für Jordans Hof gegeben hat«, erklärte Dietrich.

»Wenn Herr Harms bedauert, dass das Laptop verschwunden ist, heißt das, er weiß nach wie vor nichts von dem Stick?«, fragte Kassandra ihn leise. »Wir haben anfangs nichts gesagt, weil wir nicht wussten, dass er zu deiner Truppe gehörte.«

»Danach sind wir davon ausgegangen«, fuhr Paul fort, »dass du ihm selbst davon erzählst. Warum hast du es noch nicht getan?«

Einen Augenblick lang blieb es still. Sie warteten auf eine Erklärung – und er war eigens hergekommen, um genau diese Erklärung zu geben. Warum fiel ihm das jetzt plötzlich so schwer?

»Hast du geschwiegen, weil du dir nicht sicher sein konntest, ob er unbeabsichtigt mit Kollegen spricht, *die* auf Clasens Liste standen?«, fragte Kassandra. »Sollte dieser Frank Scheller zuerst überprüfen, wem man trauen kann?«

»So was in der Art«, sagte Dietrich. Er fuhr sich mit der Hand übers Gesicht.

»Seitdem sind ein paar Wochen vergangen. Also ging es nicht nur um die korrupten Polizeibeamten, die hätte man mit ein bisschen von Riekas Geschick anhand ihrer Dienstnummern wahrscheinlich schnell identifiziert.« Paul kniff die Augen zusammen. »Hast du gar nicht auf eigene Rechnung gearbeitet, sondern in jemandes Auftrag?«, fragte er und legte damit den Finger auf die Wunde. »In Schellers Auftrag?«

Paul war ein kluger Mann. Schon immer gewesen.

»Vielleicht erklären Sie ganz einfach, wer Frank Scheller ist«, meinte Heinz Jung ruhig.

Dietrich blinzelte. Vor seinem inneren Auge sah er sich selbst dabei zu, wie er vor knapp drei Stunden nach dem Gespräch mit Scheller in seinen Wagen gestiegen war. Vor der Windschutzscheibe hatte sich die Schranke gehoben, und der leicht futuristisch anmutende Komplex am Ufer des Schweriner Sees war schließlich im Rückspiegel immer kleiner geworden. Während er sich auf der A14 eingefädelt hatte, hatte er an das erste Treffen mit Scheller gedacht und wie folgenschwer das gewesen war. Zwischen diesen beiden Begegnungen hatte es nur einen weiteren Kontakt gegeben. Aus mehrerlei Gründen war Scheller nicht begeistert von dem gewesen, was er von Dietrich bei dieser Gelegenheit gehört hatte. Vermutlich hatte ihn das sogar die eine oder andere schlaflose Nacht gekostet, und nicht nur ihn. Doch am Ende zählte das Ergebnis: Clasens Daten.

Dietrich kehrte in die Gegenwart zurück. Etwas in Heinz Jungs Stimme hatte ihn aufhorchen lassen, und jetzt trafen sich ihre Blicke.

»Zum Teufel noch mal, Kay, du verfluchter, dämlicher …« Tobias, der ihn fassungslos von der Tür aus anstarrte, fehlten die Worte. »Mistkerl! Was hast du dir dabei gedacht?« Er wandte sich an die anderen. »Haben Sie das gewusst?« Tobias brauchte nicht lange, um die Antwort aus den ratlosen, erschrockenen Mienen von Kassandra und Paul herauszulesen. Heinz Jung sah nicht ganz so ratlos aus.

Dietrich schaute zu Tobias zurück. Es war klar, was passiert sein musste. Er holte tief Luft. »Ich bin damit nicht hausieren gegangen, Tobias.«

»Logisch. Trotzdem hätte ich es vorgezogen, das von dir zu hören statt von Maik Gielow.«

»Der dürfte es auch noch nicht allzu lange wissen«, sagte Dietrich.

»Genau genommen seit zwei Stunden. Nach einem Anruf vom LKA. Von ganz oben. Scheller persönlich.«

»Kommt ungefähr hin«, sagte Dietrich. Er konzentrierte sich auf Tobias und mied die Blicke von Kassandra, Paul und Jung. Obwohl etwas ihm sagte, dass Jung das schon länger wusste, aber wohlweislich den Mund gehalten hatte. »Ich war vor drei Stunden …«

»Frank Scheller ist der Leiter des Landeskriminalamts?«, fiel Kassandra ihm ins Wort.

»Woher kennen Sie Frank Scheller?«, fragte Tobias, bevor Dietrich antworten konnte. »Sie haben das also doch gewusst!«

Kassandra schüttelte den Kopf. Ein kleines Lächeln umspielte ihre Lippen. »Nein. Aber … es … überrascht mich weniger, als es sollte.« Sie trat einen Schritt auf Dietrich zu und stand so nah vor ihm, dass er fast zurückgewichen wäre. »Jetzt versteh ich, was du damals meintest, dass du die Dienststelle ›nicht direkt‹ gewechselt hättest und Geldorf nicht länger dein Vorgesetzter wäre. Du arbeitest für Scheller als verdeckter Ermittler, fürs LKA.«

»Ich habe fürs LKA gearbeitet, in diesem einen Fall, ja.«

»Jetzt nicht mehr?«, fragte Paul.

»Nein. Scheller hat sich an mich gewandt, weil er einen Polizeibeamten mit einer … schwierigen Laufbahn brauchte. Jemanden mit unkonventionellen Methoden, jemanden, der stur war und häufiger Ärger mit Vorgesetzten hat.«

»Jemanden, von dem man sich leicht vorstellen konnte, so zu handeln, wie du angeblich gehandelt hast«, sagte Kassandra. »Du hast dich der Dinge, die man dir vorgeworfen hat, nie schuldig gemacht: keine Aussageerpressung, keine versuchte, keine tatsächliche Körperverletzung im Amt.«

Noch heute sah Dietrich sich mit Kassandra am Ufer des Frankenteichs stehen. Es hatte ihn berührt, dass Kassandra nicht glauben wollte, was man ihm vorwarf. Beinah hätte er ihr reinen Wein eingeschenkt. Und dann hatte es ihn seltsamerweise noch mehr berührt, als sie sagte, es wäre ihr egal, was er getan hätte. Das widersprach seinem Ehrenkodex und seinem Sinn für Gerechtigkeit, so paradox es war. Andererseits war es gar nicht so paradox, wenn man bedachte, wie viel Illegales er mit seiner Truppe schon unternommen hatte. Jetzt sah er in Kassandras Gesicht und wurde sich bewusst, dass das eben keine Frage, sondern eine Feststellung gewesen war. »Ich habe eine Legende verpasst bekommen, die möglichst dicht an der Wahrheit blieb. Das wirkt am glaubwürdigsten.«

»Es war verdammt glaubwürdig«, sagte Tobias. »Aber das ist keine Entschuldigung dafür, dass ich es geglaubt habe.« Er schluckte. »Tut mir leid. Sehr leid.«

»Muss es nicht. Das war ja der Sinn der Sache. Es wäre viel bedenklicher gewesen, wenn die Kollegen das sämtlich angezweifelt hätten. Wie die Dinge standen, hat Clasen bei seinen Nachforschungen nur das Schlechteste über mich erfahren. Ganz so, wie es sein sollte. Obwohl eine so dichte Undercovertätigkeit nie geplant gewesen ist, weder von Scheller noch von mir. Er hatte auch seine Bedenken, als ich ihm von eurem Vorschlag erzählte«, sagte er an Kassandra gewandt. »Aber dann fand selbst er, dass die Chance einmalig war und sich einfach zu gut in meine Legende einfügte. Daher stimmte er zu. Mit Bauchschmerzen zwar, aber er stimmte zu. Er wusste nicht, dass ich selbst schon längst zugestimmt hatte.« Den letzten Satz begleitete ein Lächeln.

»Ich nehme an«, schaltete sich Heinz Jung ein, »dass das LKA die Daten auf dem Stick jetzt in weiten Teilen ausgewertet hat und deshalb Ihre Tätigkeit aufgedeckt werden konnte. Das macht die Sache leichter vor Gericht und zugleich komplizierter, weil vieles, was Sie bei Clasen Constructions getan haben, alles andere als gesetzeskonform ist. Wie Sie an den Stick gekommen sind zum Beispiel.«

Dietrichs Blick wanderte zu Kassandras Küchenfenster hinaus in den Garten, der so beschaulich in der Abendsonne lag. »Korrekt. Bei einigem, was ich getan habe, habe ich die Gesetze, sagen wir mal, zu meinen Gunsten ausgelegt, und Scheller kann nicht in allem die schützende Hand über mich halten. Es könnte eng für mich werden.«

»So ein Einsatz wie dieser wird doch nicht von einem einzigen Mann geplant, auch nicht, wenn er Leiter des Landeskriminalamtes ist«, sagte Kassandra. »Da sind mehrere Stellen von weit oben involviert gewesen, schon allein, um dir die Dinge ›anzuhängen‹, derentwegen du angeblich gefeuert wurdest. Die können dich doch nicht fallen lassen, weil du getan hast, was die wollten.«

»Wie Kay schon sagte, es kommt auf die Mittel an, die er dabei angewendet hat«, sagte Paul zu ihr, bevor er Dietrich ansah. »Trotzdem hat Kassandra recht. Du hast den Einsatz bei Clasen Constructions mit Scheller abgesprochen, und dem muss klar gewesen sein, dass du da nicht mit Däumchendrehen weiterkommst.«

»Natürlich.« Dietrich dachte an das Gespräch mit Scheller über die möglichen Konsequenzen zurück, an dessen zuversichtliche Worte und dessen weniger zuversichtliche Miene, die er vorhin aufgesetzt hatte. »Mir war das genauso bewusst, und ich kannte das Risiko. Man wird sehen, ob ich bei der KPI in Anklam bleiben kann oder ob ich am Ende tatsächlich meinen Job verliere.«

»Letzteres will ich definitiv nicht hoffen«, sagte Tobias. Anscheinend hatte er seine Meinung über das, was Dietrich getan hatte, geändert. Vielleicht, weil es ein offizieller Einsatz gewesen war. Vielleicht aber auch, weil er über das nachgedacht hatte, worüber sie beide in der Nacht auf Jordans Hof und auch danach noch das eine oder andere Mal geredet hatten.

»Ich auch nicht. Falls es doch so weit kommt, stelle ich eine neue Truppe auf die Beine und mache inoffiziell weiter«, sagte Dietrich weit optimistischer, als ihm zumute war. »Kann ich auf dich zählen, Tobias?«

»Unbedingt.«

»Auf uns auch«, sagte Kassandra.

»Jederzeit«, ergänzte Heinz Jung.

»Wenn du uns brauchen solltest«, fügte Paul hinzu, vorsichtig und zugleich überaus ernsthaft.

Dietrich sah sie alle nacheinander an. Plötzlich fühlte sich der Optimismus echter an als eben noch. Er nickte. »Absolut.«

Epilog

In ihr tobte es. Wut, Trauer, Unglauben. Nacheinander und alles zugleich und alles seinetwegen. Es schmerzte so sehr. Das Begreifen. Vielleicht würde es leichter werden, je eher sie begann, die Wahrheit zu akzeptieren.

Miriam trat an den Rand der Abbruchkante wie damals, als alles begonnen, als sie zum ersten Mal hier auf dem Hohen Ufer gestanden hatte. Wie damals rauschte unter ihr die See, leichter allerdings, die Wellen trugen keine Schaumkronen, aber noch immer oder schon wieder rollten sie unberührt von ihrem Kummer, von jeglichen menschlichen Empfindungen, an den Strand. Sie stand fast an derselben Stelle, erkannte die großen Steine wieder, die unter ihr lagen. Damals hatte sie mit dem Gedanken gespielt, einen weiteren kleinen Schritt zu machen, einen Schritt, der sie befreien würde von all dem Kummer, dem Sehnen, der Angst. Aber das war keine Option, weder damals noch heute.

Die Tränen, die Miriam geweint hatte, waren getrocknet. Dennoch wischte sie sich mit dem Handrücken über die Wangen, meinte noch, die leichten Salzspuren auszumachen, die die Tränen hinterlassen hatten, und seufzte leise. Akzeptieren. Sie musste endlich akzeptieren, dass der Traum vom Glück mit Dominik nur eine Illusion gewesen war, dass sie ihn überhaupt nicht gekannt hatte. Nicht mal ihren Vater hatte sie richtig eingeschätzt, der zumindest in Bezug auf Dominik tatsächlich ihr Bestes im Sinn gehabt hatte. Nur dass das dummerweise nicht das aufwiegen konnte, was er sich an verabscheuungswürdigen, verachtenswerten und kriminellen Dingen hatte zuschulden kommen lassen. Und was war mit ihrer Mutter? Sie stritten dauernd. Vielleicht sollten sie damit nicht so viel Zeit verschwenden, sondern sie lieber dazu nutzen, einander besser kennenzulernen.

Miriam starrte über die See hinweg auf den orangefarbenen Ball der Sonne, der sich langsam näher zum Horizont schob, hinter einer Wolkenschicht verschwand und dann beinah rot glühend wiederauftauchte. Bald war die Sonne nur noch halb zu sehen, die untere Hälfte schon versunken in der schwarzen See, die obere zauberte eine Mischung aus Orange- und Violetttönen an den Himmel, der über Miriam noch blau war, hier und da durchzogen von Kondensstreifen. Als sie den Blick wieder auf den Horizont richtete, sah sie das letzte Fitzelchen Dunkelrot verschwinden.

Sie trat von der Abbruchkante zurück und lief landeinwärts ohne ein bestimmtes Ziel, und auch ihre Gedanken wirbelten unsortiert in ihrem Kopf herum. Bis sie plötzlich feststellte, dass sie vorm Norderfeld stand. Hier war ihr Vater gestorben. Erschossen von der Polizei, weil er sonst selbst jemanden erschossen hätte. All das auf dem Hof von Heiko Jordan – Dominiks Halbbruder. Seltsam. Sie hatte über all den Ereignissen, die über ihr zusammengeschlagen waren und die sich doch alle um das Norderfeld und Heiko Jordan drehten, kaum an den Mann gedacht. An den Mann, den Dominik hatte töten wollen. Wahrscheinlich hatte sie den Gedanken an ihn nur verdrängt. Jetzt kam er an die Oberfläche.

Noch etwas anderes war in der Zwischenzeit an die Oberfläche gekommen: Ihr Vater hatte das Norderfeld im Gegensatz zu einigen anderen Grundstücken in Mecklenburg-Vorpommern nicht in eine Giftmülldeponie verwandelt. Das hatten die Bodenproben, die nach Bekanntgabe des Verdachts zügig genommen worden waren, eindeutig ergeben. Kein Asbest, kein Sondermüll, kein gar nichts. Nur guter Fischländer Boden.

Man hatte das Leben von Falk Clasen auf den Kopf gestellt. Vieles lag, daran zweifelte Miriam nicht, noch im Verborgenen. Vieles war aber auch gefunden worden. Erstaunlicherweise sogar ein paar alte Fotografien, die ihren Vater mit einer jungen unbekannten Frau zeigten und die zweifellos vor Jahrzehnten aufgenommen worden waren. Sie zeigten einen unbeschwerten Mann jenseits von Geschäften und Profitgier, einen Mann, der einen Sommer lang auf dem Fischland glücklich gewesen war, und sie zeigten auch das Haus, vor dessen Tür die beiden

Hand in Hand gestanden hatten. Es existierte noch, wenn auch längst andere Leute darin wohnten. Es existierte noch – nicht weit von hier, nicht weit vom Norderfeld. Einmal hatte Falk Clasen nicht gelogen, einmal hatte er die Wahrheit gesagt, als er Heiko Jordan erzählte, weshalb er sein Grundstück für jeden Preis kaufen wollte. Der Erinnerung wegen.

Erinnerung. Miriam lachte verbittert auf. Ihre Erinnerungen an Wustrow waren weniger schön. Schade eigentlich, denn wenn sie vergaß, was sie hergeführt hatte, barg das Fischland viele Schönheiten – Freundschaft nicht zu vergessen. Die zu Kassandra und Paul, und Kassandras Onkel war auch nicht übel, wenn man ihn mal näher kannte. Vielleicht würde es sich lohnen, noch den einen oder anderen Fischländer mehr kennenzulernen.

Ihr Blick glitt übers Norderfeld und hinüber zu Heiko Jordans Hof, der fast dunkel dalag. Nur hinter einem Fenster brannte Licht. Heiko. Dominiks Halbbruder. Ein Teil von Miriam verspürte plötzlich Neugier. Der andere Teil sperrte sich, weigerte sich, wollte nichts mehr zu tun haben mit Dominik und allem, was ihn betraf und was er getan hatte und wie er gewesen war. Andererseits war Heiko völlig unbeteiligt und unschuldig in Dominiks Schussfeld geraten, und das wiederum – wenn auch indirekt – durch ihren Vater.

Miriam konnte nichts dafür, sie trug an alldem genauso wenig Schuld wie Heiko. Dennoch … Oder gerade deswegen … Sie zögerte noch einen Moment. Dann setzte sie entschlossen einen Fuß vor den anderen, bis sie vor Heikos Tür stand und auf die Klingel drückte. Es dauerte, bis ihr geöffnet wurde. Im Halbdunkel der Diele stand ein Mann, der Dominik überhaupt nicht ähnlich sah. Erst jetzt wurde Miriam bewusst, wie sehr sie das Gegenteil befürchtet hatte. Heikos Blick war zurückhaltend, er lächelte nicht, sprach auch nicht. Umso mehr hatte sie das Gefühl, dass er wusste, wer sie war.

»Hallo«, sagte sie und musste sich räuspern. »Ich bin Miriam Clasen.«

Er nickte, schwieg aber nach wie vor. Wartete.

»Ich könnte verstehen, wenn du mich von deinem Land jagst«, fuhr sie fort, »aber ich würde gern mit dir reden. Muss nicht heute sein. Oder morgen. Nur vielleicht, bevor du den Hof verkaufst und nach Südfrankreich gehst.«

Nichts ließ sich von Heikos Miene ablesen. Vielleicht hätte sie ihn nicht gleich duzen sollen, aber das war ihr einfach so rausgerutscht.

»Ich geh nirgends hin«, sagte Heiko schließlich. »Dominik hat mir eins klargemacht. Ich wusste es in der Sekunde, in der ich begriff, dass ich sterben sollte: Ich gehör hierher. Nicht nach Frankreich, nicht nach sonst wo. Ich bin Fischländer, das hier ist meine Welt.« Er öffnete die Tür weiter, trat zurück, machte mit seiner linken Hand eine kleine einladende Geste. »Komm rein, wenn du magst.«

Nachwort und Dank

Teile von Kapitel 1 dieses Romans standen ursprünglich schon als Epilog in der Rohfassung von »Fischland-Angst«, dem fünften Fall für Kassandra und Paul. Dieser Epilog war als versöhnliches Ende gedacht. Aber Konflikte, die sich langsam aufbauen – und das war hier der Fall, wie aufmerksame Leser*innen vielleicht schon seit Band 4 ahnten –, werden in der Regel nicht einfach so nebenbei gelöst. Dieser spezielle Konflikt zwischen Paul auf der einen und Kay auf der anderen Seite und Kassandra mittendrin verdiente definitiv eine eigene Geschichte. Diese. Die mir noch dazu die Möglichkeit bot, zumindest ansatzweise ein echtes Problem anzureißen: den Bauboom und die daraus resultierenden weiteren Probleme, denen man nicht nur auf der Halbinsel Fischland-Darß-Zingst, sondern in vielen Urlaubsgebieten mehr und mehr, mal früher, mal später begegnet. Davor kann und darf man nicht die Augen verschließen, wenn man möchte, dass die Ursprünglichkeit, wegen der doch Einheimische wie Urlauber diese Regionen so lieben, so weit wie möglich erhalten bleibt.

Aber genug des winzigen Zeigefingers und hin zu meinen schriftstellerischen Freiheiten, die ich mir auch diesmal wieder genommen habe – in erster Linie das Norderfeld betreffend. Ich gestehe völlige Unkenntnis bezüglich des Eigentumsverhältnisses dieser großen Fläche zwischen Wustrow und Ahrenshoop. Ich weiß also nicht, ob so ein Bauvorhaben, wie Falk Clasen es anstrebte, überhaupt möglich wäre, und verleihe hier der Hoffnung Ausdruck, dass dem nicht so ist. Ein Golfplatz dagegen wurde tatsächlich in Wustrow schon mal angedacht, allerdings nicht auf dem Norderfeld. Wer auf der Wustrower Seite steht und hinüber nach »Datschenhagen« schaut, wird auch vergeblich nach einem Hof suchen, der dem von Heiko Jordan gleicht, denn den habe ich vollständig erfunden.

Ebenso erfunden habe ich den Skandal um zwei korrupte Beamte beim Rostocker Polizeipräsidium in Kapitel 8.

Ausgeliehen habe ich mir die Montessori-Schule in Stralsund. Auf der Suche nach dem passenden Firmensitz von Clasen Constructions bin ich auf das wunderbare Gebäude in der Straße An den Bleichen gestoßen. Ich hoffe, Lehrpersonal und Schüler verzeihen mir die Zweckentfremdung.

Zeit für meinen Dank.

Auch diesmal möchte ich zuallererst ganz herzlichst Günther Weihmann danken. Unsere Gespräche sind immer aufs Neue ein Gewinn für mich und lassen mich teilhaben an dem, was in und für Wustrow in der Vergangenheit wichtig war, und auch an dem, was gegenwärtig eine Rolle spielt. Danke dir!

Wie es ebenso schon Tradition ist, danke ich Kurdirektor Dirk Pasche und seinem Team für die gute, unkonventionelle Zusammenarbeit und für die Möglichkeit, dass auch 2019 meine Krimi-Spaziergänge stattfinden konnten. Gestalterisch für die wunderbaren Plakate zuständig war erneut Arnt Löber – auch hier meinen Dank.

Die Zeit, in der dieser Roman entstand, war teilweise eine familiär sehr schwierige. Mein Mann Jörg hat mich in jeder Hinsicht unterstützt, mir Mut gemacht, sich geduldig gezeigt – und nicht zuletzt natürlich auch wieder das Manuskript sorgsam gelesen und durch seine Anmerkungen verbessert. Ich danke dir sehr!

Meine Lektorin Dr. Marion Heister hat dankenswerterweise so manch überflüssige Rückbezüge und Erklärungen gestrichen und mich daran erinnert, das eine oder andere ruhig auch mal der Phantasie der Leser*innen zu überlassen. Das hat nicht erst diesen Roman besser und runder gemacht – ich bin immer wieder begeistert von unserer Zusammenarbeit.

Meine beiden Testleserinnen waren wie gewohnt Gefion Clausen (aka Gea Nicolaisen) und Louise Kämmerer. Vielen lieben Dank für eure Kommentare und Anregungen, die mir jedes Mal helfen – und mich manchmal erstaunen. Diesmal insbesondere, was Paul und Kay angeht. ;-)

Zum Schluss möchte ich natürlich wieder Ihnen danken, liebe Leser*innen – für die Treue, mit der Sie die Fälle von

Kassandra und Paul und von Greta und Matthias begleiten, dass Sie so manch lange Reise in Kauf nehmen, um bei den Krimi-Spaziergängen dabei zu sein, und mir durch Mails und/oder Kommentare in den sozialen Netzwerken mitteilen, dass Sie nicht nur meine Romane mögen, sondern genau wie ich das Fischland lieben.

Corinna Kastner

www.corinna-kastner.de
www.facebook.com/CorinnaKastnersWelten

Corinna Kastner
FISCHLAND-MORD
Broschur, 320 Seiten
ISBN 978-3-89705-912-2

»Spannung und Unterhaltung – genau richtig im Ostseeurlaub.«
Küstenjournal

Corinna Kastner
FISCHLAND-RACHE
Broschur, 368 Seiten
ISBN 978-3-95451-157-0

»Der Regionalkrimi ›Fischland-Rache‹ verbindet Landschaftsbeschreibungen, Spannung und historische Fakten. Corinna Kastners Küsten-Krimis sind unterhaltsame Strandlektüre, die für einen kalten Schauer unter der heißen Sommersonne sorgen.« Ostseezeitung Magazin

Corinna Kastner
FISCHLAND-ANGST
Broschur, 416 Seiten
ISBN 978-3-7408-0392-6

Greta, die Frau des Fischländer Künstlers Matthias Röwer, wird entführt und trotz Lösegeldübergabe nicht wieder freigelassen. Stattdessen stellen die Kidnapper weitere Forderungen, und schon bald ist klar: Es geht nicht nur um Geld. Wer hat Grund, Greta und ihren Mann so zu hassen? Mit jedem Ermittlungsschritt stoßen Kassandra Voß und Paul Freese auf weitere Verdächtige. Sie müssen Gretas Leben retten – doch die Zeit läuft ihnen davon.

CORINNA KASTNER
BODDEN-TOD
Küsten Krimi
emons:

CORINNA KASTNER
BODDEN-NEBEL
Küsten Krimi
emons:

Corinna Kastner

FISCHLAND 2021 – JAHRESKALENDER

Mit Fotografien von Corinna Kastner

Spiralbindung, 15 Seiten

ISBN 978-3-7408-0832-7

Zwölf Monate faszinierendes Fischland – raue oder sonnenglitzernde Ostsee mit Seebrücke und Buhnenreihen, beschaulich-romantisches Barnstorf am Bodden, verwunschene Straßen mit rohrgedeckten Häusern und bunten Gärten. Bilder, die zum Träumen einladen und die Phantasie anregen, auch die der Fotografin und erfolgreichen Krimi-Autorin Corinna Kastner, die die Magie des facettenreichen Fischlandes immer wieder neu einfängt.